Aldous Huxley
Eiland

W0224118

Serie Piper
Band 358

Zu diesem Buch

»Eiland«, genau dreißig Jahre nach Huxleys Alptraumvision von der »Schönen neuen Welt« erschienen, gehört zu den großen utopischen Romanen dieses Jahrhunderts, doch entwirft der englische Schriftsteller in diesem Werk eine positive Utopie, das Bild einer Gemeinschaft, die sich zu den Prinzipien des Guten und der Freiheit nicht nur bekennt, sondern sie auch anwendet.

Ein schiffbrüchiger englischer Reporter entdeckt die tropische Insel Pala und wird von den Einheimischen in eine Welt eingeführt, in der abendländisch-rationaler Pragmatismus und tantrischer Buddhismus eine glückliche Verbindung eingegangen sind. Ratio und Mystik vereinigen sich mit den bewußtseinserweiternden Erfahrungen, zu denen der Genuß der *moksha*-Medizin verhilft. Der Protagonist, zunächst skeptisch, distanziert sich mehr und mehr von der westlich-zivilisierten Welt samt allen ihren Segnungen, am Ende aber beschreibt Huxley, wie auch dieses letzte Idyll durch den sogenannten Fortschritt eingeholt und zerstört wird.

Lange vor dem Erwachen eines neuen religiösen Interesses bei der westlichen Jugend, eines Interesses an neuen Formen des Zusammenlebens und an einem Leben fern der Zivilisation, hat Huxley einen Roman geschrieben, der sich mit diesen Erfahrungen auseinandersetzt und der zum Vademekum einer ganzen Generation werden könnte.

»Das Ganze ist mit so leichter Hand erzählt, als ob es aus dem Rokoko Voltaires stammte, lehrhaft amüsant, mit hübschen wohlredenden und wohltätigen Figurinen.« Werner Ross

Aldous Leonard Huxley, 1894 in Godalming/Surrey geboren, wurde in Eton erzogen, studierte nach einer schweren Augenkrankheit englische Literatur in Oxford und war ab 1919 zunächst als Journalist und Theaterkritiker tätig. 1921 begann er mit der Veröffentlichung seines ersten Romans »Die Gesellschaft auf dem Lande« seine literarische Laufbahn. Von 1938 an lebte er in Kalifornien. Huxley starb 1963 in Hollywood.

Huxleys vielfältiges literarisches Schaffen umfaßt Gedichte, Reisebeschreibungen, philosophische und naturwissenschaftliche Essays, Erzählungen sowie vor allem ein umfangreiches zeit- und gesellschaftskritisches Romanwerk, in dem sich von den dreißiger Jahren an eine vom Buddhismus beeinflußte mystische Haltung niederschlägt. Sein 1932 erschienener Roman »Schöne neue Welt« erlangte Weltruhm.

Aldous Huxley

Eiland

Roman

Aus dem Englischen
von Marlies Herlitschka

Piper
München Zürich

Die Originalausgabe erschien 1962 unter dem Titel »Island«
bei Chatto & Windus, London.

Von Aldous Huxley liegen in der Serie Piper bereits vor:
Die Pforten der Wahrnehmung – Himmel und Hölle (6)
Die Kunst des Sehens (216)
Moksha (287)
Narrenreigen (310)
Affe und Wesen (337)
Glücklich bis ans Ende ihrer Tage (423)
Der kleine Mexikaner (456)
Nach vielen Sommern (496)
Cynthia (509)
Die ewige Philosophie (563)
Wiedersehen mit der schönen neuen Welt (670)
Geblendet in Gaza (794)
Kontrapunkt des Lebens (946)
Zeit muß enden (1046)
Das Genie und die Göttin (1142)
Eine Gesellschaft auf dem Lande (1297)
Weitere Werke sind in Vorbereitung.

ISBN 3-492-10358-8
Neuausgabe Februar 1984
7. Auflage, 33.–36. Tausend April 1991
(5. Auflage, 23.–26. Tausend dieser Ausgabe)
© Laura Huxley 1962
Deutsche Ausgabe:
© R. Piper & Co. Verlag, München 1973
Umschlag: Federico Luci,
unter Verwendung des Gemäldes
»D-Bild 1957« von Max Ernst
(© SPADEM, Paris / Bild-Kunst, Bonn 1984)
Satz: Hieronymus Mühlberger, Augsburg
Druck und Bindung: Clausen & Bosse, Leck
Printed in Germany

FÜR LAURA

Wann immer wir uns ein Ideal formen, soll es ganz unserm Wunschbild entsprechen, doch hüten wir uns vor dem Unerfüllbaren.

ARISTOTELES

ERSTES KAPITEL

»Gib acht«, rief eine Stimme, und es klang, als hätte eine Oboe plötzlich zu sprechen begonnen. »Gib acht«, wiederholte sie in demselben nasal eintönigen Ton. »Gib acht.«

Wie ein Leichnam in dem Haufen dürrer Blätter liegend, mit verfilztem Haar, das Gesicht grotesk verschmiert und abgeschürft, die Kleider zerfetzt und schlammverkrustet, fuhr Will Farnaby aus dem Schlaf hoch. Molly hatte gerufen. Er mußte aufstehn. Sich ankleiden. Durfte nicht zu spät ins Büro kommen.

»Dank dir, Liebste«, sagte er und setzte sich auf. Ein schneidender Schmerz durchzuckte sein rechtes Knie, und im Rücken, in den Armen, hinter der Stirn verspürte er noch andere Schmerzgefühle.

»Gib acht«, sagte die Stimme beharrlich, ohne daß sich ihr Ton im geringsten verändert hätte. Auf den einen Ellbogen gestützt, blickte Will umher; verwirrt sah er statt der grauen Tapete und gelben Vorhänge seines Londoner Schlafzimmers eine Lichtung zwischen Bäumen und die langen Schatten und schrägen Sonnenstrahlen eines frühen Morgens im Wald.

»Gib acht.«

Was sollte dieses »Gib acht«?

»Gib acht, gib acht«, beharrte die Stimme – auf dieselbe seltsame, sinnlose Weise.

»Molly?« sagte er fragend. »Molly?«

Der Name schien ein Fenster in seinem Kopf zu öffnen. Plötzlich, mit diesem gräßlich vertrauten Schuldgefühl in der Magengrube, roch er wieder Formalin, sah er die kleine energische Krankenschwester ihm eilig durch den grünen Korridor vorangehn, hörte er das trockene Rascheln ihrer gestärkten Tracht. »Nummer fünfundfünfzig«, sagte sie, blieb stehn und öffnete eine weiße Tür. Er trat ein und sah Molly auf einem hohen weißen Bett liegen, das halbe Gesicht bedeckt von einem Verband, den Mund weit offen, mit klaffendem Unterkiefer. »Molly«, hatte er gerufen, »Molly ...« Die Stimme brach ihm, und er weinte jetzt, er flehte: »Mein Liebes!« Es kam keine Antwort. Durch den klaffenden Mund drangen geräuschvoll die kurzen, stoßweisen Atemzüge. »Mein Liebstes, mein Liebstes ...« Und mit einemmal wurde die Hand, die er hielt, für einen Augenblick lebendig. Lag dann wieder still.

»Ich bin's«, sagte er, »ich – Will.«

Abermals bewegten sich die Finger. Langsam, mit einer offenbar ungeheuren Anstrengung schlossen sie sich um die seinen, drückten sie und erschlafften wieder.

»Gib acht«, rief die so gar nicht menschliche Stimme, »gib acht.«

Es war ein Unfall gewesen, beteuerte er sich hastig. Die Straße war naß, der Wagen schlitterte über die weiße Linie hinaus. Einer dieser Unfälle, wie sie sich immer wieder ereignen. Die Zeitungen waren voll davon; er selber hatte oft und oft darüber berichtet. »Mutter und drei Kinder bei Zusammenprall getötet.« Aber darauf kam es nicht an. Es kam darauf an, daß er ja gesagt hatte auf ihre Frage, ob es wirklich das Ende bedeute; es kam darauf an, daß sie, kaum eine Stunde später, nachdem sie von jener letzten, so sehr beschämenden Unterredung in den Regen hinausgegangen war, im Krankenwagen lag, und im Sterben.

Er hatte sie nicht angesehen, als sie sich zum Gehn wandte, hatte es nicht gewagt. Noch einen Blick auf dieses blasse leidende Gesicht hätte er nicht ertragen können. Sie war von dem Stuhl aufgestanden und langsam durchs Zimmer gegangen, war langsam aus seinem Leben hinausgegangen. Sollte er sie nicht zurückrufen, sie um Verzeihung bitten, ihr sagen, daß er sie noch immer liebte? Hatte er sie je geliebt?

Zum hundertstenmal rief die artikulierte Oboe ihm ihr »Gib acht« zu.

Ja, hatte er Molly je wirklich geliebt?

»Leb wohl, Will.« In der Erinnerung hörte er sie es flüstern, als sie sich auf der Schwelle nochmals umwandte. Und dann war *sie* es gewesen, die es sagte – leise, aus tiefstem Herzen. »Ich hab dich noch immer lieb, Will – trotz allem.«

Gleich darauf schloß sich die Wohnungstür fast geräuschlos hin-

ter ihr. Das knappe, leise Einschnappen des Schlosses, und sie war gegangen.
Er war aufgesprungen und rannte ihr nach, öffnete die Tür und horchte auf ihre Schritte, die sich die Treppe hinunter entfernten. Wie ein Geist beim Hahnenschrei verweilte noch ein schwaches vertrautes Parfüm zerfließend in der Luft. Er schloß die Tür, ging in sein grau- und gelbfarbenes Schlafzimmer und blickte aus dem Fenster. Sekunden später sah er sie den Gehsteig überqueren. Er hörte das bohrende Geräusch des Anlassers, einmal, zweimal, und dann das Aufheulen des Motors. Sollte er das Fenster öffnen? »Warte, Molly, warte«, hörte er sich in der Einbildung rufen. Das Fenster blieb geschlossen; der Wagen fuhr an, bog um die Ecke, die Straße war wieder leer. Es war zu spät. Zu spät, gottlob! sagte eine barsche, höhnische Stimme. Ja, gottlob! Und dennoch, das Bewußtsein seiner Schuld verblieb, saß ihm tief in der Magengrube. Seine Schuld, die nagende Reue – aber durch die hindurch konnte er auch ein gräßliches Jubelgefühl verspüren. Jemand gemeiner, geiler, brutaler, jemand, der ihm fremd war und hassenswert und der dennoch er selber war, frohlockte, daß ihn nun nichts mehr daran hindern konnte zu haben, was er haben wollte. Und was er wollte, war ein anderes Parfüm, war die Wärme und Geschmeidigkeit eines jüngeren Körpers. »Gib acht«, sagte die Oboe. Ja, gib acht, sei gewahr. Dessen gewahr sein, wenn er sich in Babs' schwül duftendem Schlafzimmer befand mit der erdbeerroten Bettnische und den zwei Fenstern auf die Charing Cross Road, durch deren Scheiben die ganze Nacht die riesige Dachreklame für Porter's Gin vom Haus gegenüber hereinblickte. Gin in königlichem Purpur – und zehn Sekunden lang war die Bettnische das heilige Herz, zehn wundervolle Sekunden lang erglühte das angeflammte Gesicht neben ihm wie das eines Seraphs, verklärt wie von einem inneren Feuer der Liebe. Dann kam die noch tiefere Verklärung durch Dunkelheit. Eins, zwei, drei, vier ... O Gott, laß es ewig dauern! Aber pünktlich bei zehn schaltete das elektrische Uhrwerk auf eine andere Offenbarung um – diesmal jedoch eine des Todes, des Ur-Grauens; denn nun war das Licht grün, und zehn grausige Sekunden lang wurde Babs' rosiger Alkoven zu einem Schoß aus Schlamm und der Leib auf dem Bett leichenhaft fahl, ein zu postumer Epilepsie galvanisierter

Kadaver. Wenn Porter's Gin sich in Grün proklamierte, ließ sich schwer vergessen, was geschehen war, und wer man war. Da gab es nur eins: die Augen schließen und, falls es einem gelang, sich noch tiefer in jene andere Welt der Sinnenlust zu stürzen, sich leidenschaftlich und voll bewußt in jene entfremdenden Rasereien zu stürzen, denen die arme Molly (jetzt in ihrem feuchten Grab in Highgate – weshalb man jedesmal die Augen schließen mußte, wenn das grüne Licht aus Babs' nacktem Leib einen Leichnam machte) immer und so völlig verständnislos gegenüber gewesen war. Und nicht nur Molly. Hinter den geschlossenen Lidern sah Will seine Mutter, das Gesicht blaß wie eine Kamee, vergeistigt von hingenommenem Leid, die Hände durch Arthritis unförmig und kaum mehr menschlich. Seine Mutter und Maud, seine Schwester, die hinter deren Rollstuhl stand, schon etwas in die Breite gegangen und schwabblig wie Gallerte von all den Gefühlen, die nie ihren richtigen Ausdruck im vollzogenen Liebesakt gefunden hatten.

»Wie kannst du nur, Will!«

»Ja, wie kannst du nur«, sekundierte Maud, die vibrierende Altstimme tränenumflort.

Darauf gab es keine Antwort. Keine nämlich in Worten, die vor den beiden hätten ausgesprochen werden können und die, wären sie ausgesprochen worden, von diesen beiden Märtyrerinnen – die Mutter durch ihre unglückliche Ehe, die Tochter durch hingebungsvoll aufopfernde Pflege – verstanden worden wären. Keine Antwort außer in Ausdrücken der unflätigsten wissenschaftlichen Objektivität, der unzulässigsten Offenheit. Wie er das konnte? Er konnte es, war sozusagen dazu gezwungen, weil – nun ja, weil Babs gewisse körperliche Eigenheiten besaß, die Molly fehlten, und sich in gewissen Augenblicken so benahm, wie es Molly einfach undenkbar erschienen wäre.

Die Stille hatte eine ganze Weile angedauert; nun aber nahm unvermittelt die fremdartige Stimme ihren alten Refrain wieder auf.

»Gib acht, gib acht.«

Gib acht, sei gewahr, sei Mollys gewahr, Mauds, deiner Mutter, Babs'. Und plötzlich tauchte eine andere Erinnerung aus dem Nebel von Unbestimmtheit und Verwirrung auf. Der erdbeerrote Alkoven beherbergte jetzt einen andern Gast, und der Kör-

per seiner Besitzerin erschauerte nun ekstatisch unter den Liebkosungen eines andern. Zu dem Schuldgefühl in der Magengrube kam die Qual in der Herzgegend, eine Beengtheit der Kehle.
»Gib acht.«
Die Stimme klang jetzt etwas näher, rief von irgendwo dort drüben zur Rechten. Er wandte den Kopf, wollte sich aufrichten und umherblicken, doch der Arm, auf dem sein Gewicht ruhte, begann zu zittern, knickte ein, und Will sank zurück in das dürre Laub. Zu erschöpft, um noch weiter seinen Erinnerungen nachzuhängen, blieb er einfach liegen und blinzelte durch halbgeschlossene Lider in die unbegreifliche Welt rings um ihn. Wo befand er sich, und wie war er bloß hierhergelangt? Das war zwar durchaus nicht wichtig, nichts andres war im Augenblick wichtig als dieser Schmerz, diese vernichtende Schwäche. Dennoch, einfach aus wissenschaftlichem Interesse ...
Dieser Baum zum Beispiel, unter dem er unerfindlicherweise hier lag, dieser Säulenschaft grauer Rinde mit dem Gewölbe sonnengefleckter Äste darüber, müßte eigentlich eine Buche sein. Aber dann – und Will bewunderte seine so luzid logische Denkweise – dann könnten die Blätter nicht so offensichtlich immergrün sein. Und weshalb sollte eine Buche ihre Wurzeln derart wuchtig über das Erdreich empordrängen? Und diese ungeheuerlichen Pfeiler, auf die sich die Pseudobuche stützte – wie paßten *die* dazu? Will entsann sich plötzlich seiner Lieblingsverszeile, die zugleich auch seine miserabelste war. »Wer stützt, fragst du, in diesen schlimmen Tagen meinen Geist?« Antwort: gestocktes Ektoplasma, früher Dali. Was ganz entschieden die Chiltern-Hügel daheim ausschloß. Und das bezog sich auch auf die Schmetterlinge, die einander dort drüben in dem satten dottergelben Sonnenschein jagten. Wieso waren sie so groß, so unwahrscheinlich himmelblau oder samtschwarz, so ausgefallen gesprenkelt und hatten so ungewöhnliche Augentupfen? Aus Kastanienbraun leuchtete Violett hervor, Silberstaub lag auf Smaragdgrün, auf Topasgelb, auf Saphirblau.
»Gib acht.«
»Wer ist da?« rief Will in einem Ton, der gewaltig und laut klingen sollte; aber aus seinem Mund kam bloß ein schwaches zittriges Krächzen.

Es folgte eine lange und anscheinend zutiefst bedrohliche Stille. Aus einer Höhlung zwischen zwei Stützpfeilern des Baumstamms erschien plötzlich ein riesiger schwarzer Tausendfüßler, rannte dann auf seinem Regiment scharlachroter Beine davon und verschwand in einem andern Spalt des flechtenbewachsenen Ektoplasmas.

»Wer ist da?« krächzte Will noch einmal.

Ein Rascheln im Gebüsch zu seiner Linken, und plötzlich hopste, wie ein Kuckuck aus einer Schwarzwälderuhr, ein schwarzer Vogel von der Größe einer Dohle hervor. Er schlug ein paarmal mit den Flügeln, die weiße Spitzen hatten, sauste dann an Will vorbei und ließ sich auf dem untersten Ast eines abgestorbenen Bäumchens nieder, nur ein paar Schritte von der Stelle, wo er lag. Der Schnabel des Vogels war orangerot; unter jedem Auge hatte er einen kahlen hellen Fleck, und kanariengelbe Kehllappen bedeckten beide Seiten und das Hinterteil seines Kopfs mit einer dichten Perücke nackten Fleischs. Er legte den Kopf schief und sah Will erst mit dem rechten, dann mit dem linken Auge an, sperrte den orangeroten Schnabel auf, pfiff ein kurzes Liedchen in der Fünftonskala, machte ein Geräusch wie jemand, der den Schluckauf hat, phrasierte *do do sol do* in psalmodierendem Tonfall und sagte schließlich: »Hier und jetzt, Jungs. Hier und jetzt, Jungs.«

Bei diesen Worten fiel Will plötzlich alles wieder ein. Er befand sich auf Pala, der »verbotenen Insel«, dem Ort, den noch nie ein Reporter betreten hatte. Und heute mußte der Morgen nach dem Nachmittag sein, an dem er törichterweise außerhalb des Hafenbereichs von Rendang-Lobo allein eine Segelfahrt unternommen hatte. Alles fiel ihm jetzt ein – das weiße, vom Wind wie das riesige Blatt einer Magnolienblüte geblähte Segel, das am Bug plätschernde Wasser, das diamantene Funkeln auf allen Wellenkämmen, die Wellentäler gefältelten Jadegrüns. Und ostwärts, jenseits der Meerenge, diese Wolken, diese Wundergebilde skulpierter Weiße über den Vulkanen von Pala! Dort an der Ruderpinne sitzend, hatte er sich dabei ertappt, wie er vor sich hinsang – wie er, unwahrscheinlicherweise, das Gefühl hatte, ganz ohne Zweifel glücklich zu sein.

»›Drei, drei für die Rivalen‹«, hatte er in den Wind hineindeklamiert.

»›Zwei, zwei für die unschuldigen Knaben, ganz gewandet in Grün – oh! Einer ist der Eine und ganz allein . . .‹«
Ja, ganz allein. Ganz allein auf dem riesigen Juwel des Meeres.
»›Und allein wird er immer bleiben.‹«
Und dann geschah natürlich, wovor ihn alle die vorsichtigen und erfahrenen Segelsportler gewarnt hatten. Die blauschwarzen Regenböen von nirgendher, das jäh entfesselte sinnlose Toben von Wind und Regen und Wellen . . .
»Hier und jetzt, Jungs«, singsangte der Vogel. »Hier und jetzt, Jungs.«
Das wirklich Unwahrscheinliche war, daß er sich tatsächlich hier unter den Bäumen befand und nicht dort draußen auf dem Grund der Meerenge von Pala oder gar zerschmettert am Fuß der Uferklippen. Denn auch, nachdem es ihm wunderbarerweise gelungen war, sein sinkendes Boot durch die Brandung zu steuern und es auf dem einzigen Fleck sandigen Strands der ganzen, meilenlang von Felsen eingefaßten Küste von Pala auflaufen zu lassen – auch dann war noch nicht alles vorbei. Die Felswände ragten hoch über ihm auf; doch am Kopfende der kleinen Bucht führte eine steile Schlucht bergan, durch die ein Bach in mehreren schleierigen Wasserfäden herabfloß, und zwischen den grauen Kalksteinwänden wuchsen Bäume und Sträucher. An die zweihundert Meter Felskletterei – in Tennisschuhen, und jeder Tritt feucht und schlüpfrig. Und erst die Schlangen, du lieber Gott! Die schwarze, um den Ast geringelt, auf den er sich mit einem Klimmzug hinaufschwang. Und keine fünf Minuten später die riesige grüne, zusammengerollt auf dem Felsband, ausgerechnet dort, wo er hintreten wollte. Und Schlimmeres folgte. Beim Erblicken der grünen Schlange hatte er den Fuß hastig zurückgezogen und dabei das Gleichgewicht verloren. Eine endlose, übelkeiterregende Sekunde lang hatte er schwankend auf der Kante gestanden, in dem gräßlichen Bewußtsein, daß nun das Ende da sei, und war dann gestürzt. Der Tod . . . der Tod . . . der Tod. Gleich darauf, das Geräusch splitternden Holzes in den Ohren, war er wieder zu sich gekommen, an die Zweige eines kleinen Baums geklammert, das Gesicht zerkratzt, das rechte Knie gequetscht und blutend – aber er lebte. Mühsam war er weitergeklettert, trotz des qualvoll schmerzenden Knies. Aber er mußte weiter. Und allmählich war das Licht schwächer und schwächer

geworden. Zuletzt war er beinahe im Dunkeln weitergeklettert, aus bloßer Zuversicht, aus schierer Verzweiflung.

»Hier und jetzt, Jungs«, rief der Vogel.

Doch für Will Farnaby gab es weder ein Hier noch ein Jetzt. Nur ein Dort an der Felswand, ein Damals in dem schaurigen Augenblick des Absturzes. Das dürre Laub unter ihm begann zu rascheln. Heftig, unbeherrschbar durchlief ihn das Zittern von Kopf bis Fuß.

ZWEITES KAPITEL

Plötzlich hörte der Vogel auf zu sprechen und begann zu kreischen. Eine dünne schrille menschliche Stimme sagte: »Myna!« und fügte dann etwas in einer Sprache hinzu, die Will nicht verstand. Der Klang von Schritten auf dürrem Laub war zu hören. Dann ein leiser, erschrockener Ausruf. Dann Stille. Will öffnete die Augen und sah zwei reizende Kinder auf ihn herabblicken, die Augen aufgerissen vor Erstaunen und entsetzter Faszination. Das kleinere der beiden war ein Knabe von fünf, sechs Jahren, nur mit einem grünen Lendenschurz bekleidet. Neben ihm, einen Korb mit Obst auf dem Kopf, stand ein etwa vier bis fünf Jahre älteres Mädchen. Sie trug einen weiten roten Rock, der ihr fast bis zu den Knöcheln reichte, aber oberhalb der Mitte war sie nackt. Im Sonnenlicht glühte ihre Haut wie blasses, rosenrot überhauchtes Kupfer. Will blickte von einem Kind zum andern. Wie schön sie beide waren und wie makellos, wie ungemein anmutig. Zwei kleine Vollblüter. Das eine runde, stämmige, mit dem Gesicht eines Cherubs, war der Knabe. Das Mädchen hingegen war eine andre Art Vollblut, von zarter Gestalt, mit einem eher länglich ernsten, kleinen, von dunkeln Flechten umrahmten Gesicht.

Wieder ein Ausbruch von Gekreisch. Auf dem abgestorbenen Baum hockend, wetzte der Vogel nervös hin und her und schwang sich dann mit einem letzten Schrei in die Luft. Ohne die Augen von Wills Gesicht abzuwenden, streckte das Mädchen einladend die Hand aus. Der Vogel ließ sich flatternd auf ihr nieder, schlug wild mit den Flügeln, fand das Gleichgewicht wieder, faltete die Schwingen und begann sogleich wieder mit seinem Schluckauf. Will sah ohne Verwunderung zu. Alles war jetzt möglich – alles. Sogar sprechende Vögel, die sich einem Kind auf den Finger setzten. Will wollte die beiden anlächeln, aber die Lippen zitterten ihm noch und was als ein Zeichen von Freundlichkeit gemeint war, mußte wie eine furchterregende Grimasse ausgesehen haben. Der Knabe suchte Deckung hinter seiner Schwester.

Der Vogel unterbrach seinen Schluckauf und begann ein Wort zu wiederholen, das Will nicht verstand. ›Runa‹? Nein, ›Karuna‹. Ja, ganz gewiß ›Karuna‹.

Mit zittriger Hand wies er auf das Obst in dem runden Korb. Mangofrüchte, Bananen . . . Sein ausgetrockneter Mund wässerte ihn.

»Hunger«, sagte er. Und weil er dachte, daß unter diesen ausgefallenen Umständen die Kleine ihn besser verstünde, wenn er einen Operetten-Chinesen nachahmte, ergänzte er das mit: »Ich gloße Hungler haben.«

»Willst du etwas essen?« fragte das Mädchen in perfektem Englisch.

»Ja – essen«, wiederholte er, »essen.«

»Flieg weg, Myna!« Der Vogel protestierte mit einem Quaklaut und flatterte zu seinem Sitz auf dem abgestorbenen Baum zurück. Die mageren Ärmchen mit der Gebärde einer Tänzerin hebend, nahm die Kleine den Korb vom Kopf und stellte ihn auf den Boden. Sie wählte eine Banane, schälte sie und trat, zwischen Furcht und Mitleid schwankend, näher an den Fremdling heran. Der Knabe rief ihr in seiner unverständlichen Sprache etwas Warnendes zu und klammerte sich an ihren Rock. Mit ein paar beruhigenden Worten blieb das Mädchen in sicherer Entfernung stehn und hielt die Banane hoch.

»Willst du sie?« fragte sie.

Immer noch von Schauern überlaufen, streckte Will Farnaby die Hand aus. Sehr vorsichtig schob die Kleine sich ein wenig weiter vor, hielt dann wieder inne und kauerte sich, ihm aufmerksam ins Gesicht spähend, nieder.

»Gib her«, sagte Will in qualvoller Ungeduld.

Aber das Mädchen war auf der Hut.

Auf die geringste verdächtige Bewegung gefaßt, behielt sie sei-

ne Hand im Auge, neigte sich dann vor und streckte vorsichtig den Arm aus.
»Um Gottes willen«, flehte er.
»Gott?« wiederholte das Mädchen mit plötzlichem Interesse. »Welcher Gott?« fragte sie. »Es gibt eine solche Menge.«
»Jeder gottverdammte Gott, der dir paßt«, antwortete er ungeduldig.
»Ich mag eigentlich keinen«, sagte sie. »Außer dem Mitleidsvollen.«
»Dann hab Mitleid mit mir«, bettelte er, »und gib mir endlich die Banane.«
Ihre Miene veränderte sich. »Verzeih.« Und sich zu ihrer vollen Höhe aufrichtend, trat sie schnell vor und ließ die Frucht in seine bebende Hand fallen.
»Da«, sagte sie, und wie ein Tierchen, das einer Falle ausweicht, sprang sie zurück, außer Reichweite. Der Knabe klatschte in die Hände und lachte laut auf. Sie wandte sich ihm zu und sagte etwas in ihrer unverständlichen Sprache. Er nickte mit dem runden Kopf, sagte »Okay, Chef« und lief dann durch einen Schwarm blauer und schwefelgelber Schmetterlinge in den Schatten des Waldes jenseits der Lichtung.
»Ich hab Tom Krishna gesagt, er soll jemand holen gehn«, erklärte sie.
Will aß die Banane und bat um eine zweite und dann eine dritte. Als sein Heißhunger nachließ, fragte er:
»Wie kommt es, daß du ein so gutes Englisch sprichst?«
»Weil jeder Mensch Englisch spricht«, antwortete die Kleine.
»Jeder?«
»Ich meine, wenn er nicht Palanesisch spricht.« Da sie das Thema nicht interessierte, wandte sie sich ab, winkte mit der kleinen braunen Hand und stieß einen Pfiff aus.
»Hier und jetzt, Jungs«, rief der Vogel, flatterte von dem abgestorbenen Baum herbei und ließ sich auf ihrer Schulter nieder. Sie schälte noch eine Banane, reichte zwei Drittel davon Will und gab den Rest dem Myna.
»Gehört der Vogel dir?« fragte Will.
Sie schüttelte den Kopf. »Mynas sind wie das elektrische Licht«, sagte sie. »Sie gehören niemand.«
»Warum sagt er diese Sachen?«

»Weil jemand es ihn gelehrt hat«, antwortete sie geduldig. So ein Schafskopf! schien ihr Ton auszudrücken.

»Aber warum hat man ihn gerade *das* gelehrt? Warum ›Gib acht‹? Warum ›hier und jetzt‹?«

»Tja ...« Sie suchte nach den richtigen Worten, um diesem fremden Idioten etwas so Selbstverständliches zu erklären. »Das ist doch, was man immerfort vergißt, nicht wahr? Ich meine, man vergißt auf das achtzugeben, was geschieht. Und das ist dasselbe wie: nicht hier und nicht jetzt da sein.«

»Und die Mynas fliegen umher und erinnern einen daran?«

Sie nickte. Natürlich, so war es.

»Wie heißt du?« erkundigte sie sich nach einem längeren Schweigen.

Will stellte sich vor.

»Und ich heiße Mary Sarojini MacPhail.«

»MacPhail?« Es war zu unwahrscheinlich!

»MacPhail«, versicherte sie ihm.

»Und dein kleiner Bruder heißt Tom Krishna?« Sie nickte. »Also da hört sich alles auf!«

»Bist du nach Pala mit dem Flugzeug gekommen?«

»Ich bin aus dem Meer gekommen.«

»Aus dem Meer? Hast du ein Boot?«

»Ich hatte eins.« Im Geist sah Will, wie sich die Wellen über dem gestrandeten Rumpf brachen, hörte mit dem innern Ohr ihr krachendes Bersten. Auf ihre Fragen erzählte er ihr, was geschehen war. Das Unwetter, das gestrandete Boot, der lange Alptraum des Hinaufkletterns, die Schlangen, der Schrecken beim Absturz ... Wieder wurde er, heftiger als zuvor, von Schauern geschüttelt.

Mary Sarojini hörte ihm aufmerksam zu, ohne etwas dazu zu bemerken. Als ihm dann die Stimme schwankte und schließlich versagte, trat sie näher, den Vogel noch immer auf der Schulter, und kniete neben ihn hin.

»Hör mir zu, Will«, sagte sie und legte ihm die Hand auf die Stirn. »Wir müssen das los werden.« Sie sprach in einem berufsmäßigen und gelassen autoritativen Ton.

»Wenn ich nur wüßte, wie«, brachte er zwischen den klappernden Zähnen hervor.

»Wie?« wiederholte sie. »Aber auf die übliche Weise natürlich.

Erzähl mir noch einmal von diesen Schlangen, und wie du 'runtergefallen bist.«
Er schüttelte den Kopf. »Ich will nicht.«
»Natürlich willst du nicht«, sagte sie. »Aber du mußt. Hör dem Myna zu.«
»Hier und jetzt, Jungs«, ermahnte der Vogel wieder. »Hier und jetzt, Jungs.«
»Du kannst nicht hier und jetzt da sein«, setzte sie fort, »bevor du nicht diese Schlangen losgeworden bist. Also erzähl mir alles!«
»Ich will nicht, ich will nicht.« Er war den Tränen nahe.
»Dann wirst du sie nie loswerden. Sie werden ewig in deinem Kopf herumkriechen. Und recht geschieht's dir«, fügte sie streng hinzu.
Er versuchte sich zu beherrschen; doch sein Körper hatte aufgehört, ihm selbst zu gehören. Jemand anders befehligte ihn, jemand, der ihm feind und darauf aus war, ihn zu demütigen und zu quälen.
»Denk daran, was deine Mutter sagte, wenn du als kleines Kind hingefallen bist.«
›Mein armes Herz, mein armes Kleines.‹ Und sie hatte ihn umarmt und getröstet.
»So, *das* hat sie gesagt?« Mary Sarojini sprach in einem schokkiert erstaunten Ton. »Aber das ist ja entsetzlich! So wird's nur noch schlimmer. ›Mein armes Kleines‹«, wiederholte sie spöttelnd. »Das muß dir ja noch stundenlang weh getan haben. Und du würdest es nie mehr vergessen.«
Will Farnaby bemerkte nichts dazu, sondern lag stumm da, geschüttelt von Schauern, die er nicht unterdrücken konnte.
»Na, wenn du's nicht selber tun willst, dann werd ich's für dich tun müssen. Hör zu, Will: da war eine Schlange, eine große grüne Schlange, auf die du fast getreten bist. Du bist fast auf sie getreten, und das hat dir einen solchen Schrecken eingejagt, daß du das Gleichgewicht verloren hast und abgestürzt bist. Jetzt sag du's selber – sag es!«
»Ich bin fast auf sie getreten«, flüsterte er gehorsam, »und dann bin ich ...« Er vermochte es nicht auszusprechen. »Dann bin ich gestürzt«, brachte er endlich, fast unhörbar, hervor.
Das ganze Entsetzen war wieder da – die einem übelmachende

Furcht, das panische Zusammenzucken, das ihn straucheln ließ, und dann die noch schlimmere Furcht und grausige Gewißheit, daß diesmal das Ende da war.
»Sag es noch einmal.«
»Ich bin fast auf sie getreten. Und dann . . .«
Er hörte sich wimmern.
»Schon recht, Will. Weine nur – weine!«
Sein Wimmern wurde zu einem Stöhnen. Beschämt biß er die Zähne zusammen, und das Stöhnen verstummte.
»Nein, nicht«, rief sie. »Laß es heraus, wenn es heraus will. Erinnere dich an diese Schlange, Will. Erinnere dich, wie du hinuntergestürzt bist.«
Wieder brach er in Stöhnen aus und begann noch heftiger zu zittern als zuvor.
»Jetzt erzähl mir, was dann geschah.«
»Ich konnte ihre Augen sehn, ich konnte sehn, wie ihre Zunge hervorkam und wieder verschwand.«
»Ja, du konntest ihre Zunge sehn. Und dann?«
»Dann verlor ich das Gleichgewicht. Ich bin gestürzt.«
»Noch einmal, Will.« Er schluchzte. »Sag es noch einmal!« beharrte sie.
»Ich bin gestürzt.«
»Noch einmal.«
Es zerriß ihn fast, aber er sagte es. »Ich bin gestürzt.«
»Noch einmal, Will.« Sie blieb unerbittlich. »Noch einmal.«
»Ich bin gestürzt. Ich bin gestürzt. Ich bin gestürzt.«
Allmählich hörte das Schluchzen auf. Die Worte kamen leichter, und die Erinnerungen, die sie weckten, waren weniger qualvoll.
»Ich bin gestürzt«, wiederholte er jetzt wohl zum hundertsten Mal.
»Aber du bist nicht sehr tief gestürzt«, sagte Mary Sarojini jetzt.
»Nein, ich bin nicht sehr tief gestürzt«, gab er zu.
»Also warum das ganze Getue?« fragte die Kleine.
Es lag weder Boshaftigkeit noch Ironie in ihrem Ton, keine Andeutung eines Vorwurfs. Sie stellte bloß eine simple, offene Frage, die eine simple, offene Antwort verlangte. Ja, *warum* also das ganze Getue? Die Schlange hatte ihn nicht gebissen; er hatte sich nicht das Genick gebrochen. Und überhaupt, das alles war

gestern gewesen. Heute gab es hier diese Schmetterlinge, diesen Vogel, der einen zum Achtgeben ermahnte, dieses seltsame kleine Mädchen, das einem gehörig die Meinung sagte, aussah wie ein Engel aus einer unbekannten Göttersage und, ob man's glaubte oder nicht, fünf Breitengrade vom Äquator, MacPhail hieß. Will Farnaby lachte laut heraus.
Das kleine Mädchen klatschte in die Hände und lachte mit. Gleich darauf stimmte der Vogel auf ihrer Schulter mit Ausbrüchen dämonischen lauten Gelächters mit ein, das die Lichtung erfüllte und zwischen den Bäumen widerhallte, so daß es schien, als wollte das ganze Weltall über den Riesenspaß des Daseins vor Lachen bersten.

DRITTES KAPITEL

»Na, freut mich, daß ihr euch so gut amüsiert«, sagte plötzlich eine tiefe Stimme.
Will Farnaby wandte den Kopf und sah einen kleinen mageren Mann, europäisch gekleidet und eine schwarze Tasche in der Hand, lächelnd auf ihn herabblicken. So Ende fünfzig, schätzte er. Das Haar unter dem breitkrempigen Strohhut war dicht und weiß, und was für eine seltsame Hakennase er hatte! Und die Augen – so unwahrscheinlich blau in dem braunen Gesicht!
»Großvater«, hörte er Mary Sarojini ausrufen.
Der Unbekannte wandte sich der Kleinen zu.
»Worüber habt ihr denn so gelacht?« fragte er.
»Tja«, begann Mary Sarojini und hielt einen Augenblick inne, um ihre Gedanken zu ordnen. »Ja, siehst du, er war in einem Boot, und gestern war doch dieses Unwetter, und so ist er gestrandet – irgendwo dort unten. Also hat er die Felswand heraufklettern müssen. Und da waren ein paar Schlangen, und er ist abgestürzt. Aber zum Glück war ein Baum da, also kam er mit dem bloßen Schrecken davon. Und nachher ist er so zittrig gewesen, daß ich ihm von den Bananen gegeben hab, und er mußte mir die ganze Geschichte x-mal erzählen. Und auf einmal hat er begriffen, daß er sich deswegen keine Gedanken mehr zu machen braucht. Ich meine, daß jetzt alles vorbei und erle-

digt ist. Und darüber hat er lachen müssen. Und ich hab mitlachen müssen. Und auch der Myna.«

»Gut gemacht«, sagte ihr Großvater anerkennend. »Und nun«, fügte er hinzu, sich wieder an Will Farnaby wendend, »nach der psychologischen Ersten Hilfe wollen wir sehn, was sich sonst für den armen Bruder Esel tun läßt. Übrigens, ich bin Dr. MacPhail. Und Sie?«

»Er heißt Will«, erklärte Mary Sarojini, bevor der junge Mann antworten konnte. »Und mit dem Familiennamen Far-irgendwas.«

»Farnaby, genau gesagt. William Asquith Farnaby. Mein Vater war, wie Sie wohl erraten werden, ein leidenschaftlicher Liberaler. Selbst wenn er betrunken war. Vor allem wenn er betrunken war.« Er stieß ein rauhes, höhnisches Lachen aus, das gar nicht der kehligen Lustigkeit glich, als er begriff, daß er sich über das Ganze keine weiteren Gedanken zu machen brauchte.

»Hast du denn deinen Vater nicht gemocht?« fragte Mary Sarojini teilnahmsvoll.

»Nicht so sehr, wie ich ihn hätte mögen können«, antwortete Will.

»Er meint«, erklärte Dr. MacPhail dem Mädchen, »daß er seinen Vater haßte. Das tun sehr viele von ihnen«, fügte er beiläufig hinzu.

Er hockte sich auf die Fersen und begann die Riemen seiner schwarzen Tasche zu lösen.

»Einer unsrer Ex-Imperialisten, nehme ich an«, sagte er über die Schulter zu dem jungen Mann.

»Geboren in Bloomsbury«, bestätigte Will.

»Oberklasse«, diagnostizierte der Arzt, »aber kein Mitglied der militärischen oder güterbesitzenden Subspezies.«

»Stimmt. Mein Vater war ein Advokat und ein politischer Journalist. Das heißt, wenn er nicht zu sehr damit beschäftigt war, ein Alkoholiker zu sein. Und meine Mutter, so unglaublich das klingt, war die Tochter eines Erzdiakons. Eines *Erzdiakons*«, wiederholte Will und lachte wiederum so, wie er über seines Vaters Vorliebe für Kognak gelacht hatte.

Dr. MacPhail sah ihn kurz an und wandte seine Aufmerksamkeit dann wieder den Verschlußriemen zu.

»Wenn Sie so lachen«, bemerkte er in einem Ton wissenschaftli-

cher Unbeteiligtheit, »bekommt Ihr Gesicht einen merkwürdig häßlichen Ausdruck.«
Will bemühte sich, seine Betretenheit mit Spaßhaftigkeit zu bemänteln. »Es ist immer häßlich«, sagte er.
»Im Gegenteil, auf eine baudelairesche Art ist es eher schön. Nur nicht, wenn Sie darauf verfallen, solche hyänenähnlichen Geräusche von sich zu geben. Warum tun Sie das?«
»Ich bin Journalist«, erklärte Will. »›Unser Sonderberichterstatter‹, dafür bezahlt, in der Welt umherzureisen und zu berichten, was es grade an Greueln gibt. Was für andre Geräusche erwarten Sie da von mir? Guck-guck? Oder Quatsch? Oder Marx-Marx?« Er lachte abermals auf und gab dann eines seiner bewährten Bonmots zum besten. »Ich bin der Mann, der sich nicht mit einem Ja abspeisen läßt.«
»Hübsch«, sagte Dr. MacPhail. »Sehr hübsch. Aber jetzt wollen wir die eigentliche Sache angehn.« Er nahm aus der schwarzen Tasche eine Schere und begann das zerfetzte, blutbefleckte Hosenbein, das Wills verletztes Knie bedeckte, wegzuschneiden.
Will Farnaby sah zu ihm auf und fragte sich dabei, wieviel an diesem unwahrscheinlichen Hochländer noch schottisch und wieviel palanesisch war. Über die blauen Augen und die Hakennase konnte kein Zweifel bestehn. Aber die braune Haut, die zartgliedrigen Hände, die Anmut der Bewegungen – die stammten ganz gewiß von irgendwo sehr weit südlich des Tweed.
»Sind Sie hier geboren?« fragte er.
Der Arzt nickte. »In Shivapuram, am selben Tag, an dem Königin Viktoria begraben wurde.«
Noch ein Klicken der Schere, und das Hosenbein fiel ab und legte das Knie bloß. »Versaut«, urteilte Dr. MacPhail nach einer ersten genauen Untersuchung. »Ich glaube aber nicht, daß es allzu ernst ist.« Er wandte sich an seine Enkelin. »Ich möchte, daß du zu der Station zurückläufst und Vijaya bittest, er soll mit einem von den Männern herkommen. Und sie sollen aus der Krankenabteilung eine Tragbahre mitnehmen.«
Mary Sarojini nickte, stand auf und ging eiligen Schritts über die Lichtung weg.
Will blickte der zarten, kleiner werdenden Gestalt nach – der rote Rock wippte hin und her, die glatte Haut des Oberkörpers

glühte rosig golden im Sonnenlicht. »Sie haben eine sehr bemerkenswerte Enkelin«, sagte er zu Dr. MacPhail.
»Mary Sarojinis Vater«, sagte der Arzt nach einem kurzen Schweigen, »war mein ältester Sohn. Er starb vor vier Monaten – ein Unfall bei einer Klettertour.«
Will murmelte etwas Teilnahmsvolles, dann schwiegen sie beide.
Dr. MacPhail entkorkte eine Flasche mit Alkohol und wischte sich die Hände ab.
»Das wird jetzt ein wenig wehtun«, sagte er. »Ich würde vorschlagen, daß Sie dem Vogel dort zuhören.« Er schwenkte die Hand gegen den abgestorbenen Baum hin, auf dem sich der Myna wieder niedergelassen hatte.
»Hören Sie ihm gut zu, hören Sie ihm aufmerksam zu. Es wird Ihren Geist von dem unangenehmen Vorgang da ablenken.«
Will Farnaby horchte. Der Myna war zu seinem anfänglichen Thema zurückgekehrt.
»Gib acht«, rief die artikulierte Oboe, »gibt acht.«
»Worauf?« fragte Will und hoffte auf eine bessere Aufklärung, als er sie von Mary Sarojini erhalten hatte.
»Aufs Achtgeben«, erwiderte Dr. MacPhail.
»Achtgeben aufs Achtgeben?«
»Selbstverständlich.«
»Gib acht«, kam der Singsang des Myna ironisch bestätigend.
»Gibt es hier viele solche sprechende Vögel?«
»Es muß mindestens ein Tausend von ihnen auf der Insel umherfliegen. Ein Einfall des Alten Radscha. Er dachte, daß es den Leuten gut täte. Mag sein, aber mir erscheint es als ziemlich unfair den armen Mynas gegenüber. Zum Glück verstehn Vögel keine Moralpauken. Nicht einmal diejenigen des heiligen Franziskus. Stellen Sie sich nur die Anmaßung vor: durch und durch braven Drosseln und Stieglitzen und Weidenlaubsängern zu predigen! Statt den Mund zu halten und die Vögel *ihm* predigen zu lassen! Und jetzt«, fügte er in verändertem Ton hinzu, »sollten Sie lieber unserm Freund dort auf dem Baum zuhören. Ich werde jetzt diese Wunde desinfizieren.«
»Gib acht.«
»Also los!«
Der junge Mann zuckte zusammen und biß sich auf die Lippe.

»Gib acht. Gib acht. Gib acht.«
Ja, es war wirklich so. Wenn man aufmerksam genug hinhörte, war der Schmerz nicht gar so schlimm.
»Achtung. Achtung ...«
»Wie Sie's je fertiggebracht haben, die Felswand hinaufzuklettern«, sagte Dr. MacPhail, nach der Binde langend, »kann ich mir nicht vorstellen.«
Will gelang es, zu lachen. »Erinnern Sie sich an den Anfang von Samuel Butlers *Erewhon*«, sagte er. » ›Wie das Glück es wollte, war die Vorsehung auf meiner Seite.‹«
Von jenseits der Lichtung ertönten Stimmen. Will wendete den Kopf und sah Mary Sarojini zwischen den Bäumen auftauchen und ihren roten Rock hin und her schwingen, während sie mit kleinen Sprüngen näherkam. Hinter ihr, nackt bis zur Hüfte und auf der Schulter die Bambusstäbe und das eingerollte Segeltuch einer leichten Tragbahre, schritt eine riesige bronzene Statue von Mann und hinter ihm ein schlanker brauner Knabe in Shorts.
»Das ist Vijaya Bhattatscharya«, sagte Dr. MacPhail, als die Bronzestatue näherkam. »Vijaya ist mein Assistent.«
»Im Krankenhaus?«
Dr. MacPhail schüttelte den Kopf. »Nur in Notfällen«, sagte er. »Ich praktiziere nicht mehr. Vijaya und ich arbeiten zusammen in der Landwirtschaftlichen Versuchsstation. Und Murugan Mailendra« (er schwenkte die Hand gegen den braunen Knaben hin) »ist für einige Zeit bei uns, um Bodenkunde und Pflanzenzucht zu studieren.«
Vijaya trat zur Seite, legte seine große Tatze auf die Schulter seines Gefährten und schob den vorwärts. Als Will in das schöne mürrische Knabengesicht aufblickte, erkannte er überrascht den elegant gekleideten jungen Mann, den er vor fünf Tagen in Rendang-Lobo kennengelernt hatte und mit dem er in Oberst Dipas weißem Mercedes überall auf der Insel umhergefahren war. Er lächelte und wollte grade eine darauf bezügliche Bemerkung machen, hielt sich aber zurück. Kaum merklich, doch ganz unmißverständlich hatte der Junge den Kopf geschüttelt. In seinen Augen sah Will etwas wie ein angstvolles Flehen. »Bitte nicht«, schienen seine Lippen lautlos zu formulieren, »bitte nicht ...« Will schaltete auf seine frühere Miene um.

»Guten Tag, Mr. Mailendra«, sagte er in höflich unbeteiligtem Ton.

Murugan sah ungemein erleichtert drein. »Guten Tag.« Er grüßte Will mit einer leichten Verneigung.

Will blickte umher, um zu sehen, ob die andern den Vorfall bemerkt hätten. Mary Sarojini und Vijaya waren mit der Tragbahre beschäftigt, und der Arzt packte soeben seine schwarze Tasche zusammen. Die kleine Komödie hatte sich ohne Zuschauerschaft abgespielt. Murugan hatte offenbar seine Gründe dafür, nicht verlauten zu lassen, daß er in Rendang gewesen war. Jungens sind nun einmal, was sie sind. Manchmal sind das sogar Mädchen. Oberst Dipa hatte sich seinem Schützling gegenüber mehr als väterlich benommen, und Murugan wiederum verhielt sich dem Oberst gegenüber beträchtlich ergebener als bloß ein Sohn – er hatte ihn buchstäblich angehimmelt. War das nur Heldenverehrung, nur die Bewunderung eines Schuljungen für den starken Mann, der eine Revolution erfolgreich durchgeführt, die Opposition liquidiert und sich zum Diktator gemacht hatte? Oder waren da andere Gefühle mit beteiligt? Spielte Murugan den Antinous als Gegenpart dieses Hadrian mit dem schwarzen Schnurrbart? Na, wenn das seine Empfindungen waren für Militär-Gangster, die über die erste Jugend hinaus waren, ging das ihn allein an. Und wenn andrerseits dem Gangster hübsche Knaben gefielen, war das seine Sache. Und vielleicht hatte Oberst Dipa aus diesem Grund ein formelles Vorstellen unterlassen. »Das ist Muru«, sagte er bloß, als der Junge in das Präsidentenbüro geführt wurde, »mein junger Freund Muru«, und er war aufgestanden, hatte Murugan den Arm um die Schulter gelegt, ihn zu dem Sofa geführt und sich neben ihn gesetzt. »Darf ich den Mercedes fahren?« hatte Murugan dann gefragt. Der Diktator lächelte nachsichtig und nickte mit dem geschniegelten schwarzen Kopf. Ein weiterer Grund anzunehmen, daß bei dieser merkwürdigen Beziehung mehr als bloße Freundschaft im Spiel war. Am Steuer des weißen Sportwagens benahm sich Murugan dann wie ein Besessener. Nur ein sterblich Verliebter hätte sich selbst, geschweige denn seinen Gast, einem solchen Fahrer anvertraut. Auf der ebenen Strecke zwischen Rendang-Lobo und den Ölfeldern war der Zeiger des Tachometers zweimal bis auf hundertachtzig geklettert; und Schlimmeres folgte dann auf der

Serpentinenstraße, die von den Ölfeldern zu den Kupferminen führte. Schluchten gähnten, Gummireifen kreischten um Kurven herum, Wasserbüffel tauchten, kaum ein paar Schritt vor ihnen, aus dem Bambusdickicht auf, Zehntonnenlaster kamen die falsche Straßenseite heruntergepoltert. »Macht Sie das alles nicht ein wenig nervös?« hatte Will sich zu fragen erlaubt. Doch der Gangster war nicht nur ein betörter, sondern auch ein gottesfürchtiger Mann. »Wenn man weiß, daß man Allahs Willen ausführt – und davon bin ich überzeugt, Mr. Farnaby – gibt es keine Ursache zu Nervosität. Unter solchen Umständen wäre sie Blasphemie.« Und als Murugan wieder einmal jäh herumschwenkte, um einem Büffel auszuweichen, klappte er seine goldene Zigarettendose auf und bot Will eine Balkan-Sobranie an.

»Fertig«, rief Vijaya.

Will wendete den Kopf und sah die Tragbahre neben sich auf dem Boden stehn.

»Schön«, sagte Dr. MacPhail. »Legen wir ihn also jetzt darauf. Aber sachte, sachte ...«

Dann bewegte sich der kleine Trupp den schmalen Pfad zwischen den Bäumen entlang. Mary Sarojini bildete die Vorhut, ihr Großvater die Nachhut, und zwischen ihnen gingen Murugan und Vijaya an jedem Ende der Tragbahre.

Von seinem wandernden Lager aus blickte Will Farnaby durch die grüne Dunkelheit hinauf wie vom Grund eines lebenden Meers. Weit oben, nahe der Oberfläche, ertönte ein Rascheln im Laub, ein Gelärm von Affen. Und nun waren es an ein Dutzend Nashornvögel, die wie Phantasmagorien eines Irren durch eine Wolke von Orchideen hüpften.

»Liegen Sie bequem genug?« fragte Vijaya und beugte sich fürsorglich herab, um Will ins Gesicht zu spähen.

Will lächelte ihn an. »Herrlich bequem«, sagte er.

»Es ist nicht weit«, beteuerte der andere. »Noch ein paar Minuten, und wir sind da.«

»Was heißt ›da‹?«

»Die Versuchsstation. Nach dem Vorbild des englischen Rothamsted. Kennen Sie es?«

Will hatte selbstverständlich davon gehört, es aber nie besucht.

»Die Station hier ist seit mehr als hundert Jahren in Betrieb«, setzte Vijaya hinzu.

»Hundertundachtzehn, genau gesagt«, erklärte Dr. MacPhail. »Lawes und Gilbert begannen 1843 ihre Arbeit an Düngemitteln. Und einer ihrer Schüler kam Anfang der fünfziger Jahre hierher, um meinem Großvater zu helfen, unsre Station hier in Gang zu bringen. Rothamsted-in-den Tropen – etwas dergleichen schwebte uns damals vor. *In* den Tropen und *für* die Tropen.«

Die grüne Dämmerung wurde heller, und gleich darauf tauchte die Tragbahre aus dem Wald in die volle Grelle tropischen Sonnenscheins. Will hob den Kopf und blickte umher. Sie befanden sich nicht weit vom Boden eines riesigen Amphitheaters. Etwa hundertundfünfzig Meter tiefer unten erstreckte sich eine große Ebene, schachbrettartig von Feldern gemustert, getüpfelt mit Baumgruppen und kleinen Ansammlungen von Häusern. In der entgegengesetzten Richtung zogen sich die Hänge höher und höher, viele Hunderte von Metern bis zu einem Halbrund von Bergen. Auf einer grünen oder goldgelben Terrasse über der andern, von der Ebene bis zu der zinnenbekrönten Bergwand, paßten sich die Reisfelder den Schichtenlienien an, betonten scheinbar mit bewußter kunstvoller Absicht jede Ausbuchtung und jeden Einschnitt des Hangs. Die Natur war hier nicht mehr bloß natürlich; die Landschaft war komponiert, war auf ihre geometrischen Elemente reduziert worden, und was bei einem Maler ein Wunder an Virtuosität gewesen wäre, war in diesen Schlängellinien, diesen Streifen reiner starker Farbe wiedergegeben.

»Was haben Sie in Rendang getan?« fragte Dr. MacPhail und unterbrach so ein langes Schweigen.

»Material gesammelt für einen Bericht über die dortige neue Regierung.«

»Ich hätte den Oberst nicht für berichtenswert gehalten.«

»Da irren Sie. Er ist ein militärischer Diktator. Was heißen will, daß da irgendwo der Tod lauert. Und der Tod hat immer Neuigkeitswert. Sogar sein Geruch aus der Ferne«, lachte er. »Darum wurde ich beauftragt, auf dem Rückweg von China diesen Abstecher hierher zu machen.«

Die andern Gründe, die es noch gab, ließ er lieber unerwähnt. Zeitungen bildeten nur einen Teil von Lord Aldehydes Interessen. In einer andern seiner Manifestationen war er die South-East Asia Petroleum Company, war er Imperial & Foreign Copper Limited. Wills offizielle Mission in Rendang war, den Tod in der militarisierten Luft dort zu wittern; er war aber auch beauftragt worden herauszufinden, wie der Diktator über ausländisches Kapital denke, welche Steuererleichterungen er zu bieten bereit wäre, welche Garantien gegen Verstaatlichung. Und welcher Prozentsatz des Reingewinns könnte ins Ausland überwiesen werden? Wie viele einheimische Techniker und Verwaltungsbeamte müßten angestellt werden? Eine ganze Batterie von Fragen. Aber Oberst Dipa war höchst umgänglich und entgegenkommend gewesen. Daher jene haarsträubende Fahrt, mit Murugan am Steuer, hinauf zu den Kupferminen. »Primitiv, mein lieber Farnaby, primitiv. Moderne Ausrüstung, wie Sie sehn können, dringend erforderlich.« Eine zweite Zusammenkunft war vereinbart worden, für – wie sich Will nun erinnerte – den heutigen Vormittag. Er stellte sich den Oberst an seinem Schreibtisch vor. Ein Bericht des Polizeichefs. »Mr. Farnaby zum letztenmal gesichtet, als er ein kleines Segelboot allein in die Meerenge von Pala steuerte. Zwei Stunden später ein heftiges Unwetter... Sein Tod muß angenommen werden...« Statt dessen befand er sich nun hier, springlebendig, auf der verbotenen Insel.

»Die werden Ihnen bestimmt kein Visum geben«, hatte Joe Aldehyde bei ihrer letzten Unterredung gesagt. »Aber vielleicht könnten Sie sich in einer Verkleidung an Land schleichen. Tragen Sie einen Burnus oder ähnliches, wie Lawrence von Arabien.«

Ohne die Miene zu verziehen, hatte Will »Ich werd's versuchen«, versprochen.

»Jedenfalls, wenn es Ihnen je gelingen sollte, in Pala zu landen, ist Ihr erster Weg zum Palast. Mit der Rani – das ist die dortige Königinmutter – bin ich gut befreundet. Traf sie zum erstenmal vor sechs Jahren, in Lugano. Sie war zu Besuch bei dem alten Vögeli, der dort eine Effektenemmissionsbank hat. Dessen Freundin interessiert sich für Spiritismus, und sie veranstalteten eine Séance für mich. Eine Verkünderin als Medium, eine ›echte Stimme von drüben‹ – nur daß leider alles auf deutsch war! Nun, nachdem es wieder Licht wurde, hatte ich ein langes Gespräch mit ihr.«

»Mit der Verkünderin?«

»Mit der Rani. Sie ist eine außerordentliche Frau. Sie wissen doch: Der Kreuzzug des Geistes.«
»Hat *sie* den erfunden?«
»Ganz und gar. Und ich persönlich ziehe ihn der Moralischen Aufrüstung vor. Er kommt in Asien besser an. An dem Abend damals führten wir ein langes Gespräch darüber. Und danach über Erdöl. Pala quillt über davon. South-East Asia Petroleum versucht seit Jahren einzusteigen. Wie das auch die meisten andern Gesellschaften tun. Aber nichts zu machen. Keine Ölkonzessionen für wen immer. Das ist dort die unabänderliche Politik. Doch die Rani ist damit nicht einverstanden. Sie möchte, daß das Öl irgendwie Gutes stiften soll auf der Welt. Den Kreuzzug des Geistes finanzieren, zum Beispiel. Also, wie gesagte, falls Sie je nach Pala gelangen sollten, ist Ihr erster Weg zum Palast. Sprechen Sie mit der Rani. Finden Sie was heraus über das Privatleben der Männer, welche die Entscheidungen zu treffen haben. Finden Sie heraus, ob es eine Pro-Öl-Minderheit gibt und wie wir denen helfen könnten, das gute Werk weiterzuführen.« Und er schloß damit, Will eine ansehnliche Gehaltszulage in Aussicht zu stellen, wenn seine Bemühungen Erfolg hätten. Genug, um ihm ein volles Jahr Freiheit zu ermöglichen. »Keine Berichterstattung mehr. Nichts als hohe, allerhö-ö-öchste Kunst!« Gräßlicher Kerl! Aber trotz allem schrieb Will für die elenden Zeitungen des gräßlichen Kerls und war bereit, für eine Bestechungssumme den niederträchtigen Auftrag des gräßlichen Kerls auszuführen. Und nun, unwahrscheinlicherweise, befand er sich hier, auf palanesischem Boden. Wie das Glück es wollte, war die Vorsehung auf seiner Seite gewesen – mit der ausdrücklichen Absicht, offensichtlich, einen jener Streiche auszuführen, welche ihre besondere Spezialität sind.
Mary Sarojinis schrille Stimme rief ihn in die Gegenwart zurück.
»Da wären wir!«
Will hob wieder den Kopf. Der kleine Zug war von der Landstraße abgebogen und schritt durch eine Öffnung in einer verputzten Mauer. Zur Linken, auf einer ansteigenden Flucht von Terrassen, waren Reihen niedriger, von Bo-Bäumen beschatteter Bauten zu sehen. Gradeaus ihnen gegenüber führte eine Allee hoher Palmen hinunter zu einem Lotusteich, an dessen entfernterem Ende sich eine riesige steinerne Buddha-Statue erhob.

Nach links abbiegend stiegen sie zwischen blühenden Bäumen und durch ein Gemisch von Wohlgerüchen zu der ersten Terrasse hinab. Hinter einem Zaun stand, regungslos bis auf die widerkäuenden Kinnbacken, ein milchweißer Stier mit Höckerrücken, gottähnlich in seiner heiteren, geistlosen Schönheit. Der Liebhaber der Europa verschwand in die Vergangenheit und statt seiner erschien ein Paar von den Vögeln der Juno, die ihre Fedemschleppen übers Gras schleiften. Mary Sarojini stieß eine Tür zu einem Gärtchen auf.

»Mein Bungalow«, sagte Dr. MacPhail und, zu Murugan gewendet: »Ich werde euch mit der Tragbahre die Stufen hinaufhelfen.«

VIERTES KAPITEL

Tom Krishna und Mary Sarojini waren zu den Gärtnerskindern nebenan gegangen, um gemeinsam mit ihnen Mittagsruhe zu halten. Susila MacPhail saß allein in dem verdunkelten Wohnzimmer mit ihren Erinnerungen an vergangenes Glück und dem schmerzlichen Bewußtsein ihres Verlusts. Die Uhr in der Küche schlug die halbe Stunde. Sie mußte gehn. Mit einem Seufzer erhob sie sich, zog ihre Sandalen an und trat hinaus in die ungeheure Grelle des tropischen Nachmittags. Sie blickte zum Himmel empor. Über den Vulkanen stiegen riesige Wolken auf; dem Zenith entgegen. Binnen einer Stunde würde es regnen. Von einem Schattenfleck zum andern schritt sie den baumbesäumten Weg entlang. Mit einem Knattern brach plötzlich ein Schwarm Tauben aus einem der hohen Bo-Bäume hervor. Mit ihren grünen Flügeln und korallenroten Schnäbeln, die Brust im Licht wie Perlmutter irisierend, flogen sie davon, auf den Wald zu. Wie schön sie waren, wie wunderschön! Susila wollte grade den Kopf wenden, damit ihr der Ausdruck des Entzückens auf Dugalds emporgerichtetem Gesicht nicht entgehe; dann hielt sie inne und sah zu Boden. Es war kein Dugald mehr da, nur dieser Schmerz, der Schmerz eines amputierten Gliedes, das nicht nur in der Einbildungskraft immer noch da ist, sondern immer noch weh tut. »Amputiert«, flüsterte sie vor sich hin, »amputiert ...« Als sie spürte, daß ihre Augen sich mit Tränen füllten, gab sie sich einen Ruck. Eine Amputation war keine Ausrede für Selbstmitleid, und auch wenn Dugald tot war, die Vögel waren so schön wie eh und je und ihre Kinder und alle andern Kinder nach wie vor darauf angewiesen, daß man sie lieb hatte, ihnen half und sie unterrichtete. Wenn Dugalds Abwesenheit ihr so ständig bewußt war, so darum, sie daran zu erinnern, daß von nun an sie für zwei lieben, für zwei leben, für zwei denken müßte und nicht nur mit ihren eigenen Augen, ihrem eigenen Verstand begreifen und verstehen müßte, sondern mit dem Verstand und den Augen, die die seinen gewesen waren und, vor jenem Unglück, auch die ihren, in einem Einklang von Glückseligkeit und Verstehn.

Inzwischen hatte sie den Bungalow des Arztes erreicht. Sie ging die Stufen zur Veranda hinauf und betrat das Wohnzimmer. Ihr Schwiegervater saß neben dem Fenster, trank in kleinen Schlukken kalten Tee aus einem Becher und las im *Journal de Mycologie*. Er blickte auf, als sie näherkam, und begrüßte sie mit einem Lächeln.

»Susila, meine Liebe! Ich freue mich, daß du kommen konntest.«

Sie beugte sich zu ihm herab und küßte ihn auf die stoppelige Wange.

»Was soll das heißen, was mir Mary Sarojini da erzählt hat?« fragte sie. »Ist es wahr, daß sie einen Schiffbrüchigen gefunden hat?«

»Er kommt aus England – doch auf dem Umweg über China, Rendang und einen Schiffbruch. Ein Journalist.«

»Was für eine Art Mensch ist er?«

»Physisch das Ebenbild eines Messias. Doch zu vernünftig, um an Gott zu glauben oder von seiner eignen Mission überzeugt zu sein. Und zu sensibel, sie auszuführen, selbst wenn er von ihr überzeugt wäre. Seine Muskeln würden sich gern betätigen und seine Gefühle gern Glauben empfinden. Doch seine Nervenenden und seine Vernunft lassen das nicht zu.«

»Offenbar also ein sehr unglücklicher Mensch.«

»So unglücklich, daß er lacht wie eine Hyäne.«

»Weiß er, daß er wie eine Hyäne lacht?«

»Er weiß es und ist recht stolz darauf. Verfaßt sogar Epigramme darüber. ›Ich bin der Mann, der sich nicht mit einem Ja abspeisen läßt.‹«

»Ist er schlimm verwundet?« fragte sie.

»Nicht sehr schlimm. Aber er hat Fieber. Ich habe ihm zunächst Antibiotika gegeben. Nun ist's an dir, ihn widerstandskräftig zu machen und die *vis medicatrix naturae* wirken zu lassen.«

»Ich will mein möglichstes tun«, sagte Susila, und dann, nach einem Schweigen: »Ich habe Lakshmi besucht, auf dem Rückweg von der Schule.«

»Und wie ging's ihr?«

»Ungefähr gleich. Sie war eher etwas schwächer als gestern.«

»Das war auch mein Eindruck heute vormittag.«

»Zum Glück scheinen die Schmerzen sich nicht zu verschlimmern. Es geht immer noch mit der psychologischen Behandlung. Trotz ihren Übelkeiten konnte sie heute etwas Flüssigkeit zu sich nehmen. Ich glaube kaum, daß noch intravenöse Spritzen nötig sind.«

»Gottlob«, sagte er. »Das war eine Quälerei. So ungeheuer mutig bei jeder wirklichen Gefahr; doch wenn's um Spritzen oder einen Nadelstich in die Vene geht, eine so jämmerliche, unvernünftige Angst.«

Er dachte an die Zeit, an die frühen Tage ihrer Ehe, da er sie ärgerlich ein feiges Ding genannt hatte, weil sie solche Geschichten machte. Sie hatte geweint, still erduldet und glühende Kohlen auf sein Haupt gehäuft, indem sie ihn nachher um Verzeihung bat. »Lakshmi, Lakshmi ...« Und jetzt, in ein paar Tagen, würde sie tot sein. Nach siebenunddreißig Jahren.

»Worüber habt ihr gesprochen?« fragte er.

»Nichts Bestimmtes«, antwortete Susila. In Wahrheit hatten sie über Dugald gesprochen, doch sie brachte es nicht über sich zu wiederholen, was zwischen ihnen beiden gesagt worden war. »Mein erstes Baby«, hatte die Sterbende geflüstert. »Ich hab gar nicht gewußt, daß kleine Kinder so schön sein können.« Die Augen in ihren tief in den Schädel gesunkenen dunklen Höhlen hatten aufgeleuchtet, die blutleeren Lippen gelächelt. »Solch kleine, winzige Hände«, fuhr die schwache heisere Stimme fort, »so ein gieriger kleiner Mund!« Und ihre nur noch aus Haut und Knochen bestehende Hand betastete zitternd die Stelle, wo, vor dem chirurgischen Eingriff im vergangenen Jahr, ihre Brust gewesen war. »Ich hab's gar nicht gewußt.« Und – vorher – wie hätte sie's auch wissen können? Es zu lieben und zu berühren, war eine Offenbarung gewesen, eine Apokalypse. »Weißt du, was ich meine?« Susila hatte genickt. Natürlich wußte sie es, wenn sie an ihre eignen Kinder dachte und an den Mann, zu dem der kleine Dugald mit den winzigen Händen und dem gierigen Mund herangewachsen war. »Ich war oft in Angst um ihn«, hatte die Sterbende gemurmelt. »Er war so stark, so herrschsüchtig, er hätte verletzen, unterdrücken, zerstören können. Wenn er eine andre geheiratet hätte ... Ich bin so dankbar, daß *du* es warst!« Von der Stelle, wo ihre Brust gewesen war, tastete sich die abgezehrte Hand weiter und ruhte jetzt auf Susilas Arm. Susila neigte den Kopf und küßte diese Hand. Sie weinten beide.

Dr. MacPhail seufzte, sah auf, und schüttelte sich leicht, wie einer, der eben aus dem Wasser gestiegen ist. »Der Schiffbrüchige heißt Farnaby«, sagte er. »Will Farnaby.«

»Will Farnaby«, wiederholte Susila. »Na, ich sollte mich lieber um ihn kümmern.« Sie wandte sich und ging.

Dr. MacPhail sah ihr nach, lehnte sich dann in den Stuhl zurück und schloß die Augen. Er dachte an seinen Sohn, an seine Frau: Lakshmi, die sich langsam bis zur Vernichtung verzehrte, und Dugald, eine helle Flamme, die jählings ausgelöscht worden war. Dachte an die unbegreifliche Folge von Wechsel und Zufall, die ein Leben ausmacht, an all das Schöne und Schreckliche und Absurde, dessen Zusammentreffen den unausdeutbaren und dennoch göttlich sinnvollen Plan menschlichen Geschicks ergibt. »Arme Susila«, dachte er. Er erinnerte sich an den Ausdruck ihres Gesichts, als er ihr mitgeteilt hatte, was Dugald zugestoßen war, »armes Kind!« Und jetzt hatte er da diesen Artikel über halluzinogene Pilze im *Journal de Mycologie* vor sich! Das war wieder eine der Belanglosigkeiten, die irgendwie in dem Plan ihren Platz einnahmen. Die Worte eines kuriosen kleinen Gedichts fielen ihm ein, das der Alte Radscha geschrieben hatte.

Alle Dinge, allen Dingen
Völlig gleichgültig,
Völlig gemeinsam wirken
In Zwietracht für ein Gutes jenseits

Des Guten, für ein Wesen, das zeitloser
Im Vergänglichen und ew'ger ist im Schwinden
Als Gott droben im Himmel.

Die Tür knarrte, und gleich darauf hörte Will leise Schritte und das Rascheln eines Kleids. Dann legte sich eine Hand auf seine Schulter, und eine Frauenstimme, eine tiefe, melodische, fragte ihn, wie er sich fühle.
»Ich fühle mich ganz erbärmlich«, antwortete er, ohne die Augen zu öffnen.
Es lag kein Selbstbedauern in seiner Stimme, kein Mitleidheischen – nur die ärgerliche Sachlichkeit eines Stoikers, welcher der allzulange währenden Farce von Gelassenheit überdrüssig geworden ist und nun gereizt mit der Wahrheit herausplatzt.
»Ich fühle mich ganz erbärmlich«, wiederholte er.
Wieder berührte ihn die Hand. »Ich bin Susila MacPhail«, sagte die Stimme, »die Mutter von Mary Sarojini.«
Unwillig wandte er den Kopf und öffnete die Augen. Eine erwachsene Ausgabe von Mary Sarojini mit dunklerer Hautfarbe saß da an seinem Bett und lächelte ihn an. Er hatte nicht die Kraft, das Lächeln zu erwidern, begnügte sich mit einem »Guten Tag«, zog das Bettuch höher und schloß wieder die Augen.
Susila sah schweigend auf ihn hinab – auf die knochigen Schultern, das Gerüst der Rippen unter einer Haut, deren nordische Blässe ihn in ihren Augen, denen einer Palanesierin, seltsam zart und verletzlich erscheinen ließ, auf das gebräunte Gesicht mit den scharfgeschnittenen Zügen. Wie aus Holz, im Hinblick auf einen entfernten Betrachter geschnitzt, kantig und doch sensitiv, dachte sie – das feinnervige, nackter als nackt erscheinende Gesicht eines Mannes, der aussah, als sei er geschunden und seinen Qualen überlassen worden.
»Ich höre, Sie kommen aus England«, sagte sie schließlich.
»Mir egal, wo ich herkomme, und mir egal, wo ich hingehe«, knurrte Will gereizt. »Jedenfalls *aus* der Hölle, *in* die Hölle.«
»Ich war in England, gleich nach dem Krieg«, fuhr Susila fort. »Um zu studieren.«
Er bemühte sich, nicht hinzuhören; aber Ohren haben keine Lider; es gab kein Entkommen vor dieser eindringlichen Stimme.
»Da war ein Mädchen in meiner Psychologieklasse«, sagte die

Stimme. »Ihre Familie wohnte in Wells, und sie lud mich ein, die ersten Monate der Sommerferien bei ihnen zu verbringen. Kennen Sie Wells?«

Natürlich kannte er Wells. Weshalb belästigte sie ihn mit ihren albernen Erinnerungen?

»Ich ging so gern dort am Ufer des Flusses spazieren«, fuhr Susila fort, »und blickte über den Wallgraben zu der Kathedrale hinüber« – und sie erinnerte sich, während sie in Gedanken auf die Kathedrale blickte, an Dugald unter den Palmen auf dem Strand, und dann an ihn und ihre erste Lektion im Klettern. »Du bist angeseilt«, hatte Dugald gesagt. »Dir kann nichts geschehn. Du *kannst* nicht abstürzen ...« *Kannst* nicht abstürzen, wiederholte sie im Stillen mit Bitterkeit – dann kehrte sie zurück in das Hier und das Jetzt und zu ihrer Aufgabe. Da vor ihr – sie sah wieder auf das verquälte scharfkantige Gesicht – da vor ihr lag ein Mensch, der Schmerzen litt. »Wie schön es dort war«, fuhr sie fort, »und wie friedlich.«

Die Stimme, so schien es Will Farnaby, klang noch melodischer und seltsamerweise auch entfernter. Vielleicht war es darum, daß er ihr Eindringen nicht mehr übelnahm.

»Shanti, shanti, shanti. Der Friede über alle Vernunft.«

Die Stimme klang jetzt wie ein Psalmodieren – klang wie aus einer andern Welt.

»Ich kann die Augen schließen, kann die Augen schließen und alles so deutlich vor mir sehn. Kann die Kirche sehn – und sie ist riesengroß, viel höher als die hohen Bäume rings um den Bischofspalast. Ich kann das grüne Gras sehn und den Fluß und das goldene Sonnenlicht auf dem Gemäuer und die schrägen Schatten zwischen den Pfeilern. Und horch! Ich kann die Glokken hören. Die Glocken und die Dohlen. Die Dohlen im Turm – können Sie die Dohlen hören?«

Ja, er konnte die Dohlen hören, konnte sie fast so deutlich hören, wie er jetzt die Papageien in den Bäumen vor dem Fenster hörte. Er war dort und hier zugleich – hier in diesem dunkeln, drückend heißen Zimmer nahe dem Äquator, und auch dort draußen, in jener kühlen Mulde am Ufer des Mendips, wo die Dohlen vom Kirchturm riefen und das Geläute der Glocken in der grünen Stille verhallte.

»Und kann die weißen Wolken sehn«, sagte die Stimme, »und

der blaue Himmel dazwischen ist so blaß, so verhalten, so köstlich zart.«
Zart, wiederholte er, der zarte blaue Himmel dieses Wochenendes damals im April, das er, vor der Katastrophe ihrer Heirat, dort mit Molly verbracht hatte. Im Gras blühten Maßliebchen und Löwenzahn, und auf dem andern Ufer ragten die hohen Umrisse der Kathedrale auf – in ihrer herben Geometrie eine Herausforderung an die stürmische Sanftheit der Aprilwolken. Eine Herausforderung und zugleich eine Vervollständigung, ein Sichabfinden in einer vollkommenen Versöhnung. So hätte es sein sollen zwischen Molly und ihm – so wie es damals gewesen war.
»Und die Schwäne«, hörte er jetzt die Stimme in ihrem verträumten singenden Tonfall sagen, »die Schwäne ...«
Ja, die Schwäne. Weiße Schwäne, die über einen Spiegel aus Jade und Jett dahinglitten – einen atmenden Spiegel, der sich hob und senkte und der erzitterte, so daß ihre silbrigen Reflexe immer aufs neue zusammenkamen, zerfielen und eins wurden.
»Wie Symbole der Heraldik. Romantisch, unausdenkbar schön. Und doch sind sie dort – wirkliche Vögel, an einem wirklichen Ort. Mir jetzt so nahe, daß ich sie fast berühren kann – und dennoch so weit weg, Tausende von Meilen weit weg. Weit weg, dort auf dieser glatten Wasserfläche, wie von Zauberhand bewegt, gleiten sie lautlos, majestätisch dahin ...«
Majestätisch dahin, majestätisch. Das dunkle Wasser hob sich und teilte sich, wenn die gewölbten weißen Brüste es durchfurchten – hob sich und teilte sich und flutete dann zurück in gekräuselten Wellchen, die sich, hinter den Schwänen, zu einer gleißenden Pfeilspitze ausbreiteten. Er konnte sehn, wie sie über den dunkeln Wasserspiegel dahinglitten, konnte die Dohlen im Kirchturm hören und nahm – durch den mit Gardenienduft vermischten Desinfektionsgeruch hindurch, der ihn hier umgab – den kalten schalen Geruch des Unkrauts wahr, das in dem gotischen Wallgraben jenes fernen grünen Tals wucherte.
»Nur so dahinzugleiten«, sagte Will vor sich hin. »Nur so dahin ...« Die Worte gaben ihm eine tiefe Befriedigung.
»Ich saß oft dort«, sagte sie, »ich saß oft dort und blickte auf das Wasser, und bald darauf glitt auch ich so dahin. Dahin mit den Schwänen zwischen dem Dunkel unten und dem blassen,

zarten Himmel oben. Aber gleichzeitig glitt ich auf jener andern Oberfläche dahin, zwischen hier und weit weg, zwischen damals und jetzt.« Und zwischen erinnertem Glück, dachte sie, und diesem hartnäckigen Zugegensein einer Abwesenheit. »Glitt dahin«, sagte sie, »auf der Oberfläche zwischen Wirklichem und Vorgestelltem, zwischen dem, was von außen her auf uns zukommt und dem von innen her, von ganz tief, tief unten hier drinnen.«

Sie legte die Hand auf seine Stirn, und mit einemmal verwandelten sich die Worte in die Dinge und Geschehnisse, die sie bedeuteten; die Bilder wurden wirklich. Er begann wirklich dahinzugleiten.

»Dahinzugleiten«, fuhr die sanfte Stimme beharrlich fort. »Dahinzugleiten wie ein weißer Vogel auf dem Wasser. Auf einem großen Strom von Leben – einem breiten, glatten, lautlosen Strom, der so still dahinfließt, so still, so still, daß man fast meinen könnte, er schlafe. Ein schlafender Strom. Und doch fließt er unwiderstehlich dahin.

Leben, das still und unwiderstehlich dahinfließt in immer erfüllteres Leben, in einen lebendigen Frieden, der um so tiefer ist, um so reicher und kraftvoller und vollständiger, weil er all unser Leid und unsern Schmerz kennt, all das kennt, und es sich einverleibt, es eins macht mit dem eignen Wesen. Und jener Friede ist es, in den Sie jetzt hineingleiten, wie Sie so auf dem glatten, lautlosen Strom dahingleiten, der schläft und doch unwiderstehlich ist, der unwiderstehlich ist, eben weil er schläft. Und auch ich gleite mit ihm dahin.« Sie sagte das zu dem Unbekannten. Und, auf einer andern Ebene, sagte sie es zu sich selbst. »Nur so dahinzugleiten. Überhaupt nichts tun. Einfach sich entspannen, sich dahintreiben lassen, sich nur wünschen, daß dieser unwiderstehliche schlafende Strom des Lebens einen mit sich trage, dorthin, wo er hinfließt – und die ganze Zeit weiß man, daß, wo er hinfließt, man auch selber hin will, hin muß: in lebendigeres Leben, in lebendigen Frieden. Entlang mit dem schlafenden Strom, unwiderstehlich, hinein in die Ganzheit der Versöhnung.«

Ohne es zu wollen, ohne es zu wissen, stieß Will Farnaby einen tiefen Seufzer aus. Wie still die Welt geworden war! Still, von einer tiefen, kristallklaren Stille, auch wenn die Papageien jenseits der Fensterläden immer noch lärmten, auch wenn die Stimme neben ihm immer noch in ihrem singenden Tonfall weitersprach. Stille und Leere, und durch die Stille und die Leere floß der Strom, schlafend und unwiderstehlich.

Susila blickte hinab auf das Gesicht in den Kissen. Es schien auf einmal sehr jung zu sein, kindhaft in seiner vollkommenen heiteren Ruhe. Die gerunzelten Linien auf der Stirn hatten sich geglättet. Die Lippen, im Schmerz noch eben fest aufeinandergepreßt, waren jetzt halb offen, der Atem kam und ging langsam, leise, fast unmerklich. Sie erinnerte sich plötzlich der Worte, die ihr eingefallen waren, als sie in einer mondhellen Nacht auf Dugalds Gesicht in seiner verklärten Unschuld hinabgeblickt hatte: »Sie schenket ihrem Liebsten Schlaf.«

»Schlaf«, sagte sie. »Schlaf.«

Die Stille schien noch stiller zu werden, die Leere noch ungeheurer.

»Schlafend auf dem schlafenden Strom«, sagte die Stimme. »Und über dem Strom, in dem blassen Himmel, riesige weiße Wolken. Und während Sie zu ihnen aufblicken, schweben Sie ihnen entgegen. Ja, Sie schweben ihnen entgegen, und der Strom ist jetzt ein unsichtbarer Strom in der Luft geworden, ein unsichtbarer Strom, der Sie weiterträgt, emporträgt, höher und höher.«

Hinauf, hinauf, durch die stille Leere. Die Vorstellung war die Wirklichkeit, die Worte wurden zum Erleben.

»Weg aus der heißen Ebene«, fuhr die Stimme fort, »mühelos hinauf in die frische Kühle der Berge.«

Ja, da war die Jungfrau, blendend weiß gegen das Blau. Der Monte Rosa ...

»Wie kühl die Luft ist, die Sie atmen. Frisch, rein, angefüllt mit Leben!«

Er atmete tief, und das neue Leben strömte in ihn ein. Ein leichter Wind wehte über die Schneefelder; strich kühl, wunderbar kühl, über seine Haut. Und als spreche sie seine Gedanken aus, als beschreibe sie seine Empfindungen, sagte die Stimme: »Kühle. Kühle und Schlaf. Durch Kühle zu lebendigerem Leben. Durch Schlaf zu Versöhnung, Ganzheit, lebendigem Frieden.«

Eine halbe Stunde später betrat Susila wieder das Wohnzimmer.

»Nun?« wollte ihr Schwiegervater wissen. »Hast du etwas erreicht?«

Sie nickte.
»Ich hab ihm von einem Ort in England erzählt«, sagte sie. »Er war schneller weg, als ich erwartet hatte. Nachher gab ich ihm einige Anweisungen seines Fiebers wegen ...«
»Und auch wegen des Knies, hoffe ich.«
»Natürlich.«
»Direkte?«
»Nein. Indirekte sind immer die bessern. Ich brachte ihn dazu, sich seines Körperbilds von außen her bewußt zu werden und sich dieses dann viel größer vorzustellen, als es in Wirklichkeit ist – und das Knie viel kleiner. Etwas Läppisches und Winziges, das sich gegen etwas Gewaltiges und Prächtiges auflehnt. Gar kein Zweifel, wer von den beiden gewinnt.« Sie warf einen Blick auf die Wanduhr. »Du meine Güte, ich muß mich beeilen, sonst komme ich zu spät in meine Klasse.«

FÜNFTES KAPITEL

Die Sonne ging grade auf, als Dr. MacPhail das Zimmer seiner Frau im Krankenhaus betrat. Ein orangefarbenes Leuchten, und davor die zackigen Umrisse der Berge. Dann das plötzliche Erglühen einer blendend hellen Sichel zwischen zwei Berggipfeln. Die Sichel wurde ein Halbkreis, und die ersten langen Schatten, die ersten goldenen Lichtstrahlen schrägten den Garten draußen vor dem Fenster. Und hob man wieder den Blick zu den Bergen, lag da die ganze unerträgliche Glorie der aufgehenden Sonne ausgebreitet.
Dr. MacPhail setzte sich neben das Bett, ergriff die Hand seiner Frau und küßte sie. Sie lächelte ihn an und wendete sich dann wieder dem Fenster zu.
»Wie schnell sich die Erde dreht!« flüsterte sie und setzte hinzu: »Einer dieser Morgen wird mein letzter Sonnenaufgang sein.«
Durch den verworrenen Chor von Vogelstimmen und Insektengesirr rief ein Myna: »Karuna. Karuna ...«
»Karuna«, wiederholte Lakshmi. »Mitgefühl ...«
»Karuna. Karuna«, beharrte die oboenhafte Stimme Buddhas vom Garten her.

»Ich brauche es nicht länger«, fuhr sie fort. »Aber was wird aus dir werden, mein armer Robert? Was wird aus dir werden?«

»Irgendwie findet man die nötige Kraft«, sagte er.

»Aber wird es die richtige Kraft sein? Oder wird es die einer Rüstung sein, die dich abschließt, die Kraft, dich ganz in deine Arbeit zu vertiefen und in deine Ideen und dich überhaupt um nichts andres zu kümmern? Erinnerst du dich, wie ich immer kam und dich an den Haaren zog, damit du aufmerken solltest? Wer wird das tun, wenn ich einmal nicht mehr bin?«

Eine Krankenschwester brachte ein Glas Zuckerwasser. Dr. MacPhail schob eine Hand unter die Schultern seiner Frau und richtete sie in eine sitzende Stellung auf. Die Schwester hielt ihr das Glas an die Lippen. Lakshmi trank ein wenig, schluckte mühsam und tat dann noch einen Schluck und noch einen.

»›Ich hier stell die Dreifaltigkeit dar‹«, zitierte die schwache, heisere Stimme, »›Mit drei Schluck Orangeade klar, der Arianer vereitelt war ...‹« Sie brach ab. »Nein, daß ich mich jetzt an dieses lächerliche Zeug erinnere! Aber ich hab mich oft genug lächerlich aufgeführt, nicht?«

»Oft genug«, bestätigte er und bemühte sich, ihr Lächeln zu erwidern.

»Du hast immer gesagt, ich sei wie ein Floh. Einmal hier, einmal da, und dann – hops! Irgendwo anders, meilenweit weg. Kein Wunder, daß du mich nicht erziehen konntest.«

»Statt dessen aber hast *du mich* ganz ordentlich erzogen«, versicherte er ihr. »Wärst du nicht gekommen und hättest mich an den Haaren gezogen und mir gezeigt, wie man die Welt betrachten soll, und mir geholfen, sie zu verstehn, was wäre aus mir geworden? Ein pedantischer alter Mann mit Scheuklappen – trotz meiner ganzen Bildung. Doch zum Glück hab ich soviel Menschenverstand gehabt, dich zu fragen, ob du mich heiraten willst, und zum Glück warst du so unvorsichtig, ja zu sagen, und so klug und weise, das Beste draus zu machen. Nach siebenunddreißig Jahren Erwachsenenbildung bin ich jetzt beinahe ein Mensch.«

»Ich aber bin ein Floh geblieben.« Sie schüttelte den Kopf. »Und, weiß Gott, ich hab mir Mühe gegeben. Ich weiß nicht, ob du's je begriffen hast, Robert: ich stand immer auf den Zehenspitzen, hab immerzu nach oben gestrebt, dem Ort entgegen, wo du deine Arbeit getan hast und dein Denken und deine Lektüre. Hab auf den Zehenspitzen versucht, den zu erreichen, dort hinaufzugelangen, wo du warst. Himmel, wie ermüdend das war! Was für eine ständige Anstrengung! Und doch ganz nutzlos. Denn ich war und blieb bloß ein dummer Floh, der hier unten zwischen den Leuten und den Blumen und den Hunden und Katzen umherhopste. Deine hochgeistige Welt war mir immer zu erhaben, ist mir immer verschlossen geblieben. Aber als dann dies hier geschah« (sie hob die Hand zu der nicht mehr vorhandenen Brust), »brauchte ich mich nicht mehr zu bemühen. Kein Unterricht mehr, keine Hausaufgaben. Ich hatte eine Ausrede auf Dauer.«

Sie schwiegen lange.

»Wie wär's mit noch einem kleinen Schluck?« sagte die Krankenschwester schließlich.

»Ja, trink noch ein wenig«, ermunterte sie Dr. MacPhail.

»Und so die Dreifaltigkeit vereiteln?« Lakshmi sah ihn wieder mit ihrem leisen Lächeln an. Durch die Maske des Alters und der Todeskrankheit hindurch konnte Dr. MacPhail plötzlich das lachende junge Mädchen erblicken, in das er sich, ein halbes Leben zuvor und dennoch erst gestern, verliebt hatte.

Eine Stunde später war Dr. MacPhail wieder in seinem Bungalow.

»Heute vormittag werden Sie ganz allein bleiben«, kündigte er Will Farnaby an, nachdem er den Verband um dessen Knie gewechselt hatte. »Ich muß hinunter nach Shivapuram, zu einer Sitzung des Staatsrats. Eine unsrer Schwesternschülerinnen kommt so gegen zwölf, um Ihnen eine Spritze zu geben. Sie wird Ihnen auch etwas zu essen bringen. Und am Nachmittag sieht Susila nach dem Unterricht noch einmal nach Ihnen. Und jetzt muß ich gehn.« Dr. MacPhail stand auf und legte seine Hand leicht auf Wills Arm. »Bis heute abend also.« Auf halbem Weg zur Tür blieb er stehn und wandte sich um. »Beinahe hätte ich vergessen, Ihnen das hier zu geben.« Aus einer der Seitentaschen seines schlapp hängenden Rocks zog er ein kleines grünes Buch. »Es sind die Bemerkungen des Alten Radscha über ›*Das Wie und das Was*‹ und ›*Was sich vernünftigerweise mit dem Wie und dem Was anfangen läßt*‹.«

»Was für ein herrlicher Titel«, sagte Will, und nahm das Buch entgegen.
»Und der Inhalt wird Ihnen nicht weniger gut gefallen«, versicherte ihm Dr. MacPhail. »Es sind nur ein paar Seiten. Doch wenn Sie Pala wirklich interessiert, gibt's keine bessere Einführung.«
»Übrigens – wer ist der Alte Radscha?«
»Wer er *war,* müßte man leider fragen. Der Alte Radscha starb im Jahr achtunddreißig – nach einer Regierungszeit, die um drei Jahre länger währte als die der Königin Viktoria. Sein ältester Sohn starb vor ihm und auf ihn folgte sein Enkel, der ein Dummkopf war – doch dieses Faktum wiederum gutmachte, indem er frühzeitig aus dem Leben schied. Der gegenwärtige Radscha ist sein Großenkel.«
»Und, wenn ich mir eine persönliche Frage erlauben darf, was haben denn die MacPhails damit zu tun?«
»Es begann mit dem ersten MacPhail von Pala unter dem Großvater des Alten Radscha – dem Reformator, wie wir ihn nennen. Diese beiden, er zusammen mit meinem Großvater, ›erfanden‹ das Pala, wie es heute ist. Der Alte Radscha konsolidierte ihr Werk und baute es weiter aus. Und heute bemühen wir uns, es in seinem Geist weiterzuführen.«
Will hielt die *Bemerkungen über das ›Wie und das Was‹* in die Höhe.
»Ist darin die Entstehungsgeschichte der Reformen enthalten?«
Dr. MacPhail schüttelte den Kopf. »Nein, nur ihre Grundlagen. Lesen Sie die zuerst. Wenn ich heute abend aus Shivapuram zurück bin, werde ich Ihnen etwas von der Geschichte erzählen. Sie werden besser begreifen, was getan wurde, wenn Sie zuerst wissen, was unternommen werden mußte – was immer und wo immer von jemand unternommen werden muß, der eine klare Vorstellung von dem *›Wie und dem Was‹* hat. Also lesen Sie's. Lesen Sie's. Und vergessen Sie nicht, um elf Ihren Fruchtsaft zu trinken.«
Will sah ihm nach, schlug das kleine grüne Buch auf und begann zu lesen.

Keins von uns braucht anderswohin gehn. Wir sind alle, wüßten wir es bloß, schon dort.

Wenn ich nur wüßte, wer ich tatsächlich bin, würde ich aufhören, mich als derjenige zu benehmen, der ich zu sein glaube; und wenn ich aufhören würde, mich wie der zu benehmen, der ich zu sein glaube, würde ich wissen, wer ich bin.
Was ich tatächlich bin, wenn bloß der Manichäer, der ich zu sein glaube, mir gestatten würde, es zu wissen, ist die Versöhnung von Ja und Nein, zu Ende gelebt in völliger Hinnahme und der gesegneten Erfahrung der Nicht-Zweiheit. In der Religion sind alle Wörter unflätige Wörter. Jedem, der beredsam wird, sobald es um Buddha oder Gott oder Christus geht, sollte der Mund mit Karbolseife gespült werden.
Weil seinem Streben, nur das Ja in jedem Paar von Gegensätzen zu verewigen, der Natur der Dinge nach niemals Erfolg beschieden sein kann, verdammt sich der isolierte Manichäer, der ich zu sein glaube, zu einer endlosen Folge von Frustrationen, von Konflikten mit andern in gleicher Richtung strebenden und nicht minder frustrierten Manichäern.
Konflikt und Vergeblichkeit – das Thema jeglicher Geschichte und fast jeden Lebenslaufs. »Ich zeige euch Leiden«, sagt der Buddha realistischerweise. Doch er zeigte auch das Ende des Leidens – Selbsterkenntnis, völlige Hinnahme, die gesegnete Erfahrung der Nicht-Zweiheit.

II

Zu erkennen, wer wir tatsächlich sind, führt zu Gut-Sein, und Gut-Sein führt zu der angemessensten Art von Gut-Tun. Aber Gut-Tun führt nicht von selbst zu Gut-Sein. Wir können tugendhaft sein, ohne zu erkennen, wer wir tatsächlich sind. Diejenigen von uns, die bloß gut sind, sind nicht ›gute Wesen‹; sie sind bloß Stützen der Gesellschaft.
Die meisten Stützen sind ihr eigener Samson. Sie stützen zwar, doch früher oder später reißen sie auch nieder. Es hat nie eine Gesellschaft gegeben, in welcher das meiste Gut-Tun das Ergebnis von Gut-Sein und daher auch immer angemessen war. Das heißt nicht, daß es nie eine solche Gesellschaft geben wird oder daß wir hier in Pala Narren sind, wenn wir uns bemühen, eine solche ins Dasein zu rufen.

III

Der Yogi und der Stoiker – zwei rechtschaffene Egos, die ihre beträchtlichen Erfolge dadurch erzielen, daß sie systematisch vorgeben, jemand anders zu sein. Aber wir können nicht einfach dadurch, daß wir vorgeben, jemand anders zu sein, und wäre es selbst ein äußerst guter und weiser Mensch, aus isoliertem Manichäertum zu Gut-Sein gelangen.

Gut-Sein bedeutet die Erkenntnis dessen, wer wir tatsächlich sind: und um zu erkennen, wer wir tatsächlich sind, müssen wir erst, Augenblick für Augenblick, erkennen, wer wir zu sein glauben und was diese schlechte Gewohnheit des Denkens uns zu empfinden und zu tun nötigt. Ein einziger Augenblick klarer und vollkommener Erkenntnis dessen, was wir zu sein glauben, aber tatsächlich nicht sind, bringt die manichäische Scharade für den Augenblick zum Stillstand. Wenn wir diese Augenblicke der Erkenntnis dessen, was wir nicht sind, erneuern, bis diese ein ununterbrochenes Andauern werden, könnten wir mit einemmal erkennen, wer wir in Wirklichkeit sind.

Konzentration, abstraktes Denken, spirituelle Übungen – systematische Ausklammerungen im Reich des Denkens. Askese und Hedonismus – systematische Ausklammerungen im Reich der Wahrnehmung, des Empfindens und Handelns. Aber Gut-Sein bedeutet die Erkenntnis dessen, wer man in Beziehung zu *aller* Erfahrung tatsächlich ist; daher sei wachsam in jedwedem Zusammenhang, zu jedweder Zeit und wann immer du etwas tun oder erleiden magst, sei es rühmlich oder unrühmlich, angenehm oder unangenehm. Dies ist das einzige echte Yoga, die einzige geistige Übung, wert, ausgeführt zu werden. *Je mehr ein Mensch über einzelne Dinge weiß, desto mehr weiß er über Gott.* Wenn wir Spinozas Worte in unsre eigene Sprache übersetzen, können wir sagen: Je mehr ein Mensch über sich selbst weiß, in Beziehung zu jeglicher Art von Erfahrung, desto größer die Wahrscheinlichkeit für ihn, daß er eines schönen Morgens begreift, wer er tatsächlich ist – oder vielmehr ›*Wer* ER tatsächlich ist‹.

Johannes der Evangelist hatte recht. In einem glückselig sprachlosen Universum war das ›Wort‹ nicht nur *bei* Gott; Gott *war* das Wort. Ein Etwas, woran man glauben sollte. Gott ist ein projiziertes Symbol, ein vergöttlichter Name. Gott = ›Gott‹. Vertrauen ist etwas ganz anderes als Glaube. Glauben heißt, nichtanalysierte Worte systematisch allzu ernst nehmen. Die Worte des Paulus, des Mohammed, des Karl Marx und des Adolf Hitler – sie werden allzu ernst genommen, und was geschieht? Es kommt zu der sinnlosen Doppelwertigkeit der Geschichte – Sadismus kontra Pflicht oder unvergleichlich schlimmer Sadismus *als* Pflicht; Hingabe kompensiert durch organisierte Wahnvorstellungen; Barmherzige Schwestern, die selbstlos die Opfer der Inquisitoren und Kreuzritter ihrer eignen Kirche gesundpflegen. Vertrauen hingegen kann niemals ernst genug genommen werden. Denn Vertrauen ist die empirisch gerechtfertigte Zuversicht in unsre Fähigkeit, erkennen zu können, wer wir tatsächlich sind, den glaube-berauschten Manichäer in uns im Gut-Sein zu vergessen. Gib uns heute unser tägliches Vertrauen, lieber Gott, doch erlöse uns von Glauben.

Es klopfte.

»Wer ist da?«

»Ich bin's«, sagte eine Stimme, welche unerfreuliche Erinnerungen an Oberst Dipa und jene beklemmende Fahrt in dem weißen Mercedes hervorrief. Angetan bloß mit weißen Sandalen, weißen Shorts und einer Armbanduhr aus Platin, trat Murugan an das Bett.

»Wie nett von Ihnen, daß Sie mich besuchen kommen«, sagte Will.

Ein andrer hätte sich nach seinem Befinden erkundigt; aber Murugan war viel zu sehr mit seiner eignen Person beschäftigt, als daß er das geringste Interesse an jemand anderm auch nur hätte vortäuschen können. »Ich bin schon vor dreiviertel Stunden hier vor Ihrer Tür gestanden«, sagte er vorwurfsvoll. »Aber der Alte war noch bei Ihnen, also mußte ich wieder weggehn. Und dann zu Hause dabeisitzen, während meine Mutter mit dem Mann, der bei uns zu Besuch ist, frühstückte . . .«

»Warum sind Sie denn nicht hereingekommen, während Dr. MacPhail hier war?« fragte Will. »Verstößt es gegen die Regeln, wenn Sie mit mir sprechen?«

Der Junge schüttelte ungeduldig den Kopf. »Natürlich nicht. Ich wollte bloß vermeiden, daß er den Grund erfährt, weshalb ich zu Ihnen kam.«
»Den Grund?« Will lächelte. »Einen Kranken zu besuchen ist ein Akt der Nächstenliebe – also etwas höchst Löbliches.«
Seine Ironie war an Murugan verschwendet, der weiterhin in seine eignen Angelegenheiten vertieft zu sein schien. »Vielen Dank, daß Sie denen nicht erzählt haben, Sie hätten mich schon einmal getroffen«, sagte er unvermittelt und beinahe gereizt. Es war, als ärgere er sich über Will, weil dieser ihm einen Gefallen getan hatte, der ihn ihm gegenüber verpflichtete.
»Ich hab gemerkt, es wäre Ihnen lieber, wenn ich nichts davon erwähnte«, sagte Will. »Also tat ich's natürlich nicht.«
»Ich wollte mich bei Ihnen bedanken«, stieß Murugan zwischen den Zähnen hervor, in einem Ton, der weit eher zu »Sie Schweinehund!« gepaßt hätte.
»Ach, lassen wir das«, sagte Will mit spöttischer Höflichkeit. Was für ein Prachtskerl! dachte er und betrachtete mit neugieriger Belustigung diesen glatthäutigen goldbraunen Torso und darüber dieses Gesicht, ebenmäßig wie das einer Statue, doch keiner olympischen, keiner klassischen – ein hellenistisches Gesicht, mit beweglichem Mienenspiel und nur allzu menschlich. Ein Gefäß von unvergleichlicher Schönheit – doch was enthielt es? Schade, schade, überlegte er, daß er sich diese Frage nicht ein wenig ernsthafter gestellt hatte, bevor er sich mit der unbeschreiblichen Babs einließ. Aber Babs war eben eine Frau.
»Wußte Dr. MacPhail denn nicht, daß Sie in Rendang waren?« fragte er.
»Doch. Alle wußten es. Ich war dort, um meine Mutter abzuholen. Sie war bei ihren Verwandten. Also eine ganz offizielle Angelegenheit.«
»Warum wollten Sie dann nicht, daß ich erzähle, ich hätte Sie dort getroffen?«
Murugan zögerte einen Augenblick und sah Will dann herausfordernd an. »Man sollte nicht wissen, daß ich dort mit Oberst Dipa zusammengekommen bin.«
Also *das* war's! »Oberst Dipa ist ein außerordentlicher Mann«, sagte Will, mit einem verzuckerten Köder nach Vertraulichkeiten angelnd.

Erstaunlicherweise wurde der Köder sogleich gutgläubig geschluckt. Murugans trotzige Miene hellte sich schwärmerisch auf und mit einemmal erschien Antinous in der ganzen faszinierend zwielichtigen Schönheit des Jünglings. »Ich finde ihn wundervoll«, sagte er, und zum erstenmal, seit er das Zimmer betreten hatte, schien er Will überhaupt zur Kenntnis zu nehmen und schenkte ihm ein äußerst liebenswürdiges Lächeln. Der Gedanke an den grandiosen Oberst hatte ihn seine Verstimmung vergessen lassen, ermöglichte es ihm, einige Augenblicke lang, jedermann zu lieben – sogar diesen Mann, dem er zu Dank verpflichtet war, was ihm sehr gegen den Strich ging. »Bedenken Sie nur, was er alles für Rendang tut!«

»Er tut gewiß eine ganze Menge für Rendang«, sagte Will beiläufig.

Ein Schatten glitt über Murugans strahlendes Gesicht. »Hier ist man andrer Meinung. Man findet ihn gräßlich.«

»Wer findet das?«

»So gut wie alle.«

Murugan grinste triumphierend wie ein Lausejunge, der dem Lehrer hinter seinem Rücken eine lange Nase dreht. »Sie dachten, ich sei die ganze Zeit mit meiner Mutter zusammen.«

Will griff das Stichwort sogleich auf. »Wußte Ihre Mutter, daß Sie den Oberst trafen?« fragte er.

»Selbstverständlich.«

»Und hatte nichts dagegen?«

»Im Gegenteil, sie war sehr damit einverstanden.«

Und doch war Will sicher, daß ihm nicht von ungefähr der Vergleich mit Hadrian und Antinous eingefallen war. Sah die Frau denn nicht, was da vorging? Oder wollte sie es einfach nicht sehen?

»Aber wenn es *ihr* recht ist«, sagte er, »warum nicht auch Dr. MacPhail und den andern?« Murugan warf ihm einen mißtrauischen Blick zu. Will erkannte, daß er sich zu weit vorgewagt hatte und schlug schnell einen Haken. »Vermuten die denn«, fragte er mit einem Auflachen, »daß er Sie zu dem Glauben an eine Militärdiktatur bekehren könnte?«

Die neue Spur wurde prompt aufgenommen, und Murugans Gesicht entspannte sich zu einem Lächeln. »Nicht grade das«, entgegnete er, »aber etwas Ähnliches. Es ist alles so albern«, setzte

er mit einem Achselzucken hinzu. »Einfach blödsinniges Protokoll.«
»Protokoll?« Will war verblüfft.
»Hat man Ihnen denn nichts über mich erzählt?«
»Nur was Dr. MacPhail gestern sagte.«
»Sie meinen, daß ich Student sei?« Murugan warf den Kopf zurück und lachte.
»Was ist so komisch daran, Student zu sein?«
»Nichts – nicht das geringste.« Der Junge wandte den Blick ab. Nach längerem Schweigen sagte er dann, immer noch mit abgewendetem Gesicht: »Der Grund, weshalb ich nicht mit Oberst Dipa zusammenkommen soll, ist der: er ist das Oberhaupt eines Staats, und ich bin das Oberhaupt eines Staats. Wenn wir uns treffen, ist das eine Sache internationaler Politik.«
»Wie meinen Sie das?«
»Ich bin nun einmal der Radscha von Pala.«
»Der Radscha von Pala?«
»Seit vierundfünfzig. Damals starb mein Vater.«
»Dann ist also Ihre Mutter die Rani?«
»Ja, meine Mutter ist die Rani.«
Ihr erster Weg ist zum Palast. Doch in diesem Fall war es grade umgekehrt. Der Palast kam gradewegs auf ihn zu. Die Vorsehung war offensichtlich auf seiten Joe Aldehydes und machte noch dazu Überstunden.
»Waren Sie der älteste Sohn?« fragte Will.
»Der *einzige* Sohn«, antwortete Murugan. Und dann, um seine Einmaligkeit noch zu betonen, setzte er hinzu: »Das einzige *Kind.*«
»Also kann es überhaupt keinen Zweifel geben«, sagte Will. »Du meine Güte! Ich sollte Sie mit Eure Majestät anreden. Oder zumindest mit *Sir.*«
Das wurde lachendn so hingesprochen; doch Murugan reagierte mit vollkommenem Ernst und einer neu angenommenen königlichen Würde.
»So werden Sie mich ab nächster Woche nennen müssen«, sagte er. »Nach meinem Geburtstag. Ich werde achtzehn. Das Alter, in dem ein Radscha von Pala großjährig wird. Bis dahin bin ich bloß Murugan Mailendra. Bloß ein Student, der von allem ein bißchen was lernt – Pflanzenzucht mit einbegriffen«, setzte

er geringschätzig hinzu, »auf daß ich, wenn's einmal so weit ist, wissen werde, was ich tue.«

»Und wenn's einmal so weit ist, was werden Sie tun?« Will fand den Kontrast zwischen diesem hübschen Antinous und seinem gewichtigen Amt überaus erheiternd. »Was beabsichtigen Sie zu unternehmen? Runter mit ihren Köpfen? *L'Etat c'est Moi?*«

»Seien Sie nicht albern.«

Will tat, als entschuldige er sich. »Ich wollte nur herausfinden, ein wie *absoluter* Monarch Sie sein werden.«

»Pala ist eine konstitutionelle Monarchie«, entgegnete Murugan feierlich.

»Mit andern Worten, Sie werden bloß ein Symbol sein, ein Strohmann – regieren, wie die Königin von England regiert, aber nicht herrschen.«

»Nein, *nein*«, Murugan schrie es, alle königliche Würde vergessend, beinahe heraus. »*Nicht* wie die Königin von England. Der Radscha von Pala regiert nicht nur, er herrscht auch.« Erregt sprang Murugan auf und ging im Zimmer umher. »Er herrscht auf eine konstitutionelle Weise, aber, bei Gott, er herrscht!« Murugan trat ans Fenster und sah hinaus. Nach einer Weile wandte er sich wieder um – er zeigte Will ein neues Gesicht, ausgestattet mit den bewährten Zügen des Filmbösewichts. »Ich werde denen zeigen, wer hier der Herr ist«, sagte er im Ton und Jargon eines amerikanischen Gangsterhelden. »Diese Leute glauben, sie könnten mich herumkommandieren«, rezitierte er weiter aus dem Drehbuch, »wie sie meinen Vater herumkommandierten. Aber da irren sie gewaltig.« Er brach in ein drohendes Gelächter aus und bewegte den schönen und zugleich abstoßenden Kopf hin und her. »Gewaltig.«

Murugan stieß die Worte zwischen den zusammengebissenen Zähnen hervor, seine Lippen bewegten sich kaum; die vorgestreckte Kinnlade stammte von einem Verbrecher aus einem Comic Strip; die Augen blickten starr und kalt aus den zu einem schmalen Spalt verengten Lidern. Es war ein zugleich absurder und schauerlicher Anblick. Antinous war zur Karikatur aller Tollen Burschen aller Gangsterfilme seit Erschaffung des Kinos geworden.

»Wer hat das Land während Ihrer Minderjährigkeit regiert?« fragte Will.

»Drei Gruppen von Philistern«, antwortete Murugan in verachtungsvollem Ton. »Das Kabinett, das Parlament und dann, in Vertretung meiner selbst, der Staatsrat.«
»Arme Philister!« sagte Will. »Sie werden bald den Schock ihres Lebens bekommen.« Heiter auf die Delinquentenstimmung seines Gesprächspartners eingehend, lachte er laut heraus.
Murugan lachte mit, und zwar diesmal nicht wie der zynisch amüsierte Filmbösewicht, sondern – mit dem ihm eigenen jähen Umschwung von Laune und Miene, weshalb er sich (sah Will voraus) so gar nicht für den Part des Tollen Burschen eignen würde – als der übermütige Lausejunge von vorhin. »Den Schock ihres Lebens«, wiederholte er vergnügt.
»Haben Sie schon irgendwelche besonderen Pläne im Auge?«
»Und ob«, sagte Murugan. Der Lausejunge verschwand aus seinem ausdrucksvollen Gesicht; nun war er der Staatsmann auf einer Pressekonferenz, feierlich und jovial zugleich. »Das Allerwichtigste: dieses Land muß den neuzeitlichen Verhältnissen angepaßt werden. Sehn Sie doch, was Rendang alles unternehmen konnte dank seiner Ölprozente.«
»Aber erhält denn Pala keine Ölprozente?« fragte Will mit der Miene völliger Ahnungslosigkeit. Lange Erfahrung hatte ihn gelehrt, daß das der beste Weg war, einfältigen und selbstgefälligen Gesprächspartnern Auskünfte zu entlocken.
»Nicht einen Penny«, sagte Murugan. »Obwohl das Südende der Insel von dem Zeug förmlich überquillt. Aber abgesehn von ein paar armseligen kleinen Bohrtürmen für den Hausgebrauch, wollen diese Philister es nicht auswerten. Und sie wollen auch nicht zulassen, daß ein andrer etwas damit anfängt.« Der Staatsmann wurde zornig. Stimme und Miene erinnerten wieder an den Tollen Burschen von früher. »Wir haben bereits alle möglichen Angebote erhalten – von South-East Asia Petroleum, Shell, Royal Dutch, Standard of California. Aber diese alten Schlafmützen haben erklärt, sie wollten nichts davon hören.«
»Können Sie sie nicht dazu überreden?«
»Teufel noch mal, ich werde sie dazu *zwingen*«, rief der Tolle Bursche.
»So ist's recht«, sagte Will und fügte dann beiläufig hinzu: »Was für ein Angebot würden Sie annehmen?«

»Oberst Dipa hat Geschäftsbeziehungen mit Standard of California, und er meint, das wäre auch für uns am besten.«
»An Ihrer Stelle würde ich mich nicht festlegen, bevor ich nicht auch Angebote der Konkurrenz eingeholt hätte.«
»Das meine ich auch. Und meine Mutter ebenfalls.«
»Sehr vernünftig.«
»Meiner Mutter wäre South-East Asia Petroleum am liebsten. Sie kennt den Vorsitzenden des Ausschusses, Lord Aldehyde.«
»Sie kennt Lord Aldehyde? Nein sowas!« Wills Ausdruck entzückten Erstaunens wirkte durchaus überzeugend. »Joe Aldehyde ist ein Freund von mir. Ich schreibe Artikel für seine Zeitungen, betätige mich sogar als sein Privatabgesandter. Im Vertrauen gesagt«, setzte er hinzu, »daher diese Fahrt zu den Kupferminen. Kupfer ist einer von Joes Nebenzweigen. Aber seine wahre Liebe gilt dem Öl.«
Murugan bemühte sich, durchtrieben dreinzusehen. »Was wäre er zu bieten bereit?«
Will griff das Stichwort auf und antwortete, im echten Filmbonzenstil: »Was immer Standard bietet plus noch ein wenig mehr.«
»Nicht übel«, zitierte Murugan aus demselben Drehbuch und nickte verständnisvoll. Dann ergriff wieder der Staatsmann beim Presseinterview das Wort.
»Die Ölprozente sollen folgendermaßen verwendet werden. Fünfundzwanzig Prozent aller eingehenden Gelder für den ›Wiederaufbau der Welt‹.«
»Darf man fragen«, erkundigte sich Will ehrerbietig, »auf welche Art und Weise Sie beabsichtigen, die Welt wiederaufzubauen?«
»Durch den ›Kreuzzug des Geistes‹. Wissen Sie etwas von dem Kreuzzug des Geistes‹?«
»Selbstverständlich. Wer wüßte das nicht?«
»Eine der großen geistigen Bewegungen der Welt«, sagte der Staatsmann feierlich. »Wie das Urchristentum. Gegründet von meiner Mutter.«
Will gelang es, ehrfürchtiges Staunen auszudrücken.
»Ja, gegründet von meiner Mutter«, wiederholte Murugan und setzte nachdrücklich hinzu: »Ich glaube, es ist die einzige Hoffnung der Menschheit.«

»Gewiß«, sagte Will Farnaby, »gewiß.«
»Also, so sollen die ersten fünfundzwanzig Prozent der Einkünfte verwendet werden«, fuhr der Staatsmann fort. »Der Rest für ein intensives Industrialisierungsprogramm.«Und in abermals verändertem Ton fügte er hinzu: »Diese dämlichen Alten hier wollen nur an vereinzelten Stellen industrialisieren und alles sonst so belassen, wie es seit tausend Jahren ist.«
»Während Sie selbst es hundertprozentig tun wollen. Industrialisierung um der Industrialisierung willen.«
»Nein, Industrialisierung um des Landes willen. Um Pala stark zu machen. Damit andre uns respektieren. Sehn Sie sich Rendang an. Binnen fünf Jahren werden sie dort alle Gewehre und Kanonen und Munition erzeugen, die sie brauchen. Es wird noch eine ganze Weile dauern, bis sie Panzer herstellen können. Aber einstweilen können sie sich welche mit ihren Ölgeldern von den Skodawerken kaufen.«
»Und wann werden sie sich zur Wasserstoffbombe emporgearbeitet haben?«
»Das werden sie hübsch bleiben lassen«, erwiderte Murugan. »Doch schließlich«, setzte er hinzu, »sind das nicht die einzigen absoluten Waffen.« Er sprach den Satz mit Behagen aus. Er ließ sich den Ausdruck »absolute Waffen« förmlich auf der Zunge zergehn. »Chemische und biologische Waffen – Oberst Dipa nennt sie des armen Mannes Wasserstoffbombe. Eine meiner ersten Unternehmungen wird der Bau einer großen Insektenvertilger-Anlage sein.« Murugan lachte und blinzelte Will mit einem Auge zu. »Wer Insektenvertilger herstellen kann«, sagte er, »kann auch Nervengas herstellen.«
Will erinnerte sich an den Fabrikneubau in einem Vorort von Rendang-Lobo.
»Und was soll das hier werden?« hatte er Oberst Dipa gefragt, als sie in dem weißen Mercedes vorbeiflitzten.
»Insektenvertilger«, hatte Dipa geantwortet und das blendend weiße Gebiß mit einem jovialen Lächeln gebleckt: »Bald werden wir das Zeug nach ganz Südostasien exportieren.«
Damals hatte Will den Oberst natürlich wörtlich genommen. Aber jetzt ... Will zuckte im Geist die Achseln. Hohe Militärs und kleine Jungen – auch Jungen wie Murugan – haben nun einmal eine Schwäche für Gewehre. Es gäbe also auch in Zukunft

haufenweise Jobs für eigens auf die Fährte des Todes entsandte Korrespondenten.

»Sie wollen also die palanesische Armee stärken?« fragte Will.

»Stärken? Ich werde sie erschaffen. Pala besitzt keine Armee.«

»Keine Armee?«

»Überhaupt keine. Die sind hier alle Pazifisten.« Das P war eine Explosion des Abscheus, das st wurde verachtungsvoll hervorgezischt. »Ich werde von Null-komma-null starten müssen.«

»Sie werden zugleich industrialisieren und militarisieren, nicht wahr?«

»Genau das.«

Will lachte. »Zurück zu den Assyrern! Ihnen, Mr. Mailendra, wird ein Platz in der Geschichte als wahrer Revolutionär sicher sein.«

»Das hoffe ich auch«, sagte Murugan. »Denn genau das wird meine Politik sein – Fließband-Revolution.«

»Ausgezeichnet!« Will klatschte in die Hände.

»Ich werde einfach jene Revolution weiterführen, die vor hundert Jahren von Dr. MacPhails Urgroßvater begonnen wurde, als er nach Pala kam und *meinen* Ur-Ur-Urgroßvater darin unterstützte, die ersten Reformen durchzuführen. Manches, was sie da unternahmen, war wirklich großartig. Nicht alles, glauben Sie mir«, schränkte er ein; und mit der absurden Feierlichkeit eines Schuljungen, der zu Semesterschluß den Polonius spielt, schüttelte er den lockigen Kopf mit dem Ausdruck ernster Mißbilligung. »Aber sie unternahmen wenigstens etwas. Während wir heute von einer Clique konservativer Nichtstuer regiert werden. Konservativ primitiv – sie rühren keinen Finger, um neuzeitliche Verbesserungen einzuführen. Und konservativ radikal – sie wollen keine der veralteten revolutionären Ideen abändern. Sie wollen die Reformen nicht reformieren. Und ich kann Ihnen nur sagen, manche dieser sogenannten Reformen sind wirklich abscheulich.«

»Was wohl bedeutet, daß sie irgend etwas mit Sex zu tun haben?«

Murugan nickte und wandte das Gesicht ab. Überrascht sah Will, daß er errötete.

»Nennen Sie mir ein Beispiel«, verlangte er.

Aber Murugan brachte es nicht über sich, deutlich zu werden.

»Fragen Sie Dr. MacPhail«, sagte er. »Fragen Sie Vijaya. *Die* halten derlei einfach für wundervoll. Tatsächlich tun das alle hier. Das ist einer der Gründe, warum niemand etwas ändern will. Sie wollen, alles soll so weitergehen wie bisher, auf dieselbe abscheuliche Art und Weise, für immer und in alle Ewigkeit.«

»In alle Ewigkeit«, wiederholte neckend eine füllige Altstimme.

»Mutter!« Murugan sprang auf.

Will wandte sich um und sah eine hochgewachsene blühende Frauengestalt in der Tür stehn, gehüllt (recht unpassenderweise, dachte er, denn diese Art Gesicht und Wuchs verlangte gewöhnlich eine bläulich-violette oder magentarote oder grellblaue Farbenskala) in Wolken von weißem Musselin. Sie stand da, mit einem absichtsvoll mysteriösen Lächeln, den üppigen braunen Arm erhoben, die juwelenbedeckte Hand an den Türpfosten gelehnt, in der Pose einer berühmten Schauspielerin, die bei ihrem Auftritt innehält, um den Applaus ihrer Bewunderer jenseits des Rampenlichts entgegenzunehmen. Im Hintergrund, geduldig auf sein Stichwort wartend, stand ein langer, dünner Mann in einem taubengrauen Dakron-Anzug, den Murugan – an der gewaltigen Urmutter, die beinahe die ganze Türöffnung füllte, vorbeispähend – nun als Mr. Bahu begrüßte.

Immer noch in der Kulisse, verbeugte sich Mr. Bahu stumm.

Murugan wandte sich wieder seiner Mutter zu. »Bist du *zu Fuß* gekommen?« fragte er. Seine Stimme drückte Ungläubigkeit und fürsorgliche Bewunderung aus. Zu Fuß – kaum zu glauben! Aber wenn ja, wie heroisch! »Den ganzen Weg?«

»Den ganzen Weg, mein Kleiner«, wiederholte sie, spielerisch zärtlich. Der erhobene Arm sank herab, umschlang den schlanken Körper des Knaben, drückte ihn, indem er ihn in den wehenden Schleiern halb begrub, an den riesigen Busen und gab ihn dann wieder frei. »Ich hatte eine meiner *Eingebungen.*« Sie betonte, stellte Will fest, gewisse Silben in einer Weise, daß man die förmlich gesperrt gedruckt vor sich sah. »Meine Kleine Stimme sagte: ›Geh und suche diesen fremden Mann in Dr. MacPhails Haus auf. Geh!‹ ›Gleich?‹ fragte ich. *›Malgré la chaleur?‹* Worauf meine Kleine Stimme die Geduld verlor. ›Weib‹, befahl sie, ›halte deinen albernen Mund und tu, was dir gesagt wird.‹ Also bin ich hergekommen, Mr. Farnaby.« Mit ausgestreckter

Hand und umgeben von einer starken Aura von Sandelholzöl, ging sie auf ihn zu.
Will neigte sich über die juwelengeschmückten Finger und murmelte etwas, das mit »Eure Hoheit« endete.
»Bahu!« rief sie, das königliche Privileg der schlichten Anrede gebrauchend.
Auf sein lange erwartetes Stichwort einfallend, hielt dieser Nebenakteur endlich seinen Einzug und wurde als Seine Exzellenz Abdul Bahu, Gesandter von Rendang, vorgestellt: »Abdul Pierre Bahu – *car sa mère est parisienne.* Aber sein Englisch hat er aus New York.«
Er sah aus wie Savonarola, dachte Will, als er dem Gesandten die Hand reichte – aber Savonarola mit Monokel und einem Schneider in der Savile Row.
»Bahu«, sagte die Rani, »ist der Brain-Trust von Oberst Dipa.«
»Eure Hoheit sind, wenn ich mir gestatten darf, das zu sagen, allzu gütig zu mir und lange nicht gütig genug dem Oberst gegenüber.«
Seine Worte und Manieren waren von einer Zuvorkommenheit, die ans Ironische grenzte, eine Parodie der Ergebenheit und Selbsterniedrigung.
»Das Gehirn«, fuhr er fort, »sitzt dort, wo es hingehört – im Kopf. Was mich selber betrifft, so bin ich bloß ein Teil des sympathetischen Nervensystems von Rendang.«
»*Et combien sympathique!*« sagte die Rani. »Unter anderm, Mr. Farnaby, ist Bahu der *letzte* Aristokrat. Sie sollten seinen Landsitz sehen! Wie aus Tausendundeiner Nacht! Man klatscht in die Hände – und schon sind sechs Diener da, bereit, Befehle entgegenzunehmen. Man hat Geburtstag – und es gibt eine *fête nocturne* im Park. Musik, Erfrischungen, Tänzerinnen. Zweihundert Angestellte, die Fackeln tragen. Ein Leben wie das Harun-al-Raschids, aber mit neuzeitlichen hygienischen Einrichtungen.«
»Das klingt ja ganz bezaubernd«, sagte Will und erinnerte sich an die Dörfer, durch die sie im weißen Mercedes des Obersten gefahren waren – die aus Ruten geflochtenen Hütten, den Unrat, die augenkranken Kinder, die abgezehrten Hunde, die unter riesigen Lasten tief gebückt einhergehenden Frauen.

»Und was für einen guten Geschmack er hat«, fuhr die Rani fort, »und einen so wohlgeordneten Geist, und das alles«, (sie senkte die Stimme) »durchsetzt von solch einem tiefen und unerschütterlichen Gefühl für das Göttliche.«
Mr. Bahu neigte den Kopf. Alles schwieg.
Murugan hatte inzwischen einen Stuhl herangeschoben. Ohne auch nur einen Blick hinter sich zu werfen – in der königlichen Zuversicht, daß stets, dem Wesen der Dinge nach, jemand zur Hand sein müsse, um sie nicht irgendeinem Unfall oder der Lächerlichkeit preiszugeben – setzte sich die Rani mit dem ganzen majestätischen Aplomb ihrer hundert Kilo schweren Leibesfülle.
»Ich hoffe, Sie empfinden meinen Besuch nicht als Überfall«, wandte sie sich an Will. Er versicherte ihr, daß sei ganz und gar nicht der Fall; aber sie fuhr fort, sich zu entschuldigen ... »Ich hätte meinen Besuch sonst angekündigt, Sie um Erlaubnis gebeten. Aber meine Kleine Stimme sagt: ›Nein, du mußt gleich jetzt hingehn.‹ Warum? Ich weiß es nicht. Aber zweifellos werden wir das zu gegebener Stunde erfahren.« Sie sah ihn mit ihren großen hervortretenden Augen unverwandt und geheimnisvoll lächelnd an. »Und jetzt, vor allem einmal, wie ist Ihr *Befinden*, mein lieber Mr. Farnaby?«
»Wie Sie sehn, *ma'am*, bin ich in sehr guter Form.«
»Wirklich?« Die hervortretenden Augen forschten in seinem Gesicht mit einer Eindringlichkeit, die er gradezu als peinlich empfand. »Ich sehe schon, Sie sind einer von diesen heroisch rücksichtsvollen Menschen, die noch auf dem Totenbett ihre Freunde zu beruhigen wissen.«
»Sie schmeicheln mir«, sagte er, »aber es ist wirklich so, ich bin in guter Form. Erstaunlicherweise, wenn man alles in Betracht zieht – wunderbarerweise.«
»Wunderbar«, sagte die Rani, »war genau das Wort, das ich gebrauchte, als ich von Ihrer Rettung hörte. Es war *wirklich* ein Wunder.«
»Wie das Glück es wollte«, zitierte Will abermals, »›war die Vorsehung auf meiner Seite.‹«
Mr. Bahu begann zu lachen; aber als er merkte, daß der Rani offenbar die Pointe entgangen war, kaschierte er geschickt die Laute der Erheiterung mit einem kleinen Hustenanfall.
»Wie wahr!« sagte die Rani soeben, und ihre volltönende Alt-

stimme bekam etwas Elektrisierendes. »Die Vorsehung ist *immer* auf unsrer Seite.« Und als Will fragend die Brauen hob, führte sie weiter aus: »Ich meine: in den Augen derjenigen, die *wirklich begreifen.* Und das ist die Wahrheit, selbst wenn alles sich gegen uns verschworen zu haben scheint – *même dans le désastre.* Sie sprechen doch Französisch, nicht wahr, Mr. Farnaby?«
Will nickte. »Es will mir oft leichter von der Zunge als meine Muttersprache oder als Englisch und Palanesisch. Nach so vielen Jahren, die ich in der Schweiz verbracht habe«, erläuterte sie, »zuerst während der Schulzeit. Und dann wieder später, als die Gesundheit meines armen Kleinen da«, (sie tätschelte Murugans bloßen Arm) »so labil war, daß wir irgendwo hinauf ins Gebirge mußten. Was, wie gesagt, veranschaulicht, daß die Vorsehung immer auf unsrer Seite ist. Als sie mir mitteilten, daß mein Kleiner eine beginnende Tuberkulose habe, vergaß ich alles, was ich je gelernt hatte. Ich war wie wahnsinnig vor Furcht und Verzweiflung, empörte mich gegen Gott, weil er so etwas hatte geschehen lassen. Wie konnte ich nur so blind sein! Mein Kleiner wurde gesund, und jene Jahre mitten im ewigen Schnee waren die glücklichsten unsres Lebens – nicht wahr, *darling?«*
»Die glücklichsten unsres Lebens«, bestätigte der Junge in einem Ton, der vollkommen aufrichtig klang.
Die Rani lächelte sieghaft, spitzte die Lippen und öffnete sie wieder mit einem leisen Schmatzlaut zu einem Langstreckenkuß hinüber zu ihrem Kleinen. »Sie sehn also, mein lieber Farnaby«, fuhr sie fort, »Sie sehn! Es ist offensichtlich so. Nichts geschieht zufällig. Es gibt einen *großen Plan* und innerhalb desselben zahllose kleinere Pläne. Ein kleiner Plan für jeden einzelnen von uns.«
»Gewiß«, sagte Will höflich. »Gewiß.«
»Es gab eine Zeit«, fuhr die Rani fort, »da wußte ich es nur verstandesmäßig. Jetzt weiß ich's mit meinem Herzen. Ich ...« Sie hielt einen Augenblick inne, bevor sie das mystische *»verstehe«* äußerte.
Toll telepathisch veranlagt. Will erinnerte sich, was Joe Aldehyde von ihr gesagt hatte. Und *dieser* lebenslange Besucher von Séancen mußte es schließlich wissen.
»Ich vermute, *ma'am*«, sagte er, »daß Sie telepathisch veranlagt sind.«

»Von Geburt an«, gab sie zu. »Aber auch vor allem durch Übung. Übung, unnötig zu sagen, in *etwas anderem.*«
»Etwas anderem?«
»Im Leben des Geistes. Schreitet man auf dem *Pfad* vorwärts, entfalten sich alle *siddhi,* alle telepathischen Gaben und Wunderkräfte von allein.«
»Tatsächlich?«
»Meine Mutter vermag die phantastischsten Dinge zu tun«, versicherte Murugan stolz.
»N'exagérons pas, chéri.«
»Aber es ist die Wahrheit«, beharrte Murugan.
»Eine Wahrheit, die ich nur bestätigen kann«, fiel der Gesandte ein. »Und ich bestätige sie«, setzte er, sich selbst bespöttelnd, hinzu, »mit einer gewissen Zurückhaltung. Als lebenslanger Skeptiker diesen Dingen gegenüber sehe ich es ungern, wenn das Unmögliche sich ereignet. Aber ich habe eine unselige Schwäche für Ehrlichkeit. Und wenn das Unmögliche sich tatsächlich vor meinen Augen ereignet, bin ich dazu gezwungen, *malgré moi,* diese Tatsache zu bezeugen. Ihre Hoheit vermag wirklich die *phantastischsten* Dinge zu tun.«
»Nun, wenn Sie es so ausdrücken wollen«, sagte die Rani strahlend vor Freude. »Doch vergessen Sie nie, Bahu, vergessen Sie nie. Wunder haben nicht die geringste Bedeutung. Wichtig ist nur *jenes andere – jenes andere,* das uns am Ende des *Pfads* erwartet.«
»Nach der Vierten Weihe«, erklärte Murugan, »hat meine Mutter –«
»*Darling!*« Die Rani hatte den Finger an die Lippen gelegt. »Das sind Dinge, über die man nicht spricht.«
»Verzeih«, sagte der Junge. Es folgte ein langes und bedeutungsschweres Schweigen.
Die Rani schloß die Augen, und Mr. Bahu, der sein Monokel fallen ließ, tat ehrerbietig ein gleiches und wurde zum Ebenbild Savonarolas, in stilles Gebet vertieft. Was ging hinter dieser nüchternen, dieser beinahe fleischlosen Maske innerer Sammlung wohl vor? dachte Will.
»Darf ich fragen«, sagte er endlich, »wie es kam, *ma'am,* daß Sie den *Pfad* entdeckten?«
Einige Sekunden lang sagte die Rani nichts, saß bloß da mit ge-

schlossenen Augen und lächelte ihr Buddha-Lächeln geheimnisvoller Glückseligkeit. »Die Vorsehung hat ihn für mich entdeckt«, antwortete sie endlich.

»Gewiß, gewiß. Doch es muß da eine Gelegenheit, ein menschliches Instrument gegeben haben.«

»Ich will es Ihnen sagen.« Die Lider öffneten sich flatternd, und abermals sah sich Will dem glänzend starren Blick dieser hervortretenden Augen ausgesetzt.

Der Ort war Lausanne gewesen; die Zeit das erste Jahr ihrer schweizer Erziehung; das erwählte Instrument die liebe kleine Mme. Buloz. Die liebe kleine Mme. Buloz war die Frau des lieben alten Professors Buloz, und der alte Professor Buloz war derjenige, in dessen Obhut sie – nach gründlichen Erkundigungen und viel sorgenvollem Überlegen seitens ihres Vaters, des verstorbenen Sultans von Rendang – gegeben worden war. Der Professor war siebenundsechzig, unterrichtete Erdkunde und war Protestant einer so strengen Sekte, daß er beinahe ein Mohammedaner hätte sein können; doch trank er allabendlich ein Glas Rotwein, sagte seine Gebete bloß zweimal täglich und war unerschütterlich monogam. Unter solcher Führung stand zu erwarten, daß eine Prinzessin von Rendang eine Menge geistige Anregung erhielte, während sie in sittlicher und dogmatischer Hinsicht unversehrt bliebe. Doch der Sultan hatte nicht mit der Gattin des Professors gerechnet. Mme. Buloz war erst vierzig, rundlich, sentimental, überschäumend begeisterungsfähig und, obwohl sie nach außen hin die protestantische Überzeugung ihres Mannes teilte, eine jüngst bekehrte und leidenschaftliche Theosophin. In einem Zimmer im obersten Stockwerk eines hohen Hauses unweit der Place de la Riponne war ihr Oratorium, in das sie sich, wann immer sie Zeit fand, heimlich zurückzog, um Atemübungen zu machen, innere Sammlung zu praktizieren und Kundalini aufsteigen zu lassen. Das waren anstrengende Disziplinen! Doch der Lohn war ein transzendental hoher. In den frühen Morgenstunden einer schwülen Sommernacht, während der gute alte Professor rhythmisch schnarchend zwei Stock tiefer in seinem Bett lag, war sie sich einer Gegenwart bewußt geworden: der Meister Kut Humi war mit ihr im Zimmer.

Die Rani schaltete eine eindrucksvolle Pause ein.

»Außerordentlich«, pflichtete Will gebührend bei.

Die Rani nahm ihre Erzählung wieder auf. In ihrer überschwenglichen Glückseligkeit war Mme. Buloz außerstande, ihr Geheimnis für sich zu behalten. Sie hatte erst geheimnisvolle Andeutungen gemacht, war dann zu vertraulichen Mitteilungen übergegangen und zuletzt zu der Aufforderung, sie im Oratorium aufzusuchen und einen Lehrgang zu absolvieren. Sehr bald bedachte Kut Humi die Novizin mit größeren Gunstbezeigungen als ihre Lehrmeisterin.

»Und von jenem Tag an bis heute«, schloß sie, »stand mir der Meister bei, vorwärtszuschreiten.«

Vorwärtszuschreiten, aber wohin? fragte sich Will. Das wußte Kut Humi allein. Doch wohin immer sie auch schreiten mochte – Will empfand ein Unbehagen dabei. Auf ihrem großen, blühend gesunden Gesicht lag ein Ausdruck, den er eigenartig abstoßend fand – ein Ausdruck dominierender Gelassenheit, selbstzufriedenen und unerschütterlichen Selbstbewußtseins. Sie erinnerte ihn auf eine sonderbare Weise an Joe Aldehyde. Joe gehörte zu jener Sorte selbstgerechter Industriebonzen, die niemals etwas bereuen, sondern rückhaltlos ihr Geld und alles, was ihnen dieses Geld an Einfluß und Macht zu kaufen vermag, genießen. Und hier – obgleich wundersam und geheimnisvoll in weiße Seide gehüllt – war ein andres Exemplar von Joe Aldehydes Brut: ein weiblicher Bonze, der den Markt zwar nicht in Sojabohnen oder Kupfer, sondern in *reiner Spiritualität* und dem der »Großen Meister« der Mystik aufgekauft hatte und sich nun vergnügt über diese Ausbeutung die Hände rieb.

»Ich will Ihnen ein Beispiel dessen geben, was Er für mich getan hat«, fuhr die Rani fort. »Vor acht Jahren – um genau zu sein, am zwanzigsten November 1953 – kam der Meister zu mir während meines morgendlichen Meditierens. Kam in *eigener* Person, kam in *Glanz und Glorie.* ›Ein großer *Kreuzzug* soll unternommen werden‹, sagte er, ›eine Weltbewegung, um die Menschheit davor zu retten, sich selbst zu zerstören. Und du, mein Kind, bist das *auserwählte Instrument* dazu.‹ ›Ich? Eine Weltbewegung? Aber das ist absurd‹, sagte ich. ›Nie in meinem ganzen Leben habe ich eine Rede gehalten. Nie eine Silbe geschrieben, die veröffentlicht worden wäre. Ich hatte nie Talent zum Führer oder Organisator.‹ ›Nichtsdestoweniger‹, sagte er (und schenkte mir eins seiner unbeschreiblich schönen Lächeln),

›nichtsdestoweniger wirst *du* es sein, die diesen *Kreuzzug* ins Leben rufen wird – den *weltweiten Kreuzzug des Geistes.* Du wirst ausgelacht werden, eine Närrin, eine Verschrobene, eine Fanatikerin geheißen werden. Die Hunde bellen; die Karawane zieht vorüber. Trotz seines armseligen, lächerlichen Beginns ist der *Kreuzzug des Geistes* dazu bestimmt, eine *große Macht* zu werden. Eine Macht für das *Gute,* eine Macht, die letztlich das *Heil der Welt* bedeuten wird.‹ Und damit verließ er mich. Ließ mich betäubt, verwirrt, über die Maßen verstört zurück. Aber da war nichts zu machen. Ich mußte gehorchen. Ich gehorchte auch wirklich. Und was geschah? Ich hielt Ansprachen, und Er verlieh mir Beredsamkeit. Ich nahm die Bürde des Führertums auf mich, und weil Er mir unsichtbar zur Seite ging, folgten mir die Leute nach. Ich bat um Beistand, und das Geld kam in Strömen geflossen. Und so, Gott helfe mir, hier steh ich nun!« Sie warf die fleischigen Hände mit einer Gebärde der Demut hoch, sie lächelte ihr geheimnisvolles Lächeln. *Ein armes Ding,* schien sie damit sagen zu wollen, *aber nicht mein eigen – sondern meines Meisters Kut Humi.* »Hier steh ich nun.«

»Gott sei's gepriesen«, sagte Mr. Bahu inbrünstig.

Nach einer angemessenen Pause fragte Will die Rani, ob sie die Übungen, die sie auf so schicksalhafte Weise in Mme. Buloz' Oratorium gelernt hatte, regelmäßig ausführe.

»Regelmäßig«, antwortete sie. »Ich könnte nicht leben ohne zu meditieren, ebensowenig wie ich ohne zu essen leben könnte.«

»War das nicht eine eher schwierige Sache nach Ihrer Heirat? Ich meine, bevor Sie in die Schweiz zurückkehrten. Es müssen da eine ganze Menge öder offizieller Pflichten zu erfüllen gewesen sein.«

»Gar nicht zu reden von den *nichtoffiziellen*«, sagte die Rani in einem Tonfall, der ganze Wälzer abfälliger Kommentare über Charakter, Weltanschauung und die sexuellen Gewohnheiten ihres verstorbenen Gatten andeutete. Sie öffnete schon den Mund, um ausführlicher zu werden, als ihr Blick auf Murugan fiel. »*Darling*«, rief sie.

Murugan, der gedankenverloren die Nägel seiner Linken auf der offenen Handfläche seiner Rechten polierte, sah, schuldbewußt zusammenfahrend, auf. »Ja, Mutter?«

Die Rani ignorierte sein Maniküren und die offenkundige Unaufmerksamkeit ihren Worten gegenüber und bedachte ihn dafür mit einem betörenden Lächeln. »Sei so gut und hole den Wagen«, bat sie. »Meine Kleine Stimme sagt nichts davon, daß ich zum Bungalow auch *zu Fuß zurückgehn* soll. Er liegt nur einige hundert Meter weit entfernt«, erklärte sie Will. »Doch bei dieser Hitze, und in meinem Alter ...«

Ihre Worte verlangten nach einem schmeichelhaften Protest. Aber wenn es zu heiß war, um zu Fuß zu gehn, so war es auch zu heiß, so fühlte Will, die recht beträchtliche Menge von Energie für eine überzeugende Schau geheuchelter Ehrlichkeit aufzubringen. Zum Glück war ein Diplomat von Beruf zur Hand, um die lümmelhafte Unzulänglichkeit dieses Journalisten da wettzumachen.

Mr. Bahu stieß ein fröhliches Lachen aus, entschuldigte sich jedoch gleich darauf wegen dieses Ausbruchs von Heiterkeit. »Es war aber auch wirklich zu komisch! ›In meinem Alter‹,« wiederholte er, abermals auflachend. »Murugan ist noch nicht einmal achtzehn, und zufällig weiß ich, wie alt – wie blutjung – die Prinzessin von Rendang war, als sie den Radscha von Pala heiratete.«

Unterdessen war Murugan gehorsam aufgestanden und küßte seiner Mutter die Hand.

»Jetzt können wir ungenierter sprechen«, sagte die Rani, nachdem er gegangen war. Und ungeniert brach es dann aus ihr heraus, während Gesicht und Tonfall, die hervortretenden Augen, die ganze vibrierende Gestalt unverhohlene Mißbilligung ausdrückten.

De mortuis ... Sie wolle nichts gegen ihren Mann sagen, nur daß er in vieler Hinsicht eben ein typischer Palanesier gewesen sei, ein echter Vertreter seines Landes. Denn es war traurig, aber wahr: die glatte, lichte Oberfläche von Pala verdeckte die schauerlichste Verderbtheit.

»Wenn ich daran denke, was sie meinem Kleinen antun wollten, vor zwei Jahren, als ich diese Propagandareise rund um die Welt für den *Kreuzzug des Geistes* unternahm!« Mit einem Geklingel von Armreifen hob sie schaudernd die Hände. »Es war qualvoll für mich, so lange von ihm getrennt zu sein. Doch der Meister hatte mich auf eine Mission entsandt und meine Kleine Stimme sagte mir, es wäre nicht recht, meinen Jungen mitzunehmen. Er hatte schon zu lange in der Fremde gelebt. Es war höchste Zeit für ihn, das Land kennenzulernen, über das er herrschen sollte. Also beschloß ich, ihn hier zu lassen. Der Staatsrat setzte ein Vormundschaftskomitee ein. Zwei Frauen, die selber heranwachsende Söhne hatten, und zwei Männer – von denen der eine, wie ich leider sagen muß, Dr. Robert MacPhail war. Nun, um es kurz zu machen: kaum war ich aus dem Land, als diese feinen Herren von der Vormundschaft, denen ich meinen Kleinen, meinen einen und einzigen Sohn anvertraut hatte, systematisch damit begannen – *systematisch*, Mr. Farnaby – meinen Einfluß zu untergraben. Sie versuchten, das ganze Gebäude sittlicher und spiritueller Werte niederzureißen, das ich in jahrelanger Mühe aufgebaut hatte.«

Ein wenig boshaft (denn natürlich wußte er, worauf die Rani anspielte) drückte Will sein Erstaunen aus. Das *ganze* Gebäude sittlicher und geistiger Werte? Aber er könne sich niemand gütigeren vorstellen als Dr. MacPhail, und auch die andern seien ihm wie gute Samariter der denkbar selbstlosesten und menschenfreundlichsten Art erschienen.

»Sie mögen gut sein«, sagte Rani. »Aber schließlich ist Güte nicht die einzige Tugend.«

»Gewiß nicht«, stimmte ihr Will bei, und er begann alle jene Eigenschaften aufzuzählen, an welchen es der Rani offenbar so sehr zu ermangeln schien. »Als da noch sind: Aufrichtigkeit, Demut, Selbstlosigkeit ...«

»Und Keuschheit, vergessen Sie *die* nicht«, sagte sie streng. »Keuschheit ist die Grundlage von allem. Das *sine qua non.*«

»Aber hier in Pala, so kommt es mir vor, scheint man darüber anders zu denken.«

»Und ob man darüber anders denkt«, sagte die Rani. Und sie erzählte ihm weiter, daß ihr armer Kleiner vorsätzlich der Unkeuschheit ausgesetzt worden sei, ja, man habe ihn sogar ausdrücklich ermuntert, sich mit einem dieser frühreifen, wahllos durcheinander liebenden Mädchen einzulassen, von denen es in Pala nur allzu viele gab. Und als man herausfand, daß er nicht zu den Jungen gehörte, die ein Mädchen verführen (denn sie hatte ihn dazu erzogen, das Weib als etwas Heiliges zu betrachten), hatten sie das *Mädchen* dazu angeregt, ihn nach Möglichkeit *selber* zu verführen.

Will fragte sich, ob ihr das wohl gelungen sei. Oder war Antinous zu dem Zeitpunkt bereits »mädchenfest«, dank einiger gleichaltriger Freunde oder, noch wirksamer, dank einem älteren, erfahreneren und autoritären Päderasten in der Schweiz, irgendeinem Vorgänger von Oberst Dipa?

»Aber das war noch nicht das Schlimmste.« Die Rani senkte die Stimme zu einem entsetzten Bühnengeflüster. »Eine der beiden Mütter im Vormundschaftskomitee – eine *Mutter,* wohlgemerkt – riet ihm, eine Anzahl von Lektionen zu nehmen.«

»Was für Lektionen?«

»Nachhilfestunden in ›Liebe‹, wie sie es beschönigend nennen.« Sie rümpfte die Nase, als wittere sie Kloakengeruch. »Stunden, ich bitte Sie«, und ihr Abscheu wurde zu Empörung, »bei irgendeiner reiferen Frau.«

»Gott behüte!« rief der Gesandte aus.

»Gott behüte!« stimmte Will pflichtschuldigst mit ein. Diese *reiferen Frauen* waren in den Augen der Rani offensichtlich weit gefährlicher als selbst die verderbtesten jungen Dinger. Eine reife Lehrmeisterin der Liebe wäre eine rivalisierende Mutter, mit dem überaus unfairen Vorteil, bis an die Grenzen des Inzests vordringen zu dürfen.

»Sie lehren ...« Die Rani zögerte. »Sie lehren *besondere Techniken.«*

»Was für Techniken?« wollte Will wissen.

Doch die Rani brachte es nicht über sich, auf die degoutanten Einzelheiten einzugehen; und das sei ja wohl auch nicht nötig. Denn Murugan (das gute Kind!) hatte seine Verführerin nicht erhört. Es hatte ihn angewidert, sich von einer Frau, die seine Mutter hätte sein können, in unmoralischen Dingen unterweisen zu lassen. Kein Wunder. Er war dazu erzogen worden, das Ideal der Reinheit zu verehren. »*Brahmatscharya,* wenn Sie wissen, was das bedeutet.«

»Gewiß«, sagte Will.

»Das war ein weiterer Grund, warum Murugans Krankheit sich als ein solches Glück im Unglück erwies. Ich glaube nicht, daß ich ihn in Pala so hätte erziehen *können,* wie ich es tat. Es gibt hier zu viele böse Kräfte, die gegen *Reinheit* ankämpfen, gegen die *Familie,* ja sogar gegen *Mutterliebe.«*

Will spitzte die Ohren. »Sie haben sogar die Mütter reformiert?«

Die Rani nickte. »Sie können sich nicht vorstellen, wie weit es hier mit allem gekommen ist. Aber Kut Humi wußte, welchen Gefahren wir hier ausgesetzt wären. Was geschieht also? Mein Kleiner erkrankt, und die Ärzte beordern uns in die Schweiz. Weit weg von allem Übel.«
»Wieso«, fragte Will, »hat Sie Kut Humi überhaupt auf Ihren Kreuzzug ziehen lassen? Konnte er denn nicht voraussehen, was mit Murugan geschehn würde, sobald Sie den Rücken kehrten?«
»Er sah alles voraus«, sagte die Rani. »Die Versuchungen, den Widerstand, den massierten Angriff aller Mächte des Bösen und dann, im allerletzten Augenblick, die Rettung. Lange Zeit hindurch«, erklärte sie, »erzählte mir Murugan nicht, was vorging. Aber nach drei Monaten wurden ihm die Angriffe der Mächte des Bösen zuviel. Er begann Andeutungen zu machen; ich aber war viel zu versunken in die Aufgabe, die mir mein Meister gestellt hatte, als daß ich sie verstanden hätte. Schließlich schrieb er mir einen Brief, in dem alles – jede Einzelheit – auf dem Papier stand. Ich sagte meine letzten vier Vorträge in Brasilien ab und flog heim, so schnell mich die Jets trugen. Eine Woche später waren wir wieder in der Schweiz. Nur mein Kleiner und ich – allein mit dem Meister.«
Sie schloß die Augen, und ein Ausdruck hämisch ekstatischer Schadenfreude erschien auf ihrem Gesicht. Will blickte angewidert weg. Diese selbst-kanonisierte Erlöserin der Welt, diese krampfhaft festhaltende und verschlingende Mutter – hatte sie sich, auch nur einen Augenblick lang, je so gesehen, wie andre sie sahen? Hatte sie eine Ahnung davon, was sie ihrem armen kleinen Dümmling von Sohn angetan hatte und noch immer antat? Die erste Frage war sicherlich zu verneinen. Über die zweite konnte man nur Vermutungen anstellen. Vielleicht wußte sie in aller Aufrichtigkeit nicht, was sie aus dem Jungen gemacht hatte. Vielleicht wußte sie's andrerseits doch. Wußte es und zog, was da mit dem Oberst vor sich ging, dem vor, was vor sich gehn könnte, wenn eine Frau die Erziehung des Jungen in die Hände nähme. Die Frau würde sie vielleicht verdrängen; der Oberst, das wußte sie, würde das nicht.
»Murugan erzählte mir, daß er diese sogenannten Reformen reformieren möchte.«
»Ich vermag nur die Hände zu falten«, sagte die Rani in einem

Ton, der Will an seinen Großvater, den Erzdiakon, erinnerte, »daß ihm die Kraft und Weisheit gegeben werde, es durchzuführen.«
»Und was halten Sie von seinen andern Projekten?« fragte Will. »Erdöl? Industrie? Eine Armee?«
»Volkswirtschaft und Politik sind nicht grade meine starke Seite«, entgegnete sie mit einem kleinen Auflachen – schließlich sprach er mit jemandem, der die Vierte Weihe empfangen hatte. »Fragen Sie Bahu nach seiner Meinung.«
»Ich habe kein Recht, eine Meinung zu äußern«, sagte der Gesandte. »Ich bin ein Außenstehender, der Vertreter einer fremden Macht.«
»Keiner gar so fremden«, sagte die Rani.
»Nicht in Ihren Augen, *ma'am.* Und nicht, wie Sie sehr wohl wissen, in den meinen. Doch in den Augen der palanesischen Regierung – ja. Fremd bis in die Knochen.«
»Aber das hindert Sie nicht daran, Ihre eigene Meinung zu haben«, sagte Will. »Es hindert Sie nur daran, die orthodoxen Meinungen Ihres Standorts zu haben. Und nebenbei«, setzte er hinzu, »bin ich nicht in meiner beruflichen Eigenschaft hier. Sie werden nicht interviewt, Herr Gesandter. Dies alles steht gänzlich außerhalb des Protokolls.«
»Gänzlich außerhalb des Protokolls also und einzig auf mich als nichtoffizielle Persönlichkeit beschränkt, glaube ich, daß mein junger Freund vollkommen recht hat.«
»Was natürlich bedeutet, daß Sie die Politik der palanesischen Regierung für vollkommen falsch halten.«
»Vollkommen falsch«, sagte Mr. Bahu – und die knochige, scharfgeschnittene Maske Savonarolas wurde von seinem voltaireschen Lächeln gradezu erhellt – »vollkommen falsch, weil allzu vollkommen richtig.«
»Richtig?« verwahrte sich die Rani. »Richtig?«
»Vollkommen richtig«, erklärte er, »weil ganz und gar darauf angelegt, jeden Mann, jede Frau und jedes Kind auf dieser bezaubernden Insel so vollkommen frei und glücklich zu machen, als es nur möglich ist.«
»Aber es ist ein falsches Glücklichsein«, rief die Rani, »es ist nur insofern Freiheit, als das niedrigere Selbst davon betroffen ist.«

»Ich beuge mich«, sagte der Gesandte und verbeugte sich gebührend, »der bessern Einsicht Eurer Hoheit. Aber dennoch, ob hoch oder niedrig oder falsch, Glücklichsein ist Glücklichsein, und Freiheit ist etwas überaus Angenehmes. Und es kann da keinen Zweifel geben, daß die Politik, die von den ursprünglichen Reformatoren eingeleitet und im Lauf der Jahre entwikkelt wurde, bewundernswert dazu geeignet war, diese beiden Ziele zu erreichen.«

»Doch Sie haben das Gefühl«, sagte Will, »daß es keine wünschenswerten Ziele sind?«

»Im Gegenteil, jeder wünscht sich, sie zu erlangen. Doch leider sind sie völlig belanglos geworden, sie stehn in gar keiner Beziehung mehr zu der allgemeinen Lage der Welt und der in Pala im besondern.«

»Sind denn diese Ziele jetzt belangloser als zu der Zeit, als die beiden Reformatoren für Glück und Freiheit zu wirken begannen?«

Der Gesandte nickte. »Damals war Pala sozusagen noch gar nicht auf der Landkarte. Der Gedanke, die Insel zu einer Oase der Freiheit und des Glücks zu machen, hatte Hand und Fuß. So lange eine ideale Gesellschaft mit der übrigen Welt nicht in Berührung kommt, ist sie lebensfähig. Pala war vollkommen lebenfähig bis, würde ich sagen, zum Jahre 1905. Von da an, in weniger als einer einzigen Generation, veränderte sich die Welt völlig. Kino, Radio, Autos, Flugzeuge. Massenproduktion, Massenmord, Massenkommunikation und vor allem Masse schlechthin – mehr und mehr Menschen in immer größern Elendsvierteln und Vorstädten. Etwa im Jahre 1930 hätte jeder klarsichtige Beobachter begriffen, daß für dreiviertel der Menschheit Glück und Freiheit fast überhaupt nicht mehr in Frage kämen. Heute, dreißig Jahre danach, kommen sie überhaupt nicht mehr in Frage. Und unterdessen ist die Außenwelt diesem kleinen Eiland der Freiheit und des Glücks immer näher zu Leibe gerückt. Stetig und unerbittlich, und sie kommt von Tag zu Tag näher. Was einmal ein lebensfähiges Ideal war, ist es heute nicht mehr.«

»Daher muß Pala verändert werden – ist das Ihre Schlußfolgerung?«

Mr. Bahu nickte. »Radikal verändert.«

»Mit Stumpf und Stiel«, sagte die Rani mit dem sadistischen Schwung eines Propheten.
»Und das aus zwei triftigen Gründen«, fuhr Mr. Bahu fort. »Erstens weil es für Pala einfach nicht mehr möglich ist, weiterhin anders zu sein als die übrige Welt. Und zweitens, weil es auch nicht recht ist, daß es anders sein sollte.«
»Nicht recht für Menschen, frei und glücklich zu sein?«
Wieder sagte die Rani etwas Inspiriertes über falsches Glück und falsche Freiheit.
Mr. Bahu nahm die Unterbrechung ehrerbietig zur Kenntnis und wandte sich dann wieder Will zu.
»Nicht recht«, beharrte er, »sich des Zustands von Seligkeit, in dem man sich befindet, angesichts all des Elends ringsum zu brüsten – es ist schiere Hybris, ein bewußter Schlag ins Gesicht der übrigen Menschheit. Es ist sogar etwas ähnliches Gott gegenüber.«
»Gott«, murmelte die Rani wollüstig, »Gott ...«
Dann öffnete sie wieder die Augen. »Diese Leute hier in Pala«, setzte sie hinzu, »sie glauben nicht an Gott. Sie glauben bloß an *Hypnose* und *Pantheismus* und *freie Liebe.*« Sie betonte die Worte mit entrüstetem Abscheu.
»Also schlagen Sie vor«, sagte Will zu Mr. Bahu, »sie elend zu machen, damit sie ihren Glauben an Gott wiederfinden. Na, das ist auch eine Art, eine Bekehrung herbeizuführen. Vielleicht wird sie Erfolg haben. Und vielleicht wird der Zweck die Mittel heiligen.« Er zuckte die Achseln. »Aber ich sehe schon«, setzte er hinzu, »daß, ob gut oder böse und ungeachtet dessen, wie die Palanesier darüber denken mögen, es so kommen wird, wie Sie meinen. Man braucht kein besonders guter Prophet zu sein, um vorherzusagen, daß es Murugan gelingen wird. Er wird von der Woge der Zukunft getragen. Und die besteht zweifellos aus Rohöl. Aber da wir grade von ›roh‹ und ›Öl‹ sprechen«, fügte er, zur Rani gewendet, hinzu, »wie ich eben von Murugan erfahren habe, sind Sie mit meinem alten Freund Joe Aldehyde bekannt.«
»Sie kennen Lord Aldehyde?«
»Sehr gut sogar.«
»Darum also die Eindringlichkeit meiner Kleinen Stimme!« Sie schloß wieder die Augen, lächelte in sich hinein und nickte be-

dächtig mit dem Kopf. »Jetzt *verstehe* ich.« Dann fragte sie in einem andern Ton: »Und wie geht es diesem lieben Menschen?«
»Er ist durchaus sein altes Selbst«, versicherte ihr Will.
»Und was für ein vortreffliches Selbst! *L'homme au cerf-volant* – so nenne ich ihn immer.«
»Der Mann mit dem Drachen?« fragte Will erstaunt.
»Er übt zwar seine Tätigkeit hier auf Erden aus«, erklärte sie, »doch er hält eine Schnur in der Hand, und am andern Ende der Schnur ist ein Drachen, und der Drachen will immer noch höher und höher und *höher* steigen. Selbst bei der Arbeit spürt er das ständige *Ziehen* von oben her, fühlt, wie der *Geist* beharrlich am Fleische zerrt. Bedenken Sie nur! Ein Geschäftsmann wie er, ein großer Industriekapitän – und das einzige, was ihm *wirklich etwas bedeutet*, ist die *Unsterblichkeit der Seele.*«
Will ging ein Licht auf. Die Rani hatte von Joe Aldehydes Schwäche für Spiritismus gesprochen. Er dachte an jene wöchentlichen Séancen mit Mrs. Harbottle, der Automatistin; mit Mrs. Pym, deren Kontrollperson ein Kiowa-Indianer namens Bawbo war; mit Miss Tuke und ihrem schwebenden Sprachrohr, aus dem ein quiekendes Flüstern Worte orakelte, die von Joes Privatsekretärin in Kurzschrift festgehalten wurden: ›*Kauft australischen Zement. Nicht nervös werden bei Kursverlusten von Breakfast Foods. Stoßt vierzig Prozent eurer Gummi-Aktien ab und legt den Erlös in* IBM *und Westinghouse an . . .*‹
»Hat er Ihnen je von jenem verstorbenen Makler erzählt«, fragte Will, »der stets wußte, wie die Börse nächste Woche reagieren würde?«
»Siddhi«, sagte die Rani nachsichtig. »Einfach *siddhi.* Was anders können Sie erwarten? Schließlich ist er bloß ein Anfänger. Und in seinem gegenwärtigen Leben ist das Geschäftemachen sein *karma.* Es war ihm vorbestimmt zu tun, was er getan hat, was er tut, was er tun wird. Und was er tun wird«, setzte sie eindrucksvoll hinzu und verharrte in Lauscherstellung, mit erhobenem Finger, den Kopf herausfordernd gehoben, »was er tun wird – so sagt mir meine Kleine Stimme – schließt Großes und Wundervolles hier in Pala mit ein.«
Was für eine vergeistigte Art zu sagen: »Ich wünsche mir, daß das geschehn soll! Nicht mein, sondern Gottes Wille geschehe – und glücklicherweise stimmen Gottes Wille und der meine im-

mer überein.« Ohne die Miene zu verziehen, lachte Will still in sich hinein.
»Sagt Ihre Kleine Stimme etwas über South-East Asia Petroleum?« fragte er.
Die Rani lauschte abermals und nickte dann. »Ja, sogar ganz deutlich.«
»Aber Oberst Dipa, so höre ich, sagt bloß ›Standard of California‹. Nebenbei«, fuhr Will fort, »weshalb schert sich Pala darum, an welchen Petroleumgesellschaften Oberst Dipa Gefallen findet?«
»Meine Regierung«, sagte Mr. Bahu mit volltönender Stimme, »denkt an einen Fünfjahresplan für die wirtschaftliche Zusammenarbeit aller Inseln.«
»Soll das bedeuten, daß Standard ein Monopol gewährt werden muß?«
»Nur wenn Standards Bedingungen vorteilhafter wären als diejenigen ihrer Konkurrenten.«
»Das will heißen«, sagte die Rani, »nur dann, wenn niemand andrer bereit ist, uns *mehr* zu zahlen.«
»Bevor Sie kamen«, erzählte ihr Will, »unterhielt ich mich über dieses Thema mit Murugan. South-East-Asia Petroleum, sagte ich, wird Pala zahlen, was immer Standard an Rendang zahlt plus noch etwas mehr.«
»Um fünfzehn Prozent mehr?«
»Sagen wir zehn.«
»Machen wir's zwölfeinhalb.«
Will sah sie bewundernd an. Für jemand, der die Vierte Weihe erhalten hatte, gar nicht übel.
»Joe Aldehyde wird Zeter und Mordio schreien«, sagte er. »Doch zu guter Letzt, ich bin sicher, werden Sie Ihre zwölfeinhalb bekommen.«
»Das wäre sicher ein sehr verlockendes Geschäft«, sagte Mr. Bahu.
»Der einzige Haken ist, daß die palanesische Regierung es nicht annehmen wird.«
»Die palanesische Regierung«, sagte die Rani, »wird bald ihre Politik ändern.«
»Glauben Sie?«
»Ich *weiß* es«, antwortete die Rani in einem Ton, der es ganz

deutlich machte, daß die Auskunft gradewegs von der Stimme ihres Herrn kam.
»Wenn diese Änderung in der Politik Palas eintritt«, sagte Will, »würde es da von Nutzen sein, wenn Oberst Dipa ein gutes Wort für South-East Asia Petroleum einlegte?«
»Zweifellos.«
Will wandte sich an Mr. Bahu. »Und wären Sie bereit, Herr Gesandter, bei Oberst Dipa ein gutes Wort einzulegen?«
In Vielsilbern, als hielte er eine Ansprache vor der Plenarversammlung einer internationalen Organisation, antwortete Mr. Bahu in diplomatisch vorsichtigen Ausdrücken. Einerseits, ja; andrerseits, nein. Von dem einen Gesichtspunkt aus, weiß; von einem andern, ganz entschieden, schwarz.
Will hörte höflich zu. Hinter der Maske Savonarolas, hinter dem aristokratischen Monokel, hinter dem Wortschwall des Gesandten konnte er den levantinischen Makler sehen und hören, der auf seine Kommission aus war; den kleinen Beamten, der um sein Entgelt bettelt. Und wie viel war der königlichen Eingeweihten selber versprochen worden für ihre enthusiastische Gönnerschaft von South-East Asia Petroleum? Etwas recht Substantielles, darauf hätte er wetten können. Nicht für sie selbst, natürlich, nein, *nein!* Für den *Kreuzzug des Geistes*, unnötig zu sagen, zur größeren Ehre Kut Humis.
Mr. Bahus Rede vor der Plenarversammlung kulminierte in folgender Feststellung: »Es darf daher kein Zweifel darüber bestehen, daß jede Aktion meinerseits von den Umständen abhängt, und zwar davon, ob und wann diese Umstände eintreten. Mache ich mich verständlich?«
»Durchaus«, versicherte ihm Will. »Und jetzt«, fuhr er absichtlich mit nicht ganz taktvoller Offenheit fort, »lassen Sie mich meine eigene Stellung in dieser Angelegenheit darlegen. Woran ich selbst einzig und allein interessiert bin, ist Geld. Zweitausend Pfund, ohne einen Finger zu rühren. Ein Jahr Freiheit, nur weil ich Joe Aldehyde behilflich bin, seine Hand auf Pala legen zu können.«
»Lord Aldehyde«, sagte die Rani, »ist ein außerordentlich großzügiger Mann.«
»Außerordentlich«, stimmte Will ihr bei, »in Anbetracht der Geringfügigkeit dessen, was ich in dieser Sache unternehmen

kann. Unnötig zu betonen, er wäre noch großzügiger, wenn ein andrer mehr zu tun imstande wäre.«

Ein längeres Schweigen entstand. Aus der Ferne rief ein Myna eintönig zu Wachsamkeit auf. Vor Geiz, vor Heuchelei, vor gemeinem Zynismus ... Es klopfte.

»Herein«, rief Will, und, zu Mr. Bahu gewendet, sagte er: »Wollen wir dieses Gespräch ein andermal fortsetzen?«

Mr. Bahu nickte.

Ein junges, etwa achtzehnjähriges Mädchen betrat energisch das Zimmer, in einem blauen Rock und einer kurzen Jacke ohne Knöpfe, die die Partie oberhalb der Taille und zuweilen auch die beiden apfelrunden Brüste freiließ. Auf ihrem weichen dunkeln Gesicht wurde ein begrüßendes Lächeln noch von zwei Grübchen in ihren Wangen betont. »Ich bin Schwester Appu«, sagte sie. »Radha Appu.« Aber dann, als sie sah, daß Will Besuch hatte, unterbrach sie sich. »Oh, Verzeihung, ich wußte nicht ...«

Sie machte einen flüchtigen Knicks vor der Rani.

Inzwischen war Mr. Bahu, höflich wie immer, aufgestanden. »Schwester Appu«, rief er schwärmerisch aus. »Mein kleiner Engel, der mich im Krankenhaus in Shivapuram betreute! Was für eine reizende Überraschung.«

Das junge Mädchen jedoch, soviel konnte Will sehen, war anderer Meinung.

»Guten Tag, Mr. Bahu«, sagte sie ohne ein Lächeln, wendete sich rasch weg und begann sich mit den Riemen der Kanevastasche, die sie trug, zu beschäftigen.

»Eure Hoheit erinnern sich wahrscheinlich nicht mehr«, sagte Mr. Bahu, »daß ich letzten Sommer operiert werden mußte. Ein Bruch«, führte er genauer aus. »Nun, diese junge Dame hier erschien allmorgendlich, um mich zu waschen. Pünktlich um acht Uhr fünfundvierzig. Und jetzt, nachdem sie alle diese Monate verschwunden war, taucht sie ganz plötzlich wieder auf.«

»Synchronizität«, orakelte die Rani. »Alles ist ein Teil des *Plans.*«

»Ich soll Mr. Farnaby eine Spritze geben«, sagte die kleine Krankenschwester und blickte, immer noch ohne zu lächeln, von ihrer Tasche auf.

»Befehl ist Befehl«, rief die Rani, die Rolle einer königlichen Persönlichkeit übertreibend, die geruht, mit Koketterie gnädig zu sein. »Hören heißt gehorchen. Aber wo bleibt mein Fahrer?«

»Dein Fahrer ist hier«, rief eine wohlbekannte Stimme. Schön wie eine Vision des Ganymed stand Murugan in der Tür. Ein Ausdruck der Belustigung erschien auf dem Gesicht der kleinen Krankenschwester.

»Hallo, Murugan – wollte sagen, Eure Hoheit.« Wieder machte sie andeutungsweise einen Knicks, den er nach Belieben als ein Zeichen des Respekts oder ironischen Spotts aufnehmen konnte.

»Oh, hallo, Radha«, sagte der Junge in einem Ton, der zurückhaltend und beiläufig klingen sollte. Er ging an ihr vorbei auf seine Mutter zu. »Der Wagen steht vor der Tür«, sagte er. »Oder vielmehr, was sich so nennt.« Dann erklärte er Will mit einem sarkastischen Auflachen: »Ein Baby Austin, Jahrgang 54. Das Beste, was dieses hochzivilisierte Land seiner königlichen Familie zur Verfügung stellen kann. Rendang gibt seinem Gesandten einen Bentley«, fügte er mit Bitterkeit hinzu.

»Der mich hier in etwa zehn Minuten abholen wird«, sagte Mr. Bahu nach einem Blick auf seine Armbanduhr. »Dann darf ich mich also hier von Eurer Hoheit verabschieden?«

Die Rani streckte die Hand aus. Mit der Ehrerbietung eines frommen Katholiken, der einen Kardinalsring küßt, beugte er sich über sie, richtete sich dann auf und wandte sich an Will.

»Ich nehme – vielleicht zu Unrecht – an, daß Mr. Farnaby noch ein wenig länger meine Gesellschaft ertragen kann. Darf ich bleiben?«

Will versicherte dem Gesandten, daß er entzückt wäre.

»Und ich hoffe«, sagte Mr. Bahu zu Schwester Appu, »daß aus ärztlichen Gründen nichts dagegen einzuwenden ist?«

»Nicht aus ärztlichen Gründen«, sagte das junge Mädchen in einem Ton, der das Vorhandensein von äußerst triftigen nichtärztlichen andeutete.

Mit Murugans Beistand stemmte sich die Rani aus ihrem Stuhl hoch. *»Au revoir, mon cher Farnaby«*, sagte sie und reichte ihm die juwelenbedeckte Hand. Ihr Lächeln triefte von einer Süßlichkeit, die Will geradezu als bedrohlich empfand.

»Leben Sie wohl, *ma'am.«*

Sie wendete sich um, tätschelte Schwester Appu die Wange und schritt majestätisch aus dem Zimmer. Wie eine Pinasse im Kielwasser eines vollgetakelten Linienschiffs glitt Murugan hinter ihr her.

SECHSTES KAPITEL

»Menschenskind!« explodierte die kleine Krankenschwester, als sich die Tür hinter ihnen geschlossen hatte.

»Ich bin ganz Ihrer Meinung«, sagte Will.

Das voltairesche Licht funkelte einen Augenblick in Mr. Bahus evangeliumsgläubigem Gesicht auf. »Menschenskind«, wiederholte er. »Das hörte ich einmal einen Schuljungen beim Anblick der Großen Pyramide ausrufen. Die Rani vermittelt denselben Eindruck. Monumental. Sie ist, was die Deutschen ›eine große Seele‹ nennen.« Sein Gesicht war jetzt wieder unmißverständlich das Savonarolas; was er sagte, war offenbar fürs Veröffentlichen bestimmt.

Die kleine Krankenschwester lachte plötzlich hell auf.

»Was gibt's denn?« fragte Will.

»Ich hab auf einmal die Große Pyramide vor mir gesehn, schön herausgeputzt in weißem Musselin«, sagte sie atemlos. »Dr. MacPhail nennt das die Uniform der Mystiker.«

»Witzig, äußerst witzig!« bemerkte Mr. Bahu. »Und doch«, setzte er diplomatisch hinzu, »ich sehe nicht, weshalb Mystiker keine Uniform tragen sollten, wenn sie Lust dazu haben.«

Die kleine Krankenschwester tat einen tiefen Atemzug, wischte sich die Lachtränen aus den Augen und begann mit den Vorbereitungen, dem Patienten eine Spritze zu geben.

»Ich weiß genau, was Sie denken«, sagte sie zu Will. »Sie denken, die ist viel zu jung, um etwas ordentlich auszuführen.«

»Ich denke sicherlich, daß Sie sehr jung sind.«

»Bei euch geht man mit achtzehn auf die Universität und bleibt dort vier Jahre lang. Wir beginnen mit sechzehn und vervollkommnen unsre Ausbildung, bis wir vierundzwanzig sind – die halbe Zeit lernen wir, die halbe Zeit praktizieren wir. Ich habe Biologie studiert und gleichzeitig zwei Jahre hier gearbeitet. Also bin ich nicht ganz eine solche Närrin, wie ich aussehe. Ich bin sogar eine recht gute Krankenschwester.«

»Eine Feststellung«, sagte Mr. Bahu, »die ich aufrichtigst bestätigen kann. Miß Radha ist nicht nur eine gute, sie ist sogar eine absolut erstklassige Krankenschwester.«

Doch was er wirklich meinte, dachte Will, während er dieses Gesicht eines oftmals Versuchungen ausgesetzten Mönchs forschend betrachtete, war, daß Miß Radha eine erstklassige Taille, einen erstklassigen Nabel und erstklassige Brüste hatte. Doch die Eigentümerin dieser Vorzüge hatte deutlich gezeigt, daß die Bewunderung Savonarolas sie ärgerte oder zumindest die Art, wie sie ausgedrückt worden war. Hoffnungsvoll, allzu hoffnungsvoll wiederholte der Abgeblitzte seinen Angriff.

Schwester Appu hatte die Spirituslampe angezündet, und während die Nadel sterilisiert wurde, blickte sie auf das Fieberthermometer.

»Siebenunddreißig-acht.«

»Bedeutet das meine Verbannung?« erkundigte sich Mr. Bahu.

»Nicht, was den Patienten betrifft«, erwiderte das junge Mädchen.

»Dann bleiben Sie, bitte«, sagte Will.

Die kleine Krankenschwester gab ihm die antibiotische Spritze und rührte dann aus einem Fläschchen in der mitgebrachten Tasche einen Löffel voll einer grünlichen Flüssigkeit in ein halbes Glas Wasser.

»Trinken Sie das.«

Es schmeckte wie einer dieser Kräuterabsude, die Reformhausfexe als Tee trinken.

»Was ist es denn?« fragte Will, und erfuhr, es sei ein Extrakt aus einer mit Valerian verwandten Gebirgspflanze.

»Es hilft den Leuten, ihre Sorgen zu vergessen«, erklärte Schwester Appu, »ohne sie schläfrig zu machen. Wir geben es den Rekonvaleszenten. Es tut auch gute Dienste bei geistig unstabilen Fällen.«

»Zu welchen gehöre ich? Zu den geistig Unstabilen oder den Rekonvaleszenten?«

»Zu beiden«, erwiderte sie ohne Zögern.

Will lachte laut heraus. »Das kommt davon, wenn man nach Komplimenten angelt.«

»Ich wollte Sie nicht kränken«, versicherte sie ihm. »Ich meinte bloß, daß ich noch nie jemand traf, der von draußen kam und geistig nicht unstabil gewesen wäre.«
»Den Herrn Gesandten mit eingeschlossen?«
Sie antwortete mit einer Gegenfrage. »Was meinen *Sie* dazu?«
Will gab sie an Mr. Bahu weiter. »*Sie* sind der Sachverständige auf diesem Gebiet.«
»Macht das untereinander ab«, erklärte die kleine Krankenschwester. »Ich muß gehn und mich um das Mittagessen meines Patienten kümmern.«
Mr. Bahu sah ihr nach; dann zog er die linke Braue hoch, ließ das Monokel fallen und begann methodisch die Linse mit seinem Taschentuch blankzureiben. »Sie weichen auf die eine Art von der Norm ab«, sagte er zu Will, »und ich auf eine andere. Ein Schizoider (das sind Sie doch, nicht?) und, auf der andern Seite der Welt, ein Paranoiker. Wir beide Opfer derselben Plage des zwanzigsten Jahrhunderts. Nicht der Schwarze Tod, diesmal, sondern das Graue Leben. Haben Sie sich je für ›Macht‹ interessiert?« fragte er dann.
»Nie.« Will schüttelte nachdrücklich den Kopf. »Wie könnte man Macht besitzen, ohne sich zu engagieren?«
»Und für Sie überwiegt der Greuel, sich zu engagieren, das Vergnügen, andre Leute herumzukommandieren?«
»Um das Tausendfache.«
»Für Sie hat das also nie eine Versuchung bedeutet?«
»Nie.« Dann sagte Will in anderm Ton: »Kommen wir jetzt zur Sache.«
»Zur Sache«, wiederholte Mr. Bahu. »Erzählen Sie mir zuerst von Lord Aldehyde.«
»Nun, wie die Rani sagte, er ist ein außerordentlich großzügiger Mann.«
»Ich bin nicht an seinen Tugenden interessiert, sondern an seinem Verstand. Wie helle ist er?«
»Helle genug, um zu wissen, daß keiner etwas umsonst tut.«
»Gut«, sagte Mr. Bahu. »Dann bestellen Sie ihm von mir, daß er für eine wirksame, von Experten in strategischen Positionen ausgeführte Arbeit mindestens das Zehnfache bezahlen muß, als er Ihnen bezahlt.«
»Ich werde ihm einen Brief dieses Inhalts schreiben.«

»Und tun Sie das noch heute«, riet ihm Mr. Bahu. »Das Flugzeug fliegt morgen abend von Shivapuram ab, und eine Woche lang geht keine Post mehr weg.«

»Danke für die Mitteilung«, sagte Will. »Und nun – da Ihre Hoheit und der leicht zu schockierende Sprößling nicht mehr hier sind – wollen wir zur nächsten Versuchung übergehn. Wie steht's mit Sex?«

Mit der Gebärde eines Mannes, der eine Wolke lästiger Insekten verscheuchen will, schlenkerte Mr. Bahu die knochige braune Hand vor seinem Gesicht hin und her. »Bloß eine Zerstreuung, weiter nichts. Bloß eine bohrende, demütigende Schikane. Aber ein Mann von Verstand wird immer damit fertig werden können.«

»Wie schwer es ist, die Laster eines andern zu verstehn!«

»Da haben Sie recht. Jeder sollte sich auf die Unsinnigkeit beschränken, mit der es Gott gefällt, ihn zu schlagen. *Pecca fortiter* – war Luthers Rat. Doch machen Sie es sich zur Regel, Ihre eignen Sünden zu begehn, nicht die eines andern. Und vor allem, tun Sie nicht, was die Leute auf dieser Insel tun. Versuchen Sie nicht, sich so aufzuführen, als wären Sie Ihrem Wesen nach vernünftig und Ihrer Natur nach gut. Wir sind alle irre Sünder in demselben kosmischen Boot – und das Boot ist ständig am Sinken.«

»Und trotzdem ist keine Ratte berechtigt, es zu verlassen, wenn ich Sie recht verstehe?«

»Einige von ihnen mögen es hie und da versuchen. Aber sie kommen nie sehr weit. Die Geschichte und die andern Ratten werden immer dafür sorgen, daß sie mit allen übrigen von uns ersaufen. Darum hat Pala auch nicht die geringste Chance.«

Ein Tablett in der Hand, betrat die kleine Krankenschwester wieder das Zimmer.

»Buddhistisches Essen«, sagte sie und knüpfte Will eine Serviette um den Hals. »Alles bis auf den Fisch. Aber wir haben entschieden, daß Fisch im Sinne des Gesetzes vegetabil ist.«

Will begann zu essen.

»Abgesehen von der Rani und Murugan und uns beiden hier«, fragte er, nachdem er den ersten Bissen geschluckt hatte, »wie vielen Leuten von draußen sind Sie schon begegnet?«

»Da war zum Beispiel diese Gruppe amerikanischer Ärzte«,

antwortete sie. »Sie kamen letztes Jahr nach Shivapuram, während ich im Central Hospital beschäftigt war.«

»Weshalb waren sie hergekommen?«

»Um herauszufinden, wieso wir eine so niedrige Quote von Neurotikern und kardiovaskulären Fällen haben. Nein, diese Ärzte!« Sie schüttelte den Kopf. »Ich sage Ihnen, Mr. Farnaby, mir standen die Haare zu Berg – und allen andern im Krankenhaus auch.«

»Also halten Sie die Heilkunde, wie wir sie anwenden, für recht primitiv?«

»Das ist nicht der richtige Ausdruck. Sie ist nicht primitiv. Sie ist zu fünfzig Prozent ganz toll und zu fünfzig Prozent gar nicht vorhanden. Wunderbare Antibiotika – aber überhaupt keine Methode, um die Widerstandskraft zu stärken und so Antibiotika überflüssig zu machen. Phantastische Chirurgie – aber wenn es darum geht, den Leuten zu zeigen, wie sie leben sollen, damit sie sich nicht in Stücke schneiden zu lassen brauchen, völliges Versagen. Und so weiter auf der ganzen Linie. Einen Einser dafür, einen zusammenzuflicken, wenn man zu zerfallen beginnt, aber einen Fünfer, wenn's ums Gesundbleiben geht. Abgesehn von Kläranlagen und synthetischen Vitaminen scheint ihr so gut wie nichts zur Vorbeugung zu unternehmen. Und doch habt ihr ein Sprichwort: Vorbeugen ist besser als Heilen.«

»Aber Heilen ist um so viel dramatischer als Vorbeugen«, sagte Will. »Und für die Ärzte auch so außerordentlich viel einträglicher.«

»Mag sein für die euern«, sagte die kleine Krankenschwester. »Nicht für unsre. Die unsern werden dafür bezahlt, Leute gesund zu erhalten.«

»Wie läßt sich das erreichen?«

»Wir stellen uns diese Frage schon seit hundert Jahren und fanden eine Menge Antworten. Chemische, psychologische, ernährungsmäßige, sexuell bedingte, solche, die davon abhängig sind, wie man sieht und hört und wie man sich als der, der man ist, in dieser unsrer Welt fühlt.«

»Und welches sind die besten Antworten?«

»Keine ist die beste ohne alle die andern.«

»Also gibt's kein Universalheilmittel.«

»Wie könnte es eines geben?« Und sie zitierte die fünf Verszeilen, die jede angehende Krankenschwester am ersten Tag ihrer Ausbildung auswendig lernen mußte.

»›Ich‹ bin eine Menge, gehorche so vielen Regeln
Als sie hat Teile. Chemisch unrein
Ist alles, was ›ich bin‹. Daher gibt's für
Ein Übel, das mehr als *eine* Quelle hat,
Niemals bloß eine einzige Kur.«

Und ob es also ums Vorbeugen geht oder ums Heilen, wir greifen an allen Fronten zugleich an. *Allen Fronten«*, sagte sie nachdrücklich, »angefangen von Diät bis zu Autosuggestion, von negativen Ionen bis zu Meditation.«

»Sehr vernünftig«, bemerkte Will.

»Vielleicht ein wenig *allzu* vernünftig«, sagte Mr. Bahu. »Haben Sie je versucht, sich vernünftig mit einem Irren zu unterhalten?« Will schüttelte den Kopf. »Ich tat's ein einziges Mal.« Mr. Bahu lüpfte die ergrauende Locke, die ihm schräg in die Stirn fiel. Grade unterhalb des Haaransatzes wurde, sonderbar blaß gegen die braune Haut, eine zackige Narbe sichtbar. »Ich hatte Glück. Die Flasche, mit der er zuschlug, war nicht sehr dickwandig.« Er glättete sich das Haar und wandte sich an die kleine Krankenschwester. »Merken Sie sich, Miß Radha: die Unverständigen bringt nichts so sehr auf als Verstand. Pala ist eine kleine Insel, die zur Gänze von zweitausendneunhundert Millionen Geisteskranker umgeben ist. Hüten Sie sich also davor, allzu vernünftig zu sein. Im Land der Geisteskranken wird der geistig Gesunde niemals König.« Mr. Bahus Gesicht funkelte gradezu von voltairescher Schadenfreude. »Er wird gelyncht.« Will quittierte das mit einem mechanischen Lachen und wandte sich dann wieder der kleinen Krankenschwester zu.

»Gibt es denn bei euch keine Kandidaten für die Irrenanstalt?« fragte er.

»Genausoviele wie bei euch – ich meine, im Verhältnis zur Gesamtbevölkerung. So steht's jedenfalls im Lehrbuch.«

»Dann macht es anscheinend nichts aus, ob man in einer vernünftigen Umwelt lebt oder nicht.«

»Nicht bei Leuten mit einer Körperchemie, die sie zu Psychopathen macht. Die werden bereits verletzlich geboren. Geringfügige Unannehmlichkeiten, von denen andre kaum Notiz nehmen, können sie schon unterkriegen. Wir sind grade am Herausfinden, was sie so leicht verletzlich macht. Und wir machen sie ausfindig, bevor sie einen Zusammenbruch erleiden. Dann können wir etwas tun, um ihre Widerstandskraft zu stärken. Vorbeugen, wiederum – und selbstverständlich an allen Fronten zugleich.«

»Also macht es doch etwas aus, ob man in eine vernünftige Umwelt hineingeboren wird oder nicht – selbst bei vorbestimmten Psychopathen.«

»Bei den Neurotikern hat es bereits seine Wirkung getan. Euer Neurotikerquotient steht ungefähr eins zu fünf oder gar vier. Der unsre etwa eins zu zwanzig. Der eine, der einen Nervenzusammenbruch hat, wird auf allen Fronten behandelt, und die neunzehn, die keinen haben, werden auf allen Fronten prophylaktisch behandelt. Was mich wieder auf diese amerikanischen Ärzte bringt. Drei waren Psychiater, und einer von ihnen rauchte ununterbrochen Zigarren und redete mit einem deutschen Akzent. Ihn hatte man ausgewählt, uns einen Vortrag zu halten. Und was für einen!« Schwester Appu hielt sich den Kopf mit beiden Händen. »Ich hab so was noch nicht gehört.«

»Worüber hat er denn gesprochen?«

»Darüber, wie drüben bei ihnen Leute mit neurotischen Symptomen behandelt werden. Wir trauten unsern Ohren nicht. Sie greifen *niemals* an allen Fronten zugleich an, sondern nur auf etwa einer halben. Für sie gibt's überhaupt keine physischen Fronten. Abgesehn von einem Mund und einem Anus besitzt ihr Patient keinen Körper. Er ist kein Organismus, wurde nicht mit einer körperlichen Veranlagung und einem Temperament geboren. Er besitzt bloß den Ein- und Ausgang eines Verdauungsapparats, eine Familie und eine Psyche. Aber was für eine Art von Psyche? Offenbar nicht den ganzen Geist, nicht den Geist, wie er wirklich ist. Wie könnte der das sein, wenn sie weder die Anatomie eines Menschen berücksichtigen, noch seine Biochemie oder Physiologie? Der vom Körper abstrahierte Geist – das ist die einzige Front, auf der sie angreifen. Und nicht einmal hier auf der ganzen. Der Mann mit der Zigarre redete immerzu vom Unbewußten. Aber das einzige Unbewußte, dem sie je Beachtung schenken, ist das negativ Unbewußte, der Abfall, den die Leute loszuwerden trachten, indem sie ihn im Kellergeschoß vergraben. Nicht eine Silbe über das positiv Unbewußte. Nie ein Versuch, dem Patienten zu helfen, sich der Lebenskraft oder der Buddha-Natur zu erschließen. Und nicht einmal ein Versuch, ihn zumindest im Alltag etwas bewußter werden zu lassen. Sie wissen ja: ›Hier und jetzt, Jungs.‹ ›Gib acht.‹ Sie ahmte den Myna nach. »Diese Leute lassen einfach den armen Neurotiker in seiner schlechten Gewohnheit schwelgen, niemals völlig in der Gegenwart anwesend zu sein. Das Ganze ist reiner Schwachsinn. Aber nein, der Mann mit der Zigarre hatte nicht einmal *diese* Ausrede. Er war der Klügste der Klugen. Also kann Schwachsinn gar nicht der Grund sein. Es muß etwas Gewolltes, etwas Selbstauferlegtes sein – wie sich Betrinken oder sich Einreden, an etwas Törichtes zu glauben, bloß weil es in der Heiligen Schrift steht. Und dann bedenken Sie einmal, was die als normal ansehn. Sie werden's nicht glauben, aber für die ist ein Mensch normal, wenn er einen Orgasmus haben kann und sich in die Gesellschaft, in der er lebt, integriert hat.« Wieder hielt sich Schwester Appu den Kopf mit beiden Händen. »Es ist nicht zu begreifen! Keiner stellt eine Frage darüber, *wie* man seine Orgasmen auswertet. Oder über das Wesen der eignen Gefühle oder Gedanken oder Wahrnehmungen. Und dann, wie steht's um die Gesellschaft, der man sich anpassen soll? Ist es eine geistig kranke oder eine geistig gesunde Gesellschaft? Und selbst wenn es eine geistig ziemlich gesunde wäre, soll man sich ihr *vollkommen* anpassen?«

»Wen Gott verderben will«, sagte der Gesandte mit seinem verschmitzten Lächeln, »den macht er erst wahnsinnig. Oder auch, und vielleicht um so wirkungsvoller, dem schenkt er vorerst Vernunft.« Mr. Bahu stand auf und trat ans Fenster. »Der Wagen ist da, um mich abzuholen. Ich muß nach Shivapuram und wieder an meinen Schreibtisch.« Er wandte sich zu Will und bedachte ihn mit einer langen, blumenreichen Abschiedsrede. Dann sagte er, den Gesandten abschaltend: »Vergessen Sie nicht, diesen Brief zu schreiben. Die Sache ist sehr wichtig.« Er lächelte verschwörerisch und zählte, mit dem Daumen über die beiden ersten Finger seiner rechten Handfläche streichend, unsichtbares Geld ab.

»Gott sei Dank«, sagte die kleine Krankenschwester, als er gegangen war.

»Was hat er denn verbrochen?« wollte Will wissen. »Das Übliche?«
»Einer Geld anzubieten, mit der man schlafen will – sie aber mag einen nicht. Also bietet man mehr. Ist das dort üblich, von wo er herkommt?«
»Und wie!« versicherte ihr Will.
»Na, mir hat die Sache nicht gefallen.«
»Das konnte ich sehn. Und noch eine Frage. Was ist's mit Murugan?«
»Weshalb wollen Sie das wissen?«
»Aus Neugier. Ich merkte, daß ihr einander schon begegnet seid. War das vor zwei Jahren, als er ohne seine Mutter hier war?«
»Wieso wissen Sie davon?«
»Ein Vöglein hat's mir zugezwitschert – oder vielmehr ein äußerst korpulenter Vogel.«
»Die Rani! Sicher hat sie's wie Sodom und Gomorrha dargestellt.«
»Leider wurden mir die schaurigen Einzelheiten vorenthalten. Dunkle Andeutungen – mehr war nicht zu erfahren. Andeutungen zum Beispiel über kampferfahrene Messalinen, welche jungen, unschuldigen Knaben Lektionen in der Liebe erteilen.«
»Und wie er sie nötig hatte, diese Lektionen!«
»Andeutungen auch über ein frühreifes, liederliches Mädchen seines Alters.«
Schwester Appu brach in Lachen aus.
»Kennen Sie sie?« fragte Will.
»Das frühreife liederliche Mädchen bin ich.«
»Sie? Weiß die Rani davon?«
»Murugan erzählte ihr bloß Fakten, keine Namen. Wofür ich ihm sehr dankbar bin. Sehn Sie, ich hatte mich ziemlich schlecht benommen. Hatte mich in jemand verknallt, den ich nicht wirklich liebte, und einen andern gekränkt, den ich liebte. Warum ist man bloß so albern?«
»Das Herz hat seine Logik, und die endokrinen Drüsen haben die ihre.«
Es entstand ein langes Schweigen. Will aß den letzten Bissen von dem kalten gekochten Fisch und Gemüse. Schwester Appu reichte ihm einen Teller mit Obstsalat.

»Sie haben Murugan nie in einem weißen Seidenpyjama gesehn«, sagte sie dann.

»Habe ich da etwas versäumt?«

»Sie ahnen nicht, wie schön er in einem weißen Seidenpyjama aussieht. Niemand hat das Recht, so schön zu sein. Es ist einfach unfair.«

Und es war eben der Anblick Murugans in dem weißen Seidenpyjama von Sulka, weshalb sie schließlich den Kopf verlor. So völlig verlor, daß sie zwei Monate lang eine andere gewesen war – eine dumme Gans, die jemandem nachlief, der sich nichts aus ihr machte, und sich von demjenigen abwandte, der sie noch immer liebte und den auch sie noch immer liebte.

»Wie weit kamen Sie denn mit dem Pyjamajüngling?« fragte Will.

»Bis ins Bett«, antwortete sie. »Aber als ich ihn küssen wollte, sprang er mir unter der Decke davon und schloß sich im Badezimmer ein. Er kam erst heraus, nachdem ich ihm seinen Pyjama durch das Oberfenster gereicht und ihm mein Ehrenwort gegeben hatte, ihn nicht mehr zu belästigen. Jetzt kann ich darüber lachen. Aber damals, ich sage Ihnen, damals ...« Sie schüttelte den Kopf. »Die reinste Tragödie. Die andern müssen erraten haben, was los war, weil ich mich so aufführte. Frühreife, liederliche Mädchen taugten offenbar nichts. Was Murugan brauchte, waren reguläre Lektionen.«

»Und die übrige Geschichte kenne ich«, sagte Will. »Knabe schreibt Mutter, Mutter fliegt heim und entführt ihn im Nu mit sich in die Schweiz.«

»Sie kamen beide erst vor sechs Monaten zurück. Und mindestens die halbe Zeit davon waren sie in Rendang, bei Murugans Tante.«

Will wollte grade Oberst Dipa erwähnen, erinnerte sich aber, daß er Murugan versprochen hatte, diskret zu sein, und schwieg. Aus dem Garten ertönte ein Pfeifsignal.

»Entschuldigen Sie«, sagte Schwester Appu und trat ans Fenster. Sie winkte mit einem freudigen Lächeln hinaus. »Es ist Ranga.«

»Wer ist Ranga?«

»Eben dieser Freund von mir, von dem ich erzählte. Er möchte Sie gern einiges fragen. Darf er ein bißchen hereinkommen?«

»Aber gewiß.«
Sie wandte sich wieder zum Fenster und gab mit der Hand ein Zeichen.
»Das soll wohl heißen, daß der weiße Seidenpyjama überhaupt nicht mehr von Belang ist.«
Sie nickte. »Es war bloß eine Tragödie in einem Akt. Ich fand meinen Kopf beinahe ebenso schnell wieder, als ich ihn verloren hatte. Und Ranga war da wie immer und hatte auf mich gewartet.« Die Tür ging schwungvoll auf, und ein schlaksiger junger Mann in Turnschuhen und khakifarbenen Shorts betrat das Zimmer.
»Ranga Karakuran«, stellte er sich vor und gab Will die Hand.
»Wärst du fünf Minuten früher gekommen«, sagte Radha, »hättest du das Vergnügen gehabt, Mr. Bahu noch hier anzutreffen.«
»So – ist *der* hier gewesen?« Ranga schnitt ein Gesicht.
»Ist er wirklich gar so arg?« fragte Will.
Ranga zählte die Anklagepunkte auf. »A: Er haßt uns Palanesier. B: Er ist der zahme Schakal von Oberst Dipa. C: Er ist der inoffizielle Abgesandte aller Ölgesellschaften. D: Der alte Schweinehund hat Radha nachgestellt, und E: Er geht umher und hält Vorträge über die Notwendigkeit einer religiösen Wiedererwekkung. Er hat sogar ein Buch darüber veröffentlicht. Komplett mit Vorwort eines Mannes von der Harvard Divinity School. Das Ganze ist ein Teil des Feldzugs gegen die Unabhängigkeit Palas. Dipa redet sich auf ›Gott‹ aus. Warum sagen Verbrecher nicht offen und ehrlich, was sie im Sinn haben? Dieses ganze ekelhafte idealistische Spülicht – es ist zum Kotzen!«
Radha streckte die Hand aus und zog ihn dreimal fest am Ohrläppchen.
»Du kleines –« begann er ärgerlich, unterbrach sich dann und lachte. »Du hast schon recht«, sagte er. »Trotzdem, etwas sanfter hätte auch genügt.«
»Tun Sie das immer, wenn er über etwas in Wut gerät?« wollte Will von Radha wissen.
»Immer, wenn er im unrichtigen Augenblick in Wut gerät oder über etwas, an dem er nichts ändern kann.«
Will wandte sich an den jungen Mann. »Und umgekehrt – ist das auch manchmal nötig?«

Ranga lachte. »Ich finde es befriedigender, ihr einen Klaps auf den Popo zu geben. Leider gibt sie mir wenig Gelegenheit dazu.«

»Soll das heißen, daß sie ausgeglichener ist, als Sie es sind?«

»Ausgeglichener? Ich sage Ihnen, sie ist abnormal vernünftig.«

»Während Sie selber nur normal vernünftig sind?«

»Vielleicht ein wenig von der Norm abweichend.« Er schüttelte den Kopf. »Manchmal bin ich schrecklich niedergeschlagen – habe dann das Gefühl, ich tauge zu nichts.«

»Dabei ist er so tüchtig«, sagte Radha, »daß er ein Stipendium erhalten hat, um Biochemie an der Universität von Manchester zu studieren.«

»Was tun Sie mit ihm, wenn er Ihnen diese verzweifelten Armesündertricks aufführt? Wieder am Ohr ziehn?«

»Ja«, sagte sie, »und – na, auch was andres.« Sie sah Ranga an, und Ranga sah sie an. Dann brachen beide in Lachen aus.

»Tja«, sagte Will. »Tja. Und wie dieses andre nun einmal beschaffen ist«, fuhr er fort, »freut sich Ranga auf die Aussicht, dieser Insel für ein paar Jahre fern zu bleiben?«

»Nur mäßig«, gab Ranga zu.

»Aber er muß nach Manchester«, sagte Radha mit Entschiedenheit.

»Und wenn er einmal dort ist«, fragte Will weiter, »wird er dann glücklich sein?«

»Das wollte ich von Ihnen hören«, entgegnete Ranga.

»Na, das Klima wird Ihnen nicht gefallen, das Essen nicht und auch die Geräusche und die Gerüche nicht und die Art, wie die Häuser gebaut sind. Aber fast sicher wird Ihnen die Arbeit gefallen, und Sie werden wahrscheinlich finden, daß Ihnen eine ganze Menge Leute sympathisch sind.«

»Und die Mädchen?« wollte Radha wissen.

»Wie soll ich das beantworten? Tröstlich oder wahrheitsgemäß?«

»Wahrheitsgemäß.«

»Nun, meine Liebe, Ranga wird sicher großen Erfolg haben. Dutzende von Mädchen werden ihn unwiderstehlich finden. Und einige unter ihnen werden reizende Mädchen sein. Wie werden Sie es aufnehmen, wenn Ranga ihnen nicht widerstehn kann?«

»Ich werd mich um seinetwillen freuen.«

Will wandte sich an Ranga. »Und *sie* – wenn Radha sich mit einem andern tröstet, während Sie weg sind?«

»Ich würde mich gern darüber freuen«, sagte er. »Aber ob es mir gelingt, ist eine andre Frage.«
»Werden Sie ihr das Versprechen abnehmen, Ihnen treu zu bleiben?«
»Ich werde ihr gar kein Versprechen abnehmen.«
»Trotzdem sie Ihnen sozusagen angehört?«
»Sie gehört sich selbst an.«
»Und Ranga gehört sich selbst an«, sagte Radha. »Er kann tun und lassen, was ihm gefällt.«
Will dachte an Babs' erdbeerroten Alkoven und lachte sein verquältes Lachen. »Kann vor allem das tun«, sagte er, »was ihm nicht gefällt.« Er blickte von einem jungen Gesicht zum andern und merkte, daß beide ihn etwas ungewiß ansahen. Also setzte er in anderm Ton und mit einem andersklingenden Lachen hinzu: »Aber ich vergesse. Eins von euch ist abnormal vernünftig, und das andre weicht bloß ein wenig von der Norm ab. Wie kann man da von euch erwarten, daß ihr versteht, was dieser Geisteskranke von dort draußen daherredet?« Und ohne ihnen Zeit zum Antworten zu lassen, fragte er: »Laßt hören, wie lange ist es her, daß . . .« Er brach ab. »Aber vielleicht bin ich indiskret. Wenn ja, sagt mir einfach, ich solle mich um meine eignen Angelegenheiten kümmern. Trotzdem wüßte ich gern, bloß aus anthropologischem Interesse, wie lange ihr zwei schon befreundet seid.«
»›Befreundet‹?« fragte Radha. »Oder meinen Sie ›ein Liebespaar‹?«
»Warum nicht beides, da wir schon einmal bei dem Thema sind?«
»Also, Ranga und ich, wir sind von klein auf miteinander befreundet gewesen. Und ein Liebespaar sind wir – abgesehen von der kläglichen Seidenpyjama-Episode – seit ungefähr zweieinhalb Jahren, als ich fünfzehn war und er siebzehn.«
»Und niemand hat etwas dagegen gehabt?«
»Weshalb sollten sie?«
»Wahrhaftig, weshalb«, wiederholte Will. »Doch das Faktum besteht, daß in dem Teil der Welt, wo ich herkomme, sozusagen alle etwas dagegen gehabt hätten.«
»Und falls es sich um einen andern Knaben handeln würde?«
»Knaben sind, theoretisch gesprochen, noch mehr tabu als Mäd-

chen. In der Praxis hingegen ... Na, ihr könnt euch vorstellen, was geschieht, wenn fünf- bis sechshundert halbwüchsige Knaben in einer Internatsschule zusammengepfercht sind. Kommt so etwas auch hier vor?«

»Natürlich.«

»Das wundert mich.«

»Wundert Sie? Warum?«

»Da doch offenbar Mädchen *nicht* tabu sind.«

»Aber die eine Art von Liebe schließt die andre nicht aus.«

»Und beide sind erlaubt?«

»Selbstverständlich.«

»Also hätte niemand etwas dagegen gehabt, wenn Murugan sich für einen andern Pyjamajungen interessiert hätte?«

»Nicht, wenn es die richtige Art von Beziehung gewesen wäre.«

»Aber leider«, sagte Radha, »hatte die Rani so tüchtige Arbeit geleistet, daß er an niemand außer ihr interessiert sein konnte – und natürlich an sich selber.«

»An keinem andern Jungen?«

»Vielleicht jetzt. Ich weiß es nicht. Ich weiß nur, daß es zu meiner Zeit niemand andern in seinem Universum gab. Keine Jungen und, vor allem, keine Mädchen. Nur Mutter und Masturbieren und die ›Großen Meister‹. Nur Jazzplatten und Sportwagen und Ideen *à la* Hitler, einmal ein ›großer Führer‹ zu sein und Pala zu dem zu machen, was er sich unter einem neuzeitlichen Staat vorstellt.«

»Vor drei Wochen«, sagte Ranga, »waren er und die Rani im Palast von Shivapuram. Sie luden eine Gruppe von uns Studenten dorthin ein, damit wir uns einige von Murugans Ideen anhören sollten – über Erdöl, Industrialisierung, Fernsehen, Aufrüstung und den ›Kreuzzug des Geistes‹.«

»Und hat er einige von euch bekehrt?«

Ranga schüttelte den Kopf. »Warum sollte man etwas Reiches und Gutes und unausgesetzt Interessantes für etwas Schlechtes und Gehaltloses und Langweiliges eintauschen? Wir haben kein Bedürfnis nach euern Schnellbooten oder euerm Fernsehen. Und noch weniger nach euern Kriegen und Revolutionen, euern Wiedererweckungen und politischen Schlagworten, nach all dem metaphysischen Schnickschnack aus Rom oder Moskau.« Dann fragte er: »Haben Sie je von *Maithuna* gehört?«

»*Maithuna?* Was ist denn das?«

»Wir wollen mit dem historischen Hintergrund beginnen«, antwortete Ranga; und er legte los, mit der sympathischen Pedanterie eines Studenten, der eine Vorlesung hält über Dinge, von denen er erst kürzlich gehört hat. »Der Buddhismus kam vor etwa zwölfhundert Jahren nach Pala, und zwar nicht, wie zu erwarten, von Ceylon aus, sondern von Bengalen und, durch Bengalen, später von Tibet. Das Ergebnis: wir sind Mahayanisten, und unser Buddhismus ist durchwegs von Tantra durchsetzt. Wissen Sie, was Tantra ist?«

Will mußte zugeben, daß er nur die allerleiseste Ahnung davon habe.

»Und ehrlich gesagt«, fuhr Ranga mit einem Lachen fort, das die Kruste seiner Pedanterie durchbrach, »ich weiß eigentlich nicht viel mehr als Sie. Tantra ist ein ungeheures Thema und der größte Teil davon, glaube ich, bloß Albernheit und Aberglaube – reiner Zeitverlust. Doch es enthält auch einen harten Kern von Vernunft. Als Tantriker entsagt man nicht der Welt oder leugnet ihren Wert; man versucht nicht, in ein Nirwana abseits vom Leben zu entfliehn, wie das die Mönche der Südlichen Lehre tun. Nein, man nimmt die Welt hin und nutzt sie; man nutzt alles, was man tut, alles, was einem widerfährt, alles, was man sieht und hört und schmeckt und fühlt, als so und so viele Mittel zu seiner Befreiung aus dem Gefängnis des eignen Ich.«

»Gut gesagt«, meinte Will im Ton höflicher Ungläubigkeit.

»Und noch etwas anderes«, sagte Ranga eindringlich, »macht den ganzen Unterschied zwischen eurer und unsrer Philosophie aus.« Und während seiner jugendlichen Pedanterie durch seinen jugendlichen Bekehrungseifer ein Dämpfer aufgesetzt wurde, fügte er hinzu: »Westliche Philosophen – selbst die hervorragendsten unter ihnen – sind wenig mehr als gute Redner. Im Osten dagegen sind sie oft schlechte Redner, aber das schadet weiter nichts. Es kommt nicht aufs Reden an. Ihre Philosophie ist pragmatisch und funktionell. Wie die Philosophie der heutigen Physik – nur daß die notwendigen Verfahren psychologisch und die Ergebnisse transzendental sind. Eure Metaphysiker geben Erklärungen ab über das Wesen des Menschen und das Weltall; aber sie bieten dem Leser keine Möglichkeit, die Wahrheit dieser Erklärungen zu überprüfen. Wenn *wir* Erklärungen abgeben, lassen wir ihnen eine Liste der Übungen folgen, die einem dazu verhelfen, die Gültigkeit des Gesagten überprüfen zu können. *Tat twam asi*, ›DAS bist du‹ – das Kernstück unsrer Philosophie. *Tat twam asi«*, wiederholte er. »Es erscheint einem wie eine metaphysische Behauptung; doch im Eigentlichen bezieht es sich auf eine psychologische Erfahrung, und die Übungen, mittels welcher diese Erfahrung erlebt werden kann, werden von unsern Philosophen geschildert, so daß jeder, der gewillt ist, sie auszuführen, die Gültigkeit von *Tat twam asi* an sich selbst erproben kann. Diese Übungen werden Yoga oder *dhyana* oder Zen geannt – oder auch, unter gewissen besondern Umständen, *maithuna.«*

»Was uns wieder auf meine ursprüngliche Frage bringt. Was versteht man unter *maithuna?«*

»Vielleicht sollten Sie das lieber Radha fragen.«

Will wandte sich an die kleine Krankenschwester. »Was bedeutet es denn?«

»Maithuna«, antwortete sie ernst, »ist das Yoga der Liebe.«

»Himmlische oder irdische?«

»Es gibt keinen Unterschied.«

»Das ist das Entscheidende«, warf Ranga ein. »Wenn man *maithuna* betreibt, dann *ist* irdische Liebe himmlische Liebe.«

»Buddhatvan yoshidyonisansritan«, zitierte das Mädchen.

»Verschont mich mit eurem Sanskrit! Was soll das heißen?«

»Wie würdest du *Buddhatvan* übersetzen, Ranga?«

»Mit Buddha-tum, Buddhaschaft, das Wesen des Erleuchtetseins.«

Radha nickte und wandte sich wieder an Will. »Es bedeutet, daß Buddhaschaft im *yoni* enthalten ist.«

»Im *yoni?*« Will erinnerte sich an diese kleinen steinernen Sinnbilder des Ewig-Weiblichen, die er von dem buckligen Händler von *bondieuseries* in Benares gekauft hatte, um sie den Mädchen im Büro mitzubringen. Acht Annas für ein schwarzes *yoni*; zwölf für das noch geheiligtere Sinnbild des *yoni-lingam.* »Buchstäblich im *yoni* selbst enthalten?« fragte er. »Oder bloß vergleichsweise?«

»Was für eine absurde Frage!« Die kleine Krankenschwester lachte ihr helles, natürliches Lachen ungetrübter Belustigung. »Stellen Sie sich vor, wir lieben einander auf metaphorische

Weise? *Buddhatvan yoshidyonisansritan«*, wiederholte sie. »Es könnte gar nicht völliger und absoluter buchstäblich gemeint sein.«

»Haben Sie je von der Oneida-Gemeinschaft gehört?« wollte Ranga wissen.

Will nickte. Er hatte einmal einen amerikanischen Historiker gekannt, dessen Spezialität Gemeinschaften im neunzehnten Jahrhundert gewesen waren. »Aber wieso haben *Sie* von ihr gehört?« fragte er.

»Weil sie in allen unsern Lehrbüchern für Angewandte Philosophie erwähnt wird. Im Grund genommen ist *maithuna,* was die Oneida-Leute ›männliche Enthaltsamkeit‹ nannten. Und das war wieder identisch mit dem *coitus reservatus* der Katholiken.«

»Reservatus«, wiederholte die kleine Krankenschwester. »Was für ein komischer Ausdruck. ›Ein so *reservierter* junger Mann‹!« Sie lachte, die Grübchen tauchten wieder auf, und ihre weißen Zähne blitzten.

»Sei nicht albern«, verwies Ranga sie. »Das ist eine ernste Sache.«

Sie drückte ihre Zerknirschung aus. Aber *reservatus* war wirklich zu komisch.

»Mit einem Wort«, folgerte Will, »es ist einfach Geburtenbeschränkung ohne Verhütungsmittel.«

»Aber das sind nur die Anfangsgründe«, sagte Ranga. *»Maithuna* ist auch noch etwas anderes. Etwas noch Wichtigeres.« Der pedantische Student hatte sich wieder eingestellt. »Erinnern Sie sich«, fuhr er mit ernster Miene fort, »wovon bei Freud immerzu die Rede war?«

»Wovon? Es gab da so vieles.«

»Von Sexualität bei Kindern. Womit wir geboren werden, was wir im Lauf unsrer ganzen frühen und spätern Kindheit erfahren, ist eine Sexualität, die sich nicht auf die Genitalien konzentriert; es ist eine Sexualität, die den ganzen Organismus durchdringt. Das ist das Paradies, das wir erben. Aber das Paradies geht verloren, sobald das Kind heranwächst. *Maithuna* ist der organisierte Versuch, dieses Paradies wiederzugewinnen.« Er wandte sich an Radha. »Du hast ein so gutes Gedächtnis«, sagte er. »Wie heißt dieser Satz von Spinoza, der in unserm Lehrbuch über Angewandte Philosophie steht?«

»›Befähige deinen Körper, vielerlei Dinge zu tun‹«, zitierte sie. »›Das wird dir dazu verhelfen, deinen Geist zu vervollkommnen und so die geistige Liebe zu Gott zu erlangen.‹«

»Daher alle die verschiedenen Yogas«, sagte Ranga. »*Maithuna* miteingeschlossen.«

»Und es ist ein wirkliches Yoga«, sagte das junge Mädchen eindringlich. »Ein ebenso gutes wie das Radscha-Yoga oder Karma-Yoga oder Bhakti-Yoga. Tatsächlich ist es um vieles besser, was die Mehrzahl der Leute betrifft. Durch *maithuna* gelangen sie wirklich dorthin.«

»Was ist ›dort‹?« fragte Will.

»›Dort‹ ist, wo man weiß.«

»Was weiß?«

»Weiß, wer man tatsächlich ist. Und ob Sie's glauben oder nicht«, setzte sie hinzu. »*Tat twam asi* – DAS bist du, und auch ich; DAS bin ich.« Die Grübchen belebten sich wieder, die Zähne blitzten. »Und DAS ist auch *er.*« Sie wies auf Ranga. »Kaum zu glauben, nicht wahr?« Sie streckte Ranga die Zunge heraus. »Und doch ist's eine unbestreitbare Tatsache.«

Ranga lächelte, hob die Hand und berührte mit dem Zeigefinger ihre Nasenspitze. »Und nicht nur eine Tatsache«, sagte er. »Eine offenbarte Wahrheit.« Er versetzte ihrer Nase einen kleinen Stubs. »Eine offenbarte Wahrheit«, wiederholte er. »Also geben Sie acht darauf, wie Sie sich aufführen, junge Dame!«

»Ich frage mich«, sagte Will, »warum wir nicht alle erleuchtet sind – ich meine, da es sich doch bloß um eine besondere Technik des Liebens handelt. Wie ist die Antwort auf diese Frage?«

»Ich will es Ihnen sagen«, begann Ranga.

Doch Radha unterbrach ihn. »Horchen Sie«, sagte sie zu Will, »horchen Sie!«

Er horchte. Schwach und fern, aber immer noch deutlich, hörte er die seltsame, so gar nicht menschliche Stimme, die ihn als erste auf Pala begrüßt hatte. »Gib acht«, sagte sie, »gib acht . . .«

»Wieder dieser verwünschte Vogel!«

»Aber das ist das Geheimnis.«

»Wachsam zu sein? Doch grade vorhin sagten Sie, es sei etwas andres. Und dieser ach so reservierte junge Mann?«

»Das erleichtert einem bloß das Wachsamsein.«

»Das tut es wirklich«, bestätigte Ranga. »Das ist das Entscheidende bei *maithuna*. Es ist nicht eine besondere Technik, die den Liebesakt zum Yoga macht, sondern die Art von Gewahrsein, welche einem diese Technik ermöglicht. Aufmerksames Gewahrsein, was die eigenen Empfindungen betrifft, und aufmerksames Gewahrsein dessen, was man beim Empfinden nicht empfindet.«

»Was ist Nicht-Empfinden?«

»Der Rohstoff für Empfinden, den mein Nicht-Selbst mir zuführt.«

»Können Sie auf Ihr Nicht-Selbst achten?«

»Sicherlich.«

Will wandte sich an die kleine Krankenschwester. »Sie auch?«

»Ja«, antwortete sie, »ich kann auf mein Selbst und gleichzeitig auf mein Nicht-Selbst achten. Und auf Rangas Nicht-Selbst und Rangas Selbst und Rangas Körper und meinen Körper und alles, was dieser empfindet. Und auf alle Liebe und Freundschaft. Und auf das Mysterium des andern – des vollkommen Unbekannten, das die andre Hälfte des eignen Selbst ist und dasselbe wie das Nicht-Selbst. Und die ganze Zeit richtet man seine Aufmerksamkeit auf alle die andern Dinge, die man, wäre man sentimental oder gar vergeistigt, wie die gute Rani es ist, so unromantisch und derb, ja sogar recht unerquicklich fände. Aber das sind sie gar nicht, denn sobald man seine ganze Aufmerksamkeit auf sie richtet, sind diese Dinge grade so schön und wundervoll wie alle übrigen.«

»*Maithuna* ist *dhyana*«, schloß Ranga seine Ausführungen.

Ein neues Wort, so fühlte er offenbar, würde alles erklären.

»Und was bedeutet *dhyana*?« fragte Will.

»*Dhyana* ist Kontemplation.«

»Kontemplation ...«

Will dachte wieder an den erdbeerfarbenen Alkoven über der Charing Cross Road. Kontemplation war kaum der Ausdruck, den er gewählt hätte. Doch sogar dort, wenn man's bedachte, sogar dort hatte er eine Art Befreiung gefunden. Jene Entfremdungen in der wechselnden Beleuchtung von Porter's Gin waren Entfremdungen von seinem odiosen täglichen Selbst. Leider aber waren sie auch Entfremdungen von seinem ganzen übrigen Selbst – Entfremdungen von Liebe, von Vernunft, von jeglicher angeborenen Anständigkeit und von jedem Bewußtsein außer dem einer qualvollen Raserei bei einer leichenhaften Beleuchtung oder dem rosigen Glühen der billigsten, ordinärsten Illusion. Er blickte wieder auf Radhas strahlendes Gesicht. Wie glücklich sie aussah! Was für ein offenkundiges Überzeugtsein, nicht von der Sünde, vor der die Welt zu bewahren Mr. Bahu so fest entschlossen war, sondern von ihrem heiteren, beseligenden Gegenteil! Es war zutiefst ergreifend. Aber er wollte nicht ergriffen sein. *Noli me tangere* – es war ein kategorischer Imperativ. Seinen geistigen Blickwinkel zurechtrückend, gelang es ihm, das Ganze auf eine beruhigende Weise als etwas Lächerliches zu sehen. Was sollen wir tun, um erlöst zu werden? Die Antwort ist das Götz-Zitat.

Über seinen kleinen Scherz innerlich lächelnd, fragte er ironisch: »Hattet ihr in der Schule Lektionen in *maithuna*?«

»Ja, schon in der Schule«, antwortete Radha mit einer Sachlichkeit, die allen rabelaisischen Wind aus seinen Segeln nahm.

»Die haben wir alle«, setzte Ranga hinzu.

»Und wann wird mit denen begonnen?«

»Ungefähr zur selben Zeit wie Trigonometrie und fortgeschrittene Biologie. So zwischen fünfzehn und fünfzehneinhalb.«

»Und nachdem sie alle in *maithuna* unterrichtet wurden und in die Welt hinaus sind und geheiratet haben – das heißt, wenn ihr überhaupt je heiratet ...«

»Oh, aber das tun wir, das tun wir«, versicherte ihm Ranga.

»Übt ihr es dann immer noch aus?«

»Nicht alle von uns, natürlich. Aber eine ganze Menge tun das.«

»Ständig?«

»Außer sie wollen ein Kind haben.«

»Und diejenigen, die keins haben wollen oder doch ganz gern ein wenig Abwechslung hätten von *maithuna* – wie verhalten *die* sich?«

»Verhütungsmittel«, sagte Ranga lakonisch.

»Und sind die erhältlich?«

»Erhältlich! Sie werden von der Regierung verteilt. Umsonst, gratis, kostenlos – nur daß sie selbstverständlich aus den Steuergeldern bezahlt werden.«

»Der Postbote«, setzte Radha hinzu, »bringt einen dreißigtägigen Vorrat zu Beginn eines jeden Monats.«

»Und es kommen keine Kinder?«

»Nur wenn wir sie uns wünschen. Niemand hat mehr als drei, und bei der Mehrzahl bleibt es bei zweien.«

»Mit dem Ergebnis«, sagte Ranga, wieder in seine Pedanterie verfallend, »daß unsre Bevölkerung um weniger als ein Drittel Prozent im Jahr zunimmt. Während in Rendang der Bevölkerungszuwachs genausohoch ist wie in Ceylon – beinahe drei Prozent. Und in China sind's zwei und in Indien eins-komma-sieben.«

»Ich war vorigen Monat in China«, sagte Will. »Erschrekkend! Und letztes Jahr vier Wochen in Indien. Und vorher in Zentralamerika, das sogar Rendang und Ceylon im Kinderkriegen übertrifft. War eins von euch je in Rendang-Lobo?«

Ranga bestätigte es mit einem Kopfnicken.

»Drei Tage Rendang«, erklärte er. »Wenn man in die achte Mittelschulklasse kommt, bildet das einen Teil des Fortgeschrittenen Soziologielehrgangs. Wir sollen uns mit eignen Augen überzeugen, wie es ›draußen‹ zugeht.«

»Und wie beurteilten Sie dieses ›draußen‹?« erkundigte sich Will.

Ranga antwortete mit einer Gegenfrage. »Als Sie in Rendang-Lobo waren, wurden Ihnen da die Slums gezeigt?«

»Im Gegenteil, sie taten ihr möglichstes, um zu verhindern, daß ich die zu Gesicht bekam. Aber ich bin ihnen entwischt.«

Entwischt, wie er sich lebhaft erinnerte, auf dem Rückweg in sein Hotel von dieser gräßlichen Cocktailparty des rendangschen Außenamts. Was Rang und Namen hatte, war zugegen. Alle lokalen Würdenträger und ihre Gattinnen – Uniformen und Orden, Dior und Diamanten. Alle Ausländer von Bedeutung – Diplomaten in Hülle und Fülle, britische und amerikanische Ölmagnaten, sechs Mitglieder der japanischen Handelsmission, eine Pharmakologin aus Leningrad, zwei polnische Ingenieure, ein deutscher Tourist – zufällig ein Vetter von Krupp von Bohlen – ein geheimnisvoller Armenier, Vertreter eines bedeutenden Finanzkonsortiums in Tanger, und, sehr siegesbewußt, die vierzehn tschechischen Techniker, die, zusammen mit einer Schiffsladung von Tanks und Kanonen aus den Skoda-Werken, vorigen Monat hier eingetroffen waren. »Und das sind die Leute«, hatte er sich gesagt, als er die Marmorstufen des Außenamts zum Liberty Square hinunterging, »das sind die Leute, welche die Welt regieren. Zweitausendneunhundertmillionen von uns einigen Dutzend Politikern, einigen Tausenden von Industriebonzen und Generälen und Geldverleihern ausgeliefert. Wahrlich, ihr seid das Zyankali der Erde – und das Zyankali wird nie seinen Geschmack verlieren.«

Nach dem Lichterglanz der Cocktailparty, nach dem Gelächter und den üppigen Gerüchen von Kaviarbrötchen und chanelübersprühten Frauen waren ihm die engen Gassen hinter dem nagelneuen Gerichtsgebäude noch dunkler und übelriechender erschienen; die armen Teufel, welche unter den Palmen der Independence Avenue lagerten, noch völliger von Gott und Mensch verlassen als selbst die Tausende von Hoffnungslosen und Obdachlosen, die er auf den Straßen von Kalkutta wie Leichname hatte schlafen sehen. Und da fiel ihm der kleine Junge ein, dieses spitzbäuchige Skelett eines Knaben, den er vom Boden aufgelesen hatte, voller blauer Flecke und ganz verdattert nach seinem Sturz vom Rücken eines kleinen Mädchens, das ihn, kaum größer als er selber, umhergetragen hatte –, den er aufgehoben und, geführt von dem andern Kind, zurückgetragen hatte, hinuntergetragen zu dem fensterlosen Keller, der für neun von ihnen (er hatte die dunkeln grindigen Köpfe gezählt) das Zuhause war.

»Kleine Kinder am Leben zu erhalten«, sagte er, »die Kranken gesund zu pflegen, dafür zu sorgen, daß die Abwässer nicht ins Trinkwasser geraten – man beginnt damit, Dinge in Angriff zu nehmen, die an und für sich gut sind. Und wie endet man schließlich? Man endet damit, die Summe menschlichen Elends zu vergrößern und die Zivilisation zu gefährden. Es ist einer von diesen kosmischen Späßen, an denen Gott seine helle Freude hat.«

Er bedachte die beiden jungen Leute mit seinem verquält grimmigen Lächeln.

»Gott hat nichts damit zu tun«, entgegnete Ranga, »und es ist kein kosmischer, sondern ein durchaus von Menschen geschaffener Spaß. Diese Dinge sind nicht wie die Anziehungskraft der Erde oder das zweite Gesetz der Thermodynamik; sie müssen sich nicht unbedingt ereignen. Sie ereignen sich nur, wenn Leute stupid genug sind, zuzulassen, daß sie sich ereignen. Wir hier in Pala haben verhindert, daß sie sich ereignen, also wurden solche

Späße auch nicht mit uns aufgeführt. Wir besitzen seit beinahe einem Jahrhundert gute sanitäre Einrichtungen – und sind doch nicht übervölkert, es gibt kein Elend, wir leben nicht unter einer Diktatur. Und zwar aus einem sehr einfachen Grund: wir hatten uns dafür entschieden, uns auf eine vernünftige und realistische Weise zu betragen.«

»Wie in aller Welt wart ihr in der Lage, eine Entscheidung treffen zu können?«

»Die rechten Leute hatten zur rechten Zeit den Kopf auf dem rechten Fleck«, sagte Ranga. »Aber zugegeben, sie hatten auch großes Glück. Vor allem, daß Pala nie eine Kolonie war. Rendang besitzt einen prächtigen Hafen. Das bescherte ihnen im Mittelalter eine arabische Invasion. Wir haben keinen, daher ließen uns die Araber in Frieden, daher sind wir immer noch Buddhisten oder Anhänger des Shiva-Kults – das heißt, insofern wir keine tantrischen Agnostiker sind.«

»Sind Sie das selber?« erkundigte sich Will. »Ein tantrischer Agnostiker?«

»Mit Mahayana-Verbrämungen«, schränkte Ranga ein. »Aber um auf Rendang zurückzukommen. Nach den Arabern hatten sie dort die Portugiesen. Wir nicht. Kein Hafen, keine Portugiesen. Daher keine katholische Minderheit, kein blasphemischer Unsinn darüber, daß es Gottes Wille sei, die Leute sollten sich vermehren, bis sie in menschenunwürdiges Elend versinken; kein organisierter Widerstand gegen Geburtenbeschränkung. Und wir waren noch in andrer Hinsicht vom Glück begünstigt. Nach hundertzwanzig Jahren portugiesischer Herrschaft kamen die Holländer nach Ceylon und Rendang. Und nach ihnen die Engländer. Wir selber sind diesen beiden Verheerungen entgangen. Keine Holländer und keine Engländer, also auch keine Plantagenbesitzer, kein Kulifrondienst, keine Ernteexporte um des lieben Geldes willen, kein systematischer Raubbau unseres Bodens. Und auch kein Whisky, kein Calvinismus, keine Syphilis, keine ausländischen Verwaltungsbeamten. Wir durften unsern eignen Weg gehn und selber die Verantwortung für unsre Angelegenheiten übernehmen.«

»Da habt ihr wahrhaftig Glück gehabt.«

»Und dazu noch die erstaunlich tüchtige Organisation durch Murugan, den Reformator, und Andrew MacPhail«, fuhr Ranga fort. »Hat Ihnen Dr. MacPhail von seinem Urgroßvater erzählt?«

»Nur ein paar Worte.«

»Nichts über die Gründung der Versuchsstation?«

Will schüttelte den Kopf.

»Die Versuchsstation«, begann Ranga von neuem, »stand in engem Zusammenhang mit unsrer Bevölkerungsplanung. Das Ganze hatte mit einer Hungersnot begonnen. Bevor Dr. Andrew MacPhail nach Pala kam, hatte er einige Jahre in Madras gelebt. Im zweiten Jahr seines Aufenthalts dort blieben die Monsunregen aus. Die Ernte verdorrte, die Wasserbehälter und sogar die Brunnen versiegten. Außer für die Engländer und die Reichen gab es nichts zu essen. Die Leute starben wie die Fliegen. In den Memoiren Dr. Andrew MacPhails gibt es eine berühmte Schilderung dieser Hungersnot. Eine Schilderung und am Ende ein Kommentar. Als Knabe hatte er viele Predigten mitanhören müssen, und an eine erinnerte er sich jetzt immer wieder, während er seine Tätigkeit unter den hungernden Indern ausübte. ›Der Mensch lebt nicht von Brot allein‹ – das stand in der Heiligen Schrift, und der Prediger hatte so beredt gesprochen, daß einige bekehrt wurden. ›Der Mensch lebt nicht von Brot allein.‹ Aber ohne Brot, so erkannte er jetzt, gibt es weder Geist noch Seele noch das innere Licht noch einen Vater im Himmel. Nur Hunger, Verzweiflung, Teilnahmslosigkeit und zuletzt den Tod.«

»Wieder einer dieser kosmischen Späße«, sagte Will. »Und zwar einer, den Jesus selber formuliert hat. ›Dem wer da hat, dem wird gegeben; wer aber nicht hat, von dem wird auch genommen, das er hat‹ – die bloße Möglichkeit, Mensch zu sein. Das ist der grausamste von allen Späßen Gottes, und auch der verbreitetste. Ich hab's gesehn, wie er sich an Millionen von Männern und Frauen, an Millionen kleiner Kinder ausgewirkt hat – auf der ganzen Welt.«

»Also werden Sie verstehn, warum diese Hungersnot einen so unauslöschlichen Eindruck auf das Gemüt des Arztes machte. Er war entschlossen, und das war auch sein Freund, der Radscha, daß es, zumindest in Pala, immer Brot geben sollte. Daher entschieden sie sich, die Versuchsstation zu gründen. Rothamsted-in-den-Tropen wurde ein großer Erfolg. In ein paar Jahren hatten wir neue Spielarten von Reis und Mais und Hirse und Brotfrucht. Wir züchteten besseres Vieh und bessere Hühner. Fanden bessere Methoden der Anpflanzung und Kompostgewinnung; und in den fünfziger Jahren errichteten wir die erste Superphosphat-Anlage östlich von Berlin. Dank aller dieser Errungenschaften waren die Leute besser ernährt, waren langlebiger, die Kindersterblichkeit sank. Zehn Jahre nach der Gründung von Rothamsted-in-den-Tropen nahm der Radscha eine Volkszählung vor. Die Bevölkerung war mehr oder weniger ein Jahrhundert lang unverändert stabil geblieben. Nun aber begann sie anzusteigen. In fünfzig, sechzig Jahren, sah Dr. MacPhail voraus, würde Pala sich zu einem schwärenden Slum entwickelt haben, wie es Rendang heute ist. Was tun? Andrew kannte seinen Malthus. ›Nahrungsmittelproduktion wächst in arithmetischer Reihe; Bevölkerung in geometrischer. Dem Menschen bleibt nur zweierlei Wahl: entweder er überläßt alles der Natur, die das Bevölkerungsproblem auf die bekannte Weise lösen wird: durch Hungersnot, Krieg und Pestilenz; oder (denn Malthus war ein Geistlicher) er kann seine Bevölkerungszahl durch moralische Selbstbeherrschung einschränken‹.«

»Morr-rralische Selbstbeherr-rrschung«, wiederholte die kleine Krankenschwester und rollte ihre r als indonesische Parodie eines schottischen Geistlichen. »Übrigens«, setzte sie hinzu, »Dr. Andrew MacPhail hatte damals gerade die sechzehnjährige Nichte des Radscha geheiratet.«

»Und das war noch ein Grund, um Malthus zu revidieren«, sagte Ranga. »Hungersnot auf der einen, Selbstbeherrschung auf der andern Seite. Sicherlich mußte es da noch einen bessern, zufriedenstellenderen, humaneren Weg aus dieser malthusischen Zwickmühle heraus geben. Und natürlich gab es einen, sogar damals, sogar vor dem Zeitalter von Gummi und Spermiziden. Es gab Schwämme, es gab Seife, es gab Kondome, verfertigt aus allen bekannten wasserdichten Materialien, angefangen von ölgetränkter Seide bis zu den Blinddärmen von Schafen. Die ganze Werkstatt paläologischer Geburtenbeschränkung.«

»Und wie reagierten der Radscha und seine Untertanen auf die paläologische Geburtenbeschränkung? Mit Entsetzen?«

»Keine Spur. Sie waren doch alle gute Buddhisten, und jeder gute Buddhist weiß, daß Zeugung bloß hinausgeschobene Tötung ist. Tue dein Möglichstes, um vom Rad der Geburt und des Todes abzuspringen, und vermeide es um Himmels willen, überflüssige Opfer auf dieses Rad zu setzen. Einem guten Buddhisten erscheint Geburtenbeschränkung als etwas metaphysisch Sinnvolles. Und für eine Dorfgemeinschaft von Reispflanzern ist es das auch in sozialer und wirtschaftlicher Hinsicht. Es muß natürlich genug junge Leute geben, welche den Boden bearbeiten und den Alten und Kindern beistehn. Aber nicht zu viele von ihnen; sonst werden weder die Alten noch die Landarbeiter und deren Kinder satt werden. Früher mußten Eheleute sechs Kinder haben, um zwei oder drei aufziehen zu können. Später gab es dann reines Trinkwasser und die Versuchsstation. Von sechs Kindern überlebten nun fünf. Das alte System der Fortpflanzung war sinnlos geworden. Der einzige Einwand gegen die paläologische Geburtenbeschränkung war ihre Kraßheit. Doch gab es zum Glück eine ästhetische Alternative. Der Radscha war in Tantrik eingeweiht und hatte das Yoga der Liebe erlernt. Dr. Andrew MacPhail erfuhr von *maithuna* und, als echter Mann der Wissenschaft, war er einverstanden, es zu erproben. Er und seine junge Frau erhielten die nötigen Anweisungen.«

»Mit dem Ergebnis?«

»Enthusiastische Zustimmung.«

»Genau das, was auch alle andern empfinden«, sagte Radha.

»Na, na, nicht wieder eine von deinen Verallgemeinerungen! Die einen empfinden so, die andern so. Dr. MacPhail gehörte eben zu denen, die davon begeistert waren. Das Ganze wurde des langen und breiten diskutiert. Schließlich kam man überein, Verhütungsmittel der Erziehung gleichzusetzen – frei zugänglich, aus den Steuergeldern subventioniert und, obgleich nicht obligat, so weit als möglich für alle erhältlich. Wer das Bedürfnis nach etwas Verfeinerterem hatte, konnte Unterweisung im Yoga der Liebe erhalten.«

»Wollen Sie mir erzählen, daß die beiden es wirklich durchsetzten?«

»Es war nicht gar so schwer. *Maithuna* war etwas Rechtgläubiges. Die Leute wurden nicht aufgefordert, etwas zu tun, was mit ihrer Religion im Widerspruch stand. Es wurde ihnen sogar die schmeichelhafte Gelegenheit geboten, sich zu den Erwählten zu zählen, indem sie etwas Auserlesenes lernen konnten.«

»Und vergiß nicht das Wichtigste«, fiel ihm Radha ins Wort. »Für uns Frauen – für *alle* Frauen, und mir ist's gleich, was du über mein Verallgemeinern denkst – bedeutet das Yoga der Liebe Vollkommenheit, bedeutet, verwandelt und über sich selbst hinausgetragen und vervollständigt zu werden.«
Ein kurzes Schweigen entstand.
»Und jetzt«, sagte sie in einem veränderten, energischeren Ton, »ist's höchste Zeit, daß wir Sie endlich Ihrer Siesta überlassen.«
»Bevor Sie gehn«, sagte Will, »möchte ich noch gern einen Brief schreiben. Nur eine kurze Mitteilung an meinen Boß, damit er weiß, daß ich noch am Leben und in keiner unmittelbaren Gefahr bin, von den Eingeborenen aufgefressen zu werden.«
Radha ging, um in Dr. MacPhails Arbeitszimmer zu stöbern und kam bald darauf mit Schreibpapier, Feder und einem Briefumschlag zurück.
»Veni, vidi«, kritzelte Will auf das Blatt. »Mein Boot ist gestrandet, ich traf mit der Rani und ihrem Kollaborateur aus Rendang zusammen, der durchblicken läßt, daß er die Ware liefern kann als Gegenleistung eines Backschischs von (er wurde deutlich) zwanzigtausend Pfund. Soll ich auf dieser Basis verhandeln? Wenn Sie kabeln, *Proponierte Sache okay,* werde ich's angehn. Wenn *Eilt nicht,* werde ich das Ganze auf sich beruhen lassen. Teilen Sie meiner Mutter mit, daß ich heil und gesund bin und ihr bald schreiben werde.«
»Hier«, sagte er, als er Ranga den zugeklebten und adressierten Briefumschlag reichte. »Darf ich Sie bitten, für mich eine Marke zu kaufen und das rechtzeitig aufzugeben, damit es das morgige Flugzeug erreicht?«
»Ganz bestimmt«, versprach der Junge.
Will fühlte einige Gewissensbisse, während er den beiden nachblickte. Was für ein reizendes junges Paar! Und hier lag er und schmiedete Pläne mit Bahu und den Mächten der Historie, um ihre Welt umzustürzen. Er tröstete sich mit dem Gedanken, daß, wenn nicht er es täte, es ganz bestimmt ein andrer tun würde. Und sogar wenn Joe Aldehyde seine Konzession erhielt, warum könnten sie alle einander nicht weiter auf die Art lieben, wie sie's gewohnt waren? Oder vielleicht doch nicht?
An der Tür wandte sich die kleine Krankenschwester noch ein-

mal um. »Jetzt wird nicht gelesen«, sagte sie und drohte ihm mit dem Zeigefinger. »Jetzt wird geschlafen.«
»Ich schlafe nie tagsüber«, versicherte ihr Will mit einer gewissen perversen Genugtuung.

SIEBTES KAPITEL

Er konnte tagsüber nie einschlafen; aber als er das nächste Mal auf seine Armbanduhr blickte, war es fünfundzwanzig nach vier und er fühlte sich wunderbar ausgeruht. Er nahm sich das Bändchen *Bemerkungen* wieder vor und las weiter.

> »Gib uns heute unser tägliches Vertrauen, doch erlöse uns, o Herr, von Glauben.«

Bis hierher war er am Vormittag gekommen; und jetzt folgte ein neuer Abschnitt, der fünfte.

> »Ich, wie ich zu sein glaube, und ich, wie ich tatsächlich bin – Leiden, mit andern Worten, und das Ende des Leidens. Etwa ein Drittel des Leidens, das der Mensch, der ich zu sein glaube, ertragen muß, ist unvermeidlich. Es ist das Leiden, das im Menschsein einbegriffen ist, der Preis, den wir dafür bezahlen müssen, empfindungsfähige und unsrer selbst bewußte Organismen zu sein, nach Freiheit strebend, doch den Gesetzen der Natur unterworfen und gezwungen, immer weiterzuwandern, durch unumkehrbare Zeit, durch eine Welt, der unser Wohlergehn völlig gleichgültig ist, der Altersschwäche und dem sichern Tod entgegen. Die übrigen zwei Drittel unsrer Leiden sind hausgemacht und, was das Universum betrifft, unnötig.«

Will blätterte um. Ein Briefbogen, einseitig beschrieben, flatterte auf sein Bett. Er ergriff ihn und überflog die Seite. Zwanzig Zeilen kleiner deutlicher Schriftzüge, und darunter die Initialen S. M. Kein Brief, offenbar; ein Gedicht, und also öffentliches Gut. Er las:

Irgendwo zwischen krasser Stille und den dreizehnhundert-
Tausend Predigten vorigen Sonntags;
Irgendwo zwischen
Calvin über Christus (Gott behüte!) und den Eidechsen;
Irgendwo zwischen Geseh'nem und Gesagtem, irgendwo dort
Zwischen unsrer schmuddligen, schmutzigen Währung von
Worten
Und dem frühsten Stern; den großen Faltern, flatternd
Um geisterbleiche Blumen,
Liegt dieser helle Ort, wo mir, nicht länger ich,
Dennoch Erinn'rung wird an Liebe
Und ihre nächtelange Weisheit jenes andern Ufers;
Erinn'rung auch, im Windesraunen, ach, an
Diese andre Nacht, die erste meines Witwentums,
Schlaflos, im Finstern neben mir der Tod.
Mein, mein, ganz mein, ganz unentrinnbar mein!
Doch ich, nicht länger ich,
An diesem hellen Ort in Schwebe zwischen Stille und Gedachtem,
Seh alles, was ich hatte und verlor – die Qual, die Freude,
Leuchtend wie Enzian auf Alpenmatten,
Blau, aufgeschlossen, niemand angehörend.

›Wie Enzian‹, wiederholte Will im stillen und dachte an jene Sommerferien in der Schweiz, als er zwölf gewesen war; an die Wiese, hoch über Grindelwald, mit ihren fremdartigen Blumen, den wundervollen so ganz un-englischen Schmetterlingen; dachte an den tiefblauen Himmel und den Sonnenschein und die hohen schimmernden Berge jenseits des Tals. Und das einzige, was seinem Vater zu sagen einfiel, war, es sehe alles aus wie eine Reklame für Nestlés Milchschokolade. »Nicht einmal echte Schokolade«, hatte er mit einer Grimasse betont, »*Milch*schokolade.« Worauf eine ironische Bemerkung über das Aquarell folgte, das seine Mutter malte – so schlecht malte (die Arme!), aber mit solch hingebungsvoll gewissenhafter Sorgfalt. »Das von Nestlé zurückgewiesene Reklamebild.« Und jetzt war er selbst an der Reihe. »Statt bloß mit offenem Mund herumzutrödeln wie ein Dorftrottel, warum tust du nicht einmal was Vernünftiges? Ein wenig deutsche Grammatik betreiben, zur Abwechslung?« Und in den Rucksack langend, hatte er, zwischen den hartgekochten Eiern und den belegten Broten, das verhaßte kleine braune Buch hervorgezogen. Was für ein widerwärtiger Mensch! Und doch, wenn Susila recht hatte, sollte man ihn nach allen diesen Jahren leuchtend wie Enzian vor sich sehen können – Will blickte noch einmal auf die letzte Strophe – ›blau, aufgeschlossen, niemand angehörend‹.

»Nun . . .?« fragte eine bekannte Stimme.

Er wandte sich zur Tür. »Wenn man vom Teufel spricht . . .« sagte er. »Oder vielmehr, wenn man liest, was er geschrieben hat.« Er hielt ihr das Briefblatt hin.

Susila warf einen Blick darauf. »Ach, *das*«, sagte sie. »Wenn die gute Absicht allein genügen würde, um gut dichten zu können!« Mit einem Seufzer schüttelte sie den Kopf.

»Ich habe versucht, mir meinen Vater als Enzian vorzustellen, kann aber immer nur einen Riesenhaufen Unflat vor mir sehn.«

»Sogar ein Haufen Unflat«, versicherte sie ihm, »kann aussehn wie Enzian.«

»Aber vermutlich nur an jenem Ort, von dem Sie schreiben – der helle Ort in Schwebe zwischen Stille und Gedachtem.«

Susila nickte.

»Wie gelangt man dorthin?«

»Man gelangt nicht hin. Das Dort kommt zu einem. Oder vielmehr, das Dort ist in Wirklichkeit hier.«

»Sie sind genau wie die kleine Radha«, sagte er vorwurfsvoll. »Plappern nach, was der Alte Radscha zu Beginn seines Buches sagt.«

»Wenn wir es immerzu wiederholen«, sagte sie, »so tun wir's, weil es eben wahr ist. Und wenn wir's nicht immerzu wiederholen, würden wir die Wahrheit ignorieren.«

»Wessen Wahrheit?« fragte er. »Gewiß nicht die meine.«

»Nicht im Augenblick«, gab sie zu. »Doch wenn Sie die Dinge tun würden, welche der Alte Radscha befürwortet, würde sie auch die Ihre werden.«

»Hatten Sie selbst Schwierigkeiten mit Ihren Eltern?« fragte er nach einem kurzen Schweigen. »Oder konnten Sie schon immer einen Haufen Unflat als Enzian sehn?«

»Nicht in dem Alter«, antwortete sie. »Kinder *müssen* eben dualistische Manichäer sein. Das ist der Preis, den man bezahlen muß, um die Rudimente des Menschseins zu erlernen. Unflat als Enzian zu sehn, oder vielmehr beides, Enzian und Unflat als ENZIAN – dazu kommt man erst nach der Matura.«

»Was taten Sie also bezüglich Ihrer Eltern? Nach außen hin das Unerträgliche lächelnd ertragen? Oder waren Ihre Eltern zufällig erträglich?«

»Erträglich ein jedes für sich«, antwortete sie. »Besonders mein Vater. Aber ganz unerträglich, wenn sie zusammen waren – weil sie einander eben nicht ertragen konnten. Eine geschäftige, lebenslustige, mitteilungsbedürftige Frau, die mit einem so hypersensitiven, introvertierten Mann verheiratet war, daß sie ihm ständig auf die Nerven ging – sogar im Bett, vermute ich. Sie konnte nicht aufhören, sich mitzuteilen, während er erst gar nicht damit beginnen konnte. So daß er sie für oberflächlich und unaufrichtig hielt, und sie ihn für herzlos, voller Verachtung für andere und bar jedes normalen menschlichen Gefühls.«

»Ich hätte mir vorgestellt, daß ihr hier es besser wissen solltet, wie man eine solche Falle vermeidet.«

»Oh, aber wir wissen es besser«, versicherte sie ihm. »Knaben und Mädchen erhalten besondere Anleitungen über die Verhaltensweisen von Leuten, deren Temperament und Körperkonstitution sich von den ihren sehr stark unterscheiden. Leider scheinen diese Anleitungen aber manchmal nur eine geringe Wirkung zu haben. Ganz abgesehn davon, daß in einigen Fällen die psychologische Distanz zwischen den Betreffenden wirklich zu groß ist, um überbrückt zu werden. Jedenfalls gelang es meinen Eltern nicht, etwas aus ihrer Ehe zu machen. Sie hatten sich ineinander verliebt – der Himmel weiß warum. Doch im Nahverkehr fühlte sich meine Mutter beständig gekränkt von der Unzugänglichkeit meines Vaters, während er seinerseits bei jedem ihrer Ausbrüche hemmungsloser Kameradschaftlichkeit vor Verlegenheit und Widerwillen zusammenzuckte. Meine eignen Sympathien galten stets meinem Vater. Physisch und temperamentmäßig stehe ich ihm sehr nahe, meiner Mutter überhaupt nicht. Ich kann mich erinnern, daß ich mich schon als ganz kleines Kind vor ihrer Überschwenglichkeit in mich selbst verkroch. Ihr Benehmen war ein ständiger Einbruch in die Privatsphäre des andern. Ist es heute noch.«

»Müssen Sie oft mit ihr zusammenkommen?«

»Sehr selten. Sie hat ihren Beruf und ihre Freunde. Bei uns ist das Wort ›Mutter‹ streng genommen der Name einer Funktion. Ist diese einmal gebührend ausgeführt worden, erlischt der Titel; das Kind von einst und die Frau, die ›Mutter‹ genannt wurde, stellen eine neue Art von Beziehung zueinander her. Vertragen sie sich gut, sehn sie einander so oft wie früher. Andernfalls tritt eine Entfremdung ein. Niemand erwartet von den beiden, sie sollten wie Kletten aneinander hängen – das wird nicht Liebhaben gleichgesetzt, wird nicht als etwas besonders Lobenswertes angesehn.«

»Dann ist also jetzt alles, wie es sein soll. Aber wie war es früher? Als Sie ein Kind waren und zwischen zwei Menschen heranwuchsen, welche die Kluft, die sie voneinander trennte, nicht überbrücken konnten? Ich kenne den Schluß dieses Märchens: ›Und so lebten sie unglücklich zusammen bis an ihr Ende.‹«

»Ich bezweifle gar nicht«, sagte Susila, »daß wir, wären wir anderswo geboren worden, unglücklich zusammen bis an unser Ende gelebt hätten. Aber wir sind eben, alles in allem, sehr gut miteinander ausgekommen.«

»Wie ist euch das gelungen?«

»Uns überhaupt nicht; es wurde für uns so eingerichtet. Haben Sie gelesen, was der Alte Radscha sagt: wir sollen die zwei Drittel hausgemachten und unnötigen Leidens loswerden?«

Will nickte. »Ich las die Stelle grade, bevor Sie kamen.«

»Nun, in den bösen alten Zeiten«, fuhr sie fort, »konnte es in palanesischen Familien ebensolche Schikanen geben wie heutzutage in euern, konnten ebenso wie heute bei euch künftige Unterdrücker und Lügner heranwachsen. Die Leute führten sich tatsächlich so schlecht auf, daß Andrew MacPhail und der Radscha-Reformator sich entschlossen, etwas dagegen zu unternehmen. Sie werteten daher die Ethik der Buddhisten und den primitiven Kommunismus der Dörfer derart geschickt aus, daß sie vernünftigen Zwecken dienten, und so wurde in einer einzigen Generation das ganze System, auf dem das Familienleben beruhte, radikal verändert.« Sie zögerte einen Augenblick. »Ich will es Ihnen an meinem eignen Fall erklären – dem Fall eines einzigen Kindes mit einem Elternpaar, das sich nicht verstand und ständig gegensätzlicher Meinung war oder faktisch miteinander stritt. Früher wäre aus einem kleinen Mädchen, das in einer solchen Umgebung aufwuchs, entweder eine Gescheiterte oder eine Rebellin oder aber eine resignierte heuchlerische Jasagerin geworden. Unter der neuen Ordnung jedoch brauchte ich keine unnötige Leidenszeit durchzumachen. Und ich war weder gescheitert, noch war ich zu Rebellion oder Resignation gezwungen worden. Warum? Weil ich, kaum aus dem Krabbelalter heraus, nach Belieben entkommen konnte.«

»Entkommen?« wiederholte er. »Entkommen?« Es schien zu gut, um wahr zu sein.

»Entkommen zu können«, erklärte sie, »ist in das neue System eingebaut. Sobald das elterliche warme Nest allzu unerträglich wird, darf das Kind – es wird sogar mit Rat und Tat dazu ermutigt, und die ganze Wucht der öffentlichen Meinung steht hinter dieser Ermutigung – in eins seiner andern Heime auswandern.«

»Wie viele Heime hat denn ein palanesisches Kind?«

»Im Durchschnitt zwanzig.«

»Zwanzig? Donnerwetter!«

»Wir alle«, erklärte Susila weiter, »gehören einem KAG an – einem Kinderpflegeverein auf Gegenseitigkeit. Jeder KAG besteht aus fünfzehn bis fünfundzwanzig ausgesuchten Paaren. Neugewählte jungverheiratete Frauen und ihre Ehegatten, langjährige Partner mit heranwachsenden Kindern, Großeltern und Urgroßeltern – jedes Vereinsmitglied adoptiert alle andern. Abgesehn von unsern eignen Blutsverwandten, haben wir alle unsre Quote von Vize-Müttern, -Vätern, -Tanten und -Onkeln, -Brüdern und -Schwestern, Babys und älteren Kindern und Halbwüchsigen.«

Will sagte kopfschüttelnd: »Zwanzig Familien zu gründen an Stelle einer einzigen wie früher!«

»Aber früher wuchs eure Art von Familie auf. Die zwanzig sind von unsrer Sorte.« Und dann fuhr sie fort: »›Man nehme einen sexuell unzulänglichen Lohnsklaven, eine unbefriedigte Frau, zwei oder (wenn gewünscht) drei kleine Fernsehsüchtige; mariniere sie in einer Mischung von Freud und verwässertem Christentum; dann verschließe man alles gut in einer Vierzimmerwohnung und lasse es fünfzehn Jahre lang im eignen Saft schmoren . . .‹ *Unser* Rezept unterscheidet sich einigermaßen davon. ›Man nehme zwanzig sexuell befriedigte Ehepaare und ihre Sprößlinge; mische zu gleichen Teilen Wissenschaft, Intuition und Humor bei; tauche das Ganze in tantrischen Buddhismus und lasse es unbegrenzt lange auf offener Pfanne im Freien über einer kräftigen Flamme von Zuneigung gar werden.«

»Und was kommt aus Ihrer offenen Pfanne?« fragte er.

»Eine gänzlich andere Art von Familie. Keine hermetisch abgeschlossene wie bei euch, und keine vorbestimmte, zwangsmäßige, sondern eine aufgeschlossene, nichtvorbestimmte und freiwillig einander zugehörige Familie. Zwanzig Elternpaare, acht oder neun Ex-Väter und Ex-Mütter und eine Gruppe von vierzig bis fünfzig ausgesuchten Kindern jeden Alters.«

»Bleibt man sein Leben lang in ein und demselben Kinderpflegeverein?«

»Natürlich nicht. Herangewachsene Kinder adoptieren nicht ihre eignen Eltern oder eignen Geschwister. Sie gehn weg und adoptieren eine andre Einheit von Älteren, von Gleichaltrigen und Jüngeren. Und die Mitglieder des neuen Vereins adoptieren wiederum sie und, mit der Zeit, deren Kinder. Kreuzung von Mikrokulturen wird das von unsern Soziologen genannt. Es ist im Vergleich ebenso nützlich wie die Kreuzung verschiedener Spielarten von Mais oder Hühnern. Gesündere Beziehungen, größere Sympathien und tieferes Verständnis in verantwortungsbewußteren Gruppen. Und die Sympathie, das Verständnis sind für alle da, vom Kleinkind bis zu den Hundertjährigen.«

»Hundertjährigen? Welches ist denn eure Lebenserwartung?«

»Ein, zwei Jahre länger als die eure«, antwortete sie. »Zehn Prozent bei uns hier sind über fünfundsechzig. Die alten Leute erhalten Renten, wenn sie nicht mehr verdienen können. Aber es versteht sich, daß Renten allein nicht genügen. Sie brauchen eine nützliche und anregende Beschäftigung; sie brauchen Menschen, die sie umsorgen und von denen sie dann wiedergeliebt werden können. Die KAGs erfüllen diese Bedürfnisse.«

»Das alles klingt verdächtig wie die Propaganda für eine dieser neuen chinesischen Kommunen«, sagte Will.

»Nichts könnte weniger einer Kommune gleichen als ein KAG«, versicherte sie ihm. »Ein KAG wird nicht von der Regierung verwaltet, sondern von seinen Mitgliedern. Und wir sind keine Militaristen. Wir sind nicht daran interessiert, gute Parteimitglieder heranzubilden; nur daran, gute Menschen hervorzubringen. Wir prägen niemand ein Dogma ein. Und schließlich nehmen wir die Kinder nicht ihren Eltern weg, sondern geben den Kindern zusätzliche Eltern und den Eltern zusätzliche Kinder. Das bedeutet, daß wir bereits im Kinderzimmer ein gewisses Maß an Freiheit genießen; und diese Freiheit steigert sich, je älter und erfahrener wir werden und je verschiedenartigere Verantwortungen wir übernehmen. Während es doch in China überhaupt keine Freiheit gibt. Die Kinder werden dort offiziellen Kinderbändigern ausgehändigt, die aus ihnen gehorsame Diener des Staats machen müssen. Bei euch steht es in dieser Beziehung bedeutend besser – besser, aber immer noch verhältnismäßig schlimm genug. Ihr entkommt zwar den vom Staat berufenen Kinderbändigern; aber eure Gesellschaft verurteilt euch dazu, eure Kindheit in einer einzigen, hermetisch abgeschlossenen Familie zu verbringen, mit einer einzigen Einheit von Geschwistern und Eltern. Sie wird euch durch erbliche Vorbestimmung aufgezwungen. Ihr könnt sie nicht los werden, für euch gibt es nirgends die Möglichkeit zu einer sittlichen und psychologischen Luftveränderung. Es mag Freiheit sein, wenn Sie wollen – aber die Freiheit einer Telephonzelle.«

»Eingeschlossen«, führte Will weiter aus, »(und ich denke jetzt an mich selbst) mit einem ewig spöttelnden Tyrannen, einer christlichen Märtyrerin und einem kleinen Mädchen, das, eingeschüchtert von dem Tyrannen und erpreßt von der Märtyrerin durch Anrufung ihrer bessern Gefühle, zu einem Zustand schlotternder Geistesschwäche reduziert wurde. Das war das Heim, dem ich erst mit meinem vierzehnten Jahr entkam, als meine Tante Mary in das Haus nebenan zog.«

»Und Ihre unglücklichen Eltern konnten wiederum *Ihnen* nicht entkommen.«

»Das stimmt nicht ganz. Mein Vater pflegte ins Kognaktrinken zu entkommen und meine Mutter in das Dogma der Hochkirche. Ich mußte meine Verurteilung ohne jede mildernden Umstände über mich ergehn lassen. Vierzehn Jahre Familien-Frondienst. Wie ich Sie beneide, Susila! Frei wie ein Vogel!«

»Nicht ganz so lyrisch! Frei, wollen wir sagen, als ein in der Entwicklung begriffenes menschliches Wesen, frei als eine zukünftige Frau – aber nicht freier. Der KAG bewahrt die Kinder zwar vor Ungerechtigkeit und den ärgsten Folgen elterlicher Unfähigkeit. Er bewahrt sie aber nicht vorm Disziplinhalten-Müssen oder davor, Verantwortung auf sich zu nehmen. Im Gegenteil, er stellt sie vor eine vermehrte Anzahl Pflichten ebenso wie vor eine Vielfalt von Disziplinen. In euern vorbestimmten und hermetisch abgeschlossenen Familien müssen die Kinder, wie Sie sagen, ihre langfristige Strafe unter einer einzigen Einheit elterlicher Kerkermeister verbüßen. Diese elterlichen Kerkermeister können selbstverständlich gut und weise und intelligent sein. Dann werden die kleinen Gefangenen mehr oder weniger unversehrt daraus hervorgehn. Aber im wesentlichen ist es doch so, daß die meisten eurer elterlichen Kerkermeister weder hervorragend gut noch weise und intelligent sind. Entweder sie sind wohlmeinend, aber dumm, oder übelwollend und leichtfertig, oder gar neurotisch und manchesmal gradezu böswillig oder ganz einfach unzurechnungsfähig. Also helfe Gott den jungen Gefangenen, die durch Gesetz und Brauch und Religion ihnen ausgeliefert sind! Und jetzt überlegen Sie einmal, wie es in einer großen, aufgeschlossenen, zwanglos miteinander verbundenen Familie zugeht. Es gibt keine Telephonzellen, keine vorbestimmten Kerkermeister. Hier wachsen die Kinder auf in einer Welt, die ein lebendiges Muster der Gesellschaft als Ganzes ist, eine Mini-Version, aber eine akkurate, der Umwelt, in der sie später einmal leben werden. ›Heilig‹, ›heil‹, entspringen aus derselben Wurzel und schließen verschiedene Nebenbedeutungen desselben Sinns mit ein. Etymologisch genommen und in Wirklichkeit ist unsre Familie, die aufgeschlossene und zwanglos verbundene, die wahre heilige Familie. Eure ist die *un*heilige.«

»Amen«, sagte Will und dachte wieder an seine eigne Kindheit, und auch an den armen kleinen Murugan in den Klauen der Rani. »Was geschieht«, fragte er dann, »wenn die Kinder in eins ihrer andern Heime abwandern? Wie lange bleiben sie dort?«

»Je nachdem. Wenn meine Kinder sich über mich ärgern, bleiben sie selten mehr als ein, zwei Tage weg. Das kommt daher, daß sie im Grunde zu Hause sehr glücklich sind. Ich war es nicht, also blieb ich, wenn ich einmal wegging, manchmal einen ganzen Monat lang aus.«

»Und unterstützten Ihre stellvertretenden Eltern Sie gegen Ihre eignen?«

»Es geht nicht darum, etwas *gegen* jemand andern zu unternehmen. Was wir unterstützen, ist Intelligenz und Verträglichkeit, und was wir bekämpfen, ist Unglücklichsein und seine vermeidbaren Ursachen. Wenn ein Kind in seinem ersten Heim unglücklich ist, bieten wir ihm die Möglichkeit von fünfzehn oder zwanzig andern Heimen. Unterdessen wird an dem Vater und der Mutter von den andern Vereinsmitgliedern eine taktvolle Therapie ausgeübt. Ein paar Wochen später sind die Eltern soweit, daß sie wieder mit ihren Kindern zusammenleben können, und die Kinder wieder mit ihren Eltern. Aber Sie dürfen nicht glauben«, setzte Susila hinzu, »daß Kinder sich an ihre stellvertretenden Eltern und Großeltern nur dann wenden, wenn irgend etwas nicht klappt. Sie tun es immer wieder, sobald sie den Wunsch nach Veränderung oder einer neuen Erfahrung verspüren. Aber das Ganze ist nicht bloß ein toller gesellschaftlicher Wirbel. Wo immer sie auch als Vize-Kinder hingehn mögen, haben sie ihre Pflichten ebenso wie ihre Vorrechte – den Hund bürsten, die Vogelkäfige reinigen, auf den Säugling aufpassen, während die Mutter sich anderweitig beschäftigt. Pflichten ebenso wie Vorrechte – aber nicht in einer eurer stickigen kleinen Telephonzellen. Pflichten und Vorrechte in einer großen, zugänglichen, nicht vorbestimmten, aufgeschlossenen Familie, in der alle die sieben Alter des Menschen und die verschiedenartigsten Kunstfertigkeiten und Talente vorhanden sind und Kinder alle die für Menschen wichtigen und bedeutungsvollen Dinge erleben können – Arbeiten, Spielen, Lieben, Altwerden, Kranksein, Sterben ...« Sie verstummte bei dem Gedanken an Dugald und Dugalds Mutter und fuhr dann, mit Absicht in einem andern Ton, fort: »Aber kommen wir jetzt zu *Ihnen*. Ich war so in mein Thema vertieft, daß ich nicht einmal gefragt habe, wie es Ihnen geht. Jedenfalls sehn Sie viel besser aus als das letztemal.«

»Dank Dr. MacPhail. Und dank noch jemand anderm, der scheinbar an mir ganz entschieden unbefugt Medizin praktizierte. Was in aller Welt haben Sie gestern nachmittag mit mir getan?«

Susila lächelte. »Sie haben es selber getan«, versicherte sie ihm. »Ich drückte einfach jeweils auf den betreffenden Knopf.«

»Was für einen Knopf?«

»Den der Erinnerung. Den der Vorstellungskraft.«

»Und das hat genügt, um mich in Trance zu versetzen?«

»Wenn Sie es so nennen wollen.«

»Wie anders könnte man es nennen?«

»Warum es überhaupt benennen? Namen rufen immer Fragen hervor. Warum sich nicht einfach damit zufriedengeben, daß es geschah?«

»Aber was ist wirklich geschehn?«

»Nun, zuerst einmal stellten wir eine Art Verbindung her zwischen uns, nicht?«

»Das taten wir ganz entschieden«, bekräftigte er. »Und doch glaube ich nicht, daß ich Sie auch nur ein einziges Mal angesehn habe.«

Er blickte sie jetzt an, obwohl er – wie er sie so anblickte – sich fragte, wer dieses seltsame kleine Geschöpf war, was eigentlich hinter der ruhigen, ernsten Maske ihres Gesichts lag, was die dunkeln Augen wohl sehen mochten, während sie seinen forschenden Blick erwiderten; woran sie dachte.

»Wie hätten Sie mich denn ansehn können?« sagte sie. »Sie waren auf Ferien gegangen.«

»Oder mit einem Stoß hinbefördert worden?«

»Mit einem Stoß? O nein.« Sie schüttelte den Kopf. »Sagen wir, hinbegleitet, hingeleitet worden.«

Sie schwiegen. Dann begann sie von neuem. »Wenn ein Kind um Sie herum war – haben Sie da jemals etwas erledigen können?«

Will fiel der kleine Sohn seines Nachbarn ein, der ihm so gern beim Bemalen der Eßzimmermöbel helfen wollte, und mußte lachen bei der Erinnerung an seinen Ärger.

»Der arme Kleine!« fuhr Susila fort. »So eifrig darauf aus, sich nützlich zu machen.«

»Doch nachher sind auf dem Teppich überall Farbkleckse, auf den Wänden Fingerabdrücke . . .«

»So daß sie ihn schließlich los werden müssen. ›Fort mit dir, kleiner Mann, geh und spiel im Garten!‹«

Wieder schwiegen sie.

»Nun, und?« fragte er endlich.

»Verstehn Sie nicht?«

Will schüttelte den Kopf.

»Was geschieht denn, wenn Sie krank sind, sich verletzt haben? Wer macht sie wieder gesund? Wer heilt die Wunden, wehrt die Infektion ab? Sie selbst?«

»Wer sonst?«

»Sie?« beharrte Susila. »Sie selbst? Die Person, welche die Schmerzen hat und sich den Kopf zerbricht über Sünde und Geld und die Zukunft? Ist dies das *Sie,* welches da die Sache in die Hand nimmt?«

»Ah, ich verstehe, worauf Sie hinaus wollen.«

»Na, endlich«, meinte sie spöttisch.

»Ich werde also in den Garten geschickt, um zu spielen, damit die Erwachsenen ungestört ihrer Beschäftigung nachgehn können. Aber wer *sind* die Erwachsenen?«

»Das dürfen Sie nicht mich fragen«, erwiderte sie. »Das ist Sache eines Neuro-Theologen.«

»Was meinen Sie damit?«

»Genau, was ich sagte. Jemand, der Leute gleichzeitig in Begriffen des HELLEN LICHTS DER LEERE und des vegetativen Nervensystems beurteilt. Wir Erwachsenen sind eine Mischung aus Verstand und Physiologie.«

»Und die Kinder?«

»Die Kinder sind die kleinen Stöpsel, die glauben, alles besser zu wissen als die Erwachsenen.«

»Und die man daher in den Garten spielen schickt.«

»Genau das.«

»Ist Ihre Art der Behandlung die Norm in Pala?«

»Ja, die Norm«, versicherte sie ihm. »Bei euch schaffen sich die Ärzte die Kinder vom Hals, indem sie sie mit Barbituraten vergiften. Wir sprechen mit ihnen von Kathedralen und Dohlen, und erreichen genau dasselbe.« Ihre Stimme ging in einen Singsang über. »Von weißen Wolken, die am Himmel ziehen, weißen Schwänen, die auf dem dunkeln, ruhigen, unwiderstehlichen Strom des Lebens dahingleiten ...«

»Genug, genug«, verwahrte er sich. »Nichts mehr davon!« Ein Lächeln, das schließlich in Lachen überging, erhellte das ernste dunkle Gesicht. Will sah sie verwundert an. Hier kam plötzlich eine andere Susila MacPhail zum Vorschein, eine fröhliche, mutwillige, spöttische.

»Ich kenne jetzt Ihre Tricks«, setzte er hinzu und lachte mit.

»Tricks?« Immer noch lachend, schüttelte sie den Kopf. »Ich wollte Ihnen bloß erklären, wie ich's getan habe.«

»Ich weiß genau, wie Sie's getan haben. Und ich weiß auch, daß es wirkt. Und mehr noch, ich erlaube Ihnen, das Ganze zu wiederholen – wann immer es nötig sein sollte.«

»Wenn Sie es wollen«, sagte sie, ernster werdend. »Ich will Ihnen zeigen, wie Sie selber auf den richtigen Knopf drücken können. Das bildet einen Teil unsres Elementarunterrichts. Lesen, Schreiben, Rechnen, plus rudimentärer SB.«

»Was heißt das?«

»Selbst-Bestimmung. Alias Schicksals-Beeinflussung.«

»Schicksals-Beeinflussung?« Er hob die Brauen.

»Nein, nein«, versicherte sie ihm, »wir sind nicht ganz solche Narren, wie Sie glauben. Wir wissen sehr gut, daß wir nur einen Bruchteil unsres Schicksals selber beeinflussen können.«

»Und den beeinflußt man, indem man jeweils auf den betreffenden Knopf drückt?«

»Auf ihn drückt und sich dann vorstellt, was man sich wünscht, daß geschehn soll.«

»Aber geschieht es dann auch?«

»In vielen Fällen, ja.«

»Kinderleicht!« In seiner Stimme schwang ein Ton von Ironie.

»Ja, wundervoll leicht«, stimmte sie ihm bei. »Und doch sind wir, meines Wissens, das einzige Volk auf der Welt, das seine Kinder systematisch SB lehrt. Ihr sagt ihnen bloß, was sie tun sollten, und somit schön und gut. Daß ihr euch ja brav aufführt! droht ihr. Aber wie? Das sagt ihr ihnen nicht. Ihr haltet ihnen bloß schwungvolle Reden und teilt Strafen aus. Was reinster Blödsinn ist.«

»Reinster, unverfälschter Blödsinn«, gab er zu und erinnerte sich an Mr. Crabbe, seinen Schuldirektor, und dessen Einstellung zum Masturbieren, erinnerte sich an die Prügel und die allsonntäglichen Predigten und den Bußgottesdienst am Aschermittwoch. »Verflucht sei, wer bei seines Nachbarn Weibe liegt. Amen.«

»Wenn bei euch die Kinder diesen Blödsinn ernst nehmen, werden sie später zu elenden Sündern werden. Und wenn sie ihn nicht ernst nehmen, zu elenden Zynikern. Oder, als Gegenreaktion, zu Papisten oder Marxisten. Kein Wunder, daß es bei euch

so viele Tausende von Gefängnissen und Kirchen und kommunistischen Zellen gibt.«
»Dagegen in Pala vermutlich sehr wenige.«
Susila nickte.
»Hier gibt's keine Alcatraz«, sagte sie. »Keine Billy Grahams oder Mao Tse-tungs, keine Madonnen von Fatima. Keine Höllen auf Erden, keine christlichen goldenen Berge und auch keine kommunistischen im zweiundzwanzigsten Jahrhundert. Nur Männer und Frauen und ihre Kinder, die versuchen, sich das Beste aus dem Hier und Jetzt zu holen, anstatt anderswo zu leben, wie ihr das meist tut, in einer andern Zeit, einem andern hausgemachten vorgestellten Universum. Und es ist wahrhaftig nicht eure Schuld. Ihr seid beinahe dazu gezwungen, so zu leben, weil die Gegenwart für euch so frustrierend ist. Und sie ist das, weil euch nie gezeigt wurde, wie man die Kluft zwischen Theorie und Praxis, zwischen euern guten Vorsätzen zu Neujahr und euerm tatsächlichen Benehmen überbrücken kann.«
»›Denn das Gute, das ich will, das tue ich nicht, sondern das Böse, das ich nicht will, das tue ich.‹«
»Wer hat das gesagt?«
»Der Erfinder des Christentums – der Apostel Paulus.«
»Sie sehn also!« entgegnete sie. »Höchste Ideale, aber keine Methode, sie zu verwirklichen.«
»Ausgenommen die übernatürliche, sie von einem andern verwirklichen zu lassen.«
Und Will warf den Kopf zurück und begann laut herauszusingen:

»Ein Quell gefüllt mit Blut,
Aus Jesu Adern rinnt,
Und Menschen waschen in der Flut
Sich rein von aller Sünd.«

Susila hielt sich die Ohren zu. »Das ist gradezu obszön«, sagte sie.
»Die Lieblingshymne meines Schuldirektors«, erklärte Will. »Wir sangen es ungefähr einmal die Woche, meine ganze Schulzeit hindurch.«
»Gottlob«, sagte sie, »im Buddhismus gab es niemals Blut! Gautama wurde achtzig Jahre alt und starb, weil er zu höflich war,

verdorbene Speise zurückzuweisen. Ein gewaltsamer Tod ruft immer andre gewaltsame Tode hervor. ›Wenn du nicht glauben willst, daß du durch das Blut *meines* Erlösers erlöst wirst, werde ich dich in deinem eignen ertränken.‹ Voriges Jahr nahm ich in Shivapuram an einem Kurs über die Geschichte des Christentums teil.« Susila erschauerte bei der Erinnerung. »Greuliches Zeug! Und alles nur, weil jener arme unwissende Mann keine Ahnung davon hatte, wie er seine guten Vorsätze ausführen sollte.«
»Und die meisten von uns«, bemerkte Will, »teilen immer noch das gleiche Schicksal. Das Böse, das wir nicht wollen, das tun wir. Und wie!«
Auf das Unverzeihliche ebenso unverzeihlich reagierend, lachte er höhnisch auf. Lachte, weil er ja seinerzeit Mollys Güte erkannt hatte und dann doch, offenen Auges, den rosaroten Alkoven wählte und damit Mollys Leiden, ihren Tod und sein eignes nagendes Schuldbewußtsein und zuletzt den Schmerz, der in gar keinem Verhältnis stand zu seiner erbärmlichen und im wesentlichen possenhaften Ursache – den qualvollen Schmerz, den er empfand, als Babs bald tat, was auch der Dümmste hätte vorhersagen können: ihn aus ihrem teuflischen, gin-beleuchteten Paradies vertrieb und einen andern Liebhaber nahm.
»Was ist mit Ihnen?« fragte Susila.
»Nichts. Warum fragen Sie?«
»Weil Sie Ihre Gefühle nicht sehr gut verbergen können. Sie dachten an etwas, das Sie unglücklich macht.«
»Wie scharfblickend von Ihnen«, sagte er und wandte den Kopf weg.
Ein langes Schweigen entstand zwischen ihnen. Sollte er ihr alles erzählen? Von Babs, von der armen Molly, von sich selbst, sollte er ihr alle die Jämmerlichkeiten erzählen, die er niemals, auch nicht, wenn er betrunken war, seinen besten Freunden erzählt hatte? Gute Freunde wußten zuviel über einen, wußten zuviel über die andern Beteiligten, über das groteske, komplizierte Spiel, das er (ein englischer Gentleman, der zugleich ein Bohemien war und ein Möchtegern-Dichter und schließlich auch – aus blanker Verzweiflung, denn er wußte, er werde nie ein guter Dichter sein – ein abgebrühter Journalist und der überaus gut bezahlte Privatagent eines reichen Mannes, den er verachtete) stets so wohldurchdacht spielte. Nein, gute Freunde

taugten nichts. Doch von dieser braunen, seinem Lebenskreis so fernstehenden jungen Frau, dieser Unbekannten, der er bereits so viel verdankte und mit der er, obwohl er so gut wie nichts von ihr wußte, bereits so vertraut war, würde er keine vorgefaßten Meinungen zu hören bekommen, keine *ex-parte* Urteile – von ihr erhoffte er sich (er, der sich darin geübt hatte, nie etwas zu erhoffen) irgendeine unerwartete Erleuchtung, einen ausdrücklichen und nützlichen Beistand. (Und weiß Gott, er brauchte Beistand – obwohl Gott ebensogut wußte, daß er das nie eingestehn, niemals so tief sinken würde, den zu erbetteln.)

Wie ein Muezzin in seinem Minarett rief einer der sprechenden Vögel von der hohen Palme jenseits der Mangobäume wieder sein »Hier und jetzt, Jungs. Hier und jetzt, Jungs« herab.

Will entschloß sich, den Sprung zu wagen – aber indirekt. Er wollte erst über Susilas eigne Probleme statt über die seinen sprechen. Ohne sie anzusehn (denn er fühlte, das wäre taktlos) begann er:

»Dr. MacPhail erzählte mir etwas über – etwas darüber, was Ihrem Mann zugestoßen ist.«

Bei den Worten war ihr, als drehte sich ein Messer in ihrem Herzen um; doch das war zu erwarten, das war nur recht so und unvermeidlich. »Nächsten Mittwoch werden es vier Monate sein«, sagte sie und fuhr dann nach einem kurzen Innehalten wie in Gedanken fort: »Zwei Menschen, zwei Einzelwesen – aber zusammen ergeben sie etwas beinahe Neuerschaffenes. Und dann wird plötzlich die Hälfte dieses neuen Geschöpfs amputiert; aber die andere stirbt nicht – kann nicht sterben, *darf* nicht sterben.«

»Darf nicht sterben?«

»Aus so vielen Gründen – die Kinder, man selbst, das Wesentliche aller Dinge. Doch überflüssig zu sagen«, setzte sie mit einem leisen Lächeln hinzu, das die Trauer in ihren Augen nur noch betonte, »daß alle diese Gründe den Schock dieser Amputation nicht verringern oder das Folgende erträglicher machen. Was einzig hilft, ist, worüber wir soeben sprachen – Schicksals-Beeinflussung. Und sogar die ...« Sie schüttelte den Kopf. »SB vermag einem zu einer völlig schmerzlosen Geburt zu verhelfen. Doch zu einem völlig schmerzlosen Verlust – das nicht. Und das ist natürlich nur recht so. Könnte jeglicher Kummer über einen

Verlust eliminiert werden, dann wären wir weniger als menschlich.«

»Weniger als menschlich«, wiederholte er. »Weniger als menschlich ...« Nur drei Wörter; doch wie voll und ganz sie ihn selbst zusammenfaßten! »Das Schrecklichste von allem ist, zu wissen, daß man schuld war am Tod des andern«, sagte er.

»Waren auch Sie verheiratet?« fragte sie.

»Zwölf Jahre lang. Bis letztes Frühjahr.«

»Und jetzt ist sie tot?«

»Sie starb bei einem Unfall.«

»Einem Unfall? Waren Sie denn selber an dem schuld?«

»Es kam zu diesem Unfall, weil ... nun weil ich das Böse, das ich nicht wollte, dennoch beging. Und an jenem Tag kam es zu einer Krise. Der Kummer verwirrte ihre Gedanken, und ich ließ sie gehn – ließ sie wegfahren, gradewegs hinein in einen Zusammenprall mit einem andern Wagen.«

»Liebten Sie sie?«

Er zögerte einen Augenblick und schüttelte dann langsam den Kopf.

»Gab es da jemand andern – jemand, an dem Ihnen mehr lag als an ihr?«

»Jemand, an dem mir so gut wie nichts lag.« Er schnitt ein Gesicht sardonischer Selbstverspottung.

»Und das war also das Böse, das Sie nicht wollten und dennoch begingen?«

»Ja, und es immer wieder beging, bis ich die Frau getötet hatte, die ich hätte lieben sollen, aber nicht liebte. Immer wieder beging, sogar nachdem ich sie getötet hatte, sogar obwohl ich mich dafür verabscheute – ja und auch diejenige verabscheute, die mich dazu trieb.«

»Sie dazu trieb, weil sie vermutlich körperlich die Richtige war?«

Will nickte, und sie verstummten beide.

»Wissen Sie, wie das ist«, fragte er endlich, »wenn man fühlt, daß eigentlich nichts Wirklichkeit hat – man selbst inbegriffen?«

Sie nickte. »Das geschieht manchmal, grade wenn man zu begreifen beginnt, daß alles, man selbst inbegriffen, weitaus mehr Wirklichkeit hat als man sich je vorstellte. Es ist wie beim Fahren. Man schaltet zuerst auf Leerlauf, bevor man in einen höheren Gang geht.«

»Oder in einen niedrigeren«, sagte Will. »Jedenfalls was mich betraf. Nein, nicht einmal in einen niedrigeren; in den Rückwärtsgang. Das erstemal, als es geschah, wartete ich auf einen Autobus, der mich von der Fleet Street heimbringen sollte. Viele Tausende von Menschen, alle unterwegs, und jeder einzelne einmalig, jeder einzelne der Mittelpunkt der Welt. Dann kam die Sonne hinter einer Wolke hervor. Alles wurde außerordentlich hell und klar; und plötzlich, mit einem fast hörbaren Klicken, wurden sie alle zu Maden.«

»Maden?«

»Ich meine diese kleinen blassen Würmer mit schwarzen Köpfen, wie man sie auf verdorbenem Fleisch sieht. Sonst hatte sich natürlich nichts geändert; die Gesichter der Leute waren die gleichen geblieben, ihre Kleider waren die gleichen geblieben. Und doch waren sie alle Maden. Nicht einmal richtige – einfach die Gespenster, die Illusionen von Maden. Und ich war die Illusion eines Betrachters von Maden. Ich lebte monatelang in dieser Madenwelt. Lebte in ihr, ging meiner Tätigkeit nach, begab mich zum Mittag- und Abendessen in ihr – alles ohne jedes Interesse. Ohne jede Freude, ohne jedes Vergnügen, gänzlich wunschlos und, wie ich entdeckte, als ich mit einer jungen Frau schlief, mit der mir das früher gelegentlich Spaß gemacht hatte, gänzlich impotent.«

»Was erwarteten Sie sich denn?«

»Genau das.«

»Warum dann in aller Welt ...?«

Will lächelte sein selbstquälerisches Lächeln und zuckte die Achseln. »Aus wissenschaftlichem Interesse. Als ein Insektenkundler, der das Sexleben der Phantom-Made erforscht.«

»Wonach, wie ich vermute, alles nur noch unwirklicher wurde.«

»Nur noch unwirklicher«, gab er zu, »wenn das möglich gewesen wäre.«

»Doch was hat denn ursprünglich die Maden auf den Plan gebracht?«

»Nun, erstens einmal«, antwortete er, »war ich der Sohn meiner Eltern, gezeugt von dem Trinker-Tyrannen und hervorgegangen aus dem Schoße der christlichen Märtyrerin. Und nicht genug, der Sohn meiner Eltern zu sein«, setzte er nach einem kurzen Innehalten hinzu, »war ich auch der Neffe meiner Tante Mary.«

»Und was hatte Ihre Tante Mary damit zu tun?«

»Sie war der einzige Mensch, den ich je liebhatte, und als ich sechzehn war, erkrankte sie an Krebs. Weg mit der rechten Brust; dann, ein Jahr später, weg mit der linken. Und danach neun Monate Röntgenbestrahlungen und resultierende Übelkeiten. Dann wurde auch die Leber davon befallen, und das war das Ende. Ich bin dabeigewesen von A bis Z. Für einen Halbwüchsigen eine recht liberale Erziehung – wahrhaftig!«

»Erziehung worin?« fragte Susila.

»In ›reiner‹ und ›angewandter‹ Sinnlosigkeit. Und einige Wochen nach Abschluß meines Privatkurses in dieser Materie kam die große Eröffnung des öffentlichen. Der Zweite Weltkrieg. Gefolgt von dem nie endenden Auffrischerkurs des Ersten Kalten Kriegs. Und die ganze Zeit wollte ich Dichter werden und fand, daß ich einfach nicht das Zeug dazu hatte. Dann, nach dem Krieg, mußte ich zum Journalismus übergehn, um Geld zu verdienen. Ich hatte mir immer gewünscht, notfalls zu hungern, aber zu versuchen, etwas Anständiges zu schreiben – gute Prosa zumindest, da es für gute Poesie nicht reichte. Aber ich hatte die Rechnung ohne meine allerliebsten Eltern gemacht. Als mein Vater starb, im Januar sechsundvierzig, war es ihm gelungen, alle die kleinen Gelder loszuwerden, die unsre Familie geerbt hatte, und als meine Mutter dann glücklich Witwe wurde, war sie von Arthritis halb gelähmt und mußte erhalten werden. Also saß ich dort in der Fleet Street und erhielt sie mit einer Leichtigkeit und einem Erfolg, die etwas völlig Beschämendes für mich hatten.«

»Warum Beschämendes?«

»Würden Sie sich nicht beschämt fühlen, wenn Sie dadurch Geld verdienen, daß sie den billigsten, sensationellsten literarischen Schmarrn von sich geben? Ich hatte Erfolg, weil ich hoffnungslos mittelmäßig war.«

»Und der Reinertrag des Ganzen waren Maden?«

Er nickte. »Und nicht einmal wirkliche: phantomatische Maden. Und hier kam Molly auf die Bildfläche. Ich traf sie auf einer hochklassigen Madenparty in Bloomsbury. Wir wurden einander vorgestellt. Wir unterhielten uns auf zuvorkommend geistlose Weise über nichtgegenständliche Kunst. Da ich nicht noch mehr Maden sehn wollte, blickte ich Molly nicht an; aber sie mußte mich angeblickt haben. Sie hatte sehr blasse graublaue Augen«, warf er ein, »Augen, die alles sahen – sie war eine unglaublich gute Beobachterin, aber eine ohne Bosheit oder Tadelsucht, eine, die das Böse erkannte, wenn es vorhanden war, es aber niemals verurteilte; ihr tat bloß ein Mensch ungeheuer leid, der solche Gedanken zu denken und solche odiosen Dinge zu tun gezwungen war. Nun, wie gesagt, sie mußte mich angeblickt haben, während wir uns unterhielten, denn plötzlich fragte sie mich, warum ich so traurig sei. Ich hatte einige Drinks in mir, und es lag nichts Unverschämtes oder Beleidigendes in der Art, wie sie das fragte; also erzählte ich ihr von den Maden. ›Sie sind auch eine von ihnen‹, schloß ich, und zum erstenmal sah ich sie an. ›Eine blauäugige Made, mit dem Gesicht einer der heiligen Frauen im Gefolge einer flämischen Kreuzigung.‹«

»Fühlte sie sich geschmeichelt?«

»Ich glaube ja. Sie war keine gläubige Katholikin mehr; hatte aber immer noch eine gewisse Schwäche für Kreuzigungen und heilige Frauen. Jedenfalls, am nächsten Morgen rief sie mich so um die Frühstückszeit an. Ob ich mit ihr über Land fahren wolle? Es war ein Sonntag und, wunderbarerweise, ein schöner. Ich sagte zu. Wir verbrachten eine Stunde in einem Haselgehölz damit, Primeln zu plücken und die kleinen weißen Anemonen zu betrachten. Man pflückt keine Anemonen«, erklärte er, »weil sie nach einer Stunde verwelkt sind. Ich betrachtete eine ganze Menge in jenem Haselgehölz – ich betrachtete Blumen mit dem bloßen Auge; ich blickte durch das Vergrößerungsglas, das Molly mitgenommen hatte, in ihre Blütenkronen. Ich weiß nicht, wieso, doch es war außerordentlich heilsam – einfach nur in das Innere von Primeln und Anemonen zu blicken. An diesem Tag sah ich keine Maden mehr. Doch es gab immer noch die Fleet Street, die auf mich wartete, und am Montag um die Mittagsstunde wimmelte die ganze Gegend von Maden wie eh und je. Tausende von ihnen. Aber ich wußte jetzt, was tun. Am selben Abend ging ich in Mollys Atelier.«

»Sie war Malerin?«

»Keine wirkliche, und sie wußte das. Wußte es, aber kränkte

sich nicht darüber, machte einfach nur das Beste daraus, kein Talent zu haben. Sie malte nicht aus Kunstbeflissenheit; sie malte, weil sie Dinge gern betrachtete, gern peinlich genau wiedergab, was sie sah. An jenem Abend bekam ich von ihr eine Leinwand und eine Palette, und sie sagte mir, ich solle es ihr nachtun.«

»Und hat es geholfen?«

»So gut, daß Monate später, als ich einen Apfel zerschnitt, der Wurm im Innern keine Made war – keine, subjektiv gesprochen, meine ich. Objektiv war er eine; er war durchaus, was eine Made sein sollte, und so malte ich sie auch, malten wir beide sie – denn wir malten immer dieselben Motive zur selben Zeit.«

»Und die andern Maden, die phantomatischen außerhalb des Apfels?«

»Na, es gab noch Rückfälle, besonders in der Fleet Street und bei Cocktailpartys; doch die Maden waren ganz entschieden weniger geworden, verfolgten mich entschieden weniger. Und mittlerweile hatte sich im Atelier etwas ereignet. Ich verliebte mich – verliebte mich, weil Liebe ansteckend ist und Molly sich so offenkundig in mich verliebt hatte – Gott weiß warum.«

»Ich kann mir einige mögliche Gründe vorstellen. Sie könnte sich in sie verliebt haben, weil ...« Susila sah ihn abschätzend an und lächelte, »nun, weil Sie ein recht anziehendes Exemplar Ihrer Gattung sind.«

Er lachte. »Danke für das hübsche Kompliment.«

»Andrerseits«, fuhr sie fort, »(und das ist nicht ganz so schmeichelhaft), hat sie Sie vielleicht geliebt, weil Sie ihr verdammt leid taten.«

»Das wird's wohl gewesen sein, fürchte ich. Molly war die geborene Barmherzige Schwester.«

»Und eine Barmherzige Schwester ist leider nicht dasselbe wie ein liebendes Weib.«

»Was ich pünktlich herausfand«, sagte er.

»Nach Ihrer Heirat, vermutlich.«

Will zögerte einen Augenblick. »Tatsächlich vorher. Nicht, daß ihrerseits ein besonders dringendes Begehren vorhanden gewesen wäre, sondern nur, weil sie so eifrig bemüht war, mir alles zu Gefallen zu tun. Nur weil sie grundsätzlich nichts von Konventionen hielt und durchaus für ›freie Liebe‹ war und, noch erstaunlicher«, (er erinnerte sich an die unerhörten Aussprüche, die sie oft so beiläufig und gelassen selbst in Gegenwart seiner Mutter von sich gab) »durchaus dafür, frisch und frei über diese Freiheit zu sprechen.«

»Sie wußten es vorher«, sagte Susila zusammenfassend, »und haben sie doch geheiratet.«

Will nickte stumm.

»Weil Sie ein Gentleman waren, nicht wahr, und ein Gentleman immer sein Wort hält.«

»Zum Teil aus diesem etwas altmodischen Grund, aber auch, weil ich in sie verliebt war.«

»Waren Sie wirklich in sie verliebt?«

»Ja. Nein. Ich weiß nicht. Aber damals *wußte* ich es. Zumindest dachte ich, ich wisse es. Ich war wirklich davon überzeugt, wirklich in sie verliebt zu sein. Ich wußte, und ich weiß es noch immer, wieso ich davon überzeugt war. Ich war ihr dankbar, daß sie diese Maden ausgetrieben hatte. Und neben der Dankbarkeit empfand ich auch Achtung. Und Bewunderung. Sie war um so vieles besser und ehrlicher als ich. Aber leider, leider, wie Sie sagten, eine Barmherzige Schwester ist nicht dasselbe wie ein liebendes Weib. Dennoch war ich bereit, Molly auf ihre Weise hinzunehmen, nicht auf die meine. Ich war bereit zu glauben, die ihre sei die bessere.«

»Wann machten Sie den ersten Seitensprung?« fragte Susila nach einem längeren Schweigen.

Will lächelte sein selbstquälerisches Lächeln. »Drei Monate nach unsrer Hochzeit, auf den Tag genau. Mit einer der Sekretärinnen im Büro. Himmel, wie öde! Danach war eine junge Malschülerin an der Reihe, eine lockenköpfige Jüdin, die von Molly mit Geld unterstützt worden war, als sie auf der Slade malen lernte. Ich ging zu ihr in ihr Atelier, zweimal die Woche, zwischen fünf und sieben. Es dauerte fast drei Jahre, bis Molly draufkam.«

»Und sie war natürlich sehr verstört darüber?«

»Viel mehr, als ich je gedacht hätte.«

»Und Sie selbst – wie verhielten *Sie* sich?«

Will schüttelte den Kopf. »Hier wird's jetzt kompliziert«, sagte er. »Ich hatte nicht die Absicht, meine Cocktailstunden mit Rachel aufzugeben; aber ich haßte mich, weil ich Molly unglücklich machte. Gleichzeitig haßte ich Molly, weil sie unglücklich war.

Ich nahm ihr ihren Kummer und ihre Liebe zu mir übel, die ihr soviel Leid verursachten. Ich empfand beides als unfair, als eine Erpressung, meinen unschuldigen Spaß mit Rachel aufzugeben. Durch ihre Liebe und ihre Verzweiflung darüber, was ich tat – was zu tun sie mich in Wirklichkeit zwang – übte sie einen Druck auf mich aus, schränkte sie meine Freiheit ein. Unterdessen aber war sie wirklich unglücklich; und obgleich ich sie dafür haßte, mich mit ihrem Unglücklichsein zu erpressen, empfand ich auch Mitleid mit ihr. Mitleid«, wiederholte er, »nicht Mitgefühl. Mitfühlen ist mehr als Mitleiden, und ich wollte mir um jeden Preis den Schmerz ersparen, den ihr Kummer mir verursachte, ebenso wie die schmerzlichen Opfer, durch die ich ihrem Kummer ein Ende bereiten konnte. Mitleid war also, was ich empfand; Molly tat mir von außen her leid, wenn Sie verstehn, was ich meine – leid als einem Zuschauer, einem Ästheten, einem Sachverständigen in Kreuzigungen. Und jedesmal wenn ihr Kummer in einer Krise seinen Ausbruch fand, wurde dieses ästhetische Mitleid mit ihr so stark, daß ich es fast als Liebe mißverstehn konnte. Fast, aber niemals ganz. Denn sobald ich mein Mitleid in körperlichen Zärtlichkeiten ausdrückte (was ich tat, weil das die einzige Möglichkeit war, ihren Kummer vorübergehend zu besänftigen, ebenso wie den Schmerz, den dieser mir selber zufügte), wurden diese Zärtlichkeiten immer vereitelt, bevor sie zu ihrem natürlichen Vollzug gelangen konnten. Vereitelt, weil Molly temperamentmäßig eben eine Barmherzige Schwester war und nicht eine Frau. Und doch, auf jeder andern Ebene als der der Sinne, liebte sie mich mit einem totalen Engagement – einem Engagement, das nach seinem Gegenpart in mir rief. Aber ich wollte mich nicht engagieren, vielleicht konnte ich es auch in aller Ehrlichkeit nicht. Anstatt dankbar zu sein dafür, daß sie mir ihr Selbst schenkte, war ich darüber verstimmt. Das beanspruchte Rechte an mir, Rechte, die ich nicht gelten lassen wollte. So fanden wir uns, am Ende einer jeden solchen Krise, wieder am Ausgangspunkt des ganzen Dramas – des Dramas einer Liebe, die unfähig war zur Sinnlichkeit und sich einer Sinnlichkeit verpflichtet hatte, die zum Lieben unfähig war, und sonderbar gemischte Gefühle von Schuld und Gereiztheit hervorrief, von Mitleid und Zorn, manchmal sogar von wahrem Haß (in welchem aber stets ein Unterton von Reue mitschwang), das Ganze kontrapunktisch begleitet von einer Kette von heimlichen abendlichen Treffen mit meiner kleinen lockenköpfigen Malelevin.«

»Ich hoffe, die waren wenigstens genußreich«, sagte Susila.

Er zuckte die Achseln. »Nur mäßig. Rachel konnte nie vergessen, daß sie eine Intellektuelle war. Sie hatte so eine Art, einen in den unangemessensten Augenblicken danach zu fragen, was man von Piero di Cosimo halte. Den wirklichen Genuß und natürlich die wirkliche Qual – die erlebte ich erst, als Babs auf der Szene erschien.«

»Und wann war das?«

»Vor etwas über einem Jahr. In Afrika.«

»Afrika?«

»Joe Aldehyde hatte mich dorthingeschickt.«

»Dem alle diese Zeitungen gehören?«

»Und noch viel mehr. Er war mit Mollys Tante Eileen verheiratet. Ein vorbildlicher Gatte und Vater, möchte ich hinzufügen. Darum ist er so gelassen von seiner Rechtschaffenheit überzeugt, auch wenn er grade die ruchlosesten Geldgeschäfte abwickelt.«

»Und Sie sind bei ihm angestellt?«

Will nickte. »Das war sein Hochzeitsgeschenk an Molly – ein Job für mich im Aldehyde-Zeitungskonzern um beinahe das doppelte Gehalt als ich von meinen frühern Arbeitgebern erhalten hatte. Fürstlich! Aber er hat Molly eben sehr gern gehabt.«

»Wie nahm er die Geschichte mit Babs auf?«

»Er hat sie nie erfahren – und auch nie die eigentliche Ursache von Mollys Unfall.«

»Er beschäftigt Sie also weiter Ihrer toten Gattin zuliebe?«

Will zuckte die Achseln. »Ich habe die Ausrede, daß ich meine Mutter erhalten muß«, sagte er.

»Und ganz gewiß wären Sie selbst auch nicht grade entzückt, arm zu sein.«

»Ganz gewiß nicht.«

Susila schwieg. Dann sagte sie endlich: »Also kehren wir wieder nach Afrika zurück!«

»Ich war hingeschickt worden, um eine Artikelserie über den Nationalismus der Neger zu schreiben. Und abgesehen davon, sollte ich ein privates Geschäftchen für Onkel Joe durchzie-

hen. Es war auf dem Rückflug von Nairobi. Ich saß zufällig neben ihr.«
»Neben der jungen Dame, an der Ihnen so gut wie nichts lag?«
»So gut wie nichts«, wiederholte er, »und an der ich so gut wie alles mißbilligte. Aber ein Süchtiger braucht seine Droge – die Droge, von der er im voraus weiß, daß sie ihn zerstören wird.«
»Sonderbarerweise«, sagte sie nachdenklich, »gibt es in Pala nur wenige Süchtige.«
»Nicht einmal Sexsüchtige?«
»Sexsüchtige sind gleichzeitig auch Personensüchtige. Mit anderen Worten, sie sind ein Liebespaar.«
»Aber sogar Liebende hassen manchmal diejenigen, die sie lieben.«
»Allerdings. Weil ich immer denselben Namen, dieselbe Nase und dieselben Augen habe, ist damit nicht gesagt, daß ich immer dieselbe Frau bleibe. Das zu erkennen und vernünftig darauf zu reagieren – bildet einen Teil der ›Kunst des Liebens‹.«
So knapp er konnte, erzählte ihr Will den Rest der Geschichte. Es war, nun da Babs auf der Szene erschienen war, dieselbe Geschichte wie früher – nur noch krasser. Babs war Rachel, aber sozusagen zu einer stärkeren Potenz – Rachel zum Quadrat, Rachel zur x-ten erhoben. Und der Kummer, den er nun Babs' wegen Molly zufügte, war dementsprechend größer als der, den sie je Rachels wegen erdulden mußte. Dementsprechend größer waren auch sein eigener Zorn, seine eigene Gereiztheit darüber, durch ihre Liebe und ihren Kummer erpreßt zu werden; waren auch seine Reue und sein Mitleid, seine Entschlossenheit, trotz Reue und Mitleid weiterhin zu haben, was er haben wollte, was ihn sich selbst verabscheuen ließ, aber was er um keinen Preis aufgeben wollte. Und dabei wurde Babs immer anspruchsvoller, nahm immer mehr und mehr seiner Zeit in Anspruch, nicht nur innerhalb des erdbeerfarbenen Alkovens, sondern auch außerhalb, in Restaurants und Nachtlokalen, bei den gräßlichen Cocktailpartys ihres Bekanntenkreises, an Wochenenden auf dem Land. »Nur du und ich, *darling*«, sagte sie dann, »ganz allein miteinander.« Ganz allein miteinander in einer Isolierung, die ihm die unfaßbare Tiefe ihres platten und ordinären Wesens enthüllte. Aber trotz aller Langeweile, allem Abscheu, allem ethischen und intellektuellen Widerwillen, die er ihr gegenüber

empfand, blieb er süchtig. Nach jedem dieser gräßlichen Wochenend-Ausflüge war er ebenso rettungslos Babs-süchtig wie zuvor. Und Molly ihrerseits, unerschütterlich in ihrem Barmherzigen-Schwesterntum verharrend, blieb trotz allem ebenso Will-Farnaby-süchtig wie eh und je. Rettungslos, was ihn selbst betraf, denn sein einziger Wunsch war, sie solle ihn weniger lieben und in Frieden zur Hölle fahren lassen. Mollys Süchtigkeit hingegen blieb stets und ununterdrückbar hoffnungsvoll. Sie hörte nicht auf, das verklärende Wunder zu erwarten, das ihn in den guten, selbstlosen, zärtlichen Will Farnaby verwandeln würde, den sie (trotz aller gegenteiligen Gewißheit, trotz allen sich immer wieder ereignenden Enttäuschungen) hartnäckig als sein wahres Selbst betrachtete. Erst im Lauf jener letzten, verhängnisvollen Unterredung, erst als er – sein Mitleid unterdrückend und seinem Ärger über ihr erpresserisches Unglücklichsein ungehemmt Luft machend – ihr seine Absicht mitteilte, sie zu verlassen und mit Babs zusammenzuleben, erst da hatte sie alle Hoffnung aufgegeben. »Ist das dein Ernst, Will – ist das dein Ernst?« »Ja, es ist mein Ernst.« Und in dieser verzweifelten Hoffnungslosigkeit war sie weg und zu ihrem Wagen hinunter gegangen, war in den Regen hinausgefahren ... dem Tod entgegen. Bei dem Begräbnis, als der Sarg in das Grab versenkt wurde, hatte er sich gelobt, Babs nie wiederzusehen. Nie wieder, nie, nie! Am selben Abend, als er an seinem Schreibtisch saß bei dem Versuch, einen Artikel über das Thema »Wo fehlt's bei der Jugend von heute?« zu schreiben, während er sich bemühte, nicht mehr an das Krankenhaus zu denken, an das offene Grab und seine eigene Verantwortung für alles, was geschehen war, klingelte es an der Wohnungstür. Er fuhr zusammen. Eine verspätete Beileidsbotschaft vermutlich ... Er öffnete die Eingangstür und da, statt des Überbringers, stand Babs – dramatisch ungeschminkt und ganz in Schwarz.

»Mein armer, armer Will!« Sie setzten sich nebeneinander auf das Sofa im Wohnzimmer, sie hatte sein Haar gestreichelt, und beide hatten sie geweint. Eine Stunde später lagen sie nackt im Bett. Und binnen drei Monaten war Babs natürlich seiner überdrüssig geworden; binnen vieren war ein absolut fabelhafter Mann aus Kenya auf einer dieser Cocktailpartys aufgetaucht. Eins führte zum andern, und als Babs nach drei Tagen heimkam,

begann sie den Alkoven für einen neuen Bewohner herzurichten und dem alten den Laufpaß zu geben.
»Ist das dein Ernst, Babs?«
Ja, es war ihr Ernst.
Ein Rascheln im Gebüsch draußen vor dem Fenster, und gleich darauf rief, erstaunlich laut und ein wenig falsch intoniert, der sprechende Vogel: »Hier und jetzt, Jungs!«
»Halt die Klappe!« schrie Will zurück.
»Hier und jetzt, Jungs«, rief der Vogel abermals. »Hier und jetzt, Jungs. Hier und ...«
»Halt die Klappe!«
Es wurde still.
»Ich mußte ihm das sagen«, erklärte Will, »denn er hat natürlich vollkommen recht. Hier, Jungs; jetzt, Jungs. Dort und damals sind absolut belanglose Begriffe. Oder nicht? Der Tod Ihres Mannes, zum Beispiel. Ist *der* belanglos?«
Susila blickte ihn einen Augenblick wortlos an und nickte dann langsam. »Im Zusammenhang mit dem, was ich jetzt und in Zukunft tun muß – ja, völlig belanglos! Das ist etwas, was ich erst lernen mußte.«
»Kann man lernen, zu vergessen?«
»Es geht nicht ums Vergessen. Was man lernen muß, ist, sich zu erinnern und doch von der Vergangenheit unbelastet zu sein. Mit den Toten *dort* zu sein und dennoch *hier*, an diesem Ort, mit den Lebenden.« Sie lächelte matt und wehmütig und setzte hinzu: »Es ist nicht leicht.«
»Es ist nicht leicht«, sprach Will ihr nach. Und plötzlich waren seine ganze Gegenwehr, sein ganzer Stolz dahin. »Wollen Sie mir helfen?« fragte er.
»Abgemacht«, sagte sie und streckte ihm die Hand entgegen.
Das Geräusch von Schritten ließ sie beide den Kopf wenden. Dr. MacPhail hatte das Zimmer betreten.

ACHTES KAPITEL

»Guten Abend, meine Liebe. Guten Abend, Mr. Farnaby.«

Es wurde in heiterm Ton gesagt – nicht, wie Susila sogleich merkte, mit einer gekünstelten, sondern einer echten, natürlichen Heiterkeit. Und doch mußte ihr Schwiegervater sich auf dem Herweg im Krankenhaus aufgehalten und Lakshmi gesehen haben – so, wie Susila sie vor ein paar Stunden gesehen hatte, abgezehrter denn je, noch mehr einem Totenkopf ähnlich, die Haut noch farbloser geworden. Die Hälfte eines langen Lebens der Liebe und Treue und gegenseitigen Verzeihens – und in einigen Tagen würde alles vorbei sein; er würde allein zurückbleiben. *Denn es ist genug, daß ein jeglicher Tag seine eigene Plage habe. Und nicht nur der Tag, sondern auch man selbst* ... »Man hat nicht das Recht«, hatte ihr Schwiegervater eines Tags zu ihr gesagt, als sie miteinander aus dem Krankenhaus weggingen, »den eignen Kummer andern aufzubürden. Ebenso wie man nicht das Recht hat, so zu tun, als hätte man keinen. Man muß seinen Schmerz einfach hinnehmen, ebenso wie die eignen absurden Versuche, stoisch zu sein. Hinnehmen, hinnehmen ...« Seine Stimme brach. Sie blickte auf und sah, daß sein Gesicht naß war von Tränen. Fünf Minuten später saßen sie auf einer Bank am Ufer des Lotusteichs, im Schatten der riesigen steinernen Buddhastatue. Mit einem kleinen Plumps, laut und doch wollüstig weich, sprang ein unsichtbarer Frosch von seiner runden Blätterplattform ins Wasser. Die dicken grünen Stengel mit ihren geschwellten Knospen drängten aus dem schlammigen Grund nach oben und durchbrachen den Wasserspiegel. Und da und dort öffneten diese blauen und rosigen Symbole der Erleuchtung ihre Blüten der Sonne und den inspizierenden Besuchen von Fliegen und winzigen Käfern und wilden Dschungelbienen. Und hier haschte – vorwärtsschießend, verharrend, dann wieder vorwärtsschießend – ein kleiner Schwarm blau- und grünglitzernder Libellen nach Mücken.

»*Tathata*«, hatte Dr. MacPhail geflüstert. »So-Sein.«

Lange saßen sie schweigend da. Dann berührte er Susila plötzlich an der Schulter.

»Schau!«

Sie hob die Augen und folgte mit dem Blick seinem Finger.

Zwei Sittiche hatten sich dem Buddha auf die rechte Hand gesetzt und zelebrierten das Ritual der Liebeswerbung.
»Warst du heute wieder beim Lotusteich?« fragte Susila ihn jetzt.
Dr. MacPhail sah sie mit einem leisen Lächeln an und nickte.
»Wie war es in Shivapuram?« fragte Will.
»An und für sich angenehm genug«, antwortete der Arzt. »Sein einziger Nachteil, es befindet sich so nahe der Außenwelt. Hier oben lassen sich alle diese schwachsinnigen Organisationen ignorieren, und man kommt mit seiner Arbeit voran. Dort, mit all den Antennen und Horchposten und Verbindungslinien, welche eine Regierung haben muß, sitzt einem die Außenwelt ständig auf dem Genick. Man hört sie, spürt sie, riecht sie – ja, man riecht sie.« Er verzog das Gesicht in komischem Abscheu.
»Hat sich irgend etwas außergewöhnlich Unheilvolles ereignet, seit ich hier bin?« fragte Will.
»Nichts Außergewöhnliches für euern Teil der Welt. Ich wünschte, ich könnte dasselbe von unserm sagen.«
»Was macht Ihnen denn Sorgen?«
»Sie sollten lieber fragen, *wer* – unser Nachbar, Oberst Dipa. Erstens hat er wieder einmal einen Handel mit den Tschechen abgeschlossen.«
»Noch mehr Rüstungen?«
»Für einen Gegenwert von sechzig Millionen Dollar. Es wurde heute morgen übers Radio gesagt.«
»Aber warum nur, in aller Welt?«
»Aus den üblichen Gründen. Macht und Ruhm. Die Vergnügungen der Eitlen und Tyrannen. Terror und Militärparaden im Innern; Eroberungen und Tedeum-Singen nach außen. Und das bringt mich zu der zweiten unerfreulichen Nachricht. Gestern abend hielt der Oberst wieder eine seiner berühmten Reden über ein künftiges Groß-Rendang.«
»Groß-Rendang? Was soll das bedeuten?«
»Sie haben gut fragen«, sagte Dr. MacPhail. »Groß-Rendang ist das Gebiet, über das die Sultane von Rendang-Lobo zwischen 1447 und 1483 herrschten. Es umfaßte Rendang, die Nikobaren, ungefähr ein Drittel von Sumatra und ganz Pala. Heute ist es Oberst Dipas *Irredenta.*«
»Im Ernst?«

»Ohne eine Miene zu verziehen. Doch nein, mit dunkelrotem, verzerrtem Gesicht und einer Stimme von einer Lautstärke, die er nach hitlerschem Vorbild trainiert hat. Groß-Rendang oder den Tod!«

»Aber die Großmächte würden das nie zulassen.«

»Mag sein, daß sie ihn nicht unbedingt in Sumatra haben wollen. Aber in Pala – das ist etwas andres.« Er schüttelte den Kopf. »Pala ist leider nirgends gut angeschrieben. Wir wollen weder die Kommunisten noch die Kapitalisten. Am wenigsten aber wollen wir Industrialisierung *en gros*, welche beide Parteien uns so gern aufpelzen möchten – aus verschiedenen Gründen, versteht sich. Der Westen möchte es, weil bei uns die Löhne niedrig sind und die Dividenden der Investierenden dementsprechend hoch wären. Und der Osten möchte es, weil Industrialisierung ein Proletariat schaffen und so neue kommunistische Agitationsgebiete eröffnen würde, was im Lauf der Zeit zur Errichtung einer neuen Volksrepublik führen könnte. Wir sagen nein zu beiden von euch, daher sind wir überall unpopulär. Ungeachtet ihrer Ideologien werden die Großmächte vielleicht ein von Rendang beherrschtes Pala mit Bohrtürmen einem unabhängigen Pala ohne solche vorziehen. Sollte Dipa uns angreifen, werden sie das höchst bedauerlich finden; aber sie werden keinen Finger rühren. Und wenn Oberst Dipa nach seiner Machtübernahme die Ölherren herbeiruft, werden sie entzückt sein.«

»Was könnt ihr gegen Oberst Dipa unternehmen?« fragte Will.

»Ausgenommen passive Resistenz, überhaupt nichts. Wir besitzen weder eine Armee noch mächtige Freunde. Der Oberst besitzt beides. Wenn er uns wirklich zu behelligen anfängt, können wir höchstens an die Vereinten Nationen appellieren. Mittlerweile werden wir anläßlich seines jüngsten Ergusses über ein Groß-Rendang beim Oberst Einspruch erheben. Durch unsern Gesandten in Rendang-Lobo ebenso wie dem großen Mann in Person gegenüber, wenn er heute in zehn Tagen Pala seine Staatsvisite abstattet.«

»Eine Staatsvisite?«

»Anläßlich der Feier zur Großjährigkeitserklärung des jungen Radscha. Oberst Dipa wurde schon längst von uns eingeladen, ließ uns aber nie recht wissen, ob er käme oder nicht. Heute wurde es fest abgemacht. Es wird also ein Gipfeltreffen und gleichzeitig eine Geburtstagsfeier geben. Aber sprechen wir über etwas Lohnenderes. Wie ist's Ihnen heute gegangen, Mr. Farnaby?«

»Nicht nur gut – einfach herrlich. Ich hatte die Ehre eines Besuchs eures regierenden Fürsten.«

»Murugan?«

»Warum haben Sie mir nicht erzählt, er sei euer regierender Fürst?«

Dr. MacPhail lachte. »Sie hätten am Ende ein Interview verlangt.«

»Na, ich hab's nicht getan. Und ebensowenig eins von der Königin-Mutter.«

»Hat denn auch die Rani Sie besucht?«

»Auf Befehl ihrer Kleinen Stimme. Und tatsächlich schickte ihre Kleine Stimme sie an die richtige Adresse. Mein Boß, Joe Aldehyde, ist einer ihrer besten Freunde.«

»Hat sie Ihnen erzählt, daß sie Ihren Boß gern hierherlotsen möchte, um unser Öl auszuwerten?«

»Allerdings, das hat sie mir erzählt.«

»Wir haben sein jüngstes Angebot vor weniger als einem Monat zurückgewiesen. War Ihnen das bekannt?«

Zu seiner Erleichterung konnte Will das ganz wahrheitsgemäß verneinen. Weder Joe Aldehyde noch die Rani hatten ihm von dieser erst kürzlich erfolgten Ablehnung erzählt. »Ich bin in der Pulpeherstellung«, sagte er, etwas weniger wahrheitsgemäß, »und habe nichts mit Petroleum zu tun.« Sie schwiegen beide. »Was ist hier übrigens mein Status?« fragte er schließlich. »Unerwünschter Ausländer?«

»Nun, zum Glück sind Sie kein Waffenhändler.«

»Und auch kein Missionar«, sagte Susila.

»Noch sind Sie an Öl interessiert – obwohl Sie, in diesem Fall, durch Assoziation für schuldig befunden werden könnten.«

»Und soviel wir wissen, sind Sie auch kein Uraniumsucher«, ergänzte Susila.

»Das sind die hochquotierten Unerwünschten«, schloß Dr. MacPhail. »Als Journalist werden Sie etwas niedriger eingestuft. Sie sind natürlich nicht jemand, den nach Pala einzuladen uns im Traum einfallen würde. Aber auch nicht jemand, der gleich wieder abgeschoben werden müßte, wenn er's nun einmal geschafft hat herzukommen.«

»Ich möchte gern hierbleiben, so lange es mir gesetzlich erlaubt ist«, sagte Will.
»Darf ich Sie nach dem Grund fragen?«
Will zögerte. Als Geheimagent und Reporter Joe Aldehydes, mit einer hoffnungslosen Leidenschaft für Literatur, müßte er lange genug hierbleiben, um mit Bahu verhandeln zu können und sich so sein Jahr Freiheit zu verdienen. Aber es gab andre, besser eingestehbare Gründe. »Wenn Sie nichts dagegen haben, daß ich persönlich werde, will ich's Ihnen sagen«, antwortete er.
»Also?« ermunterte ihn Dr. MacPhail.
»Es ist nun einmal so – je öfter ich mit euch allen zusammenbin, desto besser gefallt ihr mir. Ich möchte mehr über euch herausfinden. Und im Lauf dieses Vorgangs«, setzte er mit einem Seitenblick auf Susila hinzu, »könnte ich vielleicht einiges Interessante über mich selbst herausfinden. Wie lange werde ich also bleiben dürfen?«
»Normalerweise würden wir Sie abschieben, sobald Sie reisefähig sind. Aber wenn Sie ernsthaft an Pala interessiert sind, vor allem, wenn Sie ernsthaft an sich selbst interessiert sind – na, da ließe sich das ein wenig ausdehnen. Oder lieber doch nicht? Was meinst du, Susila? Schließlich steht er in Lord Aldehydes Diensten.«
Will war grade daran, noch einmal zu betonen, daß er ja in der Pulpeabteilung tätig sei; doch die Worte blieben ihm in der Kehle stecken, und er schwieg. Die Sekunden vergingen. Dr. MacPhail wiederholte seine Frage.
»Tja«, sagte Susila endlich, »wir würden ein gewisses Risiko eingehn. Aber ... ich persönlich wäre bereit, es auf mich zu nehmen. Habe ich recht?« Sie sah Will fragend an.
»Na, ich glaube, Sie dürfen mir vertrauen. Ich hoffe es wenigstens.« Er lachte, wollte es als Scherz abtun; doch zu seinem Ärger und seiner Verlegenheit fühlte er, wie er errötete. Errötete, weshalb? erkundigte er sich gereizt bei seinem Gewissen. Wenn jemand betrogen wurde, dann Standard of California. Und sobald einmal Dipa hier eingedrungen wäre, was würde es schon ausmachen, wer die Konzession erhielte? Von wem würde es sich lieber auffressen lassen – von einem Wolf oder einem Tiger? Was das Lamm betraf, schien das kaum eine Rolle zu spielen. Joe wäre nicht schlimmer als seine Konkurrenten. Trotzdem, er

wünschte, er hätte sich etwas weniger beeilt, diesen Brief abzuschicken. Und warum, warum hatte dieses gräßliche Weib ihn nicht in Ruhe lassen können?

Durch die Bettdecke hindurch spürte er eine Hand auf seinem heilen Knie. Dr. MacPhail lächelte auf ihn herab.

»Sie können also einen Monat hierbleiben«, sagte er. »Ich übernehme die volle Verantwortung für Sie. Und wir wollen uns bemühen, Ihnen alles zu zeigen.«

»Ich bin Ihnen sehr dankbar.«

»Wenn im Zweifel«, sagte Dr. MacPhail, »handle immer nach der Annahme, daß die Menschen ehrenwerter sind als du guten Grund hast anzunehmen. Diesen Rat gab mir der Alte Radscha, als ich ein junger Mann war.« Und zu Susila gewendet fragte er: »Wie alt warst du, als der Alte Radscha starb?«

»Ich war grade acht geworden.«

»Also kannst du dich recht gut an ihn erinnern.«

Susila lachte. »Könnte man je vergessen, wie er über sich selber sprach? ›Anführung »Ich« (Anführung zu) trinke meinen Tee gern gesüßt.‹ Was für ein liebenswerter Mann.«

»Und welch ein bedeutender Mensch!«

Dr. MacPhail erhob sich, ging zu dem Bücherbord, das zwischen Tür und Schrank stand, und holte aus dem untersten Fach ein dickes rotes Album hervor, dem durch das tropische Klima und die Silberfischchen übel mitgespielt worden war. »Es muß da ein Bild von ihm drin sein«, sagte er, die Seiten umwendend. »Ah, hier ist es.«

Will blickte auf die vergilbte Photographie eines kleinen alten Hindus, mit Brille und in einem Lendenschurz, der grade den Inhalt einer überaus reichverzierten Saucenschüssel über einen kleinen gedrungenen Säulenschaft leerte.

»Was tut er da bloß?« fragte Will.

»Ein phallisches Symbol mit zerlassener Butter salben«, antwortete der Arzt. »Eine Angewohnheit, von der ihn mein guter Vater nie abbringen konnte.«

»Hatte denn Ihr Vater etwas gegen phallische Symbole?«

»Er mißbilligte das Symbol. Für den Phallus selbst empfand er durchaus Sympathie.«

»Warum also nicht auch für das Symbol?«

»Weil er dachte, die Leute sollten ihre Religion sozusagen kuhwarm zu sich nehmen, wenn Sie verstehn, was ich meine. Nicht abgerahmt oder pasteurisiert oder homogenisiert. Vor allem nicht eingedost in irgendeiner theologischen oder liturgischen Konservenbüchse.«

»Und der Radscha hatte wirklich eine Schwäche für Konservenbüchsen?«

»Nicht im allgemeinen. Nur für diese bestimmte. Er empfand immer eine besondere Anhänglichkeit für den Familien-Lingam. Der war aus schwarzem Basalt und mindestens achthundert Jahre alt.«

»Tatsächlich?« sagte Will.

»Den Familien-Lingam zu bebuttern – das war ein Akt der Pietät, der ein wunderschönes Gefühl über eine sublime Idee ausdrückte. Aber selbst die sublimste Idee ist völlig verschieden von dem kosmischen Geheimnis, das es darstellen soll. Und die wunderschönen Gefühle in Verbindung mit der sublimen Idee – was haben sie gemein mit der unmittelbaren Erfahrung des Mysteriums? Nicht das geringste. Unnötig zu sagen, daß der Alte Radscha das alles sehr gut selber wußte. Besser als mein Vater. Er hatte die Milch direkt von der Kuh getrunken, *war selbst* die Milch gewesen. Doch das Bebuttern eines Lingam war eine devotionale Übung, von der er einfach nicht lassen konnte. Und er hätte gar nie dazu gedrängt werden sollen, es aufzugeben. Doch wo es um Symbole ging, war mein Vater Puritaner. Er verbesserte sogar Goethe – ›Alles Vergängliche ist *nicht* ein Gleichnis‹. Sein Ideal war reine experimentelle Wissenschaft an dem einen Ende des Spektrums, und reiner experimenteller Mystizismus am andern. Unmittelbare Erfahrungen auf *jeder* Ebene, und dann klare, rationelle Erläuterungen über diese Erfahrungen. Lingam und Kreuz, Butter und Weihwasser, Sutras, Evangelien, Heiligenbilder, liturgische Gesänge – er hätte sie am liebsten allesamt abgeschafft.«

»Wo wären da die Künste geblieben?« wollte Will wissen.

»Sie wären überhaupt nicht in Erscheinung getreten«, antwortete Dr. MacPhail. »Und der wunde Punkt meines Vaters war eben Dichtung. Er behauptete, daß ihm Dichtung gefalle; sie gefiel ihm aber nicht wirklich. Dichtung um ihrer selbst willen, Dichtung als autonomes Universum, dort außen, in dem Raum zwischen unmittelbarer Erfahrung und den Symbolen der Wis-

senschaft – das war etwas, das über sein Begriffsvermögen ging. Sehn wir einmal, ob wir auch ein Bild von ihm finden können.«
Dr. MacPhail blätterte in dem Album und zeigte dann auf ein zerklüftetes Profil mit buschigen Brauen.
»Ein richtiger Schotte!« urteilte Will.
»Und doch waren seine Mutter und Großmutter aus Pala.«
»Man sieht nicht die leiseste Spur von ihnen.«
»Während man seinen Großvater, der aus Perth stammte, beinahe für einen Mann aus Rajput hätte halten können.«
Will betrachtete das altmodische Bild eines jungen Burschen mit ovalem Gesicht und schwarzen Bartkoteletten, den Ellbogen auf ein marmornes Piedestal gelehnt, auf dem, mit dem Hutrand nach oben, sein überaus hoher Zylinder stand.
»Ihr Urgroßvater?«
»Der erste MacPhail von Pala, Andrew. Geboren 1822 in Edinburgh, wo sein Vater, James MacPhail, eine Seilfabrik besaß. Was angemessen symbolisch war; denn James war ein frommer Calvinist, und da er sich für einen der Auserwählten hielt, empfand er eine tiefe und glühende Genugtuung bei dem Gedanken an alle die Millionen seiner Mitmenschen, die mit der Schlinge der Vorbestimmung um ihren Hals durchs Leben gingen, während der gute Niemands-Opa dort droben die Minuten zählte, den Schemel unter ihnen wegzustoßen.«
Will lachte.
»Ja«, stimmte Dr. MacPhail ihm bei, »heute erscheint es einem recht komisch. Aber damals nicht. Damals war es eine ernste Angelegenheit – viel ernster als für uns die Wasserstoffbombe. Es wurde als Gewißheit angenommen, daß neunundneunzig vom Hundert des Menschengeschlechts zu ewigem Schwefel verdammt waren. Und warum? Entweder weil sie nie von Jesus gehört hatten; oder weil ihr Glaube, Jesus habe sie vom Schwefel erlöst, nicht stark genug war. Und der Beweis dafür lag in der empirischen, beobachtbaren Tatsache, daß sie keinen Seelenfrieden fanden. Vollkommener Glaube bringt seiner Definition nach vollkommenen Seelenfrieden. Aber vollkommener Seelenfriede ist etwas, das beinahe niemand besitzt. Daher besitzt auch niemand vollkommenen Glauben. Daher ist sozusagen jedermann zu ewiger Strafe vorbestimmt. *Quod erat demonstrandum.*«

»Man fragt sich, wieso damals nicht alle den Verstand verloren«, sagte Susila.
»Glücklicherweise glaubten die meisten von ihnen nur mit dem Oberteil ihres Kopfes. Hier.« Dr. MacPhail tippte sich auf die kahle Stelle in der Mitte seines Schädels. »Hier oben waren sie überzeugt davon, es sei ›die Wahrheit‹. Doch ihre Drüsen und Eingeweide wußten es besser – wußten, es sei alles barer Quatsch. Für die meisten war die Wahrheit nur an Sonntagen wahr, und dann nur in einem nicht wörtlich zu nehmenden Sinn. James MacPhail wußte das alles und war fest entschlossen, daß seine eignen Kinder nicht bloße Sonntagsgläubige sein sollten. Sie sollten jedes Wort des frommen Unsinns sogar an Wochentagen, sogar an freien Nachmittagen glauben; und sie sollten mit ihrem ganzen Wesen daran glauben, nicht bloß mit dem Kopf. Vollkommener Glaube und der vollkommene Friede, der mit ihm einhergeht, sollten ihnen aufgezwungen werden. Wie? Indem man ihnen die Hölle hienieden auferlegte und mit der Hölle danach drohte. Und wenn sie, in ihrer teuflischen Unnatur, vollkommenen Glauben und Seelenfrieden ablehnten, male man ihnen eine noch ärgere Hölle auf Erden aus und stelle ihnen noch glühendere Feuer in Aussicht. Und unterdessen belehre man sie, daß gute Werke bloß Schmutzlappen seien vor dem Angesicht Gottes; doch bestrafe man sie grausam für jede Übeltat. Man sage ihnen, daß sie von Natur aus durch und durch verderbt seien und verprügle sie dann für das, was sie unvermeidlich sind.«
Will wandte sich wieder dem Album zu.
»Gibt es ein Bild von Ihrem so bezaubernden Ahnherrn?«
»Wir besaßen ein Ölporträt von ihm«, sagte Dr. MacPhail. »Doch die feuchte Luft hier verdarb die Leinwand, und später setzten sich auch die Silberfischchen darin fest. Er war ein Prachtexemplar seiner Art. Wie ein Bild des Jeremias aus der Hochrenaissance. Sie wissen schon, mit feurigem Blick und einem Prophetenbart, wie er so viele physiognomische Mängel zu verdecken vermag. Das einzige, was übrigblieb, ist eine Zeichnung von seinem Haus.«
Er blätterte noch eine Seite zurück.
»Solider Granit«, fuhr er fort, »alle Fenster vergittert. Und innerhalb dieser anheimelnden kleinen Familien-Bastille, wieviel

systematische Unmenschlichkeit! In Christi Namen, versteht sich, und um der Rechtschaffenheit willen. Andrew MacPhail hinterließ eine unvollendete Autobiographie, daher wissen wir das alles.«

»Hatten die Kinder keinen Beistand an ihrer Mutter?«

Dr. MacPhail schüttelte den Kopf.

»Janet MacPhail war eine Cameron und eine überzeugte, ja vielleicht sogar bessere Calvinistin, als James selber einer war. Als Frau mußte sie eine weitere Strecke zurücklegen, mehr angeboren anständige Regungen überwinden als er. Aber sie überwand sie – auf heroische Weise. Weit davon, ihren Mann zurückzuhalten, feuerte sie ihn an, unterstützte ihn. Es gab Moralpredigten vor dem Frühstück und beim Mittagessen; Katechismus an Sonntagen und Auswendiglernen der Episteln; und jeden Abend, nachdem die Übeltaten des Tages zusammengezählt und eingeschätzt worden waren, methodisches Verprügeln, mit einer fischbeinernen Reitgerte, auf den bloßen Hintern, für alle sechs Kinder, Mädchen wie Knaben, dem Alter nach.«

»Wenn ich so etwas höre, wird mir immer ganz schlecht«, sagte Susila. »Reiner Sadismus.«

»Nein, nicht reiner – angewandter Sadismus«, sagte Dr. MacPhail. »Sadismus mit einem weitern Beweggrund und im Dienst eines Ideals, als Ausdruck einer religiösen Überzeugung. Und das ist ein Thema«, setzte er hinzu, »das jemand einmal zu einer historischen Studie verarbeiten sollte – die Beziehungen zwischen Theologie und körperlicher Züchtigung im Kindesalter. Ich habe da so meine Theorie: wo immer kleine Jungen und Mädchen systematisch verprügelt werden, denken die Opfer als Erwachsene von Gott als ›dem ganz Anderen‹ – ist das nicht der gängige Jargon in eurer Weltgegend? Wogegen bei Kindern, die erziehungsmäßig keiner körperlichen Gewaltanwendung ausgesetzt sind, Gott immanent ist. Die Theologie eines Volks spiegelt sich in der Verfassung der Popos seiner Kinder wider. Denken Sie an die Hebräer – enthusiastische Kinderverprügler. Und das waren auch alle guten Christen in den Zeitaltern der Strenggläubigkeit. Daher Jehova, daher die Erbsünde und der ewig zürnende Gottvater der katholischen und protestantischen Orthodoxie. Wogegen Buddhisten und Hindus bei der Erziehung ihrer Kinder niemals Gewalt anwenden. Keine zerfetzten

Popochen – daher *Tat twam asi,* Das bist du, keine Trennung von Geist und GEIST. Und die Quäker. Sie waren ketzerisch genug, an das ›innere Licht‹ zu glauben, und was geschah? Sie hörten auf, ihre Kinder zu verhauen, und waren die erste christliche Konfession, die gegen die Einrichtung der Sklaverei Einspruch erhob.«

»Aber Kinder zu verhauen, ist heute ganz unmodern geworden«, sagte Will. »Und doch ist es grade jetzt Mode, Reden über Gott als ›den ganz Anderen‹ zu schwingen.«

Dr. MacPhail schob den Einwand beiseite. »Es handelt sich da einfach um eine Reaktion auf eine Aktion. In der zweiten Hälfte des neunzehnten Jahrhunderts war das Ideal freidenkerischer Nächstenliebe bereits so einflußreich geworden, daß selbst fromme Christen ihre Kinder nicht mehr verhauten. Es gab keine Striemen auf den Hintern der jüngern Generation; folglich war für sie Gott nicht mehr ›das ganz Andere‹ und sie erfanden ›Neu-Geist‹, *Unity, Christian Science* – alle jene pseudo-orientalischen Irrlehren, in denen Gott ›das völlig Gleiche‹ ist. Die Bewegung war schon in den Tagen von William James gut im Fluß und hat seither an Stoßkraft gewonnen. Aber eine These ruft stets eine Antithese auf den Plan, und wie es kommen mußte, zeugten diese Irrlehren eine Neo-Orthodoxie. Nieder mit dem ›völlig Gleichen‹ und zurück zum ›ganz Anderen‹. Zurück zum hl. Augustinus, zu Martin Luther – mit einem Wort zurück zu den am ärgsten verprügelten Hintern in der ganzen Geschichte des christlichen Denkens. Lesen Sie die *Bekenntnisse,* lesen Sie die *Tischgespräche.* Augustinus wurde von seinem Schullehrer verprügelt und von seinen Eltern ausgelacht, wenn er sich darüber beklagte. Luther wurde nicht nur von seinen Lehrern und seinem Vater, sondern sogar von seiner liebenden Mutter systematisch verprügelt. Die Narben auf seinem Gesäß sind die Welt teuer zu stehn gekommen. Das Preußentum und das Dritte Reich – ohne Luther und seine Flagellantentheologie hätten diese Ungeheuerlichkeiten niemals geschehn können. Oder nehmen wir die Flagellantentheologie des Augustinus, wie sie bei Calvin ihren logischen Abschluß fand und von Frömmlern wie James MacPhail und Janet Cameron samt und sonders geschluckt wurde. Obersatz: Gott ist ›das ganz Andere‹. Untersatz: der Mensch ist durch und durch verderbt. Schlußfolgerung: Tu mit den Hintern deiner Kinder, was mit dem deinen geschah, was euer Himmlischer Vater mit dem Kollektivhintern der Menschheit seit dem Sündenfall getan hat: verhauen, verhauen, verhauen!«

Will blickte nochmals auf die Zeichnung der granitenen Gestalt in der Seilerbahn und dachte an alle die grotesken, schändlichen Phantasien, welche zum Rang übernatürlicher Wahrheiten erhoben worden waren, an alle die scheußlichen Grausamkeiten, all den in ihrem Namen zugefügten Schmerz, das erlittene Elend. Und war es nicht Augustinus mit seiner »wohlwollenden Härte«, dann eben Robespierre oder Stalin; wenn es nicht Luther war, der die Fürsten dazu aufhetzte, die Bauern zu erschlagen, dann war die Reihe an dem leutseligen Mao, der sie zu Sklaven herabwürdigte.

»Gebt ihr nicht manchmal alle Hoffnung auf?« fragte er.

Dr. MacPhail verneinte mit einem Kopfschütteln. »Wir wissen, daß die Dinge nicht unbedingt so schlimm sein *müssen,* wie sie es tatsächlich immer waren.«

»Wir wissen, sie könnten um vieles besser sein«, setzte Susila hinzu. »Wissen es, weil sie bereits viel besser *sind,* hier und jetzt, auf dieser absurden kleinen Insel.«

»Aber ob wir euch überzeugen können, unserm Beispiel zu folgen, oder ob es uns überhaupt gelingen wird, unsre winzige Oase der Menschlichkeit inmitten eurer weltweiten, von Affen bevölkerten Wüstenei zu bewahren – das ist, leider Gottes, eine andre Frage«, sagte Dr. MacPhail. »Man hat allen Grund, die gegenwärtige Weltlage äußerst pessimistisch zu beurteilen. Aber zu schierer Hoffnungslosigkeit – nein, zu der sehe ich keinen Anlaß.«

»Nicht einmal, wenn Sie sich mit der Geschichte der Menschheit befassen?«

»Nicht einmal dann.«

»Beneidenswert. Wie bringen Sie das fertig?«

»Indem ich mir vergegenwärtige, was Geschichte ist: die Aufzeichnungen dessen, wozu Menschen getrieben wurden – aus Unwissenheit und der ungeheuern Anmaßung heraus, diese ihre Unwissenheit zu einem politischen oder religiösen Dogma zu kanonisieren.« Er blickte wieder auf das Album. »Kommen wir noch einmal zurück zu dem Haus in Edinburgh, zu James und

Janet und den sechs Kindern, welche der Gott Calvins, in seiner unerforschlichen Böswilligkeit, den beiden ausgeliefert hatte. ›Rute und Rüge gibt Weisheit; aber ein zuchtloser Knabe bringt seiner Mutter Schande.‹ Belehrung, verstärkt durch psychologischen Druck und körperliche Folter – die perfekte pavlovsche Versuchsanlage. Aber für organisierte Religionen und politische Diktaturen sind Menschen leider weit weniger verläßliche Versuchtstiere als Hunde. Bei Tom und Mary und Jean wirkte das Konditionieren, wie es wirken sollte. Tom wurde Pfarrer, und Mary heiratete einen Pfarrer und starb prompt im Kindbett. Jean blieb daheim, pflegte ihre krebskranke Mutter ein langes, düsteres Siechtum hindurch und wurde die folgenden zwanzig Jahre langsam aber sicher dem alternden und zuletzt senilen und sabbernden Patriarchen geopfert. So weit, so gut. Aber bei Annie, dem vierten Kind, verschob sich das Schema. Annie war hübsch. Als Achtzehnjährige machte ihr ein Dragonerhauptmann einen Heiratsantrag. Doch der Hauptmann war Anglikaner, und seine Ansichten über totale Verderbtheit und Gottes weisen Ratschluß waren geradezu verbrecherisch unrichtig. Die Heirat wurde untersagt. Es sah aus, als wäre Annie dazu bestimmt, das Schicksal ihrer Schwester zu teilen. Zehn Jahre lang hielt sie durch; dann, mit achtundzwanzig, ließ sie sich von dem zweiten Maat auf einem ostindischen Kauffahrteischiff verführen. Sieben Wochen währte dieses förmlich hektische Glück – das erste, das sie je gekannt hatte. Ihr Gesicht war verklärt von einer Art übernatürlicher Schönheit, ihr Körper glühte vor Leben. Dann lief das Schiff aus, auf eine zwei Jahre währende Reise nach Madras und Macao. Vier Monate später, schwanger, ohne Freunde und völlig verzweifelt, stürzte sie sich in den Tay. Mittlerweile war Alexander, altersmäßig der nächste, von der Schule weggelaufen und hatte sich einer Schauspieltruppe angeschlossen. In dem Haus neben der Seilerbahn durfte von da an sein Name nicht mehr erwähnt werden. Und zuletzt war da Andrew, der Jüngste, der Liebling. Ein richtiger Musterknabe! Er war ein gehorsames Kind, liebte seine Unterrichtsstunden, lernte die Episteln schneller und wortgetreuer auswendig als irgendeins seiner Geschwister. Dann, grade rechtzeitig, um ihren Glauben an menschliche Sündhaftigkeit wiederherzustellen, erwischte ihn seine Mutter eines Abends, wie er an seinen Geschlechtsteilen herumspielte. Er wurde verprügelt, bis das Blut herablief; einige Wochen später wurde er wieder erwischt und wieder verprügelt, zu Einzelhaft bei Wasser und Brot verurteilt; ihm wurde gesagt, daß er sicherlich dic Sünde wider den Heiligen Geist begangen habe und zweifellos dieser Sünde wegen seine Mutter von Krebs befallen worden war. Den Rest seiner Kindheit hindurch wurde er von höllischen Alpträumen verfolgt. Aber auch von Versuchungen und, wenn er ihnen erlag – was er selbstverständlich tat, doch immer in der Intimsphäre der Latrine oder am äußersten Ende des Gartens – von noch schrecklicheren Visionen der Strafen, die ihn erwarteten.«

»Und sich vorzustellen, daß heutzutage Leute sich beklagen, das Leben sei sinnlos«, erläuterte Will. »Wenn man bedenkt, wie das Leben beschaffen war, als es *ja* einen Sinn hatte. ›Eine Mär, erzählt von einem Schwachkopf‹, oder eine Mär, erzählt von einem Calvinisten? Gebt mir den Schwachkopf allezeit.«

»Zugegeben«, sagte Dr. MacPhail. »Aber könnte es nicht eine dritte Möglichkeit geben? Eine Mär, erzählt von jemand, der weder ein Schwachkopf *noch* ein Paranoiker ist?«

»Jemand, der zur Abwechslung völlig normal ist«, warf Susila ein.

»Ja, zur Abwechslung«, wiederholte Dr. MacPhail. »Einer heilsamen Abwechslung. Und zum Glück gab es sogar unter der früheren Ordnung immer eine ganze Anzahl Leute, welche selbst die diabolischste Erziehungsmethode nicht unterkriegen konnte. Nach all den freudschen und pavlovschen Spielregeln hätte mein Urgroßvater sich zu einem geistig Behinderten entwickeln müssen. Tatsächlich wuchs er zu einem geistigen Athleten heran. Was nur zeigt«, setzte er beiläufig hinzu, »wie hoffnungslos unzulänglich eure beiden hochgerühmten Psychologiesysteme in Wirklichkeit sind. Freudismus und Behaviorismus – Pole voneinander entfernt, doch in völliger Übereinstimmung, wenn es um die Fakten eingebauter, kongenitaler Unterschiedlichkeiten zwischen Individuen geht. Wie behandeln eure Lieblingspsychologen diese Fakten? Sehr einfach. Sie ignorieren sie. Sie tun seelenruhig, als seien sie gar nicht vorhanden. Daher ihre gänzliche Unfähigkeit, mit der wirklichen, existentiellen Lage des Menschen zurechtzukommen oder sie zumindest theoretisch zu erläutern.

Überlegen Sie einmal, was in diesem einen speziellen Fall geschah. Andrews Geschwister waren durch Konditionieren entweder gezähmt oder zerstört worden. Andrew wurde weder das eine noch das andre. Wieso? Weil das Rouletterad der Erblichkeit auf einer Glücksnummer stehngeblieben war. Er besaß eine widerstandsfähigere Konstitution als die andern, einen andern Körperbau, eine andre biochemische Zusammensetzung und ein andres Temperament. Seine Eltern taten ihr Schlimmstes, genauso wie sie es mit den übrigen ihrer unseligen Nachkommenschaft getan hatten. Andrew ging mit fliegenden Fahnen, fast ohne eine Narbe daraus hervor.«

»Trotz der Sünde wider den Heiligen Geist?«

»Das wurde er zum Glück los, im ersten Jahr seines Doktorstudiums in Edinburgh. Er war fast noch ein Knabe – grade siebzehn vorbei. (Sie begannen damals frühzeitig.) Im Seziersaal hörte der Junge alle die übertriebenen Zoten und Lästerungen mit an, mit denen seine Studienkameraden sich zwischen den langsam verwesenden Leichnamen bei Laune hielten. Hörte sie zuerst mit Entsetzen und einer ihn elend machenden Furcht mit an, daß Gott nun ganz gewiß Rache nehmen werde. Doch nichts geschah. Die Lästermäuler und Hurer kamen mit einer gelegentlichen Dosis Gonorrhöe davon, weiter nichts. Die Furcht in Andrews Gemüt wich einem wundervollen Gefühl der Erleichterung, der Erlösung. Fast tollkühn begann er seinerseits ein paar ordinäre Witze zu reißen. Solche Wörter das erstemal auszusprechen – welche Befreiung, welch ein wahrhaft religiöses Erlebnis! Und unterdessen las er in seiner Freizeit *Tom Jones;* Humes Essay über Wunder; er las den Atheisten Gibbon. Das Französische, das er in der Schule gelernt hatte, nutzte er, um La Mettrie und Dr. Cabanis zu lesen. Der Mensch sei eine Maschine, das Gehirn sondere Gedanken ab wie die Leber Gallenflüssigkeit. Wie einfach es alles schien, wie einleuchtend klar! Mit dem Feuereifer eines Konvertiten bei einer Erweckungsversammlung entschied er sich für Atheismus. Unter den Umständen nicht weiter verwunderlich. Man verträgt den heiligen Augustinus nicht mehr, ebensowenig wie das ewige Gefasel über die Unsterblichkeit der Seele. Also zieht man die Spülung und schwemmt alles durchs Abflußrohr hinaus. Welche Seligkeit! Aber nicht für lange. Man macht die Entdeckung, daß einem irgend etwas fehlt. Das experimentelle Baby wurde zugleich mit dem theologischen Schmutz und Seifenschaum weggespült. Doch die Natur duldet kein Vakuum. Die Seligkeit macht einem chronischen Unbehagen Platz, und so sieht sich eine Generation nach der andern mit einer Folge von Wesleys, Puseys, Moodies und Billies geschlagen – die alle emsig wie Biber daran arbeiten, die Theologie aus der Senkgrube zurückzupumpen. Sie hoffen natürlich, das Baby wieder zum Vorschein zu bringen. Aber das gelingt ihnen nie und nimmer. Ein Evangelist vermag bloß ein bißchen Spülicht heraufzusaugen, das dann prompt wieder weggeschüttet werden muß. Und so fort, in alle Ewigkeit. Es ist wirklich zu öde, und überdies, wie Andrew MacPhail endlich erkannte, gänzlich unnötig. Nun, damals sehn wir ihn also im ersten Überschwang seiner neuerworbenen Freiheit. Erregt und begeistert – aber erregt auf eine stille Art, begeistert hinter dem Anschein ernster und zuvorkommender Unbeteiligtheit, wie er sich für gewöhnlich der Welt zeigte.«

»Und sein Vater?« fragte Will. »Kam es zu Streitigkeiten mit ihm?«

»O nein. Andrew mochte keine Streitigkeiten. Er war ein Mensch, der immer seine eignen Wege ging, das aber nicht an die große Glocke hängte, sich in keine Erörterungen einließ, wenn ein andrer eine andre Straße vorzog. Der Alte hatte keine Gelegenheit, seine Jeremias-Rolle zu spielen. Andrew verschwieg, daß er Hume und La Mettrie las, und benahm sich nicht anders als sonst. Aber nach Beendigung seiner Studien kehrte er einfach nicht mehr nach Hause zurück. Er ging nach London und ließ sich, als Chirurg und Naturforscher, auf der *Melampus* anheuern, einem für die Südsee bestimmten Schiff, beauftragt, Landkarten zu zeichnen, Vermessungen anzustellen, Spezimen zu sammeln und protestantische Missionare und britische Interessen im allgemeinen zu schützen. Die Fahrt der *Melampus* dauerte volle drei Jahre. Sie liefen Tahiti an, verbrachten zwei Monate auf Samoa und einen Monat in der Marquesas-Inselgruppe. Nach dem heimatlichen Perth erschienen ihm die Inseln wie ein Eden – doch ein Eden, das zwar keinen Calvinismus und Kapitalismus und keine industriellen Slums kannte, aber leider auch keinen Shakespeare und Mozart, keine Wissenschaften und keine Logik. Es war wohl das Paradies, aber es taugte nicht, es taugte nicht. Sie schifften sich wieder ein. Liefen die Fidschi-Inseln, die Karolinen und Salomons-Inseln an. Sie verzeichneten die Nordküste von Neu-Guinea, und in Borneo ging eine kleine Gruppe von ihnen an Land; sie fingen ein schwangeres Orang-Utan-Weibchen in einer Falle und erstiegen den Gipfel des Kinabalu. Darauf folgten eine Woche in Pannoy und vierzehn Tage im Mergui-Archipel. Worauf sie Kurs nach Westen setzten und zu den Andamanen und dann zum indischen Festland fuhren. Dort wurde mein Urgroßvater vom Pferd geworfen und brach sich das rechte Bein. Der Kapitän der *Melampus* suchte sich einen andern Chirurgen und trat die Heimreise an. Zwei Monate später begann Andrew, wieder heil und gesund, als Arzt in Madras zu praktizieren. Ärzte gab es damals nicht allzu viele, dafür aber um so mehr Kranke. Der junge Mann war bald sehr erfolgreich. Doch das Leben unter den Kaufleuten und Angestellten des Amtsbereichs war bedrückend öde. Es war ein Exil, aber eines ohne die Entschädigungen eines solchen, ein Exil ohne Abenteuer oder Fremdartigkeit, ein Verbanntsein, aber bloß zu dem tropischen Äquivalent eines englischen Provinzstädtchens. Und doch widerstand er der Versuchung, sich eine Überfahrt auf dem nächsten heimwärtsfahrenden Schiff zu buchen. Wenn er fünf Jahre durchhielte, hätte er genug Geld, um sich eine gute Praxis in Edinburgh zu kaufen – nein, im Londoner West End. Die Zukunft winkte, rosig und golden. Darin kam auch eine Frau vor, vorzugsweise eine mit rötlichem Haar und von sittsamer Tüchtigkeit. Es kämen vier, fünf Kinder – glückliche, nichtverprügelte, atheistische. Und seine Praxis würde anwachsen, seine Patienten sich aus immer erlauchteren Kreisen zusammensetzen. Reichtum, Berühmtheit, Würde, sogar ein Adelstitel. Sir Andrew MacPhail, der im Belgrave Square aus seinem Brougham stieg. Der große Sir Andrew, Leibarzt Ihrer Majestät der Königin. Der nach St. Petersburg gerufen wurde, um den Großfürsten zu operieren, in die Tuilerien, den Vatikan, zu der Hohen Pforte des Osmanenreichs. Bezaubernde Phantastereien! Aber im Lauf der Zeit erwies sich die Wirklichkeit als noch viel interessanter.

Eines schönen Morgens kam ein dunkelhäutiger Unbekannter in die Ordination. In stockendem Englisch berichtete er über sich. Er kam aus Pala, und ihm war von Seiner Hoheit, dem Radscha, befohlen worden, einen geschickten Chirurgen ausfindig zu machen und mit heimzubringen. Die Belohnung sei fürstlich. *Fürstlich,* betonte er. Stehenden Fußes nahm Andrew die Aufforderung an. Zum Teil, selbstverständlich, des Geldes wegen; vor allem aber weil er sich langweilte, eine Veränderung, einen Hauch von Abenteuer brauchte. Eine Reise nach der ›Verbotenen Insel‹ – die Verlockung war unwiderstehlich.

»Und vergessen Sie nicht«, warf Susila ein, »damals war Pala ein noch viel verbotenerer Boden als heute.«

»Sie können sich also vorstellen, mit welchem Eifer Andrew MacPhail die Gelegenheit ergriff, die ihm da von dem Abgesandten des Radscha geboten wurde. Zehn Tage später ging das Schiff unweit der Nordküste der verbotenen Insel vor Anker. Mit seinem Arzneikasten, seinem Besteck und einem kleinen Blechkoffer, der seine Kleider und einige unentbehrliche Bücher enthielt, wurde er in einem Rennboot durch die ans Ufer klatschende Brandung gerudert, in einem Palankin durch die Straßen von Shivapuram getragen und im Innenhof des königlichen Palasts abgesetzt. Der erlauchte Patient erwartete ihn mit Ungeduld. Ohne Zeit zum Rasieren oder Umkleiden zu haben, wurde Dr. MacPhail diesem vorgeführt – der jammervollen Erscheinung eines kleinen braunen Mannes Anfang der Vierzig, entsetzlich abgezehrt unter den reichen Brokatgewändern, das Gesicht verzerrt und aufgedunsen, so daß es kaum noch menschlich zu sein schien, die Stimme nur mehr ein heiseres Flüstern. Andrew untersuchte ihn. Von der maxillaren Höhlung, wo er seine Wurzeln hatte, breitete sich ein Tumor in alle Richtungen aus. Er war in die Nase eingedrungen, in die rechte Augenhöhle vorgestoßen, hatte die Kehle zur Hälfte verstopft. Das Atmen war erschwert, Schlucken äußerst schmerzhaft und Schlafen eine Unmöglichkeit – denn sobald der Patient einnickte, drohte er zu ersticken und wachte, wild nach Atem ringend, auf. Ohne eine radikale Operation, soviel war klar, wäre der Radscha in ein paar Monaten ein toter Mann. Wurde er jedoch operiert, dann noch viel früher. Damals war die gute alte Zeit, erinnern Sie sich – die gute alte Zeit septischer Operationen, ohne Betäubung mit Chloroform. Selbst unter den günstigsten Umständen ging ein solcher Eingriff für den Patienten in einem von vier Fällen letal aus. Unter ungünstigeren sank die Wahrscheinlichkeitsziffer – auf fünfzig zu fünfzig, dreißig zu siebzig, null zu hundert. Im gegenwärtigen Fall hätte die Prognose kaum schlimmer sein können. Der Patient war bereits geschwächt, und die Operation wäre langwierig und überaus schmerzhaft. Es bestand auch eine gute Chance, daß er noch auf dem Operationstisch sterben würde, und beinahe eine Gewißheit, daß er, wenn er sie überstand, ein paar Tage später an Blutvergiftung zugrunde ginge. Stürbe er aber, so überlegte Andrew, was würde mit einem Chirurgen aus der Fremde geschehen, der einen König umgebracht hatte? Und wer hielte während des Eingriffs den königlichen Patienten auf seinem Lager fest, wenn der sich unter dem Messer wand? Welcher seiner Diener oder Höflinge besäße die Seelenstärke, den Gehorsam zu verweigern, wenn sein Herr in höchster Qual aufschrie oder ausdrücklich befahl, man solle ihn loslassen?

Vielleicht wäre es am klügsten, hier und jetzt einfach zu erklären, es sei ein hoffnungsloser Fall, er könne dem Patienten leider nicht helfen, und zu bitten, man möge ihn sogleich nach Madras zurückbringen. Er blickte noch einmal auf den Kranken. Durch die groteske Maske seines armen entstellten Gesichts sah ihn der Radscha unverwandt an – sah ihn an mit den Augen eines Verurteilten, der den Richter um Gnade anfleht. Ergriffen von diesem flehenden Blick lächelte Andrew ihm zu, und sogleich, während er die abgemagerte Hand tätschelte, kam ihm ein Gedanke. Ein absurder, wahnwitziger, durch und durch schimpflicher Gedanke, und dennoch, dennoch ...

Vor fünf Jahren, erinnerte er sich plötzlich, als er noch in Edinburgh war, erschien ein Artikel in der medizinischen Zeitschrift *The Lancet,* der den berühmten Professor Elliotson brandmarkte, weil er das Verfahren des tierischen Magnetismus empfohlen hatte. Elliotson war so unverfroren gewesen, von schmerzfreien Operationen zu reden, die an Patienten in mesmerischer Trance ausgeführt worden waren.

Der Mann war entweder ein leichtgläubiger Narr oder ein gewissenloser Schuft. Der sogenannte Beweis für einen derartigen Unsinn war offenkundig wertlos. Es war alles barer Schwindel, Quacksalberei, glatter Betrug – und so ging es weiter, sechs Kolonnen selbstgerechter Entrüstung. Damals – noch ganz erfüllt von La Mettrie und Hume und Cabanis – hatte Andrew den Artikel mit glühender orthodoxer Billigung gelesen. Wonach er die bloße Existenz von animalischem Magnetismus vergessen hatte. Hier, am Bett des Radscha, fiel ihm das alles wieder ein – der verrückte Professor, die magnetischen Streichbewegungen, die schmerzlosen Amputationen, der niedrige Sterbequotient, die schnelle Wiederherstellung. Vielleicht war doch etwas an der Sache dran. Er war tief in diese Gedanken versunken, als der Kranke, nach einem langen Schweigen, das Wort an ihn richtete. Er hatte von einem jungen Matrosen, der in Rendang-Lobo von seinem Schiff desertiert war und dem es irgendwie gelang, über die Meerenge herüberzukommen, gelernt, fließend Englisch zu sprechen, wenn auch, in getreulicher Nachahmung seines Lehrmeisters, mit einem starken Cockney-Akzent. Dieser Cockney-Akzent«, wiederholte Dr. Robert MacPhail mit einem kleinen Lachen, »taucht immer wieder in den Memoiren meines Urgroßvaters auf. Für ihn lag etwas unsagbar Unschickliches darin, daß ein König mit einem solchen Akzent sprach. Und in diesem Fall saß die Unschicklichkeit tiefer als im bloß Sozialen. Abgesehn davon, ein König zu sein, war der Radscha auch ein hervorragender Geist und von exquisiter Kultiviertheit; ein Mann nicht nur inbrünstiger religiöser Überzeugungen (jeder Tropf kann inbrünstige religiöse Überzeugungen haben), sondern auch von tiefer religiöser Erfahrung und geistlicher Einsicht. Daß ein solcher Mann sich im Cockney-Dialekt ausdrückte, darüber konnte Andrew nie hinwegkommen. Und trotz taktvoller Lehrmeisterei seitens meines Urgroßvaters konnte er es dem Radscha nicht abgewöhnen, Diphtonge unrein auszusprechen und das Anfangs-H zu unterschlagen. Aber das alles lag in der Zukunft. Bei der ersten tragischen Begegnung der beiden hatte dieser schockierende Akzent der unteren Klassen etwas seltsam Rührendes. Die Handflächen mit einer flehenden Gebärde aufeinanderlegend, flüsterte der Kranke: ›'Elfen Sie mir, Dr. MacPhail, 'elfen Sie mir!‹

Diese Bitte war entscheidend. Ohne weiteres Zögern nahm Andrew die dünnen Hände zwischen die seinen und begann in zuversichtlichstem Ton von einer wunderbaren neuen Behandlungsmethode zu erzählen, die jüngst in Europa entdeckt worden sei und vorerst nur von einer Handvoll eminenter Ärzte angewandt werde. Dann befahl er den Dienern, die sich die ganze Zeit über im Hintergrund gehalten hatten, das Zimmer zu verlassen. Sie verstanden zwar nicht, was er sagte, aber sein Tonfall und seine begleitenden Gebärden waren unmißverständlich. Sie verneigten sich und gingen. Andrew zog die Jacke aus, krempelte sich die Hemdsärmel auf und begann diese berühmten magnetischen Streichbewegungen, über die er damals in *The Lancet* mit solch belustigter Skepsis gelesen hatte. Von der Schädeldecke über das Gesicht und den Oberkörper bis hinunter zum Sonnengeflecht und wieder hinauf, hinunter und wieder hinauf, bis der Patient in Trance verfällt – ›oder‹ (er erinnerte sich an die hämischen Bemerkungen des anonymen Artikelschreibers) ›bis es dem präsidierenden Scharlatan genehm sei, zu erklären, daß der von ihm so Gefoppte nun unter hypnotischem Einfluß stehe.‹ Quacksalberei, Schwindel, Betrug. Und dennoch, dennoch ... Er werkte schweigend. Er führte die Streichbewegungen zwanzig-, fünfzigmal aus. Der Kranke seufzte und schloß die Augen. Sechzig, achtzig, hundert, hundertundzwanzig. Es war drückend heiß. Sein Hemd war schweißnaß. Das Ganze war ein Betrug, ein Schwindel; aber trotz allem war er entschlossen, diesen armen Teufel da in Schlaf zu versetzen, selbst wenn er den ganzen Tag dazu brauchte. ›Sie werden jetzt einschlafen‹, sagte er bei der hundertundelften Streichbewegung. ›Sie werden einschlafen.‹ Der Kranke schien tiefer in die Kissen zu versinken, und plötzlich hörte Andrew ein pfeifendes Röcheln. ›Und diesmal‹, setzte er schnell hinzu, ›brauchen Sie *nicht* nach Atem ringen. Es ist Raum genug da, damit die Luft eindringen kann. Sie werden nicht nach Atem ringen müssen.‹ Der Radscha atmete jetzt ruhiger. Andrew setzte das Streichen noch einige Male fort, und dachte dann, daß er nun ruhig ein wenig rasten könne. Er wischte sich das Gesicht ab, stand auf, reckte die Arme und ging ein paarmal im Zimmer hin und her. Dann setzte er sich wieder neben das Bett, ergriff eine der stäbchendünnen Handgelenke des Kranken und fühlte ihm den Puls. Vor einer Stunde war er gerast, fast hundert Schläge in der Minute; jetzt waren sie auf siebzig gefallen. Er hob den Arm des Patienten hoch; die Hand baumelte schlaff wie die eines Toten. Er ließ ihn los, und der Arm sank durch sein eigenes Gewicht herab und blieb regungslos liegen. ›Eure Hoheit‹, sagte er, und dann nochmals, lauter: ›Eure Hoheit.‹ Keine Antwort. Das Ganze war Quacksalberei, Schwindel und Betrug, aber offenbar wirkte es.«

Eine große bunte Gottesanbeterin flatterte auf die Geländerstange am Fuß des Betts, faltete die rosa und weißen Flügel, hob den schmalen flachen Kopf und reckte die unwahrscheinlich muskulösen Vorderbeine in Gebetshaltung. Dr. MacPhail zog ein Vergrößerungsglas hervor und beugte sich vor, um sie zu beaugenscheinigen.

»Gongylus gongyloides«, erklärte er. »Sie putzt sich heraus, um wie eine Blume auszusehn. Wenn Fliegen und Falter nichtsahnend angeflogen kommen, um ihren Nektar zu schlürfen, werden sie statt dessen von ihr geschlürft. Und wenn's ein Weibchen ist, frißt sie ihre Liebhaber auf.« Er steckte das Glas wieder ein und lehnte sich in den Stuhl zurück. »Das Faszinierende am Universum ist seine ungeheure Unwahrscheinlichkeit«, sagte er zu Will. *»Gongylus gongyloides, Homo sapiens,* die Art, wie mein Urgroßvater nach Pala kam, und Hypnose – was könnte noch unwahrscheinlicher sein?«

»Nichts«, sagte Will. »Ausgenommen vielleicht, wie ich selbst nach Pala kam und Hypnose, Pala auf dem Umweg über einen Schiffbruch und einen Abgrund. Hypnose mit Hilfe eines Monologs über eine englische Kathedrale.«

Susila lachte. »Zum Glück war bei Ihnen nicht dieses ganze magnetische Streichen nötig. In diesem Klima! wirklich, ich bewundere Dr. Andrew MacPhail aufrichtig. Manchmal dauert es drei Stunden, um jemand auf diese Weise zu anästhesieren.«

»Also ist es ihm schließlich gelungen?«

»Glänzend gelungen.«

»Und er hat tatsächlich operiert?«

»Er hat tatsächlich operiert«, sagte Dr. MacPhail. »Aber nicht sogleich. Es brauchte eine lange Vorbereitungszeit. Andrew begann damit, dem Patienten zu sagen, er werde von nun an schlucken können, ohne daß es ihn schmerze. Dann päppelte er ihn drei Wochen lang auf. Und zwischen einer Mahlzeit und der andern versetzte er ihn in Trance, so daß er bis zur nächsten durchschlief. Es ist wunderbar, was der Körper für einen tut, wenn man ihm bloß die Chance gibt. Der Radscha nahm sechs Kilo zu und fühlte sich wie neugeboren. Voll Hoffnung und Zuversicht. Er *wußte,* er werde diese schwere Prüfung durchstehn.

Und auch Andrew wußte es. Indem er die Zuversicht des Radscha stärkte, stärkte er auch die seine. Es war kein blinder Glaube. Er war fest davon überzeugt, daß die Operation gelingen werde. Aber dieses unerschütterliche Vertrauen hinderte ihn nicht, alles zu tun, was zu ihrem Gelingen beitragen könnte. Sehr bald begann er den ganzen Trance-Komplex vorzubereiten. Die Trance, so erzählte er dem Patienten immer wieder, werde von Tag zu Tag tiefer, und am Tag der Operation werde sie tiefer sein als je zuvor, und auch länger andauern. ›Nach der Operation‹, versicherte er dem Radscha, ›werden Sie vier volle Stunden lang schlafen und wenn Sie aufwachen, nicht die geringsten Schmerzen verspüren.‹ Andrew behauptete das alles mit einer Mischung aus totaler Skepsis und vollkommener Zuversicht. Seine Vernunft, seine frühern Erfahrungen versicherten ihm, daß das alles unmöglich wäre. Aber in dem jetzigen Zusammenhang hatten sich seine Erfahrungen als belanglos erwiesen. Das Unmögliche hatte sich bereits ereignet, und zwar öfters. Kein Grund, warum es sich nicht wieder ereignen sollte. Wichtig war, *auszusprechen,* daß es sich ereignen werde – und so sprach er es aus, wieder und wieder. Das war alles schön und gut; aber noch besser war Andrews Einfall, Proben zu veranstalten.«

»Proben? Wovon?«

»Des chirurgischen Eingriffs. Sie ließen den Vorgang ein halbes dutzendmal ablaufen. Die Generalprobe fand am Morgen der Operation statt. Um sechs kam Andrew in das Zimmer des Radscha, und nach einer ermunternden kurzen Plauderei begann er mit den üblichen Streichbewegungen. Einige Minuten später lag der Patient in tiefer Trance. Eins nach dem andern, beschrieb nun Andrew, was er tun werde. Er berührte den Backenknochen neben dem rechten Auge des Radscha und sagte: ›Ich werde jetzt die Haut strecken. Dann werde ich mit diesem Skalpell hier (und er fuhr mit der Spitze eines Bleistifts über die Wange) einen Einschnitt machen. Sie verspüren selbstverständlich keine Schmerzen – nicht einmal das leiseste Unbehagen. Und jetzt werden die darunterliegenden Gewebe durchschnitten, und Sie spüren noch immer nichts. Sie liegen einfach da und schlafen, während ich die Wange gegen die Nase zu seziere. Manchmal halte ich inne, um ein Blutgefäß abzubinden; dann mache ich weiter. Und sobald das getan ist, gehe ich den Tumor selbst an. Er ist mitten in der Mundhöhle verwurzelt und hat sich nach oben ausgebreitet, unterhalb des Backenknochens bis in die Augenhöhle, und hinunter bis in die Speiseröhre. Und während ich ihn herausschneide, liegen Sie da wie zuvor, Sie spüren nichts, fühlen sich wohl, sind vollkommen entspannt. Und jetzt hebe ich Ihren Kopf.‹ Er hob den Kopf des Radscha auf dem schlaffen Hals und bog ihn nach vorn. ›Ich hebe jetzt Ihren Kopf und biege ihn nach vorn, damit Sie das Blut ausspucken können, das Ihnen in Mund und Kehle geflossen ist. Auch in der Luftröhre ist etwas Blut, und Sie husten ein paarmal ganz leicht, um es auszuspucken, aber Sie wachen nicht auf.‹ Der Radscha hüstelte ein paarmal und sank dann, als der Arzt ihn losließ, zurück in die Kissen; er schlief immer noch fest. ›Und Sie bekommen genug Luft, auch wenn ich jetzt, innen in der Speiseröhre, am untern Ende des Tumors operiere.‹ Andrew steckte dem Radscha zwei Finger in den Mund, bis hinein in den Schlund. ›Man muß das Zeug bloß herausschälen, mehr nicht. Kein Grund, warum Sie keine Luft kriegen sollten. Und wenn Sie Blut heraufhusten müssen, tun Sie das im Schlaf. Ja, im Schlaf, in dem tiefen, tiefen Schlaf, in dem Sie liegen.‹

Damit war die Generalprobe zu Ende. Zehn Minuten später, nach nochmaligem kurzen Streichen und der Aufforderung an den Patienten, noch tiefer zu schlafen, begann Andrew zu operieren. Er dehnte die Haut, machte einen Einschnitt, sezierte die Wange und löste den Tumor von seinen Wurzeln in der Mundhöhle. Der Radscha lag vollkommen entspannt da, der Puls ging kräftig und regelmäßig auf fünfundsiebzig; er verspürte keine größern Schmerzen, als er während der Scheinoperation bei der Probe verspürt hatte. Andrew operierte jetzt in der Kehle; es kam zu keinem Erstickungsanfall. Blut floß in die Luftröhre; der Radscha mußte husten, wachte aber nicht auf. Vier Stunden nach dem Eingriff schlief er noch immer; pünktlich auf die Minute öffnete er dann die Augen, lächelte zwischen dem Verband hindurch Andrew zu und fragte in seinem Cockney-Singsang, wann die Operation beginnen solle. Nachdem er etwas zu sich genommen hatte und gewaschen worden war, begann das Streichen von neuem, und er bekam die Weisung, nochmals vier Stunden lang zu schlafen und schnell gesund zu werden. Andrew hielt das so eine ganze Woche lang. Täglich sechzehn Stunden Trance, und acht Wachsein. Der Radscha hatte so gut wie keine Schmerzen, und trotz der durchwegs septischen Umstände, unter denen operiert und der Verband gewechselt wurde, heilten die Wunden, ohne zu vereitern. Andrew traute fast seinen Augen nicht, wenn er sich an die Schrecken erinnerte, die er im Krankenhaus in Edinburgh mitangesehn hatte oder gar die in der Chirurgischen Abteilung in Madras. Und jetzt bot sich ihm noch eine weitere Gelegenheit, sich selbst zu beweisen, was animalischer Magnetismus vermochte. Die älteste Tochter des Radscha war im neunten Monat schwanger. Beeindruckt von dem, was er für ihren Mann getan hatte, sandte die Rani nach Andrew. Als er hinkam, saß sie neben einer zarten, verschreckten Sechzehnjährigen, die grade genug Cockney radebrechen konnte, um ihm zu erzählen, daß sie sterben werde – sie und auch ihr Kindchen. Drei schwarze Vögel hätten das bestätigt, die ihr an drei aufeinanderfolgenden Tagen quer über den Weg geflogen seien. Andrew versuchte nicht, mit ihr zu argumentieren. Er sagte ihr bloß, sie solle sich hinlegen, und begann dann die Streichbewegungen. Zwanzig Minuten später lag das Mädchen in tiefer Trance. In *seiner* Heimat, versicherte ihr Andrew, galten schwarze Vögel als glückbringend – eine Verheißung von Geburt und Freude. Sie werde ihr Kind leicht und schmerzlos zur Welt bringen. Ja, mit ebenso wenigen Schmerzen, wie ihr Vater während seiner Operation verspürt hatte. Sie werde überhaupt nichts spüren, versprach er ihr, überhaupt nichts.

Drei Tage später und nach noch drei, vier Stunden intensiver Hypnose wurde es alles wahr. Als der Radscha vor seinem Abendessen erwachte, fand er seine Frau neben sich am Bett sitzen. ›Wir haben einen Enkel‹, sagte sie, ›und unsrer Tochter geht es gut. Dr. MacPhail meinte, du könntest morgen in ihr Zimmer getragen werden, um den beiden deinen Segen zu geben.‹ Nachdem ein Monat vergangen war, löste der Radscha den Regentschaftsrat auf und nahm die königliche Herrschaft wieder an sich – voll Dankbarkeit für den Mann, der ihm, und auch seiner Tochter (die Rani war davon überzeugt) das Leben gerettet hatte – mit Andrew als seinem Ersten Ratgeber.«

»Also ging er nicht nach Madras zurück?«

»Weder nach Madras noch nach London. Er blieb hier in Pala.«

»Und versuchte, dem Radscha seinen Cockney-Akzent abzugewöhnen?«
»Versuchte, mit besserm Erfolg, das Königreich des Radscha zu verändern.«
»In was?«
»Das ist eine Frage, die er nicht hätte beantworten können. In jener ersten Zeit hatte er keinen Plan – nur eine Reihe von Vorlieben und Abneigungen. Es gab viele Dinge in Pala, die ihm gefielen, und andre, die ihm mißfielen. Es gab Dinge in Europa, die er verabscheute, und andre, die er leidenschaftlich guthieß. Es gab Dinge, welche er auf seinen Reisen gesehn hatte, die ihm vernünftig erschienen, und andre, die ihm Widerwillen einflößten. Die Menschen, begann er zu begreifen, waren zugleich Nutznießer und Opfer ihrer eignen Kultur. Sie bringt sie zum Blühen, läßt sie aber auch schon in der Knospe verdorren und pflanzt ein Krebsgeschwür mitten in die Blütenkrone. Wäre es nicht möglich, auf dieser verbotenen Insel, die Krebsgeschwüre zu vermeiden, das Verdorren zu verringern und die einzelnen Blüten schöner werden zu lassen? Das war die Frage, auf die Andrew und der Radscha, zuerst stillschweigend und dann mit wachsendem Gewahrsein dessen, was sie eigentlich im Sinn hatten, eine Antwort zu finden suchten.«
»Und *fanden* sie eine?«
»Blickt man zurück«, sagte Dr. MacPhail, »so ist man verblüfft von dem, was die beiden durchführten. Der Arzt aus Schottland und der König von Pala, der Atheist gewordene Calvinist und der fromme Mahayana-Buddhist – was für ein ungleiches Paar! Doch eins, das sehr bald enge Freundschaft verband; ein Paar überdies mit einander ergänzenden Temperamenten und Talenten, Philosophien und Wissensbeständen; das eins des andern Mängel ausglich, eins des andern Fähigkeiten anregte und festigte. Der Radscha war ein scharfsinniger und gleichzeitig ein überaus verfeinerter Geist; doch er hatte keine Ahnung davon, was jenseits der Grenzen seiner Insel lag, keine von Physik, von europäischer Technologie und Kunst und Denkungsart. Andrew wiederum hatte, obgleich um nichts weniger intelligent, keine Ahnung von indischer Malerei und Dichtung und Philosophie. Auch keine, wie er allmählich entdeckte, von der Wissenschaft des menschlichen Geists, keine von der Kunst,

zu leben. In den Monaten nach der Operation wurde der eine des andern Schüler, des andern Lehrer. Und das war selbstverständlich erst der Beginn. Sie waren nicht nur private Bürger, welche die eigne Vervollkommnung im Auge hatten. Der Radscha herrschte über eine Million Untertanen, und Andrew war *de facto* sein Premierminister. Vervollkommnung im Privatbereich wurde zu Vervollkommnung im öffentlichen. Wenn König und Arzt sich nun gegenseitig darin belehrten, wie sich das Beste aus beiden Welten zu holen – der orientalischen und der europäischen, der Alten und der Neuen – geschah das, um der Nation zu helfen, ein Gleiches zu tun. Das Beste aus beiden Welten – was sage ich? Das Beste aus *allen* Welten – den Welten, die innerhalb ihrer verschiedenen Kulturen bereits verwirklicht worden waren und, darüber hinaus, den Welten noch unverwirklichter Möglichkeiten. Es war ein ungemein ehrgeiziges Vorhaben, ein undurchführbares; aber es hatte zumindest den Vorzug, daß Dinge in Angriff genommen wurden, an die sich sonst niemand heranwagte – mit Ergebnissen, die manchmal, zum allgemeinen Erstaunen, bewiesen, daß die beiden doch nicht solche Narren waren, wie es schien. Natürlich gelang es ihnen nicht, sich das Beste aus allen Welten zu holen; aber mittels kühner Versuche nahmen sie sich doch das Beste aus viel zahlreicheren Welten, das andere, vorsichtigere und vernünftigere Menschen sich nie hätten einfallen lassen, miteinander zu versöhnen.«

»›Würde der Narr in seiner Narrheit beharren‹«, zitierte Will aus den *Sinnsprüchen der Hölle*, »›er würde weise werden.‹«

»Genau das«, stimmte Dr. MacPhail ihm bei. »Und die äußerste Narrheit von allen ist eben die von Blake beschriebene, die Narrheit, die der Radscha und Andrew damals konzipierten – die ungeheure Narrheit, eine Vermählung zwischen Himmel und Hölle herbeizuführen. Aber wie ungemein lohnend, in einem so ungemein närrischen Unternehmen beharrlich fortzufahren! Mit dem Vorbehalt, freilich, daß man auf kluge Art beharrlich ist. Unkluge Narren erreichen nichts; nur die wissenden und klugen sind es, deren Narrheit sie weise machen und ihnen gute Erfolge einbringen kann. Glücklicherweise waren diese beiden eben kluge Narren. Klug genug, zum Beispiel, ihr närrisches Unterfangen auf eine bescheidene und zugleich wirkungsvolle Weise anzugehn. Sie begannen mit Schmerzstillern. Da die Palanesier

Buddhisten waren, wußten sie, wie sehr Elend vom Geisteszustand des einzelnen abhängt. Wenn man sich anklammert, wenn man süchtet, wenn man seine Persönlichkeit behaupten will, lebt man in einer hausgemachten Hölle. Wenn man sich innerlich loslöst, lebt man in Frieden. ›Ich zeige euch Leiden‹, sagt der Buddha, ›und das Ende des Leidens.‹ Und da kommt nun dieser Arzt mit einer besondern Methode geistigen Sichloslösens daher, die zumindest *einer* Art von Leiden, nämlich körperlichem Schmerz, ein Ende setzen kann. Zusammen mit dem Radscha oder, was die weibliche Bevölkerung betraf, zusammen mit der Rani und ihrer Tochter als Dolmetscherinnen, unterwies Andrew Gruppen von Geburtshelferinnen und Ärzten, Lehrern, Müttern und Kranken in seiner neuentdeckten Kunst. Schmerzlose Geburt – und von dem Augenblick an waren alle Palanesierinnen begeistert auf seiten der Neuerer. Schmerzlose Operationen bei Gallensteinen und Katarakt und Hämorrhoiden – und die Alten und Siechen waren gewonnen. So wurde mit einem Streich die Hälfte der erwachsenen Bevölkerung zu ihren Verbündeten, war ihnen günstig gesinnt oder wenigstens zugänglich, sobald die nächste Reform an der Reihe war.«

»Worauf gingen die beiden nach Schmerzstillern über?«

»Auf Landwirtschaft und Sprache. Sie holten sich einen Mann aus England, um Rothamsted-in-den-Tropen zu gründen, und sie schenkten den Palanesiern eine zweite Sprache. Pala sollte zwar eine verbotene Insel bleiben; denn Andrew war ganz und gar einer Meinung mit dem Radscha, Missionare und Kolonisten und Kaufleute seien viel zu gefährlich, um hier geduldet zu werden. Doch obwohl die fremden Aufwiegler nicht herein dürften, sollte es den Eingeborenen möglich sein, in die Welt hinauszukommen – wenn schon nicht in Person, so zumindest im Geist. Aber ihre Sprache und die veraltete Version des brahmanischen Alphabets waren ein Kerker ohne Fenster. Es gäbe kein Entrinnen für sie, keinen Einblick in die Außenwelt, solange sie nicht Englisch lernten und Lateinschrift lesen könnten. Unter den Höflingen hatte bereits der linguistische Schliff des Radscha eine Mode geschaffen. Damen und Herren schmückten ihre Konversation mit Cockney-Schnipseln aus, und einige von ihnen hatten sich sogar von Ceylon englischsprechende Hauslehrer kommen lassen. Aus einer Mode wurde jetzt eine Methode. Englische Schulen wurden errichtet, und ein Stab bengalischer Drukker mit ihren Pressen und Schriftsätzen in Caslon und Bodoni wurde von Kalkutta eingeführt. Das erste Buch auf englisch, das in Shivapuram erschien, war eine Auswahl aus *Tausend und eine Nacht,* das zweite eine Übersetzung von *Das diamantene Sutra,* bisher nur in Sanskrit und im Manuskript vorhanden. Wer von Sindbad und Marouf lesen wollte und wer sich für die ›Weisheit des andern Ufers‹ interessierte, für den gab es jetzt zwei zwingende Gründe, Englisch zu lernen. Damit begann der langwierige Erziehungsvorgang, der uns endlich zu einem zweisprachigen Volk machte. In der Küche sprechen wir Palanesisch, und auch, wenn wir Witze erzählen, wenn wir über Liebe und Lieben reden. (Übrigens haben wir das reichhaltigste erotische und empfindsame Sprachgut in ganz Südostasien.) Aber sobald es sich um Geschäftliches oder Wissenschaftliches oder um spekulative Philosophie handelt, sprechen wir für gewöhnlich Englisch. Und die meisten von uns ziehen es vor, auf englisch zu schreiben. Jeder Schriftsteller braucht eine Literatur als Bezugssystem; eine Reihe von Vorbildern, mit denen er einverstanden sein oder die er ablehnen kann. Pala besaß gute Bilder und Schnitzwerke, eine prächtige Baukunst, wunderbare Tänze, eine raffinierte, ausdrucksvolle Musik – aber keine wirkliche Literatur, keine nationalen Dichter oder Dramatiker oder Geschichtenerzähler. Bloß Barden, die buddhistische und hinduistische Mythen vortrugen; bloß einen Haufen Mönche, die predigten und metaphysische Haarspalterei betrieben. Indem wir Englisch als unsre Stiefmuttersprache adoptierten, schenkten wir uns eine Literatur mit der ältesten Überlieferung der Welt und sicherlich eine mit der am weitesten verbreiteten Gegenwart. Wir schufen uns so einen Hintergrund, einen geistigen Maßstab, eine Fundgrube zahlreicher Stilarten und Techniken, einen unerschöpflichen Quell der Inspiration. Mit einem Wort, wir schufen für uns die Grundlage, schöpferisch zu sein auf einem Gebiet, auf dem wir nie schöpferisch gewesen waren. Dank dem Radscha und meinem Urgroßvater haben wir jetzt eine anglopalanesische Literatur – in der, möchte ich hinzufügen, Susila hier gegenwärtig eine Leuchte ist.«

»Eine etwas trübe«, verwahrte sie sich.

Dr. MacPhail schloß die Augen und begann, still in sich hineinlächelnd, zu zitieren:

»Als Vollendete, Ihm, dem Vollendeten, bring ich
Mit Buddhas Hand die ungepflückte Blume dar,
das Selbstgespräch des Frosches
Im Lotusblütenblatt, den milchbeschmierten Mund
An meiner prallen Brust und Liebe und – dem wolkenlosen
Himmel gleich, der erst es möglich macht,
Daß dort Gebirge ragen und des Mondes Sichel sinkt –
Die Leere, die der Schoß der Liebe ist,
Die Poesie der Stille.«

Er öffnete wieder die Augen. »Aber nicht nur ›die Poesie der Stille‹«, sagte er. »Auch die der Wissenschaft, der Philosophie, der Theologie. Und jetzt ist's hoch an der Zeit, daß Sie einschlafen.« Er stand auf und ging zur Tür. »Ich werde Ihnen noch ein Glas Fruchtsaft holen.«

NEUNTES KAPITEL

›Patriotismus allein *genügt nicht.* Und auch Wissenschaft und Religion und Kunst und Politik und Nationalökonomie genügen nicht. Und weder Liebe noch Pflichtbewußtsein und Uneigennützigkeit; und auch Kontemplation genügt nicht, und sei sie noch so erhaben. Einzig alle zusammen genügen.‹

»Gib acht!« rief ein Vogel von fern.
Will blickte auf seine Armbanduhr. Fünf vor zwölf. Er klappte die *Bemerkungen* des Alten Radscha zu, langte nach dem Bergstock aus Bambusrohr, der einmal Dugald MacPhail gehört hatte, und machte sich auf den Weg, um seine Verabredung mit Vijaya und Dr. MacPhail einzuhalten. Wenn man die Abkürzung nahm, war die Versuchsstation kaum vierhundert Meter entfernt. Doch es war drückend heiß, und zuerst mußte man zwei Treppen hinaufsteigen. Für jemand mit einem steifen Bein weit genug.

Langsam und mühselig humpelte Will die Windungen des Wegs entlang und begann die Stufen hinaufzusteigen.
Auf dem zweiten Treppenabsatz blieb er stehn, um Atem zu schöpfen und sich die Stirn zu trocknen. Dann ging er weiter, immer dicht an der Mauer entlang, auf dem schmalen Streifen Schatten, bis er zu einer Tafel mit der Aufschrift LABORATORIUM kam.
Die Tür darunter war angelehnt; er stieß sie ganz auf und stand auf der Schwelle eines langgestreckten, hohen Raums mit den üblichen Waschbecken und Arbeitstischen, Glasvitrinen voll von Flaschen und anderm Gerät, den üblichen Gerüchen nach Chemikalien und Mäusen in Käfigen. Zuerst hatte Will den Eindruck, das Zimmer sei leer, aber nein – fast verdeckt von einem Bücherschrank, der im rechten Winkel von der Wand abstand, saß Murugan an einem Tisch, ganz vertieft in die Lektüre eines Buchs. So leise als möglich – denn es machte immer Spaß, sich jemand überraschend zu nähern – ging Will auf ihn zu. Das Surren eines Ventilators übertönte das Geräusch seiner Schritte, und Murugan bemerkte ihn erst, als er schon dicht neben ihm stand. Der Junge fuhr zusammen, schob das Buch hastig in eine Ledermappe und zog einen kleineren Band, der offen danebenlag, in Sehweite heran. Erst dann wandte er dem Eindringling das Gesicht zu.
Will lächelte ihn ermunternd an. »Ich bin's bloß.«
Die trotzige Miene des Jungen glättete sich.
»Ich dachte, es sei . . .«
»Sie dachten, es sei jemand, der Sie ausschelten würde, weil Sie nicht das taten, was Sie hätten tun sollen – stimmt's?«
Murugan grinste über das ganze Gesicht und nickte mit dem lokkigen Kopf.
»Wo sind alle andern?«
»Draußen auf den Feldern – Bäume beschneiden oder bestäuben oder sonstwas.« Es klang geringschätzig.
»Aha, wenn die Katzen aus dem Haus sind, tanzt die Maus. Was studierten Sie denn gar so eifrig?«
Mit unschuldiger Naivität hielt Murugan das Buch hoch. *»Elementare Ökologie.«*
»Das sehe ich«, sagte Will. »Aber ich meinte: worin *lasen* Sie, als ich hereinkam?«

»Ach, das.« Murugan zuckte die Achseln. »Das würde Sie nicht interessieren.«
»Mich interessiert alles, was ein andrer zu verbergen trachtet«, versicherte ihm Will. »War es etwas Pornographisches?«
Murugan gab sein Schauspielern auf und sah ehrlich gekränkt drein. »Für wen halten Sie mich?«
Will wollte grade »für einen normalen jungen Mann« antworten, hielt sich aber zurück. In den Ohren von Oberst Dipas hübschem jungen Freund mochte das wie eine Beleidigung oder versteckte Anspielung klingen. So verneigte er sich bloß mit zuvorkommendem Spott.
»Ich bitte Eure Majestät um Vergebung«, sagte er. »Aber ich bin immer noch neugierig«, setzte er im Plauderton hinzu. »Darf ich?« Er legte die Hand auf die dicke Ledermappe.
Murugan zögerte erst und lachte dann etwas gezwungen. »Bitte.«
»Was für ein Wälzer!« Will zog den schweren Band heraus und deponierte ihn auf dem Tisch. »Sears, Roebuck & Co., *Frühjahrs- und Sommer-Katalog*«, sagte er nach einem Blick auf das Titelblatt.
»Bloß der vom Vorjahr«, meinte Murugan in entschuldigendem Ton. »Aber ich glaube nicht, daß sich seither viel geändert hat.«
»Da irren Sie«, belehrte ihn Will. »Würde die Mode sich nicht von Saison zu Saison von Grund auf ändern, weshalb dann Neues kaufen, bevor das Alte ausgedient hat? Da verstehn Sie die Grundprinzipien der heutigen Konsumgesellschaft nicht.« Er schlug den Katalog irgendwo auf. »›Kuschelige Katzenkörbchen mit kessen Kissen!‹« Blätterte weiter und fand Bild und Beschreibung eines ›butterweichen Büstenhalters in Goldgelb und Giftgrün‹. Wandte die Seite um, und hier, *memento mori*, war zu sehen, was die BH-Trägerin sich zwanzig Jahre später kaufen würde: ›Straffsitzende Schalen mit versteiftem Stützkorsett für erschlaffte Bauchmuskeln‹.
»Es wird erst gegen Ende des Katalogs interessant«, sagte Murugan. »Er hat dreitausendachtundfünfzig Seiten«, setzte er beiläufig hinzu. »Stellen Sie sich nur vor!«
Will überschlug die nächsten siebenhundertfünfzig. »Ah, das ist schon besser«, sagte er. »Unsre berühmten 22-Revolver und Repetierpistolen.« Und hier, einige Seiten weiter, die Fiberglas-

boote, die Innenbordmotoren mit hoher Schubkraft, der 12-PS-Außenbord, für lumpige 234.95 Dollar zu haben – und der Benzintank mit inbegriffen. »Ein außerordentlich großzügiges Angebot!«

Aber Murugan war offensichtlich kein Seemann. Er ergriff den Katalog und überblätterte ungeduldig mehrere Seiten.

»Sehn Sie sich nur diesen Motorroller im italienischen Stil an!« Und während Will sich den ansah, las Murugan ab: »›Dieser rasante Renner schafft bis zu 180 Kilometer mit fünf Litern Benzin.‹ Stellen Sie sich das vor!« Sein sonst so mürrisches Gesicht glühte vor Begeisterung. »Und sogar auf diesem 14,5-PS-Motorrad schaffen Sie bis zu hundert Kilometer mit fünf Litern. Und garantiert wird für hundertzwanzig Kilometer die Stunde – *garantiert!*«

»Außerordentlich«, sagte Will. Dann fragte er: »Hat jemand in Amerika Ihnen dieses prächtige Buch geschickt?«

Murugan verneinte mit einem Kopfschütteln. »Ich bekam es von Oberst Dipa.«

»Oberst Dipa?« Von einem Hadrian an seinen Antinous, fürwahr ein seltsames Geschenk! Will blickte nochmals auf die Abbildung des Motorrads und dann wieder auf Murugans glühende Wangen. Und begriff die Absicht des Obersten. *Die Schlange versuchte mich, daß ich aß.* Der Baum in der Mitte des Gartens war genannt der »Baum der Konsumgüter«, und für die Bewohner eines jeden unterentwickelten Eden hatte der Geschmack des winzigsten Stückchens seiner Früchte, ja, schon allein der Anblick seiner dreitausendachtundfünfzig Blätter die Macht, ihnen die schmähliche Erkenntnis zu vermitteln, daß sie, in industrieller Hinsicht, splitternackt waren. Dem künftigen Radscha von Pala wurde deutlich vor Augen geführt, daß er eigentlich nicht mehr war als der unbehoste Herrscher über einen Stamm von Wilden.

»Sie sollten eine Million dieser Kataloge einführen«, sagte Will, »und sie – gratis, versteht sich, ebenso wie Verhütungsmittel – an alle Ihre Untertanen verteilen.«

»Wozu?«

»Um ihren Appetit auf Besitz anzureizen. Dann werden sie anfangen, nach Fortschritt zu zetern – Bohrtürme, Rüstungen, Joe Aldehyde, sowjetische Techniker.«

Murugan runzelte die Stirn. »Das würde nichts nützen.«
»Sie meinen, sie würden sich nicht in Versuchung führen lassen? Nicht einmal von rasanten Rennern und butterweichen BHs Aber das ist unglaublich!«
»Es mag unglaublich klingen«, sagte Murugan bitter, »aber es ist so. Hier interessiert man sich einfach nicht für derlei.«
»Nicht einmal die Jugend?«
»Ich würde sagen: vor allem nicht die Jugend.«
Will spitzte die Ohren. Diese Interesselosigkeit war äußerst interessant. »Können Sie den Grund erraten?« fragte er.
»Ich brauche ihn nicht zu erraten«, erwiderte der Junge. »Ich weiß ihn.« Und als wäre ihm plötzlich eingefallen, seine Mutter zu parodieren, begann er in einem Ton gerechter Empörung, der mit seinem Alter und seiner Erscheinung lächerlich kontrastierte: »Vor allem beschäftigen sie sich viel zuviel mit ...« Er zögerte, dann wurde das verpönte Wort angeekelt hervorgezischt: »mit *Sex.*«
»Aber jeder beschäftigt sich damit. Was niemand davon abhält, mit rasanten Motorrollern herumzuhuren.«
»Hier bei uns ist Sex etwas anderes«, beharrte Murugan.
»Weil ihr das Yoga der Liebe betreibt?« fragte Will und erinnerte sich an das verzückte Gesicht der kleinen Krankenschwester.
Der Junge nickte. »Sie haben etwas, das sie glauben macht, sie seien vollkommen glücklich, und sie wollen nichts andres.«
»Was für ein beseligender Zustand!«
»Daran ist nichts Beseligendes«, sagte Murugan in aufbrausendem Ton. »Es ist bloß albern und widerlich. Kein Wunsch nach Fortschritt, nichts als Sex, Sex, Sex. Und dazu kommt natürlich diese gräßliche Droge, die sie alle nehmen.«
»Droge?« wiederholte Will verwundert. Eine Droge an einem Ort, von dem Susila behauptet hatte, es gebe keine Süchtigen? »Was für eine Droge?«
»Sie wird aus Giftpilzen gewonnen. *Giftpilzen!*« Die Worte wirkten wie eine karikierte Karikatur der Rani, als er sie im vibrierenden Ton zutiefst verletzter Spiritualität aussprach.
»Diese wunderhübschen roten Pilze mit den weißen Tupfen, auf denen die Gnomen immer zu sitzen pflegten?«
»Nein, diese hier sind gelb. Früher gingen die Leute in die Ber-

ge, um sie einzusammeln. Heute werden die Dinger in eigenen Fungusbeeten auf der Höhenstation kultiviert. Wissenschaftlich gezogene Drogen. Hübsch, nicht wahr?«

Eine Tür schlug zu, und den Korridor entlang war das Geräusch sich nähernder Stimmen und Schritte zu hören. Sogleich ergriff der entrüstete Geist der Rani die Flucht, und aus Murugan wurde wieder der schuldbewußte Schuljunge, der seine Missetaten zu verheimlichen suchte. Im Nu lag die *Elementare Ökologie* wieder auf dem Platz, wo Sears Roebuck gelegen hatte, und die verdächtig geschwellte Aktenmappe unter dem Tisch. Gleich darauf kam Vijaya, mit nacktem Oberkörper und glänzend wie geölte Bronze vom Schweiß seiner Arbeit in der Mittagssonne, mit großen Schritten ins Zimmer. Hinter ihm Dr. MacPhail. Mit der Miene eines Musterschülers, der von Eindringlingen aus der frivolen Außenwelt mitten in seinem Studium unterbrochen wird, sah Murugan auf. Belustigt schlüpfte Will sogleich in die ihm zugeteilte Rolle.

»Ich war's, der zu früh kam«, wehrte er Vijayas Entschuldigungen, weil sie sich verspätet hätten, ab. »So daß unser junger Freund hier nicht sehr weit kam mit seinem Studium. Wir haben geredet und geredet.«

»Worüber?« fragte Dr. MacPhail.

»Alles – Kohlköpfe, Könige, Motorroller, schlaffe Bauchmuskeln. Und als ihr hereinkamt, waren wir grade bei Giftpilzen angelangt. Murugan erzählte mir von den *funghi*, die hier als Ausgangsstoff für eine Droge verwendet werden.«

»Was ist ein Name?« sagte Dr. MacPhail lachend. »Antwort: so gut wie alles. Da Murugan das Pech hatte, in Europa aufzuwachsen, nennt er es eine Droge und empfindet dabei die ganze reflexbedingte Mißbilligung, die das üble Wort hervorruft. Wir, im Gegenteil, benennen es mit guten Namen – die *moksha*-Medizin, die Wirklichkeits-Enthüllerin, die ›Pille der Wahrheit und Schönheit‹. Und wissen, durch unmittelbare Erfahrung, daß sie diese guten Namen verdient. Wogegen unser junger Freund hier sie nicht kennt, aber auch nicht dazu zu bewegen ist, sie einmal auszuprobieren. Für ihn ist und bleibt sie eine Droge, und eine Droge ist etwas, dem sozusagen kein anständiger Mensch frönt.«

»Was hat Seine Hoheit dazu zu bemerken?« fragte Will.

Murugan schüttelte den Kopf. »Das einzige, was sie einem gibt, ist ein Haufen von Illusionen«, brummelte er vor sich hin. »Warum sollte ich mich der Mühe unterziehn, mich lächerlich zu machen?«

»Wahrhaftig, warum?« sagte Vijaya mit gutgelauntem Spott. »Da du dich doch, sogar im Normalzustand, nie von jemand zum Narren halten läßt oder dir jemals Illusionen über etwas machst.«

»Das hab ich nicht gesagt«, verwahrte sich Murugan. »Ich meine bloß, daß mich nach keinem eurer falschen *samadhi* verlangt.«

»Wie kannst du wissen, daß die falsch sind? fragte Dr. MacPhail.

»Weil das, um was es wirklich geht, einem erst nach Jahren und Jahren der Meditation und *tapas* zuteil wird, und ... na, ihr wißt schon – bei Enthaltsamkeit mit Frauen.«

»Murugan«, erklärte Vijaya, zu Will gewandt, »ist ein Puritaner. Er ist entsetzt darüber, daß selbst blutjunge Anfänger – ja selbst Jungen und Mädchen, die miteinander schlafen – sobald sie vierhundert Milligramm der *moksha*-Medizin im Leib haben, einen Blick von der Welt erhaschen können, wie sie jemand erscheint, der von seiner Knechtschaft an das Ego befreit ist.«

»Aber es ist nicht *wirklich*«, beharrte Murugan.

»Nicht wirklich!« sprach Dr. MacPhail ihm nach. »Du könntest ebensogut sagen, die Erfahrung, sich wohlzufühlen, sei nicht wirklich.«

»Sie weichen dem wahren Sachverhalt aus«, entgegnete Will. »Eine Erfahrung kann wirklich sein in Beziehung zu etwas, was innerhalb des eignen Schädels vor sich geht, aber völlig belanglos zu etwas außerhalb dessen.«

»Allerdings«, gab Dr. MacPhail zu.

»Wissen Sie, was innerhalb Ihres Schädels vor sich geht, wenn Sie eine Dosis von dem Pilz zu sich genommen haben?«

»Wir wissen ein wenig darüber.«

»Und bemühen uns ständig, mehr darüber herauszufinden«, setzte Vijaya hinzu.

»Um ein Beispiel zu nennen«, sagte Dr. MacPhail. »Wir haben entdeckt, daß diejenigen, deren EEG, wenn sie entspannt sind, keine Alphawellen-Aktivität zeigt, auf die *moksha*-Medizin höchstwahrscheinlich nur wenig bedeutsam reagieren werden. So daß wir für etwa fünf Prozent der Bevölkerung andre Zugangswege zur Befreiung finden müssen.«

»Und auch über das neurologische Korrelat dieser Erfahrungen sind wir uns noch nicht ganz klar«, sagte Vijaya. »Was geht während einer Vision im Gehirn vor? Und was geht vor beim Übergang von einem pre-mystischen zu einem echt mystischen Geisteszustand?«

»Wissen Sie's?« fragte Will.

»›Wissen‹ ist ein großes Wort. Sagen wir lieber, wir können darüber einige annehmbare Vermutungen anstellen. Engel und Neue Jerusalems und Madonnen und Künftige Buddhas – sie alle stehn in Beziehung zu einer ungewöhnlichen Stimulierung der primären Projektionsfelder – jenes Teils der Hirnrinde etwa, der visuelle Eindrücke vermittelt. Genau wodurch die *moksha*-Medizin diese besondern Reize hervorruft, haben wir noch nicht herausgefunden. Wichtig ist, daß sie sie überhaupt hervorruft. Und irgendwie beeinflußt sie auch die untätigen Partien des Gehirns, diejenigen Partien, die keinen spezifischen Anteil am Wahrnehmen oder Bewegen oder Empfinden haben.«

»Und wie reagieren die untätigen Partien des Gehirns?« wollte Will wissen.

»Beginnen wir mit dem, womit sie *nicht* reagieren. Sie reagieren nicht mit Visionen oder Gehöreindrücken, nicht mit Telepathie oder Hellsehen oder irgendwelchen andern parapsychologischen Phänomenen. Nicht die Spur von dem ganzen amüsanten pre-mystischen Zeug. Sie reagieren mit der vollentfalteten mystischen Erfahrung. Sie wissen sicher, was ich meine, Mr. Farnaby – Einer in allem und Alles in einem. Die Grunderfahrung mit allen Zutaten – grenzenloses Mitgefühl, abgründiges Mysterium und ebensolche Bedeutsamkeit.«

»Und nicht zu vergessen, Freude«, sagte Dr. MacPhail, »unaussprechliche Freude.«

»Und der ganze Kram befindet sich innerhalb des eigenen Schädels«, sagte Will. »Streng privat. Keine Beziehung zu irgendeinem äußeren Faktum, ausgenommen einen Giftpilz.«

»Es ist nicht wirklich«, fiel Murugan ein. »Genau das wollte ich sagen.«

»Sie nehmen an«, sagte Dr. MacPhail zu Will, »daß das Gehirn

Bewußtsein produziert. Ich nehme an, daß es Bewußtsein übermittelt. Und meine Erklärung ist nicht weiter hergeholt als die Ihre. Wie in aller Welt vermag eine Reihe von Geschehnissen, die einer bestimmten Ordnung angehören, als eine Reihe von Geschehnissen erlebt zu werden, die einer gänzlich davon verschiedenen und nicht mit ihr vergleichbaren Ordnung angehören? Niemand hat die leiseste Ahnung davon. Man nimmt es eben hin und stellt Vermutungen darüber an. Und die eine Vermutung ist, in philosophischer Hinsicht, ungefähr so gut wie die andre. Sie sagen, daß die *moksha*-Medizin in den untätigen Partien des Gehirns etwas bewirkt, was in ihnen eine Reihe subjektiver Geschehnisse produziert, denen der Name ›mystische Erfahrung‹ gegeben wurde. Ich sage, daß die *moksha*-Medizin etwas in den untätigen Partien des Gehirns bewirkt, das eine Art neurologischer Schleuse öffnet, und so eine größere Menge von GEIST in den eigenen Geist einzudringen vermag. Weder Sie noch ich können die Gültigkeit unsrer Hypothese beweisen. Und selbst wenn Sie beweisen könnten, daß ich unrecht habe – würde das irgendeinen Unterschied machen?«

»Ich sollte meinen, es würde den ganzen Unterschied machen«, sagte Will.

»Lieben Sie Musik?« fragte Dr. MacPhail unvermittelt.

»Mehr als so ziemlich alles andere.«

»Und worauf, wenn ich fragen darf, bezieht sich Mozarts G-Moll-Quintett? Auf Allah? Auf Tao? Oder auf die Zweite Person der Dreifaltigkeit? Oder das Atman-Brahman?«

Will lachte. »Hoffentlich weder noch.«

»Aber das macht die Erfahrung des G-Moll-Quintetts nicht weniger lohnend. Nun, so ist es auch mit der Art von Erfahrung, die einem durch die *moksha*-Medizin zukommt oder durch Gebete und Fasten und spirituelle Übungen. Selbst wenn es sich nicht auf etwas außerhalb seiner selbst bezieht, bleibt es immer noch das Bedeutungsvollste, das man je erlebt hat. Es ist wie das Anhören von Musik, nur in unvergleichlich größerem Maßstab. Und wenn Sie diese Erfahrung aufgeschlossen erleben, wenn Sie bereit sind, mit ihr mitzugehn, sind die Ergebnisse unvergleichlich heilsamer und verklärender. Mag sein, daß das Ganze sich innerhalb des eignen Schädels abspielt. Mag sein, daß es wirklich eine durchaus private Angelegenheit ist und es keine

vereinigende Erkenntnis von irgend etwas anderm als der eignen Physiologie gibt. Was tut's? Faktum ist, daß diese Erfahrung einem die Augen öffnen, einen glückselig machen und das ganze Leben für einen verwandeln kann.« Sie schwiegen eine Weile. Dann sagte er, zu Murugan gewandt: »Ich werde dir etwas erzählen. Etwas, worüber ich zu niemand sprechen wollte. Jetzt aber habe ich das Gefühl, daß es vielleicht meine Pflicht ist, dem Thron, Pala und seiner ganzen Bevölkerung gegenüber – daß ich dir unbedingt von dieser meiner sehr privaten Erfahrung erzähle. Vielleicht wirst du dich dann deinem Land und seinen Bräuchen gegenüber ein wenig verständnisvoller zeigen.« Er schwieg einen Augenblick und fuhr dann in ruhig sachlichem Ton fort: »Du kennst meine Frau?«
Murugan nickte, das Gesicht immer noch abgewendet. »Es hat mir leid getan zu hören, daß sie krank ist.«
»Es ist nur noch eine Sache von Tagen«, sagte Dr. MacPhail. »Aber ihr Geist ist immer noch völlig klar, sie ist sich dessen, was mit ihr geschieht, durchaus bewußt. Gestern fragte sie mich, ob wir zusammen die *moksha*-Medizin nehmen könnten. Wir nahmen Sie«, setzte er beiläufig hinzu, »die letzten siebenunddreißig Jahre ein- bis zweimal im Jahr – seit wir uns entschlossen hatten, zu heiraten. Und nun noch einmal – ein letztes, allerletztes Mal. Es bestand eine gewisse Gefahr, eine mögliche Schädigung der Leber. Aber wir entschieden, es würde sich lohnen, die auf uns zu nehmen. Und wie sich zeigte, hatten wir recht. Die *moksha*-Medizin – die Droge, wie du sie nennst – hat ihr kaum geschadet. Was einzig geschah, war eine Umwandlung ihres Geistes.«
Er schwieg, und Will wurde sich plötzlich bewußt, daß irgendwo eingesperrte Ratten quiekten und scharrten, hörte durch das offene Fenster das Durcheinander tropischen Lebens und von ferne den Ruf eines Myna. »Hier und jetzt, Jungs. Hier und jetzt.«
»Du bist wie dieser Myna«, sagte Dr. MacPhail endlich. »Bist angelernt worden, Worte zu wiederholen, die du nicht verstehst und deren Begründung du nicht kennst. *Es ist nicht wirklich. Es ist nicht wirklich.* Aber wenn du erlebt hättest, was Lakshmi und ich gestern erlebten, wüßtest du's besser. Du wüßtest, daß es viel wirklicher war als das, was du Wirklichkeit nennst. Wirklicher als was du in diesem Augenblick denkst und fühlst. Wirk-

licher als die Welt vor deinen Augen. Aber du bist angelernt worden, es als *nicht wirklich* zu bezeichnen. *Nicht wirklich, nicht wirklich.*« Dr. MacPhail legte dem Jungen die Hand liebevoll auf die Schulter. »Man hat dir gesagt, wir seien eine Gruppe von Drogensüchtigen, die in Illusionen und falschen *samadhi* schwelgen. Höre, Murugan – vergiß alle die bösen Worte, die in dich hineingepumpt worden sind. Vergiß sie wenigstens, bis du einen einzigen Versuch mit der *moksha*-Medizin gemacht hast. Nimm vierhundert Milligramm von ihr ein und finde selber heraus, was sie bewirken kann, was sie über dein eigenes Wesen auszusagen vermag und über diese seltsame Welt, in der du leben mußt, lernen mußt und schließlich sterben mußt. Ja, sogar du wirst eines Tages sterben müssen – vielleicht in fünfzig Jahren, vielleicht schon morgen. Aber es wird geschehn, und ein Tor, wer sich nicht darauf vorbereitet.« Er wandte sich an Will. »Wollen Sie mitkommen, während wir uns abduschen und ankleiden?«

Ohne eine Antwort abzuwarten, ging er durch die Tür, die in den mittleren Korridor des langgestreckten Gebäudes führte. Will griff nach seinem Rohrstock und ging mit Vijaya ihm nach. »Glauben Sie, daß das einen Eindruck auf Murugan machte?« fragte er, als die Tür sich hinter ihnen geschlossen hatte.

Vijaya zuckte die Achseln. »Ich bezweifle es.«

»Seine Mutter und seine Leidenschaft für moderne Kraftfahrzeuge«, sagte Will, »machen ihn vermutlich unzugänglich für was immer ihr auch zu ihm sagt. Sie hätten hören sollen, wie er über das Thema Motorroller loslegte!«

»Wir haben ihn gehört«, sagte Dr. MacPhail, der vor einer blauen Tür auf sie beide wartete. »Oft und oft. Wenn er großjährig ist, werden Motorroller zu einer politischen Kernfrage werden.«

Vijaya lachte. »Mein oder nicht mein, das ist hier die Frage.«

»Und es ist nicht nur hier in Pala die Frage«, setzte Dr. MacPhail hinzu. »Ein jedes unterentwickelte Land muß sie auf die eine oder andre Weise beantworten.«

»Und die Antwort bleibt sich stets gleich«, sagte Will. »Wo immer ich war – und ich war beinahe überall – entschieden sie sich fürs Besitzen. Allesamt.«

»Ausnahmslos«, stimmte Vijaya ihm bei. »Dahinzupreschen

um des Preschens willen, und zum Teufel mit allen Betrachtungen über Erfüllung, Selbsterkenntnis, Befreiung. Von der gewöhnlichen Wald- und Wiesengesundheit und vom Glücklichsein ganz zu schweigen.«

»Wogegen wir uns hier immer dafür entschieden haben«, sagte Dr. MacPhail, »unsere Nationalökonomie und Technologie dem Menschen anzupassen – nicht unser Volk der Ökonomie und Technologie anderer. Wir importieren, was wir nicht selber erzeugen können; aber wir erzeugen und importieren nur, was wir uns leisten können. Und was wir uns leisten können, ist nicht nur durch unsre Reserven an Pfunden und D-Mark und Dollar begrenzt, sondern auch und vor allem – *vor allem*«, wiederholte er nachdrücklich, »durch unsern Wunsch, glücklich zu sein, unser Bestreben, erfüllte Menschen zu werden. Motorroller, so haben wir nach gründlicher Überlegung entschieden, gehören zu den – sehr zahlreichen – Dingen, die wir uns einfach nicht leisten können. Und das ist etwas, was der gute Murugan, auch wenn es ihm schwerfällt, wird lernen müssen – da er es nicht auf die leichte Art lernen will.«

»Welches ist die leichte Art?«

»Erziehung und Wirklichkeits-Enthüller. Für Murugan gab es weder das eine noch das andre. Oder vielmehr, für ihn gab es das Gegenteil von beidem. In Europa erhielt er die falsche Art von Erziehung – schweizer Gouvernanten, englische Hauslehrer, amerikanische Filme, Allerwelts-Reklame – und die Wirklichkeit wurde für ihn vernebelt von der Spiritualitätsmarke seiner Mutter. Also ist es weiter kein Wunder, wenn er nach Motorrollern schmachtet.«

»Aber seine Untertanen, will mir scheinen, tun das nicht.«

»Weshalb sollten sie? Sie haben von Kindheit an gelernt, sich ganz der Welt bewußt zu sein und diese ihre Bewußtheit zu genießen. Und überdies wurde ihnen die Welt und sie selber und die andern Menschen im Stadium der Erleuchtung und des Verklärtseins durch Wirklichkeits-Enthüller gezeigt. Was ihnen selbstverständlich zu intensiverem Gewahrsein und verständnisvollerem Genießen verhilft, so daß sie die gewöhnlichsten Dinge, die nichtigsten Geschehnisse als Juwelen und Wunder sehn. Juwelen und Wunder«, wiederholte er nachdrücklich. »Also weshalb sollten wir zu Motorrollern oder Whisky oder Fernse-

hen oder Billy Graham oder irgendwelchen andern von euern Zerstreuungen und Ersatzmitteln greifen?«
»›Einzig alle zusammen genügen‹«, zitierte Will. »Jetzt verstehe ich, was der Alte Radscha meinte. Man kann nur dann ein guter Volkswirtschaftler sein, wenn man zugleich auch ein guter Psychologe ist. Oder ein guter Ingenieur, wenn man zugleich auch ein guter Metaphysiker ist.«
»Und vergessen Sie nicht die andern Wissenschaften«, sagte Dr. MacPhail. »Pharmakologie, Soziologie oder gar Reine und Angewandte Autologie, Neurotheologie, Metachemie, Mykomystizismus – und die Wissenschaft des Endgültigen«, setzte er hinzu, in Gedanken an Lakshmi den Blick abwendend, »diejenige Wissenschaft, in der wir früher oder später alle geprüft werden – Thanatologie, die Lehre vom Tod.« Er verstummte und sagte dann in verändertem Ton: »Also gehn wir uns jetzt waschen«, öffnete die blaue Tür und ging voraus in einen langen Ankleideraum mit einer Reihe von Duschen und Waschbecken an dem einen Ende und Ladenkästen und einem großen Hängeschrank an der gegenüberliegenden Wand.
Will setzte sich, und während die beiden andern sich einseiften, ging das Gespräch weiter.
»Wäre es einem Fremden, auch wenn er falsch erzogen wurde, erlaubt«, fragte er, »einen Versuch mit der ›Pille der Wahrheit und Schönheit‹ zu machen?«
Als Antwort kam eine Gegenfrage. »Ist Ihre Leber in guter Verfassung?« erkundigte sich Dr. MacPhail.
»Sogar in ausgezeichneter.«
»Und Sie scheinen mir bloß ein leichter Fall von Schizophrenie zu sein. Also sehe ich keine Konterindikationen.«
»Dann kann ich also den Versuch machen?«
»Wann immer Sie wollen.«
Er betrat die zunächstliegende Duschkabine und drehte den Wasserhahn auf. Vijaya tat ein gleiches.
»Seid ihr nicht sozusagen Intellektuelle?« fragte Will, als die beiden Männer heraustraten und sich abtrockneten.
»Wir sind geistige Arbeiter«, antwortete Vijaya.
»Warum dann alle diese gräßliche ehrliche Schinderei?«
»Aus einem sehr einfachen Grund: diesen Vormittag hatte ich etwas Zeit«, erklärte Vijaya.

»Und ich ebenfalls«, sagte Dr. MacPhail.
»Also seid ihr auf die Felder hinaus und habt eine Nummer à la Tolstoi vollführt.«
Vijaya lachte. »Sie scheinen sich einzubilden, wir tun das aus ethischen Gründen.«
»Tut ihr das nicht?«
»Sicher nicht. Ich betätige meine Muskeln, weil ich welche habe; wenn ich sie nicht benütze, werde ich ein schlechtgelaunter Sitzsüchtiger werden.«
»Mit so gut wie nichts zwischen Hirnrinde und Gesäß«, sagte Dr. MacPhail. »Oder vielmehr mit allem, was dazugehört – doch in einem Zustand völliger Unbewußtheit und toxischen Stagnierens. Ihr Intellektuelle des Westens seid alle Sitzsüchtige. Daher sind die meisten von euch so abstoßend ungesund. Früher mußte sogar ein Herzog viel zu Fuß gehn, sogar ein Geldverleiher, sogar ein Metaphysiker. Und wenn sie nicht ihre Beine gebrauchten, trabten sie zu Pferd einher. Wogegen ihr heutzutage, vom Boß bis zum Bürofräulein, vom positivistischen Logiker bis zum positiven Denker neun Zehntel eurer Zeit auf Schaumgummi versitzt. Schwabbelsitze für Schwabbelgesäße – daheim, im Amt, im Auto und im Café, im Flugzeug, in Bahn und Bus. Keiner rührt sich vom Fleck, erkämpft sich die Ferne oder die Höhe – er läßt sich vom Lift, vom Jet, vom Car befördern – Schaumgummi und Schwabbelsitze in alle Ewigkeit. Die Lebenskraft, die früher einmal ein Ventil durch angespannte Muskeln finden konnte, wird in die Eingeweide und das Nervensystem zurückgedämmt und zerstört so allmählich beides.«
»Daher macht ihr euch ans Bücken und Buddeln als eine Art Therapie?«
»Eine vorbeugende – um Therapie auszuschalten. Hier in Pala verbringt selbst ein Professor, selbst ein Regierungsbeamter zumeist zwei Stunden im Tag mit ›Bücken und Buddeln‹.«
»Als ein Teil seiner Pflichten?«
»Und seiner Freuden.«
Will schnitt ein Gesicht. »Die wären, weiß Gott, nicht die meinen.«
»Das kommt nur daher, daß Sie nicht gelernt haben, Ihren Geist-Körper auf die richtige Art zu gebrauchen«, erklärte Vijaya. »Hätte man Ihnen gezeigt, wie man Dinge mit einem

Mindestmaß an Kraft und einem Höchstmaß an Gewahrsein verrichtet, Sie würden sogar an ehrlicher Schinderei Gefallen finden.«

»Ich nehme an, alle Kinder hier erhalten so ein Training.«

»Vom ersten Augenblick an, wo sie für sich selber sorgen können. Zum Beispiel, wie verhält man sich am zweckmäßigsten, wenn man seine Kleider zuknöpft?« Und Vijaya begann sich das Hemd, in das er geschlüpft war, zuzuknöpfen. »Wir beantworten diese Frage, indem wir Kopf und Körper der Kinder in die dafür physiologisch vorteilhafteste Haltung bringen. Und gleichzeitig spornen wir sie dazu an, aufzupassen, was sie dabei empfinden; darauf zu achten, worin der Vorgang, sich die Knöpfe zuzumachen, in Begriffen von Berühren und Drücken und Muskelgefühlen besteht. Sind die Kinder einmal vierzehn, haben sie gelernt, das Höchstmaß – objektiv und subjektiv gesprochen – aus irgendeiner unternommenen Tätigkeit herauszuholen. Und das ist der Zeitpunkt, wo wir sie körperliche Arbeiten ausführen lassen. Neunzig Minuten täglich bei irgendeiner manuellen Beschäftigung.«

»Zurück zum guten alten Kinderfrondienst!«

»Oder vielmehr, vorwärts und weg vom schlechten neuzeitlichen Kindermüßiggang«, sagte Dr. MacPhail. »Ihr erlaubt euern Vierzehn- und Fünfzehnjährigen nicht zu arbeiten; also müssen sie irgend etwas anstellen, um sich auszutoben, oder alles unterdrücken, bis sie endlich zahme Sitzsüchtige geworden sind. Aber jetzt«, fügte er hinzu, »sollten wir uns auf den Weg machen. Ich gehe voraus.«

Im Laboratorium verschloß Murugan, als sie wieder eintraten, grade seine Aktenmappe vor etwaigen Späherblicken. »Ich bin bereit«, sagte er und folgte ihnen, die dreitausendachtundfünfzig Seiten des Neuesten Testaments unterm Arm, hinaus in den Sonnenschein. Gleich darauf fuhren die vier, in einen alten Jeep gezwängt, wieder an der Koppel mit dem weißen Stier vorbei, an dem Lotusteich und dem riesigen steinernen Buddha und durch das Tor des Stationskomplexes hinaus auf die Landstraße. »Tut mir leid, daß wir Ihnen kein bequemeres Fahrzeug bieten können«, sagte Vijaya, während sie ratternd dahinholperten.

Will tätschelte Murugan das Knie. »Das ist der Mann, bei dem

Sie sich entschuldigen sollten«, sagte er. »Er, dessen Seele nach einem Jaguar oder Thunderbird lechzt.«
»Das ist ein Lechzen«, sagte Dr. MacPhail von seinem Rücksitz aus, »das leider ungestillt bleiben wird.«
Murugan blieb stumm, lächelte aber das geheime, geringschätzige Lächeln eines Menschen, der es besser weiß.
»Wir können kein Spielzeug importieren«, fuhr Dr. MacPhail fort. »Nur lebensnotwendige Dinge.«
»Wie etwa?«
»Sie werden gleich sehn.« Sie bogen um eine Kehre, und unter ihnen lagen die Strohdächer und von Bäumen beschatteten Gärten eines weitläufigen Dorfs. Vijaya fuhr näher an den Straßenrand und stellte den Motor ab. »Sie sehn Neu-Rothamsted vor sich«, sagte er. »Alias Madalia. Reis, Gemüse, Geflügel, Obst. Und noch zwei Töpfereien und eine Möbelfabrik. Daher die Hochspannungsleitung.« Er schwenkte die Hand in die Richtung der langen Reihe von Masten, die sich den terrassierten Hang hinter dem Dorf hinaufzogen, jenseits der Kuppe verschwanden und in der Ferne wieder auftauchten; vom nächstliegenden Talgrund dann zu dem grünen Gürtel gebirgigen Dschungels dahinter und den dunstigen Gipfeln darüber anstiegen. »Das gehört zu den unentbehrlichen Importen – Elektrizitätsanlagen. Und sobald einmal die Wasserfälle nutzbar gemacht und die Hochspannungsmasten montiert sind, kommt etwas andres sehr Wichtiges an die Reihe.« Er wies mit dem Finger auf einen hohen fensterlosen Zementblock, der unter all den Holzhäusern besonders ins Auge fiel.
»Was ist es?« fragte Will. »Ein Brennofen?«
»Nein, die Brennöfen liegen auf der andern Seite des Dorfs. Das hier ist die Kommunal-Kühlanlage.«
»Früher«, erklärte Dr. MacPhail, »verdarben uns meist die Hälfte aller Produkte. Jetzt so gut wie nichts. Was wir pflanzen, gehört uns, nicht der bakteriellen Umwelt.«
»Also habt ihr jetzt genug zu essen.«
»Mehr als genug. Wir sind besser ernährt als irgendein andres Land in Asien, und haben sogar noch einen Überschuß für den Export. Lenin pflegte zu sagen, Elektrizität plus Sozialismus sei gleich Kommunismus. Unsre Gleichungen sind davon recht verschieden. Elektrizität minus Schwerindustrie plus Geburten-

beschränkung ist gleich Demokratie und Fülle. Elektrizität plus Schwerindustrie minus Geburtenbeschränkung ist gleich Elend, Totalitarismus und Krieg.«

»Übrigens«, fragte Will, »wem gehört das alles? Seid ihr Kapitalisten oder staatliche Sozialisten?«

»Weder noch. Im großen und ganzen sind wir genossenschaftlich organisiert. Landwirtschaft in Pala war immer eine Sache von Terrassieren und Bewässern. Aber beides verlangt nach gemeinsamen Anstrengungen und freundschaftlichen Übereinkommen. Halsabschneiderischer Wettbewerb verträgt sich schlecht mit dem Anbau von Reis in Gebirgsgegenden. Unsrer Bevölkerung fiel es nicht schwer, von gegenseitigen Hilfeleistungen in einer Dorfgemeinschaft zu rationellen Methoden von Kauf und Verkauf überzugehn, ebensowenig wie sich in den Gewinn zu teilen und die Finanzierung zu übernehmen.«

»Also sogar Finanzierung basiert bei euch auf allgemeiner Kooperation?«

Dr. MacPhail nickte. »Bei uns gibt's keine dieser blutsaugerischen Wucherer, wie man sie im ganzen ländlichen Hinterindien antrifft. Und auch keine kommerziellen Banken wie bei euch. Unser Leih- und Borgsystem hatte die Kreditvereine zum Vorbild, die Wilhelm Raiffeisen vor mehr als einem Jahrhundert in Deutschland gründete. Dr. Andrew MacPhail bewog den Radscha, einen von den jungen Leuten der Raiffeisenkasse hierher einzuladen, um ein gemeinschaftliches Bankwesen zu organisieren. Es ist immer noch gut im Schuß.«

»Und was für Geld ist in Umlauf?« fragte Will.

Der Arzt fuhr mit der Hand in die Hosentasche und hielt Will ein Häufchen Münzen hin – silberne, goldene, kupferne.

»In bescheidenem Maß ist Pala ein Gold produzierendes Land«, erklärte er. »Wir gewinnen genug davon, um unserm Notengeld eine solide Metalldeckung zu geben. Und das Gold ergänzt unsern Warenexport. Wir können kostspielige Anlagen wie Hochspannungsmasten und Generatoren auf der Stelle bar bezahlen.«

»Ihr scheint ja eure Wirtschaftsprobleme recht erfolgreich gelöst zu haben.«

»Das war gar kein solches Kunststück. Vor allem einmal erlaubten wir uns nicht, mehr Kinder in die Welt zu setzen, als wir ernähren und kleiden und ihnen ein Heim bieten konnten, um sie zu so etwas wie erfüllten Menschen aufzuziehn. Da es bei uns keine Übervölkerung gibt, haben wir von allem reichlich. Und trotzdem widerstanden wir der Versuchung, welcher der Westen erlegen ist: übermäßiger Konsum. Wir machen uns nicht für Coronarthrombosen anfällig, indem wir sechsmal soviel gesättigte Fettsäuren in uns hineinschlingen als nötig. Oder hypnotisieren uns in den Glauben hinein, daß wir mit zwei Fernsehern glücklicher sind als mit einem. Und schließlich verbrauchen wir nicht ein Viertel unsrer Gesamterzeugnisse, um den Dritten Weltkrieg vorzubereiten, ja nicht einmal seinen Kleinen Bruder, den x-ten Lokalkrieg. Rüstungen, allgemeine Verschuldung und veraltete Wirtschaftsplanung – darauf beruht der Wohlstand des Westens. Wenn Krieg, Verschleiß und Geldverleiher abgeschafft würden, wäre das euer Untergang. Und während ihr zuviel verbraucht, versinkt die übrige Welt immer tiefer in Elend. Unwissenheit, Militarismus und, als schlimmstes, Fortpflanzung. Keine Hoffnung, die wirtschaftlichen Probleme zu lösen, solange dieses eine nicht unter Kontrolle gebracht wird. Mit ansteigender Bevölkerung sinkt der Wohlstand.« Er zog die absteigende Kurve mit dem ausgestreckten Finger nach. »Und bei sinkendem Wohlstand« (sein Zeigefinger bewegte sich wieder aufwärts) »steigen Unzufriedenheit und Aufsässigkeit, politische Rücksichtslosigkeit und die Vorherrschaft einer einzigen Partei, Nationalismus und Streitlust an. Noch zehn bis fünfzehn Jahre uneingeschränkter Fortpflanzung, und auf der ganzen Welt, von China bis Peru über Afrika und den Mittleren Osten, wird es von Großen Führern wimmeln, die sich alle der Unterdrückung der Freiheit geweiht haben, alle bis an die Zähne von Rußland oder Amerika oder von beiden zugleich bewaffnet sind. Und alle werden sie Fahnen schwenken, alle nach Lebensraum zetern.«

»Und Pala?« fragte Will. »Werdet auch ihr im Lauf von zehn Jahren mit einem Großen Führer beglückt sein?«

»Nicht, wenn wir's verhindern können«, antwortete Dr. MacPhail. »Wir haben immer getan, was wir konnten, um das Emporkommen eines solchen zu erschweren.«

Aus dem Augenwinkel beobachtete Will, wie Murugan eine entrüstete Grimasse schnitt. Antinous sah sich selbst offenbar als einen carlyleschen Helden. Will wandte sich wieder an Dr. MacPhail.

»Erzählen Sie mir, wie Sie das zuwegebringen«, sagte er.

»Nun, zuerst einmal führen wir keine Kriege oder bereiten welche vor. Daher brauchen wir weder eine allgemeine Wehrpflicht noch militärische Rangordnungen noch ein Oberkommando. Zweitens ist es bei unserm Wirtschaftssystem keinem möglich, mehr als, sagen wir, vier- bis fünfmal reicher zu werden als der Durchschnitt. Also gibt es bei uns weder Industriekapitäne noch allmächtige Finanzgrößen. Und schon gar keine allmächtigen Politiker oder Bürokraten. Pala besteht aus einer Föderation sich selbst verwaltender Einheiten, geographischer, beruflicher, ökonomischer – daher ist ein weites Feld da für Initiative in kleinem Rahmen und demokratische Führung, aber kein Platz für einen Diktator an der Spitze einer zentralisierten Regierung. Und noch eines: wir haben keine Staatskirche. Unsre Religion stellt unmittelbare Erfahrung in den Vordergrund und findet den Glauben an nicht überprüfbare Dogmen und die Gemütsbewegungen, welche ein solcher Glaube auslöst, bedauerlich. Daher bleiben wir einerseits von den Plagen des Pfaffentums verschont und andrerseits von fundamentalistischer Erweckung. Und wir legen zugleich Wert auf metaphysische Erfahrung und die systematische Heranbildung von Skeptikern. Wir warnen die Kinder davor, Worte allzu ernst zu nehmen, unterweisen sie darin, genau zu überprüfen, was sie hören oder lesen – das bildet einen integralen Teil unsres Schul- und Lehrplans. Ergebnis: ein zungenfertiger Pöbelaufputscher wie Hitler oder unser Nachbar über der Meerenge drüben hätten hier in Pala einfach keine Chance.«

Das ging Murugan zu weit. »Aber seht ihr denn nicht, was für Energien Oberst Dipa in seinem Volk erzeugt?« platzte er heraus. »Alle diese Hingabe und Selbstaufopferung! So etwas gibt's bei uns nicht.«

»Gott sei Dank«, sagten Dr. MacPhail und Vijaya wie aus einem Mund.

»Aber das alles ist etwas Positives«, verwahrte sich der Junge. »Ich bewundere es.«

»Ich bewundere es auch«, sagte Dr. MacPhail. »Bewundere es, wie ich einen Taifun bewundere. Leider aber lassen sich solche

Hingabe und Selbstaufopferung mit Freiheit oder erst gar mit Vernunft und menschlicher Anständigkeit so gut wie nie vereinen. Doch grade das sind die Dinge, um die sich Pala seit den Zeiten deines Namensvetters, Murugan des Reformators, bemüht.«

Vijaya zog unter seinem Sitz eine Blechdose hervor, öffnete sie und verteilte die erste Runde Käse- und Avocadosandwiches. »Wir werden im Fahren essen müssen.« Er ließ den Motor an und lenkte, in der einen Hand das Sandwich, mit der andern den Jeep schwungvoll auf die Fahrbahn hinaus. »Morgen werde ich Ihnen die Sehenswürdigkeiten des Ortes zeigen und den noch viel bemerkenswerteren Anblick meiner Familie beim Mittagessen. Heute haben wir eine Verabredung in den Bergen.«

Unweit der Einfahrt ins Dorf bog er in eine Nebenstraße ein, die steil zwischen terrassierten Reis- und Gemüsefeldern hinaufführte; dazwischen lagen Obstgärten und junge Baumschulen. Rohmaterial für die Papiermühlen von Shivapuram.

»Wie viele Zeitungen gibt es in Pala?« erkundigte sich Will und erfuhr zu seiner Verwunderung, es gebe nur eine einzige.

»Wer besitzt das Monopol? Die Regierung? Die Partei an der Macht? Der hiesige Joe Aldehyde?«

»Niemand besitzt ein Monopol«, versicherte ihm Dr. MacPhail. »Es gibt einen Ausschuß von Herausgebern, die ein halbes Dutzend verschiedener Parteien und Interessen vertreten. Jeder von ihnen erhält ein ihm zugeteiltes Spatium für Kommentare und Kritiken. Der Leser kann ihre Argumente gegeneinander abwägen und sich so eine eigne Meinung bilden. Ich erinnere mich, wie entsetzt ich war, als ich das erstemal eine Ausgabe von einem eurer Massenblätter las. Die Voreingenommenheit der Schlagzeilen, die einseitigen Berichte, die Slogans an Stelle von Argumenten! Nirgends ein ernsthafter Appell an die Vernunft des Lesers. Nur ein systematisches Bestreben, den Hirnen der Wähler bedingte Reflexe einzupflanzen – und was es da sonst noch gab an Verbrechen, Ehescheidungen und Klatsch – was immer, nur um sie vom Denken abzuhalten.«

Sie fuhren weiter bergauf und hatten nun einen Grat zwischen zwei senkrecht abfallenden Hängen erreicht; links von ihnen, in einer Schlucht, lag ein mit Bäumen umsäumter See, und rechts ein weites Tal, wo zwischen zwei von Bäumen beschatteten Dör-

fern sich eine riesige Fabrikanlage wie ein Exempel reiner Geometrie vor ihnen ausbreitete.
»Zement?« fragte Will.
Dr. MacPhail nickte. »Eine der unentbehrlichen Industrien. Wir erzeugen soviel, wie wir brauchen, und noch einen Überschuß für den Export.«
»Und diese Dörfer dort liefern die Arbeitskräfte?«
»In den Pausen zwischen Landwirtschaft, Forstarbeit und dem Sägewerk.«
»Macht ihr gute Erfahrungen mit diesem Halbzeitsystem?«
»Das hängt davon ab, was Sie unter ›gut‹ verstehn. Es lassen sich keine Höchstleistungen erzielen. Aber in Pala sind Höchstleistungen kein Kategorischer Imperativ wie bei euch. Ihr denkt zuallererst an ein Maximum an Arbeitsertrag innerhalb eines Minimums an Zeit. Wir denken zuerst an die Menschen und ihre Zufriedenheit. Das Wechseln von einer Beschäftigung zur andern schafft gewiß nicht den höchsten Arbeitsertrag in der kürzesten Zeit. Aber die meisten tun das lieber, als einer einzigen Beschäftigung ihr ganzes Leben lang nachzugehn. Wenn es zwischen mechanischer Tüchtigkeit und zufriedenen Menschen wählen heißt, wählen wir Zufriedenheit.«
»Mit zwanzig Jahren«, warf Vijaya ein, »war ich vier Monate in dem Zementwerk dort beschäftigt – und danach zehn Wochen bei der Herstellung von Superphosphaten. Dann arbeitete ich sechs Monate im Dschungel, als Holzfäller.«
»Im Schweiße Ihres Angesichts!«
»Und ich«, sagte Dr. MacPhail, »machte vor zwanzig Jahren mein Pensum bei den Kupferschmelzöfen. Nachher bekam ich auf einem Fischkutter einen Geschmack von der See. Das ist eben ein Teil unsrer allgemeinen Erziehung – sich in den verschiedensten Tätigkeiten zu versuchen. Die Jugend lernt da, sich ungemein viele Begriffe zu machen – über alles mögliche, Handfertigkeiten und Organisation, über Leute und ihre Denkweisen.«
Will schüttelte den Kopf. »Ich würde mir das alles doch lieber anlesen.«
»Aber was Sie sich anlesen, ist nie das Wahre. Im Grund«, setzte Dr. MacPhail hinzu, »seid ihr alle noch immer Platoniker. Betet das Wort an und verabscheut den Stoff!«

»Sagen Sie das den geistlichen Herren«, meinte Will. »Die werfen uns immerzu vor, wir seien krasse Materialisten.«

»Krasse, gewiß«, stimmte ihm Dr. MacPhail bei, »aber kraß eben deswegen, weil ihr solche unzulängliche Materialisten seid. Abstrakter Materialismus – zu dem bekennt ihr euch. Wir hingegen wollen auf eine konkrete Weise materialistisch sein – auf den wortlosen Ebenen der Sinneswahrnehmungen, angespannter Muskeln und schmutziger Hände. Abstrakter Materialismus ist ebenso schlimm wie abstrakter Idealismus, er macht alle unmittelbare spirituelle Erfahrung beinahe unmöglich. Sich als konkrete Materialisten in den verschiedensten Tätigkeiten zu versuchen, ist der erste, unbedingt erforderliche Schritt in unsrer Erziehung zu konkreter Spiritualität.«

»Aber selbst der konkreteste Materialismus«, schränkte Vijaya ein, »wird einen nicht viel weiterbringen, wenn man sich nicht voll bewußt ist, was man tut und erfährt. Man muß sich der einzelnen Materialien, die einem durch die Hände gehn, völlig gewahr sein, der Handfertigkeiten, die man ausübt, der Menschen, mit denen man zusammenarbeitet.«

»Sehr richtig«, sagte Dr. MacPhail. »Ich hätte es deutlich machen sollen, daß konkreter Materialismus bloß der Rohstoff eines erfüllten Menschenlebens ist. Erst durch Gewahrsein, völliges und immerwährendes Gewahrsein verwandeln wir ihn in konkreten Spiritualismus. Sei dessen, was du tust, völlig gewahr, und Arbeit wird zum Yoga der Arbeit, Spiel zum Yoga des Spiels, das tägliche Leben zum Yoga des täglichen Lebens.«

Will dachte an Ranga und die kleine Krankenschwester. »Und Liebe?«

Dr. MacPhail nickte. »Auch die. Gewahrsein verklärt sie, macht Lieben zum Yoga des Liebens.«

»Psycho-physische Mittel zu einem transzendentalen Ende«, sagte Vijaya mit erhobener Stimme, um das schrille Knirschen des ersten Gangs zu übertönen, in den er grade geschaltet hatte, »vor allem darum geht es bei den verschiedenen Arten von Yoga. Aber die sind auch noch etwas andres: Hilfsmittel, um dem Problem der Macht – und der Herrschsucht – beizukommen.« Er schaltete auf einen leiseren Gang und sprach mit normaler Tonstärke weiter. »Diesem Problem begegnet man auf jeder Organisationsstufe – angefangen von nationalen Regierungen bis hinab zu Kindergärten und Hochzeitsreisenden. Denn es geht nicht nur darum, den Großen Führern ihr Treiben zu erschweren. Da gibt es noch alle die Tausende von Kleinkaliber-Unterdrückern und Drangsalierern, alle die stummen und so gar nicht glorreichen Hitler, die Liliput-Napoleone, die Calvins und Torquemada am häuslichen Herd. Und erst alle die Schurken und Bullen, die blöde genug sind, sich als Verbrecher stempeln zu lassen. Wie zügelt man den ungeheuern Drang nach Macht aller dieser Menschen, damit er sich auf eine nützliche Weise entlädt – oder wie verhindert man wenigstens, daß er Schaden anrichtet?«

»Das möchte ich gern von *euch* hören«, sagte Will. »Womit beginnt ihr also?«

»Wir beginnen überall zugleich«, antwortete Vijaya. »Aber das läßt sich nur eins nach dem andern erklären. Dr. MacPhail, erzählen Sie Mr. Farnaby doch, wie Sie die Sache auf biochemische Weise angehn!«

»Das Ganze begann vor etwa vierzig Jahren«, sagte Dr. MacPhail, »während meines Studiums in London. Mit Besuchen von Gefängnissen zum Wochenende und der Lektüre von Geschichtswerken, wann immer ich einen freien Abend hatte. Geschichte und Gefängnisse«, betonte er langsam. »Ich entdeckte, daß sie in enger Beziehung zueinander standen. Die Aufzeichnungen der Verbrechen, Tollheiten und Mißgeschicke der Menschheit (das stammt von Gibbon, nicht wahr?) und der Ort, wo erfolglose Verbrechen und Tollheiten mit einer besondern Sorte von Mißgeschick heimgesucht werden. Bei der Lektüre meiner Bücher und im Gespräch mit meinen Galgenvögeln begann ich mir Fragen zu stellen. Welche Menschen werden zu gemeingefährlichen Verbrechern – die großen Kriminellen der Geschichtsbücher oder die kleinen von Pentonville oder Wormwood Scrubbs? Welche Menschen unterliegen ihrem Trieb zur Macht, ihrer Sucht, andre zu unterdrücken und zu dominieren? Und die Skrupellosen, die genau wissen, was sie wollen, die nie etwas bereuen, die Ungeheuer, die Schmerz verursachen und töten, einfach weil es ihnen Spaß macht – wer *sind* sie? Ich besprach das alles oft mit den Sachverständigen – Ärzten, Psychologen, Sozialwissenschaftlern, Lehrern. Die galtonsche Vererbungsregel war unmodern geworden, und die Mehrzahl meiner Sachverständigen versicherte mir, die einzig gültigen Antworten auf diese Fragen lägen in den Bereichen der Kultur und Nationalökonomie und im trauten Heim. Es gehe darum, inwieweit eine Mutter ihrem Sprößling die Grundregeln der Körperhygiene beibringe oder nicht – es gehe um frühzeitiges Konditionieren und eine traumatische Umwelt. Ich war nur halb überzeugt. Die Grundregeln der Körperhygiene und der ganze Quatsch über ›Umwelt‹ – die waren gewiß wichtig. Aber *so* wichtig nun auch wieder nicht. Im Lauf meiner Gefängnisvisiten war ich draufgekommen, daß es so etwas wie ein eingebautes Schema gab – oder vielmehr, zweierlei Schemata; denn Schwerverbrecher und herrschsüchtige Störenfriede gehören keineswegs derselben Gattung an. Die meisten unter ihnen gehören der einen oder andern von zwei durchaus von einander getrennten und unterschiedlichen Spezies an – den Muskelmenschen und den Peter-Pan-Menschen. Ich habe mich auf die Behandlung der letzteren spezialisiert.«

»Der Knaben, die nie erwachsen werden?« fragte Will.

»›Nie‹ ist nicht der richtige Ausdruck. Im wirklichen Leben wird ein Peter Pan zuletzt doch noch erwachsen. Er wird es bloß zu spät – wächst in physiologischer Hinsicht langsamer heran als es der Zahl seiner Geburtstage entspricht.«

»Gibt es auch Peter-Pan-Mädchen?«

»Sehr wenige. Die Knaben aber sind so zahlreich wie Sand am Meer. Ein Peter Pan kommt auf fünf bis sechs Knaben. Und bei schwer erziehbaren Kindern, solchen, die sich mit niemand vertragen und später die brutalsten Verbrechen begehn, stellt sich heraus, daß sieben von zehn, wenn man ihr Handgelenk röntgt, der Peter-Pan-Kategorie angehören. Die übrigen sind meist Muskelmenschen der einen oder andern Sorte.«

»Ich wollte, mir würde ein gutes Beispiel für einen kriminellen Peter-Pan-Menschen einfallen«, sagte Will.

»Sie brauchen nicht weit zu suchen. Das jüngste historische ebenso wie das beste und ungeheuerlichste Beispiel ist Adolf Hitler.«

»Adolf Hitler!« Murugan griff den Namen mit empörtem Staunen auf. Hitler war offenbar einer seiner Heroen.

»Lies die Biographie des Führers«, sagte Dr. MacPhail. »Ein Peter Pan, wenn es je einen gab. Ein miserabler Schüler, der seine normal erfolgreichen Kameraden beneidete – und sie deshalb haßte und zur Hebung seines Selbstgefühls als untergeordnete Wesen verachtete. Dann kam das Pubertätsalter. Aber Adolf war sexuell zurückgeblieben. Andre Jungen begannen bei den Mädchen Annäherungsversuche zu machen, was die sich gern gefallen ließen. Aber Adolf war zu schüchtern, seiner Männlichkeit noch zu unsicher. Und die ganze Zeit unfähig zu systematischer Arbeit; wirklich daheim fühlte er sich nur in der Ersatzwelt seiner Phantasie. Dort wenigstens war er ein Michelangelo. Auf Erden aber weiß Gott kein guter Zeichner. Seine einzigen Gaben bestanden aus Haß, schlauer Gemeinheit, einem Strang unermüdlicher Stimmbänder und dem Talent, ununterbrochen und in vollster Lautstärke aus der Tiefe seiner Peter-Pan-Paranoia Reden zu schwingen. Vierzig Millionen Tote und der Himmel weiß wieviele Billionen Dollar – das war der Preis, den die Welt für die verzögerte Entwicklung Klein-Adolfs zu bezahlen hatte. Zum Glück haben die meisten solchen Jungen keine Gelegenheit, mehr als geringfügige Übeltaten zu begehn. Aber wenn sie zahlreich genug sind, können auch sie schon einen recht hohen Zoll fordern. Daher versuchen wir, sie schon im Keime zu ersticken – oder vielmehr ihre erstickten Keime rechtzeitig zur Entwicklung zu bringen.«

»Und erreichen Sie das?«

Dr. MacPhail nickte. »Es ist nicht gar so schwer. Besonders wenn man früh genug anfängt. Mit vier bis fünf Jahren werden alle unsre Kinder hier gründlich getestet: Blut- und Psychologieproben, somatologische Einordnung. Dann röntgen wir ihnen die Handgelenke und machen ein EEG. Alle die niedlichen kleinen Peter-Pan-Knaben werden unfehlbar herausgefunden, und es wird bei ihnen sofort mit der angemessenen Behandlung begonnen. Innerhalb eines Jahrs sind dann alle von ihnen völlig normal. Ein Haufen potentieller Versager und Verbrecher, Tyrannen und Sadisten, Misanthropen und Revoluzzer um der Revolution willen ist in eine Gruppe nützlicher Bürger umgewandelt worden, welche *adandena asatthena* regiert werden können – ohne Strafen und ohne Schwert. Bei euch werden Verbrecher noch immer den Geistlichen, Sozialbetreuern und Polizisten überantwortet. Predigten am Fließband und unterstützende Therapie; Gefängnisstrafen in Hülle und Fülle. Mit welchem Ergebnis? Steigende Kriminalität. Kein Wunder. Das Gerede über Geschwister-Rivalität, die Höllenpein und die Persönlichkeit Jesu Christi sind kein Ersatz für Biochemie. Ein Jahr Gefängnis wird einen Peter-Pan-Menschen nicht von seiner endokrynen Unausgewogenheit heilen oder einem Ex-Peter-Pan helfen, die daraus resultierenden psychologischen Folgen loszuwerden. Gegen peter-panische Verbrechen nützen drei rote Pillen vor jeder Mahlzeit und eine möglichst frühe Diagnose. In einem annehmbaren Milieu entwickeln sich die Kinder dann zu vernünftigen, verträglichen Geschöpfen, die sich innerhalb von ein, zwei Jahren ein paar Körnchen der Kardinaltugenden erwerben. Und für sie besteht die einigermaßen günstige Aussicht, im Lauf der Zeit *prajnaparamita* und *karuna* – Weisheit und Mitgefühl – zu erlangen. Und jetzt soll Vijaya Ihnen etwas über die Muskelmenschen erzählen. Vielleicht haben Sie schon bemerkt, daß er von der Sorte ist.« Dr. MacPhail beugte sich vor und versetzte dem breiten Rücken vor sich eins mit der Faust. »Festes Rindfleisch!« sagte er und fügte hinzu: »Zum Glück für uns arme Knirpse handelt es sich hier nicht um ein wildes Tier.« Vijaya nahm die Hand vom Lenkrad, schlug sich auf den Brustkorb und stieß ein grimmiges Gebrüll aus. *»Es wird ersucht, den Gorilla nicht zu necken«*, sagte er mit einem gutmütigen Lachen. Dann wandte er sich zu Will: »Also – denken Sie an den andern großen Diktator unsrer Zeit, Josef Vissarionowitsch Stalin. Hitler ist das Musterbeispiel eines kriminellen Peter-Pan-Menschen, Stalin das eines kriminellen Muskelmenschen. Schon durch seinen Körperbau vorbestimmt, ein Extravert zu sein. Nicht einer eurer qualligen, dicklichen, alles ausplaudernden Extravertierten, die einfach nur mit andern beisammensein wollen. Sondern der rücksichtslos draufgängerische Extravert, immer dazu getrieben, etwas zu unternehmen, und nie von Zweifeln oder Gewissensbissen, von Mitleid oder Zartgefühl geplagt. Lenin riet in seinem Testament seinen Nachfolgern, sie sollten Stalin los werden: der Mann sei allzu machtgierig und nur allzu fähig, seine Macht zu mißbrauchen. Doch der Rat kam zu spät. Stalin saß bereits so fest im Sattel, daß er nicht mehr abzuwerfen war. Zehn Jahre später war seine Macht absolut. Trotzki war aus dem Weg geräumt, alle seine alten Freunde waren abgeknallt worden. Nun thronte er, wie Gott unter den psalmodierenden Engeln, allein in einem traulichen kleinen Himmel, der nur von Speichelleckern und Jasagern bevölkert war. Und die ganze Zeit war er skrupellos damit beschäftigt, die Kulaken zu liquidieren, Sammlungen zu organisieren, eine Rüstungsindustrie aufzubauen und unwillige Millionen von Menschen von ihren Farmen in die Fabriken zu verschieben. Er führte das alles mit einer Zähigkeit, einer alles durchschauenden Tüchtigkeit aus, deren der deutsche Peter Pan mit seinen apokalyptischen Phantasien und seiner Launenhaftigkeit ganz und gar unfähig war. Und in der Endphase des Kriegs, vergleichen Sie doch nur die Strategie Stalins mit der Hitlers. Kühle Berechnung ausgespielt gegen Ersatz-Tagträume, klarsichtiger Realismus gegen rhetorischen Schwulst, an den zu glauben Hitler zuletzt sich selber eingeredet hatte. Zwei Ungeheuer, einander ebenbürtig an Verbrechertum, aber zutiefst verschieden, was Temperament, unbewußte Motivation und Tüchtigkeit betraf. Peter-Pan-Menschen verstehn es ausgezeichnet, Kriege und Revolutionen anzuzetteln, aber es braucht Muskelmenschen, sie erfolgreich durchzuführen. Und hier ist der Dschungel«, setzte Vijaya in anderm Ton hinzu und schwenkte die Hand in Richtung eines dicht bewaldeten steilen Hangs, der ihnen den Weg zu versperren schien. Gleich darauf hatten sie das grelle Licht des offenen Geländes hinter sich und fuhren durch einen schmalen Tunnel grünen Helldunkels, der sich im Zickzack zwischen Wänden tropischen Laubwerks nach oben zu verlor. Schlingpflanzen hingen von den gewölbten Ästen, und zwischen den Stämmen riesiger Bäume wuchsen hohe Farnkräuter und dunkelblättrige Rhododendronbüsche, die Will namenlos fremdartig vorkamen. Die Luft war stickig feucht, und über allem brütete ein warmer beißender Geruch von üppigem grünen Pflanzenwuchs und jenem andersartigen Leben, das Verwesung ist. Gedämpft durch das dichte Laub, vernahm Will das Geräusch ferner Axthiebe, das rhythmische Kreischen einer Holzsäge. Die Straße machte wieder eine Biegung, und plötzlich wurde aus der grünen Finsternis des Tunnels heller Sonnenschein. Sie waren auf eine Lichtung hinausgekommen. Hochgewachsen und breitschultrig, waren einige halbnackte Holzfäller damit beschäftigt, Zweige von einem soeben gefällten Baum zu hacken. Im Sonnenlicht jagten einander Hunderte von blauen und amethystfarbenen Schmetterlingen, die in einem endlos zufälligen Tanz umherflatterten und -schwebten. Über einer Feuerstelle am andern Ende der Lichtung rührte ein alter Mann bedächtig in einem großen eisernen Kessel. Unweit von ihm graste ruhig ein kleines zartgliedriges, anmutig geflecktes Reh.

»Gute Freunde von mir«, sagte Vijaya und rief etwas auf palanesisch. Die Holzfäller antworteten mit lauten Rufen und winkten. Dann bog die Straße scharf nach links, und sie fuhren wieder bergauf, den grünen Tunnel zwischen den Bäumen entlang.

»Apropos Muskelmenschen«, sagte Will. »Die dort waren wirklich Prachtexemplare.«

»Ein solcher Körperbau«, erklärte Vijaya, »ist eine ständige Versuchung. Und trotzdem hab ich unter allen diesen Männern – und ich arbeitete mit mindestens zwanzig von ihnen zusammen – nie einen einzigen getroffen, der so von der Idee der Macht besessen war, daß er gemeingefährlich hätte werden können.«

»Was bloß mit andern Worten heißt«, fiel Murugan von oben herab ein, »daß keiner hier auch nur den geringsten Ehrgeiz besitzt.«

»Wie läßt sich das erklären?« Will sah Vijaya fragend an.

»Sehr einfach, was die Peter-Pan-Menschen betrifft. Ihnen wird nie Gelegenheit gegeben, Lust auf Macht zu bekommen. Wir kurieren sie von ihrem Verbrechertum, bevor sich dieses entwikkeln konnte. Muskelmenschen aber sind anders. Sie gebrauchen ihre Muskeln so wie bei euch, sie sind genau solche extravertierte Draufgänger. Wieso also entwickelt sich keiner zu einem Stalin oder Dipa oder auch nur einem Haustyrannen? Erstens geben ihnen unsre sozialen Einrichtungen sehr wenig Gelegenheit dazu, ihre Familien zu tyrannisieren, und unsre politischen machen es ihnen so gut wie unmöglich, in größerem Maßstab zu dominieren. Zweitens erziehen wir unsre Muskelmänner dazu, aufmerksam und empfänglich zu sein, wir zeigen ihnen, wie sie die Alltäglichkeiten des Lebens genießen können. Das bedeutet, daß sie immer unzählige Alternativen haben zu dem Vergnügen, der Boß zu sein. Und schließlich kanalisieren wir diese Lust zum Dominieren und leiten sie weg von Menschen und um auf Dinge. Wir stellen sie vor alle möglichen schwierigen Aufgaben, die anstrengend sind und Kraft erfordern, also ein Training für ihre Muskeln sind und ihre Herrschsucht befriedigen –

aber nicht auf Kosten andrer, sondern auf eine harmlose oder geradezu nützliche Weise.«

»So daß alle diese Prachtskerle Bäume fällen statt Leute, wollen Sie sagen?«

»Genau das. Und wenn sie von der Forstarbeit genug haben, können sie zur See gehn oder in den Minen tätig sein oder es sich verhältnismäßig leicht machen und sich in den Reisfeldern verdingen.«

Will lachte plötzlich auf.

»Was finden Sie daran so komisch?«

»Ich mußte an meinen Vater denken. Ein bißchen Holzhacken wäre vielleicht sein Glück gewesen – und erst recht für seine unglückselige Familie. Leider aber war er ein englischer Gentleman. Holzscheite zu zerkleinern, kam nicht in Frage.«

»Hatte er denn gar kein Ventil für seine Energie?«

Will schüttelte den Kopf. »Abgesehn davon, ein Gentleman zu sein«, erklärte er, »hielt sich mein Vater für einen Intellektuellen. Und ein Intellektueller geht weder auf die Jagd noch auf die Golf-Links, er sinniert bloß und bevorzugt Drinks. Abgesehen vom Kognak, waren seine einzigen Vergnügungen, andre zu tyrannisieren, Bridge zu spielen und über Politik zu theoretisieren. Er sah sich als einen Lord Acton des zwanzigsten Jahrhunderts – der letzte, einsame Philosoph des Liberalismus. Ihr hättet ihn hören sollen über die Schändlichkeiten des heutigen allmächtigen Staats! ›Macht korrumpiert. Absolute Macht korrumpiert *absolut*.‹ Wonach er noch ein Glas Kognak herunterschüttete und mit erneutem Schwung Frau und Kinder kujonierte.«

»Und wenn Lord Acton selber sich nicht so benahm«, sagte Dr. MacPhail, »dann nur, weil er ein anständiger und kluger Mensch war. Aber seine Theorien hätten nicht einen einzigen Peter-Pan-Menschen daran gehindert, zu kujonieren, wen er grade in der Gewalt hatte. Das war seine verhängnisvolle Schwäche. Als politischer Theoretiker durchaus bewundernswert, kam er in der Praxis als Psychologe überhaupt nicht in Betracht. Anscheinend dachte er, daß das Problem der Herrschsucht durch angemessene soziale Einrichtungen zu lösen wäre, ergänzt natürlich durch gut fundiertes sittliches Benehmen, versetzt mit einem Spritzer offenbarter Religion. Aber das Problem der Macht hat seine Wurzeln in der Anatomie und Biochemie und im Temperament des Einzelnen. Machtlust muß durch Gesetze und politische Maßnahmen eingedämmt werden. Aber es sollte auch in allen Einzelfällen Vorbeugung geben, auf den verschiedenen Ebenen von Instinkt und Gefühl, von Drüsen und Eingeweiden, von Muskeln und Blut. Wenn ich je die Zeit erübrigen kann, würde ich gern eine kleine Abhandlung darüber schreiben, wie sich die Physiologie des Menschen zu Ethik und Religion, zu Politik und Gesetzgebung verhält.«

»Gesetzgebung«, wiederholte Will. »Über die wollte ich Sie grade etwas fragen. Kommt ihr auf anti-autoritäre Weise, ich meine, gänzlich ohne Schwert und ohne Strafen aus? Oder braucht ihr immer noch Richter und Polizisten?«

»Wir brauchen sie noch«, antwortete der Arzt. »Aber in weit geringerer Zahl als ihr. Vor allem weil hier bei uns, eben dank der vorbeugenden Therapie und Erziehung, nur wenige Verbrechen begangen werden. Und zweitens befaßt sich mit diesen wenigen Verbrechen zumeist der Kriminal-KAG. Gruppentherapie innerhalb einer Gemeinschaft, welche als solche die Verantwortung für den Verbrecher übernommen hat. Und in schwierigen Fällen wird die Gruppentherapie durch ärztliche Behandlung und selbstverständlich auch durch einen Kurs in *moksha*-Medizin-Erlebnissen ergänzt, geleitet von jemand, der besonders dazu geeignet ist.«

»Und wann kommen die Richter zum Zug?«

»Der Richter begutachtet das Beweismaterial, entscheidet Schuld oder Unschuld der angeklagten Person, überantwortet sie im Schuldfall seinem KAG oder dem zuständigen Ausschuß ärztlicher und mycomystischer Sachverständiger. Von Zeit zu Zeit erstatten die Sachverständigen und der KAG dem Richter ihre Meldungen. Wenn diese zufriedenstellend sind, ist der Fall abgeschlossen.«

»Und wenn sie niemals zufriedenstellend sind?«

»Mit der Zeit sind sie das immer.«

Sie schwiegen eine Weile.

»Haben Sie je Kletterpartien unternommen?« fragte Vijaya dann unvermittelt.

Will lachte. »Wie hätte ich mir sonst denn mein lahmes Bein geholt?«

»Das war unfreiwillige Kletterei. Aber sind Sie je zum Vergnügen geklettert?«
»Oft genug«, sagte Will, »um mich davon zu überzeugen, daß ich nicht besonders talentiert dafür bin.«
Vijaya warf einen Seitenblick auf Murugan. »Und du, während deines Schweizer Aufenthalts?«
Der Junge errötete tief und schüttelte den Kopf.
»Wenn man TB-anfällig ist, kann man so etwas nicht unternehmen.«
»Schade!« sagte Vijaya. »Es hätte dir gut getan.«
»Wird hier in diesen Bergen viel geklettert?« fragte Will.
»Klettern bildet einen wesentlichen Bestandteil unsres Lehrplans.«
»Für jeden?«
»Für jeden ein bißchen. Schwieriges Klettern für erwachsene Muskelmenschen – im Verhältnis von etwa eins zu zwölf bei den Jungen und eins zu siebenundzwanzig bei den Mädchen. Wir werden jetzt gleich einige Teilnehmer des fortgeschrittenen Kurses bei ihrer ersten Lektion beobachten können.«
Der grüne Tunnel weitete sich, lichtete sich, und plötzlich waren sie aus dem tropfnassen Wald auf eine breite, fast ebene Felsplatte hinausgekommen, die auf drei Seiten von rötlichen Felswänden eingeschlossen war – ein zackiger Gipfel hinter dem andern oder einzeln aufragende, hohe Zinnen. Die Luft war frisch, und als sie aus der Sonne in den Schatten eines dahinziehenden Eilands geballter Wolken kamen, beinahe kühl. Dr. MacPhail beugte sich vor und wies durch die Fensterscheibe auf eine Ansammlung weißer Gebäude ungefähr in der Mitte des Plateaus.
»Das ist die Höhenstation«, sagte er, »etwa zweitausend Meter überm Meer und mit mehr als fünftausend Morgen guten Flachlands, auf dem wir so ziemlich alles, was im Süden Europas wächst, anbauen können; Stachelbeeren, Erdbeeren, Walnüsse, Mirabellen, Pfirsiche, Aprikosen. Und dazu alle die wertvollen Pflanzen, die auf Berghöhen dieser Breite heimisch sind – einschließlich der Pilze, die unserm jungen Freund hier so leidenschaftlich mißfallen.«
»Ist dieser Ort unser heutiges Ziel?« fragte Will.
»Nein, wir fahren höher hinauf.« Der Arzt wies auf den letzten

Vorsprung der Gebirgskette, einen Grat aus tiefrotem Felsgestein, der auf der einen Seite gegen den Dschungel zu abfiel und auf der andern zu einem in Wolken gehüllten Gipfel fast senkrecht anstieg. »Hinauf zum alten Tempel des Shiva, zu dem die Pilger um die Zeiten der Frühlings- und Herbst-Äquinoktien pilgerten. Es ist mir eine der liebsten Stätten hier auf der Insel. Solange die Kinder noch klein waren, gingen wir immer dorthin picknicken, Lakshmi und ich, fast jede Woche. Wie lange das schon her ist!« Seine Stimme klang wehmütig. Er seufzte, lehnte sich in den Sitz zurück und schloß die Augen.

Sie bogen von der Straße, die zur Höhenstation führte, ab und begannen wieder bergan zu fahren.

»Jetzt kommt das letzte, schlimmste Stück«, sagte Vijaya. »Sieben Haarnadelkurven, und fast einen halben Kilometer durch einen nicht ventilierten Tunnel.«

Er schaltete in den ersten Gang und alles Gespräch verstummte. Zehn Minuten später waren sie angelangt.

ZEHNTES KAPITEL

Will manövrierte behutsam sein steifes Bein durch die Wagentür, stieg aus und blickte umher. Zwischen den rötlich aufragenden Zinnen im Süden und den schroff in alle andern Richtungen abfallenden Bergwänden war die Kuppe des Grats geebnet worden, und in der Mitte der langen schmalen Terrasse stand der Tempel – ein mächtiger rötlicher Turm aus derselben Materie wie die Berge, massiv, vierwandig, vertikal gerippt. Im Gegensatz zu den Felsen zwar etwas Symmetrisches, aber ebenmäßig nicht wie euklidsche Abstraktionen ebenmäßig sind, sondern mit der pragmatischen Geometrie von etwas Lebendigem. Ja, etwas Lebendigem; denn die ganze reichgegliederte Oberfläche des Tempels, alle seine sich vom Himmel abzeichnenden geschwellten Konturen rundeten sich organisch nach innen, verengten sich dann nach oben zu einem Ring aus Marmor, über dem der rote Stein, gleich der Samenkapsel einer blühenden Pflanze, sich wiederum nach außen zu einem flachgedrückten, ringsum geriffelten Dom wölbte, der das Ganze bekrönte.

»Etwa fünfzig Jahre vor der Normannischen Eroberung erbaut« sagte Dr. MacPhail.
»Und sieht aus, als wäre er von niemand erbaut worden«, ergänzte Will, »als wäre er aus dem Fels gewachsen. Gewachsen wie die Knospe einer Agave, die jeden Augenblick in einen viele Meter langen Stengel und eine Explosion von Blüten aufschießen wird.«
Vijaya berührte ihn am Arm. »Schauen Sie dort hinüber«, sagte er. »Dort steigen gerade einige Novizen unsres Kletterkurses ab.«
Will wandte sich der Felswand zu und sah einen jungen Mann mit Nagelschuhen und in Bergausrüstung vorsichtig durch einen Kamin absteigen. An einer Stelle, wo der Kamin einen bequemen Rastplatz bot, machte er halt, warf den Kopf zurück und stieß einen lauten Jodler aus. Etwa fünfzehn Meter über ihm erschien ein Junge hinter einem Felsvorsprung, ließ sich von der Kante, auf der er stand, hinab und begann ebenfalls durch den Kamin abzusteigen.
»Lockt dich das gar nicht?« fragte Vijaya, zu Murugan gewendet.
Viel zu übertrieben den Part des gelangweilten Intellektuellen agierend, der sich etwas Besseres weiß, als Kindern beim Spielen zuzusehen, zuckte Murugan die Achseln. »Nicht die Spur.« Er ging und setzte sich auf das verwitterte Standbild eines Löwen, zog eine knallbunte amerikanische Illustrierte aus der Tasche und begann zu lesen.
»Etwas Literarisches?« erkundigte sich Vijaya.
»Science Fiction.« Murugans Stimme klang herausfordernd.
»Was immer es sein mag, nur um der Wirklichkeit zu entfliehen« sagte Dr. MacPhail lächelnd.
Als habe er nicht gehört, blätterte Murugan eine Seite um und las weiter.
»Er macht das recht gut«, sagte Vijaya, der dem jungen Bergsteiger beim Abstieg zusah. »Sie haben einen erfahrenen Mann an beiden Enden des Seils«, setzte er hinzu. »Der erste ist von hier aus nicht sichtbar. Er befindet sich hinter diesem Vorsprung dort in einem parallel verlaufenden Kamin zehn bis zwölf Meter höher oben. Dort ist ein permanenter Eisenhaken im Gestein, an dem man das Seilende belegen kann. Auch wenn die ganze

Seilschaft abstürzen sollte, wären sie alle vollkommen gesichert.«
Mit gegrätschten Beinen je auf einem Fußbrett in der Hohlwand des engen Kamins stehend, rief der Führer unentwegt Anleitungen und Ermunterungen hinauf. Sobald der Junge dann auftauchte, machte er ihm Platz und stieg wieder einige Meter tiefer; dann stieß er erneut einen Jodelruf aus. In Bergschuhen und Hose erschien jetzt ein hochgewachsenes Mädchen mit Hängezöpfen hinter dem Vorsprung und stieg durch den Kamin ab.
»Ausgezeichnet!« sagte Vijaya, während er ihr zusah.
Unterdessen war eine Gruppe junger Leute aus einem niedrigen Gebäude am Fuß der Bergwand – offenbar der tropische Gegenpart einer alpinen Schutzhütte – getreten, um zu sehen, was vorging. Sie waren eine von drei Kletterpartien, erfuhr Will, welche heute vormittag ebenfalls solche Prüfungen abgelegt hatten.
»Gewinnt das beste Team einen Preis?«
»Niemand gewinnt etwas«, antwortete Vijaya. »Es ist kein Wettbewerb. Eher eine harte Zerreißprobe.«
»Eine Prüfung«, erklärte Dr. MacPhail, »welche die erste Stufe der Einweihung aus dem Kindesalter ins Erwachsenensein bildet. Eine Prüfung, die den jungen Leuten dazu verhilft, die Welt, in der sie werden leben müssen, zu verstehn, ihnen dazu verhilft, die Allgegenwart des Todes zu erkennen, die wesentliche Gefährdung aller Existenz. Aber nach der Zerreißprobe kommt die Enthüllung. In ein paar Minuten werden diese Jungen und Mädchen ihre erste Erfahrung mit der *moksha*-Medizin erleben. Sie werden sie alle miteinander nehmen, und nachher wird im Tempel eine religiöse Zeremonie stattfinden.«
»Ähnlich unsrer Konfirmation?«
»Mit dem Unterschied, daß es sich nicht bloß um theologisches Gefasel handelt. Dank der *moksha*-Medizin schließt sie tatsächlich eine Erfahrung des Wirklichen mit ein.«
»Des Wirklichen?« Will schüttelte den Kopf. »Gibt es so etwas? Ich würde es gern glauben.«
»Es wird nicht von Ihnen verlangt, daß Sie es glauben«, sagte Dr. MacPhail. »Das Wirkliche ist nicht eine Behauptung; es ist ein Seinszustand. Wir lehren unsre Kinder keine Glaubensbekenntnisse oder erregen sie durch gefühlsmäßig geladene Sym-

bole. Wenn es an der Zeit für sie ist, die tiefsten Wahrheiten der Religion kennenzulernen, lassen wir sie eine steile Bergwand erklettern und verabreichen ihnen nachher vierhundert Milligramm Enthüllung. Zwei unmittelbare Erfahrungen der Wirklichkeit, aus denen jeder halbwegs intelligente junge Mensch sich eine recht gute Vorstellung über das Wie und das Was ableiten kann.«

»Und vergessen Sie nicht unser altes Problem der Herrschsucht«, sagte Vijaya. »Klettern ist ein Zweig angewandter Sittenlehre; es ist auch ein vorbeugendes Ersatzmittel für tyrannische Gelüste.«

»Also hätte mein Vater nicht nur ein Holzknecht, sondern auch Alpinist sein sollen.«

»Man kann darüber lachen«, sagte Vijaya und lachte gebührend. »Aber das Faktum besteht, daß es ein wirksames Mittel ist. Es wirkt tatsächlich. Alles in allem habe ich mich aus buchstäblich Dutzenden von schlimmen Versuchungen, mich aufzuspielen, herausgeklettert, wenn man so sagen kann – und da mein Körpergewicht beträchtlich ist«, setzte er hinzu, »waren die Verlokkungen dementsprechend stark.«

»Es scheint da nur *einen* Haken zu geben«, wandte Will ein. »Während man aus den Versuchungen herausklettert, könnte man abstürzen und ...« Er erinnerte sich plötzlich, was Dugald MacPhail zugestoßen war, und verstummte.

Es war Dr. MacPhail, der den Satz statt seiner beendete. »Könnte man abstürzen«, sagte er bedächtig, »und sich den Hals brechen. Dugald war bei seiner letzten Klettertour allein«, fuhr er nach einer kleinen Weile fort. »Niemand weiß, wie es geschah. Sein Körper wurde erst am nächsten Tag gefunden.« Sie schwiegen wieder.

»Halten Sie das Ganze noch immer für einen guten Einfall?« fragte Will und wies mit dem Rohrstock auf die winzigen Gestalten, die so mühevoll auf der steilen Felswand umherkraxelten.

»Ich halte es noch immer für einen guten Einfall«, sagte Dr. MacPhail.

»Doch die arme Susila ...«

»Ja, die arme Susila«, sprach der Arzt ihm nach. »Und die armen Kinder, die arme Lakshmi, und nicht zuletzt ich selbst. Aber wenn Dugald es sich nicht zur Gewohnheit gemacht hätte, sein

Leben aufs Spiel zu setzen, wären vielleicht andre arm zu nennen gewesen. Besser, sich selbst der Todesgefahr auszusetzen als andere, oder sie zumindest elend zu machen, ihnen wehzutun, weil man von Natur aus aggressiv ist und allzu vorsichtig oder unwissend, um seinen Aggressionstrieb auf einer Felswand abzureagieren. Und jetzt«, sagte er in anderm Ton, »möchte ich Ihnen die Aussicht zeigen.«

»Und ich werde mich mit diesen jungen Leuten unterhalten« Vijaya schritt auf die kleine Gruppe am Fuß der Felswand zu.

Will überließ Murugan seiner *Science Fiction* und folgte Dr. MacPhail durch ein von Säulen flankiertes Tor und über die breite Steinterrasse, von der der Tempel umgeben war. An einer der Ecken stand ein kleiner, kuppelbekrönter Pavillon. Sie traten ein und blickten durch das breite unverglaste Fenster. Bis zum Horizont reichend lag vor ihnen das Meer, eine undurchdringliche Wand aus Jade und Lapis. Unter ihnen, am Fuß eines senkrechten Absturzes von etwa dreihundert Metern, breitete sich leuchtend grün der Dschungel aus. Jenseits des Dschungels, senkrecht in enge Mulden und Buchten eingebettet und horizontal in eine von Menschenhand errichtete riesige Treppenflucht vieler Felder terrassiert, fielen die niedereren Hänge steil zu einem weiten Talboden ab, an dessen entfernterem Rand, zwischen den Marktgärtnereien und dem palmenbesäumten Ufer, eine ansehnliche Stadt lag. Von diesem hohen Aussichtspunkt sah sie aus wie das winzige, minutiös gemalte Bild einer Stadt in einem mittelalterlichen Gebetbuch.

»Das ist Shivapuram«, sagte Dr. MacPhail. »Und der Gebäudekomplex auf dem Hügel jenseits des Flusses – das ist der große Buddhistentempel. Ein wenig früher als Borobudur, und das Schnitzwerk ist jedem Tempelbau in Hinterindien ebenbürtig.« Er schwieg. »In diesem kleinen Sommerpavillon pflegten wir zu picknicken, wenn es regnete«, erzählte er dann weiter. »Ich werde die Zeit nie vergessen, wo Dugald (er muß damals an die zehn Jahre alt gewesen sein) zum Spaß oft auf den Fenstersims kletterte und in der Haltung des tanzenden Shiva auf einem Bein dastand. Die arme Lakshmi bekam dann immer schreckliche Angst. Aber Dugald war der geborene Kletterer. Was seinen Unfall nur um so unbegreiflicher macht.« Er schüttelte den Kopf und fuhr dann nach einer kleinen Weile fort: »Das letztemal,

als wir alle hierherkamen, war vor acht oder neun Monaten. Dugald war noch am Leben und Lakshmi noch kräftig genug, um mit ihren Enkelkindern einen Tagesausflug zu unternehmen. Tom Krishna und Mary Sarojini zuliebe führte Dugald wieder seinen Shiva-Akt vor. Auf einem Bein stehend, rotierte er so schnell mit den Armen, daß man hätte schwören können, er habe ihrer vier.« Dr. MacPhail verstummte. Er hob ein Stückchen Mörtel vom Boden auf und warf es durchs Fenster. »Hinunter, hinunter ... hinunter in den leeren Raum. *Pascal avait son gouffre.* Wie seltsam, daß dies zugleich das mächtigste Symbol des Todes und zugleich das mächtigste Symbol des erfülltesten, intensivsten Lebens sein soll.« Plötzlich hellte sich seine Miene auf. »Sehen Sie diesen Habicht?«
»Einen Habicht?«
Dr. MacPhail wies dorthin, wo, halben Wegs zwischen ihrem Horst und dem dunklen Dach des Waldes, eine kleine braune Inkarnation der Schnelligkeit und Raubgier lässig mit regungslosen Flügeln kreiste. »Das erinnert mich an ein Gedicht, das der Alte Radscha einmal über diese Stätte schrieb.« Er wartete eine Weile und begann dann die Verse herzusagen:

»Hier oben, fragst du mich,
Hier ganz hoch oben, wo Shiva
Tanzet zu Häupten der Welt,
Warum zum Teufel ich denn das treibe?

Freund, Antwort darauf weiß ich keine – bloß
Daß unter uns der Habicht kreist;
Die schwarzen, pfeilgeschwinden Schwalben
Ziehn lange Silberdrähte durch die Luft –
Und stoßen schrille Rufe aus.

Wie fern, sagst du, wie fern der heißen Eb'ne,
Wie fern – so sagst du vorwurfsvoll – von all den Meinen!
Und doch, wie nah! Denn hier, den Wolkenhimmel über mir
Und unter mir das Meer, in jäher Einsicht
Entziffer ich ihr leuchtendes Geheimnis und das meine.«

»Und das Geheimnis ist wohl dieser leere Raum.«

»Oder vielmehr, wofür dieser leere Raum das Symbol ist – die Buddha-Natur in all unserm beständigen Vergehen. Und das erinnert mich ...« Er blickte auf seine Armbanduhr.

»Was steht als nächstes auf unserm Programm?« fragte Will, als sie wieder in den grellen Sonnenschein hinaustraten.

»Die Zeremonie im Tempel«, antwortete Dr. MacPhail. »Die jungen Bergsteiger werden ihre Leistungen Shiva darbringen – das heißt, ihrem eignen, als Gottheit vorgestelltem So-Sein. Und dann zum zweiten Teil ihrer Einweihung übergehn – der Erfahrung, von sich selbst befreit zu sein.«

»Mittels der *moksha*-Medizin?«

Der Arzt nickte. »Sie wird ihnen von ihren Führern verabreicht, bevor sie aus der Schutzhütte weggehn. Dann versammeln sich alle hier im Tempel. Die Medizin beginnt während des Gottesdiensts zu wirken. Übrigens«, setzte er hinzu, »die Zeremonie selbst wird in Sanskrit abgehalten, also werden Sie kein Wort verstehn. Vijaya hingegen wird auf englisch sprechen – in seiner Eigenschaft als Präsident des Vereins. Und auch ich halte meine Rede auf englisch. Und die meisten jungen Leute unterhalten sich dabei in dieser Sprache miteinander.«

Im Innern des Tempels herrschte ein kühles, höhlenartiges Dunkel, nur gemildert von dem schwachen Tageslicht, das durch zwei kleine Gitterfenster drang, und vom Schein der sieben Lampen, die wie ein gelber, funkelnder Sternenschleier über dem Kopf der Statue auf dem Altar hingen. Sie war ein Ebenbild des Shiva aus Kupfer, kaum größer als ein Kind. Umgeben von einem flammenzüngelnden Glorienschein, mit den vier Armen gestikulierend, die Haarflechten ungestüm flatternd und mit dem rechten Fuß eine zwergenhafte Gestalt von abscheulichster Bosheit zertretend, den linken Fuß anmutig gehoben, so stand der Gott da, erstarrt in seiner Ekstase. Etwa zwanzig junge Burschen und Mädchen, nun nicht mehr in Bergausrüstung, sondern mit Sandalen, nackter Brust und in Shorts oder bunten Röcken, saßen, zusammen mit ihren sechs jungen Führern, mit untergeschlagenen Beinen auf dem Boden. Etwas erhöhter als sie, auf der obersten Altarstufe, intonierte ein alter Priester, kahlgeschoren und in gelbem Gewand, etwas Sonores und Unverständliches. Dr. MacPhail machte es Will auf einem Mauervorsprung bequem,

ging dann auf den Zehenspitzen hinüber, wo Vijaya und Murugan saßen, und kauerte sich neben sie hin.
Der prächtige Wortdonner des Sanskrit wurde von einem hohen nasalen Singsang abgelöst, der dann zu einer Litanei wurde, bei der die Äußerungen des Priesters mit den Responsorien der Kongregation abwechselten.
Und nun wurde Weihrauch in einem kupfernen Räuchergefäß verbrannt. Der alte Priester hielt beide Hände, Stillschweigen heischend, empor, und während eines langen, bedeutungsvollen Schweigens stieg der Faden grauen Weihrauchs kerzengerade und ohne zu flackern vor dem Gott auf; dann, als er der Zugluft von den Fenstern begegnete, zerfiel er und verlor sich dem Blick in einer unsichtbaren Wolke, die den ganzen dämmerigen Raum mit dem mysteriösen Wohlgeruch aus einer andern Welt erfüllte. Will öffnete die Augen und sah, daß Murugan, als einziger in der Kongregation, unruhig und zapplig war. Und dabei schnitt er ungeduldige Gesichter. Er selber war nie auf einen Berg gestiegen, also war Bergsteigen etwas Albernes. Er selber hatte es immer abgelehnt, die *moksha*-Medizin zu versuchen; also begingen diejenigen, die sie einnahmen, einen Frevel. Seine Mutter glaubte an die ›Großen Meister‹ und hielt regelmäßig Zwiesprache mit Kut Humi; also war das Abbild des Shiva ein vulgäres Idol. Was für ein beredtes Mienenspiel, dachte Will, während er den Jungen beobachtete. Aber zu dessen Leidweisen nahm niemand von der grotesken Pantomime, die er da aufführte, die geringste Notiz.
»*Shivayanama*«, sagte der alte Priester nach einem langen Schweigen und dann nochmals: »*Shivayanama*«. Er machte eine einladende Gebärde.
Das hochgewachsene Mädchen, dem Will beim Abstieg durch den Kamin zugesehen hatte, stand auf und ging die Stufen zum Altar hinauf. Auf den Zehenspitzen stehend, erglänzte ihr geölter Körper im Licht der Lampen wie eine zweite Kupferstatue, während sie ein Gewinde hellgelber Blumen über den obersten von Shivas zwei linken Armen hängte. Dann legte sie beide Handflächen aneinander, sah zu dem heiter lächelnden Antlitz des Gottes auf und begann, zuerst mit ein wenig unsicherer, dann immer festerer Stimme zu sprechen:

»O du Schöpfer, du Zerstörer, der du Stärke gibst und Ende,
Der du tanzest in der Sonne, unter Vögeln, unter Kindern froh beim Spiel,
Der du tanzest unter Leichen mitternachts auf brennendem Gelände,
O du Shiva, schrecklicher und dunkler Bhaïráva,
O du So-Sein, Wahnbild, leerer Raum und Fülle aller Dinge,
Herr, der du bist über das Leben, dir bringe ich Blumen,
Herr, der du bist über den Tod, dir reich ich mein Herz –
Dies Herz, das nun dir Brandstatt ist.
Feuer soll dort Torheit, soll das Selbst verzehren.
Auf daß du tanzest, Bhaïráva, in der Asche.
Auf daß du tanzest, Herr, auf einer Blumenaue,
Und ich – ich tanze mit dir.«

Mit erhobenen Armen machte das Mädchen eine Gebärde, welche die ekstatische Devotion hunderter Generationen von tanzenden Andächtigen ahnen ließ, wandte sich dann und schritt zurück in die Dämmerung. »*Shivayanama*«, rief eine Stimme. Murugan lachte auf, als der Refrain von andern jungen Stimmen aufgenommen wurde. »*Shivayanama, Shivayanama...*« Der alte Priester begann eine andre Stelle aus den Heiligen Schriften zu intonieren. Mitten in seiner Rezitation flog ein kleiner grauer Vogel mit karminrotem Kopf durch eins der Gitterfenster herein, flatterte mit wilden Flügelschlägen um die Altarlampen und flitzte dann mit einem erschreckten und gleichsam empörten Aufkreischen wieder hinaus. Der Singsang dauerte weiter, schwoll mächtig an und schloß dann mit dem geflüsterten Gebet um Frieden: *Shanti, shanti, shanti.* Der alte Priester wandte sich wieder dem Altar zu, ergriff einen langen Stab, mit dem er sich Feuer von einer der Lampen über dem Kopf des Shiva holte, und begann sieben andre Lampen zu entzünden, die in einer tiefen Grotte unterhalb der Steinplatte hingen, auf der der göttliche Tänzer stand. Das Licht, das sich in den polierten metallenen Wölbungen spiegelte, enthüllte so eine andere Statue, diesmal die von Shiva und der Göttin Parvati: die Gestalt des sitzenden Erzyogi, der in zweien seiner vier Hände die Symbole Trommel und Feuer emporhielt und mit seinem zweiten Paar Hände die verliebte Göttin liebkoste, die Göttin mit den sich windenden Armen und Beinen, von der er in dieser ewig währenden bronzenen Umarmung umstrickt war. Der alte Priester schwenkte die Hand. Diesmal war es ein Knabe, mit dunkler Haut und kraftvollem Muskelspiel, der in den Lichtkreis vortrat. Er bückte sich und hängte das Blumengewinde, das er trug, der Göttin um den Hals; wand dann die weißen Orchideen, die er noch in der Hand hielt, zu einer Girlande und legte sie um den Kopf des Gottes.

»Jedes ist beides«, sagte er.

»Jedes ist beides«, wiederholte der Chor junger Stimmen.

Murugan schüttelte heftig abwehrend den Kopf.

»O du, der du gegangen bist«, psalmodierte der Knabe, »der du gegangen bist, gegangen bist zum andern Ufer, der du auf dem andern Ufer gelandet bist, o du Erleuchtung und du andere Erleuchtung, du Befreiung, einsgeworden mit Befreiung, du Mitgefühl in den Armen grenzenlosen Mitgefühls.«

»*Shivayanama.*«

Er ging zu seinem Platz zurück. Nach einer langen Stille stand Vijaya auf und begann zu sprechen.

»Gefahr«, sagte er, und nochmals: »Gefahr. Bewußt und doch leichten Herzens auf sich genommen. Gefahr, geteilt mit einem Freund, einer Schar von Freunden. Bewußt geteilt bis an die Grenzen des Gewahrseins, so daß die geteilte Gefahr und die Gefahr selbst zum Yoga werden. Zwei Kameraden zusammen angeseilt an einer Felswand. Manchesmal auch drei oder vier. Ein jeder völlig gewahr seiner eignen angespannten Muskeln, seiner eignen Geschicklichkeit, seiner eignen Angst und der Überschreitung dieser Angst durch das eigne Gemüt. Und selbstverständlich ist ein jeder von ihnen die ganze Zeit aller der andern gewahr, sorgt sich um sie, führt die richtigen Handgriffe aus, um sie zu sichern. Das Leben auf seinem Zenith körperlicher und geistiger Anspannung, das Leben reichhaltiger, unschätzbar wertvoller grade wegen der stets gegenwärtigen Bedrohung durch den Tod. Aber nach dem Yoga der Gefahr kommt das Yoga des Gipfels, das Yoga der Rast und der Entspannung, das Yoga völliger und absoluter Aufnahmefähigkeit, das Yoga, welches darin besteht, bewußt hinzunehmen, was und wie es gegeben wird, ohne Bewertung durch den eigenen, geschäftig moralisierenden Geist, ohne irgendwelche Zutaten vom eigenen Vor-

rat übernommener Ideen und dem sogar noch größeren Vorrat an Wunschphantasien. Man sitzt einfach da, mit gelockerten Muskeln und einem Gemüt, das sich der Sonne und den Wolken, der Ferne und dem Horizont und zuletzt jenem gestaltlosen, wortlosen Nicht-Denken erschließt, welches die Stille auf dem Gipfel einen erraten läßt, tief und andauernd, inmitten des zwitschernden Fließens seiner Alltagsgedanken.
Und jetzt ist's Zeit zum Abstieg, Zeit für eine zweite Partie im Yoga der Gefahr, für erneute Anspannung und Gewahrsein von Leben in seiner leuchtenden Fülle, während man da gefahrvoll am Rande der Vernichtung hängt. Dann seilt man sich ab am Fuß des Abgrunds und geht mit langen Schritten den felsigen Steig hinunter, auf die ersten Bäume zu. Und plötzlich steht man mitten im Wald, und jetzt ist eine andre Art von Yoga am Platz – das Yoga, das darin besteht, ganz und gar des Lebens aus der Nahsicht gewahr zu sein, des Lebens im Dschungel in seinem ganzen Überfluß und seiner wimmelnden Verwesung, seiner melodramatischen Zwielichtigkeit von Orchideen und Tausendfüßlern, von Blutegeln und Honigsaugern, von denen, die sich am Nektar laben, und denen, die sich mit Blut vollsaufen. Ein Leben, das aus Chaos und Brutalität Ordnung schafft, ein Leben, das seine Wunder von Geburt und Wachstum vollbringt, sie aber scheint's nur darum vollbringt, um sich selbst zu zerstören. Schönheit und Grauen, Schönheit ...« wiederholte er, »und Grauen. Und plötzlich, wenn man von einem solchen Ausflug ins Gebirge wieder zu Tal kommt, plötzlich weiß man dann, daß es eine Versöhnung gibt. Und nicht nur eine Versöhnung. Eine Verschmelzung und eine Gleichsetzung. Schönheit, einsgeworden mit Grauen in dem Yoga des Dschungels. Das Leben, versöhnt mit der ständigen Bedrohung durch den Tod in dem Yoga der Gefahr. Leere gleichgesetzt der Selbstheit in dem Sabbath-Yoga des Gipfels.«
Er schwieg. Murugan gähnte auffällig. Der alte Priester entzündete ein neues Weihrauchstäbchen und schwenkte es, in sich hineinmurmelnd, vor dem göttlichen Tänzer hin und her, schwenkte es dann wieder rings um das kosmische Liebesspiel von Shiva und Parvati.
»Atmet tief«, sagte Vijaya, »und beim Einatmen achtet auf diesen Geruch von Weihrauch. Richtet eure ganze Aufmerksamkeit

darauf; erkennt ihn für das, was er ist – eine unsägliche Tatsache, über alle Worte, über alle Vernunft und Erläuterung hinaus. Erkennt ihn in seinem Naturzustand. Erkennt ihn als Mysterium. Wohlgerüche, Frauen und Gebete – das waren die drei Dinge, welche Mohammed über alles liebte. Das unerklärliche Gegebene eingeatmeten Weihrauchs, berührter Haut, empfundener Liebe und, über sie hinaus, das Mysterium der Mysterien, der Eine in der Vielzahl, die Leere, die alles ist, das So-Sein, das völlig zugegen ist in jeder Erscheinung, an jedem Ort und in jedem Augenblick. »Atmet also«, wiederholte er, »atmet«, und noch einmal flüsterte er, während er sich setzte, »atmet.«

»*Shivayanama*«, murmelte ekstatisch der alte Priester.

Dr. Mac Phail erhob sich und wollte schon auf den Altar zugehn, hielt aber dann inne und winkte Will heran.

»Kommen Sie, setzen Sie sich neben mich«, flüsterte er, als Will ihn eingeholt hatte. »Ich möchte, daß Sie ihre Gesicher sehn.«

»Werde ich nicht stören?«

Dr. MacPhail verneinte mit einer Kopfbewegung, und sie gingen zusammen weiter über die ersten Stufen und setzten sich dann unterhalb des Altars nebeneinander in das dämmrige Halbdunkel abseits des Lampenlichts. Sehr gelassen begann Dr. MacPhail nun über Shiva-Nataraja, den Herrn des Tanzes, zu sprechen.

»Seht euch sein Ebenbild an«, sagte er, »seht es an mit diesen neuen Augen, die euch durch die *moksha*-Medizin gegeben wurden. Seht, wie es atmet und pulst, wie es sich aus Helle zu immer intensiverer Helle weitet. Wie es durch Zeit hindurch und aus ihr hinaus tanzt, immerwährend tanzt im ewigen Jetzt. In allen Welten zugleich tanzt und tanzt. Seht ihn an.«

Will betrachtete die emporgewandten Gesichter und bemerkte hier auf diesen, dort auf jenem die erwachende Erleuchtung: Entzücken, Erkennen, Verstehen – anbetende, auf der Schwelle von Ekstase oder Schrecken erbebende Ehrfurcht.

»Seht genau hin«, sagte Dr. MacPhail nachdrücklich. »So genau ihr könnt.« Und dann, nach einer langen Minute des Schweigens, wiederholte er: »Er tanzt in allen Welten zugleich. In *allen* Welten. Und zuallererst in der Welt der Materie. Seht ihr den großen runden Lichtschein, umsäumt von den Symbolen des Feuers, innerhalb dessen der Gott tanzt? Der bedeutet die Natur, die Welt von Masse und Energie. Innerhalb ihrer tanzt

Shiva-Nataraja den Tanz des nie endenden Werdens und Vergehens. Es ist sein *lila,* sein kosmisches Spiel. Er spielt es um des Spielens willen, wie ein Kind das tut. Dieses Kind aber ist die ›Ordnung aller Dinge‹. Sein Spielzeug sind Milchstraßen, sein Spielplatz ist der unendliche Weltraum, und jede Spanne zwischen einem Finger und dem andern bedeutet tausend Millionen Lichtjahre. Seht ihn an, dort auf dem Altar. Das Ebenbild ist von Menschenhand geformt, ein kleines Ding aus Kupfer, kaum über einen Meter hoch. Aber Shiva-Nataraja, der König der Tänzer, erfüllt das Universum, *ist* das Universum. Schließt die Augen und seht, wie er in die Nacht hinausragt, folgt mit dem Blick der grenzenlosen Spannweite seiner Arme und dem ins Unermeßliche wild wehenden Haar. Nataraja beim Spiel unter den Sternen und innerhalb der Atome. Aber«, setzte er hinzu, »auch beim Spiel im Innern jedes einzelnen Lebewesens, jeder fühlenden Kreatur, jedes Kindes, jedes Mannes, jeder Frau. Ein Spiel um des Spiels willen. Doch jetzt ist der Spielplatz ein bewußter, der Tanzboden vermag Leid zu empfinden. Uns erscheint dieses Spiel ohne Ziel und Zweck fast wie ein Frevel. Was wir wirklich möchten, ist ein Gott, der niemals zerstört, was er erschaffen hat. Oder wenn es schon Schmerz geben muß und Tod, laßt beides von einem gerechten Gott austeilen, der die Bösen bestrafen und die Guten mit immerwährender Glückseligkeit belohnen wird. Tatsächlich aber wird den Guten Schmerz zugefügt, die Unschuldigen müssen leiden. Gebt uns also einen Gott, der mitfühlend ist und Trost bringt. Nataraja aber tanzt bloß. Sein Spiel umschließt ohne Voreingenommenheit Tod und Leben, alles Böse ebenso wie alles Gute. In der oberen seines rechten Händepaars hält er die Trommel, die uns aus dem Nicht-Sein herausruft. Bumm-tara-bumm – der Zapfenstreich der Schöpfung, die kosmische Reveille. Aber schaut jetzt die oberste seiner linken Hände an. Sie schwingt das Feuer, durch das alles Erschaffene fortan vernichtet wird. Er tanzt in diese Richtung – welche Glückseligkeit! Tanzt in jene – und ach, der Schmerz, die Furcht, die Verzweiflung! Dann ein Hopsen, ein Hüpfen, ein Sprung. Ein Hopsen in völlige Gesundheit. Ein Hüpfen in Krebs und Altersschwäche. Und mit einem Satz heraus aus der Fülle des Lebens ins Nichts, und aus dem Nichts wieder zurück in Leben. Für Nataraja ist es alles ein Spiel, und das Spiel ist sich selbst genug, bleibt immer und ewig ohne Ziel, ohne Zweck. Er tanzt, weil er eben tanzt, und der Tanz ist sein *maha-sukha*, seine unendliche, seine ewige Seligkeit. Ewige Seligkeit.« Dr. MacPhail sagte es noch einmal und wiederholte dann in fragendem Ton: »Ewige Seligkeit?« Er schüttelte den Kopf. »Für uns gibt es keine Seligkeit, nur ein Schwanken zwischen Glück und Furcht und ein Gefühl von etwas Frevelhaftem bei dem Gedanken, daß unser Leid einen ebenso wesentlichen Bestandteil von Natarajas Tanz bildet wie unsere Freude, unser Sterben wie unser Leben. Und jetzt laßt uns eine kleine Weile still darüber nachdenken.«

Die Sekunden vergingen, die Stille wurde noch stiller. Unvermittelt begann eins der Mädchen zu schluchzen. Vijaya stand auf, kniete neben sie hin und legte ihr die Hand auf die Schulter. Ihr Schluchzen verstummte allmählich.

»Qual und Siechtum«, begann Dr. MacPhail schließlich wieder, »Alter, Hinfälligkeit, Tod. *Ich zeige euch Leiden.* Aber das war nicht das einzige, was der Buddha uns zeigte. Er zeigte uns auch das Ende des Leidens.«

»*Shivayanama*«, rief der alte Priester triumphierend.

»Und jetzt öffnet nochmals die Augen und schaut auf Nataraja dort oben auf dem Altar. Schaut genau hin. Ihr habt bereits gesehn, daß er in seiner oberen Rechten die Trommel hält, mit der er die Welt ins Dasein ruft, und in seiner oberen Linken trägt er das zerstörende Feuer. Leben und Tod, Ordnung und Verfall, völlig unvoreingenommen. Aber schaut jetzt auf das andre Paar von Shivas Händen. Die untere Rechte ist erhoben und die Handfläche nach außen gewendet. Was bedeutet diese Gebärde? Sie bedeutet: ›Fürchtet euch nicht; es ist *gut* so.‹ Aber wer, bei gesundem Menschenverstand, würde sich nicht fürchten? Wer könnte vorgeben, daß das Böse und das Leiden gut sind, wenn sie doch ganz offenbar das gerade Gegenteil davon sind? Nataraja kennt die Antwort. Schaut jetzt auf seine untere linke Hand. Mit ihr weist er auf seine Füße. Und was tun seine Füße? Schaut genau hin, und ihr werdet sehn, daß er seinen rechten Fuß – platsch! – auf ein greuliches kleines untermenschliches Geschöpf gesetzt hat – den Dämon Muyalaka. Muyalaka ist ein Zwerg, aber ungeheuer mächtig in seiner Bösartigkeit, die Verkörperung der Unwissenheit, die Offenbarung besitzgieriger Selbstsucht.

Zertreten wir ihn, brechen wir ihm das Rückgrat! Und genau das tut Nataraja. Mit seinem rechten Fuß zertritt er das kleine Ungeheuer. Aber gebt acht, es ist nicht der rechte, nicht der Fuß, der zertritt, auf den er mit dem Finger weist; er weist auf seinen linken, den Fuß, den er im Tanz sogleich vom Boden heben wird. Und warum weist er auf ihn? Warum? Dieser erhobene Fuß, diese tänzerische Herausforderung an die Anziehungskraft der Erde – er ist das Symbol der Erlösung, des *moksha,* der Befreiung. Nataraja tanzt in allen Welten zugleich – in der Welt der Physik und Chemie, der Welt alltäglicher, allzu menschlicher Erfahrung und endlich in der Welt des So-Seins, des GEISTES, des HELLEN LICHTS. Und jetzt«, fuhr Dr. MacPhail nach einer kleinen Weile fort, »möchte ich, daß ihr auf die andre Statue blickt, das Ebenbild von Shiva und der Göttin. Schaut auf die beiden dort in ihrer kleinen erhellten Grotte. Und nun schließt die Augen und seht sie nochmals vor euch – schimmernd, lebendig, verherrlicht. Wie schön sie sind! Und in ihrer Zärtlichkeit, wie zutiefst bedeutungsvoll! Welche Weisheit über alle gesprochene Weisheit hinaus in jener sinnlichen Erfahrung spiritueller Verschmelzung und Versöhnung! Die Ewigkeit, verliebt in Zeit. Der Eine, den Vielen vermählt, das Relative absolut geworden durch seine Vereinigung mit dem Einen. Nirvana gleichgesetzt dem *samsara,* die Offenbarung in der Zeit und im Fleisch und Empfinden der Buddha-Natur.«

»*Shivayanama.*« Der alte Priester entzündete noch ein Weihrauchstäbchen und begann mit halblauter Stimme in einer Folge melismatischer Kadenzen etwas auf sanskrit zu psalmodieren. Auf den jungen Gesichtern da vor ihm sah Will die Anzeichen heiter gelassenen Lauschens, das kaum merkliche, ekstatische Lächeln, das eine plötzliche Einsicht, eine Offenbarung der Wahrheit und Schönheit begleitet. Unterdessen saß Murugan, träge an eine Säule gelehnt, im Hintergrund und bohrte in seiner exquisit griechisch geformten Nase.

»Befreiung«, begann Dr. MacPhail von neuem, »das Ende des Leidens, aufhören das zu sein, was man törichterweise zu sein glaubt, und werden, was man tatsächlich ist. Für eine kurze Weile erkennt ihr nun, dank der *moksha*-Medizin, wie es ist, zu sein, was ihr tatsächlich seid, was ihr tatsächlich immer wart. Welch zeitlose Glückseligkeit! Ebenso wie alles übrige, wird auch sie vergehn. Und wenn sie vergangen ist, auf welche Weise werdet ihr diese Erfahrung verwerten? Wie werdet ihr alle die andern ähnlichen Erfahrungen verwerten, die euch die *moksha*-Medizin in künftigen Jahren bringen wird? Werdet ihr sie bloß genießen, wie ihr einen Abend im Marionettentheater genießt, und dann zu euerm gewohnten Tagewerk zurückkehren, dazu, euch wie die dummen kleinen Übeltäter aufzuführen, die ihr in eurer Vorstellung seid? Oder werdet ihr, nachdem ihr einen Blick darauf erhascht habt, euer Leben dem ganz und gar ungewohnten Tagewerk widmen, zu sein, was ihr tatsächlich seid? Wir Älteren können euch bloß Anleitungen geben. Pala kann euch durch seine sozialen Einrichtungen bloß zu Fachkenntnissen und günstigen Gelegenheiten verhelfen. Und die *moksha*-Medizin vermag euch bloß eine Folge seliger Einblicke, die eine oder andre Stunde der Erleuchtung und befreienden Gnade zu schenken. An euch ist es, ob ihr mit dieser Gnade zusammenwirken und euch jene Gelegenheiten zunutze machen wollt. Das aber liegt in der Zukunft. Hier und jetzt befolgt einfach den Rat des Myna: Gebt acht! Seid gewahr, dann werdet ihr finden, daß ihr, allmählich oder mit einemmal, der ungeheuern Ur-Tatsachen hinter den Symbolen auf dem Altar gewahr werdet.«

»*Shivayanama!*« Der alte Priester schwenkte den Räucherstab. Am Fuß der Altarstufen saßen die jugendlichen Gestalten regungslos gleich Statuen. Eine Tür knarrte, das Geräusch von Schritten war zu hören. Will wandte den Kopf und sah einen kleinen gedrungenen Mann, der zwischen den jungen Kontemplativen hindurch und die Stufen heraufging. Er beugte sich zu Dr. MacPhail und flüsterte ihm etwas zu, drehte sich um und verschwand wieder.

Dr. MacPhail legte Will die Hand auf das Knie. »Königlicher Befehl«, flüsterte er mit einem Lächeln und Achselzucken. »Das war der Mann, der die Schutzhütte verwaltet. Die Rani hat grade telephoniert, sie müsse Murugan so bald als möglich sehn. Es sei dringend.« Er lachte lautlos in sich hinein, stand auf und half Will auf die Beine.

Will Farnaby hatte sich selber das Frühstück zubereitet, und als Dr. MacPhail von seinem Morgenbesuch im Krankenhaus zurückkam, trank er grade die zweite Tasse palanesischen Tee und aß geröstete Brotfrucht mit Pumelomarmelade.

»Keine allzu großen Schmerzen in der Nacht«, erwiderte der Arzt auf Wills Erkundigung. »Vier bis fünf Stunden hat sie gut geschlafen und heute morgen auch etwas Bouillon zu sich nehmen können.«

Es sei noch ein Tag Aufschub zu erwarten, fuhr er fort. Und da es die Kranke ermüde, ihn ständig um sich zu haben, und da schließlich das Leben weitergehn und man sich damit abfinden müsse, wolle er zur Höhenstation hinauf und einige Stunden mit dem Forscherteam im pharmazeutischen Labor arbeiten.

»An der *moksha*-Medizin?«

Dr. MacPhail schüttelte den Kopf. »Bei der handelt es sich nur mehr um die Wiederholung eines Routinevorgangs – etwas für die Techniker, nicht die Forscher. Die sind mit etwas Neuem beschäftigt.«

Und er begann von den Indolen zu sprechen, die vor kurzem aus den letztes Jahr aus Mexiko eingeführten Ololiuqui-Samen isoliert worden waren und nun im Botanischen Garten der Station gezogen wurden. Mindestens drei verschiedene Indole, von denen eines äußerst potent zu sein schien. Versuche an Tieren wiesen darauf hin, daß es das retikuläre System beeinflusse ...

Wieder allein, setzte sich Will unter den über seinem Kopf befestigten Ventilator und las weiter in den *Bemerkungen.*

> Wir können uns nicht vernunftmäßig aus unsrer fundamentalen Unvernunft befreien. Wir können bloß die Kunst erlernen, auf eine vernünftige Weise unvernünftig zu sein.

> In Pala gibt es, nach drei Generationen der Reformen, keine schafgleichen Herden und keine geistlichen ›guten Hirten‹, welche die ersteren scheren und kastrieren; weder Ochsen- noch Schweineherden und keine amtlich zugelassenen Viehhändler, ob königliche oder militärische, kapitalistische oder revolutionäre, um sie zu brandmarken, einzuhegen und abzuschlachten.

Es gibt nur freiwillige Vereinigungen von Männern und Frauen auf dem Weg zu erfüllter Menschlichkeit.
Harmonien oder Kieselsteine, Werdevorgänge oder Stoffliches? ›Harmonien‹, antworten der Buddhismus und die heutige Wissenschaft. ›Kieselsteine‹, sagen die klassischen Philosophen des Westens. Der Buddhismus und die Wissenschaft von heute betrachten die Welt im Sinne der Musik. Wenn man die Philosophen des Westens liest, sieht man eine Gestalt in einem byzantinischen Mosaik vor sich, steif, symmetrisch, bestehend aus Tausenden von kleinen Steinquadraten und fest in die Mauer einer fensterlosen Basilika eingesetzt.
Die Anmut der Tänzerin und vierzig Jahre später ihre Arthritis – beides sind Funktionen des menschlichen Knochenbaus. Daß das Mädchen fähig ist, Pirouetten auszuführen, verdankt sie dem starren Gerüst der Knochen, denselben, nun ein wenig eingerosteten Knochen, welche die Großmutter an den Rollstuhl fesseln. Analag gesprochen, ist die feste Stütze einer Kultur die wichtigste Voraussetzung jeder individuellen Originalität und Schöpferkraft; sie ist zugleich auch ihr vornehmlichster Feind. Die Sache, ohne die wir unmöglich zu einem vollständigen menschlichen Wesen heranwachsen können, ist nur allzuoft ein und dieselbe, die uns vom Heranwachsen abhält.
Ein Jahrhundert der Forschung über die *moksha*-Medizin hat deutlich gezeigt, daß ganz einfache Menschen durchaus imstande sind, visionäre oder sogar zu voller Befreiung führende Erfahrungen zu haben. In dieser Hinsicht sind Männer und Frauen, welche an Kultur interessiert sind und Freude an ihr haben, nicht besser dran als geistig anspruchslose. Höchste Erfahrung ist völlig vereinbar mit geringer symbolischer Ausdruckskraft. Die ausdrucksvollen, von palanesischen Künstlern geschaffenen Symbole sind nicht besser als die anderswo geschaffenen. Als Erzeugnisse eines Zustands von Glücklichsein, eines Gefühls von Erfülltheit sind sie vermutlich weniger ergreifend, sind in einem ästhetischen Sinn vielleicht weniger befriedigend als die tragischen oder ersatzmäßigen Symbole, geschaffen von Opfern der Frustration und Unwissenheit, von Unterdrückung oder Krieg, und von Aberglauben, der zu Schuldkomplexen und schließlich zu Verbrechertum führt. Die

Überlegenheit palanesischer Künstler liegt nicht im symbolischen Ausdruck, sondern in einer Kunst, die, obwohl sie höhersteht und weitaus wertvoller ist als alle andere, trotzdem von jedermann ausgeübt werden kann – die Kunst, alles auf die rechte Weise zu erleben und genauer mit den verschiedenen Welten, die wir als Menschen nun eben bewohnen, bekannt zu werden. Die Kunst Palas läßt sich (mangels eines besseren Kriteriums) nicht so einschätzen, wie andere Kulturen einzuschätzen sind. Sie läßt sich nicht durch die Werke einiger begabter Gestalter künstlerischer und philosophischer Symbole beurteilen. Sondern danach, was alle Mitglieder der Gemeinschaft, die ordentlichen wie die außerordentlichen, bei jedem zufälligen Geschehn und in jedem aufeinanderfolgenden Schnittpunkt von Zeit und Ewigkeit erfahren können und erfahren.

Das Telephon läutete. Sollte er es läuten lassen oder abheben und sagen, daß Dr. MacPhail tagsüber abwesend sei? Will entschied sich fürs Abheben.
»Der Bungalow von Dr. MacPhail«, sagte er, den tüchtigen Sekretär spielend. »Aber der Herr Doktor wird erst gegen abend zurück sein.«
»*Tant mieux*«, bemerkte die füllige königliche Stimme am andern Ende des Drahts. »Wie geht es Ihnen, *mon cher* Farnaby?«
Verblüfft murmelte Will einige Dankesworte über die huldvolle Erkundigung Ihrer Hoheit.
»Wie ich höre, wurden Sie gestern nachmittag mitgeschleppt, um einer ihrer sogenannten Einweihungen beizuwohnen«, sagte die Rani.
Will hatte sich unterdessen von seinem Erstaunen genügend erholt, um mit etwas Unbestimmtem und im unverbindlichsten Ton zu antworten.
»Es war äußerst interessant«, sagte er.
»Interessant«, nahm die Rani das Wort auf und betonte emphatisch die herabsetzenden oder anerkennenden Ausdrücke, die folgten, »doch nur als *blasphemische Verzerrung* WAHRER *Einweihung*. Die haben niemals gelernt, die elementare Unterscheidung zwischen der *natürlichen* und der *übernatürlichen Ordnung* zu machen.«
»Gewiß«, murmelte Will, »gewiß ...«

»Wie sagten Sie?« fragte die Stimme am andern Ende des Drahts.
»Gewiß«, wiederholte Will etwas lauter.
»Ich freue mich, daß Sie meiner Meinung sind. Aber ich habe Sie nicht angerufen«, fuhr sie fort, »um mich mit Ihnen über den Unterschied zwischen dem *Natürlichen* und dem *Übernatürlichen* zu unterhalten – wie *überaus wichtig* dieser Unterschied auch sein mag. Nein, ich möchte mit Ihnen in einer dringenderen Angelegenheit sprechen.«
»Petroleum?«
»Petroleum«, bestätigte sie. »Ich habe soeben eine sehr beunruhigende Nachricht von meinem *persönlichen Beauftragten* in Rendang erhalten. Einer *sehr hochgestellten* und«, setzte sie beiläufig hinzu, »stets gut informierten Persönlichkeit.«
Will fragte sich, welcher von allen den aalglatten und reich mit Orden besternten Gästen auf jener außenamtlichen Cocktailparty wohl seine Genossen-im-Schwindeln beschwindelt hatte – ihn selbst natürlich mit eingeschlossen.
»In den letzten paar Tagen«, fuhr die Rani fort, »sind Handelsvertreter von nicht weniger als drei *großen Ölgesellschaften* aus Europa und Amerika per Flugzeug nach Rendang gekommen. Mein Gewährsmann sagt mir, daß sie bereits die vier oder fünf *Persönlichkeiten* bearbeiten, die Einfluß auf die Vergebung der Konzession in Pala haben.«
Will schnalzte mißbilligend mit der Zunge.
Beträchtliche Geldsummen, so deutete sie an, seien, wenn nicht direkt geboten, so doch genannt und verlockend in Aussicht gestellt worden.
»Schändlich«, bemerkte Will.
Schändlich, bestätigte die Rani, sei das richtige Wort. Und deshalb müsse *unverzüglich etwas dagegen unternommen werden.* Von Bahu habe sie erfahren, daß Will bereits an Lord Aldehyde geschrieben habe, und seine Antwort wäre sicher in ein paar Tagen da. Aber das würde viel zu lange dauern. Denn in diesem Fall sei Zeit von allergrößter Bedeutung, nicht nur der Manöver dieser rivalisierenden Gesellschaften wegen, sondern auch (und hier senkte die Rani geheimnisvoll die Stimme) aus *andern Gründen.* ›Jetzt, jetzt!‹, ermahne sie ihre Kleine Stimme beständig. ›Jetzt gleich!‹ Lord Aldehyde müsse per Kabel darüber in-

formiert werden, was hier vorgehe (der getreue Bahu, setzte sie beiläufig hinzu, würde die Nachricht in Kode durch die rendangsche Gesandtschaft in London übermitteln) und gleichzeitig müsse das dringende Ersuchen durchgegeben werden, Lord Aldehyde solle seinen *besonderen Korrespondenten* dazu ermächtigen, die nötigen Schritte – in diesem Stadium wären die wohl überwiegend finanzieller Natur – zu unternehmen, um den Triumph ihrer *gemeinsamen guten Sache* zu sichern.

»Also werde ich Bahu mit Ihrem Einverständnis sagen«, schloß die Rani, »er möge das Kabel sogleich abschicken. In unsrer beider Namen, Mr. Farnaby, Ihrem und *meinem.* Ich hoffe, *mon cher,* daß Ihnen das genehm ist.«

Es war Will durchaus nicht genehm, aber es schien keine Ausflucht zu geben, da er ja bereits diesen Brief an Lord Aldehyde geschrieben hatte. Und so rief er denn: »Gewiß, gewiß, gewiß«, mit einem Aufwand an Begeisterung, der durch die lange, zweifelsvolle Pause vor seiner Antwort Lügen gestraft wurde. »Wir sollten morgen von ihm hören«, versicherte ihm die Rani.

»Wird das möglich sein?«

»Mit *Gott*«, (*con espressione*) »ist alles möglich.«

»Gewiß«, sagte Will. »Aber trotzdem . . .«

»Ich verlasse mich auf meine Kleine Stimme. ›Heute abend‹, sagt sie. Und ›er wird Mr. Farnaby *carte blanche* geben‹, *carte blanche*«, wiederholte sie genüßlich. »›Und Farnaby wird auf der ganzen Linie Erfolg haben.‹«

»Ich frage mich . . .«, sagte er zweifelnd.

»Sie *müssen* Erfolg haben.«

»Müssen?«

»Müssen«, darauf bestand sie.

»Warum?«

»Weil *Gott* es war, der mich dazu inspirierte, den *Kreuzzug des Geistes* zu beginnen.«

»Ich verstehe den Zusammenhang nicht ganz.«

»Vielleicht sollte ich es Ihnen nicht sagen.« Sie verstummte und fuhr dann fort: »Aber schließlich, warum nicht? Wenn unsere *gute Sache* siegt, hat Lord Aldehyde versprochen, den *Kreuzzug* mit allen ihm zur Verfügung stehenden Mitteln zu unterstützen. Und da Gott will, daß der *Kreuzzug* Erfolg habe, muß einfach unsre *gute Sache* siegen.«

»*Quod erat demonstrandum*«, wollte Will schon ausrufen, hielt sich aber zurück. Er wollte nicht unhöflich sein. Und jedenfalls war das hier keine spaßhafte Angelegenheit.
»Also, ich muß jetzt Bahu anrufen«, sagte die Rani. »*A bientôt*, mein lieber Farnaby.« Und sie legte auf.
Mit einem Achselzucken wandte sich Will wieder den *Bemerkungen* zu. Es gab nichts andres für ihn zu tun.

> Dualismus ... ohne sein Vorhandensein kann es so gut wie keine gute Literatur geben. Ist er aber vorhanden, kann es ganz gewiß kein ›gutes Leben‹ geben.
> »Ich« setzt ein getrenntes und unveränderliches Mich voraus, »bin« leugnet die Tatsache, daß alle Existenz Beziehung und Wandel ist. »Ich bin.« Zwei winzige Wörter; doch welch ungeheuerliche Unwahrheit!
> Der frommgläubige Dualist ruft hausgemachte Geister aus der Tiefe seines Innern herauf: Der Nicht-Dualist ruft die Tiefe in das Innere seiner Seele oder, genauer gesagt, er findet diese dort bereits vor.

Das Geräusch eines näherkommenden Wagens war zu hören, dann Stille, als der Motor gedrosselt wurde, das Zuschlagen einer Tür und Schritte über den Kies und die Stufen der Veranda herauf.
»Sind Sie bereit?« rief Vijayas tiefe Stimme.
Will legte die *Bemerkungen* weg, griff nach dem Rohrstock, stemmte sich hoch und ging zur Eingangstür.
»Bereit, und voller Ungeduld«, sagte er, als er die Veranda betrat.
»Dann gehn wir.« Vijaya faßte ihn am Arm. »Vorsicht auf den Stufen.«
Eine rundliche, pausbäckige Frau Mitte der Vierzig stand, ganz in Rosa gekleidet und mit Korallen um den Hals und in den Ohren, neben dem Jeep.
»Das ist Leela Rao«, sagte Vijaya. »Unsre Bibliothekarin, Sekretärin, Schatzmeisterin und allgemeine Ordnungshüterin. Ohne sie wären wir verloren.«
Sie sah aus, dachte Will, als sie einander die Hand reichten, wie eine dieser sanften, aber unermüdlich tatkräftigen englischen

Damen – nur daß sie eine dunklere Hautfarbe hatte –, welche sich, sobald ihre Kinder erwachsen sind, guten Werken oder dem Organisieren kultureller Veranstaltungen widmen. Nicht allzu gescheit, die Guten; aber so selbstlos, so hingebungsvoll, so durch und durch gutherzig – und auch, leider Gottes, so langweilig!
»Ich habe schon von Ihnen gehört – durch meine jungen Freunde Radha und Ranga«, legte Mrs. Rao los, als sie an dem Lotusteich vorbei und auf die Landstraße hinausfuhren.
»Ich hoffe nur, daß ich bei den beiden ebensolchen Anklang fand, als es umgekehrt der Fall war«, sagte Will.
Mrs. Raos Gesicht leuchtete auf. »Ich freue mich sehr, daß Ihnen die beiden gefielen.«
»Ranga ist ein außerordentlich intelligenter junger Mann«, warf Vijaya ein.
»Und immer um Haaresbreite zwischen Introvertiertheit und der Außenwelt«, führte Mrs. Rao weiter aus. Immer der Versuchung ausgesetzt – und was für einer starken Versuchung! – in das Arhat-Nirwana zu entkommen oder in das kleine, wunderschön geordnete Paradies reiner Abstraktion des Wissenschaftlers. Immer wieder sei er dieser Versuchung ausgesetzt, erliege ihr aber nur selten, denn Ranga, der »heilige« Wissenschaftler, sei zugleich auch ein anderer, ein aufrichtig mitfühlender Mensch, bereit und fähig, wenn man ihn richtig zu behandeln verstand, den Wirklichkeiten des Lebens aufgeschlossen zu begegnen und aufmerksam, teilnehmend und hilfreich zu sein. Welch ein Glück für ihn, ein Mädchen gefunden zu haben wie die kleine Radha, so unkompliziert und dabei so klug, so voll von Humor und Zartgefühl, so reich begabt für Liebe und Glück! Die beiden, vertraute ihm Mrs. Rao an, hatten zu ihren Lieblingsschülern gehört.
Schülern, so nahm Will etwas herablassend an, in einer buddhistischen ›Sonntagsschule‹. In Wirklichkeit aber hatte diese hingebungsvolle Siedlungshelferin, wie er zu seinem Erstaunen erfuhr, die letzten sechs Jahre und wann immer ihre Bibliothekstätigkeit sie freigab, die jungen Leute ausgerechnet im Yoga der Liebe unterrichtet. Mit den Methoden, vermutlich, über die Murugan so entsetzt gewesen war, und welche die Rani, in ihrer ans Inzestuöse grenzenden Besitzgier, so empörend fand. Will öffnete schon den Mund, um Mrs. Rao auszufragen. Aber seine Re-

flexe waren in höheren Breiten und durch Siedlungshelferinnen einer andern Gattung bedingt worden. Und nun war es bereits zu spät dazu. Mrs. Rao hatte begonnen, von ihrem Beruf zu erzählen.

»Wenn Sie eine Ahnung hätten«, sagte sie, »welche Schwierigkeiten wir in diesem Klima mit Büchern haben! Das Papier vermodert, der Kleister verflüssigt sich, die Buchdeckel zerfallen, die Insekten fressen alles auf. Literatur und die Tropen sind einfach unvereinbar.«

»Und wenn man euerm Alten Radscha glauben soll«, sagte Will, »ist Literatur auch mit einer Menge andrer lokaler Merkmale, abgesehn vom Klima, unvereinbar – mit menschlicher Anständigkeit, philosophischer Wahrheit, Geistesgesundheit des einzelnen und einem gerechten Sozialwesen, unvereinbar mit allem ausgenommen Dualismus, kriminellem Wahnsinn, undurchführbaren Bestrebungen und überflüssigen Schuldkomplexen. Aber das schadet nichts.« Er lächelte sein grimmiges Lächeln. »Oberst Dipa wird schon Ordnung schaffen bei euch. Wenn Pala einmal erobert und für Kriege, Öl und Schwerindustrie sichergestellt ist, bricht für euch zweifellos ein Goldenes Zeitalter der Literatur und Theologie an.«

»Daß ich nicht lache«, sagte Vijaya. »Der einzige Haken ist: Sie haben vermutlich recht. Ich fürchte, wenn meine Kinder erwachsen sind, wird sich Ihre Prophezeiung bewahrheitet haben.«

Sie parkten den Jeep am Eingang ins Dorf, zwischen einem Ochsenkarren und einem nagelneuen japanischen Laster, und gingen zu Fuß weiter. Das enge Gäßchen führte an strohgedeckten Häusern mit kleinen Gärten vorbei, die von Palmen und Papaya- und Brotfruchtbäumen beschattet waren, zu einem in der Mitte des Orts gelegenen Marktplatz. Will blieb stehn und blickte, auf den Stock gestützt, umher. Auf einer Seite des Platzes stand ein reizendes, im orientalischen Rokoko erbautes Haus mit hellrot verputzter Fassade und Erkern an den vier Ecken – offenbar das Rathaus. Auf der gegenüberliegenden Seite des Platzes erhob sich ein kleiner Tempel aus rötlichem Stein mit einem Turm in der Mitte, auf dem, ein Rang über dem andern, ein Schwarm in Stein gehauener Gestalten die Legende von der Entwicklung des Buddha vom verwöhnten Fürstensohn zum vollendeten Tathagata nacherzählte. Der freie Raum zwischen den beiden Gebäuden war mehr als zur Hälfte von einem riesigen Banyanbaum überdeckt. Entlang seiner krummen, schattigen Nischen waren die Stände der Händler und Marktweiber aufgestellt. Durch die Lücken in dem grünen Laubgewölbe fielen schräg die langen Sonden von Sonnenlicht – hier auf schwarze und gelbe Wasserkrüge, ein silbernes Armband, ein buntbemaltes hölzernes Spielzeug, einen Ballen bedruckter Baumwolle; dort auf eine Pyramide von Früchten und das fröhlich geblümte Leibchen eines Mädchenkleids, das Blitzen lachender Zähne und Augen, das rötliche Gold eines bloßen Oberkörpers.

»Alle sehn hier so gesund aus«, bemerkte Will, als sie zwischen den Ständen unter dem riesigen Baum vorbeigingen.

»Sie sehn gesund aus, weil sie gesund *sind*«, sagte Mrs. Rao.

»Und glücklich – zur Abwechslung.« Er dachte an die Gesichter, die er in Kalkutta gesehn hatte, in Manila, in Rendang-Lobo – die Gesichter, übrigens, wie man sie tagtäglich in der Fleet Street oder im Strand sah. »Sogar die Frauen«, setzte er hinzu, von einem Gesicht zum andern blickend, »sogar die Frauen sehen glücklich aus.«

»Sie haben keine zehn Kinder«, erklärte Mrs. Rao.

»Sie haben auch keine zehn Kinder dort, von wo ich herkomme«, sagte Will. »Dennoch – ›Spuren von Erschöpfung, Spuren von Leid . . .‹« Er blieb stehn, um zuzusehen, wie ein Marktweib Scheiben gedörrter Brotfrucht für eine blutjunge Mutter, die ihr Kleines in einer Tragtasche auf dem Rücken hatte, abwog. »Sie haben eine gewisse strahlende Heiterkeit an sich«, schloß er.

»Dank *maithuna*«, sagte Mrs. Rao triumphierend. »Dank dem Yoga der Liebe.« Ihr Gesicht leuchtete mit einer Mischung aus frommem Eifer und beruflichem Stolz.

Sie traten aus dem Schatten des Banyanbaums auf eine Strecke gleißenden Sonnenlichts, gingen einige abgetretene Treppenstufen hinauf und betraten das Düster des Tempels. Ein goldener Bodhisattva ragte riesengroß aus der Dunkelheit. Es roch nach Weihrauch und welkenden Blumen, und von irgendwo hinter der Statue ertönte in einer endlosen Litanei das Gemurmel eines nicht sichtbaren Andächtigen. Lautlos, auf nackten Sohlen, kam aus einer Seitentür eilig ein kleines Mädchen herein. Ohne den Erwachsenen die geringste Aufmerksamkeit zu schenken, kletterte sie mit katzenartiger Behendigkeit zum Altar hinauf und legte eine weiße Orchideenranke auf die nach oben gekehrte Handfläche der Statue. Dann hob sie den Blick zu dem riesigen goldenen Antlitz, murmelte ein paar Worte, schloß kurz die Augen, murmelte wieder etwas, kletterte herunter und ging, leise vor sich hinsummend, durch dieselbe Tür hinaus.

»Reizend«, sagte Will, ihr nachblickend. »Könnte nicht hübscher sein. Aber genau was denkt sich so ein Kind bei einer solchen Handlung? Welche Religion übt sie da angeblich aus?«

»Die örtliche Sorte von Mahayana-Buddhismus, insgeheim mit einer Spur Shiva-Kult durchsetzt, vermutlich«, erklärte Vijaya.

»Und unterstützt ihr Intellektuellen so etwas?«

»Wir unterstützen es weder noch verurteilen wir es. Wir nehmen es hin. Ebenso wie wir dieses Spinnengewebe dort auf dem Sims hinnehmen. Da das Wesen von Spinnen etwas Gegebenes ist, lassen sich Spinnengewebe nicht vermeiden. Und da auch die menschliche Natur etwas Gegebenes ist, lassen sich Religionen nicht vermeiden. Spinnen können nicht anders, sie müssen Fliegenfallen herstellen, und Menschen können nicht anders, sie müssen Symbole erschaffen. Dazu ist das menschliche Gehirn da – um das Chaotische einer gegebenen Erfahrung in eine Reihe handlicher Symbole umzuwandeln. Manchmal stimmen die Symbole ziemlich genau mit einigen Aspekten der äußeren Wirklichkeit überein, die hinter unsrer Erfahrung liegt; dann haben wir Wissenschaft und Hausverstand. Manchmal wieder stehn die Symbole in fast überhaupt keinem Zusammenhang mit der äußern Wirklichkeit; dann gibt es Paranoia und Wahnvorstellungen. Öfter jedoch eine Mischung, eine teils realistische, teils phantastische: dann haben wir Religion. Ob gute oder schlechte – das hängt vom Mixen des Cocktails ab. Zum Beispiel erhält man in jener Handelsmarke von Calvinismus, in der Andrew MacPhail aufwuchs, bloß das winzigste Schlückchen Realismus auf einen ganzen Krug voll bösartiger Phantasien. In andern Fällen ist die Mischung bekömmlicher. Fünfzig-fünfzig oder gar sechzig-vierzig, ja selbst siebzig-dreißig zugunsten von Wahrheit und Anständigkeit. Unser bodenständiger *Old Fashioned* enthält eine bemerkenswert geringe Beimischung von Gift.«

Will nickte. »Weiße Orchideen, dargebracht einem Sinnbild des Mitgefühls und der Erleuchtung – das erscheint einem sicherlich

harmlos genug. Und nach allem, was ich gestern mitansah, wäre ich gern bereit, ein gutes Wort für kosmischen Tanz und göttliches Kopulieren einzulegen.«
»Und vergessen Sie nicht«, sagte Vijaya, »niemand ist gezwungen, so zu handeln. Jeder erhält eine Chance, sich weiter zu entwickeln. Sie fragten, was sich die Kleine bei ihrem Tun wohl denke. Ich werde es Ihnen sagen. Mit einem Teil ihres Geists stellt sie sich vor, sie spreche mit einer Person – einer ungeheuern, göttlichen, der man mit Orchideen abschmeichelt, was man haben möchte. Aber sie ist schon alt genug, um von den tieferen Symbolen hinter Amitabhas Statue gehört zu haben, ebenso wie von den Erfahrungen, welche jene tieferen Symbole ins Dasein rufen. Daher weiß sie mit einem andern Teil ihres Geistes sehr gut, daß Amitabha keine Person, sondern eine Manifestation des Buddha ist. Sie weiß sogar – denn es wurde ihr erklärt –, daß, wenn Gebete manchmal erhört werden, so nur, weil Ideen in dieser unsrer äußerst seltsamen psychophysischen Welt die Tendenz haben, sich zu verwirklichen, sobald man seinen Geist ganz auf sie einstellt. Sie weiß überdies, daß dieser Tempel nicht das ist, was sie noch immer gern glauben möchte, daß er sei: das Haus des Buddha. Sie weiß, er ist bloß ein Grundriß ihres eignen unbewußten Geistes – eine finstere kleine Höhle, wo Eidechsen kopfunter über die Decke kriechen und Kakerlaken in allen Ritzen umherkrabbeln. Aber im Herzen des verseuchten Dunkels thront ›Erleuchtung‹. Und noch etwas andres tut die Kleine – sie lernt unbewußt eine Lektion über sich selbst: ihr wird gesagt, wenn sie bloß aufhören würde, sich das Gegenteil zu suggerieren, könnte sie entdecken, daß ihr eigner geschäftiger kleiner Geist ›GEIST als solcher‹ ist.«
»Und wie bald wird diese Lektion gelernt sein? Wann wird sie damit aufhören, sich solches zu suggerieren?«
»Vielleicht lernt sie sie nie. Eine Menge Menschen lernen sie nie. Andrerseits, eine Menge lernen sie.«
Vijaya faßte Will unterm Arm und führte ihn in das tiefere Dunkel hinter dem Sinnbild der Erleuchtung. Das Psalmodieren wurde deutlicher, und hier, im Schatten kaum sichtbar, saß der Psalmodierende – ein sehr alter Mann, nackt bis zur Mitte und, bis auf die Lippen, die sich bewegten, genau so stockstill wie die goldene Statue Amitabhas.

»Was intoniert er da?« fragte Will.
»Irgend etwas in Sanskrit.«
Sieben unverständliche Silben, wieder und wieder.
»Immer und ewig diese vergeblichen Wiederholungen!« protestierte Will.
»Nicht notwendigerweise vergeblich«, verwahrte sich Mrs. Rao. »Manchmal erreicht man wirklich etwas damit.«
»Man erreicht etwas«, erläuterte Vijaya, »nicht weil die Worte etwas bedeuten oder andeuten, sondern einfach weil sie immerzu wiederholt werden. Man könnte *Trari-trara* wiederholen, und es würde genau dieselbe Wirkung haben wie *Om* oder *Kyrie Eleison* oder *La ila illa 'llah*. Es wirkt, weil man beim Hersagen von *Trari-trara* oder dem Namen Gottes nicht voll und ganz mit sich selbst beschäftigt sein kann. Das Fatale ist nur, daß man sich ebenso hinunter wie hinauf trari-traraen kann – hinunter in das Nicht-Denken reinen Schwachsinns ebenso wie hinauf in das Nicht-Denken reinen Gewahrseins.«
»Dann würden Sie also solches unsrer kleinen Orchideen-Bringerin nicht anraten«, sagte Will.
»Nicht, außer sie wäre ein ungewöhnlich fahriges oder ängstliches Kind. Was sie nicht ist. Ich kenne sie sehr gut; sie ist eine Spielgefährtin meiner Kinder.«
»Was würden Sie also in ihrem Fall mit ihr unternehmen?«
»Unter anderm würde ich sie, in ein oder zwei Jahren, dorthin mitnehmen, wo wir jetzt hingehn«, sagte Vijaya.
»Was heißt ›dorthin‹?«
»Das Meditationszimmer.«
Will folgte ihm durch einen Torbogen und ein paar Schritte einen Korridor entlang. Der schwere Vorhang wurde auseinandergeschoben, und sie betraten ein großes, weißgetünchtes Zimmer, mit einem langgestreckten Fenster zur Linken, das auf ein Gärtchen ging, in dem Bananen- und Brotfruchtbäume angepflanzt waren. Es gab keine Möbel, aber auf dem Boden lagen einige kleine viereckige Kissen verstreut. An der Wand dem Fenster gegenüber hing ein großes Ölgemälde. Will streifte es mit einem flüchtigen Blick und trat dann näher.
»Allerhand!« sagte er schließlich. »Wer hat es gemalt?«
»Gobind Singh. Der beste Landschaftsmaler, den Pala hervorgebracht hat. Er starb im Jahr achtundvierzig.«

»Warum haben wir drüben nie etwas von ihm zu Gesicht bekommen?«
»Weil uns sein Werk zu sehr am Herzen liegt, um es zu exportieren.«
»Gut für euch«, sagte Will, »aber schlecht für uns.« Er sah sich das Bild nochmals an. »Ist Gobind Singh je in China gewesen?«
»Nein; aber er lernte bei einem Maler aus Kanton, der in Pala lebte. Und natürlich hat er viele Reproduktionen von Sung-Landschaften gesehn.«
»Ein Meister der Sung-Periode«, sagte Will, »der es vorzog, in Öl zu malen und an Helldunkel interessiert war.«
»Erst seit er in Paris gewesen ist. Im Jahr 1910. Er war mit Vuillard befreundet.«
Will nickte. »Hätte man sich denken können, bei dieser außergewöhnlich reichen Gliederung.« Er betrachtete das Bild lange schweigend. »Warum hängt es hier im Meditationszimmer?« fragte er schließlich.
»Warum glauben Sie wohl?« gab Vijaya die Frage zurück.
»Vielleicht weil es dem ähnlich ist, was Sie einen Grundriß des Geistes nannten?«
»Der Tempel war ein Grundriß. Das hier ist etwas weit Besseres. Eine tatsächliche Manifestation. Eine Manifestation von ›GEIST als solchem‹ in einem individuellen Geist, bezogen auf eine Landschaft, auf Leinwand und die Erfahrung des Malens. Es ist ein Bild, nebenbei bemerkt, des uns zunächst liegenden Tals gegen Westen. Von der Stelle aus gemalt, wo die Masten der Hochspannungsleitung hinter dem Grat verschwinden.«
»Diese Wolken!« sagte Will. »Und diese Beleuchtung!«
»Die Beleuchtung«, erläuterte Vijaya, »der letzten Stunde vor der Dämmerung. Es hat grade zu regnen aufgehört, und die Sonne ist wieder hervorgekommen, heller denn je. Die unnatürliche Helle schräg einfallenden Lichts unter einer Decke von Wolken, die letzte Helle des späten Nachmittags vor dem Erlöschen, die jede Fläche, auf die sie auftrifft, pointilliert und jeden Schatten vertieft.«
›Jeden Schatten vertieft‹, wiederholte Will im stillen, während er sich in das Bild hineinsah. Der Schatten dieses riesigen hohen Kontinents von Wolken, der ganze Gebirgszüge fast schwarz erscheinen ließ; und in der Mittelferne die Schatten von Wolken-

inseln. Und zwischen Dunkel und Dunkel das Aufglänzen frischgrüner Reisrispen oder das rote Glühen gepflügter Erde, die Weißglut kahlen Kalksteins, die satten dunkeln Tönungen und das diamantene Glitzern immergrünen Laubes. Und hier, mitten auf dem Talboden, eine kleine Ansammlung strohgedeckter Häuser, winzig und fern, doch wie deutlich gesehen, wie vollkommen im Ausdruck, wie zutiefst bedeutungsvoll! Ja, bedeutungsvoll. Aber sobald man sich fragte: ›Worin?‹ wußte man keine Antwort. Will faßte die Frage in Worte.

»Was sie bedeuten?« wiederholte Vijaya. »Genau das, was sie sind. Und das tun auch die Berge und die Wolken und das Licht und das Dunkel. Und darum ist dieses hier ein wahrhaft religiöses Bild. Pseudo-religiöse Bilder beziehen sich stets auf irgend etwas andres, etwas, das hinter den Dingen, die sie darstellen, liegt – auf irgendeine metaphysische Unsinnigkeit, ein absurdes Dogma aus der lokalen Theologie. Ein wahrhaft religiöses Bild ist immer durch und durch bedeutungsvoll. Und eben darum hängen wir so ein Bild in unser Meditationszimmer.«

»Sind es immer Landschaften?«

»Fast immer. Landschaften vermögen einem wirklich das Bewußtsein dessen zu vermitteln, wer man ist.«

»Besser als Szenen aus dem Leben eines Heiligen oder Erlösers?«

Vijaya nickte. »Da gibt's erst einmal den Unterschied zwischen objektiv und subjektiv. Ein Bild, das Christus oder Buddha darstellt, ist bloß die Aufzeichnung von etwas, das von einem Behavioristen beobachtet und von einem Theologen ausgelegt wurde. Sieht man sich aber einer Landschaft wie dieser gegenüber, ist es einem psychologisch unmöglich, es mit den Augen eines J. B. Watson oder dem Gemüt eines Thomas von Aquino zu betrachten. Man ist förmlich gezwungen, seiner unmittelbaren Erfahrung nachzugeben; man wird effektiv dazu getrieben, einen Akt der Selbsterkenntnis auszuführen.«

»Selbsterkenntnis?«

»Selbsterkenntnis«, wiederholte Vijaya mit Entschiedenheit. »Diese Ansicht des benachbarten Tals ist eine Ansicht, die nur einen Schritt entfernt ist vom eignen Gemüt – ebenso wie vom Gemüt jedes andern – wie es ober- und unterhalb der persönlichen Geschichte des einzelnen Dasein hat. Mysterien der Dunkelheit; aber das Dunkel strotzt von Leben. Apokalypsen von Licht; und das Licht leuchtet genauso hell aus den zerbrechlichen kleinen Häusern wie aus den Bäumen, dem Gras, den Lücken von Blau zwischen den Wolken. Wir bemühen uns nach Kräften, das zu widerlegen, aber als Tatsache bleibt es bestehn: der Mensch ist so göttlich wie die Natur, so unendlich wie der leere Raum. Aber damit geraten wir gefährlich nahe an Theologie, und niemand hat je durch Begriffe sein Seelenheil erlangt. Halte dich an die konkreten Tatsachen!« Er wies mit dem Finger auf das Bild. »Die Wirklichkeit eines Dorfs, das halb in der Sonne und halb in Schatten und Geheimnis liegt. Die Wirklichkeit dieser indigoblauen Berge und der noch phantastischeren Berge aus Dunst über ihnen. Die Wirklichkeit blauer Teiche am Himmel, blaßgrüner und ockergelber Teiche auf besonnter Erde. Die Wirklichkeit dieser Wiese hier im Vordergrund, dieses Bambusgebüschs nur ein paar Meter den Hang hinab und zugleich die Wirklichkeit jener fernen Gipfel und die absurde Winzigkeit der Häuser mehr als tausend Meter tiefer unten im Tal. Entfernung ...« setzte er beiläufig hinzu, »die Fähigkeit, die Wirklichkeit der Entfernung auszudrücken, ist einer der Gründe, warum Landschaften die im wahrsten Sinn des Wortes religiösesten Bilder sind.«

»Weil Ferne diesem Blick Verzauberung verleiht?« Will konnte nicht widerstehn, Thomas Campbell zu zitieren.

»Nein, weil sie Wirklichkeit verleiht. Entfernung ruft uns ins Gedächtnis, daß das Universum noch viel mehr als bloß uns Menschen enthüllt – daß in den Menschen selber viel mehr als bloß Menschen enthalten sind. Sie erinnert uns daran, daß es geistige Räume innerhalb unsres Schädels gibt, genauso ungeheuer große wie im Weltall. Die Erfahrung der Entfernung, der inneren wie der äußeren, der Entfernung in Zeit und Raum – ist die primärste und fundamentalste religiöse Erfahrung. ›O Tod im Leben, ihr vergangnen Tage‹ – und ›Ihr Stätten, ihr unzähligen Stätten, die ihr nicht *diese* Stätte hier seid!‹ Vergangene Freuden, vergangene Leiden, vergangene Einsichten – alle so intensiv lebendig in unserer Erinnerung und dennoch alle tot, tot ohne Hoffnung auf ein Wiederauferstehn. Und das Dorf dort unten im Tal, so deutlich sogar im Schatten gesehn, so wirklich und zweifellos da, und dennoch so hoffnungslos unerreichbar, *incommunicado.* Ein Bild wie dieses beweist die Fähigkeit des Menschen, alle Tode in seinem Leben, alle die abgrundtiefen Abwesenheiten, von denen jede Gegenwart umgeben ist, hinzunehmen. Meiner Ansicht nach«, setzte Vijaya hinzu, »ist das gravierendste Merkmal eurer nichtgegenständlichen Kunst, daß sie so systematisch zweidimensional ist, daß sie das universelle Erlebnis der Entfernung nicht gelten lassen will. Als farbiges Objekt vermag ein abstrakt expressionistisches Werk an sich durchaus schön zu sein. Es könnte auch als etwas ähnliches wie ein rohrschachscher Tintenklecks herhalten. Jedermann kann darin einen symbolischen Ausdruck der eignen Ängste, Gelüste, Haßgefühle und Tagträume finden. Aber entdecken wir je darin jene mehr als menschlichen (oder besser gesagt, jene anders als allzu menschlichen) Wirklichkeiten, die wir in uns selbst entdecken, sobald wir uns den äußersten Fernen der Natur gegenübersehn oder den innern wie äußern Fernen einer gemalten Landschaft wie dieser hier? Ich weiß nur, daß ich in euern Abstraktionen nicht jene Wirklichkeiten entdecken kann, die sich mir hier enthüllen, und bezweifle, daß das ein andrer könnte. Darum ist dieser abstrakte, nichtgegenständliche Expressionismus von heute so fundamental antireligiös – und darum, wenn ich das hinzufügen darf, ödet einen sogar das Beste darunter so unendlich an, erscheint einem so bodenlos trivial.«

»Kommen Sie oft hierher?« fragte Will nach einer Weile.

»Wann immer ich das Bedürfnis danach empfinde, lieber mit andern zusammen als mit mir allein zu meditieren.«

»Und kommt das oft vor?«

»Ungefähr einmal die Woche. Aber selbstverständlich kommen andere gern öfter her – andere wieder viel seltener oder gar nicht. Je nach Temperament. Unsre Susila, zum Beispiel – die braucht eine starke Dosis Einsamkeit; daher kommt sie so gut wie nie hierher. Während Shanta, meine Frau, fast täglich herkommt.«

»So wie ich«, sagte Mrs. Rao. »Aber das ist weiter nicht überraschend«, fügte sie mit einem Lachen hinzu. »Dicke Leute sind gesellig – selbst beim Meditieren.«

»Und Sie meditieren über dieses Bild?« fragte Will.

»Nicht *über.* Aus ihm heraus, wenn Sie verstehn, was ich meine. Oder vielmehr parallel zu ihm. Ich sehe es an, und die andern sehen es an, und es gemahnt uns alle daran, wer wir sind und was wir nicht sind, und wie dasjenige, das wir nicht sind, zu dem werden könnte, wer wir sind.«

»Besteht da irgendein Zusammenhang«, fragte Will, »zwischen dem, was Sie sagten, und dem, was ich gestern oben im Tempel des Shiva mitansah?«

»Selbstverständlich«, antwortete sie. »Durch die *moksha*-Medizin gelangt man dorthin, wo man durch Meditation hingelangt.«

»Weshalb sich dann die Mühe des Meditierens machen?«

»Sie könnten ebensogut fragen, weshalb sich die Mühe machen, zu Abend zu essen.«

»Aber Ihrer Ansicht nach ist doch die *moskha*-Medizin selbst das Abendessen.«

»Es ist ein Festmahl«, sagte sie mit Nachdruck. »Und eben darum muß es auch Meditation geben. Man kann sich nicht jeden Tag zu einem Gelage setzen. Das wäre eine zu üppige und auch zu zeitraubende Angelegenheit. Überdies werden Festmähler ins Haus geliefert; man selbst beteiligt sich nicht an ihrer Zubereitung. Für seine täglichen Mahlzeiten muß man sich selber an den Herd stellen. Die *moksha*-Medizin soll nur ein gelegentlicher Festschmaus sein.«

»Theologisch ausgedrückt«, sagte Vijaya, »bereitet einen die *moksha*-Medizin für den Empfang unverdienter Gnaden vor: pre-mystische Visionen oder auch die vollentfalteten mystischen Erfahrungen. Meditation ist einer der Zugangswege zu diesen unverdienten Gnaden.«

»Auf welche Weise?«

»Indem man die Gemütsverfassungen weiterentwickelt, die es einem ermöglichen, die verwirrenden ekstatischen Einsichten zu dauernden und gewohnheitsmäßigen Erleuchtungen werden zu lassen. Indem man sich selbst so weit erkennt, daß man nicht mehr dazu getrieben wird, alle die häßlichen, absurden, selbstverdummenden Dinge zu tun, bei deren Ausübung man sich so oft ertappt.«

»Sie meinen, sie verhilft einem dazu, klüger zu werden?«

»Nicht klüger, was die Wissenschaften oder logisches Argumentieren betrifft – klüger auf der tieferliegenden Ebene konkreter Erfahrungen und persönlicher Beziehungen.«

»Ja«, sagte Mrs. Rao, »auch wenn man hier« – und sie tätschelte sich oben den Kopf – »recht beschränkt sein mag. Ich bin zu doof für die Dinge, in denen Dr. MacPhail und Vijaya so tüchtig sind – Genetik und Biochemie und Philosophie und was noch alles. Und ich kann weder malen noch dichten oder schauspielern. Ich bin gänzlich untalentiert und unintelligent. Daher müßte ich schreckliche Minderwertigkeitsgefühle haben. Aber wo's ums tägliche Leben geht oder darum, Verständnis für andre Menschen aufzubringen, so glaube ich im Lauf der Zeit immer feinnerviger und geschickter zu werden. Und dann das, was Vijaya unverdiente Gnaden nennt ...« Sie brach ab. »Es könnte einer das größte Genie der Welt sein und hätte doch nicht mehr, als was mir geschenkt wurde. Hab ich nicht recht, Vijaya?«
»Vollkommen recht.«
Sie wandte sich wieder an Will. »Sie sehn also, Mr. Farnaby, Pala ist der Ort für die Dummen. Das größtmögliche Glück der größtmöglichen Zahl – und wir Dummen stellen nun einmal die größtmögliche Zahl dar. Leute wie Dr. MacPhail und Vijaya und mein lieber Ranga – nun, wir anerkennen deren Überlegenheit, wir wissen sehr gut, wie wichtig deren Intelligenz ist. Wir wissen aber auch, daß unsre Sorte von Intelligenz kaum weniger wichtig ist. Und wir beneiden sie nicht, denn uns ist ebensoviel gegeben worden wie ihnen. Manchmal sogar mehr.«
»Manchmal«, stimmte Vijaya ihr bei, »sogar mehr. Aus dem einfachen Grund, daß diejenigen, denen es gelingt, Symbole zu manipulieren, zu gewohnheitsmäßigen Symbol-Manipulanten werden, was ein Hindernis bedeutet auf dem Pfad zu konkreter Erfahrung und dem Empfangen von unverdienten Gnaden.«
»Sehn Sie, Mr. Farnaby«, sagte Mrs. Rao, »Sie brauchen unsereins nicht allzusehr zu bedauern.« Nach einem Blick auf ihre Armbanduhr rief sie aus: »Himmel, ich werde für Dillips Abendessen zu spät kommen, wenn ich mich nicht beeile.«
Und sie begann energischen Schritts auf die Tür zuzugehen.
»Zeit, Zeit, Zeit«, spöttelte Will, »sogar an dieser Stätte zeitlosen Meditierens. Zeit fürs Abendessen, die unumstößlich in die Ewigkeit einbricht.« Er lachte. Sich nie mit einem Ja abspeisen lassen! Der Natur der Dinge nach ist es immer ein Nein.
Mrs. Rao blieb einen Augenblick stehn und blickte zu ihm zurück.

»Manchesmal jedoch«, sagte sie, »ist es die Ewigkeit, die in die Zeit einbricht – selbst wenn es bloß die Zeit fürs Abendessen ist. Auf Wiedersehn.«

Sie winkte mit der Hand und ging.

»Was ist besser«, sagte Will nachdenklich, als er hinter Vijaya aus dem Dämmer des Tempels in den mittäglichen Glast hinaustrat, »was ist wohl besser – als Dummer in eine intelligente Gesellschaft hineingeboren zu werden oder als Intelligenter in eine irre?«

ZWÖLFTES KAPITEL

»Hier wären wir«, sagte Vijaya, als sie ans Ende des kurzen Gäßchens gekommen waren, das vom Marktplatz hinunterführte. Er öffnete eine niedrige Gittertür und ließ seinen Gast in einen winzigen Garten eintreten, an dessen entfernterem Ende ein kleines strohgedecktes Haus auf niedrigen Pfählen stand. Hinter dem Bungalow hervor kam ein gelber Köter gerannt und begrüßte die beiden mit ekstatischem Kläffen und mit Sprüngen und Schwanzwedeln. Gleich darauf sauste ein großer grüner Papagei, mit weißen Backen und einem Schnabel gleich poliertem Jett, von irgendwo herab und setzte sich mit Gekreisch und lautem Flügelschlagen Vijaya auf die Schulter.

»Bei Ihnen ist's ein Papagei«, sagte Will, »bei der kleinen Mary Sarojini ein Myna. Ihr Leute scheint mit der lokalen Fauna auf bemerkenswert gutem Fuß zu stehn.«

Vijaya nickte. »Pala ist vermutlich das einzige Land, in dem ein Theologe der Tierwelt keinen Grund hätte, an Teufel zu glauben. Für Tiere überall sonst ist der Satan ganz offenbar der *Homo sapiens.*«

Sie gingen die Stufen zur Veranda hinauf und betraten durch die offene Eingangstür den Hauptraum des Bungalows. Auf einem niedrigen Sessel neben dem Fenster saß eine junge Frau in Blau, die ihrem Söhnchen die Brust reichte. Sie hob das herzförmige Gesicht, das sich von einer breiten Stirn zu einem zartgeformten Kinn verschmälerte, und begrüßte sie mit einem Lächeln.

»Ich habe Will Farnaby mitgebracht«, sagte Vijaya und beugte sich zu ihr hinab, um sie zu küssen.
Shanta reichte die freie Hand dem fremden Gast.
»Ich hoffe, Mr. Farnaby hat nichts gegen Natur im Urzustand«, sagte sie. Als wolle es das Gesagte bekräftigen, ließ das Baby mit dem kleinen Mund von der Brustknospe ab und rülpste. Ein weißes seidiges Bläschen erschien zwischen seinen Lippen, schwoll und barst. Es rülpste noch einmal und begann dann wieder zu saugen. »Sogar mit acht Monaten«, seufzte Shanta, »lassen Ramas Tischmanieren noch immer etwas zu wünschen übrig.«
»Ein Prachtexemplar«, sagte Will höflich. Babys interessierten ihn nicht sehr, und er war für die wiederholten Fehlgeburten, die Mollys ganze Hoffnung und Sehnsucht nach einem Kind zunichte gemacht hatten, immer dankbar gewesen. »Wem er wohl ähnlich sehn wird – Ihnen oder Vijaya?«
Shanta lachte, und Vijaya lachte, eine Oktave tiefer, schallend mit.
»Vijaya wird er ganz bestimmt *nicht* ähnlich sehn«, erklärte sie.
»Warum nicht?«
»Aus dem hinlänglichen Grund«, sagte Vijaya, »daß ich in genetischer Hinsicht nicht für ihn verantwortlich bin.«
»Mit andern Worten, der Kleine ist nicht Vijayas Sohn.«
Will sah von einem lachenden Gesicht zum andern und zuckte die Achseln. »Ich geb's auf.«
»Vor vier Jahren«, erklärte Shanta, »produzierten wir ein Paar Zwillinge, die Vijaya wie aus dem Gesicht geschnitten sind. Diesmal dachten wir, es wäre amüsant, auf etwas radikal anderes überzugehn. Wir entschlossen uns, die Familie mit einer total neuen Physis und ditto Temperament zu bereichern. Haben Sie je von Gobind Singh gehört?«
»Vijaya hat mir vorhin das Bild gezeigt, das in euerm Meditationszimmer hängt.«
»Nun, ihn haben wir uns als Ramas Vater ausgesucht.«
»Aber ist er nicht schon lange tot?«
Shanta nickte. »Aber seine Seele befindet sich noch immer auf der Wanderschaft.«
»Was wollen Sie damit sagen?«
»VF und KB.«

Will hob die Brauen.
»Vereisungs-Verfahren und Künstliche Befruchtung.«
»Ah, ich verstehe.«
»Tatsächlich haben wir die Technik der KB ungefähr zwanzig Jahre vor euch entwickelt«, sagte Vijaya. »Aber natürlich konnten wir das kaum verwerten, solange wir weder elektrischen Strom noch Tiefkühlanlagen besaßen. Die wurden bei uns in den späten zwanziger Jahren eingerichtet. Seither wird bei uns KB in großem Maßstab verwendet.«
»Sie sehn«, fiel Shanta in das Gespräch ein, »mein Kleiner wird vielleicht ein Maler werden – das heißt, falls ein solches Talent erblich ist. Und selbst wenn nicht, wird er sich zu einem viel stärker endomorphen und viscerotonischen Typus entwickeln, als seine Brüder oder sein Vater oder seine Mutter es sind. Was äußerst interessant und lehrreich für alle Beteiligten zu werden verspricht.«
»Wird dieses Verfahren von vielen durchgeführt?« fragte Will.
»Immer häufiger. Ich würde sagen, daß fast alle Ehepaare, die noch ein drittes Kind wollen, dieses durch KB bekommen. Und das tun auch solche, die es bei zwei Kindern belassen wollen. Nehmen wir meine Familie. Unter den Verwandten meines Vaters gab es einige Zuckerkranke. Also dachten sie – er und meine Mutter – das Beste wäre, wenn sie Kinder durch KB bekämen. Mein Bruder stammt von drei Generationen von Tänzern ab, und ich bin in genetischer Hinsicht die Tochter von Malcolm Tschakravarti-MacPhail, dem Privatsekretär des Alten Radscha, der ein Vetter von Dr. MacPhail war.«
»Und Verfasser«, setzte Vijaya hinzu, »des besten Geschichtsbuchs über Pala. Tschakravarti-MacPhail war einer der begabtesten Männer seiner Generation.«
Will blickte auf Shanta und dann wieder zurück zu Vijaya.
»Und haben sich seine Talente vererbt?«
»Und wie«, antwortete Vijaya. »Ich vermag meine Stellung männlicher Überlegenheit nur mit größter Mühe zu behaupten. Shanta ist viel klüger als ich es bin; aber zum Glück kann sie es nicht mit meiner Muskelkraft aufnehmen.«
»Muskelkraft«, spöttelte sie, *»Muskelkraft!* ... wenn ich an eine Dame namens Dalila denke!«
»Nebenbei«, fuhr Vijaya fort, »Shanta hat zweiunddreißig

Halbbrüder und neunundzwanzig Halbschwestern. Und mehr als ein Drittel von ihnen sind überdurchschnittlich intelligent.«
»Ihr veredelt also euer Geschlecht.«
»Ganz entschieden. Gebt uns noch ein Jahrhundert, und unser durchschnittlicher Intelligenz-Quotient wird auf hundertfünfzehn gestiegen sein.«
»Während der unsre, bei dem jetzigen Ausmaß an Fortschritt, auf fünfundachtzig gefallen sein wird. Wirksamere Heilmittel – und mehr angeborene Mängel werden erhalten und weitervererbt, künftigen Diktatoren zum Nutzen.« Beim Gedanken an diesen kosmischen Spaß lachte Will laut auf. Dann fragte er: »Und welches sind die ethischen und religiösen Aspekte künstlicher Befruchtung?«
»Im Frühstadium«, sagte Vijaya, »gab es eine ganze Menge Leute, die aus Gewissensgründen nichts davon wissen wollten. Seither haben sich die Vorteile dieses Verfahrens jedoch so deutlich erwiesen, daß die meisten Ehepaare es moralischer finden, ein Kind zu haben, das höhere charakterliche und körperliche Anlagen besitzt, als das Risiko auf sich zu nehmen, sklavisch zu reproduzieren, was immer für Verschrobenheiten und Defekte in der Familie des Gatten latent sein mögen. Mittlerweile haben sich die Theologen auf die Sache gestürzt. KB wurde, in der Form von Wiedergeburt und der Karma-Theorie, als gerechtfertigt angesehn. Fromme Väter sind heute glücklich bei dem Gedanken, den Kindern ihrer Frauen so zu einem günstigeren Schicksal für sich und deren Nachkommenschaft verhelfen zu können.«
»Einem günstigeren Schicksal?«
»Weil sie das Erbgut einer hochwertigeren Rasse in sich tragen. Und das ist sie, als Manifestation eines günstigeren Karmas. Wir haben eine Zentralbank solcher hervorragender Rassen. Mit jedem Typus von Physis und Temperament. In *eurer* Umwelt hat Vererbung so gut wie keine Chance. In unserer, ja. Und nebenbei gesagt, wir haben ausgezeichnete genealogische und anthropometrische Register, die bis in die siebziger Jahre des vorigen Jahrhunderts zurückreichen. Wir tappen da also nicht ganz im dunkeln. Es ist uns zum Beispiel bekannt, daß Gobind Singhs Großmutter mütterlicherseits ein begabtes Medium war und sechsundneunzig Jahre alt wurde.«

»Und wir werden vielleicht sogar einen Hellseher in der Familie haben«, sagte Shanta, »der hundert Jahre alt werden wird.« Das Baby rülpste wieder einmal. »Das Orakel hat gesprochen – wie immer auf sehr rätselhafte Weise.« Und zu Vijaya gewendet, setzte sie hinzu: »Wenn du das Mittagessen rechtzeitig auf dem Tisch haben willst, kümmere du dich bitte darum. Rama wird mich noch mindestens zehn Minuten beschäftigt halten.« Vijaya stand auf, legte die eine Hand auf die Schulter seiner Frau und strich mit der andern sanft über den braunen Rücken des Kleinen.

Die junge Frau beugte sich herab und streifte mit der Wange über die Krone des flaumigen Köpfchens. »Das ist der Papi«, flüsterte sie, »guter, guter Papi ...«

Vijaya verabreichte dem Kind noch einen letzten leichten Klaps und richtete sich dann auf. »Sie wunderten sich«, sagte er zu Will, »wieso wir so gut mit der lokalen Fauna auskommen. Ich werde Ihnen zeigen wieso.« Er hob die Hand. »Polly, Polly.« Vorsichtig trat der große Vogel von Vijayas Schulter auf dessen ausgestreckten Zeigefinger. »Brave Polly, gute, brave Polly«, sagte er in einer Art Singsang. Dann senkte er die Hand, bis zwischen dem Körper des Vogels und dem des Kindes ein Kontakt hergestellt war, und bewegte sie dann, Gefieder gegen braune Haut, hin und her. »Brave Polly, gute Polly«, sagte er immer wieder.

Der Papagei stieß ein langanhaltendes leises Kichern aus, neigte sich von seinem Sitz zu Vijayas Finger vor und begann ganz zart an dem winzigen Ohr des Kindes zu knabbern.

»So eine gute Polly«, flüsterte Shanta in selben Singsang, »so eine gute, brave Polly.«

»Das war auch eine von Andrews Ideen«, sagte Vijaya, »während er als Naturforscher auf der *Melampus* fuhr. Hatte sie von einem Stamm in Nord-Guinea aufgeschnappt. Neolithische Menschen; aber ebenso wie ihr Christen und wir Buddhisten glaubten sie an Liebe. Doch anders als ihr und wir hatten sie einige sehr wirksame Praktiken erfunden, ihren Glauben zu verwirklichen. Diese Technik hier war eine ihrer glücklichsten Entdeckungen. Streichle das Kind, während du es stillst; das verdoppelt sein Vergnügen. Und dann, während es saugt und gestreichelt wird, bring das Tier und die Person in seine Nähe, von denen du möchtest, es soll sie gernhaben. Reibe seinen Körper gegen den ihren; stelle einen warmen physischen Kontakt her zwischen Kind und Liebesobjekt. Gleichzeitig wiederhole immerzu dasselbe Wort, wie etwa ›gut‹. Zuerst wird es nur deinen Tonfall verstehn. Später, wenn es sprechen lernt, die volle Bedeutung. Nahrung plus Streicheln plus Kontakt plus ›gut‹ ist gleich Liebe. Und Liebe ist gleich Vergnügen, Liebe ist gleich Befriedigung.«

»Reiner unverfälschter Pavlov!«

»Aber Pavlov einzig und allein um eines guten Zwecks willen. Pavlov um der Zutraulichkeit und des Mitgefühls willen. Während ihr es vorzieht, ihn für Gehirnwäsche zu mißbrauchen, für Zigaretten- und Wodkareklame und patriotische Slogans. Pavlov zugunsten von Diktatoren, Generälen und Industriebonzen.«

Der gelbe Köter, der um keinen Preis noch länger ignoriert werden wollte, hatte sich zu der kleinen Gruppe gesellt und schleckte ab, was immer sich an fühlsamer Materie in seiner Reichweite befand – Shantas Arm, Vijayas Hand, die Füße Pollys, den Popo des Babys. Shanta zog den Hund näher heran und rieb das Kind gegen dessen pelzige Flanke.

»Und auch der Hund Toby da ist gut«, sagte sie, »guter Toby, guter, guter Toby.«

Will lachte. »Sollte ich da nicht auch mitwirken?«

»Ich wollte es grade vorschlagen«, antwortete Shanta, »nur dachte ich, Sie würden das als unter Ihrer Würde betrachten.«

»Setzen Sie sich an meinen Platz«, sagte Vijaya. »Ich muß gehn und mich um das Essen kümmern.«

Den Papagei noch immer auf der Hand, ging er zur Tür hinaus, die in die Küche führte. Will zog seinen Stuhl heran und begann den kleinen Körper des Kindes zu streicheln.

»Und da ist noch ein Mann, Baby«, flüsterte Shanta. »Ein guter Mann, ein *guter* Mann.«

»Wie sehr wünschte ich, es wäre wahr«, sagte Will mit einem wehmütigen kleinen Lachen.

»Hier und jetzt *ist* es wahr.« Und wieder über das Kind geneigt wiederholte sie: »Ein guter Mann, Baby, ein guter, guter Mann.«

Er blickte in ihr beseligtes, insgeheim lächelndes Gesicht, spürte unter seinen Fingerspitzen die Glätte und Wärme des kleinen

Körpers. Gut, gut, gut ... Auch er hätte dieses Gute erleben können – aber nur, wenn sein Leben völlig anders gewesen wäre, als es in Wirklichkeit, in sinnloser, abscheulicher Wirklichkeit gewesen war. Also laß dich nicht mit einem Ja abspeisen, auch wenn ein Ja, so wie jetzt, ganz offensichtlich am Platz ist. Er blickte noch einmal auf das ganze Ensemble, mit Augen, nun absichtsvoll auf eine andere Wellenlänge der Bewertung eingestellt. Und was er sah, war die Karikatur eines Altarbilds von Memling: *Madonna mit Kind, Hund, Pavlov und Zufallsbekanntschaft.* Und plötzlich begriff er beinahe, im Innersten, warum Bahu diese Menschen so haßte. Warum er so darauf aus war – im Namen Gottes, überflüssig zu sagen – sie zu vernichten.
»Gut«, murmelte Shanta immer wieder ihrem Kindchen zu, »gut, gut, gut.«
Sie waren allzu gut, darin bestand ihr Verbrechen. So etwas durfte einfach nicht sein. Und doch, wie köstlich es war! Und wie leidenschaftlich er sich wünschte, er hätte sein Teil daran gehabt! Reine Sentimentalität, sagte er sich und griff ironisch ihre Worte auf. »Gut, gut, gut. Aber was geschieht, wenn das Kind heranwächst und entdeckt, daß es viele Dinge und Leute gibt, die böse, böse, böse sind?«
»Freundlichkeit ruft Freundlichkeit hervor«, entgegnete die junge Frau.
»Ja, bei dem, der von Natur aus freundlich gesinnt ist. Nicht wenn er habgierig oder herrschsüchtig oder verbittert ist. Für so jemanden bedeutet Freundlichkeit einfach eine Schwäche, eine Aufforderung, andere auszubeuten und zu unterdrücken, wobei der Unterdrücker straflos ausgeht.«
»Das muß man eben riskieren, es muß ein Anfang gemacht werden. Und zum Glück ist keiner unsterblich. Diejenigen, die zum Betrügen und Unterdrücken und Verbittertsein konditioniert wurden, werden bald nicht mehr da sein und an ihrer Statt wird es Männer und Frauen geben, die auf die neue Art erzogen worden sind. Hier bei uns ist es geschehn; es könnte auch bei euch geschehn.«
»Es *könnte* geschehn«, stimmte er ihr bei. »Aber in der Kettenreaktion von Wasserstoffbomben und Nationalismus und fünfzig Millionen mehr Menschen im Jahr – besteht eine große Wahrscheinlichkeit, daß es *nicht* geschehn wird.«

»Ohne wenigstens den Versuch zu machen, werdet ihr's nicht herausfinden.«

»Und den werden wir nicht machen, solange die Welt sich in ihrer jetzigen Verfassung befindet. Und natürlich wird sie in der beharren, solange wir den Versuch nicht machen und damit mindestens so viel Erfolg haben wie ihr. Was mich wieder auf meine ursprüngliche Frage bringt. Was geschieht, wenn gut, gut, gut entdeckt, daß, selbst in Pala, eine ganze Menge Dinge böse, böse, böse sind? Werden die Kinder da nicht einige recht unangenehme seelische Schocks erleiden?«

»Wir bemühen uns, sie gegen solche immun zu machen.«

»Wie? Indem ihr sie Unerfreuliches erleben laßt, solange sie noch jung sind?«

»Nicht Unerfreuliches. Sagen wir lieber, *Wirkliches*. Wir lehren sie, andre lieb zu haben und vertrauensvoll zu sein, setzen sie aber der Wirklichkeit in allen ihren Aspekten aus. Und dann vertrauen wir ihnen alle möglichen kleineren und größeren Pflichten an. Wir erziehen sie dazu, zu begreifen, daß Pala nicht ein Paradies oder das Schlaraffenland ist. Sicherlich ist es ein ganz angenehmer Aufenthaltsort. Aber es wird ein solcher nur bleiben, solange alle ihre Arbeit tun und sich anständig benehmen. Und unterdessen bleiben die Wirklichkeiten des Lebens, was sie immer gewesen sind. Sogar hier.«

»Wie verhält es sich aber mit solchen realen Fakten wie diesen schaurigen Schlangen, denen ich auf meiner Klettertour aus der Schlucht herauf begegnet bin? Sie können gut, gut, gut sagen, so oft Sie wollen; eine Schlange wird einen trotzdem beißen.«

»Sie meinen, sie *könnte* trotzdem beißen. Aber wird sie auch Gebrauch machen von ihrer Fähigkeit?«

»Warum sollte sie nicht?«

»Sehn Sie dorthin«, sagte Shanta. Er wandte den Kopf und sah, daß sie auf eine Nische in der Wand hinter ihm wies. In der Nische stand das Ebenbild eines steinernen Buddha, der in etwa halber Lebensgröße, auf einem seltsam gerillten Postament saß und von einem blattförmigen Baldachin überwölbt war, der sich hinter dem Rücken der Statue zu einem breiten Säulenschaft verjüngte. »Es ist, in Kleinformat, eine Nachbildung der Buddhastatue im Stations-Komplex«, fuhr sie fort. »Erinnern Sie sich, die riesige Statue neben dem Lotusteich?«

»Eine prachtvolle Skulptur«, sagte er. »Und das Lächeln vermittelt einem wirklich eine Ahnung von der Seligen Schau. Aber was hat es mit Schlangen zu tun?«

»Sehn Sie sich's noch einmal an.«

Er sah hin. »Ich kann nichts besonders Bedeutungsvolles entdecken.«

»Sehn Sie sich's noch genauer an.«

Die Sekunden vergingen. Dann bemerkte er mit einem jähen Erschrecken etwas Seltsames, ja Beunruhigendes. Was er für ein sonderbar verziertes zylindrisches Postament gehalten hatte, enthüllte sich als eine riesige, zusammengerollte Schlange. Und der sich nach unten verjüngende Baldachin, unter welchem der Buddha saß, war die ausgedehnte Haube, mit dem flachliegenden Kopf im Mittelpunkt seiner Vorderkante, einer riesigen Kobra.

»Mein Gott!« sagte er. »Ich hatte nichts bemerkt. Was für ein schlechter Beobachter man doch ist!«

»Sehn Sie den Buddha zum erstenmal in Verbindung mit einer Schlange?«

»Zum erstenmal. Gibt es eine Legende?«

Sie nickte. »Eine meiner Lieblingssagen. Sie wissen natürlich vom Bodhi-Baum, dem heiligen Feigenbaum, nicht wahr?«

»Ja, ich weiß davon.«

»Nun, das war nicht der einzige Baum, unter dem Gautama zur Zeit seiner Erleuchtung saß. Nach dem Bodhi-Baum saß er sieben Tage lang unter einem Banyan-Baum, welcher der ›Baum des Hirten‹ genannt wird. Und danach wanderte er weiter zum Baum von Muchalinda.«

»Wer war Muchalinda?«

»Muchalinda war der König der Schlangen und, als ein Gott, wußte er, was geschah. Also kroch der Schlangenkönig, sobald der Buddha sich unter seinen Baum setzte, aus seinem Loch hervor, meter- und meterlang wie er war, und erwies der Weisheit im Namen der Natur seine Reverenz. Dann zog ein böses Unwetter von Westen heran. Die göttliche Kobra umschlang mit den Windungen ihres Leibes den Leib des göttlichen Mannes, zog die Haube über seinen Kopf und schützte so den Tathagata während seiner sieben Tage langen Kontemplation vor Wind und Regen. Und so sitzt er bis zum heutigen Tag, Kobra unter sich und Kobra über sich, und ist sich so zugleich der Kobra und des HELLEN LICHTS bewußt und daß beide letzten Endes einander gleich sind.«

»Wie ungemein verschieden von der Ansicht, die *wir* über Schlangen haben«, meinte Will.

»Und die eure ist vermeintlich Gottes Ansicht – denken Sie an die Genesis.«

»›Und ich will Feindschaft setzen zwischen dir und dem Weibe‹«, sagte er, »›und zwischen deinem Samen und ihrem Samen.‹«

»Aber Weisheit setzt nirgendwo Feindschaft. Alle diesen sinn- und zwecklosen Hahnenkämpfe zwischen dem Menschen und der Natur, zwischen der Natur und Gott, zwischen dem Fleisch und dem Geist! Weisheit kennt diese wahnwitzigen Trennungen nicht.«

»Auch Wissenschaft nicht.«

»Weisheit vermag Wissenschaft mühelos zu überwinden und noch ein Stück weiter zu gehn.«

»Und was ist's mit Totemismus?« fuhr Will fort. »Und den Fruchtbarkeitskulten? Auch die kannten keine solchen Trennungen. Besaßen *die* Weisheit?«

»Selbstverständlich besaßen sie die primitive Weisheit, Weisheit auf der neolithischen Ebene. Aber nach einer Weile werden die Menschen allzu selbstbewußt und die alten dunkeln Gottheiten kommen in Verruf. Daher Szenenwechsel. Auftritt der Götter des Lichts, der Propheten, des Pythagoras und Zarathustra, der Dschainas und frühen Buddhisten. Alle miteinander leiten sie das Zeitalter der kosmischen Hahnenkämpfe ein – Ormuzd versus Ahriman, Jehova versus Satan und Baal, Nirwana, dem Samsara gegenübergestellt, Erscheinung im Gegensatz zu Platos Wirklichkeitsideal. Und ausgenommen in den Köpfen einiger Tantriker und Mahayanisten und Taoisten und christlichen Häretiker, dauerten die Hahnenkämpfe den größten Teil von zweitausend Jahren an.«

»Wonach dann –?« sagte er fragend.

»Wonach wir zu den Anfängen der heutigen Biologie kommen.«

Will lachte. »Und Gott sprach: ›Es werde Darwin‹, und es ward Nietzsche, Imperialismus und Adolf Hitler.«

»Alles das«, stimmte sie ihm bei. »Aber auch die Möglichkeiten einer neuen Weisheit für jedermann. Darwin nahm den einstigen Totemismus und erhob ihn auf die Höhe der Biologie. Die

Fruchtbarkeitskulte tauchten wieder als Genetik und in Havelock Ellis' Sexstudien auf. Und nun ist's an uns, zu sehn, ob wir imstande sein werden, uns noch eine halbe Drehung der Spirale höherzuschrauben. Darwinismus war die alte neolithische Weisheit, umgewandelt in wissenschaftliche Begriffe. Die neue bewußte Weisheit – die Weisheit, die prophetisch im Zen und Taoismus und Tantra erahnt wurde – ist biologische Theorie in lebendige Praxis verwirklicht, ist Darwinismus auf die Ebene von Mitgefühl und spiritueller Einsicht emporgehoben. Wie Sie sehn«, schloß sie, »gibt es keinen Grund auf der Welt – und schon gar keinen im Himmel, warum der Buddha oder wer immer das HELLE LICHT nicht in der Manifestation einer Schlange betrachten sollte!«

»Sogar wenn die Schlange ihn töten könnte?«

»Sogar wenn die Schlange ihn töten könnte.«

»Und obwohl es das älteste und am weitesten verbreitete phallische Symbol ist?«

Die junge Frau lachte. »›Meditiert unter dem Baum von Muchalinda‹ – das raten wir jedem Liebespaar. Und in den Intervallen zwischen jenem liebenden Meditieren sich zu erinnern, was man als Kind gelernt hat; Schlangen sind unsre Brüder; Schlangen haben ein Recht auf unser Mitgefühl und unsre Rücksichtnahme; mit einem Wort, Schlangen sind gut, gut, gut.«

»Schlangen sind auch giftig, giftig, giftig.«

»Aber wenn man sich vor Augen hält, daß sie ebenso gut wie giftig sind, und sich dementsprechend verhält, werden sie keinen Gebrauch von ihrem Gift machen.«

»Wer behauptet das?«

»Es läßt sich beobachten. Leute, die sich nicht vor Schlangen fürchten, die sich ihnen nicht im festen Glauben nähern, daß nur eine tote Schlange eine ›gute‹ Schlange ist, werden sehr selten gebissen. Nächste Woche will ich mir die zahme Pythonschlange unsres Nachbarn ausleihen. Einige Tage werde ich Rama seinen Lunch innerhalb der eingerollten ›Alten Schlange‹ verabreichen.«

Von draußen kamen die Laute schriller lachender Kinderstimmen, die einander fortwährend auf Englisch oder Palanesisch unterbrachen. Gleich darauf betrat Mary Sarojini, die im Vergleich zu ihren Pfleglingen sehr ernst und mütterlich aussah, das

Zimmer, flankiert von einem Paar Vierjähriger, die einander wie ein Ei dem andern glichen. Hinter ihnen kam der stämmige kleine Cherub, der mit ihr gewesen war, als Will zum erstenmal in Pala die Augen aufschlug.

»Wir haben Tara und Arjuna vom Kindergarten abgeholt«, erklärte Mary Sarojini, während die Zwillinge auf ihre Mutter losstürzten.

Das Baby in einem Arm, den zweiten um die beiden kleinen Knaben geschlungen, lächelte Shanta dankbar zu ihr auf. »Das war sehr nett von dir.«

Aber es war Tom Krishna, der das mit »Gern geschehn« quittierte. Dann trat er einen Schritt auf sie zu und begann unsicher: »Ich wollte dich nur fragen, ob ...« unterbrach sich und warf einen flehenden Blick auf seine Schwester. Die schüttelte nur den Kopf.

»Was wolltest du mich denn fragen?« erkundigte sich Shanta.

»Na, eigentlich wollten wir dich beide fragen, ob ... also, ob wir heute mit euch mittagessen könnten.«

»Ach so.« Shanta sah von Tom Krishna zu Mary Sarojini und wieder zu ihm zurück. »Dann geh und frag' Vijaya, ob genug zu essen da ist. Er besorgt heute das Kochen.«

»Okay«, sagte Tom Krishna wenig begeistert. Langsam schlenderte er durchs Zimmer und in die Küche hinaus. Shanta wandte sich an Mary Sarojini. »Was ist los mit ihm?«

»Weißt du, Mutter hat ihm mindestens fünfzigmal gesagt, sie mag's nicht, wenn er Eidechsen mit heimbringt. Und heute vormittag hat er wieder eine gebracht. So ist sie sehr böse mit ihm geworden.«

»Also habt ihr beschlossen, herzukommen und mit uns zu essen?«

»Wenn's euch nicht paßt, Shanta, könnten wir's bei den Raos versuchen, oder bei den Rajajinnadasas.«

»Aber es paßt durchaus«, versicherte ihr die junge Frau. »Ich fand nur, Tom Krishna sollte sich vorher lieber ein wenig mit Vijaya unterhalten.«

»Da hast du sehr recht«, meinte Mary Sarojini mit ernster Miene. Dann rief sie, sehr geschäftsmäßig: »Tara, Arjuna, kommt mit ins Badezimmer, euch waschen.« Zu Shanta sagte sie, als sie die beiden hinausführte: »Sie sehn wie richtige Ferkel aus.«

Will wartete, bis sie außer Hörweite waren, und wandte sich dann an die junge Frau. »Ich nehme an, ich habe da grade einen eurer Kinderpflegevereine auf Gegenseitigkeit in Aktion gesehen.«

»Zum Glück in einer sehr milden Form«, erwiderte Shanta. »Die beiden Geschwister kommen sehr gut mit ihrer Mutter aus. Es gibt dort keinerlei persönliche Probleme – ausgenommen dasjenige des Schicksals, das ungeheure, schreckliche Problem von Dugalds Tod.«

»Wird Susila wieder heiraten?« fragte er.

»Ich hoffe es. Für alle Beteiligten. Unterdessen ist es gut für die Kinder, wenn sie eine gewisse Zeit mit dem einen oder andern ihrer Vize-Väter verbringen. Besonders gut für Tom Krishna. Er kommt grade in das Alter, wo kleine Jungen ihre Männlichkeit entdecken. Er kann immer noch weinen wie ein Baby; aber gleich darauf beginnt er zu prahlen und aufzutrumpfen und bringt Eidechsen mit heim – bloß um zu beweisen, daß er ein zweihundertprozentiger Supermann ist. Darum habe ich ihn jetzt zu Vijaya geschickt. Der ist alles das, was Tom Krishna sein möchte. Fast drei Meter groß und breitschultrig und ungeheuer stark und tüchtig. Wenn Vijaya dem Jungen sagt, wie er sich benehmen solle, schenkt ihm der Gehör – was er niemals täte, wenn ich oder seine Mutter ihm genau dasselbe sagen würden. Und Vijaya sagt genau dasselbe, was wir ihm auch sagen würden. Er tut das, weil er nicht nur zu zweihundert Prozent männlich, sondern auch noch zu fünfzig Prozent weiblich-sensitiv ist. Sie sehn, Tom Krishna wird ganz tüchtig bearbeitet werden. Und jetzt«, schloß sie und sah auf das schlafende Kind in ihren Armen hinab, »muß ich diesen jungen Mann zu Bett bringen und mich fürs Essen bereit machen.«

DREIZEHNTES KAPITEL

Sauber gewaschen und gekämmt saßen die Zwillinge bereits auf ihren hohen Stühlen. Mary Sarojini umsorgte sie wie eine stolze, aber ein wenig ängstliche Mutter. Vor dem Herd stand Vijaya und schöpfte Reis und Gemüse aus einem irdenen Topf. Vorsichtig und mit einer Miene angestrengter Konzentration trug Tom Krishna eine randvoll gefüllte Schale nach der andern zum Tisch hinüber.

»So!« sagte Vijaya, als die letzte ausgeteilt war. Er wischte sich die Hände ab, ging zu seinem Platz und setzte sich. »Wir sollten unsern Gast über das Tischgebet informieren, meinst du nicht, Shanta?«

Und zu Will gewandt, erklärte er: »In Pala sagen wir das Tischgebet nicht vor, sondern während der Mahlzeiten. Oder vielmehr, wir sagen es nicht, wir kauen es.«

»Kauen es?«

»Unser Gebet ist der erste Bissen von jedem Gang – der wird gekaut und gekaut, bis nichts mehr davon übrig ist. Und während des Kauens achten wir die ganze Zeit auf den Geschmack dessen, was wir kauen, seine Konsistenz und seinen Wärmegrad, den Druck und Gegendruck auf unsre Zähne und die Spannung der Muskeln in unsern Kinnbacken.«

»Und unterdessen dankt ihr vermutlich dem Erleuchteten oder Shiva oder wem immer?«

Shanta schüttelte energisch den Kopf. »Das würde unsre Aufmerksamkeit ablenken, und grade auf die kommt es an. Aufmerksamkeit auf die Erfahrung von etwas Gegebenem, von etwas, das man nicht selber erfunden hat. Nicht auf die Erinnerung an schablonenhafte Worte, die an jemand, der nur in unsrer Vorstellung existiert, gerichtet sind.« Sie blickte in die Runde. »Sollen wir zu essen anfangen?«

»Hurra!« schrien die Zwillinge wie aus einem Mund und langten nach ihren Löffeln.

Eine Minute lang herrschte Stille, nur unterbrochen von den Zwillingen, die noch nicht gelernt hatten zu essen, ohne mit den Lippen zu schmatzen.

»Dürfen wir jetzt 'runterschlucken?« fragte endlich der eine der beiden.

Shanta bejahte mit einem Kopfnicken. Alles schluckte. Ein Klirren von Löffeln, und alles redete mit vollem Mund drauflos.
»Nun, wonach schmeckte *Ihr* Tischgebet?« erkundigte sich Shanta bei Will.
»Nach einem Hintereinander verschiedener Sachen«, antwortete er. »Oder vielmehr nach Variationen über das Grundthema von Reis und Gelbwurzel und Paprikaschoten und Zucchini – und noch nach etwas Blättrigem, das ich nicht erkennen kann. Interessant, wie es sich immerzu veränderte. Das ist mir vorher nie aufgefallen.«
»Und während Sie auf das alles achtgaben, waren Sie befreit von Tagträumereien, Erinnerungen, Erwartungen, albernen Gedanken – kurz von allen Symptomen *Ihrer selbst.*«
»Schmecken – ist das nicht *ich selbst?*«
Shanta sah den Tisch entlang auf ihren Mann. »Was würdest du darauf antworten, Vijaya?«
»Ich würde sagen, es ist in der Mitte zwischen dem Mir und Nicht-Mir. Schmecken ist das Nicht-Ich, das etwas in meinem ganzen Organismus bewirkt. Und gleichzeitig ist Schmecken das Ich, das sich dessen bewußt ist, was vorgeht. Und das ist der Sinn unsres gekauten Tischgebets: das Ich sich dessen bewußter zu machen, was das Nicht-Ich ausheckt.«
»Sehr hübsch«, bemerkte Will. »Aber welches ist der Sinn des Sinns?«
Diesmal war es Shanta, die antwortete. »Der Sinn des Sinns«, sagte sie, »ist der: wenn man einmal gelernt hat, besser auf mehr des Nicht-Ich in seiner Umgebung zu achten (die Nahrung) und auf mehr des Nicht-Ich in dem eignen Organismus (die Geschmacksempfindungen), könnte es geschehn, daß man plötzlich mehr auf das Nicht-Ich jenseits des Bewußtseins achtgibt. Oder vielleicht wäre es besser, es umgekehrt darzustellen. Dem Nicht-Ich jenseits des Bewußtseins wird es leichter fallen, sich einem Ich erkennen zu geben, das gelernt hat, mehr auf das Nicht-Ich diesseits der eignen Physiologie zu achten.« Sie wurde von einem dumpfen Klirren unterbrochen, worauf einer der Zwillinge losheulte. »Was einem nahelegt«, fuhr sie fort, während sie den Matsch unterm Tisch aufwischte, »das Problem des Ich und Nicht-Ich in Beziehung zu Geschöpfen zu bedenken, die kaum einen Meter groß sind. Ein Preis von vierundsechzigtausend Ka-

roren von Rupien wird demjenigen ausgefolgt, der mit einer wasserdichten Lösung daherkommt.« Sie trocknete dem Kind die Augen, gab ihm sein Taschentuch zum Schneuzen und ging zum Herd, um noch eine Schale des Reisgerichts zu holen.
»Was habt ihr für Pflichten heute nachmittag?« fragte Vijaya nach dem Essen.
»Wir machen Dienst bei den Vogelscheuchen«, antwortete Tom Krishna wichtigtuerisch.
»Auf dem Feld grade unterhalb der Schule«, setzte Mary Sarojini hinzu.
»Dann bringe ich euch mit dem Wagen hin«, sagte Vijaya. Und zu Will gewendet, fragte er: »Hätten Sie Lust mitzukommen?«
Will nickte. »Und wenn ich darf«, sagte er, »würde ich mir gern die Schule selbst ansehn, wenn ich schon in der Nähe bin – und der einen oder andern Lehrstunde beiwohnen.«
Shanta winkte ihnen von der Veranda verabschiedend zu, und ein paar Minuten später kam der geparkte Jeep in Sicht.
»Die Schule liegt auf der andern Seite des Dorfs«, erklärte Vijaya, als er den Motor anließ. »Wir werden die Umführung nehmen. Erst hinunter und dann wieder hinauf.«
Hinunter also und vorbei an terrassierten Feldern von Reis und Mais und Süßkartoffeln, dann ebenerdig weiter, den Konturen des Dorfs entlang, vorbei an einem schlammigen kleinen Fischteich zur Linken und einem Obstgarten mit Brotfruchtbäumen zur Rechten, und dann hinauf und wieder vorbei an Feldern, einige grün, einige golden – und dann lag das Schulgebäude vor ihnen, weitläufig und weiß unter den riesigen Schattenbäumen.
»Und dort unten«, sagte Mary Sarojini, »sind unsre Vogelscheuchen.«
Will sah in die Richtung, in die sie wies. In dem zunächstliegenden terrassierten Feld unter ihnen stand der gelbe Reis fast erntereif. Zwei kleine Jungen in rosaroten Lendenschurzen und ein kleines Mädchen in einem blauen Rock wechselten sich dabei ab, an Schnüren zu ziehen, welche zwei lebensgroße Marionetten in Gang setzten, die an zwei Pfählen an jedem Ende des schmalen Felds befestigt waren. Die Puppen waren wunderschön aus Holz geschnitzt und, statt in Lumpen, mit den prächtigsten Gewändern angetan. Will betrachtete sie erstaunt.

»Salomo in aller seiner Herrlichkeit«, sagte er, »war nicht schöner gekleidet als diese.«

Aber schließlich, überlegte er weiter, war Salomo bloß ein König; diese prunkvollen Vogelscheuchen waren Wesen einer höhern Ordnung. Die eine war ein Künftiger Buddha, die andre eine entzückend heitere ostindische Version Gottvaters, wie man ihn in der Sixtinischen Kapelle auf den soeben erschaffenen Adam herabsausen sieht. Mit jedem Ruck an der Schnur wackelte der Künftige Buddha mit dem Kopf, entkreuzte die Füße aus ihrer Lotusposition, tanzte einen kurzen Fandango in der Luft, kreuzte sie abermals und blieb eine Minute regungslos sitzen, bis ein erneuter Ruck an der Schnur sein Meditieren abermals unterbrach. Gottvater schwenkte unterdessen seinen ausgestreckten Arm, wackelte bombastisch drohend mit dem Zeigefinger, öffnete und schloß den pferdehaarumfransten Mund und rollte mit einem Paar Augen, welche, da sie aus Glas waren, zürnende Blitze gegen jeden Vogel schleuderten, der sich dem Reisfeld zu nähern wagte. Und die ganze Zeit ließ ein frischer Wind seine hellgelben Draperien flattern, die mit einem kräftigen Muster von Tigern und Affen – in Braun, Weiß und Schwarz – verziert waren; während die Roben des Künftigen Buddha, aus roter und orangefarbener Kunstseide, sich bauschten und mit einem äolischen Geklingel Dutzender silberner Glöckchen um ihn herumschwangen.

»Sehn alle eure Vogelscheuchen so aus?« fragte Will.

»Die hat sich der Alte Radscha ausgedacht«, antwortete Vijaya. »Er wollte den Kindern zeigen, alle Götter seien hausgemachte Götter, und wir selber sind's, die an ihren Schnüren ziehn und ihnen auf diese Weise die Macht verleihen, an den unsern zu ziehn.«

»Macht sie tanzen«, sagte Tom Krishna, »macht sie wackeln!« Er lachte begeistert.

Vijaya streckte seine riesige Tatze aus und tätschelte den Knaben auf den dunkelgelockten Kopf. »So ist's recht!« Und wieder zu Will gewandt, sagte er: »*Anführung* ›Götter‹ *Anführung zu*«, offenbar eine Manieriertheit des Alten Radscha nachahmend, »– sie haben den einen großen Vorzug (abgesehn davon, daß sie Vögel verscheuchen und *Anführung* ›Sünder‹ *Anführung zu*, und gelegentlich vielleicht verzweifelte Menschen trösten): da sie hoch oben an Pfählen befestigt sind, muß man zu ihnen aufblicken; und wer das tut, und wäre es selbst zu einem Gott, kann den Himmel dahinter kaum übersehn. Und was ist der Himmel? Luft und zerstreutes Licht; aber auch ein Symbol jener grenzenlosen und – verzeihen Sie die Metapher – trächtigen Leere, aus der heraus alles, das Lebende und das Unbelebte, die Puppenschnitzer und ihre göttlichen Marionetten, im Universum, das wir kennen – oder zu kennen glauben – in Erscheinung tritt.«

Mary Sarojini, die eifrig zugehört hatte, nickte. »Vater sagte oft, man solle zu den Vögeln am Himmel aufblicken«, warf sie ein. Vögel seien nicht wie Wörter. Vögel seien genauso wirklich wie der Himmel.

Vijaya hielt den Wagen an. »Unterhaltet euch«, sagte er, als die Kinder hinaussprangen. »Macht sie tanzen, macht sie wakkeln!«

Mit lautem Geschrei liefen Tom Krishna und Mary Sarojini auf die Kinder zu, die in dem Reisfeld bei den Vogelscheuchen standen.

»Und jetzt kommen wir zu den etwas ernsteren Aspekten des Unterrichtens.« Vijaya lenkte den Jeep in die Einfahrt, die zum Schulgebäude führte. »Ich lasse den Wagen hier und gehe zu Fuß zur Station zurück. Wenn Sie genug haben, werden Sie sicher jemand auftreiben, der Sie heimbringt.« Er drehte den Zündschlüssel und reichte ihn Will.

Im Direktionszimmer der Schule sprach Mrs. Narayan, die Vorsteherin, über ihren Schreibtisch hinweg mit einem weißhaarigen Mann, dessen längliches, eher melancholisches Gesicht an das faltige eines Bluthunds erinnerte.

»Mr. Tschandra Menon«, sagte Vijaya, sobald sie einander vorgestellt waren, »ist unser Unterstaatssekretär im Unterrichtsministerium.«

»Der uns heute eine seiner periodischen Inspektionsvisiten abgestattet hat«, erklärte die Vorsteherin.

»Und alles durchaus gutheißt, was er sieht«, fügte der Unterstaatssekretär mit einer höflichen Verneigung gegen Mrs. Narayan hinzu.

»Ich muß wieder an die Arbeit«, entschuldigte sich Vijaya, bevor er ging.

»Sind Sie besonders am Schulwesen interessiert?« erkundigte sich Mr. Menon.

»Besonders ungebildet darin, wäre richtiger«, antwortete Will. »Ich wurde bloß aufgezogen, nicht erzogen. Deshalb würde ich gern einen Einblick in die Sache selbst bekommen.«

»Nun, da sind Sie am richtigen Ort«, versicherte ihm der Unterstaatssekretär. »Neu-Rothamsted ist eine unsrer besten Schulen.«

»Was verstehen Sie unter einer guten Schule?« fragte Will.

»Eine, die Erfolg hat.«

»Worin? Daß die Schüler Stipendien gewinnen? Sich auf eine Stellung vorbereiten? Den lokalen Kategorischen Imperativen gehorchen?«

»Alles das, selbstverständlich«, sagte Mr. Menon. »Aber die fundamentale Frage bleibt bestehn. Wofür sind Knaben und Mädchen eigentlich da?«

Will zuckte die Achseln. »Die Antwort hängt davon ab, wo man zu Hause ist. Wofür sind zum Beispiel Knaben und Mädchen in den Staaten da? Um einmal Massenkonsumenten zu werden. Und das Resultat? Massenmedien, Massenreklame, Massenopiate wie Fernsehen und Meprobamate, positives Denken und Zigaretten. Und dasselbe spielt sich in Europa ab, seit es ebenfalls zu Massenproduktion übergegangen ist. Während in Rußland die Jugend zur Stärkung der Nation da ist. Daher die vielen Ingenieure, die Lehrer der verschiedenen Wissenschaften und erst gar die fünfzig ständig einsatzbereiten Divisionen, komplett ausgerüstet, von der Wasserstoffbombe bis zur Langstrekkenrakete. Und in China ist es ebenso, nur noch schlimmer. Wofür sind dort Knaben und Mädchen da? Als Kanonenfutter, als Futter für Industrie und Landwirtschaft, für den Straßenbau. Ost ist Ost, und West ist West – für den Augenblick. Aber die beiden könnten einander auf die eine oder andere Weise entgegenkommen. Vielleicht bekommt der Westen solchen Heidenrespekt vor dem Osten, daß er seine Meinung ändert und glauben wird, daß Knaben und Mädchen statt als Massenkonsumenten eigentlich besser als Kanonenfutter und zur Stärkung des Staats zu verwenden seien. Und der Osten wiederum, vielleicht unter starkem Druck durch seine nach westlichen Warenartikeln lüsternen Untertanen, wird vielleicht seine Meinung ändern müssen und zugeben, daß Knaben und Mädchen eigentlich für Massenkonsum da seien. Aber das liegt in der Zukunft. Heute schließen die gültigen Antworten einander gegenseitig aus.«

»Und beide«, sagte Mr. Menon, »unterscheiden sich wiederum von der unsern. In Pala ist die Jugend weder für das eine noch für das andere da. Der Staat muß selbstverständlich erhalten bleiben. Und es muß genug da sein für alle. Nur dann können junge Menschen herausfinden, wofür sie eigentlich da sind – und nur dann können wir ihnen darin beistehn.«

»Und wofür sind sie wirklich da?«

»Um sich zu verwirklichen, um zu vollentwickelten Menschen zu werden.«

»›Werde, was du wirklich bist!‹« zitierte Will aus den *Bemerkungen.*

»Dem Alten Radscha«, sagte Mr. Menon, »ging es vor allem um das, was Menschen jenseits ihrer Individualität in Wirklichkeit sind. Und das liegt natürlich auch uns am Herzen. Aber unser Wichtigstes ist und bleibt der elementare Schulunterricht, und bei dem muß man sich mit den verschiedenartigsten Typen befassen, was Körperbau, Temperament, Talente und Unzulänglichkeiten des einzelnen betrifft. Individuen in ihrer transzendenten Einheit sind eine Sache höherer Bildung. Die beginnt bereits in jugendlichem Alter und wird gleichzeitig mit dem fortgeschrittenen Elementarunterricht weitergeführt.«

»Beginnt vermutlich mit dem ersten Einnehmen der *moksha*-Medizin«, sagte Will.

»Sie haben also schon von der *moksha*-Medizin gehört?«

»Ich habe sogar ihre Auswirkungen gesehn.«

»Dr. MacPhail«, sagte die Vorsteherin erklärend, »hat Mr. Farnaby gestern zu einer Einweihungszeremonie mitgenommen.«

»Von der ich tief beeindruckt war«, setzte Will hinzu. »Wenn ich vergleichsweise an *meine* religiöse Ausbildung zurückdenke ...«

»Nun, wie gesagt«, fuhr Mr. Menon fort, »heranwachsende junge Leute erhalten, nebeneinander herlaufend, beide Arten von Erziehung. Es wird ihnen zu der Erfahrung des transzendentalen Einsseins mit allen andern empfindungsfähigen Geschöpfen verholfen, während sie gleichzeitig bei ihren Psychologie- und Physiologie-Lektionen lernen, daß ein jedes von uns seine eigene konstitutionelle Einmaligkeit besitzt, daß jeder von jedem andern verschieden ist.«

»Als ich zur Schule ging«, sagte Will, »bemühten sich die Pädagogen, diese Unterschiedlichkeiten möglichst auszugleichen oder sie wenigstens mit ein und demselben spätviktorianischen Ideal zu überkleistern – dem Ideal des gelahrten, aber anglikanischen, fußballspielenden Gentleman. Doch jetzt erzählen Sie mir, wie ihr hier an das Faktum herangeht, daß jeder von jedem andern verschieden ist.«

»Wir beginnen damit«, sagte Mr. Menon, »die Unterschiedlichkeiten festzustellen. Genau wer oder was ist ein bestimmtes Kind in anatomischer, biochemischer und psychologischer Hinsicht? Was kommt zuerst in seiner organischen Rangordnung – seine Eingeweide, sein Muskel- oder sein Nervensystem? In welcher Entfernung befindet es sich von den drei polaren Extremen? Wie harmonisch oder unharmonisch ist die Zusammensetzung seiner physischen und geistigen Grundbestandteile? Wie groß ist sein angeborener Drang zu dominieren oder gesellig zu sein oder sich in seine innere Welt zurückzuziehen? Auf welche Weise denkt es, nimmt es wahr, erinnert es sich? Ist es ein visueller Typ oder nicht? Wird sein Geist von Bildern oder von Wörtern angeregt, von beiden zugleich oder weder von dem einen oder andern? Wie nahe der Oberfläche liegt seine Gabe, Geschichten zu erzählen? Sieht es die Welt, wie Wordsworth oder Traherne sie als Kinder sahen? Und wenn es sie so sieht, was läßt sich tun, damit die Herrlichkeit und Frische nicht im Licht des Alltags verblassen? Oder, allgemeiner gesprochen, wie läßt sich einem Kind beibringen, mit Begriffen zu operieren, ohne seine Fähigkeit für intensive nicht-verbale Erfahrung zu zerstören? Wie ist Analyse mit Vision in Einklang zu bringen? Es gibt da noch Dutzende andrer Fragen, die gestellt und beantwortet werden müssen, wie etwa: Absorbiert ein bestimmtes Kind alle Vitamine, die in seiner Nahrung enthalten sind, oder unterliegt es einem chronischen Defekt, der, wenn er nicht erkannt oder behandelt wird, seine Vitalität herabmindern, seine Stimmung verschlechtern, es Häßlichkeit sehn, Langeweile empfinden und in ihm alberne und boshafte Gedanken aufkommen lassen wird? Und wie steht's mit seinem Blutzucker? Seiner Atemtechnik? Seiner Körperhaltung? Was für einen Gebrauch macht es von seinem Organismus beim Arbeiten, beim Spielen und Lernen? Und da sind noch alle die Fragen, die sich auf besondere Begabungen beziehn. Zeigt es Talent für Musik, für Mathematik, versteht es, sich gewandt auszudrücken, ist es ein guter Beobachter? Und zieht es logische und erfindungsreiche Schlüsse aus seinen Beobachtungen? Und schließlich, wie leicht beeinflußbar wird es später einmal sein? Alle Kinder sind dankbare hypnotische Objekte – so sehr, daß vier unter fünfen in Trance versetzt werden können. Bei Erwachsenen ist das Verhältnis grade umgekehrt. Welche aber sind die zwanzig unter hundert Kindern, die später einmal in tiefste Trance versetzt werden können?«

»Lassen sich die im voraus erkennen?« fragte Will. »Und wenn ja, zu welchem Zweck?«

»Ja, wir können sie erkennen, und es ist sehr wichtig, daß sie erkannt werden«, antwortete Mr. Menon. »Besonders wichtig in euerm Teil der Welt. In politischer Hinsicht bilden jene zwanzig Prozent, die sich leicht und bis zur Höchstgrenze hypnotisieren lassen, das gefährlichste Element in unsrer Gesellschaft.«

»Das gefährlichste?«

»Weil sie die vorbestimmten Opfer der Propagandisten sind. In einer veralteten, vor-wissenschaftlichen Demokratie vermag jeder faszinierende Redner, hinter dem eine tüchtige Organisation steht, diese zwanzig Prozent potentieller Somnambulisten in ein Heer regimentierter Fanatiker zu verwandeln, die sich der größern Macht und Herrlichkeit ihres Hypnotiseurs weihen. Und in einer Diktatur lassen sich diese selben zwanzig Prozent potentieller Somnambulisten in blinden Glauben hineinsuggerieren und zu einem festen Kern der Partei, die grade an der Macht ist, mobilisieren. Daher ist es so wichtig, diesen Prozentsatz künftiger Somnambulisten schon in jugendlichem Alter zu erkennen. Denn dann können sie systematisch dazu erzogen werden, sich von den Gegnern der Freiheit *nicht* hypnotisieren zu lassen. Und gleichzeitig tätet ihr natürlich gut daran, eure sozialen Einrichtungen neu zu organisieren, um es den Gegnern der Freiheit zu erschweren oder unmöglich zu machen, Einfluß zu nehmen.«

»Wie das wohl, wie ich annehme, in Pala der Fall ist?«

»Gewiß«, sagte Mr. Menon. »Und darum stellen bei uns potentielle Somnambulisten kein Gefahrenmoment dar.«

»Warum bemüht ihr euch dann so, sie im voraus zu erkennen?«
»Weil ihre Gabe, wenn richtig angewendet, so wertvoll ist.«
»Für Schicksals-Beeeinflussung?« fragte Will und erinnerte sich an Susilas therapeutische Schwäne und alles, was sie darüber sagte, daß man selber auf den richtigen Knopf drücken solle.
Mr. Menon schüttelte den Kopf. »Für Schicksals-Beeinflussung genügt ein leichter Trancezustand. Dazu ist fast jeder von uns fähig. Die potentiellen Somnambulen sind jene zwanzig Prozent, die in eine sehr tiefe Trance verfallen können. Und in sehr tiefer Trance – und nur in einer solchen – kann jemand gelehrt werden, den Zeitbegriff zu verändern.«
»Sind Sie dazu selber imstande?«
»Leider ist es mir nicht gelungen, tief genug vorzudringen. Alles, was ich weiß, habe ich mir auf dem langwierigen Weg aneignen müssen. Mrs. Narayan war besser dran. Da sie zu den bevorzugten zwanzig Prozent gehört, konnte sie alle möglichen bildungsmäßigen Abkürzungen benützen, die uns andern völlig verschlossen waren.«
»Welche Abkürzungen?« fragte Will die Vorsteherin.
»Zum Beispiel beim Memorieren«, antwortete sie, »oder beim Rechnen und Ausdenken und Lösen von Problemen. Man lernt, wie sich zwanzig Sekunden als zehn Minuten erleben lassen, eine Minute als eine halbe Stunde. In tiefer Trance ist das ganz leicht. Man hört sich die Ratschläge des Lehrers an und bleibt einfach sehr, sehr lange ruhig sitzen. Zwei volle Stunden – man könnte darauf schwören. Wenn man wieder bei sich ist, sieht man auf die Uhr. Das Zweistunden-Erlebnis wurde in genau vier Minuten Uhrzeit ›teleskopiert‹.«
»Wieso?«
»Niemand weiß es«, sagte Mr. Menon. »Aber was man so oft hört, daß ein Ertrinkender sein ganzes Leben an sich vorüberziehn sieht, ist im wesentlichen wahr. Der Geist und das Nervensystem – oder vielmehr diejenigen gewisser Personen – sind eben zu einem solchen Bravourstück fähig. Das entdeckten wir vor sechzig Jahren und haben es seither methodisch ausgewertet. Vor allem zu erzieherischen Zwecken.«
»Nehmen wir als Beispiel ein mathematisches Problem«, sagte Mrs. Narayan. »Im Normalzustand könnten wir fast eine halbe Stunde brauchen, um es zu lösen. So aber verändert man das

Zeitgefühl bis zu einem Punkt, wo, subjektiv gesprochen, eine Minute dreißig Minuten gleichkommt. Dann geht man an das Problem heran. Dreißig subjektive Minuten später ist es gelöst. Aber dreißig subjektive Minuten sind gleich einer Minute Uhrzeit.

Ohne im geringsten das Gefühl von Hetze oder Anstrengung zu haben, beendet man die Arbeit im Rekordtempo wie eines dieser mathematischen Wunderkinder, die von Zeit zu Zeit auftauchen. Künftige Genies wie Ampère oder Gauss, oder künftige Schwachköpfe wie Dase. Alle jedoch imstande, durch einen Trick die Zeit zu verändern und so eine schwierige Aufgabe, zu deren Lösung andre vielleicht eine Stunde gebraucht hätten, in wenigen Minuten, ja oft bloß Sekunden zu bewältigen. Ich selbst vermochte, obwohl ich nur eine durchschnittliche Schülerin war, in tiefe Trance zu verfallen. So konnte ich lernen, Zeit in ein Dreißigstel ihrer normalen Spanne zu teleskopieren. Mit dem Ergebnis, daß ich ein viel umfassenderes intellektuelles Gebiet zu behandeln imstande war, als ich das normalerweise hätte tun können. Stellen Sie sich doch nur die phantastischen Ergebnisse vor, wenn jemand mit einem Genie-Intelligenz-Quotienten zugleich auch den Zeitbegriff für seine Zwecke umändern könnte.«

»Aber das sind leider Ausnahmefälle«, sagte Mr. Menon. »In den letzten zwei Generationen gab es bloß zwei solche ›Zeit-Veränderer‹, die wirklich genial genannt werden konnten, und nur fünf oder sechs Nächstbeste. Doch es läßt sich gar nicht abschätzen, was Pala den beiden ersten verdankt. Kein Wunder, wenn wir sehr scharf nach potentiellen Somnambulisten Ausschau halten.«

»Na, jedenfalls stellt ihr eine ganze Menge eindringlicher Fragen über eure kleinen Schüler«, sagte Will nach einer Weile zusammenfassend. »Und wie wertet ihr die Antworten aus?«

»Den Resultaten entsprechend«, sagte Mr. Menon. »Sobald wir uns zum Beispiel über die körperlichen und temperamentmäßigen Eigenheiten eines jeden Kindes orientiert haben, suchen wir diejenigen Kinder heraus, die am schüchternsten und verkrampftesten sind, die leicht beeinflußbaren und introvertierten, und bilden aus ihnen eine einzige Gruppe. Diese Gruppe wird allmählich erweitert. Zuerst durch einige Kinder, die einen Hang zu wahlloser Geselligkeit zeigen. Später kommen ein paar künftige Muskelmänner und Muskelfrauen hinzu – Kinder, die Anlagen zu Aggressivität und Herrschsucht zeigen. Wir haben das als die beste Methode erkannt, damit kleine Jungen und Mädchen der drei polaren Extreme einander verstehn und sich miteinander vertragen. Nach einigen Monaten solch sorgfältig überwachten Zusammenseins sehen sie ein, daß anders veranlagte Kinder genauso ein Recht haben zu existieren wie sie selber.«

»Und dieses Prinzip«, sagte Mrs. Narayan, »wird im Unterricht stark betont und gleichzeitig in steigendem Maß angewendet. In den untern Klassen gebrauchen wir Vergleiche mit Tieren, die den Kindern vertraut sind. Katzen sind gern für sich allein. Schafe lieber mit andern Schafen beisammen. Marder sind wilde Tiere, die sich nicht zähmen lassen. Meerschweinchen haben ein sanftes und zutunliches Wesen. Hat ein bestimmtes Kind nun eine Katzenpersönlichkeit oder eine Schaf-, eine Meerschweinchen- oder Marderpersönlichkeit? Wenn man zu den Kindern in Tiergleichnissen spricht, können selbst die ganz Kleinen verstehn, daß es auch bei den Menschen Unterschiedlichkeiten gibt und daß sie daher gegen andre duldsam und versöhnlich sein sollen.«

»Und später«, sagte Mr. Menon, »wenn sie einmal so weit sind, die *Gita* zu lesen, erklären wir ihnen den Zusammenhang zwischen Konstitution und Religion. Schaf- und Meerschweinchenpersönlichkeiten lieben Rituale, öffentliche Zeremonien, die Emotionen des Erweckungseifers; diese temperamentmäßigen Vorlieben lassen sich auf den ›Pfad der Frömmigkeit‹ umleiten. Katzenpersönlichkeiten wollen ihre Ruhe, und ihr einsames Brüten vermag sie manchmal auf den ›Pfad der Selbsterkenntnis‹ zu führen. Marderpersönlichkeiten sind tatenfroh, und da steht man vor dem Problem, wie man ihren Aggressionstrieb dem ›Pfad selbstlosen Handelns‹ zuführen kann.«

»Und letzteres habe ich wohl gestern mitangesehn«, sagte Will. »Der Pfad, der übers Holzhacken und Felsklettern führt – stimmt's?«

»Holzhacken und Felsklettern sind Sonderfälle«, erwiderte Mr. Menon. »Wollen wir lieber allgemeiner sprechen und sagen, der Pfad, der mittels Umlenkung von Energie zu allen andern Pfaden führt.«

»Wie soll ich das verstehn?«

»Das Prinzip ist sehr einfach. Man kanalisiert gewissermaßen die Energie, welche durch Furcht oder Neid oder zu viel Noradrenalin erzeugt wird, oder auch durch einen angeborenen Drang, der im Augenblick fehl am Ort ist, und statt dadurch jemand etwas anzutun, statt ihn zu unterdrücken und dadurch sich selbst etwas anzutun, lenkt man diese Energie bewußt in eine Richtung, wo sie etwas Nützliches oder zumindest nichts Schädigendes vollführen kann.«

»Ich will Ihnen einen simplen Fall nennen«, sagte die Vorsteherin. »Ein Kind, das sich über etwas ärgert oder enttäuscht ist, hat in sich genug Energie gespeichert, um in Tränen auszubrechen oder frech zu werden oder sich auf eine Rauferei einzulassen. Wenn die so erzeugte Energie für eine dieser Handlungen genügt, genügt sie auch zum Laufen oder Tanzen und schon gar dazu, um fünfmal tief einzuatmen. Ich werde Ihnen später unsre Tanzriege vorführen. Beschränken wir uns für den Augenblick aufs Atmen. Jeder gereizte Mensch wird, wenn er ein paarmal tief einatmet, einen Teil seiner Verkrampfung los, so daß er sich leichter vernünftig benehmen wird. Also zeigen wir unsern Kindern die verschiedensten Atemholspiele. Die sollen sie spielen, sobald sie in Zorn geraten oder verstört sind. Einige davon sind Wettspiele. Welches von zwei Kindern, die einander feindlich gesinnt sind, kann tiefer einatmen und beim Ausatmen »ohm« am längsten sagen? Das ist ein Duell, bei dem die beiden Duellanten ausnahmslos als Versöhnte auseinandergehn. Aber selbstverständlich gibt es Fälle, wo so ein um die Wette Atemholen nicht am Platz ist. Da gibt's ein Spiel, das ein zorniges Kind allein spielen kann, ein Spiel, das auf der hiesigen Folklore beruht. Jedem Kind in Pala werden als ein Teil seiner Erziehung buddhistische Legenden erzählt, und in den meisten dieser frommen Geschichten kommt die Vision einer himmlischen Erscheinung vor. Eines Bodhisattva etwa, in einem ganzen Feuerwerk von Lichtern, Juwelen und Regenbögen. Und zu der Herrlichkeit der visuellen Erfahrung kommt eine nicht weniger köstliche Befriedigung des Geruchssinns. Das Feuerwerk wird von einem unaussprechlichen Wohlgeruch begleitet. Nun, wir bemächtigen uns sozusagen dieser traditionellen Phantasien – welche alle selbstverständlich auf wirklichen visionären Erfahrungen beruhen, wie sie durch Fasten, Sinnesabtötung oder den

Genuß von Pilzen hervorgerufen werden – und lassen sie wirken. Leidenschaftliche Gefühle, so sagen wir den Kindern, sind wie Erdbeben. Sie erschüttern uns so stark, daß in den Wänden Sprünge entstehn, die unser privates Selbst von der allen gemeinsamen Buddha-Natur scheiden. Man gerät in Zorn, etwas zerbricht im eignen Innern und durch den Sprung dringt ein Hauch des himmlischen Geruchs der Erleuchtung ein. Wie Tschampak, wie Ilang-Ilang, wie der Duft von Geranien – nur noch wunderbarer. Also versäume dieses Himmlische nicht, das du zufällig freigesetzt hast. Es ist da, jedesmal, wenn du in Zorn gerätst. Atme es ein, in vollen Zügen, fülle deine Lunge damit. Wieder und wieder.«

»Und das tun die Kinder dann wirklich?«

»Nach ein paar Wochen Unterricht ist es für die meisten zu etwas Selbstverständlichem geworden. Und viele von ihnen verspüren den Duft sogar wirklich. Das alte repressive ›Du darfst nicht!‹ ist in ein ausdrückliches, lohnendes ›Du sollst!‹ verwandelt worden; potentielle schädliche Energie ist entschärft und in eine wohltätige umgeleitet worden. Und inzwischen bekamen die Kinder natürlich ein systematisches und ausgeklügeltes abgestuftes Training in Gewahrsein und richtigem Sprachgebrauch. Sie müssen auf das, was sie sehen und hören, achten und gleichzeitig erkennen, wie ihre Gefühle und Wünsche ihr Erleben in der Außenwelt beeinflussen und wie ihre Sprachgewohnheiten nicht nur diese ihre Gefühle und Wünsche, sondern sogar ihre Sinneswahrnehmungen beeinflussen. Was meine Augen und Ohren wahrnehmen, ist *ein* Ding; was die Worte, die ich gebrauche, und die Stimmung, in der ich mich befinde, mir zu registrieren erlauben, ein ganz *andres*. Sie sehn also, Mr. Farnaby, bei uns wird alles zu einem einzigen Bildungsvorgang zusammengefaßt. Was wir den Kindern vermitteln, ist zugleich eine Übung im Wahrnehmen und Sichvorstellen, eine Übung in angewandter Physiologie und Psychologie, in praktischer Ethik und Religion, im richtigen Gebrauch der Sprache und eine Übung in Selbsterkenntnis. Mit einem Wort, ein Training des ganzen Geist-Körper-Komplexes in allen seinen Aspekten.«

»Was für eine Bedeutung hat eigentlich dieses ganze umständliche Training des Geist-Körper-Komplexes für die formale Erziehung? Erleichtert es einem Kind, rechnen zu lernen oder grammatikalisch richtig zu schreiben oder elementare Physik zu verstehn?«

»Ungemein«, antwortete Mr. Menon. »Ein so trainierter Geist-Körper faßt schneller und gründlicher auf als ein untrainierter. Er ist auch besser befähigt, Tatsachen mit Ideen und beides mit seinem weitern Leben in Verbindung zu setzen.« Plötzlich und ganz unerwartet – denn dieses längliche melancholische Gesicht schien mit irgendeinem Ausdruck von Heiterkeit, der über ein müdes Lächeln hinausginge, unvereinbar zu sein – brach er in ein anhaltendes lautes Gelächter aus.

Will sah ihn fragend an.

»Ich erinnere mich da gerade an zwei Männer, die ich in Cambridge bei meinem letzten Aufenthalt in England traf. Der eine war ein Atomphysiker, der andre ein Philosoph. Beide äußerst bedeutende Persönlichkeiten. Aber der erste hatte außerhalb des Labors das geistige Alter eines Elfjährigen, und der andre war wiederum so verfressen, daß er mit seinem Übergewicht nicht zu Rande kam. Zwei extreme Fälle dessen, was geschieht, wenn man in einen intelligenten Knaben fünfzehn Jahre intensivste formale Bildung hineinstopft und dabei völlig vernachlässigt, etwas für seinen Geist-Körper zu tun, der das Lernen und das Leben zu besorgen hat.«

»Und euer System bringt also keine derartigen akademischen Ungeheuer hervor?«

Der Unterstaatssekretär schüttelte den Kopf. »Bevor ich nach Europa kam, hatte ich nie etwas Ähnliches gesehn. Solche Menschen sind wirklich von einer grotesken Komik«, setzte er hinzu. »Aber du meine Güte, wie pathetisch die Armen zugleich auch sind, und wie seltsam abstoßend.«

»So zu sein – das ist eben der Preis, den wir für Spezialisierung bezahlen.«

»Für Spezialisierung«, stimmte ihm Mr. Menon bei, »aber nicht in dem Sinn, in dem das Wort für gewöhnlich von euch verwendet wird. Eine solche Spezialisierung ist notwendig und unvermeidlich. Ohne Spezialisierung keine Zivilisation. Und wenn man mit dem Symbole verwendenden Intellekt zugleich auch den Geist-Körper-Komplex heranbildet, wird diese notwendige Spezialisierung wenig Schaden anrichten. Ihr aber unterlaßt es, den Geist-Körper zu formen und heranzubilden. Eure ganze Therapie gegen ein Übermaß von Spezialisierung besteht in dem einen oder andern Lehrkurs in den Geisteswissenschaften. Aber lassen wir uns nicht von dem Namen an der Nase herumführen. An und für sich machen die Geisteswissenschaften einen Menschen noch nicht humaner. Sie bilden bloß eine andre Form von Spezialisierung auf symbolischer Ebene. Plato zu lesen oder sich eine Vorlesung über T. S. Eliot anzuhören, bedeutet noch keine Weiterentwicklung des Menschen als eines Ganzen. Ebenso wie Kurse über Physik und Chemie tragen sie bloß zur höhern Bildung des Symbolmanipulators bei und belassen den übrigen Teil des lebendigen Geist-Körpers in seinem ursprünglichen Zustand von Unwissenheit und Unfähigkeit. Daher diese pathetischen und abstoßenden Exemplare, die mich auf meiner ersten Reise ins Ausland verblüfften.«

»Und wie steht es bei euch mit der herkömmlichen Erziehung?« erkundigte sich Will. »Mit unerläßlichen Kenntnissen und den nötigen intellektuellen Befähigungen? Gleicht euer Unterricht dem unsern?«

»Wir unterrichten so, wie ihr das vermutlich in zehn bis fünfzehn Jahren tun werdet. Nehmen wir Mathematik als ein Beispiel. Historisch betrachtet, begann Mathematik mit der Ausarbeitung nützlicher Kunstgriffe, rückte dann zu Metaphysik auf und ließ sich schließlich in Begriffen von Struktur und logischer Umwandlungen erklären. In unsern Schulen kehren wir den geistigen Vorgang um. Wir beginnen mit Struktur und Logik, überspringen die Metaphysik und leiten von generellen Prinzipien auf ihre besondern Anwendungen über.«

»Und die Kinder verstehn das?«

»Viel besser, als käme man ihnen erst mit Nützlichkeitstricks daher. Von etwa fünf Jahren an vermag jedes intelligente Kind sozusagen alles zu erlernen, wenn es ihm auf die richtige Weise beigebracht wird. Logik und Struktur als Spiele und Rätsel. Beim Spielen erfassen die Kinder unglaublich schnell, um was es geht. Worauf sich dann beides praktisch anwenden läßt. Bei dieser Unterrichtsmethode lernen die Kinder mindestens dreimal so schnell und viermal so gründlich in der halben Zeit. Oder begeben wir uns jetzt auf ein andres Gebiet, wo Spiele dazu dienen, das Verständnis von Grundprinzipien einzuprägen. Alles wissenschaftliche Denken verläuft in Wahrscheinlichkeitsbegriffen. Die alten ewigen Wahrheiten beruhen einfach auf einem hohen Grad von Wahrscheinlichkeit; die unabänderlichen Gesetze der Natur einfach auf statistischen Durchschnittsberechnungen. Wie lassen sich diese zutiefst nicht-offensichtlichen Begriffe einem kindlichen Gehirn einprägen? Indem man mit den Kindern Roulette spielt, Münzen kreiseln läßt und Pfänderspiele spielt.«

»Ein Evolutions-›Räuber und Soldaten‹ – das spielen die Kleinen am liebsten«, sagte Mrs. Narayan. »Und ein andres recht beliebtes Spiel ist das Mendelsche ›Fröhliche Familienleben‹.«

»Und wenn sie dann etwas älter sind«, setzte Mr. Menon hinzu, »zeigen wir ihnen ein ziemlich kompliziertes Spiel, das von vier Teilnehmern mit sechzig eigens dafür entworfenen Karten, in drei Farben, gespielt wird. Wir nennen es Psychologisches Bridge. Der Zufall teilt die Karten aus, aber die Spielweise hängt von der eignen Geschicklichkeit ab, vom Bluffen und der Mitwirkung des Partners.«

»Psychologie, Mendelismus, Evolution – eure Bildungsmethoden scheinen mir biologisches Übergewicht zu haben.«

»Das haben sie allerdings«, pflichtete Mr. Menon ihm bei. »Wir legen besondern Nachdruck auf die lebenswichtigen Wissenschaften, nicht auf Physik und Chemie.«

»Ist das eine prinzipielle Einstellung?«

»Nicht ganz. Es ergibt sich einfach so, auch aus wirtschaftlichen Gründen. Wir haben nicht die Mittel für großangelegte Forschungen auf dem Gebiet der Physik und Chemie, und wir brauchen sie auch nicht – wir haben keine Schwerindustrie, die konkurrenzfähiger gemacht, keine Rüstungen, die diabolischer gestaltet werden müßten, und auch nicht die geringste Lust, auf der Rückseite des Monds zu landen. Nur den bescheidenen Ehrgeiz, als vollentwickelte menschliche Wesen in Harmonie mit allem übrigen Leben auf dieser Insel dieses Breitegrads und dieses Planeten zu leben. Wir können die Ergebnisse eurer Forschungen in der Physik und Chemie übernehmen und sie, wenn wir das wollen oder es uns leisten können, für unsre eigenen Zwecke verwenden. Unterdessen werden wir uns auf die Forschungen konzentrieren, die uns die besten Ergebnisse versprechen – in den Wissenschaften des Lebens und des Geistes. Wenn die Politiker in den kürzlich unabhängig gewordenen Ländern vernünftig wären«, setzte er hinzu, »würden sie ein gleiches tun. Aber sie wollen imponieren; sie wollen eine Armee haben, sie wollen die motorisierten Fernsehsüchtigen von Amerika und Europa einholen. Ihr draußen habt keine Wahl«, fuhr er fort. »Ihr habt euch unrettbar der angewandten Physik und Chemie verschrieben, mit allen den trübseligen Folgeerscheinungen in militärischer, politischer und sozialer Hinsicht. Aber die unterentwickelten Länder haben sich noch nicht festgelegt. Sie brauchen nicht unbedingt euerm Beispiel folgen. Es steht ihnen immer noch frei, den Weg einzuschlagen, den wir gegangen sind – den Weg angewandter Biologie, Geburtenbeschränkung und die begrenzte Produktion und Industrialisierung, die eben durch Geburtenbeschränkung möglich ist; der Weg, der von innen heraus zum Glücklichsein führt, durch Gesundheit, Gewahrsein, durch eine veränderte Einstellung der Welt gegenüber; nicht durch die Fata Morgana eines Glücklichseins von außen nach innen, durch Spielzeug und Pillen und Zerstreuungen am Fließband. Wie gesagt, sie können immer noch den Weg wählen, den wir gegangen sind; aber das wollen sie nicht, sie wollen es genauso machen wie ihr, daß Gott erbarm. Und da ihnen das nicht gelingen wird – zumindest in der Zeitspanne, die sie sich gesetzt haben – ist ein jedes zu Frustrationen und Enttäuschungen vorbestimmt, dazu prädestiniert, in das Elend zerrütteter sozialer Verhältnisse und in Anarchie und zuletzt in die Sklaverei unter einem Diktator zu versinken. Eine völlig vorhersehbare Tragödie, der sie offenen Auges entgegengehn.«

»Und von unsrer Seite läßt sich nichts dagegen unternehmen«, setzte die Vorsteherin hinzu.

»Nichts«, sagte Mr. Menon, »außer unbeirrt weiter das zu tun, was wir eben tun, und wider alle Vernunft zu hoffen, daß unser Beispiel als das einer Nation, welche eine Lebensweise gefunden hat, die die Menschen glücklich macht, nachgeahmt werde. Es scheint wenig Aussicht darauf zu bestehn; aber vielleicht geschieht es doch.«

»Wenn es nicht vorher zu ›Groß-Rendang‹ kommt.«

»Wenn es nicht vorher zu ›Groß-Rendang‹ kommt«, stimmte ihm Mr. Menon ernst bei. »Unterdes müssen wir unsre Aufgabe weiter verfolgen: Erziehung und Bildung. Nun, Mr. Farnaby – gibt es noch etwas, das Sie interessiert?«

»Noch vieles«, sagte Will. »Zum Beispiel, in welchem Alter beginnt bei euch der wissenschaftliche Unterricht?«

»Zur selben Zeit wie Multiplizieren und Dividieren. Mit den ersten Lektionen in Ökologie.«

»Ökologie? Ist das nicht ein bißchen kompliziert?«

»Grade darum beginnen wir zuerst damit. Kinder dürfen nicht den Eindruck haben, daß etwas für sich allein besteht. Es muß ihnen von Anbeginn klargemacht werden, daß alles, was lebt, in Beziehung zueinander steht. Wir zeigen ihnen das in Wald und Feld, im Teich und im Bach, im Dorf und ringsum auf dem Land.«

»Und lassen Sie mich hinzufügen«, sagte die Vorsteherin, »daß wir stets die Wissenschaft wechselseitiger Beziehungen zugleich mit ihren ethischen Aspekten lehren. Ausgewogenheit, Geben und Nehmen, nichts Übersteigertes – das sind Naturgesetze und, in Begriffe der Moral übertragen, sollten diese Gesetze auch von Mensch zu Mensch gelten. Wie gesagt, Kinder können mit Leichtigkeit eine Idee verstehn, wenn sie ihnen als ein Gleichnis über Tiere dargestellt wird. In einer heutigen Version der äsopischen Fabeln etwa. Nicht die alten anthropomorphen Geschichten, sondern wahre ökologische Fabeln mit einer innewohnenden kosmischen Moral. Eine wunderbare Parabel für Kinder ist eine solche über Erosion. Hier bei uns gibt es zwar keine guten Beispiele von Erosion; aber wir zeigen ihnen Photographien davon, was in Rendang, in Indien und China, in Griechenland und der Levante, in Afrika und Amerika geschehn ist – alle jene Gegenden, wo geldgierige, stupide Leute den Versuch machten, sich etwas zu nehmen, ohne zu geben, die Natur lieblos und verständnislos auszuschroten. Sei gut zur Natur, und sie wird gut zu dir sein. Verletze oder zerstöre sie, und sie wird dich zerstören. Wenn es um eine von Menschen geschaffene Sandwüste geht, gilt die Redensart: ›Was du nicht willst, daß man dir tu, das füg auch keinem andern zu‹. So etwas wird von einem Kind viel besser begriffen als von einer erodierten Familie oder einem erodierten Dorf. Psychologische Wunden sieht man nicht – und Kinder wissen ohnehin so wenig über Erwachsene. Und da sie keine Vergleichsmaßstäbe haben, nehmen sie sogar das Schlimmste als etwas Alltägliches hin. Wogegen der Unterschied zwischen zehn Morgen Wiese und zehn Morgen Gräben und verwehtem Sand offenkundig ist. Versandeter Boden und versandete Gräben sind Gleichnisse. Durch sie wird das Kind die Notwendigkeit des Konservierenmüssens verstehn und wird von hier aus ohne Schwierigkeit auf die Gesetze der Ethik übergehn – wird ohne Schwierigkeit die goldene Regel in Beziehung zu Pflanzen und Tieren und zur Erde, die sie erhält, zu der goldenen Regel in Beziehung zu den Menschen erkennen. Und noch etwas. Die Ethik, zu der ein Kind über die Fakten der Ökologie und die Gleichnisse der Erosion gelangt, ist eine universale Ethik. In der Natur gibt es kein Auserwähltes Volk, kein Heiliges Land keine ›einzigartigen historischen Offenbarungen‹. Die Ethik des Konservierens liefert niemandem eine Ausrede zu Überheblichkeit oder zur Beanspruchung besonderer Privilegien. ›Was du nicht willst, daß man dir tu, das füg auch keinem andern zu‹, läßt sich in Beziehung zu allen möglichen Arten von Lebensbedingungen in allen möglichen Teilen der Welt anwenden. Wir werden nur so lange diesen Planeten bewohnen dürfen, als wir die Natur mit Klugheit und Verständnis behandeln. Elementare Ökologie führt so geraden Wegs zu elementarem Buddhismus.«

»Vor ein paar Wochen«, sagte Will nach einem kurzen Schweigen, »habe ich in das Buch von Thorwald hineingesehn, wo er über die Ereignisse im Osten von Deutschland zwischen Januar und Mai 1945 schreibt. Vielleicht hat einer von euch es einmal gelesen?«

Beide verneinten mit einem Kopfschütteln.

»Dann lest es auch nicht«, riet ihnen Will. »Ich war selber in Dresden, fünf Monate nach der Bombennacht vom Februar. Fünfzig- bis sechzigtausend Zivilpersonen – zumeist Flüchtlinge, die vor den Russen davonliefen – verbrannten lebendigen Leibes in einer einzigen Nacht. Und das alles, weil der kleine Adolf nie Ökologie gelernt hatte«, Will lächelte sein grimmig verquältes Lächeln, »und ihm niemals die Grundbegriffe des Konservierens beigebracht worden waren.« Man zog es ins Scherzhafte, weil es zu grauenhaft war, um ernsthaft darüber zu sprechen.

Mr. Menon stand auf und griff nach seiner Aktentasche. »Ich muß jetzt gehn.« Er reichte Will die Hand. Es sei ihm ein Vergnügen gewesen, und er hoffe, Mr. Farnaby werde einen angenehmen Aufenthalt in Pala haben. Übrigens, wenn er noch

mehr über das hiesige Erziehungssystem erfahren wollte, brauche er sich nur an Mrs. Narayan zu wenden. Niemand sei besser als Führer und Erklärer geeignet.
»Hätten Sie Lust, mit mir einige der Klassenzimmer zu besuchen?« fragte sie, als Mr. Menon gegangen war.
Will stand auf und ging ihr den Korridor entlang nach. »Mathematikstunde«, sagte die Vorsteherin, und öffnete eine der Türen. »Die fünfte Gymnasialklasse. Lehrerin: Mrs. Anand.«
Will verneigte sich, als er vorgestellt wurde. Die weißhaarige Lehrerin lächelte ihn an und flüsterte: »Wie Sie sehn, sind wir grade in ein Problem vertieft.«
Er blickte umher. Jedes hinter seinem Schreibpult, saßen an die zwanzig Jungen und Mädchen mit gerunzelter Stirn, an ihren Bleistiften kauend, in konzentriertem Schweigen über ihren Heften. Die gebeugten Köpfe waren glatt und dunkelhaarig. Oberhalb der weißen oder khakifarbenen Shorts, der langen bunten Röcke glänzten die goldbraunen Körper in der Hitze. Knabenkörper, bei denen der Brustkasten unter der Haut sichtbar war; Mädchenkörper, gerundeter und ebenmäßiger, mit zartgeschwellten kleinen Brüsten, prall, hochangesetzt; jede einzelne anmutig wie die Rokokofigurine einer Nymphe. Und sie alle wurden als etwas Selbstverständliches hingenommen. Wie angenehm, dachte Will, sich an einem Ort zu befinden, wo die Doktrin des Sündenfalls geplatzt war!
Unterdessen erklärte Mrs. Anand – *sotto voce*, um die in ihre Aufgabe vertieften Problemlöser nicht abzulenken – daß sie ihre Klassen stets in zwei Gruppen einteile. Die Gruppe der Augenmenschen, welche, wie die alten Griechen, in Begriffen der Geometrie dachten, und die andern, die Algebra und nicht-bildliche Abstraktionen vorzogen. Etwas widerstrebend löste Will seine Aufmerksamkeit von der schönen, sich im Stande der Unschuld befindlichen Welt junger Körper und schickte sich drein, ein intelligentes Interesse an den Unterschiedlichkeiten der Menschen und am Mathematikunterricht zu nehmen.
Endlich verabschiedeten sie sich. Nebenan, in einem in Blaßblau gehaltenen Klassenzimmer, das mit Malereien tropischer Tiere sowie mit Bodhisattvas und ihren vollbusigen Shaktis verziert war, hatte die Fünfte Klasse ihre zweimal-wöchentliche Lektion in Elementarer Angewandter Philosophie. Hier waren die Brü-

ste kleiner, die Arme magerer und weniger muskulös. Die Schüler hier waren kaum ein Jahr übers Kindesalter hinaus.
»Symbole sind eine öffentliche Sache«, sagte der junge Mann vor der Tafel in dem Augenblick, als Will und Mrs. Narayan das Klassenzimmer bertraten. Er zeichnete eine Reihe kleiner Kreise, bezifferte sie mit 1, 2, 3, 4 und x. »Die hier sind Leute«, erklärte er. Dann verband er jeden der kleinen Kreise durch eine Linie mit einem Viereck links auf der Tafel. In die Mitte des Vierecks schrieb er ein S. »S steht für das System von Symbolen, das Leute gebrauchen, wenn sie miteinander reden wollen. Sie sprechen alle dieselbe Sprache – Englisch oder Palanesisch oder Eskimo, das hängt davon ab, wo sie eben leben. Worte sind etwas Öffentliches; sie sind das Allgemeingut derer, die in irgendeiner Sprache miteinander reden; sie sind in Wörterbüchern verzeichnet. Und jetzt wollen wir einmal sehn, was da draußen vor sich geht.« Er wies durch das offene Fenster. Buntglänzend gegen eine weiße Wolke, kamen ein halbes Dutzend Papageien in Sicht, flogen hinter einem Baum vorbei und verschwanden. Der Lehrer zeichnete ein zweites Viereck auf die rechte Seite der Tafel, bezeichnete es mit einem E für ›Ereignisse‹ und verband es wieder durch Linien mit den Kreisen. »Was dort draußen geschieht, geschieht in der Öffentlichkeit – oder so gut wie in der Öffentlichkeit«, sagte er einschränkend. »Und wenn ihr sprecht oder Wörter hinschreibt – auch das ist etwas Öffentliches. Aber was innerhalb dieser kleinen Kreise vor sich geht, ist privat. Privat.« Er legte eine Hand auf seine Brust. »Privat.« Er rieb sich die Stirn. »Privat.« Er berührte seine Augenlider und die Nasenspitze mit seinem braunen Zeigefinger. »Und jetzt wollen wir einen simplen Versuch machen. Sprecht einmal das Wort ›Zwicken‹ aus.«
»Zwicken«, riefen alle in synkopiertem Durcheinander. »Zwikken.«
»Z-W-I-C-K-E-N. Das ist etwas Öffentliches, etwas, das ihr im Wörterbuch nachschlagen könnt. Und jetzt zwickt euch selber. Fest! Fester!«
Zu einem Begleitchor von Gekicher und *Auwehs* taten die Kinder, wie geheißen.
»Kann eins von euch fühlen, was euer Nachbar fühlt?«
»Nein«, kam unisono die Antwort.

»Es sieht also so aus«, sagte der junge Mann, »als hätten wir – wartet einmal – wie viele sind wir?« Er ließ den Blick über die Pulte vor ihm schweifen. »Es sieht aus, als hätten wir da dreiundzwanzig gesonderte und voneinander getrennte Arten von Schmerz. Dreiundzwanzig nur in diesem einen Zimmer. Fast dreitausend Millionen auf der ganzen Welt. Dazu die Schmerzen von allen Tieren. Und jeder einzelne Schmerz ist ein streng privater Schmerz. Es gibt keine Möglichkeit, die Erfahrung von einem Schmerzzentrum zum andern überzuleiten. Keine Verbindung außer einer indirekten über S.« Er wies auf das Viereck links auf der Tafel und dann auf die Kreise in der Mitte. »Private Schmerzen hier in Kreis 1, 2, 3, 4 und x. Nachrichten über private Schmerzen hier außen bei S, wo ihr ›Zwicken‹ sagen könnt, das ein öffentliches Wort ist und im Wörterbuch steht. Und achtet jetzt auf das folgende: es gibt nur ein einziges öffentliches Wort, ›Schmerz‹, für dreitausend Millionen privater Erfahrungen, von denen jede vermutlich so verschieden von allen andern ist, wie meine Nase verschieden ist von euern Nasen und eure Nasen wiederum voneinander verschieden sind. Es gibt nur ein einziges Wort für die vielerlei Arten, auf welche Dinge und Ereignisse der gleichen generellen Sorte einander gleichen. Darum nennen wir ein solches Wort ein öffentliches Wort. Und da es ein öffentliches Wort ist, kann es unmöglich für die vielerlei Arten stehn, auf welche Ereignisse derselben generellen Sorte untereinander verschieden sind.«
Ein Schweigen entstand. Dann blickte der Lehrer auf und stellte eine Frage.
»Wer von euch hat von Mahakasyapa gehört?«
Einige Hände zeigten auf.
Er wies mit dem Finger auf ein kleines Mädchen in einem blauen Rock und mit einer Halskette aus Muscheln, die in der ersten Reihe saß.
»Erzähl uns, was du weißt, Amiya.«
Atemlos und mit lispelnder Stimme begann Amiya:
»Mahakadsyapa war der eintsige von dsen Jüngern, dser vaschtand, worüber dser Buddha s-prach.«
»Und worüber sprach er?«
»Er s-prach überhaupt nicht. Darum vas-tanden sie ihn auch nicht.«

»Aber Mahakasyapa verstand, worüber der Buddha sprach, trotzdem er nicht sprach – war es so?«

Die Kleine nickte. Genau so. »Sie dachten, er würdse eine Predigt halten«, sagte sie, »aber er hat keine gehalten. Er hat einfach eine Blume gepflückt und sie in dsie Höhe gehalten, damit alle sie ansehn könnten.«

»Und das war die Predigt«, rief ein kleiner Junge in einem gelben Lendenschurz, der ungeduldig auf seinem Platz hin und her geruscht war, um mitzuteilen, was er wußte.

»Aber keiner konnte dsiese Predigt vas-tehn. Keiner außer Mahakasyapa.«

»Was sagte also Mahakasyapa, als der Buddha die Blume emporhielt?«

»Er lächelte bloß«, führte Amiya weiter aus. »Und das zeigte dem Buddha, daß er vas-tand, worum es ging. Und so lächelte er zurück, und sie saßen beide da und lächelten und lächelten.«

»Sehr gut«, sagte der Lehrer. »Und jetzt«, wandte er sich an den gelben Lendenschurz, »laß hören, was *du* dir vorstellst, was Mahakasyapa verstanden hat.«

Nach kurzem Nachdenken schüttelte das Kind niedergeschlagen den Kopf.

»Ich weiß es nicht«, murmelte es.

»Weiß es ein andres von euch?«

Es gab einige Mutmaßungen. Vielleicht hatte er verstanden, daß Leute sich langweilten, wenn gepredigt wurde – selbst wenn es der Buddha war, der predigte. Oder er hatte Blumen ebenso gern, wie der Mitfühlende selbst sie gernhatte. Oder es war eine weiße Blume gewesen, und die hatte ihn an das HELLE LICHT erinnert. Oder eine blaue – die Farbe Shivas.

»Gute Antworten«, lobte der Lehrer. »Besonders die erste. Predigten können tatsächlich recht langweilig sein – besonders für den, der sie hält. Aber jetzt hätte ich noch eine Frage. Wenn unter euern Antworten eine gewesen wäre, die aussagte, was Mahaksyapa verstand, warum antwortete er nicht klipp und klar darauf?«

»Vielleicht weil er kein guter S-precher war.«

»Er war ein ausgezeichneter.«

»Oder er hatte Halsweh.«

»Dann hätte er nicht so freudig gelächelt.«

»Sagen *Sie* es uns, Herr Lehrer«, tönte eine schrille Stimme von hinten.

»Ja, sagen *Sie* es uns«, fielen ein Dutzend andrer Stimmen ein. Der Lehrer schüttelte den Kopf. »Wenn Mahakasyapa und der Mitfühlende es nicht in Worte fassen konnten, wie wäre ich dazu imstande? Und jetzt sehn wir uns noch einmal diese Grundrisse auf der Tafel an. Öffentliche Wörter hier, mehr oder weniger öffentliche Ereignisse da, und dort Leute, vollkommen private Zentren von Schmerz und von Vergnügen. Vollkommen private?« sagte er in fragendem Ton. »Vielleicht ist es nicht ganz so. Vielleicht gibt es doch eine Möglichkeit der Mitteilung zwischen den Kreisen – nicht so, wie ich mich jetzt euch mitteile, mittels Wörtern, sondern unmittelbar. Und vielleicht war es das, worüber der Buddha gesprochen hatte, sobald er seine wortlose Predigt beendet hatte. ›Ich besitze den Schatz der unmißverständlichen Lehren‹, sagte er zu seinen Jüngern, ›den wunderbaren Geist Nirvanas, die wahre Form ohne jede Form, die Lehre, welche außerhalb aller Doktrinen mitgeteilt und aufgenommen wird. Sie habe ich nun Mahakasyapa überreicht.‹« Er griff wieder nach der Kreide und zeichnete in groben Zügen eine Ellipse, die alle andern Grundrisse auf der Tafel mit einschloß – die kleinen Kreise, die Menschen darstellten, das Quadrat, welches Ereignisse, und das zweite Quadrat, welches Wörter und Symbole darstellte. »Alle voneinander getrennt«, sagte er, »und dennoch alle ein einziges. Menschen, Ereignisse, Wörter – sie alle sind Manifestationen von GEIST, von So-Sein, von der Leere. Was Buddha andeutete und was Mahakasyapa begriff, war, daß sich solche Lehren nicht in Worten ausdrücken lassen, man kann sie nur *sein*. Und das ist etwas, was ihr alle selber entdecken werdet, wenn einmal der Augenblick für eure Einweihung gekommen ist.«

»Wir sollten jetzt gehn«, flüsterte die Vorsteherin Will zu. Und als die Tür sich hinter ihnen geschlossen hatte und sie wieder im Korridor standen, sagte sie: »Wir gebrauchen dieselbe Methode bei unserm wissenschaftlichen Unterricht, indem wir mit Botanik beginnen.«

»Warum ausgerechnet Botanik?«

»Weil die eine so ungezwungene Verbindung zu dem herstellt, worüber grade gesprochen wurde – zur Mahakasyapa-Legende.«

»Bildet die den Ausgangspunkt?«
»Nein, wir beginnen ganz prosaisch mit dem Lehrbuch. Die Kinder werden mit allen offenkundigen elementaren Fakten, säuberlich in einer Karthotek geordnet, bekannt gemacht. Unverwässerte Botanik – das ist die erste Etappe. Sechs bis sieben Wochen hindurch. Und dann kommt, einen ganzen Vormittag lang, etwas an die Reihe, das wir Brückenbauen nennen. Zweieinhalb Stunden, in denen die Kinder versuchen sollen, alles bereits Gelernte mit Kunst, Sprache, Religion, Selbsterkenntnis in Verbindung zu setzen.«
»Botanik und Selbsterkenntnis – wie um alles in der Welt baut ihr *diese* Brücke?«
»Es ist tatsächlich recht einfach«, versicherte ihm Mrs. Narayan. »Jedes Kind erhält eine ganz gewöhnliche Blume – eine Hibiskusblüte etwa oder noch besser (denn Hibiskusblüten duften nicht) eine Gardenie. Wissenschaftlich betrachtet, was ist eine Gardenie? Woraus besteht sie? Aus Blütenblättern, Staubgefäßen, Stempeln, einem Fruchtknoten und so weiter. Die Kinder müssen eine ausführliche Analyse der Blume niederschreiben (und dazu eine möglichst genaue Zeichnung anfertigen). Nachher gibt es eine kurze Ruhepause. Dann liest ihnen der Lehrer die Mahakasyapa-Legende vor, und sie müssen über die nachdenken. Hatte Buddha da eine Lektion in Botanik erteilt? Oder hatte er seine Jünger vielleicht etwas anderes gelehrt? Und wenn ja, was?«
»Nun, was hat er tatsächlich gelehrt?«
»Selbstverständlich gibt es darauf, wie das ja diese Geschichte andeutet, keine Antwort, die sich in Worten ausdrücken ließe. Also sagen wir den Kindern, sie sollten aufhören nachzudenken und bloß schauen. ›Aber schaut nicht auf eine analytische Weise‹, wird ihnen gesagt. ›Schaut nicht als Wissenschaftler, ja nicht einmal als Gärtner. Befreit euch von allem, was ihr wißt, und seht euch dieses unendlich unwahrscheinliche Ding da vor euch in vollkommener Unwissenheit an. Seht es euch an, als hättet ihr nie im Leben etwas Ähnliches gesehn, als hätte es keinen Namen und gehörte auch keiner erkennbaren Gattung an. Seht es aufmerksam an, aber mit Zurückhaltung, mit Einfühlungsvermögen, aber ohne es zu etikettieren oder zu beurteilen und zu vergleichen. Und beim Ansehen atmet sein Mysterium ein, atmet

den Geist der Vernunft, den Geruch der Weisheit des andern Ufers ein.«

»Das alles«, bemerkte Will, »klingt sehr ähnlich dem, was Dr. MacPhail bei der Einweihungszeremonie sagte.«

»Natürlich klingt es ähnlich«, sagte Mrs. Narayan. »Wenn man lernt, den Gesichtspunkt des Mahakasyapa über Dinge einzunehmen, ist das die beste Vorbereitung zur Erfahrung der *moksha*-Medizin. Jedes Kind hat, bevor es einer solchen Einweihung beiwohnt, eine lange Ausbildung in der Kunst der Aufnahmefähigkeit hinter sich. Zuerst die Gardenie als botanisches Exemplar betrachtet. Dann dieselbe Gardenie in ihrer Einzigartigkeit, die Gardenie, vom Gesichtspunkt des Malers aus gesehn, die noch viel wunderbarere Gardenie, wie der Buddha und Mahakasyapa sie sah. Und es versteht sich von selbst«, setzte sie hinzu, »daß wir uns nicht auf Blumen beschränken. Jeder Lehrkurs ist von periodischen brückenschlagenden Sitzungen interpunktiert. Alles, angefangen von sezierten Fröschen bis zu den Spiralnebeln, alles wird auf eine ebenso einfühlsame wie abstrakte Weise betrachtet, als ein Gegebenes ästhetischer oder spiritueller Erfahrung ebenso wie im Sinne von Wissenschaft, Historie oder Sozialökonomie. Übung in Einfühlsamkeit ist das Komplementäre, das Gegenmittel zu Übung in Analyse und Symbolmanipulation. Beides ist unbedingt notwendig. Wird in der Ausbildung eins von beiden vernachlässigt, entwickelt sich ein Kind nie zu einem vollmenschlichen Wesen.«

Sie schwiegen. »Und wie sollte man denn andre Menschen betrachten? Vom Gesichtspunkt eines Freud oder Cézanne? Eines Proust oder Buddha?«

Mrs. Narayan lachte. »Von welchem Gesichtspunkt aus betrachten Sie zum Beispiel mich?« fragte sie.

»In erster Linie, glaube ich, von einem soziologischen«, antwortete er. »Ich betrachte Sie als Vertreterin einer mir fremden Kultur. Aber ich nehme Sie auch auf eine rezeptive Weise wahr. Ich finde, wenn Sie mir das zu sagen erlauben, daß Sie für Ihr Alter in einer bemerkenswert guten Verfassung sind. Gut in ästhetischer, intellektueller und psychologischer Hinsicht, und auch in spiritueller, was immer das bedeuten mag – und wenn ich einmal aufnahmefähig bin, will das bei mir etwas bedeuten. Wogegen, wenn es mir einfällt, etwas aus mir heraus zu projizieren statt aufzunehmen, ich das zu barem Unsinn konzeptualisieren kann.« Er lachte sein leise verquältes Lachen.

»Wenn es einem einfällt«, sagte Mrs. Narayan, »kann man immer eine schlecht konfektionierte Idee gegen die besten, in aufnahmefähigem Zustand gehabten Einsichten eintauschen. Weshalb sich aber vor eine solche Wahl stellen? Weshalb sich nicht beide Seiten anhören und beide Ansichten in Einklang bringen? Der analysierende traditionsgebundene Begriffebildner und der aufmerksam zurückhaltende Wahrnehmer von Einsichten – keiner von beiden ist unfehlbar, aber zusammen können sie etwas verhältnismäßig Gutes hervorbringen.«

»Wie wirksam ist eigentlich euer Training in der Kunst der Aufnahmefähigkeit?« erkundigte sich Will.

»Es gibt da Gradunterschiede«, antwortete sie. »Ein geringer Grad in einer naturwissenschaftlichen Unterrichtsstunde zum Beispiel. Wissenschaft beginnt mit Beobachtung; aber Beobachtung ist immer selektiv. Man sieht die Welt durch ein Gitter projizierter Begriffe. Dann nimmt man die *moksha*-Medizin, und plötzlich sind alle Begriffe wie weggeblasen. Man wählt nicht mehr aus, sondern reiht jede Erfahrung sofort ein; man nimmt einfach auf. Wie in dem Gedicht von Wordsworth: ›Bring mit ein Herz, das aufhorcht und empfängt.‹ In diesen Brücken schlagenden Sitzungen, die ich Ihnen beschrieb, wird noch immer sehr geschäftig ausgewählt und projiziert, aber nicht annähernd soviel wie in den vorangegangenen wissenschaftlichen Lehrstunden. Die Kinder werden nicht urplötzlich zu kleinen Tathagatas; sie erreichen nicht die reine Aufnahmefähigkeit, die die *moksha*-Medizin verleiht. Ganz und gar nicht. Es läßt sich bloß feststellen, daß die Kinder es lernen, ohne Hemmungen mit Namen und Begriffen zu operieren. Kurze Zeit hindurch nehmen sie weit mehr auf, als sie projizieren.«

»Und sollen sie verwerten, was sie aufgenommen haben?«

»Wir verlangen nichts andres von den Kindern«, sagte Mrs. Narayan mit einem Lächeln, »als daß sie das Unmögliche versuchen: ihre Erfahrung in Worte zu fassen. Als eine reine, begrifflose Gegebenheit, was *ist* diese Blume, dieser sezierte Frosch, dieser Planet am andern Ende des Teleskops? Was bedeuten sie? Woran denkt ihr, was empfindet ihr, was stellt ihr euch dabei vor? Versucht, es zu Papier zu bringen. Es wird euch selbstverständlich nicht gelingen; aber macht trotzdem den Versuch. Es wird euch helfen, den Unterschied zwischen Worten und Ereignissen zu verstehn, zwischen dem Wissen über Dinge und dem Vertrautsein mit ihnen. ›Und wenn ihr's niedergeschrieben habt‹, sagen wir ihnen, ›Betrachtet die Blume nochmals und nachher schließt die Augen ein, zwei Minuten lang. Und dann zeichnet, was immer ihr da vor euch gesehn habt, ob undeutlich oder lebhaft, ob es etwas der Blume Ähnliches war oder etwas ganz, ganz andres. Zeichnet, was ihr gesehn habt, ja sogar was ihr nicht gesehn habt; zeichnet es und koloriert es mit euern Farben und Buntstiften. Dann ruht euch wieder ein wenig aus und vergleicht nachher eure erste Zeichnung mit der zweiten; vergleicht die wissenschaftliche Schilderung der Blume mit dem, was ihr über sie geschrieben habt, ohne zu analysieren, was ihr saht, als ihr so tatet, als wüßtet ihr überhaupt nichts von der Blume und habt einfach das Mysterium ihres Vorhandenseins auf euch eindringen lassen, einfach nur so, aus dem Blauen heraus. Dann vergleicht eure Zeichnungen und Schilderungen mit denen der andern Jungen und Mädchen eurer Klasse. Ihr werdet bemerken, daß die analytischen Beschreibungen und Illustrationen einander alle sehr ähnlich sind, während die der andern Art sehr verschieden voneinander sind. Wo ist der Zusammenhang mit dem, was ihr in der Schule, zu Hause, im Dschungel, im Tempel gelernt habt? Dutzende von Fragen, und jede einzelne eine eindringliche. Die Brücken müssen in allen Richtungen geschlagen werden. Man beginnt mit Botanik – oder irgendeinem andern Gegenstand des Lehrplans –, und am Ende einer dieser Brücken schlagenden Sitzungen sitzt man da und grübelt über das Wesen der Sprache, über verschiedene Arten von Erfahrungen, über Metaphysik und Lebensführung, über analytisches Wissen und die Weisheit des ›andern Ufers‹.«

»Wie in aller Welt«, fragte Will, »ist es euch gelungen, die Lehrer heranzubilden, welche jetzt die Kinder im Brückenschlagen unterrichten?«

»Wir begannen damit vor genau hundertundsieben Jahren«, erklärte Mrs. Narayan. »Mit Lehrkursen für junge Männer und Frauen, welche nach der traditionellen palanesischen Methode erzogen waren. Sie wissen, was ich meine – gute Manieren, gute Landwirtschaft, gute Kunst und gutes Handwerk, durchsetzt mit herkömmlicher Heilkunde, Altweiber-Medizin und einem Glauben an die Allmacht der Magie und an die Wahrheit der Märchen. Weder Wissenschaft noch Geschichte noch eine Ahnung davon, was in der Außenwelt vorging. Doch alle diese künftigen Lehrer waren fromme Buddhisten; die meisten praktizierten Meditation, und alle hatten sie eine ganze Menge Mahayana-Philosophie gelesen oder angehört. Das will heißen, daß sie auf den Gebieten angewandter Metaphysik und Psychologie viel gründlicher und realistischer erzogen worden waren als irgendeine Gruppe angehender Lehrer bei euch. Dr. Andrew MacPhail war ein wissenschaftlich geschulter, antidogmatischer Humanist, dem der Wert reiner und angewandter Mahayana-Philosophie nicht entgangen war. Sein Freund, der Radscha, wiederum war ein tantrischer Buddhist, dem der Wert reiner und angewandter Wissenschaft nicht entgangen war. Daher erkannten beide sehr deutlich, daß ein Lehrer, der fähig sein sollte, Kinder zu ›ganzen‹ Menschen heranzubilden, in einer Gesellschaft, die für solche Menschen wirklich geeignet wäre, zuerst selber darin ausgebildet werden müsse, sich das Beste aus beiden Welten zu holen.«

»Und wie haben diese ersten Lehrer das aufgenommen? Standen sie denn dieser Methode nicht zunächst ziemlich feindselig gegenüber?«

Mrs. Narayan schüttelte den Kopf. »Nein. Aus dem guten Grund, weil nichts, was ihnen heilig und wert war, davon angetastet wurde. Ihr Buddhismus wurde respektiert. Was sie aufgeben sollten, waren einzig und allein ihre Altweiber-Heilmethoden und ihre Märchen. Und dafür erhielten sie vielerlei weitaus interessantere Fakten und nützlichere Theorien. Und dieses erregende Neue aus eurer westlichen Welt des Wissens und der Macht und des Fortschritts sollte nun mit den Theorien des Buddhismus und den psychologischen Fakten angewandter Metaphysik vereinigt und ihnen in gewissem Sinn untergeordnet werden. Es gab wirklich nichts in dem Programm, sich das Beste aus beiden Welten zu holen, was die Gefühle selbst des glühendsten frommen Patrioten verletzt hätte.«

»Ich stelle mir grade dieselbe Frage in bezug auf *unsere* künftigen Lehrer«, sagte Will nach einer kleinen Weile. »Ob sie in diesem späten Stadium überhaupt noch belehrbar wären? Ob sie wohl noch lernen könnten, sich das Beste aus beiden Welten zu holen?«

»Weshalb nicht? Sie würden nichts aufzugeben brauchen, was ihnen wirklich wichtig erscheint. Der Nicht-Christ könnte weiter über den Menschen nachdenken, und der Christ weiter Gott anbeten. Nichts würde sich ändern, nur daß man sich Gott als immanent vorstellen müßte und den Menschen als ein der Selbstüberschreitung fähiges Wesen.«

»Und Sie glauben wirklich, die würden diese Veränderungen hinnehmen, ohne ein Getue zu machen?« Will lachte. »Da sind Sie aber eine Optimistin.«

»Eine Optimistin«, wiederholte Mrs. Narayan, »aus dem einfachen Grund, daß sich recht gute Ergebnisse erzielen lassen, wenn man ein Problem intelligent und realistisch angeht. Diese Insel hier rechtfertigt einen gewissen Optimismus. Kommen Sie jetzt, sehn wir uns den Tanzunterricht an.«

Sie gingen über einen von Bäumen beschatteten Hof, stießen eine Schwingtür auf und traten aus Stille in den Lärm von rhythmischem Trommelschlag und dem Gellen von Querpfeifen, die immerzu ein kurzes Zehnton-Motiv wiederholten, das für Will irgendwie etwas Schottisches hatte.

»Echte oder Konservenmusik?« fragte er.

»Japanisches Tonband«, erklärte Mrs. Narayan lakonisch. Sie öffnete eine zweite Tür, die in einen großen Turnsaal führte, wo zwei bärtige junge Männer und eine erstaunlich agile kleine alte Dame in einer schwarzen Seidenhose zwanzig bis dreißig kleinen Jungen und Mädchen einige lebhafte Tanzschritte vorführten.

»Unterhaltung oder Ausbildung?« fragte Will.

»Beides«, antwortete die Vorsteherin. »Und gleichzeitig angewandte Ethik. Wie die Atemübungen, von denen wir früher sprachen – nur viel wirksamer, weil umsoviel ungestümer.«

»Dann zertrampeln wir's!« riefen die Kinder *unisono.* Und sie stampften mit den kleinen sandalenbeschuhten Füßen mit aller Macht auf. »Dann zertrampeln wir's!« Ein letztes wütendes Aufstampfen, und wieder drehten und wendeten sie sich und setzten zu einer neuen Tanzfigur an.

»Das ist der *Rakshasi-Schottische*«, sagte Mrs. Narayan.

»Rakshasi?« Will hob die Brauen.

»Eine Rakshasi ist eine Dämonin. Eine sehr große und sehr unangenehme. Personifiziert die abscheulichsten Eigenschaften. Der Rakshasi-Schottische ist ein Ausweg, um allen gefährlich aufgestauten Dampf abzulassen.«

»Dann zertrampeln wir's!« Die Musik hatte wieder den im Chor gesungenen Refrain aufgenommen. »Dann zertrampeln wir's!«

»Noch einmal«, rief die kleine alte Dame und setzte selber ein furioses Beispiel. »Fester! Fester!«

»Was hat wohl mehr zur Entwicklung ethischen und rationalen Benehmens beigetragen«, meinte Will nachdenklich, »bacchische Orgien oder Platos *Der Staat*? Die *Nikomachische Ethik* oder der Tanz der Korybanten?«

»Die Griechen«, sagte Mrs. Narayan, »waren viel zu vernünftig, um in Entweder-Oder-Begriffen zu denken. Für sie ging es immer um das Nicht-nur-sondern-auch. Nicht nur Plato und Aristoteles, sondern auch *Die Mänaden*. Ohne solche verkrampfungslösende Tänze wäre die ethische Philosophie machtlos und ohne ethische Philosophie wüßten die Tanzenden nicht weiter. Wir haben uns bloß die alten Griechen zum Muster genommen.«

»Sehr gut«, sagte Will anerkennend. Dann fiel ihm ein (wie das früher oder später, und wie groß immer sein Vergnügen, wie echt auch seine Begeisterung wäre, stets geschah), daß er der Mann war, der sich nicht mit einem Ja abspeisen ließ, und er brach plötzlich in Lachen aus. »Nicht, daß es im Lauf der Zeit viel ausmachen würde«, sagte er. »Korybantismus vermochte die Griechen nicht daran zu hindern, einander die Kehle zu durchschneiden. Und wenn einmal Oberst Dipa sich zum Handeln entschließt, was nützt euch dann euer Rakshasi-Schottischer? Mag sein, daß er euch hilft, euch mit euerm Schicksal abzufinden – mehr aber auch nicht.«

»Gewiß, mehr nicht«, gab Mrs. Narayan zu. »Aber sich mit seinem Schicksal abzufinden – damit ist schon viel erreicht.«

»Sie scheinen das alles sehr gelassen hinzunehmen.«

»Was würde es uns nützen, es hysterisch hinzunehmen? Unsre politische Lage würde sich dadurch nicht günstiger gestalten; bloß unsre persönliche um ein beträchtliches ungünstiger.«

»Dann zertrampeln wir's!« riefen die Kinder wieder *unisono*, und die Dielen erzitterten unter ihren stampfenden Füßen. »Zertrampeln wir's!«

»Sie dürfen sich nicht vorstellen«, nahm Mrs. Narayan den Faden wieder auf, »daß wir bloß solche Tänze unterrichten. Es ist zwar wichtig, durch Unlustgefühle erzeugte Energie umzuleiten. Aber nicht weniger wichtig ist es, positive Gefühle und richtiges Wissen sich ausdrücken zu lassen. Wären Sie gestern gekommen, als unser Tanzmeister hier war, hätte ich Ihnen zeigen können, wie wir die andre Spielart unterrichten. Heute geht das leider nicht. Er kommt erst Dienstag wieder.«

»Welche Art von Tanz unterrichtet er da?«

Mrs. Narayan bemühte sich, das zu beschreiben. Keine hohen Sprünge oder Sätze, kein Laufen. Die Füße immer fest auf dem Boden. Nur ein Biegen des Körpers und Seitwärtsbewegungen der Knie und Hüften. Jeglicher Ausdruck beschränkt auf Arme, Handgelenke und Hände, auf Hals und Kopf, auf das Gesicht und vor allem die Augen. Bewegungen von den Schultern aufwärts und auswärts – an sich schöne und zugleich mit symbolischer Bedeutung geladene Bewegungen. Denken, das in ritualer und stilisierter Gebärde Gestalt wird. Der ganze Körper in eine Hieroglyphe verwandelt, eine Folge von Hieroglyphen, von Stellungen, von einer Bedeutung zur andern modulierend wie ein Gedicht oder ein Musikstück. Bewegungen von Muskeln, die Bewegungen der Bewußtheit darstellen, das Übergehn von So-Sein in die Vielen, der Vielen in den immanenten und allgegenwärtigen Einen.

»Es ist in Tätigkeit umgesetztes Meditieren«, schloß sie. »Es ist die Metaphysik des Mahayana, statt mit Worten durch symbolische Bewegungen und Gebärden ausgedrückt.«

Sie verließen den Turnsaal durch eine andre Tür, wandten sich nach links und gingen ein paar Schritte einen Korridor entlang.

»Was ist als nächstes an der Reihe?« fragte Will.

»Die Dritte Klasse«, antwortete Mrs. Narayan. »Sie haben grade Elementaren Praktischen Psychologie-Unterricht.«

Sie öffnete eine grüne Tür.

»Also, jetzt wißt ihr es«, hörte Will eine bekannte Stimme sagen. »Niemand von uns *braucht* Schmerz zu empfinden. Ihr habt euch gesagt, daß die Nadel nicht wehtun wird – und sie hat auch nicht wehgetan.«

Sie betraten das Klassenzimmer, und da stand Susila, sehr hochgewachsen erscheinend inmitten einiger zwanzig rundlicher oder magerer kleiner brauner Körper. Sie begrüßte Mrs. Narayan und

Will mit einem Lächeln, wies auf ein paar Stühle in einer Ecke und wandte sich wieder an die Kinder. »Niemand braucht Schmerz zu fühlen«, wiederholte sie. »Aber ihr dürft nicht vergessen: Schmerz bedeutet, daß irgend etwas nicht so ist, wie es sein soll. Ihr habt jetzt gelernt, Schmerz abzuschalten, aber tut das ja nicht gedankenlos, tut das nicht, ohne euch zu fragen: warum schmerzt mich dieses oder jenes? Und wenn es sehr arg ist und ihr euch keinen offensichtlichen Grund dafür vorstellen könnt, sagt es eurer Mutter oder einem andern Erwachsenen in euerm KAG. Dann erst könnt ihr den Schmerz abschalten, und zwar im Bewußtsein, daß etwas dagegen unternommen wird, sollte es nötig sein. Habt ihr mich verstanden? Und jetzt«, fuhr sie fort, nachdem alle Fragen gestellt und beantwortet worden waren, »jetzt wollen wir einige So-tun-als-ob-Spiele spielen. Schließt die Augen und tut so, als würdet ihr diesen armen einbeinigen Myna anschauen, der täglich herkommt, um gefüttert zu werden. Könnt ihr ihn sehn?«

Natürlich konnten sie ihn sehen. Der einbeinige Myna war offenbar ein guter Bekannter.

»Ihr sollt ihn genau so deutlich vor euch sehn wie heute mittag. Und starrt ihn ja nicht an, strengt euch ja nicht an dabei. Seht einfach nur das, was von allein zu euch kommt, und laßt die Augen wandern – von seinem Schnabel zu seinem Schwanz, von seinem hellen kleinen Auge zu seinem einen orangefarbenen Bein.«

»Ich kann ihn sogar hören«, gab ein kleines Mädchen zum besten. »Er sagt *›Karuna, Karuna!‹«*

»Das ist nicht wahr«, entrüstete sich ein anderes Kind. »Er sagt ›Gib acht!‹«

»Er sagt beides«, versicherte ihnen Susila. »Und wahrscheinlich noch eine Menge andrer Wörter dazu. Aber jetzt wollen wir das richtige So-tun-als-ob-Spiel spielen. Tut so, als gebe es zwei einbeinige Mynas. Drei . . . Vier . . . Könnt ihr alle vier sehn?«

Sie konnten sie sehen.

»Vier einbeinige Mynas an den vier Ecken des Platzes, und ein fünfter in der Mitte. Und jetzt wechseln sie die Farbe. Sie sind jetzt weiß. Fünf weiße Mynas mit gelben Köpfen und einem orangefarbenen Bein. Und auf einmal sind die Köpfe blau. Glänzend blau – und der übrige Vogel ist rosa. Fünf rosa Mynas mit blauen Köpfen. Und sie verändern sich in einem fort. Jetzt sind sie violett. Fünf violette Mynas mit weißen Köpfen und jeder mit einem einzigen hellgrünen Bein. Aber du meine Güte, was ist los? Es sind gar nicht mehr fünf, sondern zehn. Nein, zwanzig, fünfzig, ein Hundert von ihnen. Viele Hunderte. Könnt ihr sie sehn?« Einige konnten – ohne die geringste Schwierigkeit; und den andern, die da nicht mitkamen, setzte Susila bescheidenere Ziele.

»Dann nehmen wir eben an, es sind zwölf«, sagte sie. »Oder wenn das auch zu viele sind, zehn . . . acht. Das sind immer noch genug Mynas. Und jetzt«, fuhr sie fort, nachdem alle Kinder so viele violette Vögel heraufbeschworen hatten, als jedes imstande war, »jetzt sind sie verschwunden.« Sie klatschte in die Hände. »Weg! Alle weg. Und nun, statt der Mynas, werdet ihr mich selbst sehn.« Wieder klatschte sie in die Hände. »Ein Mich in Gelb. Zwei Mich in Grün. Drei Mich in Blau mit roten Tupfen. Vier Mich im rötesten Rot, das ihr je gesehn habt.« Wieder klatschte sie in die Hände. »Alle weg. Und diesmal seht ihr Mrs. Narayan und diesen komischen Mann mit dem steifen Bein, der mit ihr hereingekommen ist. Vier *sie* und vier *er*. Und sie stehn alle in einem weiten Kreis im Turnsaal und fangen plötzlich an, den Rakshasi-Schottischen zu tanzen. ›Dann zertrampeln wir's, dann zertrampeln wir's!‹«

Allgemeines Gekicher. Die vielen tanzenden Vorsteherinnen und Will Farnabys mußten ungemein komisch aussehen.

Susila schnippte mit den Fingern.

»Fort mit euch! Verschwindet! Und jedes von euch Kindern sieht jetzt drei eurer Mütter und drei eurer Väter um den Spielplatz herumlaufen. Schneller, schneller, schneller! Plötzlich sind sie weg. Und dann wieder da. Und gleich darauf weg. Sie sind da, sie sind weg, sie sind da, sie sind weg . . .«

Das Gekicher schwoll zu quietschendem Gelächter an, und auf dem Höhepunkt des Gelächters ertönte eine Glocke. Die Stunde Elementarer Praktischer Psychologie war zu Ende.

»Was soll das alles?« fragte Will, als die Kinder auf den Spielplatz gelaufen waren und Mrs. Narayan in ihr Büro gegangen war.

»Die Kinder sollen verstehn«, antwortete Susila, »daß wir nicht einzig von unserm Gedächtnis und unsren Phantasien abhängig sind. Wenn uns das, was in unserm Kopf vorgeht, verstört, können wir etwas dagegen tun. Es kommt nur darauf an, daß einem gezeigt wird, was sich dagegen tun läßt, und sich darin zu üben – ähnlich wie man Schreiben lernt oder Flötespielen. Was ich diesen Kindern gezeigt habe, ist eine sehr einfache Technik – eine Technik, die wir später zu einer Methode der Befreiung entwickeln werden. Nicht völlige Befreiung, selbstverständlich. Aber ein halber Laib ist um vieles besser als gar kein Brot. Diese Technik wird einen zwar noch nicht zur Entdeckung der eignen Buddha-Natur führen; aber sie kann einem dazu verhelfen, dieselbe vorzubereiten – indem sie einen befreit von den schmerzlichen Erinnerungen, den Schuldgefühlen, den grundlosen Befürchtungen vor der Zukunft, die einen verfolgen.«

»Verfolgen«, stimmte ihr Will bei, »ist das richtige Wort.«

»Aber man muß nicht von ihnen verfolgt werden. Einige dieser Gespenster lassen sich ganz leicht vertreiben. Sobald eins von ihnen erscheint, wenden Sie die Therapie der Imagination an. Verfahren Sie mit ihm, wie wir mit den Mynas verfahren sind, mit Ihnen selbst und Mrs. Narayan. Geben Sie ihm andre Kleider, eine andre Nase, vervielfachen Sie es, befehlen Sie ihm, zu verschwinden, rufen Sie es wieder zurück und lassen Sie es irgend etwas Lächerliches ausführen. Dann liquidieren Sie es. Stellen Sie sich bloß vor, was Sie alles mit Ihrem Vater hätten aufführen können, wenn Ihnen jemand als Kind einige dieser simplen kleinen Kniffe beigebracht hätte. Für Sie war er ein schreckenerregendes Ungeheuer. Das wäre nicht nötig gewesen. Sie hätten sich dieses Ungeheuer als etwas Groteskes vorstellen können. Als einen ganzen Chor grotesker Gestalten ... Ein Schnellkurs in Elementarer Praktischer Psychologie, und Ihr ganzes Leben wäre vielleicht anders verlaufen.«

Wie wäre er da wohl mit Mollys Tod verfahren? dachte Will, als sie zu dem geparkten Jeep hinausgingen. Und was für Riten imaginativer Hexenaustreibung hätte er an diesem rosigweißen, moschusduftenden Sukkubus inszeniert, der Inkarnation seiner rasenden und schmählichen Begierden?

Doch da stand der Jeep. Will reichte Susila den Schlüssel und schob sich mühsam auf den Sitz. Da näherte sich, sehr geräuschvoll, als stehe er unter dem neurotischen Zwang, für seine winzige Statur überkompensieren zu müssen, ein kleiner betagter Wa-

gen vom Dorf her, bog in die Zufahrt ein und hielt, immer noch mit Gerassel und Gerüttel, neben dem Jeep.
Sie wandten beide den Kopf. Murugan beugte sich aus dem Fenster des königlichen Baby-Austin, hinter sich eine riesige Gestalt in weißem Musselin, schleierig wie ein Wolkengebilde: die Rani. Will verneigte sich in ihre Richtung und erhielt das huldvollste Lächeln, das sogleich abgeschaltet wurde, als sie Susilas ansichtig wurde und deren Gruß nur mit einem äußerst distanzierten Kopfnicken zur Kenntnis nahm.
»Eine Spazierfahrt?« fragte Will, so höflich er konnte.
»Nur nach Shivapuram«, erwiderte die Rani.
»Falls diese elende Kiste noch bis dorthin standhält«, setzte Murugan bitter hinzu. Er drehte den Zündschlüssel. Der Motor gab noch einen Laut wie ein obszönes Aufstoßen von sich und starb ab.
»Wir müssen einige Besuche machen«, fuhr die Rani fort. »Oder vielmehr einen einzigen«, setzte sie in einem mit verschwörerischer Bedeutsamkeit geladenem Ton hinzu. Sie lächelte Will an, zwinkerte ihm beinahe zu.
Er tat, als verstehe er nicht, daß sie Bahu meine, äußerte ein unverbindliches »Aha« und drückte ihr sein Mitgefühl für alle die Mühe und Plage aus, welche die nächste Woche stattfindenden Geburtstagfestlichkeiten für Murugans Großjährigkeit mit sich brächten.
»Was tun Sie hier eigentlich?« unterbrach ihn Murugan.
»Ich habe mich diesen Nachmittag, so intelligent es mir möglich war, für das palanesische Erziehungswesen interessiert.«
»Palanesisches Erziehungswesen«, wiederholte die Rani. Und dann nochmals: »Palanesisches ... Erziehungswesen.« Sie schüttelte den Kopf.
»Was mich betrifft«, sagte Will, »so hat mir alles gefallen, was ich zu sehen und zu hören bekam – angefangen von Mr. Menon und der Vorsteherin bis zu Elementarer Praktischer Psychologie, wie sie von Mrs. MacPhail«, setzte er hinzu, um Susila mit ins Gespräch zu ziehen, »unterrichtet wird.«
Immer noch geflissentlich Susila übersehend, wies die Rani mit dem wulstigen Zeigefinger anklägerisch auf die Vogelscheuchen unten in dem Reisfeld.
»Haben Sie die dort gesehn, Mr. Farnaby?«

Das hatte er ganz entschieden. »Und wo anders als in Pala«, fragte er, »könnte man Vogelscheuchen finden, die gleichzeitig wunderschön, wirksam und metaphysisch bedeutungsvoll sind?«

»Und die nicht nur«, sagte die Rani mit einer Grabesstimme, in der Entrüstung mitschwang, »die Vögel, sondern auch die kleinen Kinder von der eigentlichen Idee Gottes und seiner Manifestationen abschrecken?« Sie hob die Hand. »Hören Sie das?«

Zu Tom Krishna und Mary Sarojini hatten sich einige kleine Kameraden gesellt, die sich einen Heidenspaß daraus machten, an den Schnüren zu ziehen, welche die himmlischen Marionetten in Gang setzten. Die schrillen hellen Stimmen drangen von dort zu ihnen her. Als sie den Kehrreim wiederholten, konnte Will die Worte des Liedchens verstehn.

»Ziehen und zerren, soviel ich nur will,
Die Götter zappeln, doch der Himmel bleibt still.«

»Bravo!« sagte Will lachend.

»Ich fürchte, mich belustigt das nicht«, sagte die Rani streng. »Es ist nicht komisch, es ist tragisch. TRAGISCH.«

Will ließ sich nicht beirren. »Wie ich höre«, sagte er, »sind diese bezaubernden Figuren eine Erfindung von Murugans Urgroßvater.«

»Murugans Urgroßvater war ein sehr ungewöhnlicher Mann«, sagte die Rani. »Ein ungewöhnlich intelligenter, aber nicht weniger ungewöhnlich böser. Große Gaben – aber, leider, wie ruchlos angewendet. Und was es umsoviel schlimmer machte, er war von der *falschen Geistigkeit* erfüllt.«

»Falsche Geistigkeit?« Will betrachtete das riesige Exemplar richtiger Geistigkeit da vor sich und atmete durch den Gestank heißer Benzinabgase den weihrauchartigen, jenseitsweltlichen Geruch von Sandelholzöl ein. »Falsche Geistigkeit?« Und plötzlich ertappte er sich schaudernd bei der Vorstellung, wie die Rani aussähe, wenn sie plötzlich ihrer mystischen Uniform entkleidet und in überquellender und schwammiger Nacktheit dem Licht ausgesetzt wäre. Und sie dann zu einer Dreifaltigkeit entkleideter Korpulenz vervielfachen, zu zwei, zu zehn Dreifaltigkeiten. Elementare Praktische Psychologie –, und zwar ganz gehörig!

»Ja, falsche«, wiederholte die Rani. »Er redete zwar von

Befreiung; war aber immer, durch seine hartnäckige Weigerung, den *wahren Pfad* weiterzuschreiten, für größere Knechtschaft tätig. Agierte die Rolle des Demütigen. Aber in seinem Herzen war er so erfüllt von Stolz, Mr. Farnaby, daß er keine andere geistige Autorität, die *höher* gewesen wäre als die seine, anerkennen wollte. Die *Großen Meister*, die *Avatare*, die *große Tradition* – sie bedeuteten ihm überhaupt nichts. Daher auch diese gräßlichen Vogelscheuchen, und dieses blasphemische Liedchen, das man die Kinder singen gelehrt hat. Wenn ich an die *armen unschuldigen Kleinen* denke, die so vorsätzlich pervertiert werden, vermag ich kaum an mich zu halten, Mr. Farnaby, vermag ich kaum –«

»Hör zu, Mutter«, sagte Murugan, der unterdessen ungeduldig und immer unverhohlener auf seine Armbanduhr geblickt hatte, »wenn wir rechtzeitig zum Dinner zurück sein wollen, müssen wir weiter.« Er sprach mit rüder Autorität. Am Lenkrad eines Wagens sitzend – selbst wenn es bloß ein altersschwacher Baby Austin war – gab ihm offensichtlich das Gefühl, ›eine Nummer größer‹ zu sein. Ohne ihre Antwort abzuwarten, ließ er den Motor an, schaltete in den ersten Gang und fuhr mit einem Winken seiner Hand davon.

»Ah, endlich!« sagte Susila mit einem Stoßseufzer.

»Lieben Sie Ihre gute Königin denn nicht?«

»Sie bringt mein Blut in Wallung.«

»Dann zertrampeln Sie's«, sagte Will in neckendem Singsang.

»Sie haben ganz recht«, stimmte Susila ihm mit einem Lachen bei. »Aber das war leider nicht die richtige Gelegenheit für einen Rakshasi-Schottischen.« Ihr Gesicht wurde von aufblitzendem Mutwillen erhellt, und völlig unerwartet versetzte sie ihm einen überraschend kräftigen Puff in die Rippen. »So!« sagte sie und holte tief Atem. »Jetzt ist mir wohler.«

VIERZEHNTES KAPITEL

Sie ließ den Motor an, und sie fuhren los – hinunter zu der Umführung und wieder hinauf zur Landstraße am entgegengesetzten Ende des Dorfs und weiter in das Gehege der Versuchsstation. Susila hielt vor einem kleinen strohgedeckten Bungalow, der aussah wie alle andern. Sie stiegen die sechs Stufen zur Veranda hinauf und betraten einen weißgetünchten Wohnraum. Links ein breites Fenster mit einer Hängematte zwischen zwei Holzpfosten zu beiden Seiten eines vorspringenden Erkers. »Der richtige Platz für Sie«, sagte sie, »da können Sie Ihr Bein hochlagern«, und wies auf die Hängematte. Dann fragte sie, als er sich in das Netz hatte sinken lassen: »Worüber wollen wir reden?«, zog einen Korbsessel heran und setzte sich neben ihn.

»Vielleicht über das Gute und Wahre und Schöne? Oder lieber über das Häßliche und Böse und sogar noch Wahrere?« entgegnete er mit seinem grimmigen gequälten Lächeln.

»Ich hätte gedacht«, sagte sie, seinen Versuch zu Scherzhaftigkeit übergehend, »daß wir dort fortfahren, wo wir letztesmal stehnblieben – das heißt, daß wir weiter über Sie selbst sprechen.«

»Das war ja grade, was ich vorschlug – das Häßliche und Böse und sogar noch Wahrere als alle formelle Wahrheit.«

»Soll das nur einfach eine Probe Ihres Konversationstalents sein?« fragte sie. »Oder wollen Sie wirklich über sich selbst sprechen?«

»Wirklich«, versicherte er ihr, »verzweifelt wirklich. Genauso verzweifelt wirklich, wie ich *nicht* über mich selbst sprechen will. Daher, wie Sie vielleicht bemerkt haben, mein nie erlahmendes Interesse für Kunst, Wissenschaft, Philosophie, Politik, Literatur – jedes verdammte Zeugs lieber als das einzige, das zu guter Letzt wirklich irgendwelche Bedeutung hat.«

Sie schwiegen längere Zeit. Dann begann Susila in beiläufigem Ton wieder über ihre Erinnerungen zu sprechen – über die Kathedrale in Wells, die Rufe der Krähen, die weißen Schwäne, wie sie über die Spiegelungen der ziehenden Wolken dahinglitten. Bald darauf glitt auch er dahin.

»Ich war sehr glücklich in Wells«, sagte sie, »sehr, sehr glücklich. Und auch Sie waren es, nicht wahr?«

Will antwortete nicht. Er erinnerte sich an jene Tage in dem grünen Tal, vor vielen Jahren, bevor er und Molly verheiratet waren, bevor sie ein Liebespaar waren. Wie friedvoll! Was für eine festgegründete, lebendige Welt ohne Maden, eine Welt sprießender Gräser und Blumen! Und zwischen ihm und ihr war

dasselbe Fließen natürlichen ungetrübten Empfindens gewesen, das er nicht mehr seit den fernen Tagen, da Tante Mary noch lebte, gekannt hatte. Der einzige Mensch, den er je wirklich liebte – und hier in Molly fand sich ihre Nachfolgerin. Wie beglückend! Liebe in eine andre Tonart transponiert – aber die Melodie, die volltönenden, subtilen Harmonien waren die gleichen. Und dann hatte Molly, am vierten Tag ihres Aufenthalts dort, an die Trennungswand zwischen ihren beiden Zimmern geklopft; und er fand die Tür nur angelehnt und hatte sich im Finstern zu ihrem Bett hingetastet, wo dann, in gewissenhafter Nacktheit, die Barmherzige Schwester sich bemühte, die Rolle der Geliebten zu spielen. Sich bemühte und – auf so katastrophale Weise! – versagte.
Da erhob sich plötzlich, wie beinahe jeden Nachmittag, das laute Rauschen des Windes und schon war, gedämpft aus der Ferne, das hohle Dröhnen des Regens auf dichtes Laub zu hören – ein Dröhnen, das lauter und lauter wurde, je näher der Guß kam. Nach ein paar Sekunden prasselten die Regentropfen gegen die Fensterscheiben. Genauso, wie sie am Tag ihrer letzten Unterredung gegen die Fenster seines Arbeitszimmers prasselten.
»Meinst du das im Ernst, Will?«
Vor Schmerz und Scham hätte er beinahe laut aufgeschrien. Er biß sich auf die Lippe.
»Woran denken Sie?« fragte Susila.
Aber es war nicht eine Sache des Denkens. Er konnte sie wirklich vor sich sehen, konnte wirklich ihre Stimme hören. »Meinst du das im Ernst, Will?« Und durch das Geräusch des Regens konnte er sich antworten hören: »Ja, ich meine es im Ernst.«
An der Fensterscheibe – war es hier? War es dort? War es damals? – hatte das Rauschen nachgelassen. Der Guß war zu einem leisen Plätschern geworden.
»Woran denken Sie?« drang Susila nochmals in ihn.
»An das, was ich Molly angetan habe.«
»Und was haben Sie Molly angetan?«
Er blieb stumm; aber Susila war unerbittlich.
»Erzählen Sie es mir.«
Widerstrebend, unwillig erzählte er.
»›Meinst du das im Enrst, Will?‹« Und das alles wegen Babs – *Babs* – Himmelherrgottnochmal! – wegen Babs, so unglaublich

es war – meinte er es im Ernst, und Molly war in den Regen hinausgegangen.
»Als ich sie wiedersah, lag sie im Krankenhaus.«
»Hat es da noch immer geregnet?«
»Noch immer.«
»So stark wie jetzt?«
»Beinahe so stark.« Und was Will hörte, war nicht mehr dieser tropische Nachmittagsregen, sondern das stete Prasseln gegen die Fensterscheiben des kleinen Zimmers, wo Molly im Sterben lag.
»Ich bin's«, sagte er zur Begleitung des Regens, »ich bin's – Will.« Nichts geschah; und dann plötzlich spürte er, wie Mollys Hand sich fast unmerklich in der seinen regte. Ein willkürlicher leiser Druck und dann gleich darauf ein unwillkürliches Loslassen, ein völliges Erschlaffen.
»Erzählen Sie mir alles nochmals, Will.«
Er schüttelte den Kopf. Es war allzu qualvoll, allzu erniedrigend.
»Erzählen Sie es mir noch einmal«, drang sie in ihn. »Es geht nicht anders.«
Nach einer ungeheuern Überwindung erzählte er ihr die abstoßende Geschichte noch einmal von vorne. Meine er es wirklich im Ernst? Ja, er meine es im Ernst – es war ihm ernst damit, wehzutun, vielleicht ernst damit (wußte man je, was man im Grunde wollte?) zu töten. *Alles für Babs, und mag die Welt untergehn.* Nicht die seine, versteht sich – die Welt Mollys und, im Mittelpunkt dieser Welt, das Leben, das sie erschaffen hatte. Ausgelöscht um jenes köstlichen Dufts in der Dunkelheit willen, jener Muskelreflexe, jenes unsäglichen Genusses, jener so gekonnten und berauschend schamlosen Künste.
»Lebwohl, Will.« Und mit einem kleinen kalten Knacks hatte sich die Tür hinter ihr geschlossen.
Er wollte sie zurückrufen. Aber Babs' Liebhaber erinnerte sich an diese Künste, diese Reflexe und an diesen Körper, der sich in seiner Aura von Moschus in der äußersten Agonie der Lust wand. Erinnerte sich an das alles und sah sich am Fenster stehn, sah den Wagen durch den Regen davonfahren und empfand, als der um die Ecke bog, ein schmähliches Jubelgefühl. Endlich frei! Freier sogar, als er angenommen hatte, wie er drei Stunden spä-

ter im Krankenhaus erfuhr. Denn dort spürte er den letzten Druck ihrer Finger, die letzte Botschaft ihrer Liebe. Doch gleich darauf wurde diese Botschaft unterbrochen. Die Hand erschlaffte, und auf einmal, mit entsetzlicher Plötzlichkeit, waren keine Atemzüge mehr zu hören. »Tot«, flüsterte er und vermeinte zu ersticken. »Tot.«

»Angenommen, es wäre nicht Ihre Schuld gewesen«, sagte Susila nach einem langen Schweigen. »Angenommen, sie wäre plötzlich gestorben, ohne daß Sie irgend etwas damit zu tun gehabt hätten. Wäre das nicht beinahe ebenso arg gewesen?«

»Was wollen Sie damit sagen?«

»Ich meine, es geht um mehr als bloß darum, daß Sie sich an Mollys Tod schuldig fühlen. Es ist der Tod an sich, den Sie als so schrecklich empfinden.« Susilas Gedanken waren bei Dugald. »Als etwas so sinnlos Böses.«

»Sinnlos Böses«, wiederholte er. »Ja, vielleicht wurde darum ein berufsmäßiger Beobachter von Hinrichtungen aus mir. Grade weil es alles so sinnlos, so durch und durch bestialisch war. Dem Geruch des Todes auf der Spur von einem Ende der Welt zum andern. Wie ein Aasgeier. Der Durchschnittsmensch hat einfach keinen Begriff davon, wie die Welt wirklich ist. Nicht ausnahmsweise, wie etwa während des letzten Kriegs – allezeit. Allezeit.« Und beim Sprechen sah er in einer Vision, die so kurz und intensiv und bis in die letzten Einzelheiten vollständig war wie die eines Ertrinkenden, alle die abscheulichen Szenen, die er im Lauf jener wohldotierten Pilgerfahrten zu jedem Höllenloch und Schlachthaus, widerlich genug, um Neuigkeitswert zu haben, unternommen hatte. Neger in Südafrika, der Mann in der Gaskammer von San Quentin, zerfetzte Leiber in einem algerischen Bauernhaus, und überall Massen von Menschen, überall Polizisten und Paras, überall diese dunkelhäutigen Kinder mit den stäbchendünnen Beinen, aufgequollenen Bäuchen, die wunden Augenlider mit Fliegen bedeckt, überall der übelkeiterregende Geruch von Hunger und Krankheit, der grauenhafte Gestank des Todes. Und dann plötzlich, vermischt und durchtränkt mit diesem Verwesungsgeruch atmete er den Duft von Moschus, der Babs immer umgab. Atmete diese ihre Essenz ein und erinnerte sich an seinen kleinen Scherz über die Chemie von Vorhölle und Paradies. Die Vorhölle war Tetraäthyl-Diamid plus Schwefelwasserstoff; das Paradies hingegen ganz entschieden Symtrinitropsi-Butyl-Toluol, vermischt mit einer Auswahl organischer Unreinheiten – ha-ha-ha! (Ach, die Entzückungen des gesellschaftlichen Lebens!) Und dann verwandelten sich plötzlich die Gerüche von Liebe und Tod in einen scharfen tierischen Geruch – dem nach Hund.

Der Wind schwoll wieder mächtig an und peitschte die Regentropfen gegen die Scheiben, daß es nur so prasselte und klatschte.

»Denken Sie immer noch an Molly?« fragte Susila.

»Ich dachte an etwas, das ich vollständig vergessen hatte«, antwortete er. »Ich kann kaum älter als vier Jahre gewesen sein, als es geschah, und jetzt erlebe ich es alles wieder. Der arme Tiger!«

»Wer war der arme Tiger?« wollte sie wissen.

Tiger, sein wunderschöner rotbrauner Setter. Tiger, die einzige Quelle von Licht in jenem trübseligen Haus, in dem er aufwuchs. Der gute, liebe Tiger. Inmitten von all der Furcht, all dem Elend, zwischen dem höhnischen, gegen alle und alles erfüllten Haß seines Vaters und der verschreckten Aufopferung seiner Mutter, Tigers lebensfrohe Gutmütigkeit und spontane Zuneigung, seine lustigen Sprünge, sein frohes Gebell! Die Mutter nahm Will öfters auf den Schoß und erzählte ihm von Gott und Jesus. Aber in Tiger war mehr von Gott enthalten als in allen ihren biblischen Geschichten. Für Will war Tiger einfach die Inkarnation. Und dann bekam die Inkarnation eines Tags Staupe.

»Und was geschah?« fragte Susila.

»Tigers Korb steht in der Küche, und ich knie dort neben ihm. Und ich streichle ihn – aber sein Fell fühlt sich jetzt ganz anders an. Irgendwie klebrig. Und ein übler Geruch geht von ihm aus. Wenn ich ihn nicht so gernhätte, würde ich am liebsten weglaufen, ich könnt's nicht ertragen, in seiner Nähe zu sein. Und ich streichle ihn, sage ihm immerzu, daß er bald wieder gesund werden wird. Sehr bald, schon morgen vormittag. Aber auf einmal beginnt er zu zittern, und damit das Zittern aufhört, halte ich seinen Kopf zwischen meinen beiden Händen. Aber es nützt nichts. Das Zittern wird zu einem gräßlichen Krampf. Mir wird ganz schlecht beim Zusehn, und ich habe Angst, ganz schreckliche

Angst. Allmählich legt sich das Zittern und Zucken und bald darauf liegt Tiger völlig regungslos da. Ich hebe seinen Kopf und lasse ihn wieder los, und er fällt nach hinten – platsch, wie ein Stück Fleisch ohne Knochen drin.«

Will versagte die Stimme, Tränen liefen ihm über die Wangen, er wurde von Schluchzen geschüttelt wie ein Vierjähriger, der um seinen Hund trauert und sich der schrecklichen, unerklärlichen Tatsache des Todes gegenübersieht. Dann schien wie mit einem Einschnappen, einem kleinen Ruck sein Bewußtsein in einen andern Gang umzuschalten. Er war wieder ein erwachsener Mann, und er glitt nicht länger dahin.

»Verzeihen Sie mir.« Er trocknete sich die Augen und schneuzte sich. »Nun, das war meine erste Einführung in das Ur-Grauen. Tiger war mein Freund, mein einziger Trost. Das konnte das Ur-Grauen offenbar nicht dulden. Und so war es auch mit meiner Tante Mary. Die einzige, die ich je wirklich geliebt und bewundert hatte, der ich rückhaltlos vertraute; und Herrgott, was das Ur-Grauen ihr angetan hat!«

»Erzählen Sie es mir«, sagte Susila.

Will zögerte und zuckte dann die Achseln. »Schließlich, warum nicht?« sagte er. »Mary Frances Farnaby, die jüngere Schwester meines Vaters. Verheiratet mit achtzehn, grade ein Jahr vor dem Ausbruch des Ersten Weltkriegs, mit einem Soldaten von Beruf. Frank und Mary, Mary und Frank – welche Harmonie, welches Glück!« Er lachte. »Sogar außerhalb von Pala gibt es noch gelegentlich kleine Eilande von Anständigkeit. Winzige Atolle oder sogar, da und dort, ein Tahiti in voller Blüte – aber stets gänzlich umgeben vom Ur-Grauen. Zwei junge Menschen auf ihrem eigenen Pala. Dann ging Frank eines schönen Morgens, es war der 4. August 1914, mit der Expeditionary Force auf den Kontinent, und am Weihnachtsabend gebar Mary ein ungestaltes Kind, das lange genug am Leben blieb, damit sie selbst sehn konnte, was das Ur-Grauen zustande bringt, wenn es sich wirklich dahinter setzt. Nur Gott kann einen mikrocephalen Idioten hervorbringen. Natürlich wurde Frank drei Monate später von einem Schrapnellsplitter getroffen und starb nach angemessener Zeit an Blutvergiftung. »Das alles«, fuhr Will nach einer Atempause fort, »geschah vor meiner Zeit. Als ich das erstemal mit Tante Mary beisammen war, in den zwanziger Jahren, widmete sie sich den Alten. Denen, die in Altersheimen, denen, die in ihren Häusern eingekerkert waren und die älter und älter wurden, eine Bürde für Kinder und Enkelkinder. Und je hoffnungsloser hinfällig sie waren, je verknackster und verkorkster, desto besser. Als Kind, wie haßte ich Tante Marys alte Leute! Alle hatten sie eine Ausdünstung, alle waren sie furchtbar häßlich, langweilig und meist übellaunig. Aber Tante Mary mochte sie wirklich – ihre Liebe zu ihnen ging durch dick und dünn. Meine Mutter führte stets das Wort christlicher Nächstenliebe im Mund; aber irgendwie glaubte man ihr das nicht, genausowenig wie man je etwas wie Liebe spürte in ihrer Aufopferung, zu der sie sich immerzu zwang – niemals Liebe, bloß Pflicht. Während man bei Tante Mary nie im Zweifel war. Ihre Liebe war etwas wie eine physische Ausstrahlung, etwas, das man beinahe als Wärme oder Helle empfand. Wenn sie mich mit aufs Land nahm und später, als sie in die Stadt zog und ich fast täglich zu ihr ging, um sie zu sehn, war mir, als wäre ich einem Eisschrank entkommen und in die Sonne hinausgelangt. Ich fühlte, wie ich zum Leben erwachte in ihrer Helle, ihrer warmen Ausstrahlung. Dann machte sich das Ur-Grauen wieder ans Werk. Zuerst nahm sie es scherzhaft hin. »Jetzt bin ich eine Amazone«, sagte sie nach der ersten Operation.

»Warum eine Amazone?« fragte Susila.

»Die Amazonen ließen sich die rechte Brust amputieren. Sie waren Krieger, und beim Bogenschießen war ihnen die Brust hinderlich. ›Jetzt bin ich eine Amazone‹«, wiederholte er ihre Worte, und im Geist konnte er das Lächeln auf ihrem scharfgeschnittenen Gesicht sehen, den Ton von Belustigung in der klaren, volltönenden Stimme hören. »Aber ein paar Monate später mußte sie sich die andre Brust wegnehmen lassen. Danach waren die Röntgenbestrahlungen an der Reihe, die resultierenden Übelkeiten, die immer tiefere Entwürdigung.« Wills Miene nahm wieder diesen Ausdruck verquälter Grimmigkeit an. »Wenn es nicht so unsagbar scheußlich wäre, man könnte es gradezu als komisch bezeichnen. Welch ein Meisterstück der Ironie! Hier war eine Seele, die Güte und Liebe und heroische Barmherzigkeit ausstrahlte. Dann ging aus irgendeinem Grund etwas schief. Anstatt ihm entgegenzuwirken, begann ein Teilchen ihres Körpers dem zweiten Gesetz der Thermodynamik zu gehorchen. Und

mit dem Verfall des Körpers verlor die Seele allmählich ihre Tugenden, ihre Eigenständigkeit. Tante Marys Heroismus, ihre Liebe und Güte verflüchtigten sich. Die letzten Monate ihres Lebens war sie nicht mehr die Frau, die ich so geliebt und bewundert hatte; sie war jemand anders, jemand (und das war die endgültige, zur höchsten Verfeinerung angewendete Ironie), der kaum zu unterscheiden war von den jämmerlichsten und schwächlichsten alten Leuten, um die sie sich einst gekümmert hatte, denen sie eine so starke Stütze gewesen war. Sie mußte gedemütigt und erniedrigt werden; und als ihre Erniedrigung die unterste Stufe erreicht hatte, wurde sie langsam, unter großen Schmerzen, einem Tod in Einsamkeit zugeführt. In Einsamkeit«, wiederholte er eindringlich. »Denn wer könnte da helfen, wer zugegen sein? Leute mögen um einen herumstehn, wenn man leidet und im Sterben liegt; aber sie tun das in einer andern Welt. In der eignen Welt ist man völlig allein. Im Leiden und im Tod, wie man allein ist in der Liebe, allein sogar in der vollkommensten, mit einem andern geteilten Lust.«
Die Essenzen von Babs und von Tiger, und die Essenz der sterbenden Tante Mary, sobald einmal der Krebs ein Loch in die Leber genagt hatte und ihr abgezehrter Leib mit dem seltsamen Aroma vergifteten Bluts durchtränkt war. Und inmitten dieser Essenzen, Übelkeit empfindend oder berauscht ihrer gewahr, ein isoliertes Bewußtsein, das eines Kinds, eines Knaben, eines Mannes, der unwiderruflich allein war. »Und außerdem«, fuhr er fort, »war diese Frau erst vierundvierzig. Sie wollte nicht sterben. Sie wehrte sich verzweifelt gegen das, was ihr da angetan wurde. Das Ur-Grauen mußte sie durch schiere Kraft hinabzerren. Ich war dabei. Ich hab's mitangesehn.«
»Und darum wurden Sie der Mann, der sich nicht mit einem Ja abspeisen läßt?«
»Wie könnte jemand das?« gab er zurück. »Ein Ja ist einfach ein Vorgeben, einfach bloß positives Denken. Die endgültigen, die Grundtatsachen, sind immer ein Nein. Geist? Nein! Liebe? Nein! Vernunft, Sinn, Leistung? Nein!«
Tiger, voll überschäumender Lebensfreude und erfüllt von Gott. Und dann Tiger, durch das Ur-Grauen in einen Haufen Abfall verwandelt, den der Tierarzt abholte und den man dafür noch bezahlen mußte. Und nach Tiger, Tante Mary. Verstümmelt und

gemartert, entwürdigt und zuletzt ebenfalls in einen Haufen Abfall verwandelt – nur daß es diesmal der Leichenbestatter war, der den abholte, und ein Geistlicher angeheuert wurde, um vorzutäuschen, daß alles in einem höhern, nicht wörtlich zu nehmenden Sinn okay war. Und zwanzig Jahre später wurde ein andrer Geistlicher angeheuert, um wieder dasselbe seltsame Gefasel über Mollys Sarg herzusagen. *›Hab ich menschlicher Meinung zu Ephesus mit wilden Tieren gefochten, was hilft mich's? So die Toten nicht auferstehen, lasset uns essen und trinken; denn morgen sind wir tot.«*

Will stieß wieder sein gequält grimmiges Lachen aus. »Welch untadelige Logik, welches Feingefühl, welche raffinierte Moral!«

»Aber Sie sind doch der Mann, der sich nicht mit einem Ja abspeisen läßt. Weshalb dann Einwände erheben?«

»Ich sollte es nicht«, gab er zu. »Aber man ist und bleibt ein Ästhet, man möchte, das Nein soll stilvoll ausgesprochen werden. ›Lasset uns essen und trinken; denn morgen sind wir tot.‹« Er schnitt eine Grimasse des Abscheus.

»Und doch«, sagte Susila, »in gewissem Sinn ein ausgezeichneter Rat. Essen, Trinken, Sterben – drei Urmanifestationen des universellen und unpersönlichen Lebens. Tiere leben dieses unpersönliche und universelle Leben, ohne sein Wesen zu kennen. Der Durchschnittsmensch kennt sein Wesen, lebt es aber nicht und will es, falls er je ernstlich darüber nachdenkt, nicht hinnehmen. Ein erleuchteter Mensch kennt es, lebt es und nimmt es voll und ganz hin. Er ißt, er trinkt und – zu gegebener Zeit – stirbt er. Aber er ißt, er trinkt, er stirbt auf eine andere Weise.«

»Und steht wieder von den Toten auf?« fragte Will sarkastisch.

»Das ist eine der Fragen, welche der Buddha nie erörtern wollte. An das ewige Leben zu glauben, hat noch nie jemandem geholfen, in der Ewigkeit zu leben. Ebensowenig, versteht sich, *nicht* daran zu glauben. Also lassen wir alles Für und Wider (das ist der Rat des Buddha) und machen wir einfach weiter.«

»Womit?«

»Mit dem, was uns alle angeht – Erleuchtung. Was, hier und jetzt, bedeutet, daß wir alle die Yogas gesteigerten Gewahrseins üben sollen.«

»Aber ich will mein Gewahrsein nicht steigern«, sagte Will. »Ich will es vermindern. Damit ich der Greuel wie Tante Marys Tod und der Slums von Rendang-Lobo weniger gewahr werde. Ebenso all der abstoßenden Anblicke und widerlichen Gerüche – ja sogar der köstlichen Gerüche«, setzte er hinzu, als er durch die erinnerten Essenzen von Hund und Leberkrebs einen Moschushauch des rosenroten Alkovens auffing. »Weniger gewahr meines wohldotierten Einkommens und der wirklich menschenunwürdigen Armut so vieler anderer. Weniger gewahr meiner eignen ausgezeichneten Gesundheit in einem Ozean von Malaria und Ringwürmern, meiner heil und sicher sterilisierten Sexvergnügungen in dem Ozean hungernder kleiner Kinder. ›Vergib ihnen, denn sie wissen nicht, was sie tun.‹ Was für ein beseligender Zustand! Ich aber weiß leider nur zu gut, was ich tue. Und da kommen Sie und fordern mich zu noch größerm Gewahrsein auf.«

»Ich fordere Sie zu nichts auf«, sagte sie. »Ich gebe nur den Rat einiger kluger alter Köpfe weiter, angefangen von Gautama und endend mit dem Altan Radscha. Beginnen Sie damit, dessen, was Sie zu sein glauben, vollkommen gewahr zu sein. Es wird Ihnen dazu verhelfen, dessen gewahr zu sein, was Sie tatsächlich sind.«

Er zuckte die Achseln. »Man denkt, man sei etwas Einzigartiges und Wundervolles, der Mittelpunkt der Welt. Tatsächlich aber ist man nur eine kaum merkliche Verzögerung in der fortschreitenden Entropie.«

»Und genau das ist die erste Hälfte der Botschaft des Buddha. Vergänglichkeit, kein Fortdauern der Seele, unvermeidliches Leid. Aber er blieb nicht dabei, die Botschaft hatte eine zweite Hälfte. Dieses vorübergehende Verlangsamen der Entropie ist zugleich auch reines, unverdünntes So-Sein. Dieses Nichtvorhandensein einer fortdauernden Seele ist einer der Aspekte der Buddha-Natur.«

»Nichtvorhandensein einer Seele – damit ließe sich auskommen. Aber wie steht's mit dem Vorhandensein von Krebs, von sich steigernder Entwürdigung? Und von Hunger und Übervölkerung und Menschen wie Oberst Dipa? Sind auch sie alle reines So-Sein?«

»Selbstverständlich. Aber es ist natürlich verzweifelt schwierig für diejenigen, die tief in solche Übel verstrickt sind, ihre Buddha-Natur zu entdecken. Gesundheit für alle und soziale Reformen sind die unerläßlichen Vorbedingungen der Erleuchtung aller.«

»Aber trotz der Devise Gesundheit für alle und soziale Reformen sterben die Menschen immer noch. Sogar hier in Pala«, setzte er ironisch hinzu.

»Deshalb muß die logische Folge der Wohlfahrt für alle *dhyana* sein – alle Yogas vom Leben und Sterben, so daß man, selbst im Todeskampf, dessen gewahr sein kann, wer man tatsächlich, und trotz allem, wirklich ist.«

Auf den Dielen der Veranda ertönten Schritte, und eine kindliche Stimme rief: »Mutter!«

»Hier bin ich, mein Kind«, rief Susila ihr zu.

Die Eingangstür wurde aufgerissen, und Mary Sarojini kam ins Zimmer gerannt.

»Mutter«, sagte sie atemlos, »du sollst sogleich hinkommen. Wegen Großmama Lakshmi. Es geht ihr ...« Jetzt erst erblickte sie die Gestalt in der Hängematte und erschrak. »Oh! Ich hab nicht gewußt, daß *du* hier bist.«

Will hob grüßend die Hand, ohne etwas zu sagen. Sie lächelte ihm flüchtig zu und wandte sich wieder an ihre Mutter.

»Großmama geht es plötzlich viel schlechter«, sagte sie, »und Großvater ist immer noch oben auf der Höhenstation, und sie können ihn telephonisch nicht erreichen.«

»Bist du den ganzen Weg hierher gelaufen?«

»Außer wo's ganz steil war.«

Susila legte den Arm um die Kleine, küßte sie und stand dann sehr energisch und mit sachlicher Miene auf.

»Dugalds Mutter«, sagte sie zu Will.

»Wird sie ...« Er blickte von der Tochter auf die Mutter. Durfte man vor Kindern vom Tod sprechen?

»Sie meinen, ob sie sterben wird?«

Er nickte.

»Wir waren darauf gefaßt, gewiß«, fuhr Susila fort. »Aber nicht für heute. Heute schien es ihr ein wenig besserzugehen.« Sie schüttelte den Kopf. »Nun, ich muß jetzt fort und ihr zur Seite stehn – auch wenn sich alles wirklich in einer andern Welt abspielt. Und tatsächlich«, setzte sie hinzu, »ist die gar nicht so völlig anders, als Sie glauben. Es tut mir leid, daß wir unser

Gespräch nicht beenden können; aber wir werden noch Gelegenheit dazu haben. Was wollen Sie inzwischen tun? Sie können hierbleiben. Oder ich setzte Sie vor dem Bungalow Dr. MacPhails ab. Oder Sie begleiten uns beide.«

»Als ein beruflicher Beobachter von Hinrichtungen?«

»*Nicht* als ein solcher«, entgegnete sie nachdrücklich. »Sondern als Mensch, als jemand, dem es nottut, zu wissen, wie man lebt und wie man schließlich und endlich stirbt. Dem es so nottut wie uns allen.«

»Sehr viel mehr als den meisten«, sagte er. »Aber werde ich nicht im Weg sein?«

»Wenn Sie sich selbst aus dem Weg gehn können, werden Sie niemand anderm im Weg sein.«

Sie ergriff seine Hand und half ihm aus der Hängematte. Ein paar Minuten später fuhren sie wieder an dem Lotusteich vorbei, an dem riesigen, unter seiner Haube aus Kobra meditierenden Buddha, dem weißen Stier und hinaus durch das Haupttor des Geheges. Es hatte aufgehört zu regnen, und in dem grünen Himmel glühten riesige Wolken gleich Erzengeln. Niedrig im Westen, schien die Sonne mit beinahe übernatürlicher Helle.

Soles occidere et redire possunt;
nobis cum semel occidit brevis lux,
nox est perpetua una dormienda.
Da mi basia mille.

Sonnenuntergang und Tod; Tod, und also Küsse; Küsse und neues Leben und wiederum Tod für eine andere Generation von Betrachtern des Sonnenuntergangs.

»Was sagt man zu den Sterbenden?« fragte er. »Erzählen Sie denen auch, sie sollten sich nicht den Kopf zerbrechen über die Unsterblichkeit der Seele, sondern weitermachen?«

»Wenn Sie es so ausdrücken wollen – ja, das ist genau, was wir tun. Sich weiter im Gewahrsein üben – darin liegt die ganze Kunst des Sterbens.«

»Und ihr lehrt diese Kunst?«

»Ich möchte es anders ausdrücken. Wir helfen ihnen, die Kunst, zu leben, weiter auszuüben, selbst wenn sie am Sterben sind. Zu wissen, wer man tatsächlich ist, des universellen und unpersönlichen Lebens, wie es durch jeden einzelnen von uns gelebt wird, gewahr zu sein – das ist die Kunst zu leben, und die weiter auszuüben, dabei vermag man den Sterbenden beizustehn. Bis zum Letzten. Vielleicht auch darüber hinaus.«

»Darüber hinaus?« sagte er in fragendem Ton. »Aber Sie sagten doch, das sei etwas, worüber Sterbende nicht nachgrübeln sollten.«

»Es wird nicht von ihnen verlangt, daß sie darüber nachgrübeln sollen. Wir stehn ihnen bei, falls so etwas möglich ist, es zu erfahren. Falls so etwas möglich ist«, wiederholte sie, »falls das universelle Leben fortbesteht, sobald das davon getrennte Ich-Leben vorbei ist.«

»Glauben Sie persönlich daran, daß es fortbesteht?«

Susila lächelte. »Was ich persönlich glaube, ist unwichtig. Das Wichtige ist, was ich auf unpersönliche Weise erfahre – während ich lebe, wenn ich im Sterben liege, vielleicht wenn ich einmal tot bin.«

Sie lenkte den Wagen auf einen Parkplatz und stellte den Motor ab. Zu Fuß betraten sie das Dorf. Die Arbeit des Tages war beendet, und die Hauptstraße war so überfüllt, daß sie kaum weiterkamen.

»Ich werde allein vorausgehn«, sagte Susila zu Will; und zu ihrer Tochter: »Sei in etwa einer Stunde im Krankenhaus. Nicht früher.« Sie drehte sich um und versuchte, sich durch die gemächlich promenierenden Gruppen hindurchzuschlängeln und war bald ihren Blicken entschwunden.

»Du wirst jetzt den Führer machen«, sagte Will und lächelte auf die Kleine neben sich hinab.

Mary Sarojini nickte ernst und ergriff seine Hand. »Schauen wir, was auf dem Platz los ist.«

»Wie alt ist deine Großmama?« fragte Will, als sie die wimmelnde Straße entlanggingen.

»Ich weiß nicht recht«, antwortete das Kind. »Sie sieht jedenfalls schrecklich alt aus. Aber vielleicht nur darum, weil sie Krebs hat.«

»Weißt du, was Krebs ist?« fragte er.

Mary Sarojini wußte das ganz genau. »Es ist das, was geschieht, wenn ein Teil von dir alles über deinen übrigen Körper vergißt und sich wie ein Verrücktes aufführt – sich immerzu auf- und

aufbläht, so, als gebe es niemand sonst auf der Welt. Manchmal läßt sich irgend etwas dagegen tun, aber meist stirbt man.«
»Und so ist das vermutlich auch bei deiner Großmama?«
»Und jetzt braucht sie jemand, der ihr sterben hilft.«
»Hilft deine Mutter den Sterbenden oft?«
Die Kleine nickte. »Sie kann das phantastisch gut.«
»Hast du selbst je jemand sterben sehn?«
»Natürlich.« Offenbar war das Kind über die Frage überrascht. »Warte einmal.« Sie überschlug im Kopf einige Zahlen. »Fünf Leute hab ich sterben sehn. Sechs, wenn man Babys dazurechnet.«
»In deinem Alter hatte ich noch nie jemand sterben sehn.«
»Wirklich nicht?«
»Nur einen Hund.«
»Hunde sterben leichter als Menschen. Sie sprechen vorher nicht darüber.«
»Was empfindest du, wenn ... wenn jemand stirbt?«
»Also, es ist nicht halb so schlimm wie Kinderkriegen. Das ist gräßlich. Oder zumindest sieht's gräßlich aus. Aber dann sagst du dir, daß es ja gar nicht wehtut. Sie haben den Schmerz abgeschaltet.«
»Stell dir vor«, sagte Will, »ich hab noch nie ein Kind auf die Welt kommen sehn.«
»Nein?« Ihre Stimme klang verwundert. »Nicht einmal, als du zur Schule gegangen bist?«
Will hatte eine Vision seines Schuldirektors in voller Amtstracht, wie er mit dreihundert schwarzberockten Jungens eine Runde durch die Gebärklinik machte. »Nicht einmal, als ich zur Schule ging«, wiederholte er bestätigend.
»Du hast nie jemand sterben sehn und hast auch nie gesehn, wie ein Kind auf die Welt kommt. Wie hast du dann alles kennengelernt, was man kennen soll?«
»Bei uns in der Schule haben wir nie etwas kennengelernt«, sagte er. »Die haben uns nur mit Wörtern bekannt gemacht.«
Die Kleine sah kopfschüttelnd zu ihm auf, hob die kleine braune Hand und tippte sich bedeutungsvoll an die Stirn. »Verrückt«, sagte sie. »Oder hast du bloß ganz besonders dumme Lehrer gehabt?«
Will lachte. »Sie waren hochgesinnte Lehrmeister und dem Mot-

to *mens sana in corpore sano* verpflichtet, sowie der Erhaltung unsrer sublimen westlichen Überlieferung. Aber jetzt werde ich dich etwas fragen. Hast du dich nie dabei gefürchtet?«
»Wenn jemand ein Kind bekam?«
»Nein – wenn jemand starb. Hat dich das nicht erschreckt?«
»Doch – eigentlich schon«, sagte sie nach einer kleinen Weile.
»Wie hast du dich da verhalten?«
»Ich hab das getan, was man tun soll – hab herauszufinden versucht, welche in mir sich fürchtet, und weshalb.«
»Und welche von dir war es?«
»Die da.« Mary Sarojini wies mit dem Zeigefinger in ihren geöffneten Mund. »Die, welche immerzu spricht. Plappermäulchen nennt sie Vijaya. Sie spricht fortwährend von all den ekligen Dingen, an die ich mich erinnere, und von all den großartigen, wunderbaren unausführbaren Dingen, die ich in meiner Vorstellung einmal ausführen werde. Die ist's, die sich fürchtet.«
»Warum fürchtet sie sich so sehr?«
»Wahrscheinlich weil sie immerzu über alle die schrecklichen Dinge redet, die ihr möglicherweise zustoßen könnten. Entweder sie spricht alles aus, oder sie spricht mit sich selbst. Aber da gibt's dann noch eine andre, die sich nicht fürchtet.«
»Welche ist denn das?«
»Die, welche nicht redet – nur schaut und horcht und empfindet, was in ihr selbst vorgeht. Und manchmal«, setzte Mary Sarojini hinzu, »sieht sie auf einmal, wie schön alles ist. Nein, das ist falsch. *Sie* sieht es die ganze Zeit, aber *ich* nicht – erst wenn sie mich darauf aufmerksam macht. Dann geschieht es ganz plötzlich. Alles ist schön, schön, wunderschön! Sogar Hundedreck.« Sie wies auf ein prächtiges Exemplar grade vor ihnen. Sie waren jetzt aus der engen Gasse auf den Marktplatz hinausgekommen. Die letzten Sonnenstrahlen fielen grade noch auf den gemeißelten Turm des Tempels, die kleinen roten Erker auf dem Dach des Rathauses; aber hier unten auf dem Platz lag schon eine Vorahnung der Dämmerung, und unter dem großen Banyanbaum war es bereits dunkel. Auf den Buden, die zwischen seinen Schäften und Strängen aufgestellt waren, hatten die Marktweiber ihre Lichter angezündet. In dem laubigen Dunkel gab es Inseln von Formen und Farben, und aus kaum sichtbarem Nicht-Sein traten braune Gestalten für einen Augenblick in schim-

merndes Da-Sein, und dann wieder zurück ins Nichts. Der freie Raum zwischen den hohen Häusern hallte wider von einem Durcheinander von Englisch und Palanesisch, von Gespräch und Gelächter, von den Rufen der Straßenhändler und gepfiffenen Melodien, von Hundegebell und Papageiengekreisch. Auf einem der roten Erker hockte ein Mynapärchen, das unermüdlich zu Achtgeben und Mitgefühl ermunterte. Von einer Feldküche in der Mitte des Platzes stieg ein appetitlicher Geruch auf von Speisen, die auf offener Flamme zubereitet wurden: von Zwiebeln, Paprikaschoten, Gelbwurz, gebratenen Fischen, von Kuchen, die gebacken, und Reis, der gedünstet wurde – und durch alle diese guten kräftigen Gerüche drang, wie ein Erinnern an das ›andere Ufer‹, der schwache, süßliche, ätherisch reine Duft der Blumengewinde, die neben dem Brunnen zum Kauf angeboten wurden.

Die Dämmerung sank jetzt herab, und plötzlich flammten von hoch oben her, die Bogenlampen auf. Glänzend hell gegen das rosige Kupferbraun geölter Haut, erwachten die Halsketten und Ringe und Armreifen der Frauen mit ihren glitzernden Spiegelungen zum Leben. In dem von oben herabfließenden Licht bekamen alle Umrisse etwas Dramatischeres, alle Formen schienen gewichtiger, kompakter dazusein. Die Umschattungen von Augenhöhlen, von Nase und Kinn vertieften sich. Von Licht und Dunkel modelliert, sahen junge Brüste praller und die Gesichter der Alten faltiger und hohlwangiger aus.

Hand in Hand schritten Will und Mary Sarojini durch die Menge.

Eine Frau so um die Vierzig begrüßte die Kleine und wandte sich dann an Will: »Sind Sie der Mann von dort draußen?« fragte sie.

»Ja, von unendlich weit draußen«, versicherte er ihr.

Sie sah ihn einen Augenblick wortlos an, schenkte ihm dann ein ermunterndes Lächeln und tätschelte ihm die Wange.

»Sie tun uns allen aufrichtig leid«, sagte sie.

Die beiden gingen weiter; jetzt blieben sie am Außenrand einer Gruppe stehn, die sich am Fuß der Tempelstufen angesammelt hatte, um einem jungen Mann zuzuhören, der ein langhalsiges, lautenähnliches Musikinstrument spielte und auf Palanesisch dazu sang. Schnelles Deklamieren wechselte ab mit lang gehaltenen, fast vogelähnlichen Melismen auf einem einzigen Vokallaut, und darauf folgte eine lustige, stark rhythmisierte Melodie, die in einem Ausruf gipfelte. Lautes Gelächter erhob sich aus der Menge. Noch einige Takte, einige Zeilen Rezitativ, und der Spielmann schlug den Schlußakkord an. Es gab Applaus und mehr Gelächter, und einen Chor unverständlichen Kommentierens.

»Worum ging es denn eigentlich?« fragte Will.

»Um Jungen und Mädchen, die miteinander schlafen«, antwortete Mary Sarojini.

»Oh – ach so.« Er empfand einen Stich schuldbewußter Verlegenheit; aber nach einem Blick auf das unbekümmerte Gesicht der Kleinen begriff er, daß er sich keine Gedanken zu machen brauche. Ganz offenbar wurden hier Jungen und Mädchen, die miteinander schliefen, als etwas so Selbstverständliches hingenommen wie zur Schule gehn oder drei Mahlzeiten täglich zu verzehren oder wie Sterben.

»Und ich hab lachen müssen darüber«, fuhr das Kind fort, »als er gesagt hat, der Künftige Buddha wird nicht mehr von zu Hause wegzugehn brauchen, um unter dem heiligen Feigenbaum zu sitzen. Er wird seine Erleuchtung haben, wenn er mit der Prinzessin schläft.«

»Hältst du das für eine gute Idee?« fragte Will.

Sie nickte nachdrücklich. »Ja, denn dann würde auch die Prinzessin erleuchtet sein.«

»Da hast du sehr recht«, sagte Will. »Als Mann, habe ich gar nicht an die Prinzessin gedacht.«

Der Lautenspieler zupfte eine seltsam fremdartige Sequenz von Akkorden, auf die er ein Geriesel von Arpeggios folgen ließ, und begann, diesmal auf englisch, zu singen:

»Alle reden vom Sex; nimm niemand ernst –
Nicht Eremit noch Hure, nicht Paulus noch Freud.
Liebt euch – dann werden sich ihr Busen und dein Mund geheimnisvoll verwandeln
In ihre eignen Selbst, in So-Sein, in die Leere.«

Die Tür des Tempels wurde aufgestoßen. Der Duft von Weihrauch vermischte sich mit dem umgebenden Geruch von Zwiebeln

und gebratenem Fisch. Ein altes Weib erschien und schob sich sehr vorsichtig auf unsicheren Beinen von Stufe zu Stufe herab.
»Wer war Paulus, und wer war Freud?« fragte Mary Sarojini, als sie weitergingen.
Will begann mit einer kurzen Übersicht von der Erbsünde und der Erlösungstheorie. Die Kleine hörte ihm mit konzentrierter Aufmerksamkeit zu.
»Kein Wunder, wenn's im Lied heißt: Nimm niemand ernst«, folgerte sie.
»Und jetzt kommen wir zu Dr. Freud und dem Ödipuskomplex«, sagte Will.
»Ödipus?« wiederholte Mary Sarojini. »So heißt doch ein Puppenspiel. Ich hab's vorige Woche gesehn, und heute abend wird es wiederholt. Hättest du Lust darauf? Es ist sehr nett.«
»Sehr nett?« wiederholte Will. »Auch wenn es sich herausstellt, daß die alte Dame seine Mutter ist und sich erhängt? Und wenn Ödipus sich selber die Augen aussticht?«
»Aber er sticht sich gar nicht die Augen aus«, sagte Mary Sarojini.
»Er tut's dort, von wo ich herkomme.«
»Hier nicht. Er sagt bloß, er wird sich blenden, und sie versucht bloß, sich zu erhängen. Aber es wird ihnen beides ausgeredet.«
»Von wem?«
»Von einem Jungen und einem Mädchen aus Pala.«
»Was haben denn die mit der Handlung zu tun?«
»Keine Ahnung. Sie sind eben drin. *Ödipus in Pala* – so heißt das Stück. Warum sollten sie also nicht mit drin sein?«
»Und du sagst, es wird ihnen beides ausgeredet, so daß Jokaste nicht Selbstmord begeht und Ödipus sich nicht blendet?«
»In der allerletzten Minute. Sie hat sich schon die Schlinge um den Hals gelegt, und er hat sich zwei riesengroße Nadeln verschafft. Aber die zwei aus Pala sagen ihnen, sie sollen nicht so albern sein. Es war einfach nur Zufall. Ödipus konnte ja nicht wissen, daß der Alte sein Vater war. Und schließlich hat der Alte angefangen, hat ihm eins über den Kopf gegeben, und da ist Ödipus zornig geworden – und niemand hatte ihm je beigebracht, den Rakshasi-Schottischen zu tanzen. Und als sie ihn dann zum König machten, mußte er die alte Königin heiraten. Sie war in Wirklichkeit seine Mutter, aber das wußte keins von

beiden. Und als sie es dann herausfanden, hätten sie nichts andres zu tun brauchen, als damit aufzuhören, miteinander verheiratet zu sein. Diese ganzen Gerüchte darüber, daß alle Leute an einem Virus sterben mußten, weil Ödipus seine eigne Mutter geheiratet hatte – das war purer Unsinn, den sich ein Haufen Dummköpfe ausgedacht hatte, die's einfach nicht besser verstanden.«

»Dr. Freud war der Ansicht, daß jeder kleine Junge eigentlich seine Mutter heiraten und seinen Vater umbringen wolle. Und andersrum bei Mädchen – die wollen wieder ihre Väter heiraten.«

»Welchen Vater und welche Mutter?« fragte Mary Sarojini. »Wir haben eine solche Menge.«

»Du meinst in euerm Kinderpflegeverein auf Gegenseitigkeit?«

»In unserm KAG gibt es zweiundzwanzig.«

»Je mehr desto besser!«

»Aber natürlich gehörte der arme Ödipus nie einem KAG an. Und überdies lernte er all das gräßliche Zeugs, daß Gott den Menschen zürnt, sooft sie etwas falsch machen.«

Sie drängten sich durch die Menge und befanden sich jetzt am Eingang zu einer kleinen, von einem Seil abgesperrten Einfriedung, wo an die hundert oder mehr Zuschauer bereits Platz genommen hatten. Am entfernteren Ende der Einfriedung leuchtete die bunt bemalte Bühne eines Marionettentheaters rot und golden, angestrahlt von starken Scheinwerfern. Will zog eine Handvoll Kleingeld aus der Tasche, mit dem Dr. MacPhail ihn versorgt hatte, und kaufte zwei Eintrittskarten. Dann traten sie ein und setzten sich auf eine Bank.

Ein Gongschlag ertönte; der Vorhang der kleinen Bühne hob sich lautlos; die Fassade des königlichen Palasts zu Theben wurde sichtbar, mit weißen Säulen auf erbsengrünem Grund, und über dem Giebel saß eine Gottheit mit dichtbewaldetem Bart in einer Wolke. Ein Priester, der genauso aussah wie der Gott, nur kleiner und weniger prächtig gewandet, trat von rechts auf, verbeugte sich vor dem Publikum, wendete sich dann dem Palast zu und rief »Ödipus« mit einer piepsenden Stimme, die einen komischen Gegensatz zu seinem Prophetenbart bildete. Ein schmetternder Trompetenstoß: das Tor wurde aufgerissen, und es erschien der König, die Krone auf dem Haupt, die Füße auf

Kothurnen. Der Priester verneigte sich tief, und die königliche Marionette erteilte ihm das Wort.

»Leiht Euer Ohr unserm Jammer«, piepste der Alte.

Der König legte den Kopf schief und hörte zu.

»Ich vernehme das Stöhnen sterbender Männer«, sagte er. »Ich vernehme die Klagen der Witwen, das Weinen der Waisen, das Gemurmel von Gebet und Fürbitte.«

»Fürbitte!« sagte die Gottheit in den Wolken. »So ist's recht.« Er klopfte sich auf die Brust.

»Sie hatten irgendeinen Virus«, erklärte Mary Sarojini Will im Flüsterton. »Eine Art asiatischer Grippe, nur sehr viel schlimmer.«

»Die angemessenen Litaneien werden immer wieder hergesagt«, piepste der alte Priester zänkisch, »die kostspieligsten Opfer werden dargeboten, die ganze Bevölkerung lebt in Keuschheit und geißelt sich jeden Montag, Mittwoch und Freitag. Aber die Flut des Todes verbreitet sich immer weiter, steigt immer höher und höher. Hilf uns doch, König Ödipus, hilf uns!«

»Nur ein Gott kann helfen.«

»Bravo, bravo!« rief die den Vorsitz führende Gottheit.

»Aber auf welche Weise?«

»Nur ein Gott vermag das zu sagen.«

»Richtig«, sagte der Gott in seinem *basso profondo,* »vollkommen richtig.«

»Kreon, der Bruder meiner Gemahlin, ist gegangen, das Orakel zu befragen. Wenn er zurückkommt – vermutlich sehr bald –, werden wir wissen, was der Himmel rät.«

»Was der Himmel verdammt nochmal befiehlt!« ertönte es von den Lippen des Basso Profondo.

»Waren die Leute damals wirklich so dumm?« fragte Mary Sarojini, als das Publikum lachte.

»Wirklich und wahrhaftig«, versicherte er ihr.

Ein Grammophon spielte den Trauermarsch aus *Saul.*

Von links nach rechts bewegte sich langsam ein Zug schwarzgekleideter Leidtragender, die mit Tüchern bedeckte Särge über die Bühne trugen. Eine Marionette nach der andern – und sobald die Gruppe zur Rechten verschwand, kam sie auf der linken Seite wieder zum Vorschein. Die Prozession wollte kein Ende nehmen, die Zahl der Leichen schien unendlich.

»Tot«, sagte Ödipus, als er sie vorüberziehn sah. »Und noch ein Toter. Und noch einer, und noch einer.«
»Das wird ihnen eine Lehre sein!« unterbrach ihn Basso Profondo. »Ich werd's euch noch beibringen, daß ihr gekrochen kommt!«
Ödipus fuhr fort:

»Des Streiters Sarg, der Dirne Bahre; das Kind, erkaltet,
Gedrückt an eine Brust, die schmerzt von ungesaugter Milch;
Der schreckerfüllte Jüngling, der mit weggewandtem Kopf
Sich abkehrt von dem schwarz verschwollnen Antlitz,
Das einst von mondbeglänzten Linnen,
Lechzend nach seinen Küssen, auf ihn blickte.
Tot, alle tot, beweint von Sterbenden
Und andern, schon vom Tod Gezeichneten;
Zögernden Schritts getragen zum Zypressenhain,
Wo, um sie alle zu empfangen,
Ein einz'ger großer Schacht weit offen gähnt,
Stinkend zum Mond.«

Während er sprach, traten von rechts zwei neue Marionetten auf, ein Knabe und ein Mädchen, im fröhlichsten palanesischen Festgewand, gingen in entgegengesetzter Richtung zu den schwarzgekleideten Leidtragenden bis vorne an die Rampe und stellten sich, Arm in Arm, ein wenig links von der Mitte auf.
»Wir jedoch«, sagte der Knabe, als Ödipus geendet hatte,

> »Wenden uns rosigeren Gärten zu und dem absurden
> Geheimnisvollen Ritus, der im Geist
> Von Haut zu Haut und einsgewordnem Fleisch
> Das immanent Unendliche herbeiruft.«

»Und wo bleib ich?« polterte Basso Profondo aus seinem Firmament herab. »Ihr scheint zu vergessen, daß ich das ›ganz Andere‹ bin.«
Schier endlos schleppte sich die schwarze Prozession auf den Friedhof zu.
Doch jetzt brach der Trauermarsch mitten in einer melodischen Wendung ab, und es erklang ein einziger tiefer Ton – Tuba

und Doppelbaß – ins Unendliche verlängert. Der Knabe im Vordergrund hob die Hand.
»Horcht! Das Geleier, die ewige Bürde.«
Unisono mit den unsichtbaren Instrumenten begannen die Trauernden zu psalmodieren: »Tod, Tod, Tod, Tod ...«
»Aber das Leben kennt mehr als einen einzigen Ton«, sagte der Knabe.
»Das Leben«, fiel das Mädchen mit heller Stimme ein, »singt einmal hoch und einmal tief.«
»Und euer unaufhörliches Geleier vom Tod macht die Musik nur um so klangvoller.«
»Nur um so klangvoller«, sekundierte das Mädchen.
Worauf sie beide, Tenor und Diskant, eine verschlungene melodiöse Arabeske anstimmten, welche gewissermaßen den langstieligen Schaft des Grundbasses umkränzte.
Das Geleier und das Singen verstummten allmählich; die letzten Leidtragenden waren verschwunden, und der Knabe und das Mädchen im Vordergrund zogen sich in eine Ecke zurück, wo sie einander ungestört weiter küssen konnten.
Wieder ein Trompetenstoß, und Kreon erschien, beleibt in einer purpurroten Tunika, soeben aus Delphi zurück und mit Orakelsprüchen beladen. Die nächsten Minuten des Zwiegesprächs fanden auf palanesisch statt, und Mary Sarojini mußte den Dolmetscher machen.
»Ödipus fragt ihn, was Gott gesagt hat; und der andere sagt, daß Gott gesagt hat, daß es alles geschah, weil irgendein Mann den alten König, der vor Ödipus König war, getötet hat. Niemand hat ihn je erwischt, und der Mann lebt noch immer in Theben, und dieser Virus, der alle tötete, war als Strafe von Gott gesandt – das war's, was Kreon erfahren hat. Ich weiß nicht, warum alle diese Leute, die niemand etwas zuleide getan hatten, bestraft werden mußten; aber das hat ihm Gott gesagt. Und der Virus wird nicht aufhören, bis sie nicht den Mann gefangen haben, der den alten König getötet hat, und ihn aus Theben fortschicken. Und natürlich sagt Ödipus, er wird alles tun, um den Mann zu finden und ihn loszuwerden.«
Von der Ecke der Rampe aus begann der Knabe (diesmal auf englisch) zu deklamieren:

»Gott, wohl am göttlichsten, wenn höchlichst unklar,
Spricht, wenn für jedermann verständlich, das gottloseste Geschwätz.
Bereu! brüllt Er, denn Sünde schuf die Pest.
Wir aber sagen bloß: ›Dreck war's – drum wascht euch.‹«

Während das Publikum immer noch lachte, erschien aus der Kulisse eine andre Gruppe von Leidtragenden und schritt langsam über die Bühne.

»Karuna«, sagte das Mädchen im Vordergrund, »Mitgefühl. Das Leiden der Dummen ist nicht weniger echt als irgendein anderes Leid.«

Will spürte, daß ihn jemand am Arm berührte, wandte sich und sah sich dem schönen und trotzigen Gesicht Murugans gegenüber.

»Ich habe Sie überall gesucht«, sagte er ärgerlich, als habe sich Will mit Absicht vor ihm versteckt gehalten. Er sprach so laut, daß sich viele Köpfe umwandten und Pst-Rufe ertönten. »Sie waren weder bei Dr. MacPhail noch bei Susila«, nörgelte der Junge weiter, ungeachtet des protestierenden Publikums.

»Ruhe, Ruhe . . .«

»Ruhe!« hallte erschrecklich die Stimme Basso Profondos aus den Wolken. »Es ist weit gekommen mit uns«, fuhr sie brummelnd fort, »wenn Gott sein eigenes Wort nicht mehr verstehn kann.«

»Bravo, bravo«, sagte Will, in das allgemeine Gelächter einstimmend. Er stand auf und humpelte, gefolgt von Murugan und der Kleinen, dem Ausgang zu.

»Willst du denn nicht das Ende sehn?« fragte sie Will und sagte vorwurfsvoll zu Murugan: »Du hättest wirklich noch etwas warten können.«

»Kümmere dich um deine eignen Angelegenheiten!« fuhr der sie an.

Will legte dem Kind die Hand auf die Schulter. »Zum Glück«, sagte er, »hast du mir den Schluß so lebendig geschildert, daß ich ihn nicht mit eignen Augen zu sehn brauche, Und natürlich geht Seine Hoheit stets vor«, setzte er spöttisch hinzu.

Murugan zog einen Briefumschlag aus der Tasche seines weißen Seidenpyjamas, der die kleine Krankenschwester dermaßen be-

tört hatte, und reichte ihn Will. »Von meiner Mutter«, sagte er und setzte sogleich hinzu: »Die Zeit drängt.«
»Wie gut der riecht«, bemerkte die Kleine und schnupperte die starke Aura von Sandelholzöl ein, die von dem Schreiben der Rani ausging.
Will entfaltete drei Bogen himmelblauen Briefpapiers, geprägt mit fünf goldenen Lotusblumen unter einer Fürstenkrone. Wie viele Hervorhebungen und Blockbuchstaben! Er begann zu lesen.

»Ma Petite Voix, cher Farnaby, avait raison – WIE IMMER! Es wurde mir wieder und wieder VERSICHERT, was *unser gemeinsamer Freund* von der Vorsehung ausersehen war, für Pala und die GANZE WELT zu tun (dank der finanziellen Unterstützung für den *Kreuzzug des Geistes,* die zu leisten Pala ihm erlauben wird). So daß ich nicht weiter überrascht war, als ich sein Kabel las (das über den getreuen Bahu und seinen Londoner Kollegen vom Diplomatischen Korps vor ein paar Minuten eintraf) und erfuhr, daß Lord A. Ihnen Vollmacht (und selbstverständlich auch die nötigen Mittel), zugestanden hat, an seiner Statt – an *unsrer* Statt zu verhandeln; denn sein Vorteil ist zugleich der Ihre, der meine und (da wir jeder auf unsre besondere Weise Streiter für eine gute Sache sind) der des GEISTES!!
Aber das Eintreffen von Lord A. Kabel ist nicht die einzige Neuigkeit, die ich zu vermelden habe. Die Ereignisse (wie wir diesen Nachmittag von Bahu erfuhren) *treiben auf den großen Wendepunkt in der Geschichte Palas zu* – und zwar viel schneller, als ich es für möglich gehalten hätte. Aus Gründen, welche zum Teil politische sind (die Notwendigkeit, dem jüngsten Absinken von Oberst Dipas Popularität entgegenzuwirken), zum Teil wirtschaftliche (die Bürde der *Aufrüstung* ist allzu drückend, um von Rendang allein bestritten zu werden) und zum Teil *astrologische* (diese Tage, sagen die Experten, seien einzigartig günstig für ein gemeinsames Unternehmen von Widdern – ich selbst und Murugan – und diesem typischen Skorpion, Oberst D.), ist entschieden worden, eine Aktion, die ursprünglich für die Nacht der Mondfinsternis im nächsten November geplant war, vorzuverlegen.

Daher müssen wir drei unverzüglich zusammenkommen, um zu entscheiden, was unter diesen unerwarteten und rasch wechselnden Umständen zur Förderung unsrer besondern Interessen, der materiellen wie *spirituellen*, *unternommen* werden muß. Der sogenannte ›Unfall‹, der Sie in diesem höchst *kritischen Augenblick* an unsre Gestade trug, war, wie Sie wohl erkennen werden, offenbar schicksalhaft. Uns bleibt es nun vorbehalten, als gottgeweihte Streiter mit jener göttlichen Macht zusammenzuwirken, welche sich unsrer guten Sache so unbezweifelbar angenommen hat. Also KOMMEN SIE SOGLEICH! Murugan hat den Wagen und wird Sie zu unserm bescheidenen Bungalow bringen, wo Sie, mein lieber Farnaby, seien Sie versichert, ein *sehr* warmer Empfang erwartet von *bien sincèrement* vôtre, Fatima R.«

Will faltete die drei bekritzelten und parfümierten Briefbogen zusammen und steckte sie in den Umschlag zurück. Seine Miene war ausdruckslos; aber hinter der Maske von Unbeteiligtheit war er leidenschaftlich zornig. Zornig über diesen unmanierlichen Jungen da, so hinreißend in seinem weißen Seidenpyjama und so widerwärtig in seiner Albernheit eines verwöhnten Muttersöhnchens. Zornig, sobald er wieder einen Hauch Parfüm aus dem Umschlag verspürte, über dieses groteske Ungeheuer einer Frau, die ihren Sohn unter dem Zeichen der Mutterliebe und Keuschheit ruinierte und ihn nun dazu antrieb, im Namen Gottes und einer Schar ›Großer Meister‹ ein bombenwerfender spiritualer Streiter zu werden, der das ölige Banner Joe Aldehydes schwang. Zornig vor allem über sich selbst, weil er sich so mutwillig mit diesem lächerlich unheilvollen Paar eingelassen hatte, in eine Gott weiß was für gemeine Verschwörung gegen jede menschliche Anständigkeit, an die insgeheim zu glauben und (wie leidenschaftlich!) zu ersehnen, seine Weigerung, sich nicht mit einem Ja abspeisen zu lassen, nie gehindert hatte.
»Also, dann gehn wir«, sagte Murugan in unbekümmert zuversichtlichem Ton. Er nahm es offenbar als unumstößlich sicher an, daß, sobald Fatima Regina einen Befehl aussprach, dieser gehorsam und unverzüglich ausgeführt werde.
Will, der fühlte, er brauche noch ein wenig Zeit, um seinen Ärger abzukühlen, gab keine unmittelbare Antwort. Statt dessen

wandte er sich ab, um noch einen Blick auf die nur mehr von weitem sichtbaren Marionetten zu werfen. Jokaste, Ödipus und Kreon saßen auf den Stufen des Palasts und erwarteten anscheinend die Ankunft des Teiresias. Oben in den Wolken war Basso Profondo unterdessen eingenickt. Eine Gruppe Leidtragender in Trauerkleidung schritt über die Bühne. Vorne im Rampenlicht begann der Knabe aus Pala in Jamben zu deklamieren. »Mitgefühl und Licht«, sagte er,

»Mitgefühl und Licht – wie unaussprechlich
Einfach ist unser Wesen! Das Einfache jedoch, es wartete
Jahrhundert um Jahrhundert auf Verworrenes genug,
Um dessen Eins im Vielen, dessen Jedes,
Das Hier und Jetzt, Fakt im Fiktiven zu erkennen.
Es wartete und wartet immer noch auf das Absurde,
Auf Inkommensurables, nähtelos durchwirkt –
Östron mit Wohltat, Wahrheit mit Funktion der Nieren,
Schönheit mit Chylus, Galle, Sperma,
Und Gott mit Abendbrot, und Gott auch ohne,
Oder jählings der Klang von Glocken –
Eins, zwei und drei – im schlummerlosen Ohr.«

Ein Arpeggieren gezupfter Saiten und dann die lange gehaltenen Töne einer Flöte.
»Also, gehn wir?« sagte Murugan nochmals.
Will hob die Hand, damit er schweige. Das Marionettenmädchen war in die Mitte der Bühne getreten und begann zu singen:

»Denken ist des Hirns drei Milliarden
Zellen nach außen projiziert.
Billionen von Billard-Partien
Markiert als Glaube und Zweifel.

Mein Glaube – ihre Kollisionen;
Meine Logik – ihre Enzyme;
Ihr rosa Adrenalin – meine Visionen;
Ihr weißes – meine Verbrechen.

Da ich die fühlende Anordnung
Von zehn hoch neun mal drei bin,
Muß jedes Atom, mir auch entfremdet,
Prophetisch verkünden mein Tun.«

Mit seiner Geduld zu Ende, packte Murugan Will am Arm und kniff ihn brutal. »Kommen Sie oder kommen Sie nicht?« schrie er.

Wütend wandte Will sich ihm zu. »Was erlauben Sie sich, Sie kleiner Narr?« Mit einer heftigen Gebärde entzog er seinen Arm dem Griff des Jungen.

Eingeschüchtert, sagte Murugan in verändertem Ton: »Ich wollte nur wissen, ob Sie bereit sind, zu meiner Mutter zu gehn.«

»Ich bin nicht bereit«, erwiderte Will, »und ich werde nicht hingehn.«

»Nicht hingehn?« rief Murugan in ungläubiger Verblüffung. »Aber sie erwartet Sie doch, sie ...«

»Sagen Sie Ihrer Mutter, es tut mir sehr leid, aber ich habe eine frühere Verabredung. Mit einer Sterbenden«, setzte Will hinzu.

»Aber es handelt sich um etwas ungemein Wichtiges.«

»Das ist auch Sterben.«

Murugan senkte die Stimme. »Es bereitet sich etwas vor«, flüsterte er Will zu.

»Ich kann Sie nicht verstehn«, rief Will ihm durch den wirren Lärm ringsum zu.

Murugan blickte verstohlen um sich und wagte dann ein etwas lauteres Flüstern. »Es bereitet sich etwas vor, etwas ganz Großes.«

»Im Krankenhaus bereitet sich etwas noch viel Größeres vor.«

»Wir haben soeben erfahren ...« begann Murugan. Wieder blickte er umher und schüttelte dann den Kopf. »Nein, hier kann ich's Ihnen nicht sagen. Darum *müssen* Sie in unsern Bungalow mitkommen. Und zwar *gleich*. Es ist keine Zeit zu verlieren.«

Will sah auf seine Armbanduhr. »Es ist keine Zeit zu verlieren«, wiederholte er, und sagte dann zu Mary Sarojini: »Komm, in welche Richtung gehn wir?«

»Ich werde dich führen«, antwortete sie, und Hand in Hand machten sie sich auf den Weg.

»Warten Sie«, flehte Murugan, »warten Sie!« Dann drängte

er sich, als sie unbeirrt weitergingen, durch die Menge und hinter ihnen her. »Was soll ich ihr denn nur sagen?« jammerte er, ihnen auf den Fersen.

Seine Angst hatte etwas drollig Unterwürfiges. Wills Ärger wich einer gewissen Belustigung. Er lachte laut auf. Dann blieb er stehn und fragte: »Was würdest *du* ihr sagen lassen, Mary Sarojini?«

»Ich würde ihr genau das sagen, was geschehen ist«, sagte die Kleine. »Ich meine, wenn es meine eigene Mutter wäre. Aber freilich«, setzte sie nach einiger Überlegung hinzu, »meine Mutter ist nicht die Rani.« Sie sah zu Murugan auf. »Gehörst du einem KAG an?« erkundigte sie sich.

Natürlich gehörte er keinem an. Für die Rani war schon die bloße Vorstellung eines Kinderpflegevereins auf Gegenseitigkeit Blasphemie. Nur Gott vermochte eine Mutter hervorzubringen. Die fromme Streiterin wollte allein sein mit ihrem ihr von Gott geschenkten Opfer.

»Kein KAG!« Mary Sarojini schüttelte den Kopf. »Wie schrecklich! Sonst hättest du auf ein paar Tage zu einer deiner andern Mütter gehn können.«

Immer noch ganz entsetzt von der Aussicht, seiner einen und einzigen Mutter das Scheitern seiner Mission berichten zu müssen, begann Murugan mit einer neuen Variante seines alten Themas. »Ich weiß nicht, was sie sagen wird«, wiederholte er immerzu. »Ich weiß nicht, was sie sagen wird.«

»Es gibt nur eine Möglichkeit, das herauszufinden« riet ihm Will. »Fahren Sie heim, und hören Sie es sich an.«

»Kommen Sie mit!« flehte Murugan. »Bitte!« Wieder ergriff er Will am Arm.

»Ich habe Ihnen schon einmal gesagt, Sie sollen mich nicht anrühren.« Die Hand, die seinen Arm umklammert hielt, wurde eilig zurückgezogen. Will lächelte ihm zu. »So ist's recht.« Er hob seinen Stock in einer verabschiedenden Gebärde. »*Bonne nuit, Altesse.*« Dann sagte er, überaus gutgelaunt, zu Mary Sarojini: »Voran, MacPhail!«

»Hast du nur so getan als ob?« fragte ihn die Kleine. »Oder warst du wirklich zornig?«

»Wirklich und wahrhaftig«, versicherte er ihr. Dann erinnerte er sich, was er im Turnsaal der Schule zu sehen bekommen hatte.

Er summte die Anfangstakte des Rakshasi-Schottischen und stieß die Eisenspitze des Stocks auf das Pflaster.
»Hätte ich ihn zertrampeln sollen, meinen Zorn?«
»Es wäre vielleicht besser gewesen.«
»Meinst du?«
»Er wird dich hassen, sobald er sich nicht mehr fürchtet.«
Will zuckte die Achseln. Es war ihm völlig gleichgültig. Doch als die Vergangenheit zurückwich und die Zukunft näherrückte, als sie die Bogenlampen des Marktplatzes hinter sich ließen und die steile dunkle Straße hinaufgingen, die sich in Windungen zu dem Krankenhaus hinaufzog, schlug seine Stimmung um. Voran, MacPhail – aber wem ging er entgegen, wovon entfernte er sich? Einer abermaligen Manifestation des Ur-Grauens entgegen und den Rücken gekehrt aller Hoffnung auf das herrliche Jahr der Freiheit, das Joe Aldehyde ihm zugesagt hatte und das sich zu verdienen (da Pala auf jeden Fall dem Untergang geweiht war) nicht einmal gar so unmoralisch und verräterisch wäre. Und nicht nur der ersehnten Freiheit; sehr wahrscheinlich auch, wenn die Rani sich bei Joe beklagte und dessen Empörung groß genug wäre, jeder andern Aussicht wohldotierter Sklavendienste als professioneller Beobachter von Hinrichtungen. Sollte er umkehren, trachten, Murugan zu finden, sich entschuldigen, ausführen, was immer diese gräßliche Person von ihm verlangte? Ungefähr hundert Meter weiter wurde das erleuchtete Krankenhaus zwischen den Bäumen hindurch sichtbar.
»Ruhen wir uns ein wenig aus«, sagte er.
»Bist du müde?« erkundigte sich Mary Sarojini besorgt.
»Ein bißchen.«
Er wandte sich und blickte, auf den Stock gelehnt, zum Marktplatz hinunter. Im Licht der Bogenlampen erglühte das Rathaus rosenrot, wie eine monumentale Portion Himbeereis. Auf dem Turm des Tempels konnte er, ein Fries über dem andern, das überschwengliche Chaos indischer Skulpturen sehen – Elefanten, Dämonen, Mädchen mit übernatürlich voluminösen Brüsten und Hintern, kapriolenschlagende Shivas, Reihen einstiger und künftiger Buddhas in stummer Ekstase. Dort unten, auf dem Platz zwischen Himbeereis und Mythologie, schwärmte die wimmelnde Menge, und irgendwo unter ihr war einer, mit trotzigem Blick, in einem weißen Seidenpyjama. Sollte er umkehren

und hinuntergehn? Es wäre entschieden das Vernünftigste, Sicherste, Vorsichtigste, was ihn betraf. Aber eine innere Stimme – keine kleine, wie die der Rani, sondern eine gewaltig laute – rief ihm zu: ›Jämmerlich! Jämmerlich!‹ Sein Gewissen? Ach wo. Sein Moralgefühl? Gott behüte! Aber zusätzliche Jämmerlichkeit, Schändlichkeit und Gemeinheit, die darüber hinausgingen, was die Pflicht von einem verlangte – das war etwas, wobei ein Mann von Geschmack einfach nicht mittun konnte.
»Also, gehn wir weiter?« sagte er zu Mary Sarojini.
Sie betraten die Halle des Krankenhauses. Die Schwester hinter der Empfangstheke hatte eine Botschaft für sie von Susila. Mary Sarojini solle gleich weiter zu Mrs. Rao gehn, um bei ihr mit Tom Krishna zu übernachten. Mr. Farnaby wurde gebeten, sogleich auf Zimmer 34 zu kommen.
»Hier durch«, sagte die Schwester und hielt eine Schwingtür auf.
Will trat einen Schritt vor. Der bedingte Reflex guter Manieren schnappte automatisch in Funktion. »Danke«, sagte er lächelnd. Aber mit einem dumpfen, unguten Gefühl in der Magengrube ging er dann humpelnd auf das zu, was ihn erwartete.
»Die letzte Tür links«, sagte die Schwester. Doch jetzt müsse sie wieder an ihren Platz in der Empfangshalle zurück. »Ich lasse Sie also allein weitergehn«, sagte sie, und die Tür schwang hinter ihr zu.
Allein, wiederholte er für sich, allein – und die befürchtete Zukunft war die gleiche wie die Vergangenheit, die ihn verfolgte, das Ur-Grauen war zeitlos und allgegenwärtig. Dieser lange Korridor mit den grünbemalten Wänden war genau derselbe Korridor, durch den er vor einem Jahr zu dem kleinen Zimmer gegangen war, in dem Molly im Sterben lag. Der Alptraum kehrte wieder. Im voraus verurteilt und sich voll bewußt, schritt er diesem entsetzlichen Vollzug entgegen. Der Tod, noch einmal eine Vision vom Tod.
Zweiunddreißig, dreiunddreißig, vierunddreißig ... Er klopfte und wartete; lauschte dem Pochen des eigenen Herzens. Die Tür ging auf, und er sah sich der kleinen Radha gegenüber.
»Susila hat Sie schon erwartet«, sagte sie im Flüsterton.
Will folgte ihr in das Zimmer. Einem Wandschirm ausweichend, sah er flüchtig Susilas Profil gegen eine Lampe, sah ein hohes

Bett, ein dunkles, abgezehrtes Gesicht auf den Kissen; Arme, nur mehr pergamentüberzogene Knochen; krallenartige Hände. Das Ur-Grauen, abermals. Schaudernd wandte er sich ab. Radha wies wortlos auf einen Stuhl neben dem offenen Fenster. Er setzte sich und schloß die Augen – schloß sie physisch gegen die Gegenwart, öffnete sie aber eben dadurch auf diese verabscheute Vergangenheit, an welche die Gegenwart ihn erinnerte. Er befand sich dort, in diesem andern Zimmer, mit Tante Mary. Oder vielmehr dem Geschöpf, das einmal Tante Mary gewesen war, nun aber dieser kaum wiedererkennbare andere jemand war – ein jemand, der keine Ahnung hatte von der Barmherzigkeit und dem Mut, die das wirkliche Wesen Tante Marys ausgemacht hatten; ein jemand, der erfüllt war von blindem Haß gegen alle, die ihm in die Nähe kamen; der sie verabscheute, wer immer sie sein mochten, einfach deswegen, weil sie keinen Krebs, keine Schmerzen hatten, nicht zu einem vorzeitigen Tod verurteilt waren. Und diesen boshaften Neid auf andrer Leute Gesundheit und Glück begleitete ein verbittertes, quängelndes Selbstbedauern, eine entwürdigende Verzweiflung.

»Warum grade mir? Warum muß das grade mir angetan werden?«

Er hörte die schrille, anklägerische Stimme, sah das tränenüberströmte, verzerrte Gesicht vor sich. Der einzige Mensch, den er je geliebt, je aus ganzem Herzen bewundert hatte. Und doch hatte er sich ertappt, wie er sie in ihrer Erniedrigung verachtete – ja gradezu verabscheute.

Um der Vergangenheit zu entrinnen, öffnete er wieder die Augen. Er sah Radha auf dem Boden sitzen, mit gekreuzten Beinen, in der Haltung des Meditierens. Auf ihrem Stuhl neben dem Bett schien Susila die gleiche konzentrierte Stille wie sie zu bewahren.

Er blickte auf das Gesicht in den Kissen. Auch dieses war still, von einer stillen Gelassenheit, die beinahe schon die erstarrte Ruhe des Todes sein konnte. Draußen, in dem laubigen Dunkel, kreischte ein Papagei. Durch den Gegensatz noch vertieft, schien die darauf folgende Stille mit geheimnisvoller und schreckenerregender Bedeutsamkeit geladen zu sein.

»Lakshmi«, sagte Susila und legte die Hand auf den abgezehrten Arm der alten Frau. »Lakshmi«, wiederholte sie lauter. Das

totenstille Gesicht blieb unbeweglich. »Du sollst nicht einschlafen.«
Nicht einschlafen? Aber für Tante Mary war Schlaf – ein durch Injektionen künstlich hervorgerufener Schlaf – die einzige Ruhepause gewesen zwischen qualvollem Selbstbedauern und angstvollem Brüten.
»Lakshmi!«
Das Gesicht belebte sich jetzt ein wenig.
»Ich hab nicht wirklich geschlafen«, flüsterte die alte Frau. »Ich bin bloß so schwach. Mir ist, als würde ich dahinschweben.«
»Aber du sollst hier sein«, sagte Susila. »Du sollst dir voll bewußt sein, daß du hier bist. Die ganze Zeit.« Sie stopfte der Kranken noch ein Kissen hinter die Schultern und langte nach einem Fläschchen Riechsalz auf dem Nachttisch.
Lakshmi roch kurz daran, öffnete die Augen und blickte zu Susila auf. »Ich hab vergessen, wie schön du bist«, sagte sie. »Aber Dugald hatte immer einen guten Geschmack.« Der Anflug eines schelmischen Lächelns erschien sekundenlang auf dem hageren Gesicht. »Was glaubst du, Susila?« setzte sie, nach einem Augenblick und in verändertem Ton, hinzu. »Werden wir ihn wiedersehn? Dort drüben, meine ich?«
Wortlos streichelte Susila die Hand der alten Frau. Dann sagte sie plötzlich mit einem Lächeln: »Wie hätte der Alte Radscha das gefragt? ›*Glaubst du, daß ›wir‹ (Anführung, Anführung zu) ›ihn‹ (Anführung, Anführung zu) ›dort drüben‹ (Anführung, Anführung zu) wiedersehn werden?*‹«
»Was glaubst denn *du*?«
»Ich denke, wir kommen alle aus demselben Licht und kehren alle in dasselbe Licht zurück.«
Worte, dachte Will, Worte, Worte, Worte. Mühsam hob Lakshmi die Hand und wies mit einer vorwurfsvollen Gebärde auf die Lampe neben dem Bett.
»Das Licht scheint mir in die Augen«, flüsterte sie.
Susila knüpfte das rotseidene Tuch, das sie um den Hals geschlungen hatte, auf und drapierte es über den pergamentenen Lampenschirm. Aus dem unbarmherzig grellen Weiß wurde rosigwarme Dämmerung, welche der Röte auf Babs' zerwühltem Bett glich, so oft Porter's Gin sich wieder einmal anpries.
»So ist's viel besser«, sagte Lakshmi, die Augen schließend.

Dann brach es, nach einem langen Schweigen, aus ihr hervor: »Das Licht ... das Licht. Es ist wieder da.« Nach einem erneuten Schweigen flüsterte sie: »Oh, wie wunderbar, wie wunderbar!« Plötzlich zuckte sie zusammen und biß sich auf die Lippe. Susila nahm die Hand der alten Frau zwischen die ihren. »Hast du große Schmerzen?« fragte sie.

»Sie wären sehr groß«, erklärte Lakshmi, »wenn es wirklich *meine* Schmerzen wären. Aber irgendwie sind es nicht meine Schmerzen. Sie sind da; aber ich bin anderswo. Es ist so wie das, was man mit der *moksha*-Medizin entdeckt. Nichts gehört dir wirklich. Nicht einmal deine Schmerzen.«

»Ist das Licht noch immer da?«

Lakshmi schüttelte den Kopf. »Und wenn ich zurückdenke, kann ich dir genau sagen, wann es aufhörte. Es hörte auf, als ich darüber zu reden anfing, daß die Schmerzen nicht wirklich meine Schmerzen waren.«

»Aber trotzdem war es etwas Gutes, was du gesagt hast.«

»Ich weiß – aber ich hab's eben *gesagt.*« Der Schatten ihrer alten Gewohnheit respektlosen Mutwillens flitzte wieder über Lakshmis Gesicht.

»Woran denkst du jetzt?« fragte Susila.

»An Sokrates.«

»Sokrates?«

»Wie er immerzu plapperte und plapperte – selbst als er das Zeug schon hinuntergeschluckt hatte. Laß mich nicht sprechen, Susila. Hilf mir aus meinem eigenen Licht heraus.«

»Erinnerst du dich an den Tag voriges Jahr«, begann Susila nach einer kleinen Weile, »als wir alle zu dem alten Tempel des Shiva über der Höhenstation einen Ausflug machten? Du und Robert und Dugald und ich und die beiden Kinder – erinnerst du dich?«

Ein heiteres Lächeln huschte über das Gesicht der Sterbenden.

»Ich meine vor allem die Aussicht von der Westseite des Tempels – auf das Meer. Blau, grün, violett – und die Schatten der Wolken schwarz wie Tinte. Und die Wolken selbst – schneeig weiß, bleifarben, schwarz wie Kohle, schillernd wie Seide. Und während wir alle hinblickten, hast du etwas gefragt. Erinnerst du dich, Lakshmi?«

»Du meinst, über das HELLE LICHT?«

»Ja, über das HELLE LICHT«, bestätigte Susila. »Warum sprechen die Menschen von GEIST in Begriffen von LICHT? Weil sie den Sonnenschein gesehn haben und ihn so schön fanden, daß es nur natürlich erscheint, die Buddha-Natur dem hellstmöglichen HELLEN LICHT gleichzusetzen. Oder finden sie vielleicht bewußt oder unbewußt den Sonnenschein schön, weil schon seit dem Tag, an dem sie geboren wurden, der GEIST sich ihnen in Form von Licht offenbarte? Ich war die erste, die antwortete«, sagte Susila, in sich hineinlächelnd. »Und da ich damals grade etwas von einem amerikanischen Behavioristen gelesen hatte, hielt ich mich erst gar nicht mit Nachdenken auf – ich erklärte euch einfach nur den (Anführung, Anführung zu) ›wissenschaftlichen Standpunkt‹. Die Menschen setzten GEIST (was immer das bedeuten mag) mit Halluzinationen von Licht gleich, weil sie eine Menge Sonnenuntergänge gesehn hatten und diese überaus eindrucksvoll fanden. Aber Robert und Dugald wollten nichts davon hören. Sie behaupteten, das HELLE LICHT, sei zuerst dagewesen. Sonnenuntergänge gefallen uns so sehr, weil sie uns, ob bewußt oder unbewußt, daran erinnern, was schon seit jeher in unserm Hirn und außerhalb von Raum und Zeit vorging. Du warst damals ihrer Meinung, Lakshmi – kannst du dich erinnern? Du hast gesagt: ›Ich möchte dir beistimmen, Susila, wenn auch nur darum, damit unsre Männer nicht immerzu rechtbehalten. Aber in diesem Fall – das ist offensichtlich – in diesem Fall haben sie wirklich recht.‹ Natürlich hatten sie recht, und natürlich war ich völlig im Unrecht. Du hast übrigens selbst die richtige Antwort gewußt, bevor du gefragt hast.«
»Ich hab nie etwas gewußt«, flüsterte Lakshmi. »Aber ich konnte sehen.«
»Ich erinnere mich, wie du mir erzählt hast, du hättest das HELLE LICHT gesehn«, sagte Susila. »Möchtest du, daß ich wieder davon spreche?«
Die Kranke nickte.
»Du warst acht Jahre«, begann Susila. »Da geschah es das erstemal. Ein orangefarbener Schmetterling auf einem Blatt, der seine Flügel in der Sonne öffnete und schloß – und plötzlich schien das HELLE LICHT reinen So-Seins durch sie hindurch wie eine andre Sonne.«
»Es war viel heller als die Sonne«, flüsterte Lakshmi.

»Aber auch viel milder. Du kannst in das HELLE LICHT blicken, ohne geblendet zu sein. Und jetzt erinnere dich. Ein Schmetterling auf einem grünen Blatt, der seine Flügel öffnet und schließt – und das ist die Buddha-Natur, die völlig gegenwärtig ist, es ist das HELLE LICHT, das heller ist als die Sonne. Und du warst erst acht Jahre alt.«

»Wie hab ich das bloß verdient?«

Da erinnerte sich Will an einen Abend, ungefähr eine Woche vor Tante Marys Tod. Sie hatte von den wundervollen Zeiten gesprochen, die sie miteinander in dem kleinen Regency-Haus in der Nähe von Arundel verlebten, wo er immer den größten Teil seiner Ferien verbrachte. Damals, als sie das Wespennest mit Feuer und Schwefel ausgeräuchert hatten; als sie auf den Downs und unter Buchen ihr Picknick verzehrten. Und dann die Wurstbrötchen in Bognor, die Zigeunerin, die ihm wahrsagte, er werde einmal Schatzkanzler werden; der schwarzgewandete, rotnasige Küster, der sie in Chichester aus der Kathedrale scheuchte, weil sie zu laut gelacht hatten. »Zu laut gelacht«, wiederholte Tante Mary mit Bitterkeit.

»Und jetzt«, sagte Susila soeben zu Lakshmi, »erinnere dich an die Aussicht vom Tempel. An die Lichter und Schatten auf dem Meer, die blauen Lücken zwischen den Wolken. Denk an das alles, und dann laß ab zu denken. Laß ab davon, damit das Nicht-Denken hindurch kann. Dinge gehn über in Leere, Leere in So-Sein. So-Sein wiederum in Dinge, in deinen eigenen Geist. Erinnere dich, wie es in dem Sutra heißt. ›Dein eigenes Bewußtsein, das glänzt, das leer ist, das untrennbar ist von dem großen ›Strahlenkörper‹, unterliegt weder Geburt noch Tod, sondern ist dem unveränderlichen LICHT gleich, dem Buddha Amitabha.‹«

»Dem Licht gleich«, wiederholte Lakshmi. »Und doch ist jetzt wieder alles dunkel.«

»Es ist dunkel, weil du dich zu sehr abquälst«, sagte Susila. »Dunkel, weil du's hell, weil du's leicht haben willst. Erinnere dich an die Worte, die du zu mir gesprochen hast, als ich ein kleines Mädchen war. ›Mit leichtem Sinn, Kind, mit leichtem Herzen. Du mußt lernen, alles mit leichtem Sinn zu tun, zu denken, zu empfinden. Ja, mit leichtem Herzen empfinden, auch wenn du tief empfindest. Trachte, mit allem leichthin fertig zu werden.‹ Ich war damals von einem so tierischen Ernst, ein so humorloser kleiner Tugendbold. Leichthin ... leichthin ... es war der beste Rat, der mir je zuteil wurde. Und siehst du, jetzt werde ich dasselbe zu dir sagen, Lakshmi. Leichthin, mein Liebstes, leichthin. Selbst wenn es ans Sterben geht. Nichts Gewichtiges, Ominöses, Emphatisches. Keine Rhetorik, keine tremolierende Stimme einer selbstbewußten Persönlichkeit, die da ihre berühmte Nachahmung Christi oder Goethes Letzte Worte oder den Tod der Kleinen Nell inszeniert. Und selbstverständlich keine Theologie, keine Metaphysik. Nur die Tatsache vom Sterben und vom HELLEN LICHT. Also wirf jetzt deinen ganzen Plunder weg und schreite aus. Überall um dich herum ist Flugsand, der an deinen Füßen saugt, der dich in Furcht und Selbstbedauern und Verzweiflung hinunterziehn möchte. Darum mußt du leichthin ausschreiten, mein Liebstes. Auf den Zehenspitzen. Und ohne alles Gepäck, nicht einmal eine Zahnbürste. Ganz und gar unbelastet.«

Ganz und gar unbelastet ... Will dachte an die arme Tante Mary, wie sie mit jedem Schritt tiefer im Flugsand versank. Immer tiefer, bis sie, die sich so verzweifelt dagegen stemmte, zuletzt völlig und auf immer in dem Ur-Grauen versunken war. Er blickte wieder auf das abgezehrte Gesicht in den Kissen und sah es lächeln.

»Das LICHT«, kam ein heiseres Flüstern, »das HELLE LICHT. Es ist hier – zugleich mit den Schmerzen, und trotz der Schmerzen.«

»Und du – wo bist du?« fragte Susila.

»Dort drüben, in der Ecke.« Lakshmi wollte hinzeigen, aber die erhobene Hand schwankte und fiel dann kraftlos auf die Bettdecke zurück. »Ich kann mich dort sehn. Und sie kann meinen Körper auf dem Bett sehn.«

»Kann sie das LICHT sehn?«

»Nein. Das Licht ist dort, wo mein Körper ist.«

Die Tür zum Krankenzimmer öffnete sich leise. Will wandte den Kopf und sah grade noch, wie Dr. MacPhails schmale kleine Gestalt hinter dem Wandschirm in das rosige Dämmerlicht trat. Susila stand auf und bedeutete ihm, er solle sich neben das Bett setzen. Er setzte sich; mit der einen Hand ergriff er die seiner Frau, die andere legte er ihr auf die Stirn.

»Ich bin's«, flüsterte er.

»Endlich ...«

Ein Baum sei, so erklärte er, quer über die Telephondrähte gefallen. Es gab keine Verbindung mit der Höhenstation außer über die Landstraße. Sie schickten einen Boten, aber der Wagen hatte eine Panne. Über zwei Stunden waren auf diese Weise versäumt worden. »Aber Gott sei Dank«, schloß Dr. McPhail, »jetzt bin ich endlich hier und bei dir.«

Die Sterbende seufzte tief, öffnete sekundenlang die Augen und sah ihn lächelnd an. »Ich hab gewußt, daß du kommen wirst.«

»Lakshmi«, sagte er sehr weich. »Lakshmi.« Wieder und wieder strichen seine Fingerspitzen über die runzlige Stirn. »Meine kleine Liebste.« Seine Wangen waren naß von Tränen; aber seine Stimme klang fest, und er sprach mit der Zärtlichkeit der Stärke, nicht der Schwäche.

»Jetzt bin ich nicht mehr dort drüben«, flüsterte Lakshmi.

»Lakshmi war dort drüben in der Ecke«, erklärte Susila ihrem Schwiegervater. »Und hat ihren Körper hier auf dem Bett erblickt.«

»Aber jetzt bin ich wieder hier. Ich und die Schmerzen, ich und das Licht, ich und du – alle zusammen.«

Wieder kreischte der Pfau, und durch die Geräusche der Insekten hindurch, die in dieser Tropennacht eins waren mit der Stille, ertönte von fernher fröhliche Musik, der Klang von Flöten, von gezupften Saiten und das stetige Dröhnen von Trommeln.

»Lakshmi«, sagte Dr. MacPhail. »Kannst du's hören? Draußen wird getanzt.«

»Getanzt«, wiederholte die Sterbende. »Getanzt.«

»So leichthin getanzt«, sagte Susila leise, »als hätten sie Flügel.«

Die Musik schwoll an; man konnte sie wieder hören.

»Der Brauttanz«, setzte Susila hinzu.

»Der Brauttanz, Robert. Erinnerst du dich?«

»Als ob ich ihn je vergessen könnte!«

Ja, sagte sich Will, als ob man je vergessen könnte! Diese andere ferne Musik vergessen könnte und, ganz nah, unnatürlich beschleunigt und flach, den Laut eines vergehenden Atems im Ohr eines Knaben! In einem Haus auf der andern Seite der Straße übte jemand einen dieser brahmsschen Walzer, die Tante Mary so gern gespielt hatte. Eins-zwei und drei, und Eins-zwei und drei, und E-i-ns zwei drei, Eins und Eins und Zwei-drei, und Eins und... Die widerwärtige fremde Frau, die einst Tante

Mary gewesen war, öffnete die Augen. Ein zutiefst boshafter Ausdruck erschien auf ihrem gelblichen, abgezehrten Gesicht. »Geh und sag denen, sie sollen aufhören!« Die barsche, nicht wiederzuerkennende Stimme schrie es beinahe. Und dann verwandelten sich die Falten der Bosheit in solche der Verzweiflung, und die fremde, bemitleidenswerte, widerwärtige Frau begann bitterlich zu schluchzen. Diese Walzer von Brahms – sie waren die Stücke, die Frank von allen, die sie immer spielte, am liebsten gehabt hatte.

Ein frischer Wind wehte wieder lautere Klänge der fröhlichen Musik herüber.

»Alle diese jungen Leute, die dort miteinander tanzen«, sagte Dr. MacPhail, »dieses Lachen und Begehren, dieses unbekümmerte Glücklichsein. Wir sind umgeben von alledem, wie von einer Atmosphäre, wie von einem kraftausstrahlenden Feld. Ihre Freude ist unsre Liebe – Susilas Liebe, meine Liebe – alles wirkt im Verein, alles verleiht sich gegenseitig Stärke. Liebe und Freude, beides umgibt dich, mein Liebstes; Liebe und Freude werden dich emportragen in den Frieden des HELLEN LICHTS. Lausche der Musik. Kannst du sie noch immer hören, Lakshmi?«

»Sie hat wieder das Bewußtsein verloren«, sagte Susila. »Versuch doch, sie zurückzuholen.«

Dr. MacPhail schob seinen Arm unter den ausgemergelten Leib und richtete ihn in eine sitzende Stellung auf. Der Kopf fiel zur Seite auf seine Schulter.

»Meine kleine Liebste«, flüsterte er immerzu, »meine kleine Liebste ...«

Ihre Lider öffneten sich flatternd eine Sekunde lang. »Heller«, kam ihre kaum vernehmbare Antwort, »heller«. Und ein glückliches Lächeln, eine fast freudige Erregung verklärte ihr Gesicht. Durch seine Tränen lächelte Dr. MacPhail auf sie herab. »Und jetzt löse dich los, Liebes.« Er strich ihr über das graue Haar. »Jetzt ist's an der Zeit dazu – löse dich los«, sagte er eindringlich. »Löse dich von diesem armen alten Leib. Du brauchst ihn nicht mehr. Laß ihn abfallen von dir. Laß ihn hier liegen wie einen Haufen abgetragener Kleider.«

In dem abgezehrten Gesicht hing der Mund jetzt klaffend offen, das Atmen wurde mit einem Mal zu einem Röcheln. »Meine Liebste, meine kleine Liebste ...« Dr. MacPhail drückte sie fester an sich. »Löse dich, löse dich los. Laß ihn hier zurück, den alten, abgetragenen Leib, und schreite aus. Schreite aus, mein Liebes, hinein in das Licht, hinein in den Frieden, in den lebendigen Frieden des HELLEN LICHTS ...«

Susila ergriff eine der schlaffen Hände und küßte sie; dann wandte sie sich an die kleine Radha.

»Du mußt jetzt gehn«, flüsterte sie und berührte das Mädchen an der Schulter.

Aus ihrer Meditation gerissen, öffnete das Mädchen die Augen, nickte und rappelte sich auf die Füße. Auf den Zehenspitzen ging sie zur Tür. Susila machte Will ein Zeichen, und beide folgten ihr. Schweigend schritten sie den Korridor entlang. An der Schwingtür verabschiedete sich Radha.

»Vielen Dank, daß ich bei euch bleiben durfte«, flüsterte sie.

Susila küßte sie. »Dank dir, daß du mitgeholfen hast, es Lakshmi leichter zu machen.«

Will ging hinter Susila her durch die Halle und dann hinaus in den warmen Abend voller Wohlgerüche. Schweigend machten sie sich auf den Weg hinunter zum Marktplatz.

»Und jetzt«, sagte er schließlich, und er sprach unter dem seltsamen Zwang, seine Gemütsbewegung mit einer Zurschaustellung des billigsten Zynismus zu verdecken, »läuft sie jetzt vermutlich zu ihrem Freund, um sich bei einem kleinen *maithuna*-Spielchen zu erholen.«

»Wie es sich trifft«, sagte Susila ruhig, »hat sie heute Nachtdienst. Aber auch wenn sie keinen hätte, was wäre dagegen einzuwenden, wenn sie sich vom Yoga des Todes dem Yoga der Liebe zuwenden würde?«

Will antwortete nicht sogleich. Er dachte an das, was zwischen ihm und Babs am Abend von Mollys Begräbnis vorgefallen war. Das Yoga der Anti-Liebe, das Yoga rachsüchtiger Süchtigkeit, das Yoga der Lust und jener Selbstverachtung, die das Selbst bekräftigt und es darum um so hassenswerter macht.

»Verzeihen Sie mir, daß ich so eklig war«, sagte er endlich.

»Es ist immer noch das Gespenst Ihres Vaters. Wir müssen sehn, ob wir es austreiben können.«

Sie hatten den Marktplatz überquert und waren nun, am Ende der kurzen Gasse, die aus dem Dorf hinausführte, auf dem offenen Platz angelangt, wo sie den Jeep geparkt hatte. Als Susila grade in die Landstraße einbog, streifte das Licht ihrer Scheinwerfer einen kleinen grünen Wagen, der in die Umführung einbog.

»Mir scheint, ich erkenne den königlichen Baby Austin, oder nicht?«

»Ja, das war er«, sagte Susila und fragte sich, wohin die Rani und Murugan wohl zu so später Stunde fuhren.

»Die haben nichts Gutes vor«, vermutete Will. Und dann erzählte er, einem plötzlich Impuls folgend, Susila von dem ›Einsatzbefehl‹, den er von Joe Aldehyde erhalten hatte und von seinen Unterhandlungen mit der Königin-Mutter und Mr. Bahu. »Ihr hättet alles Recht dazu, mich morgen zu deportieren«, sagte er.

»Nicht jetzt, da Sie Ihre Meinung geändert haben«, versicherte sie ihm. »Und was immer Sie auch getan hätten, die eigentliche Kernfrage wäre davon nicht beeinflußt worden. Unser Erzfeind ist Öl im allgemeinen. Ob wir von South-East Asia Petroleum oder von Standard of California ausgebeutet werden, spielt keine Rolle.«

»Habt ihr gewußt, daß die Rani und Murugan gegen euch konspirierten?«

»Sie machen kein Hehl daraus.«

»Warum trachtet ihr dann nicht, sie loszuwerden?«

»Weil sie sogleich von Oberst Dipa zurückgebracht würden. Die Rani ist eine Prinzessin von Rendang. Wenn wir sie deportieren, wäre das ein *casus belli.*«

»Was könnt ihr also tun?«

»Versuchen, sie im Zaum zu halten, ihre Meinungen zu beeinflussen, auf ein Ende gut, alles gut hoffen und auf das Ärgste gefaßt sein.« Nach einer Weile setzte sie hinzu: »Sagte Dr. MacPhail nicht, Sie könnten die *moksha*-Medizin versuchen?« und als Will nickte: »Wollen Sie sie versuchen?«

»Jetzt gleich?«

»Jetzt gleich. Das heißt, wenn es Ihnen nichts ausmacht, die ganze Nacht in dem Zustand zuzubringen.«

»Nichts wäre mir lieber.«

»Sie werden vielleicht finden, daß Sie nie etwas weniger mochten«, warnte ihn Susila. »Die *moksha*-Medizin kann einen hinauf in den Himmel, aber auch hinunter zur Hölle führen. Oder zu beidem, gleichzeitig oder abwechselnd. Oder auch (falls Sie Glück haben oder wenn Sie dazu bereit sind) über beides hinaus. Und dann, jenseits des Jenseitigen, dahin zurück, von wo Sie ausgegangen sind – hierher zurück, nach Neu-Rothamsted, zurück in den Alltag. Nur daß selbstverständlich der Alltag nachher ein völlig anderer ist.«

FÜNFZEHNTES KAPITEL

Eins, zwei, drei, vier ... Die Uhr in der Küche schlug zwölf. Wie belanglos, da doch Zeit aufgehört hatte zu existieren! Der absurde, lästige Glockenschlag ertönte im Innern eines zeitlosen gegenwärtigen EREIGNISSES, in einem JETZT, das unaufhörlich überging in eine Dimension, nicht von Sekunden und Minuten, sondern von Schönheit, von Bedeutsamkeit, von Intensität und immer mysteriöser werdendem Geheimnis.

»Leuchtende Seligkeit.« Die Worte perlten aus der Untiefe seines Geistes auf und zerflossen in den unendlichen Weiten lebendigen Lichts, das jetzt hinter seinen geschlossenen Lidern pulsierte und atmete. »Leuchtende Seligkeit.« Näher ließ sich nicht daran herankommen. Doch *es* – dieses zeitlose und doch immerzu sich verändernde EREIGNIS – war etwas, das Worte nur karikieren und mindern, niemals aber vermitteln konnten. *Es* war nicht bloß Seligkeit, *es* war zugleich auch Verstehen. Verstehen von allem, aber ein jeder Erkenntnis bares Verstehen. Erkenntnis erforderte einen Kennenden und die ganze unendliche Vielfalt gekannter und erkennbarer Dinge. Doch hinter seinen geschlossenen Lidern gab es weder Schauspiel noch Zuschauer. Nur dieses Erlebnis, glückselig eins zu sein mit Eins-Sein.

In einer Offenbarung nach der andern wurde das Licht heller, das Verstehen tiefer, die Seligkeit unerträglicher. »Lieber Gott!« sagte er sich. »O du lieber Gott!«

Dann drang, aus einer andern Welt her, der Klang von Susilas Stimme zu ihm.

»Wollen Sie mir nicht erzählen, was vorgeht?«

Es dauerte eine ganze Weile, ehe Will antwortete. Das Sprechen fiel ihm schwer, nicht physisch, sondern weil ihm Sprechen so

albern erschien, so völlig sinnlos. »Licht«, flüsterte er dann endlich.
»Und Sie sind da und schauen in das Licht?«
»Nicht schauen«, entgegnete er nach einer langen Spanne des Nachdenkens. »Ich bin es. *Bin* es«, wiederholte er nachdrücklich.
Die Anwesenheit dieses Lichts schloß zugleich auch die Abwesenheit William Asquith Farnabys mit ein – im Grunde genommen gab es niemand dieses Namens. Letztlich gab es nur eine leuchtende Seligkeit, nur ein jeder Erkenntnis bares Verstehen, gab es nur Eins-Werden mit Eins-Sein in einem Zustand von grenzenlosem nicht-differenziertem Gewahrsein. Und das war ganz offenbar der natürliche Zustand des menschlichen Geistes. Nicht weniger gewiß jedoch hatte es auch diesen professionellen Beobachter von Hinrichtungen gegeben, diesen sich selbst verabscheuenden Babs-Süchtigen; und dazu gab es noch dreitausend Millionen inselhafter Bewußtheiten, jede einzelne im Mittelpunkt einer Welt von Angstträumen, in welcher es jedem, der Augen im Kopf und auch nur ein Gran Ehrlichkeit im Leib hatte, unmöglich war, sich mit einem Ja abspeisen zu lassen. Durch welches unheilvolle Wunder war der Naturzustand des menschlichen Geistes in alle diese Teufelsinseln von Elend und Verbrechen verwandelt worden?
In dem Firmament von Seligkeit und Verstehen gab es da, wie Fledermäuse vor der sinkenden Sonne, ein Geschwirr erinnerter Vorstellungen und den Katzenjammer einstiger Gemütsbewegungen. Fledermaus-Gedanken an Plotin und die Gnostiker, an den Einen und seine Emanationen, immer tiefer hinab in immer dichteres Grauen. Und dann Fledermaus-Gefühle von Wut und Ekel, sobald das geballte Grauen zu ganz bestimmten Erinnerungen wurde – Erinnerungen an das, was der letztlich nicht existente William Asquith Farnaby einst mitangesehen und unternommen, andern zugefügt und selbst erlitten hatte.
Doch im Hintergrund und ringsum und irgendwie sogar innerhalb dieser aufflackernden Erinnerungen dieses Firmament von Seligkeit und Frieden und Verstehen! Und wenn auch ein paar Fledermäuse vor der sinkenden Sonne umherflatterten, die Tatsache blieb bestehn, daß das schreckenerregende Wunder der Schöpfung rückgängig gemacht worden war. Aus einem gegen

alle Natur jämmerlichen, verbrecherischen Selbst war er wieder zu reinem Geist, Geist in seinem Naturzustand geworden – grenzenlos, homogen, erfüllt von leuchtender Seligkeit, von einem jeder Erkenntnis baren Verstehen.

Licht war hier, Licht war jetzt. Und da das Licht grenzenlos hier und zeitlos jetzt war, gab es außerhalb dieses Lichts niemand, der es hätte anblicken können. Das Wirkliche war das Gewahrsein, das Gewahrsein das Wirkliche.

Aus jener andern Welt, irgendwo da draußen zu seiner Rechten, ertönte wieder die Stimme Susilas.

»Sind Sie glücklich?« fragte sie.

Ein Aufwallen von noch strahlenderem Leuchten fegte alle flakkernden Gedankenfetzen und Erinnerungen beiseite. Es gab jetzt nichts außer einer kristallklar transparenten Seligkeit.

Ohne zu sprechen, ohne die Augen zu öffnen, nickte er lächelnd.

»Eckhart nannte es Gott«, fuhr sie fort. »›Ein Glücklichsein, so hinreißend, so unvorstellbar stark, daß niemand es beschreiben kann. Und in seiner Mitte glüht und flammt Gott ohne Unterlaß.‹«

Glüht und flammt Gott ... Es war auf eine so verblüffende, beinahe drollige Weise richtig, daß Will laut auflachen mußte. »Gott als brennende Burg«, stieß er keuchend hervor, »Gott-als-*Quatorze Juillet.*« Und wieder brach er in kosmisches Gelächter aus.

Hinter seinen geschlossenen Lidern floß ein Meer leuchtender Seligkeit gleich einem aufwärts strömenden Katarakt. Floß aufwärts von Vereinigung zu noch völligerer Vereinigung, von Unpersönlichkeit zu einer noch vollkommeneren Transzendenz des Selbst.

»Gott-als-Vierzehnter-Juli«, wiederholte er und stieß, aus dem Innern des Katarakts hervor, ein letztes erkennendes und zutiefst verstehendes Kichern aus.

»Und der fünfzehnte Juli?« wollte Susila wissen. »Der Morgen nach dem Fest?«

»Den gibt es nicht.«

Sie schüttelte den Kopf. »Das klingt verdächtig nach Nirwana.«

»Warum verdächtig?«

»Reiner, hundertprozentiger Geist – das ist ein Trank, dem nur die abgehärtetsten Schlemmer der Kontemplation frönen. Bodhisattvas verdünnen ihr Nirwana zu gleichen Teilen mit Liebe und Arbeit.«

»Aber dies hier ist besser«, beharrte Will.

»Sie meinen schmackhafter. Darum eben ist es eine so ungeheure Versuchung. Die einzige, der Gott unterliegen konnte. Die Frucht der Nichterkenntnis von Gut und Böse. Wie himmlisch süß, was für eine Supermango! Gott hat sich damit seit Abermillionen Jahren vollgestopft. Dann erscheint urplötzlich der *Homo sapiens* auf dem Plan und damit, ebenso urplötzlich, die Erkenntnis von Gut und Böse. Und Gott mußte sich auf eine etwas herbere Obstsorte umstellen. Sie haben jetzt grade eine Schnitte der ursprünglichen Supermango gegessen, also können Sie es Ihm nachfühlen.«

Ein Stuhl knarrte, das Rascheln eines Kleids war zu hören, und dann eine Reihe leiser geschäftiger Geräusche, die Will sich nicht erklären konnte. Was tat Susila da nur? Er hätte sich diese Frage selber beantworten können, indem er einfach die Augen öffnete. Doch was machte es schon aus, was sie tat? Nichts war von Wichtigkeit, nichts, außer diesem gleißenden Aufwärtsströmen von Seligkeit und Verstehen.

»Von der Supermango zum Apfel der Erkenntnis – ich werde Sie nach und nach entwöhnen«, sagte sie.

Er hörte jetzt ein surrendes Geräusch. Aus der Untiefe herauf perlte Begreifen an die Oberfläche seines Bewußtseins. Susila hatte eine Grammophonplatte aufgelegt, und der Apparat lief. »Johann Sebastian Bach«, hörte er Susila sagen. »Die Musik, die der Stille am nächsten kommt, die trotz ihrer ungeheuer durchgearbeiteten Struktur reinem, unverdünntem Geist am nächsten kommt.«

Das Surren wurde zu melodischen Lauten. Abermals schoß ein Bläschen von Erkennen empor; er lauschte dem Vierten Brandenburgischen Konzert.

Es war natürlich dasselbe Vierte Brandenburgische, das er schon so viele Male gehört hatte – dasselbe, und doch ein völlig anderes. Das Allegro – er kannte es auswendig. Also befand er sich in der besonders vorteilhaften Lage, sich darüber klarzuwerden, daß er es nie zuvor wirklich gehört hatte. Vor allem war es nicht mehr er, William Asquith Farnaby, der zuhörte. Das Allegro enthüllte sich als ein Teilstück in dem ungeheuern, gegenwärtig sich vollziehenden EREIGNIS, eine Manifestation, die nur um einen Grad von der leuchtenden Seligkeit entfernt war. Aber vielleicht wurde diese Definition der Tatsache nicht gerecht. Auf eine andere Weise war dieses Allegro wirklich die leuchtende Seligkeit – war ein jeder Erkenntnis bares Verstehen von allem, was sonst nur in Teilen begriffen werden konnte; es war ein nicht-differenziertes Gewahrsein, aufgeteilt in einzelne Noten und Sätze, und dennoch, alles verstehend, es selbst. Und selbstverständlich gehörte es alles niemand an. Es war gleichzeitig hier, dort draußen und nirgendwo. Die Musik, der er, als William Asquith Farnaby, schon Hunderte von Malen gelauscht hatte, war als ein niemand angehörendes Gewahrsein wiedergeboren worden. Niemand angehörend, besaß das Vierte Brandenburgische eine Schönheit, eine Tiefe und Bedeutung, die unvergleichlich größer waren als irgend etwas, das er je in derselben Musik gefunden hatte, als sie sein Privateigentum gewesen war. »Armer Schwachkopf« – wiederum barst ein Bläschen ironischen Kommentars an der Oberfläche. Der arme Schwachkopf wollte sich nicht mit einem Ja abspeisen lassen außer auf dem Gebiet der Ästhetik. Und die ganze Zeit über hatte er, durch die bloße Tatsache, er selbst zu sein, alles Schöne und Bedeutsame geleugnet, das zu bejahen er sich doch so sehnlich wünschte. William Asquith Farnaby war nichts als ein verschlammter Filter, diesseits dessen die Menschen, die Natur, ja sogar seine geliebte Kunst trüb und besudelt, reduziert und verändert und häßlicher, als sie in Wirklichkeit waren, in Erscheinung traten. Heute abend nahm er zum erstenmal ein Musikstück gänzlich unbelastet wahr. Zwischen Geist und Klang, zwischen Geist und Form, zwischen Geist und Sinn gab es kein Chaos biographischer Belanglosigkeiten mehr, das die Musik übertönte oder einen sinnlosen Mißklang geschaffen hätte. Heute abend war das Vierte Brandenburgische eine reine Gegebenheit – besser: ein gesegnetes *donum* – nicht verfälscht durch die Lebensgeschichte, übernommene Vorstellungen, unausrottbare Albernheiten, mit denen, ebenso wie jedes andere Selbst, der arme Schwachkopf, der sich nicht mit einem Ja abspeisen lassen wollte (und wo es um Kunst ging, auch nicht konnte), die Unmittelbarkeit seiner Erlebnisfähigkeit überlagert hatte.

Und das Vierte Brandenburgische von heute abend war nicht

nur ein niemandem und nichts angehörendes DING AN SICH; es war auch, auf eine unmögliche Weise, ein GEGENWÄRTIGES EREIGNIS von unbegrenzter Dauer. Oder war vielmehr (auf eine noch unmöglichere Weise, da es ja doch aus drei Sätzen bestand und mit der üblichen Geschwindigkeit ablief) überhaupt ohne Dauer. Das Metronom hatte zwar bei allen Sätzen das Kommando; doch die Summe dieser Sätze ließ sich nicht in Zeitspannen von Sekunden und Minuten ausdrücken. Ein *tempo* war wohl vorhanden, aber Zeit nicht. Was also war vorhanden?

»Die Ewigkeit«, dachte Will wie unter einem Zwang. Das war eins dieser metaphysischen Wörter, die tabu waren und die man nicht einmal vor sich selber, geschweige denn vor andern aussprach. »Ewigkeit, meine Brüder«, sagte er laut. »Ewigkeit, was für ein Quatsch!«

Sein Spott blieb, wie er hätte voraussehen können, wirkungslos. Heute abend war das verpönte Wort nicht weniger konkret als jedes andere unflätige Wort auch. Wieder mußte er lachen.

»Was ist so komisch?« fragte Susila.

»Ewigkeit«, antwortete er. »Ob Sie's glauben oder nicht – sie ist so wirklich wie Scheiße.«

»Ausgezeichnet«, sagte sie zustimmend.

Er saß da, wachsam und ohne sich zu rühren, und folgte mit dem Ohr und dem inneren Auge den verschlungenen Strömen von Lauten, den verschlungenen Strömen übereinstimmender und ihnen entsprechender Lichter, die zeitlos von einer Sequenz in die nächste übergingen. So fluteten, eine innerhalb der andern, die Melodien dahin – die Melodie der Ersten Geige, die Melodien der beiden Blockflöten, die vielfältigen Melodien des Cembalos und des kleinen Streichorchesters. Obwohl deutlich einer vom andern getrennt und unterscheidbar, wurde dennoch jeder dieser Klangströme von jedem andern mitgetragen, blieb dennoch, dank seiner Beziehung zum Ganzen, von dem er ein Teil war, ganz er selbst.

»Du lieber Gott«, hörte er sich flüstern.

In der zeitlosen Folge des Übergangs hielten die Blockflöten einen einzigen, langgezogenen Ton. Einen Ton fast ohne Obertöne, hell, durchscheinend, göttlich leer. Einen Ton (das Wort perlte an die Oberfläche) reiner Kontemplation. Wieder eines dieser sich plötzlich einstellenden unflätigen Wörter, das nun einen konkreten Sinn angenommen hatte, und das man, ohne sich zu schämen, aussprechen konnte. Reine, unbelastete Kontemplation, ohne jede Zugehörigkeit, jenseits aller Werte. Durch die emporflutenden Lichter hindurch erhaschte er, in der Erinnerung, einen Blick auf das strahlende Gesicht der kleinen Radha, als sie von Liebe als Kontemplation sprach. Und wieder Radha, wie sie mit gekreuzten Beinen still und gesammelt am Fuß des Bettes saß, in dem Lakshmi im Sterben lag. Dieser langanhaltende, reine Ton war der Sinn ihrer Worte, war der vernehmbare Ausdruck ihres Schweigens. Doch stets ertönte auch, neben der himmlischen Leere dieses kontemplativen Flötenspiels und durch sie hindurch, der warme Klang der Geige – ihr leidenschaftliches Vibrato. Und beides – die Töne kontemplativen Losgelöstseins und die Töne leidenschaftlichen Beteiligtseins – war umgeben von einem Netzwerk herber, knapper, von den Saiten des Cembalos gezupfter Klänge. Geist und Instinkt, Aktion und Vision – umgeben vom Gewebe des Intellekts. Beides wurde verständlich durch logisches Denken, aber verständlich, das war offenbar, nur von außen her, im Sinne einer Erfahrungsordnung, die radikal verschieden war von dem, was logisches Denken zu erklären vorgab.

»Es gleicht einem positivistischen Logiker«, sagte Will.

»Was soll ›es‹ heißen?«

»Das Cembalo.«

Wie ein positivistischer Logiker, dachte er in der Untiefe seines Geistes, während tiefer unten das ungeheure EREIGNIS von Licht und Laut sich zeitlos entfaltete. Wie ein positivistischer Logiker, der sich über Plotin und Julie de Lespinasse ergeht.

Die Musik wechselte von neuem. Jetzt war es die Geige, die den langgezogenen Ton der Kontemplation hielt (und wie leidenschaftlich sie das tat!), während die beiden Blockflöten das Thema aktiven Beteiligtseins aufnahmen und leidenschaftslos wiederholten – die gleiche Form in einem anderen Stoff. Und hier war auch schon wieder, absurd aber unvermeidlich, der positivistische Logiker, der zwischen den beiden hin und her tänzelte und in einer Sprache, die völlig unvereinbar war mit den Tatsachen, erklären wollte, um was es alles eigentlich ging.

In der Ewigkeit, die so wirklich war wie Scheiße, fuhr Will fort, diesen ineinander verschlungenen Strömen von Lauten zu lauschen, diese ineinander verschlungenen Ströme von Licht zu betrachten. Er fuhr fort (dort draußen, hier innen und nirgendwo) alles das zu *sein,* was er sah und hörte. Und jetzt veränderte sich plötzlich die Wesenheit des Lichts. Diese ineinander verschlungenen Ströme, welche die ersten fließenden Unterscheidungen waren, die von einem Verstehen jenseits aller spezifischen Kenntnis erfaßt wurden, waren kein Kontinuum mehr. Dafür gab es da auf einmal diese endlose Folge vereinzelter Formen – Formen, immer noch mit der leuchtenden Seligkeit ununterschiedlichen Seins geladen, aber jetzt abgegrenzt, isoliert, individualisiert. Silbern und rosenfarben, gelb und blaßgrün und enzianblau kam eine endlose Reihe leuchtender Kugeln aus einer verborgenen Quelle von Formen heraufgeschwebt, die sich, im Takt mit der Musik, planvoll zu Mustern von unerhörter Komplexität und Schönheit fügten. Ein unerschöpfliches Wasserspiel, das sich in bewußten Ornamenten, in einem Gitterwerk lebendiger Sterne versprühte. Und während er auf sie blickte, während er ihr Leben lebte und das Leben dieser Musik, die deren Entsprechung war, wurden sie zu andern Gitterformationen, die dreidimensional einen inneren Raum erfüllten und sich unaufhörlich in einer andern, zeitlosen Dimension von Wesensart und tieferer Bedeutung verwandelten.

»Was hören Sie jetzt?« fragte Susila.

»Ich höre, was ich sehe«, antwortete er. »Und sehe, was ich höre.«

»Wie würden Sie das beschreiben?«

»Wie es aussieht und wie es sich anhört«, antwortete Will nach einem langen Schweigen, »das ist die Schöpfung. Nur nicht in einem Wurf, sondern etwas Immerwährendes, ein Nonstop-Erschaffen.«

»Ein immerwährendes Erschaffen aus dem Nirgendwas und Nirgendwo in ein Irgendwas und Irgendwo – stimmt's?«

»Ja, so ist es.«

»Sie machen Fortschritte.«

Wären ihm Worte leichter zugeflossen und, einmal ausgesprochen, etwas weniger sinnlos gewesen, hätte Will wahrscheinlich erklärt, daß ein jeder Erkenntnis bares Verstehn und leuchtende Seligkeit verdammt besser seien als selbst Johann Sebastian Bach.

»Sie machen Fortschritte«, wiederholte Susila. »Aber Sie haben immer noch einen weiten Weg vor sich. Wie wär's, wenn Sie die Augen öffnen würden?«

Will schüttelte mit Entschiedenheit den Kopf.

»Es ist Zeit, daß Sie sich allmählich darauf vorbereiten, alles über das Wie und das Was herauszufinden.«

»Das Wie und das Was ist *dieses* hier«, knurrte er.

»O nein, das ist es nicht«, versicherte sie ihm. »Was Sie bisher gesehn und gehört haben, und was Sie waren, ist nur das erste Was. Nun müssen Sie einen Blick auf das zweite tun. Einen Blick und dann beides zu einem einzigen, alles einschließenden WIE UND WAS zusammenfassen. Also machen Sie die Augen auf, Will, machen Sie sie ganz weit auf!«

»Also gut«, sagte er schließlich, und öffnete widerwillig, mit einer Vorahnung drohenden Unheils, die Augen. Der Lichterglanz im Innern wurde von einem andersartigen Licht verschluckt. Die Fontäne von Formen, die bunten Kugeln in ihren planvollen Mustern und ihrem bewußt sich veränderndem Gitterwerk, machte einer statischen Komposition von Senkrechten und Diagonalen Platz, von ebenen Flächen und gewölbten Zylindern, alles wie gemeißelt aus einem Material, das aussah wie lebendiger Achat; und alles das kam aus einer Grundmasse von lebendigem, pulsierendem Perlmutter hervor. Wie ein Blinder, der soeben von seiner Blindheit geheilt wurde und sich zum erstenmal dem Mysterium von Licht und Farbe gegenübersieht, riß er bloß die Augen in verständnislosem Staunen auf. Und dann, nach wiederum etwa zwanzig zeitlosen Takten des Vierten Brandenburgischen, barst ein Bläschen von Verstehn in sein Bewußtsein. Er schaute, dies wurde mit einemmal klar, auf ein viereckiges Tischchen und dahinter auf einen Schaukelstuhl und hinter dem Schaukelstuhl auf eine leere, weißgetünchte Wand. Das schien eine beruhigende Erklärung zu sein; denn in der Ewigkeit zwischen dem Öffnen der Augen und der aufkeimenden Erkenntnis dessen, was sich ihm darbot, hatte sich das Geheimnis, dem er sich gegenübersah, aus unerklärlicher Schönheit zum wahren Erlebnis einer schimmernden Fremdartigkeit vertieft, die ihn, während er hinblickte, mit einem beinahe metaphysischen Grauen erfüllte. Nun, dieses erschreckende Geheimnis bestand lediglich aus zwei Möbelstücken und einer Wandfläche. Seine Furcht ließ nach, aber sein Staunen wurde immer größer. Wie war es möglich, daß solche alltäglichen, ihm so wohlbekannten Dinge in Wahrheit *dies* waren? Es war offensichtlich nicht möglich; und doch war es so, war es so.

Seine Aufmerksamkeit wanderte von den geometrischen Konstruktionen aus braunem Achat zu dem perlfarbenen Hintergrund. Er wußte, der hieß: Wand; aber seiner Erfahrung nach war es ein lebendiger Vorgang, eine ununterbrochene Reihe von Umwandlungen von Gips und Tünche in die Substanz eines übernatürlichen Körpers – in das Fleisch eines Gottes, das unter seinen Blicken immerwährend von einer Herrlichkeit in die andere überging. Aus etwas, das die Wortbläschen verachtungsvoll als bloße Leimfarbe zu erklären suchten, rief irgendein gestaltender Geist eine nicht enden wollende Folge aufs zarteste abgestimmter Schattierungen hervor, die aus dem Verborgenen traten und sich über die himmlisch erstrahlende Haut des Gottkörpers ergossen. Wunderbar, wunderbar! Und es mußte noch andere Wunder geben, neue Welten, die zu erobern wären und von denen man erobert werden konnte. Er wandte den Kopf nach links und dort (die angemessenen Wörter stiegen fast sogleich an die Oberfläche) stand der große Tisch mit der Marmorplatte, an dem Susila und er zu Abend gegessen hatten. Und jetzt stiegen noch mehr Bläschen prall und geschwind auf. Diese atmende Apokalypse, ›Tisch‹ genannt, könnte man sich gut als ein Bild eines mystischen Kubisten vorstellen, eines inspirierten Juan Gris mit der Seele eines Traherne und der Gabe, Wunderwerke mit empfindenden Edelsteinen und den wechselnden Stimmungen von Seerosen zu malen.

Er wandte den Kopf noch ein wenig weiter nach links und sah sich unvermutet durch den Glanz von Juwelen geblendet. Und was für seltsame Juwelen! Schmale Platten aus Smaragd und Topas, aus Rubin und Saphir und Lapislazuli, die, in Reihen übereinandergeschichtet, erglänzten gleich einer Mauer des Neuen Jerusalem. Dann – am Ende, nicht am Anfang – kam das Wort. Am Anfang waren diese Juwelen, diese bunten Glasfenster, die Mauern des Paradieses. Und erst jetzt bot sich endlich das Wort ›Bücherschrank‹ seiner Überlegung dar.

Will hob die Augen von den Buchjuwelen und sah sich im Innern einer Tropenlandschaft. Wieso? Und wo war er? Dann erinnerte er sich daran, wie er (in einem andern Leben) zuerst das Zimmer betreten und über dem Bücherregal ein großes, schlecht gemaltes Aquarell bemerkt hatte. Zwischen Sanddünen und Palmenbüschen weitete sich die Mündung eines Flusses zum offenen Meer, und über dem Horizont türmten sich riesige Wolkengebirge in dem bläßlichen Himmel. »Kein Meisterwerk«, perlte es aus der Untiefe seines Geistes auf. Ganz offenbar die Arbeit eines nicht sonderlich begabten Dilettanten. Aber das war nun nicht länger von Belang, denn die Landschaft war jetzt kein Bild mehr, sondern war dessen Sujet – ein wirklicher Fluß, ein wirkliches Meer, wirklicher Sand, der in der Sonne glänzte, wirkliche Bäume vor einem wirklichen Himmel. Im höchsten Grad, im absoluten Sinn des Wortes wirklich. Und dieser wirkliche Fluß, der sich in ein wirkliches Meer ergoß, war sein eigenes, in Gott versinkendes Selbst. »›Gott‹ in Anführungszeichen?« wollte ein aufsteigendes Bläschen ironisch wissen. »Oder Gott (!) in einem modernistischen, nicht wörtlich zu nehmenden Sinn?« Will schüttelte den Kopf. Die Antwort lautete ganz einfach Gott – der Gott, an den man unmöglich glauben konnte, der aber ganz augenscheinlich das Faktum war, dem er sich gegenübersah. Und doch war dieser Fluß noch immer ein Fluß, dieses Meer der Indische Ozean. Nicht irgend etwas andres in einem Maskenkostüm. Fraglos der Fluß selbst, fraglos das Meer selbst. Doch gleichzeitig und ebenso fraglos Gott.

»Und wo sind Sie jetzt?« fragte Susila.

Ohne den Kopf nach ihr zu wenden, antwortete Will: »Im Himmel vermutlich«, und deutete auf die Landschaft.

»Im Himmel – *immer noch?* Und wann werden Sie hier unten landen?«

Wieder stieg ein Bläschen Erinnerung aus der schlammigen Untiefe auf. »Etwas noch viel tiefer Einverwobnes, das haust im Licht oder in dem und jenem.«

»Aber Wordsworth sprach auch über die leise, wehmütig klingende Melodie der Menschheit.«

»Zum Glück«, sagte Will, »gibt es in dieser Landschaft keine Menschen.«

»Nicht einmal Tiere«, setzte sie mit einem kleinen Lachen hinzu. »Nur Wolken und Gemüse, das aufs täuschendste ungefährlich aussieht. Deshalb sollten Sie sich lieber einmal das ansehn, was sich da vor Ihnen auf dem Boden befindet.«

Will senkte den Blick. Der Verlauf der Maserung in den Dielenbrettern war ein brauner Fluß, und der braune Fluß ein wirbelnder, dahinströmender Grundriß des göttlichen Lebens der Welt. Im Mittelpunkt dieses Grundrisses war sein rechter Fuß, nackt unter den Riemen der Sandale und verblüffend dreidimensional, wie der Marmorfuß einer Heldenstatue im Scheinwerferlicht. ›Bretter‹, ›Maserung‹, ›Fuß‹ – durch die glattzüngigen erläuternden Wörter erwiderte das Geheimnis unverwandt seinen Blick, unergründlich und doch, paradoxerweise, verständlich. Verständlich durch das jeglicher Erkenntnis bare Verstehen, dem er immer noch, trotz wahrgenommener Gegenstände und erinnerter Namen, zugänglich war.

Plötzlich bemerkte er aus dem Augenwinkel eine blitzschnelle Bewegung. War man der Seligkeit und dem Verstehen zugänglich, erkannte er nun, so war man es auch dem Schrecken, dem völlig Unbegreiflichen gegenüber. Wie ein fremdes Geschöpf, das in seiner Brust saß und angstvoll zappelte, begann sein Herz so heftig zu schlagen, daß ihn ein Zittern überlief. In der gräßlichen Gewißheit, daß er nun dem Ur-Grauen begegnen werde, wandte Will den Kopf und schaute.

»Eine von Tom Krishnas Lieblings-Eidechsen«, sagte Susila beschwichtigend. Das Licht war so hell wie früher; doch die Helle hatte ihr Zeichen gewechselt. Ein Glanz des absoluten Bösen ging von jeder einzelnen der graugrünen Schuppen aus, die den Rücken des Geschöpfs bedeckten, von seinen glasigen Augen und dem Pulsieren seiner blutroten Kehle, den gewappneten Rändern seiner Nasenöffnungen, dem schlitzförmigen Maul. Will wandte sich ab. Vergebens. Das Ur-Grauen glotzte ihn an, wohin er auch blickte. Die Kompositionen des mystischen Kubisten – sie hatten sich in komplizierte Maschinen böswilliger Zwecklosigkeit verwandelt. Die Tropenlandschaft, in der er die Vereinigung seines eignen Wesens mit dem Wesen Gottes erfahren hatte – sie war jetzt der scheußlichste viktorianische Öldruck und zugleich die Wirklichkeit der Hölle. Die Reihen der Buchjuwelen in ihren Regalen erstrahlten mit tausend Watt sichtbarer Finsternis. Und wie kitschig diese Steine des infernalischen Abgrunds geworden waren, wie unsagbar ordinär! Wo zuvor Gold und Perlen und Geschmeide gewesen waren, gab es jetzt nur noch billigen Christbaumschmuck – nur den faden Glanz von Plastik und lackiertem Blech. Alles pulsierte zwar noch immer von Leben, aber es war das Leben einer grenzenlos unheimlichen Ramsch-Abteilung. Und das war – die Musik bestätigte es grade – was Allmacht ununterbrochen hervorbrachte – ein kosmischer Woolworth, angefüllt mit massenhaft hergestellten Greueln. Greueln an Schund und Schmerz, an Grausamkeit und Geschmacklosigkeit, an Schwachsinn und Bosheit.

»Kein Gecko«, hörte er Susila sagen, »keine unsrer netten zahmen Eidechsen. Ein plumper Kerl aus der Wildnis, einer von den Blutsaugern. Aber natürlich saugt er kein Blut, er hat bloß eine rote Kehle und sein Kopf läuft puterrot an, wenn er erregt ist. Daher der alberne Name. Schauen Sie! Jetzt bewegt er sich wieder.«

Will blickte zu Boden. Unnatürlich real, lag das geschuppte Untier da, mit seinen schwarzen blanken Augen, dem mörderischen Maul, der blutroten Kehle, die Luft in sich hineinpumpte, während der übrige Körper totenstill kaum eine Spanne von seinem Fuß ausgestreckt dalag.

»Er hat sein Abendessen erblickt«, sagte Susila. »Sehn Sie dort, auf dem Rand der Strohmatte?«

Will sah hin.

»Gongylus gongyloides«, fuhr sie fort. »Können Sie sich erinnern?«

Ja, er erinnerte sich. Die Gottesanbeterin hatte sich auf seinem Bett niedergelassen. Aber das war in einem andern Dasein geschehen. Was er damals sah, war bloß ein etwas sonderbar anmutendes Insekt gewesen. Was er jetzt sah, waren zwei auf eine exquisite Weise grausige, zollange Ungeheuer, die grade den Paarungsakt vollzogen. Ihre bläulich blassen Leiber waren rosa gestreift und geädert, und die Flügel, die ohne Unterlaß gleich Blütenblättern im Windhauch flatterten, waren an den Rändern dunkelviolett schattiert. Ein Blumenmimikry. Doch ihre Insektenform ließ sich nicht verleugnen. Und jetzt ging sogar mit den blütenhaften Farben eine Veränderung vor. Diese bebenden Flügel waren das Zubehör von zwei grell emaillierten Geräten aus der Ramsch-Abteilung des Warenhauses, zwei kleine, in Betrieb gesetzte Alptraum-Modelle, zwei Minimaschinen zum Kopulieren. Und jetzt drehte das eine Alptraum-Modell, das weibliche, den kleinen flachen Kopf, ganz Mund und hervorquellende Augen am Ende des langen Halses – drehte ihn und (allmächtiger Gott!) begann den Kopf der männlichen Maschine aufzufressen. Zuerst wurde das eine purpurrote Auge herausgekaut, dann die Hälfte des bläulichen Gesichts. Was noch davon übrigblieb, fiel zu Boden. Der nahezu abgetrennte Hals, nunmehr unbelastet vom Gewicht der Augen und Kinnbacken, schwankte wild umher. Die weibliche Maschine schnappte nach dem tropfenden Stumpf, hielt ihn fest und kaute, während der kopflose Leib des Männchens unentwegt seine Parodie von Ares in den Armen der Aphrodite vollzog, systematisch weiter.

Aus dem Augenwinkel nahm Will wieder eine plötzliche Bewegung wahr und wandte heftig den Kopf, grade rechtzeitig, um zu sehen, wie die Eidechse immer näher und näher an seinen Fuß herankroch. Entsetzt blickte er weg. Etwas berührte jetzt seine Zehen, und ein Kitzeln lief über seinen Rist. Das hörte auf, aber nun spürte er ein leichtes Gewicht auf seinem Fuß, eine trockene, schuppige Berührung. Er wollte schreien; aber die Stimme versagte ihm, und als er sich zu bewegen versuchte, gehorchten ihm seine Muskeln nicht mehr.

Die Musik war unterdessen zeitlos zum finalen Presto übergegangen. Grauen marschierte flott dahin, Grauen im Rokoko-Kostüm führte den Reigen an.

Vollkommen regungslos bis auf das Pulsieren der roten Kehle, hockte das geschuppte Untier auf seinem Rist und starrte mit ausdruckslosen Augen auf seine vorbestimmte Beute. Ineinander verstrickt, erbebten die Alptraum-Minimodelle wie zwei vom Wind bewegte Blütenblätter und wurden spasmodisch von den gleichzeitigen Agonien von Tod und Kopulation geschüttelt. Ein Jahrhundert der Zeitlosigkeit verging; Takt für Takt erklang dazu die kleine Todes-Tanzweise. Plötzlich spürte Will ein Gescharre winziger Krallen auf der Haut. Der Blutsauger war auf den Boden hinuntergeklettert. Für die Dauer einer ganzen Lebensspanne lag er vollkommen regungslos da. Dann schoß er mit unglaublicher Behendigkeit über die Dielen auf die Strohmatte zu. Das schlitzartige Maul klappte auf und wieder zu. Zwischen seinen knirschenden Kinnbacken ragte der Rand eines violetten Flügels vor, der noch immer wie eine Orchidee im Windhauch erbebte. Ein Paar Beine schwankten noch einen Augenblick wild, dann entschwanden sie dem Blick.

Will schauderte und schloß die Augen; doch über die Grenzen zwischen Empfundenem und Erinnertem und Vorgestelltem hinweg verfolgte ihn das Grauen. In der fluoreszierenden Quelle des inneren Lichts marschierte eine endlose Kolonne von blechgleißenden Insekten und grünglänzenden Reptilien diagonal aufwärts von links nach rechts, hervor aus einem verborgenen Urgrund von Alpträumen, einer unbekannten und monströsen Bestimmung entgegen, Tausende und Abertausende von *Gongylus gongyloides,* mit zahllosen Blutsaugern in ihrer Mitte. Fressen und Gefressenwerden – bis in alle Ewigkeit.

Und unterdessen – Geige, Flöte und Cembalo – lief das Presto im Finale des Vierten Brandenburgischen zeitlos ab. Was für ein lustiger, kleiner Rokoko-Todesmarsch! Links, rechts; links, rechts ... Doch wie lautete das Kommandowort für Sechsfüßler! Und plötzlich waren es gar keine Sechsfüßler mehr; es waren Zweifüßler. Die endlose Insektenkolonne war jählings zu einer endlosen Kolonne von Soldaten geworden. In Schritt und Tritt, so wie er die Braunhemden durch Berlin hatte marschieren sehn, ein Jahr vor dem Krieg. Tausende und Abertausende von ihnen, mit flatternden Bannern, in Uniformen, die in der infernalischen Grelle in Scheinwerferlicht getauchten Exkrementen glichen. Zahllos wie Insekten, und jeder einzelne bewegte sich mit der Präzision einer Maschine, der Unterwürfigkeit eines dressierten Hundes. Und die Gesichter, die Gesichter! Er hatte sie in Nahaufnahme gesehn, damals in der deutschen Wochenschau, und hier waren sie wieder, unnatürlich wirklich und dreidimensional und lebendig. Das monströse Gesicht Adolf Hitlers mit schreiend geöffnetem Mund. Und dann die Gesichter einer Schar von Zuhörern. Riesengroße, idiotische Gesichter, die völlig ausdruckslos alles in sich aufnahmen. Gesichter von Schlafwandlern mit weit aufgerissenen Augen. Gesichter junger nordischer Engel, hingerissen in seliger Verzückung. Gesichter von Barockheiligen vor der Ekstase. Gesichter von Liebenden knapp vor dem Orgasmus. Ein Volk, ein Reich, ein Führer! Einswerden mit der Geschlossenheit eines Insektenschwarms. Das jeglicher Erkenntnis bare Verstehen von Unsinn und Diabolik. Und dann war die Wochenschau-Kamera wieder zurückgeschwenkt auf die geschlossenen Reihen, die Hakenkreuze, die Blechkapellen, den kreischenden Hypnotiseur auf der Rednertribüne. Und hier war wiederum, in der Grelle des Lichts in seinem Innern, die braune insektengleiche Kolonne in nie endendem Marsch zum Klang dieser Rokoko-Horrormusik. Vorwärts, ihr Nazisoldaten, vorwärts, ihr christlichen Krieger, vorwärts Marxisten und Moslems, vorwärts jedes Auserwählte Volk, jeder Kreuzfahrer und Streiter Heiliger Kriege! Vorwärts und hinein in Elend und Verruchtheit und Tod! Und plötzlich sah Will vor sich, was aus der marschierenden Kolonne würde, sobald sie ihr Ziel erreicht hätte – Leichen über Leichen im Schlamm von Korea, Haufen über Haufen von Abfall in der afrikanischen Wüste. Und da (denn die Szene verwandelte sich immerzu, unvermittelt und mit verblüffender Schnelligkeit), da waren auch die fünf besudelten Leichname, die er erst vor ein paar Wochen im Hof eines algerischen Bauernhauses gesehn hatte, mit zum Himmel gewandten Gesichtern, mit durchschnittener Kehle. Und dort, aus einer Vergangenheit, die fast zwanzig Jahre zurücklag, die tote alte Frau, splitternackt im Schutt eines stuckverzierten Hauses in St. John's Wood. Und jetzt, ohne Übergang, sein eignes grau- und gelbfarbenes Schlafzimmer, mit den beiden in der Spiegeltür des Kleiderschranks reflektierten bleichen Leibern, er und Babs, frenetisch kopulierend zur Begleitung seiner Erinnerungen an Mollys Begräbnis und den Streicherklängen der Karfreitagsmusik aus *Parsifal* von Radio Stuttgart.

Von neuem verwandelte sich die Szene, und das Gesicht Tante Marys, mit Sternen und Lampions festlich geschmückt, lächelte ihn heiter an und verwandelte sich vor seinen Augen in das boshafte, greinende, ihm völlig fremde Wesen, zu dem sie während der langen schrecklichen Wochen vor der endgültigen Verwandlung in einen Haufen Abfall geworden war. Eine Ausstrahlung von Liebe und Güte – und dann wurde ein Vorhang zugezogen, ein Fensterladen geschlossen, ein Schlüssel im Schloß gedreht, und da blieben sie nun alle beide – sie auf ihrem Friedhof und er in seinem privaten Gefängnis, zu Einzelhaft und dann, eines schönen Morgens, zum Tod verurteilt.

Die Agonie in der Ramsch-Abteilung. Die Kreuzigung unterm Christbaumschmuck. Ob drinnen oder draußen, mit offenen oder mit geschlossenen Augen – es gab kein Entrinnen. »Kein Entrinnen«, murmelte er, und die Worte bestätigten es, verwandelten es in eine grausige Gewißheit, die sich immerzu nach

außen und dann nach unten öffnete, immer tiefer hinab in einen Abgrund nach dem andern von bösartiger Gewöhnlichkeit, eine Hölle hinter der andern von unsäglich sinnlosem Leiden. Und dieses Leiden (das überkam ihn mit der Macht einer Offenbarung), dieses Leiden war nicht bloß sinnlos, es summierte sich auch, setzte sich endlos fort. Sicher genug, schrecklich genug käme der Tod auch zu ihm, wie er zu Molly und Tante Mary und allen den andern gekommen war. Käme auch zu ihm, aber nie zu dieser Furcht, diesem unerträglichen Ekel, dieser zerfleischenden Reue und Selbstverachtung. Unsterblich in ihrer Sinnlosigkeit, würden diese Qualen ewig weitergehn. In jeder andern Hinsicht war man auf groteske, jämmerliche Weise ein endliches Wesen. Nur nicht, was das Leiden betraf. Dieses dunkle, undurchsichtige Klümpchen, ›Ich‹ genannt, war fähig, in alle Unendlichkeit weiterzuleiden. Die Pein des Lebens und die Pein des Sterbens, das alltägliche Schauspiel einer Agonie nach der andern in der Ramsch-Abteilung und die letzte Kreuzigung in einem Feuerwerk von Vulgarität aus Blech und Plastik – widerhallend, sich ständig verstärkend, die würde es immer geben. Und alle diese Pein war nicht mitteilbar, jeder blieb allein damit. Das Gewahrsein, daß man existierte, bedeutete ein Gewahrsein, daß man immer und ewig allein war. Ebenso allein in Babs' moschusduftendem Alkoven wie man es mit seinem Zahnweh oder seinem gebrochenen Arm war, so allein wie im Endstadium seines Karcinoms; so allein, wie im Augenblick, wenn man dachte, daß nun alles vorüber sei, in der Unsterblichkeit des Sterbens.
Er wurde sich plötzlich bewußt, daß irgend etwas mit der Musik vorging. Das Tempo hatte sich verlangsamt. *Rallentando.* Das Ende stand bevor. Das Ende von allem, für alle. Die flotte kleine Todes-Tanzweise hatte die Marschierenden immer näher an den Rand der Klippe gelockt. Und hier waren sie nun angelangt und standen wankend am Rand des Abgrunds. *Rallentando, rallentando.* Der tödliche Sturz, der Sturz ins Sterben. Und pünktlich, unausweichlich kamen jetzt die beiden erwarteten Akkorde; die der Bestimmung, die erwartungsvolle Dominante, und dann, *finis:* kräftig und eindeutig, die Tonika. Ein Kratzen, ein kurzes Knacken, dann Stille. Durch das offene Fenster konnte er in der Ferne das Quaken der Frösche und das schrille eintönige Schnarren der Insekten hören. Und doch blieb

geheimnisvollerweise die Stille ungebrochen. Gleich Fliegen in einem Brocken Bernstein, waren die Geräusche eingebettet in eine durchscheinende Lautlosigkeit, die sie weder zu zerstören noch irgendwie zu verändern vermochten und für die sie völlig belanglos blieben. Immer zeitloser, immer intensiver wurde die Stille noch stiller. Stille auf der Lauer, eine wachsame, verschwörerische Stille, unvergleichlich unheimlicher als der grausige kleine Rokoko-Todesmarsch von vorhin. Das war der Abgrund, bis zu dessen Rand die Musik ihn gelockt hatte. An dessen Rand und jetzt über ihn hinaus und hinein in diese ewig währende Stille.

»Unendliches Leiden«, flüsterte er. »Und man kann nicht sprechen, man kann nicht einmal aufschreien.«

Ein Stuhl knarrte, Seide raschelte, er spürte im Gesicht einen Lufthauch wie von der Nähe eines menschlichen Wesens. Hinter seinen geschlossenen Lidern war er sich irgendwie bewußt, daß Susila da vor ihm kniete. Gleich darauf berührten ihre Hände sein Gesicht – die Handflächen seine Wangen, die Finger seine Schläfen.

Die Uhr in der Küche gab ein leise surrendes Geräusch von sich und schlug dann die Stunde. Eins, zwei, drei, vier. Draußen im Garten wisperte ab und zu eine frische Brise im Laub. Ein Hahn krähte, und gleich darauf, von sehr weit weg, kam ein andrer Hahnenschrei als Antwort, und nahezu gleichzeitig noch einer und noch einer. Dann eine Antwort auf die Antworten und noch mehr Antworten auf diese. Ein Kontrapunkt herausgeforderter Herausforderungen, trotzig erwiderter Keckheiten. Und nun fiel eine andersgeartete Stimme in den Chor ein. Eine deutliche aber nicht-menschliche Stimme. »Gib acht«, tönte es durch das Krähen und Insektengesirr. »Gib acht. Gib acht. Gib acht.«

»Achtgeben«, wiederholte Susila; und während sie es sagte, fühlte er ihre Finger über seine Stirn streichen. Leichthin, leichthin, von den Brauen hinauf zum Haar, von den Schläfen zur Mitte zwischen den Augen. Hinauf und hinunter, nach vor und wieder zurück, löste sie sanft die Verkrampfungen seines Geistes, glättete sie die Falten des Verwirrtseins und der Pein. »Auf *das* hier achten.« Und sie verstärkte den Druck ihrer Handflächen gegen seine Backenknochen, den Druck ihrer Fingerspitzen dicht über seinen Ohren. »Auf das Hier«, wiederholte sie, »und auf

das Jetzt. Ihr Gesicht zwischen meinen beiden Händen.« Der Druck ließ nach, die Finger begannen von neuem über seine Stirn zu streichen.
»Gib acht.« Durch einen synkopierten Kontrapunkt von Hahngekrähe wurde die Aufforderung hartnäckig wiederholt. »Gib acht. Gib acht. Gib ...« Die nicht-menschliche Stimme brach mittendrin ab.
Achtgeben auf ihre Hände da auf seinem Gesicht? Oder auf dieses schrecklich grelle innere Licht, auf das Emporschießen von blechernen und synthetischen Sternen und – durch dieses Trommelfeuer von Vulgarität hindurch – auf diesen Haufen Abfall, der einst Molly gewesen war, auf das Freudenhaus-Spiegelbild, auf alle die zahllosen Leichen im Schlamm, im Staub, im Schutt? Und hier erschienen sie wieder, die Tausende und Abertausende von Eidechsen und *Gongylus gongyloides*, die marschierenden Kolonnen, die verzückten, hingebungsvoll lauschenden Gesichter nordischer Engel.
»Gib acht«, rief der Myna diesmal von der andern Seite des Hauses, »gib acht.«
Will schüttelte den Kopf. »Achtgeben, worauf?«
»Auf *das* hier.« Und sie grub ihre Nägel in seine Stirn. »Auf *das*. Hier und jetzt. Und es ist lange nicht so romantisch wie Leiden, nicht einmal wie Schmerz. Einfach nur das Gefühl von Fingernägeln. Und selbst wenn es viel ärger wäre, es kann schließlich nicht ewig währen. Nichts währt ewig, nichts währt unendlich. Ausgenommen vielleicht die Buddha-Natur.«
Sie bewegte wieder die Hände, und jetzt war es nicht mehr die Berührung von Fingernägeln, sondern von Haut. Die Spitzen ihrer Finger glitten über seine Brauen und blieben dann ganz leicht auf seinen geschlossenen Lidern liegen. Im ersten Zusammenzucken war er tödlich erschrocken. Wollte sie ihm am Ende die Augen eindrücken? Er saß da, bereit bei der geringsten ihrer Bewegungen den Kopf zurückzuwerfen und aufzuspringen. Aber es geschah nichts. Nach und nach legte sich seine Angst; aber das Gewahrsein dieses intimen, unerwarteten, gefährlichen Kontakts blieb. Ein Gewahrsein, so durchdringend und – da Augen in so hohem Grad verletzlich waren – so absorbierend, daß ihm für das innere Licht und für die Greuel und Vulgaritäten, die es enthüllte, nichts mehr verblieb.

»Achten Sie darauf«, flüsterte sie.
Aber es war unmöglich, *nicht* darauf zu achten. Wie sanft und zart auch immer – ihre Finger waren bis ins Innerste seines Bewußtseins vorgedrungen. Und wie ungemein lebendig, so fiel ihm jetzt auf, waren doch diese Finger! Was für eine seltsame, prickelnde Wärme von ihnen auf ihn überging!
»Es ist wie ein elektrischer Strom«, sagte er voller Staunen.
»Aber zum Glück«, erwiderte sie, »übermittelt der Draht keine Botschaften. Man berührt, und wird dabei selber berührt. Völlige Mitteilung, aber nichts Mitgeteiltes. Einfach ein Austausch von Leben, das ist alles.« Dann, nach einer Weile, fuhr sie fort: »Ist Ihnen klar, Will, daß Sie mich in all diesen Stunden, die wir hier saßen – in all diesen Jahrhunderten, in Ihrem Fall, all diesen Ewigkeiten – kein einzigesmal angesehen haben? Nicht ein einziges Mal. Hatten Sie Angst vor dem, was Sie sehen könnten?«
Er überlegte und nickte schließlich. »Mag sein, daß das der Grund war«, sagte er. »Daß ich Angst davor hatte, etwas zu sehen, in das ich verwickelt werden könnte, etwas, das mich zu einer Handlung zwingen könnte.«
»Also klammerten Sie sich an Johann Sebastian Bach und an Landschaften und das HELLE LICHT DER LEERE.«
». . . das Sie mich nicht länger anblicken lassen wollten«, sagte er vorwurfsvoll.
»Weil die LEERE Ihnen nicht viel helfen kann, wenn Sie ihr Licht nicht auch in *Gongylus gongyloides* sehen können. *Und* in andern Menschen«, setzte sie hinzu. »Was manchesmal beträchtlich schwieriger ist.«
»Schwieriger?« Er dachte an die marschierenden Kolonnen, an die zwei im Spiegel reflektierten Leiber, an alle die andern Leiber mit dem Gesicht im Schlamm und schüttelte den Kopf. »Es ist unmöglich.«
»Nein, nicht unmöglich«, sagte sie nachdrücklich. »*Sunyata* bedeutet auch *karuna.* Die LEERE ist Licht; aber zugleich auch Mitgefühl. Es gibt Kontemplative, die gierig das Licht in Besitz nehmen wollen, ohne sich viel um Mitgefühl zu scheren. Menschen, die bloß gute Menschen sind, bemühen sich, mitzufühlen, scheren sich aber weiter gar nicht um das Licht. Wie immer geht es darum, sich das Beste aus beiden Welten zu holen. Und jetzt sollten

Sie die Augen aufmachen und sehen, wie ein menschliches Wesen in Wirklichkeit aussieht.«

Ihre Fingerspitzen bewegten sich von seinen Lidern aufwärts zu seiner Stirne, strichen dann über seine Schläfen, glitten über seine Wangen bis hinab zu seinen Mundwinkeln. Gleich darauf spürte er die Berührung an seinen eigenen Fingern; sie hielt seine beiden Hände in den ihren.

Will öffnete die Augen, und zum erstenmal, seit er die *moksha*-Medizin genommen hatte, sah er ihr direkt ins Gesicht.

»Mein Gott«, flüsterte er dann endlich.

Susila lachte. »Ist es so schlimm wie der Blutsauger?« fragte sie.

Aber das hier ließ sich nicht mit einem Scherzwort abtun. Will schüttelte nur ungeduldig den Kopf und sah sie weiter unverwandt an. Ihre Augenhöhlen waren geheimnisvoll umschattet, und das war auch, bis auf einen kleinen beleuchteten Halbkreis auf ihrer Wange, die ganze rechte Hälfte ihres Gesichts. Die linke erglühte von einem lebendigen goldenen Leuchten – zwar unnatürlich hell, doch es war nicht die vulgäre, unheimliche Grelle sichtbar gewordener Finsternis, wenn auch noch nicht jene Weißglut der Seligkeit, die sich ihm in der fernen Morgendämmerung der Ewigkeit hinter seinen geschlossenen Lidern offenbart hatte und, als er die Augen öffnete, in den Buchjuwelen, in dem Bild des mystischen Kubisten, in der verwandelten Landschaft. Was er jetzt sah, war das Paradoxon von Gegensätzen, die unauflöslich miteinander vermählt waren – Licht, das aus dem Dunkel, Dunkel, das im Innersten des Lichts schien.

»Es ist nicht die Sonne«, sagte er endlich, »und auch nicht Chartres. Und, Gott sei Dank, auch nicht diese infernalische Ramsch-Abteilung. Es ist alles zusammen, und Sie, Susila, sind deutlich Sie selbst, und ich bin deutlich ich selbst – obwohl wir natürlich beide jetzt völlig andere sind. Sie und ich, gemalt von Rembrandt, aber von einem um das Fünftausendfache gesteigerten Rembrandt.« Er schwieg eine kleine Weile und fuhr dann, mit einer bekräftigenden Kopfbewegung, fort: »Ja, so ist's. Die Sonne, die zu Chartres wird, und dann bunte Glasfenster, die zur Ramsch-Abteilung werden. Und die Ramsch-Abteilung ist auch die Folterkammer, das Konzentrationslager, das Beinhaus mit dem Christbaumschmuck. Und jetzt nimmt die Ramsch-Abteilung im Rückwärtsgang Chartres auf, mitsamt einer Scheibe

Sonne, und dreht wieder weiter zurück – zu Ihnen und mir, gemalt von Rembrandt. Können Sie irgendeinen Sinn in alledem sehen?«

»Und ob!« versicherte sie ihm.

Aber Will war viel zu sehr in ihren Anblick vertieft, um darauf zu achten, was sie sagte. »Sie sind so unwahrscheinlich schön«, sagte er endlich. »Aber auch wenn Sie unwahrscheinlich häßlich wären, würde das nichts ausmachen. Sie wären immer noch ein fünftausendfacher Rembrandt. Wunderschön, wunderschön«, wiederholte er. »Und doch möchte ich nicht mit Ihnen schlafen. Doch nein, das stimmt nicht. Ich möchte ja mit Ihnen schlafen. Sehr sogar. Aber es macht auch nichts aus, wenn es nie dazu kommt. Ich werde Sie weiter lieben – lieben, wie man als ein Christ Menschen lieben soll. Liebe«, wiederholte er. »*Liebe* ... Wieder eins von diesen unflätigen Wörtern. ›Verliebt sein‹, ›der Liebesakt‹ – das sind Ausdrücke, die angehn. Aber das simple ›Liebe‹ – das ist etwas Obszönes, das ich nie aussprechen konnte. Aber jetzt, jetzt ...« Er lächelte und schüttelte den Kopf. »Werden Sie's mir glauben, daß ich jetzt verstehe, was mit dem Wort ›Gott ist die Liebe‹ gemeint ist? Der barste Unsinn! Doch die pure Wahrheit. Und die ganze Zeit habe ich da Ihr wunderschönes Gesicht vor mir.« Er beugte sich näher zu ihr. »Als blikke man in eine Kugel aus Kristall«, setzte er wie ungläubig hinzu. »Immer kommt etwas Neues hinzu. Sie können sich nicht vorstellen ...«

Doch, sie konnte. »Vergessen Sie nicht«, sagte sie, »ich bin selber dort gewesen.«

»Haben Sie die Gesichter der Leute angeschaut?«

Sie nickte. »Auch mein eignes, im Spiegel. Und natürlich das von Dugald. Himmel, dieses letzte Mal, als wir die *moksha*-Medizin zusammen nahmen! Erst glich er einem Heros aus einer unmöglichen Göttersage – von Indern in Island, oder von Wikingern in Tibet. Und dann, ohne Übergang, war er der Künftige Buddha. Ganz ohne Zweifel der Künftige Buddha. Ein solcher Glanz ging von ihm aus! Ich sehe es immer noch ...«

Sie brach ab, und plötzlich sah sich Will der Inkarnation der Trauer mit den sieben Schwertern im Herzen gegenüber. Er las die Spuren des Leids in ihren dunkeln Augen, um die Winkel ihres üppigen Mundes, er wußte, daß die Wunde fast tödlich war und – wie er mit einem Stich im eignen Herzen wahrnahm – noch immer offen war, noch immer blutete. Er drückte ihr beide Hände. Es gab natürlich nichts, was man hätte sagen können, keine Worte, keine Tröstungen der Philosophie – nur dieses gemeinsam empfundene Mysterium der Berührung, diese Haut-zu-Haut-Mitteilung einer fließenden Unendlichkeit.

»Man verfällt dem so leicht«, sagte sie dann. »Viel zu leicht, und viel zu oft.« Sie seufzte tief und richtete sich dann sehr gerade auf.

Vor seinen Augen verwandelte sich jetzt ihr Gesicht, ihr ganzer Körper von neuem. In dieser schmalen Gestalt war, das konnte er sehen, genügend Willenskraft, um gegen alles Leid anzukämpfen, um es mit allem Kummer, allen Schwertern, die das Schicksal noch für sie bereit hätte, aufzunehmen. Fast drohend in ihrer gelassenen Entschlossenheit hatte hier eine dunkle circeische Göttin die Mater Dolorosa verdrängt. Erinnerungen an diese ruhige Stimme, die so unwiderstehlich von den Schwänen und der Kathedrale gesprochen hatte, von den Wolken und dem still dahinfließenden Wasser, stürzten auf ihn ein. Und während er sich erinnerte, schien das Gesicht da vor ihm im Bewußtsein des Triumphes aufzuleuchten. Macht, im Innersten verborgene Macht – er erkannte deren Ausdruck, spürte das Unheimliche ihres Zugegenseins und schrak davor zurück.

»Wer sind Sie wirklich? flüsterte er.

Sie sah ihn einen Augenblick an, ohne zu sprechen; dann antwortete sie mit einem heiteren Lächeln: »Sie brauchen keine solche Angst zu haben. Ich bin nicht die Gottesanbeterin.«

Er erwiderte ihr Lächeln – lächelte einem fröhlichen jungen Ding zu, das eine Schwäche für Küsse hatte und die Ehrlichkeit besaß, es zu zeigen.

»Gott sei's gedankt!« sagte er, und die Liebe, vor der er zurückgeschreckt war, überflutete ihn mit einer Welle von Glück.

»Gedankt – wofür?«

»Dafür, daß er dir die Gabe der Sinnlichkeit verlieh.«

Wiederum lächelte sie. »Damit wäre also *diese* Katze aus dem Sack.«

»Soviel Kraft«, sagte er, »soviel wunderbare, erschreckende Willenskraft! Du hättest Luzifer sein können. Aber zum Glück hat die Vorsehung ...«, er machte seine rechte Hand frei und berührte mit der Spitze seines ausgestreckten Zeigefingers ihre Lippen. »Die Gnade der Sinnlichkeit – die ist deine Rettung. Deine halbe Rettung«, erläuterte er, als ihm die grausig liebeleeren Rasereien in dem rosigen Alkoven einfielen, »*ein Teil* von ihr. Denn da ist natürlich noch dieses andere, dieses Wissen darum, wer du in Wirklichkeit bist.« Er verstummte für einen Augenblick. »Maria mit den Schwertern im Herzen«, fuhr er dann fort, »und Circe und Ninon de Lenclos und jetzt – wer bist du jetzt? Eine Juliana von Norwich oder eine Katharina von Genua. Bist du wirklich alle diese zugleich?«

»Und eine dumme Gans dazu«, versicherte sie ihm. »Und eine eher besorgte und nicht besonders tüchtige Mutter. Außerdem so etwas wie ein Tugendbold und eine Träumerin, wie ich es auch schon als Kind war. Und, potentiell, die im Sterben liegende alte Frau, die mir aus dem Spiegel entgegenblickte, als wir das letztemal die *moksha*-Medizin zusammen nahmen. Und dann schaute Dugald hinein und sah sich selber, so wie *er* in vierzig Jahren aussehn würde. Kaum einen Monat später«, setzte sie hinzu, »war er tot.«

Man verfällt dem allzu leicht, allzu oft ... Ihr Gesicht, die eine Hälfte geheimnisvoll in Dunkel, die andere geheimnisvoll golden leuchtend, hatte sich wieder in eine Maske des Leids verwandelt. Die Augen in ihren umschatteten Höhlen, sah er, waren geschlossen. Sie hatte sich in eine andere Zeit zurückgezogen und war allein, war anderswo mit ihren Schwertern, ihrer blutenden Wunde. Draußen krähten wieder die Hähne, und ein zweiter Myna rief zu Mitgefühl auf, einen halben Ton höher als der erste.

»Karuna.«

»Gib acht. Gib acht.«

»Karuna.«

Will hob nochmals die Hand und berührte ihre Lippen. »*Verstehst* du, was sie sagen?«

Es dauerte eine Weile, ehe sie antwortete. Dann ergriff sie seinen ausgestreckten Zeigefinger und preßte ihn fest gegen ihre Unterlippe. »Ich danke dir«, sagte sie und öffnete die Augen.

»Warum mir? Du selbst hast es mich doch gelehrt.«

»Und jetzt mußt *du* deine Lehrmeisterin lehren.«

»Karuna ... Gib acht«, ertönte es um die Wette wie von einem

Paar rivalisierender Gurus, von denen jeder seine eigene Marke Spiritualität anpries. Und dann übertönte ein Rivale des andern Weisheit: »Runagibachtkarubacht.« Indessen erklärte sich im Garten nebenan ein junger Hahn herausfordernd zum unschlagbaren Herausforderer jedes windigen Männlichkeitsprätendenten und verkündete seine Göttlichkeit.

Ein Lächeln durchbrach die Maske des Leids; Susila war aus ihrer privaten Welt der Schwerter und Erinnerungen in die Gegenwart zurückgekehrt. »Kikeriki«, sagte sie, »den hab ich so gern! Er ist genau wie Tom Krishna, wenn er herumgeht und alle Leute auffordert, seine Muskeln zu fühlen. Und diese überheblichen Mynas, die so getreulich immerzu einen Rat wiederholen, den sie nicht verstehn. Sie sind genauso bezaubernd wie mein kleiner Bantam-Hahn.«

»Und wie steht's mit der andern zweibeinigen Spezies?« fragte Will. »Von der weniger bezaubernden Sorte?«

Statt aller Antwort beugte sie sich vor, erwischte ihn an der Stirnlocke und zog seinen Kopf zu sich herab; dann küßte sie ihn auf die Nasenspitze. »Und jetzt solltest du dich ein bißchen vom Fleck rühren«, sagte sie. Sie stand auf und hielt ihm die Hand hin. Er ergriff sie, und sie zog ihn vom Stuhl hoch.

»Negativ zu krähen und Anti-Weisheiten nachzuplappern«, sagte sie, »darauf sind eine ganze Reihe von den andern Zweifüßlern eingestellt.«

»Und wer garantiert mir, daß ich nicht selber rückfällig werde?« fragte er.

»Das wirst du vermutlich«, versicherte sie ihm unbekümmert. »Aber ebenso vermutlich wirst du dann wieder zu dem andern hier zurückkehren.«

Plötzlich bewegte sich etwas auf dem Boden vor ihnen.

Will lachte. »Da krabbelt jetzt meine arme kleine Inkarnation des Bösen davon.«

Sie schob ihren Arm durch den seinen, und zusammen traten sie an das offene Fenster. Ein leichter Wind, der den nahen Morgen ankündigte, strich dann und wann mit einem Knattern durch die Palmzweige. Unter ihnen, unsichtbar in dem feuchten, bitter riechenden Erdreich verwurzelt, stand ein Hibiskusstrauch – eine wilde Masse hellglänzender Blätter und scharlachroter, trichterförmiger Blüten, aus der zwiefachen Dunkelheit der Nacht und überhängender Zweige durch einen Lichtstrahl aus dem Zimmer ins Leben gerufen.

»Das kann einfach nicht sein«, sagte er in ungläubigem Ton. Er war wieder zurück bei dem Gott-als-Quatorze-Juillet.

»Das kann einfach nicht sein«, sagte sie beistimmend. »Aber wie alles übrige im Weltall ist es eben so. Und jetzt, da du endlich mein Dasein zur Kenntnis genommen hast, darfst du mich nach Herzenslust anschaun.«

Er stand regungslos da und sah und sah sie an – eine zeitlose Folge sich steigernder Intensität und immer tieferer Bedeutung. Seine Augen füllten sich mit Tränen, die ihm über die Wangen flossen. Er zog sein Taschentuch und wischte sie weg.

»Ich kann nichts dafür«, sagte er entschuldigend.

Er konnte nicht anders – wie sonst hätte er ihr seine Dankbarkeit ausdrücken sollen? Dankbarkeit für das Privileg, am Leben und Zeuge dieses Wunders zu sein, ja mehr als ein Zeuge – ein Mitwirkender, gewissermaßen einer seiner Aspekte. Dankbarkeit für diese Gaben leuchtender Seligkeit und eines jeder Erkenntnis baren Verstehens. Dankbar dafür, dieses Einswerden mit der göttlichen Einheit und zugleich dieses endliche Geschöpf unter allen andern endlichen Geschöpfen zu sein.

»Warum man bloß immer weinen muß, wenn man dankbar ist«, sagte er und steckte das Taschentuch ein. »Weiß Gott, warum. Aber man tut's.« Ein Erinnerungsbläschen stieg aus dem Matsch einstiger Lektüre auf. »›Dankbarkeit ist der Himmel selbst‹«, zitierte er. »Reines Gefasel! Aber jetzt kann ich begreifen, daß Blake einfach ein Faktum verzeichnete. Sie ist wirklich der Himmel selbst.«

»Und um so himmlischer«, sagte sie, »weil es ein Himmel auf Erden ist und nicht einer im Himmel.«

Plötzlich war durch das Krähen und Quaken, die Geräusche der Insekten und das Duett rivalisierender Gurus hindurch der entfernte Lärm von Schüssen zu vernehmen.

»Was soll denn das?« fragte Susila.

»Vermutlich ein paar Jungens, die mit Raketen herumspielen«, meinte er belustigt.

Susila schüttelte den Kopf. »Solches Zeug gibt's bei uns nicht.«

Von der Landstraße jenseits der Mauer der Versuchsstation schwoll der Lärm schwerer Kraftfahrzeuge, die im ersten Gang

die Steigung nahmen, immer lauter an. Und in diesen Lärm hinein brüllte jetzt eine Stimme, die zugleich überlaut und quiekend klang, durch einen Lautsprecher unverständliche Worte. Eingebettet in samtigem Schatten glichen die Blätter dünnen Spänen aus Jade und Smaragd, und aus dem Innern ihres juwelenfunkelnden Chaos loderten phantastisch gemeißelte Rubine wie fünfstrahlige Sterne. Dankbar sein, dankbar sein. Wieder füllten sich seine Augen mit Tränen.
Abgerissene Fetzen des schrillen Kreischens formten sich zu ein paar erkennbaren Wörtern. Gegen seinen Willen hörte er hin.
»Volk von Pala«, verstand er; dann trompetete die Stimme wieder etwas Unverständliches in den Lautsprecher. Quietschen, Brüllen, Quietschen. Dann: »Euer Radscha spricht zu euch ... Ruhe bewahren ... begrüßt eure Brüder von jenseits der Meerenge ...«
Will hatte begriffen. »Murugan!«
»Und er kommt mit Oberst Dipas Soldaten.«
»Fortschritt«, schrie die unsichere, aufgeregte Stimme. »Das heutige Leben ...« Und dann, von Sears Roebuck auf die Rani und Kut Humi übergehend, quiekte sie: »Wahrheit ... höhere Werte ... wahre Geistigkeit ... Öl.«
»Schau dorthin«, sagte Susila. »Schau! Sie biegen in das Stationsgelände ein.«
Sichtbar durch eine Lücke zwischen zwei Bambusstauden, bestrahlten die Scheinwerfer einer Kolonne von Fahrzeugen augenblicklang die linke Wange der riesigen steinernen Buddha-Statue neben dem Lotusteich und fuhren weiter, vermittelten gleich darauf einen neuerlichen Vorgeschmack kommender Befreiung und fuhren wieder weiter.
»Der Thron meines Vaters«, brüllte das gigantisch verstärkte Gequieke, »vereint mit dem Thron meiner mütterlichen Ahnen ... Zwei Geschwisternationen, die Hand in Hand der Zukunft entgegenschreiten ... Künftighin das Vereinte Königreich von Rendang und Pala genannt ... Der erste Premierminister des Vereinten Königreichs, dieser große politische und geistige Führer, Oberst Dipa ...«
Einer nach dem anderen verschwanden die Scheinwerfer hinter einem langgestreckten Gebäudekomplex, und das schrille Gebrüll wurde ein unzusammenhängendes Gemurmel. Dann

tauchten die Scheinwerfer wieder auf, und die Stimme war wieder verständlich.

»Reaktionäre«, kreischte sie, sich überschlagend. »Verräter der Grundsätze der Weltrevolution . . .«

»Sie halten vor Dr. MacPhails Bungalow«, flüsterte Susila.

Die Stimme hatte ihr letztes Wort gesprochen, die Scheinwerfer waren abgeblendet, die Motoren abgestellt worden. In der dunkeln, erwartungsvollen Stille hielten Frösche und Insekten ihr geistloses Selbstgespräch, die Mynas sagten ihre guten Ratschläge her. »Gib acht. Karuna.« Will blickte hinab auf seinen brennenden Busch und sah das So-Sein der Welt und sein eigenes Selbst, das loderte und flammte im Verein mit dem hellen Licht, das zugleich auch (wie offenkundig nun!) Mitgefühl war – das helle Licht, gegenüber dem er, wie alle andern auch, es immer vorgezogen hatte, blind zu sein; das Mitgefühl, dem er immer seine Qualen, die in der Ramsch-Abteilung erlittenen oder zugefügten, vorgezogen hatte, ebenso wie seine jämmerlichen Einsamkeiten, mit der lebenden Babs oder der sterbenden Molly im Vorgrund, mit Joe Aldehyde im Mittelgrund und, ganz im Hintergrund, die große Welt der unpersönlichen Kräfte und sich ständig vermehrenden Zahlen, der kollektiven Paranoia und der organisierten Teufeleien. Und allezeit und allerorts würde es die kreischenden oder die gelassen autoritären Hypnotiseure geben; und, im Gefolge der tonangebenden Suggestionen-Spender, allezeit und allerorts die Horden der Scharlatane und Werbefachleute, die Berufslügner, die Lieferanten unterhaltsamer Belanglosigkeiten. Von der Wiege an konditioniert, unaufhörlich vom Wesentlichen abgelenkt, systematisch mesmerisiert, würden die uniformierten Opfer gehorsam weiter- und gegeneinander marschieren, weiter und weiter, immer und überallhin, würden töten und getötet werden mit der exemplarischen Unterwürfigkeit dressierter Pudel. Und dennoch bliebe, trotz der mehr als gerechtfertigten Weigerung, sich mit einem Ja abspeisen zu lassen, immer und überall das Faktum bestehn: daß selbst ein Paranoiker die Fähigkeit zu Intelligenz besaß, selbst ein Teufelsanbeter fähig zur Liebe sein konnte; das Faktum, daß der Urgrund alles Seins sich voll und ganz in einem blühenden Busch, einem menschlichen Antlitz offenbaren konnte; das Faktum, daß es ein Licht gab und daß dieses Licht zugleich auch Mitgefühl war.

Der Knall eines einzelnen Schusses drang zu ihnen; und dann eine Salve aus einem Maschinengewehr.

Susila bedeckte das Gesicht mit den Händen. Sie bebte am ganzen Leib.

Er legte den Arm um ihre Schulter und drückte sie fest an sich.

Das Werk eines ganzen Jahrhunderts zerstört in einer einzigen Nacht! Und doch, die Tatsache verblieb – die Tatsache des Endens alles Leidens ebenso wie die Tatsache des Leidens selbst.

Die Anlasser jaulten: ein Motor nach dem andern sprang heulend an. Die Scheinwerfer blitzten auf und nach kurzem, geräuschvollem Manövrieren rollten die Panzer langsam die Straße zurück, auf der sie gekommen waren.

Der Lautsprecher schmetterte die Anfangstakte einer martialischen und zugleich lasziven Melodie, in der Will die rendangsche Nationalhymne erkannte. Dann wurde die Wurlitzer abgeschaltet, und nun war wieder Murugan dran.

»Euer Radscha spricht zu euch«, verkündete die erregte Stimme feierlich. Und dann, *da capo,* seine Rede von vorhin über *Fortschritt, höhere Werte, Öl, Wahre Geistigkeit.* Und ebenso plötzlich, wie sie aufgetaucht war, verschwand die ganze Kolonne außer Sicht und Hörweite. Gleich darauf erschien sie wieder, und wieder brüllte die tremolierende Falsettstimme Lobeshymnen auf den ersten Premierminister des soeben vereinigten Königreichs.

Die Kolonne kroch langsam weiter, und diesmal strahlten die Scheinwerfer des ersten Panzers das gelassen lächelnde Antlitz der Erleuchtung von rechts an. Nur für einen Augenblick, dann glitt der Strahl weiter. Und jetzt tauchte der Tathagata zum zweitenmal auf, zum dritten-, vierten-, fünftenmal. Der letzte Panzer fuhr vorbei. Unbeachtet in der Dunkelheit, verharrte das Faktum der Erleuchtung. Das Brausen der Motoren wurde schwächer, das rhetorische Quieken verlor sich, und sobald alle störenden Geräusche verstummt waren, machten sich wieder die Frösche bemerkbar, die durch nichts zum Schweigen zu bringenden Insekten, die Mynas.

»Karuna. Karuna.« Und, einen halben Ton tiefer: »Gib acht.«

Aldous Huxley

Affe und Wesen

Ein Roman aus der Zeit nach dem Atomkrieg.
Aus dem Englischen von Herbert Schlüter. 151 Seiten. Serie Piper 337

Cynthia

Erzählungen. Aus dem Englischen von Herbert Schlüter, Herberth E. Herlitschka und Theo Schumacher. 203 Seiten. Serie Piper 509

Eiland

Roman. Aus dem Englischen von Marlys Herlitschka.
344 Seiten. Serie Piper 358

Die ewige Philosophie

Texte aus drei Jahrtausenden.
Aus dem Englischen von H. R. Conrad. 414 Seiten. Serie Piper 563

Geblendet in Gaza

Roman. Aus dem Englischen von Herberth E. Herlitschka.
541 Seiten. Serie Piper 794

Das Genie und die Göttin

Roman. Aus dem Englischen von Herberth E. Herlitschka.
123 Seiten. Serie Piper 1142

Glücklich bis ans Ende ihrer Tage

Erzählungen. Aus dem Englischen von Herberth E. Herlitschka und Herbert Schlüter.
163 Seiten. Serie Piper 423

Der kleine Mexikaner

Erzählungen. Aus dem Englischen von Herberth E. Herlitschka und Herbert Schlüter.
180 Seiten. Serie Piper 456

Kontrapunkt des Lebens

Roman. Aus dem Englischen von Herberth E. Herlitschka.
623 Seiten. Serie Piper 946

Piper 52/3aa

PIPER

Aldous Huxley

Die Kunst des Sehens

Was wir für unsere Augen tun können.
Aus dem Englischen übertragen und mit einem Nachwort von Christoph Graf.
167 Seiten. Serie Piper 216

Moksha

Auf der Suche nach der Wunderdroge.
Herausgegeben von Michael Horowitz und Cynthia Palmer.
Autorisierte Übersetzung aus dem Englischen von Kyra Stromberg.
312 Seiten. Serie Piper 287

Nach vielen Sommern

Roman. Aus dem Englischen von Herberth E. Herlitschka.
298 Seiten. Serie Piper 496

Narrenreigen

Roman. Aus dem Englischen von Herbert Schlüter.
295 Seiten. Serie Piper 310

Die Pforten der Wahrnehmung – Himmel und Hölle

Erfahrungen mit Drogen.
Aus dem Englischen von Herberth E. Herlitschka.
134 Seiten. Serie Piper 6

Schöne neue Welt – Dreißig Jahre danach

Roman der Zukunft – Wiedersehen mit der Schönen neuen Welt.
Aus dem Englischen von Herberth E. Herlitschka.
369 Seiten. Geb.

Wiedersehen mit der Schönen neuen Welt

Aus dem Englischen von Herberth E. Herlitschka.
128 Seiten. Serie Piper 670

Zeit muß enden

Roman. Aus dem Englischen von Herberth E. Herlitschka.
385 Seiten. Serie Piper 1046

Piper 52/8a

PIPER

Raymond Carver

Kathedrale

Erzählungen.
Aus dem Amerikanischen von Klaus Hoffer.
253 Seiten. Geb.

»Was Carver zu erzählen weiß, läuft neben, unter, hinter der vordergründigen, zunächst alle Aufmerksamkeit beanspruchenden Geschichte. Nicht der Unfall, der Tod des Kindes und die vergessene Torte sind wichtig: das gemeinsame Brotessen hebt die Katastrophen auf und ermöglicht, wie nebenbei, ein neues Gleichgewicht des Überlebens.« Frankfurter Allgemeine Zeitung

Wovon wir reden, wenn wir von Liebe reden

14 Erzählungen.
Aus dem Amerikanischen von Klaus Hoffer.
192 Seiten. Geb.

Carvers Erzählungen sind Geschichten ohne Hoffnung und ohne Verzweiflung, die die beschnittene Wirklichkeit sichtbar machen wollen, wenn sie sie schon nicht heilen können. Ihre Magie gewinnen sie aus dem, was sie aussparen. Indem Carver hinter der Banalität die fundamentale Einsamkeit dieser Menschen aufscheinen läßt, gibt er ihnen die Würde zurück, die sie sich selbst versagen – und darin liegt im besonderen das Eindrucksvolle seiner Erzählkunst.

»Carvers außerordentliche Begabung besteht darin, mit einem Minimum an Sätzen eine Situation zu umreißen, Atmosphäre zu schaffen, Menschen sichtbar zu machen und ihre mehr oder weniger verkümmerten Empfindungen, vor allem ihre Sprachlosigkeit, deren Defizite durch gesellschaftliche Rituale kompensiert werden.«
Frankfurter Rundschau

»Es ist Raymond Carver unvergleichlich gelungen, Einsamkeit, Beschädigung und Glücksmomente seiner Figuren darzustellen, das Rätselhafte und Unheimliche ihres – und nicht nur ihres – Lebens hinter der Lakonie und dem Schweigen in diesen Texten sichtbar zu machen. Carver ist bei uns immer noch zu entdecken. Und wer sich den besprochenen Erzählungsband vornehmen will, sollte sich den Band »Kathedrale« von 1985 gleich dazu besorgen. Er ist genauso gut.« Radio Bremen

Piper 16/4d

PIPER